ENTRE IRMÃS

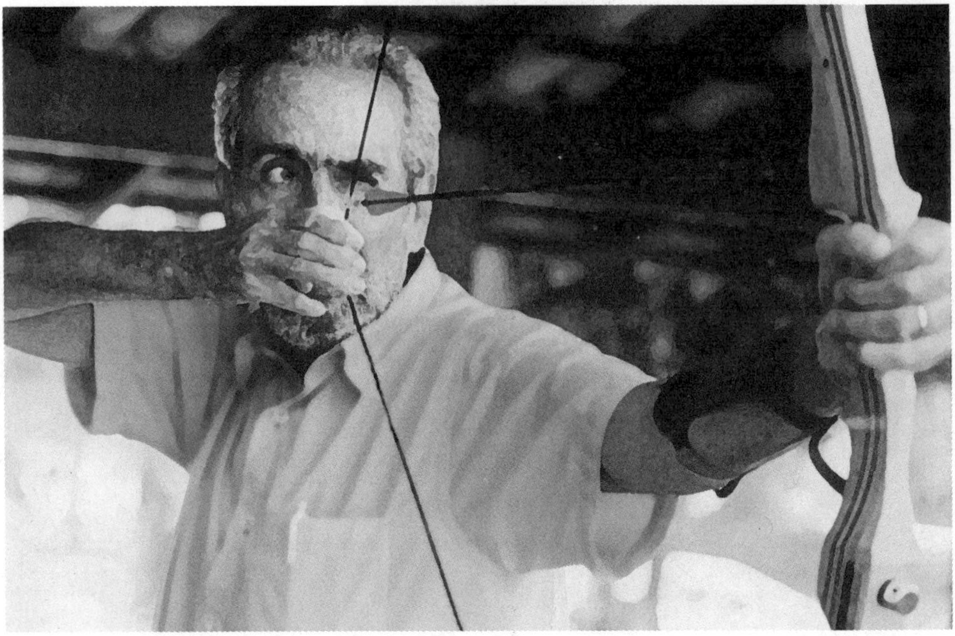

O Arqueiro

Geraldo Jordão Pereira (1938-2008) começou sua carreira aos 17 anos, quando foi trabalhar com seu pai, o célebre editor José Olympio, publicando obras marcantes como *O menino do dedo verde*, de Maurice Druon, e *Minha vida*, de Charles Chaplin.

Em 1976, fundou a Editora Salamandra com o propósito de formar uma nova geração de leitores e acabou criando um dos catálogos infantis mais premiados do Brasil. Em 1992, fugindo de sua linha editorial, lançou *Muitas vidas, muitos mestres*, de Brian Weiss, livro que deu origem à Editora Sextante.

Fã de histórias de suspense, Geraldo descobriu *O Código Da Vinci* antes mesmo de ele ser lançado nos Estados Unidos. A aposta em ficção, que não era o foco da Sextante, foi certeira: o título se transformou em um dos maiores fenômenos editoriais de todos os tempos.

Mas não foi só aos livros que se dedicou. Com seu desejo de ajudar o próximo, Geraldo desenvolveu diversos projetos sociais que se tornaram sua grande paixão.

Com a missão de publicar histórias empolgantes, tornar os livros cada vez mais acessíveis e despertar o amor pela leitura, a Editora Arqueiro é uma homenagem a esta figura extraordinária, capaz de enxergar mais além, mirar nas coisas verdadeiramente importantes e não perder o idealismo e a esperança diante dos desafios e contratempos da vida.

ENTRE IRMÃS
Frances de Pontes Peebles
ARQUEIRO

Título original: *The Seamstress*

Publicado mediante acordo com a HarperCollins Publishers.

tradução: Maria Helena Rouanet

preparo de originais: Thaís Carlo

revisão: Ana Kronemberger e Taís Monteiro

adaptação de capa e diagramação: Ana Paula Daudt Brandão

arte do cartaz do filme: © Moovie, para Conspiração Filmes

impressão e acabamento: Cromosete Gráfica e Editora Ltda.

CIP-BRASIL. CATALOGAÇÃO NA PUBLICAÇÃO
SINDICATO NACIONAL DOS EDITORES DE LIVROS, RJ

P421e

Peebles, Frances de Pontes
Entre irmãs/ Frances de Pontes Peebles; tradução de Maria Helena Rouanet. São Paulo: Arqueiro, 2017.
576 p.; 16 x 23 cm.

Tradução de: The seamstress
ISBN 978-85-8041-719-7

1. Ficção americana. I. Rouanet, Maria Helena. II. Título.

17-43768 CDD: 813
CDU: 821.111(73)-3

Editora Arqueiro Ltda.
Rua Funchal, 538 – conjuntos 52 e 54 – Vila Olímpia
04551-060 – São Paulo – SP
Tel.: (11) 3868-4492 – Fax: (11) 3862-5818
E-mail: atendimento@editoraarqueiro.com.br
www.editoraarqueiro.com.br

Às mulheres – vivas e mortas – da minha família,
todas elas damas e guerreiras.

E a James, que sempre acreditou.

Nota da autora

Esta é uma obra de ficção inspirada em fatos históricos.

Ao escrever este romance, tomei algumas liberdades criativas: mudei o nome das pessoas e dos lugares; condensei eventos; simplifiquei a política, reduzindo a miríade de partidos políticos reais. Vários personagens deste livro são ficcionais. Os cangaceiros existiram entre meados do século XIX e o início do século XX no Nordeste do Brasil. O Carcará, a Costureira e o seu bando foram inspirados em vários bandos reais de cangaceiros surgidos ao longo da história. Mas os detalhes do cotidiano dos personagens são os mais autênticos possíveis. Tentei representar de forma precisa a moda e os costumes dos anos 1930, a flora e a fauna da caatinga, bem como os rituais, os métodos de cura naturais, as armas e os trajes dos cangaceiros. A maioria dos fatos históricos e das circunstâncias que os cercaram também é verídica: a Revolução de 1930, a seca de 1932 e os acampamentos de retirantes que se construíram então; o voto das mulheres no Brasil; o movimento frenológico e a prática comum de se decapitarem os cangaceiros para estudar seu crânio.

Prólogo

Recife, Brasil
14 de janeiro de 1935

Emília acordou sozinha. Estava deitada na cama de madeira maciça que, um dia, havia sido o leito nupcial de sua sogra e, agora, era o seu. O móvel, cor de açúcar queimado, tinha umas pencas de cajus entalhados na cabeceira e nos pés gigantescos. Os frutos carnudos em forma de sino, emergindo do jacarandá, pareciam tão macios e tão reais que, nas suas primeiras manhãs naquela cama, Emília chegou a imaginar que eles amadureciam durante a noite, com a casca se tornando rosa e amarela, e a polpa rija ficando macia e cheirosa pela manhã. Ao final de seu primeiro ano na casa dos Coelhos, já tinha abandonado essas ideias infantis.

Estava escuro lá fora. A rua, absolutamente silenciosa. A casa branca da família Coelho era a maior de todas aquelas propriedades recém-construídas na rua Real da Torre, uma rua que acabava de ser pavimentada, saindo da velha ponte Capunga e seguindo em direção à zona pantanosa. Emília sempre acordava antes do amanhecer, antes que os ambulantes invadissem as ruas do Recife com suas carroças rangendo e aquelas vozes que chegavam até a sua janela como gritos de pássaros estranhos. Na sua antiga casa no interior, acostumou-se a acordar com os galos, com as orações murmuradas de tia Sofia e, acima de tudo, sentindo no ombro a respiração quente e regular de sua irmã Luzia. Quando criança, Emília não gostava de dormir na mesma cama que a irmã. Luzia era grande demais e acabava abrindo o mosquiteiro com suas pernas compridas. Roubava as cobertas para si. Tia Sofia não tinha condições de comprar duas camas e sempre dizia que era bom ter companhia para dormir – aquilo ensinaria as meninas a ocupar pouco espaço, a se mexer de mansinho, a dormir sem fazer barulho, preparando-as para serem boas esposas.

Nos primeiros dias de casada, Emília ficava no seu lado da cama, com medo de se mexer. Degas reclamava que sua pele era quente demais, sua respiração era alta demais, seus pés eram frios demais. Ao cabo de uma semana, lá se foi ele pelo corredor, de volta aos lençóis aconchegantes e ao colchão estreito da cama de sua infância. Emília logo aprendeu a dormir sozinha, a se espalhar, a ocupar mais espaço. Só um homem dormia com ela naquele quarto, mas num canto, num berço que, a cada dia, ficava menor, quase não podendo mais conter aquele corpinho que crescia. Aos 3 anos de idade, as mãos e os pés de Expedito já roçavam as barras de madeira do berço. Emília tinha esperanças de que ele teria uma cama de verdade no seu próprio quarto, mas não ali. Não enquanto morassem na casa dos Coelhos.

O sol nasceu e o céu clareou. Emília ouviu a gritaria pela rua. Seis anos antes, na primeira manhã que passou naquela casa, ficou tremendo, com o lençol agarrado junto ao peito, até entender que as vozes do lado de fora do portão não eram de gente tentando entrar. Não era o seu nome que gritavam, mas os de frutas e legumes, cestos e vassouras. No Carnaval, as vozes dos vendedores eram substituídas pelo ritmo estrondoso dos tambores do maracatu e os gritos embriagados dos foliões. Cinco anos antes, na primeira semana de outubro, os ambulantes desapareceram. Por todo o Brasil, ouviam-se tiros e vozes clamando por um novo presidente. No ano seguinte, as coisas já tinham se acalmado. O governo havia mudado. Os vendedores voltaram às ruas.

Agora, Emília achava aquelas vozes reconfortantes. Homens e mulheres apregoando seus produtos: "Laranjas! Vassouras! Alpercatas! Cintos! Escovas! Agulhas!" As vozes dos vendedores eram sonoras, animadas, um alívio para todos os sussurros que ela suportara durante a semana. Uma fita preta bem comprida pendia do sino no portão de ferro dos Coelhos. Um aviso aos vizinhos, ao leiteiro, à carrocinha de gelo e a todos os entregadores que chegavam, trazendo flores e cartões de condolências com a borda preta, que aquela casa estava de luto. A família ali dentro tratava da sua dor e não deveria ser perturbada por barulho ou por visitas desnecessárias. Quem tocava o sino o fazia com alguma hesitação. Alguns batiam palmas para anunciar a sua presença, com medo de encostar na fita preta. Os vendedores a ignoravam. Gritavam por sobre a cerca e sua voz passava pelo portão de ferro maciço, atravessava as cortinas fechadas da casa dos Coelhos e penetrava por seus corredores escuros. "Sabão! Corda! Farinha! Linha de costura!" Os ambulantes não se preocupavam com a morte; mesmo quem estava sofrendo precisava do que eles vendiam para as pequenas necessidades do dia a dia.

Emília se levantou.

Enfiou o vestido pela cabeça, mas não fechou o zíper; o ruído poderia acordar Expedito. O menino estava deitado atravessado no berço, protegido pelo cortinado. Tinha a testa reluzente de suor. A boca formava um traço fino. Mesmo dormindo, era uma criança séria. Já era assim em bebê, quando Emília o encontrou. Ele estava magrinho e coberto de poeira. "O enjeitado", como diziam as empregadas. "Um filho do sertão." Nasceu durante a terrível seca de 1932. Era impossível que se lembrasse da mãe de verdade, ou daqueles primeiros meses tão difíceis da sua vida, mas, às vezes, quando fitava Emília com seus olhos negros e profundos, Expedito tinha o ar sério e vivido de um velho. Desde o enterro vinha olhando para ela desse jeito, como se tentasse lembrar-lhe que não deviam permanecer na casa dos Coelhos. Deviam voltar para o interior, pelo bem dele e pelo dela mesma. Deviam transmitir um aviso. Deviam cumprir a promessa feita.

Emília sentiu uma pontada no peito. Passou a semana inteira com a sensação de ter uma corda dentro de si, que ia dos pés à cabeça e estava amarrada ao coração. Quanto mais tempo ficasse naquela casa, mais o nó se apertaria.

Saiu do quarto e fechou o zíper do vestido. O tecido soltou um cheirinho acre, metálico. Tinha sido mergulhado numa tina de tinta preta e depois em vinagre, para fixar a nova cor. Antes, era um vestido azul-claro, de feitio moderno, com mangas soltas e vaporosas e uma saia sem roda. Emília gostava de lançar moda. Agora, todos os seus vestidos coloridos haviam sido tingidos de preto e os estampados ficariam bem guardados até que o ano de luto se encerrasse oficialmente. Tinha escondido três vestidos e três boleros em uma mala debaixo da cama. Os boleros estavam pesados; cada um tinha um gordo maço de notas costurado ao cetim do forro. Emília também tinha preparado uma valise com roupas, sapatos e brinquedos de Expedito. Quando fugissem da casa dos Coelhos, teria de carregar as malas sozinha. Sabendo disso, tinha guardado ali apenas o estritamente necessário. Antes de se casar, prezara muito alguns luxos. Acreditara que aquelas coisas bonitas tinham o poder de transformar; que possuir um vestido da moda, um fogão a gás, uma cozinha ladrilhada ou um automóvel apagaria os vestígios da sua origem. Tudo aquilo, ela pensara, impediria que as pessoas reparassem nos calos das suas mãos ou nos seus modos rudes de gente do interior, e faria com que a vissem como uma dama. Depois do casamento e da mudança para o Recife, acabou descobrindo que nada disso era verdade.

Do meio da escada, sentiu o cheiro das coroas fúnebres. Os arranjos florais redondos se apinhavam no saguão e no corredor da frente. Alguns eram pequenos como um prato, outros tão grandes que ficavam apoiados em cavaletes de madeira. Todos eram feitos de flores brancas e roxas, bem juntinhas – gardênias, violetas, lírios, rosas –, com fitas pretas pendendo no miolo oco. Nessas fitas, em tinta dourada, havia o nome de quem os enviara e frases de consolo: "Nossos mais sinceros pêsames", "Estamos rezando por vocês". Nos mais antigos, que já tinham perdido o viço, as gardênias estavam amareladas e os lírios, murchos. O ar recendia ao cheiro azedo, pútrido que saía deles.

Emília segurou o corrimão. Quatro semanas antes, Degas, seu marido, tinha se sentado com ela naqueles degraus de mármore. Tinha tentado alertá-la, mas ela não lhe dera ouvido; Degas já a tinha enganado tantas vezes... Desde a morte dele, Emília só fazia pensar, dia e noite, que aquele alerta talvez não tivesse sido uma das suas mentiras, mas uma última tentativa de redenção.

Dirigiu-se ao saguão de entrada. Tinha chegado uma nova coroa, com lírios rijos e fortes, com os estames carregados de pólen alaranjado. Emília ficou com pena daqueles lírios. Não tinham raízes, nem solo ou qualquer outra forma de se sustentar, mas, mesmo assim, floresciam. Agiam como se ainda fossem fecundos e fortes quando, na verdade, já estavam mortos – simplesmente não o sabiam. Sentiu aquele nó no peito se apertar. Os seus instintos lhe diziam que Degas estava certo, que aquele havia sido um alerta efetivo. E ela se sentia como aquelas coroas fúnebres, dando-lhe um reconhecimento que ele desejou tão desesperadamente em vida, mas só recebeu na morte.

As coroas eram um costume exclusivo da capital. O interior era geralmente seco demais para se cultivarem flores. As pessoas que morriam durante os meses de chuva eram, a um só tempo, abençoadas e amaldiçoadas: os corpos entravam em decomposição mais depressa e os presentes tinham de tapar o nariz durante o velório, mas punham-se buquês de dálias, cristas-de-galo e beneditas dentro da rede em que o morto seria enterrado, antes de transportá-lo para a cidade. Emília tinha participado de vários enterros, entre eles o de sua mãe, de quem mal conseguia se lembrar. O de seu pai aconteceu mais tarde, quando ela tinha 14 anos e Luzia, 12. Depois disso foram morar com tia Sofia, e, embora gostasse muito dela, Emília sonhava em fugir dali e ir viver na capital. Em criança, sempre acreditou que deixaria Sofia e Luzia. Na verdade, foram elas que a deixaram.

Pegou o cartão de borda preta que acompanhava a coroa recém-chegada. Era dirigido ao seu sogro, o Dr. Duarte Coelho.

"Que sofrimento imensurável", dizia o cartão. "Assim como a estima que temos pelo senhor. Volte logo ao trabalho! Seus colegas do Instituto de Criminologia." Aquelas coroas e aqueles cartões não se referiam a Degas. Os presentes que chegavam à casa dos Coelhos eram enviados para bajular os vivos. A maioria das flores vinha de políticos, de correligionários da Aliança Liberal ou de funcionários subordinados ao Dr. Duarte no Instituto de Criminologia. Umas poucas coroas eram de senhoras da sociedade, na esperança de cair nas boas graças de Emília. Mulheres que eram clientes da sua loja de roupas. Todas esperavam que o luto não a impedisse de prosseguir com o seu hobby na moda. Mulheres respeitáveis não tinham uma profissão, portanto a loja de Emília, que fazia tanto sucesso, era considerada um passatempo, como fazer crochê ou se dedicar a obras de caridade. Emília e a irmã eram costureiras. No interior, essa era uma profissão tida em alta conta, mas, no Recife, essa respeitabilidade não existia – as costureiras eram como empregadas ou lavadeiras. E, para desgosto dos Coelhos, o seu filho foi se casar justo com uma delas. No entanto, Emília tinha duas virtudes que a redimiam: era bonita e não tinha família. Assim, não haveria pais ou irmãos batendo à sua porta para pedir esmolas. O Dr. Duarte e sua esposa, dona Dulce, sabiam que a moça tinha uma irmã, mas achavam que ela havia morrido, como seus pais e a tia Sofia. Emília não desmentiu tal convicção. Sendo costureiras, tanto ela quanto Luzia sabiam cortar, emendar e esconder.

"Uma boa costureira tem de ser corajosa", era o que tia Sofia costumava dizer. Por muito tempo, Emília discordou. Achava que coragem envolvia risco. Na costura, tudo era medido, riscado, experimentado, refeito. O único risco era errar.

Uma boa costureira media tudo com precisão e, então, usando um lápis bem apontado, transferia aquelas medidas para o papel. Copiava o molde em morim, recortava os pedaços e costurava tudo, fazendo uma roupa-modelo que a cliente experimentava e que ela própria, a costureira, ia acertando com alfinetes para corrigir qualquer falha do seu molde. O morim sempre parecia feio e sem graça. A essa altura, a costureira tinha de ser entusiástica, visualizando a roupa num tecido lindo e convencendo a cliente daquela visão. A partir dos alfinetes e das marcações feitas no morim, corrigia o molde de papel e o transferia para um tecido bom: seda, linho ou algodão de qualidade. Depois, cortava. Finalmente, cosia todos aqueles pedaços, sempre passando a ferro, para que as dobras ficassem bem certinhas e as costuras, retas. Não havia nenhuma coragem nisso. Só paciência e um trabalho meticuloso.

Luzia nunca fazia moldes ou provas em morim. A partir das medidas que tirava, riscava direto no tecido e cortava. Aos olhos de Emília, isso também não era coragem – era habilidade. Luzia era ótima para tirar as medidas das pessoas. Sabia exatamente em que ponto passar a fita em torno de braços ou cinturas para conseguir as dimensões mais acuradas. Mas a sua habilidade não dependia de exatidão; Luzia era capaz de ver para além dos números. Sabia que estes podem mentir. Tia Sofia tinha lhes ensinado que o corpo humano não tem linhas retas. A fita métrica podia errar no traçado de costas encurvadas, no arco de um ombro, na curva de uma cintura, na dobra de um cotovelo. Luzia e Emília aprenderam a desconfiar da fita métrica. "Nunca confie numa fita de um estranho!", exclamava tia Sofia. "Confiem nos seus próprios olhos!" Foi assim que as duas aprenderam a ver onde era preciso ajustar ou afrouxar, aumentar ou diminuir antes mesmo de esticar a fita métrica. A costura era uma linguagem, dizia a tia. A linguagem das formas. Uma boa costureira era capaz de visualizar uma roupa vestindo um corpo e ver essa mesma roupa estirada na mesa de cortar, separada em vários pedaços soltos. Era raro uma se parecer com a outra. Esticados ali, os pedaços de uma roupa eram formas aleatórias separadas em duas metades. Cada uma tinha o seu oposto, a sua imagem espelhada.

À diferença da irmã, Emília preferia fazer moldes de papel. Não confiava tanto assim nas suas medidas e ficava nervosa sempre que tinha de pegar a tesoura e cortar o tecido definitivo. O corte era impiedoso. Se fossem mal cortados, os pedaços de uma roupa representavam horas de trabalho diante da máquina. E, muitas vezes, esse trabalho era inútil – há erros que a costura não consegue consertar.

Emília voltou a pôr o cartão de pêsames no lugar. Passou pelas coroas de flores. No fundo do saguão, havia um cavalete sem nenhuma coroa pendurada. O que havia ali era um retrato. Os Coelhos encomendaram uma pintura a óleo para o velório do filho. O Capibaribe era fundo e a correnteza, forte, mas a polícia conseguiu encontrar o corpo de Degas. Como ele estava inchado demais para deixarem o caixão aberto, o Dr. Duarte mandou fazer aquele quadro. No retrato, o marido de Emília estava sorridente, magro e confiante – tudo o que ele jamais fora em vida. O único traço que o pintor tinha captado com exatidão haviam sido as suas mãos. Aquelas mãos com dedos afilados e unhas imaculadas e polidas. Degas tinha sido corpulento, com um pescoço grosso e braços gorduchos, mas as suas mãos eram esguias, quase femininas. Emília adoraria ter reparado isso no momento em que o conheceu.

A polícia considerou a morte de Degas um acidente. Os policiais eram leais ao Dr. Duarte, fundador do primeiro Instituto de Criminologia do estado. Recife, porém, era uma cidade que prezava um escândalo. Acidentes não tinham graça nenhuma, não despertavam interesse. Durante o velório, Emília ouviu gente sussurrando. Tentavam desencavar culpados: o carro, o temporal, a ponte escorregadia, as águas turbulentas do rio ou o próprio Degas, sozinho ao volante do seu Chrysler Imperial. Dona Dulce – a sogra de Emília – insistia na versão da polícia. Sabia que o filho tinha mentido ao dizer que ia ao escritório pegar uns papéis importantes para uma viagem que faria a trabalho, coisa que jamais havia feito antes. Ele não foi ao escritório. Na verdade, ficou apenas rodando pela cidade. Dona Dulce não culpava a nora pela morte de Degas, mas por aquilo que a tinha causado: a falta de um objetivo na vida. A esposa certa – uma moça de boa família, da cidade – teria curado a fraqueza de Degas e lhe dado um filho. O Dr. Duarte via Emília com mais simpatia. Foi ele quem arranjou a tal viagem de trabalho para Degas. Sem que dona Dulce ficasse sabendo, tinha conseguido uma vaga para o filho no Pinel, um respeitado sanatório de São Paulo. Acreditava que o tratamento de choques elétricos conseguiria aquilo que o casamento e a autodisciplina não conseguiram.

Emília chegou mais perto do retrato, como se a proximidade pudesse tornar aquele rosto mais familiar. Tinha 25 anos e já era viúva, de luto por um marido que nunca compreendeu. Por vezes, chegou a odiá-lo. Em outras ocasiões, sentia uma inesperada afinidade com Degas. Sabia o que significava amar o que era proibido e negar esse amor, traí-lo. Uma emoção como essa era um fardo – algo tão pesado que podia arrastar alguém para o fundo do Capibaribe e mantê-lo lá.

Emília fora negligente com a própria vida. Vivia tão ansiosa para deixar o interior que escolheu Degas sem analisá-lo, sem avaliá-lo. Nos anos que se seguiram à sua fuga, tentou consertar os erros inerentes àquele começo apressado. Certas coisas, porém, nem valia a pena consertar. Quando percebeu isso, finalmente compreendeu o que tia Sofia queria dizer com coragem. Toda costureira tem de ser meticulosa. Tanto as novatas quanto as mais experientes podem tomar o maior cuidado do mundo com as medidas e o traçado dos moldes, mas precisão não é garantia de sucesso. Uma costureira sem muita habilidade entregava roupas malfeitas sem tentar esconder seus erros. Já as boas costureiras ficavam apegadíssimas aos seus projetos e passavam dias a fio tentando acertá-los. Mas as excelentes não faziam nada disso. Eram corajosas o bastante para recomeçar. Para admitir que erraram, jogar fora o que não tinha dado certo e começar tudo outra vez.

Emília se afastou do retrato de Degas. Descalça, foi saindo pé ante pé do saguão de entrada, dirigindo-se ao quintal da casa dos Coelhos. No meio do pátio cercado de samambaias ficava uma fonte. Uma criatura mítica, meio cavalo, meio peixe, cuspia água pela boca de cobre. Do outro lado, abriam-se as portas envidraçadas da sala de jantar. As cortinas estavam fechadas e balançavam ao vento. Por trás delas, Emília ouviu a voz de dona Dulce. A sogra falava rispidamente com uma empregada, dizendo-lhe para pôr a mesa de forma correta. O Dr. Duarte reclamava que o jornal estava atrasado. Como a nora, ele sempre esperava ansioso pelo jornal.

Na extrema direita do quintal, ficavam as portas do escritório do Dr. Duarte. Emília foi andando naquela direção, a passos rápidos, tomando cuidado para não pisar nos jabutis que estavam sempre circulando por ali. Os bichos eram herança de família, comprados pelo avô de seu marido e já com 50 anos de idade. Eram os únicos animais permitidos naquela casa e viviam satisfeitos a esbarrar nas paredes azulejadas do pátio, escondendo-se em meio às samambaias e comendo restos de frutas que as empregadas lhes traziam. Emília e Expedito gostavam de pegá-los no colo quando não havia ninguém ali para ver. Os jabutis eram tão pesados que eles precisavam usar as duas mãos. Suas patas enrugadas se debatiam freneticamente sempre que Emília pegava um deles, e quando tentava lhes acariciar a cabeça ela desaparecia entre os seus dedos. A única parte que conseguia tocar era o casco, grosso e insensível como os próprios jabutis.

Lá no interior, Emília vivia rodeada de animais. Eram lagartos durante os meses secos do verão e sapos no inverno. Havia beija-flores, centopeias e gatos de rua que vinham pedir leite na porta dos fundos. Tia Sofia criava galinhas e cabras, mas, como estas eram destinadas à mesa, Emília nunca fez amizade com elas. No entanto, tinha três pássaros que cantavam e viviam em gaiolas de madeira. De manhã, depois que lhes dava de comer, a moça enfiava o dedo pelas barras da gaiola e deixava que os pássaros bicassem debaixo de suas unhas. "Esses passarinhos foram enganados", dizia Luzia sempre que via a irmã lhes dar comida. "Você devia soltá-los." Não gostava nada do jeito como tinham sido apanhados. Os meninos das redondezas botavam um pedacinho de melancia ou de abóbora numa gaiola, ficavam esperando e fechavam a portinhola assim que um deles entrava. Depois iam vender esses bicos-de-lacre ou canários minúsculos na feira semanal. Quando os pássaros silvestres aprendiam o truque e evitavam entrar nas gaiolas para pegar a comida, os meninos adotavam outra estratégia, esta infalível. Amarravam ali dentro um passarinho domesticado para que os outros achassem que o local era seguro. Sem saber, um pássaro servia de isca para outro.

No escritório, o sogro de Emília tinha um corrupião de asa laranja treinado para cantar a primeira estrofe do hino nacional. Na cozinha dos Coelhos o movimento era constante, com sua sogra comandando uma legião de empregadas para fazer geleias, queijos e doces. Às vezes, porém, apesar de todo aquele barulho, Emília podia ouvir o corrupião cantando as sombrias notas do hino, como um fantasma cuja voz saísse de dentro das paredes.

O passarinho piou quando Emília empurrou a porta do escritório. Ele ficava ali, bem no meio do cômodo, numa gaiola de latão, entre os mapas frenológicos do Dr. Duarte, sua coleção de órgãos descorados, boiando em potes de vidro, e a fileira de crânios de porcelana com as partes do cérebro devidamente classificadas e numeradas. Emília suava debaixo dos braços. Sentiu um cheiro meio azedo e não saberia dizer se ele vinha do seu vestido tingido ou do próprio suor. O seu sogro não deixava ninguém entrar naquele escritório sem ser convidado, nem mesmo as empregadas. Se fosse apanhada ali, diria que tinha ido ver como estava o corrupião. Ignorou o pássaro e se dirigiu à escrivaninha. Em cima do móvel, havia pilhas de cartões de pêsames ainda não respondidos. Papéis com listas das medidas cranianas de todos os presos da casa de detenção. O rascunho manuscrito de um discurso que o Dr. Duarte faria no fim do mês. No texto, palavras haviam sido riscadas. O discurso estava inacabado; seu sogro ainda não havia conseguido o tão precioso espécime: uma criminosa cujas medidas cranianas confirmariam as suas teorias e concluiriam a sua explanação. Emília remexeu aquelas pilhas de papéis. Nada ali se parecia com uma fatura. Não havia formulários da alfândega, nem registros de transporte ferroviário ou qualquer documento datado que se referisse a uma remessa pouco comum para o Brasil. Procurou palavras escritas em língua estrangeira, sabendo que reconheceria uma delas em particular: *Bergmann*. O nome era o mesmo em alemão e em português.

Tudo o que encontrou foram recortes de jornal. Ela própria tinha uma coleção semelhante, trancada no porta-joias para que as empregadas dos Coelhos não pudessem encontrá-la. Alguns artigos estavam amarelados pelo tempo de exposição à umidade do Recife. Alguns ainda cheiravam a tinta. Todos se referiam ao brutal cangaceiro Antônio Teixeira – apelidado de Carcará porque gostava de arrancar os olhos de suas vítimas – e à sua mulher, chamada a Costureira. Não eram fugitivos, pois nunca haviam sido capturados. Não eram fora da lei, pois no interior não existiam leis, ao menos até recentemente, quando o presidente Vargas tentara implementar a sua própria legislação. A definição de cangaceiro dependia de quem respondesse à pergunta. Para os agricultores que arrendavam terras alheias, esses indivíduos eram heróis e protetores. Para os vaqueiros e os comerciantes, eram ladrões. Para as moças das fazendas, eram ótimos bailarinos e heróis românticos. Para as mães dessas moças, eram uns demônios estupradores. Os alunos das escolas, que quase sempre brincavam de polícia e cangaceiro, brigavam para ser esses últimos, apesar de as professoras os repreenderem por isso. Finalmente, para os coronéis – os grandes latifundiários do interior –, os cangaceiros eram um aborrecimento inevitável, como as secas que matavam a safra de algodão ou a brucelose mortífera que atacava o gado. Eram uma praga que os coronéis tinham de enfrentar, assim como seus pais, avós e bisavós haviam feito antes. Os cangaceiros viviam como nômades pela aridez espinhosa do sertão, roubando vacas e cabras, atacando cidades, vingando-se dos inimigos. Eram homens que ninguém podia obrigar à obediência pelo medo ou reduzir à submissão pelo chicote.

O Carcará e a Costureira eram uma nova espécie de cangaceiros. Sabiam ler e escrever. Mandavam telegramas para a redação do *Diário de Pernambuco* e chegavam até a enviar mensagens pessoais ao governador e ao presidente, documentos que os jornais fotografavam e divulgavam em suas páginas. Tais mensagens eram escritas em papel de qualidade, com o timbre do bandido – um grande C – impresso no alto da folha. Nelas, o Carcará condenava o projeto viário do governo, a rodovia Transnordestina, e prometia atacar todos os canteiros de obras da região. E insistia em afirmar que não era um simples ladrão de cabras, mas sim um líder. Propunha que se dividisse o estado de Pernambuco, deixando o litoral para a República e o interior para os cangaceiros. Emília observava com cuidado a caligrafia do Carcará. Havia algo feminino naquele traçado sinuoso, algo que lembrava muito as letras que o padre Otto, o imigrante alemão, professor da sua velha escola primária, havia ensinado a ela própria e a Luzia quando eram crianças.

Os repórteres diziam que o bando do Carcará contava entre vinte e cinquenta homens e mulheres bem armados. A líder do bando, a Costureira, era célebre por sua brutalidade, sua perícia com as armas de fogo e sua aparência. Não era bonita, mas era bem mais alta que a maioria dos homens. E tinha um braço defeituoso, permanentemente dobrado no cotovelo. Ninguém sabia dizer de onde vinha aquele apelido. Segundo alguns, ela era chamada assim pela precisão de sua pontaria: a Costureira podia furar um homem inteirinho, exatamente como a máquina de costura enfia a agulha nos tecidos. Outros diziam que ela sabia mesmo costurar e era responsável pelos elaborados uniformes dos cangaceiros. O *Diário* tinha publicado a única foto do bando, e Emília a guardava no seu porta-joias. Todos usavam calças e gibões bem-cortados. Seus chapéus tinham as abas dobradas e viradas para cima, parecendo uma meia-lua. Os apetrechos que carregavam, desde os bornais de alças largas até as cartucheiras que levavam na cintura, eram todos enfeitados com estrelas, círculos e outros símbolos indecifráveis. As suas roupas eram inteiramente bordadas. As alças de couro dos fuzis eram lavradas e tacheadas. Aos olhos de Emília, os cangaceiros pareciam a um só tempo magníficos e ridículos.

A última teoria sobre o apelido da líder do bando era a única em que Emília acreditava. Aquela mulher alta e com o braço aleijado era chamada de Costureira porque mantinha o grupo unido. Apesar da seca de 1932; apesar dos esforços do presidente Vargas para exterminar o bando; apesar das recompensas em dinheiro que o Instituto de Criminologia oferecia pela cabeça daqueles bandidos, os cangaceiros haviam sobrevivido. Chegaram até a admitir mulheres em suas fileiras. Muitos atribuíam esse sucesso à Costureira. Havia vários boatos – não confirmados, mas persistentes – de que o Carcará tinha morrido. De que fora a Costureira que planejara todos os ataques às obras da rodovia. Que fora ela que escrevera as cartas dirigidas ao presidente. Que fora ela que enviara os telegramas assinados pelo Carcará. Quase todos os políticos, os policiais e até mesmo o próprio presidente consideravam essa versão impossível. A Costureira era alta, inflexível e perversa, mas continuava sendo uma mulher.

Emília remexeu na última pilha de papéis sobre a escrivaninha do sogro. Os recortes de jornais colavam em suas mãos suadas. Soltou-os com um sacolejo. Nunca conseguiu entender o comportamento da Costureira, mas admirava a ousadia, a força daquela cangaceira. Nos dias que se seguiram à morte de Degas, rezou para ter essas qualidades.

Soou uma campainha dentro da casa dos Coelhos. O café da manhã estava na mesa. A sogra de Emília tinha sempre uma sineta de bronze ao lado de sua cadeira na sala de jantar. Usava-a para chamar as empregadas e para anunciar a hora das refeições. A campainha tocou novamente; dona Dulce não gostava de retardatários. Emília ajeitou os papéis em cima da escrivaninha do sogro e saiu do escritório.

Sentou-se no lugar que lhe havia sido destinado, numa ponta da mesa, afastada dos demais. Seu sogro ficava na cabeceira, tomando café numa xícara de porcelana e lendo o jornal. A sogra de Emília sentava ao lado do marido, pálida e rígida em seus trajes de luto. Entre os dois, havia uma cadeira vazia com o espaldar coberto por um pano preto: era onde Degas se sentava. O seu lugar à mesa estava posto com todo o cuidado, com a louça azul e branca dos Coelhos, como se dona Dulce esperasse que o filho fosse voltar. Emília fitou o que havia à sua frente. Eram coisas de mais para se usar. Havia uma colher de tamanho médio para mexer o café; outra, um pouco maior, para o fubá; uma terceira, bem miudinha, para a geleia, e um jogo de garfos para os ovos e as bananas fritas. Anos atrás, nas primeiras semanas que passou na casa dos Coelhos, Emília não sabia o que era o quê. Mas também não ousava tentar adivinhar, pois a sogra a observava atentamente lá do outro lado da mesa. Não havia a menor necessidade de tanta complicação, tanto requinte pela manhã, e, em seus primeiros meses ali, a moça achava que a sogra só botava uma mesa tão elaborada para confundi-la.

Emília ignorou a travessa com ovos e o fubá fumegante que estavam no meio da mesa. Tomou café. Perto dela, o Dr. Duarte interrompeu a leitura do jornal e sorriu. Tinha dentes grandes e amarelos.

– Vejam! – exclamou ele, sacudindo as páginas do *Diário de Pernambuco*.

A manchete dançava diante dos olhos de Emília.

O ataque aos cangaceiros foi um sucesso!
Acredita-se que a Costureira e o Carcará estejam mortos!
A cabeça de ambos está sendo trazida para o Recife.

A moça se levantou e foi até a cabeceira da mesa.

Segundo o artigo, o presidente da República não toleraria a anarquia. Tropas equipadas com novas armas, as metralhadoras Bergmann, haviam sido enviadas para o sertão. As tais armas eram uma maravilha moderna, dando quinhentos tiros por minuto. Haviam sido importadas da Alemanha por Coelho & Filho, Ltda., a firma de importação e exportação de propriedade do renomado criminologista Dr. Duarte Coelho e seu filho Degas, recém-falecido. A remessa das Bergmanns tinha chegado secretamente, mais cedo do que se poderia prever.

O jornal informava que, antes da emboscada, os cangaceiros haviam atacado e incendiado um dos canteiros de obras da rodovia. Haviam atacado também uma cidade. Testemunhas – pequenos agricultores e o sanfoneiro do lugar – disseram que os bandidos haviam comprado uma caixa de água-de-colônia Fleur d'Amour e atirado moedas para as crianças nas ruas. Disseram ainda que eles tinham assistido à missa e até mesmo se confessado. Depois disso, a Costureira e o Carcará levaram o bando para o rio São Francisco, para pernoitar na fazenda do doutor. Este, que em outros tempos fora amigo de confiança dos cangaceiros, havia se bandeado em segredo para o lado do governo e telegrafado às tropas sediadas ali perto informando-as sobre a presença do Carcará. "O pássaro está em casa", era o que dizia a mensagem.

O bando estava acampado num açude vazio quando as tropas do governo invadiram o local. Estava escuro, o que dificultava a visão para fazer pontaria. Mas, com as novas metralhadoras Bergmann, os soldados nem precisavam mirar. Acertaram os alvos com toda a facilidade. No dia seguinte, um vaqueiro, que estava tirando o gado do curral, disse que uns poucos cangaceiros tinham escapado da batalha com as tropas. Alegava ter visto um pequeno grupo – todos usando aquele chapéu característico do cangaço, com as abas dobradas e levantadas, em forma de meia-lua – atravessando, a passo trôpego, a fronteira do estado. Mas os policiais declaravam que todos os bandidos haviam sido mortos a tiros e decapitados, inclusive a Costureira.

Emília leu a última linha do texto e não sentiu a xícara de porcelana lhe escorregar das mãos para se espatifar no chão de ardósia. Não sentiu o líquido quente respingar nos seus tornozelos; não ouviu a sogra soltar uma exclamação, dizendo que ela não tinha modos; não viu a empregada se arrastar debaixo da mesa de mármore para limpar toda aquela sujeira.

Subiu correndo as escadas e foi para o seu quarto – o último, no final do corredor atapetado e cheirando a guardado. Expedito estava lá, sentado na cama de Emília, para a babá pentear seu cabelo molhado. A moça dispensou a empregada. Tirou o menino da cama.

Quando ele se contorceu, tentando se livrar do seu abraço apertado, Emília o soltou. Puxou uma caixa de madeira lustrosa de baixo da cama. Abriu o cordão de ouro que sempre trazia ao pescoço e usou a chavinha de latão que ficava pendurada ali para abrir o fecho da tampa. Dentro da caixa, havia uma bandeja forrada de veludo, praticamente vazia, a não ser pela presença de um anel e um colar de pérolas. Degas tinha comprado o maior porta-joias que encontrou, prometendo-lhe enchê-lo completamente. Emília ergueu a bandeja. Debaixo dela, no espaço destinado a guardar pingentes, tiaras ou pulseiras bem grossas, estava a sua coleção de recortes de jornal, amarrada com uma fita azul. Mais abaixo ainda, havia uma pequena foto emoldurada. Duas meninas, uma ao lado da outra. Ambas de vestido branco. Ambas com um missal nas mãos. Uma delas tinha um largo sorriso no rosto. Seus olhos, porém, não combinavam com a felicidade rígida que a boca expressava. Pareciam ansiosos, na expectativa de algo. A outra tinha se mexido no momento em que a foto foi tirada e estava, portanto, fora de foco. A menos que se olhasse bem de perto, e que fosse alguém que a conhecesse, ficava difícil saber exatamente quem era.

Ao sair de sua terra natal, Taquaritinga, montada a cavalo, Emília trazia nos braços esse retrato de sua primeira comunhão. Ele ficou no seu colo durante toda a viagem no trem sacolejante que a trouxe até o Recife. Na casa dos Coelhos, guardou a foto no porta-joias, o único lugar em que as empregadas da família eram proibidas de mexer.

Ajoelhou-se junto do retrato. O menino a imitou, juntando as mãos diante do peito, como Emília havia lhe ensinado. E ficou olhando para ela. À luz do sol, os olhos dele não eram tão escuros quanto às vezes pareciam – naquele castanho havia uns pontinhos verdes. Emília baixou a cabeça.

Rezou para santa Luzia, padroeira dos olhos, em cuja homenagem sua irmã tinha sido batizada e que era sua protetora. Rezou para Nossa Senhora, a maior guardiã das mulheres. E, mais fervorosamente ainda, rezou para santo Expedito, o padroeiro das causas impossíveis.

Emília havia abandonado várias de suas velhas crenças tolas depois que chegara àquela casa – um lugar onde seu marido não fora seu marido, mas um estranho qualquer que nem lhe importava conhecer; onde as empregadas não eram empregadas, mas espiãs de sua sogra; onde as frutas não eram frutas, mas objetos de madeira, lustrosos e mortos. No entanto, continuava a acreditar nos santos. Acreditava nos seus poderes. Uma vez, santo Expedito trouxera sua irmã de volta da morte. Poderia fazer isso novamente.

Capítulo 1

Emília

Taquaritinga do Norte, Pernambuco
Março de 1928

1

Debaixo da cama, tia Sofia guardava uma caixa de madeira com os ossos do marido. Todo dia, pela manhã, Emília ouvia o farfalhar dos lençóis engomados, o estalar das articulações da tia quando esta se ajoelhava para tirar a caixa do seu lugar habitual. "Meu falecido", sussurrava, porque não se deve dizer o nome dos mortos. Só se referia a ele assim nos melhores dias. Se acordasse irritada, atacada de artrite ou com a cabeça cheia de preocupações por Emília e Luzia, dirigia-se à caixa num tom mais severo, dizendo "meu marido". Quando ficava acordada até mais tarde, sentada na cadeira de balanço e fitando os retratos de família, no dia seguinte falava com a caixa docemente, murmurando baixinho: "meu finado". E se a seca piorasse, se quase não aparecesse trabalho de costura ou Emília tivesse voltado a desobedecê-la, tia Sofia suspirava e dizia: "Ó, meu defunto, meu fardo."

Era assim que Emília adivinhava o humor de sua tia. Sabia quando podia pedir mais tecidos para vestidos e quando deveria ficar quieta. Quando podia pôr um pouquinho de perfume e de ruge ou quando deveria sair de cara lavada.

Os dois quartos eram separados por uma parede caiada que se erguia a uma altura de 3 metros e terminava abrindo espaço para as estacas de madeira que sustentavam as vigas do teto com as carreiras de telhas alaranjadas. As orações que Sofia murmurava passavam por cima daquela parede. Emília dormia na mesma cama que a irmã. Um raio de sol empoeirado atravessou uma fenda do telhado. Penetrou pelo mosquiteiro amarelado. Emília estreitou os olhos. Ouviu o barulhinho das contas do rosário nas mãos da tia. Depois, um resmungo e, em seguida, o chocalhar dos ossos de tio Tirço quando tia Sofia empurrou a caixa de volta para baixo da cama. Aquele arrastar diário da caixa já tinha deixado sua marca no piso – duas risquinhas mais claras do que o tijolo queimado que recobria o chão de todos os cômodos da casa, à exceção da cozinha.

Esta era de terra batida, um piso alaranjado e sempre úmido. Emília jurava que aquela umidade atravessava a sola de suas sandálias de couro. Tia Sofia e Luzia andavam descalças pelo chão, mas Emília insistia em usar sapatos. Em criança, circulava descalça pela casa toda e as solas de seus pés tinham ficado cor de laranja, como as da tia e da irmã. Passou então a esfregar os pés com água quente e uma esponja, para que ficassem claros como devem ser os pés de uma dama. As manchas, porém, nunca saíram e, para ela, a culpa era toda do chão.

Naquele ano, as chuvas de inverno foram raras e as de janeiro simplesmente não vieram. Os cafeeiros dos vizinhos não floresceram. Os botões roxos dos pés de feijão que tia Sofia cultivava no quintal murcharam e elas perderam metade da colheita anual. Até o piso da cozinha ficou seco e rachado. Emília tinha de varrê-lo três vezes por dia para evitar que a poeira alaranjada cobrisse as vasilhas, se acumulasse nas cabaças e sujasse a bainha dos vestidos. Estava economizando para pôr um piso decente e, para isso, vinha fazendo camisolas e lenços extras para os seus patrões, o coronel Pereira e sua esposa, dona Conceição. Quando juntasse o suficiente, compraria meio saco de cimento e aquele chão de terra batida sumiria debaixo de uma espessa camada de concreto.

O lugar de Luzia na cama estava vazio. Com certeza a irmã estava rezando, como sempre fazia pela manhã, diante das imagens no altar que ficava na despensa. Emília saiu de baixo do cortinado e se levantou; tinha o seu próprio altar. No baú das roupas, havia uma pequena gravura de santo Antônio recortada do último número da *Fon Fon*, sua revista favorita, que trazia moldes de costura, folhetins e, às vezes, um guia de orações. Dona Conceição lhe dava números antigos dessa revista e de outra que Emília adorava, *O Capricho*. Ela guardava aquilo tudo em três pilhas debaixo da cama, embora tia Sofia reclamasse que aquele arranjo atrairia camundongos.

Emília se ajoelhou diante do velho baú preto. A revista *Fon Fon* ensinava a pôr a imagem de santo Antônio – o santo casamenteiro – diante de um espelho com uma rosa branca ao lado. "Encontre o seu par perfeito!", propunha a revista. "Uma oração para você encontrar o marido certo." E garantia às leitoras que três pais-nossos e três ave-marias rezados toda manhã para o santo resolveriam a questão.

A moça botou a imagem perto do espelhinho meio baço que cabia na palma de sua mão e que ela havia comprado com suas economias. Aquilo nem se comparava ao espelho de corpo inteiro que dona Conceição tinha no quarto de costura, mas, se o apoiasse no baú das roupas, podia ver bem direitinho o próprio rosto e o cabelo. Só que não havia rosas brancas na sua cidade. Aliás, não havia flor alguma por ali. As vigorosas beneditas, que cresciam na beira das estradas, tinham perdido as pétalas rosadas e amarelas e deixado cair suas sementes naquele solo duro e seco. As dálias de tia Sofia recurvaram a cabeça pesada e sumiram em seus bulbos enterrados no chão, fugindo do calor. Até os cajueiros e os pés de café pareciam abatidos, com as folhas amareladas por causa do sol constante. A moça fez então uma rosa de retalhos; com certeza santo Antônio compreenderia. Juntou as mãos e rezou.

Tinha 19 anos e já era solteirona. As fofoqueiras da cidade diziam que as irmãs iam ficar encalhadas, mas por motivos diferentes. O destino de Luzia havia sido selado pelo acidente que sofrera na infância: aos 11 anos, caiu de uma árvore bem alta e quase morreu. A queda deformou o seu braço e a deixou, segundo se dizia, meio atarantada. Homem nenhum ia querer uma esposa aleijada, era o que se comentava; ainda por cima alguém com o gênio de Luzia. Emília não tinha qualquer deformação física, graças a Deus. Já tivera vários pretendentes que afluíam àquela casa como vira-latas. Tia Sofia lhes oferecia café e bolo de macaxeira, mas Emília se escondia no quarto e pedia a Luzia que os enxotasse de lá.

Se insistissem em ficar, a moça ia espiar a cozinha escondida atrás da porta. Os pretendentes eram jovens lavradores que aparentavam mais idade do que tinham. Usavam chapéus amassados, sentavam-se com as pernas bem abertas e ficavam estalando os dedos daquelas mãos enormes e calejadas. Enquanto a cortejavam, eram só sorrisos e falta de jeito. Mas Emília já os vira negociando na feira semanal, aos gritos e cheios de si, pegando galos pelas asas e partindo o pescoço dos animais num gesto rápido. Depois de rejeitar um pretendente, a moça com frequência o via desfilar com uma mulher na feira dos sábados, arrastando a jovem esposa tímida por ali afora, como se ela fosse algum animalzinho arisco que pudesse escapar à mão firme do marido.

Emília lia os folhetins da *Fon Fon*. Fora de Taquaritinga, existia uma outra espécie de homens. Cavalheiros eram perfumados e gentis. Usavam o bigode escovado, o cabelo com brilhantina, a barba aparada, as roupas bem-passadas. Não era uma questão de dinheiro, mas de atitude. Ela não era esnobe, como diziam as fofoqueiras da cidade. Sonhava com refinamento, não com riqueza. Mistério, não fortuna. À noite, quando acabava de rezar, imaginava-se como uma daquelas heroínas da *Fon Fon*, elegantemente vestida, apaixonada por um capitão cujo navio se perdera no mar. Via-se numa duna, gritando para as águas o nome do amado. Ou como sua enfermeira, cuidando dele quando voltava à terra firme. O rapaz havia ficado mudo e ela se tornava a sua voz, espreitando aquelas sobrancelhas escuras que subiam e desciam, comunicando-se numa linguagem que só ela entendia. Esse mistério, esse ansiar tristonho que perpassava todas as histórias publicadas na *Fon Fon*, pareciam ser a fonte mesma do amor. Emília rezava para que lhe acontecesse coisa semelhante. Dormiu sem travesseiro, fez promessa de não comer mais doces e espetou o dedo trinta vezes com a agulha de costura como penitência oferecida aos santos em troca de sua ajuda. Nada disso funcionou. A rosa branca e as orações ensinadas pela *Fon Fon* eram a sua última esperança.

Segurou bem firme nas mãos a imagem de santo Antônio recortada da revista.

– Professor Célio – murmurou, em meio às orações.

Célio, o professor de costura, não era misterioso nem trágico. Era um homenzinho magro, com olhos meigos e dedos longos. Mas era diferente dos rapazes de Taquaritinga. Usava ternos recém-passados e sapatos bem-engraxados. E vinha da grande metrópole, São Paulo, para onde voltaria quando o curso terminasse.

– Por favor, santo Antônio, permita que eu vá com ele – sussurrou Emília.

– Não devia pedir essas bobagens aos santos – disse Luzia, parada à porta do quarto.

Sua cabeça quase encostava no portal caiado. Sempre que entrava em um aposento parecia enchê-lo por completo, fazendo o espaço parecer menor do que era. Tinha os ombros largos e os músculos do braço direito – o braço bom – eram roliços e rijos, definidos por anos e anos girando a manivela da máquina de costura de tia Sofia. Os olhos eram o seu traço mais bonito, mais feminino. Emília tinha inveja deles. Eram verdes e com pálpebras pesadas, como as de um gato. Sob as sobrancelhas grossas e os cílios bem pretos, aquela cor se destacava, como os brotos das dálias de tia Sofia emersos da terra escura. Luzia segurava o braço esquerdo, o aleijado, com o direito. O cotovelo daquele braço tinha ficado definitivamente dobrado, formando um ângulo reto bem acentuado. Os dedos e o ombro funcionavam perfeitamente, mas o cotovelo nunca mais endireitou. Para a tia, a culpa era toda da encanadeira, que teria feito um péssimo trabalho ao imobilizar os ossos fraturados.

– O amor não é bobagem – retrucou Emília, fechando os olhos para retomar as orações.

– E santo Antônio nem é o santo certo para isso – prosseguiu Luzia. – Ele não vai acertar o seu par. Você vai pedir um garanhão e ele vai lhe dar um burro.

– Bom, não é isso que diz a *Fon Fon*.

– Devia rezar para são Pedro.

– Cuide das suas orações que eu cuido das minhas – exclamou Emília, apertando o santinho com mais força ainda entre as palmas das mãos.

– Você devia acender uma vela para chamar a atenção dele – acrescentou Luzia. – Flores não adiantam nada. E essa aí nem é de verdade.

– Cale a boca! – esbravejou Emília.

Luzia deu de ombros e foi embora. Emília tentou se concentrar nas orações, mas não conseguiu. Pôs o cabelo para trás das orelhas, beijou a imagem de santo Antônio e saiu do quarto, atrás da irmã.

2

A casa era pequena, mas sólida, com paredes de tijolos pelo lado de fora e um bom acabamento por dentro, com reboco e caiação. As visitas que apareciam por ali passavam as mãos na superfície porosa daquelas paredes, impressionadas com tamanha extravagância. Tia Sofia também tinha mandado instalar um banheirinho nos fundos, com porta de madeira e um buraco cimentado no chão de terra batida. Dizia-se que ela bancava a rica, estragando as sobrinhas com todos aqueles luxos. A tia era a melhor costureira da cidade. Havia outras mulheres que sabiam costurar, mas, segundo tia Sofia, nenhuma delas era profissional. Davam pontos malfeitos, não reforçavam as costuras das calças nem sabiam cortar uma camisa de homem. Sua máquina de costura era velha, uma Singer manual com uma roda movida a manivela e uma base de madeira. A manivela estava enferrujada, dificultando o movimento da roda; a agulha estava meio cega e o braço, que fazia a agulha subir e descer, vira e mexe emperrava. Mas tia Sofia insistia em dizer que não é a máquina que faz a costureira. Uma boa costureira precisa prestar atenção aos detalhes; precisa reconhecer as formas do corpo das pessoas e entender como os diferentes tecidos vão cair sobre essas formas ou aderir a elas; precisa ser eficiente com os tecidos, sem nunca cortar de mais ou de menos, e, finalmente, depois que a roupa tivesse sido cortada e fosse passada sob a agulha da máquina, ela não podia vacilar, não podia hesitar. Uma boa costureira tinha de ser decidida.

Quando as meninas ainda eram bem pequenas, tia Sofia lhes ensinou a cortar roupas de bonecas em papel de embrulho e, depois, a transferir esses moldes para retalhos de tecido. Primeiro, ensinou-lhes a costurar à mão, o que foi mais fácil para Luzia, e, depois, mostrou-lhes como funcionava a máquina. Aquela roda movida a manivela foi um desafio para a irmã de Emília. Ela fazia funcionar a roda com o braço bom e com o aleijado devia segurar o tecido que passava sob a agulha. Como aquele braço não dobrava, Luzia tinha de revirar toda a parte superior do corpo para impedir que o tecido escorregasse e conseguir fazer a costura em linha reta. A maioria das pessoas contratava os serviços da tia e das sobrinhas para fazer as roupas de primeira comunhão dos filhos, os vestidos de noiva das filhas, os ternos com que os pais seriam enterrados, mas estas ocasiões eram raras e solenes. Seus principais clientes eram o coronel e sua esposa, dona Conceição.

Emília adorava ir costurar na casa do coronel. Adorava os bolos de goiabada que a empregada trazia até o quarto de costura na hora do lanche. Adorava o cheiro forte de cera do assoalho, o som dos saltos altos de dona Conceição batendo no piso azulejado em preto e branco, as sonoras badaladas do velho relógio no saguão de entrada. O teto da casa era pintado e engessado, o que escondia as telhas alaranjadas. Era liso e branco, como o glacê da cobertura de um bolo.

Dona Conceição tinha acabado de comprar uma máquina moderníssima, uma Singer movida a pedal. A peça estava instalada em uma sólida base de madeira com pés de ferro e com motivos florais gravados na reluzente superfície prateada. Precisou ser carregada pelas duas mulas do coronel para subir a estradinha sinuosa até a cidade. E ela era bem mais difícil de usar do que a velha máquina manual de tia Sofia. Foi por isso que a Singer enviou instrutores pelo Brasil afora e oferecia sete aulas gratuitas a quem comprasse o seu novo modelo. Dona Conceição fez questão de que Emília e Luzia frequentassem esse curso. As aulas não agradaram nada a Luzia, mas Emília gostou. Foi assim que ficou conhecendo o professor Célio, graças a quem, esperava a moça, conheceria o mundo.

Nos dias de aula, Emília abreviava as orações a santo Antônio para poder lavar a cabeça. O cabelo tinha de estar completamente seco, senão a tia não a deixava sair de casa. Tia Sofia acreditava nos perigos do cabelo molhado – era algo que podia causar febres, doenças terríveis e até mesmo deformidades físicas. Quando as duas eram crianças, ela vivia repetindo a história de uma garotinha desobediente que foi para a rua com o cabelo molhado. Pegou um golpe de ar e ficou torta para o resto da vida, com o corpo inteiro deformado e imprestável.

Emília foi até a cozinha. A lenha em brasa brilhava, saindo pela boca escurecida do fogão. Tia Sofia avivava o fogo com uma vara comprida e, depois, abanava bem, pela pequena abertura que ficava na parede de tijolos, abaixo das chamas. Tinha as pernas grossas como um mourão de cerca e seus tornozelos não se distinguiam das panturrilhas. Veias azuis saltavam sob a pele de seus tornozelos e atrás dos joelhos, causadas pelos muitos anos sentada diante da máquina de costura. Nas suas costas, pendia uma trança branca bem comprida.

– Sua bênção, tia – disse Emília, bocejando.

A tia parou de abanar o fogão. Beijou a sobrinha na testa.

– Deus a abençoe – disse ela, franzindo as sobrancelhas e puxando o cabelo da moça. – Desse jeito, você está parecendo um homem. Um desses cangaceiros.

Os modelos do último número da *Fon Fon*, desenhos de mulheres de corpos esguios e boca pintada de batom, usavam o cabelo negro e luzidio bem curto, mais parecendo um pedaço de seda a lhes emoldurar o rosto, formando ângulos acentuados. Na semana anterior, Emília passara a mão na tesoura de costura e imitara aquele corte. A tia quase desmaiou quando viu. "Meu Deus do céu!", exclamou. Pegou a sobrinha pelo braço e a levou até o oratório para que a moça rezasse, pedindo perdão. Desde então, mandava que ela usasse um lenço na cabeça sempre que ia sair de casa. Emília esperava uma reação desse tipo – já fazia anos que tio Tirço havia morrido e, mesmo assim, tia Sofia continuava usando vestidos pretos com duas combinações por baixo. Com menos, afirmava, era como se estivesse nua. Nunca permitiu que Luzia ou Emília usassem vermelho – ou encarnado, como dizia –, porque era a cor do pecado. E quando Emília usou seu primeiro califom, Sofia apertou tanto as tiras que a moça quase desmaiou.

– Tenho de pôr o lenço hoje, tia? – perguntou Emília.

– Claro – respondeu Sofia. – Vai usar até o cabelo voltar a crescer.

– Mas lá na capital todo mundo está usando o cabelo desse jeito.

– Não estamos na capital.

– Por favor, tia. Só hoje. Só para a aula de costura!

– Não – retrucou a tia, abanando o fogo com mais força.

As brasas reluziram, alaranjadas.

– Mas fico parecendo uma colhedora de café.

– Melhor parecer uma colhedora de café do que uma moça fácil! – esbravejou Sofia. – Não há vergonha alguma em ser colhedora de café. Sua mãe fazia isso quando era criança.

Emília suspirou profundamente. Não gostava de imaginar a mãe daquele jeito.

– E nada de ficar emburrada – disse a tia, apontando o atiçador para a cabeça da sobrinha. – Devia ter pensado um pouco antes de fazer... isso aí.

– Sim, senhora – respondeu Emília.

Ergueu o paninho que cobria a jarra de barro ali perto do fogão e despejou umas boas canecas de água na bacia de metal. No outro canto da cozinha, Sofia tinha instalado uma espécie de cortina para elas poderem tomar banho sossegadas. A moça pegou o sabonete perfumado que escondia no parapeito da janela. Foi presente de dona Conceição. E era mil vezes preferível ao sabão barato que a tia comprava e que deixava tudo com cheiro de cinza. Agachou-se junto à bacia e jogou água na cabeça. Depois, esfregou a bolinha perfumada nas mãos.

– Sua bênção, tia – disse Luzia, entrando pela porta dos fundos, descalça e com uma tigela vazia nas mãos grandes.

Acabara de jogar milho para as galinhas-d'angola. Emília não gostava daquelas aves pintadas: sempre que tinha de lhes dar comida, elas vinham bicar seus dedos dos pés ou esvoaçavam perto do seu rosto. Já com Luzia, as galinhas eram educadíssimas: saíam da frente para deixá-la passar e soltavam aquele piado agudo estranho, que parecia um bando de mulheres idosas repetindo as palavras "estou fraca, estou fraca, estou fraca".

– Lavando a cabeça de novo? – perguntou a irmã. Como Emília a ignorou, ela pôs as mãos nos quadris e prosseguiu: – Está desperdiçando água. Como é que vai ser se não chover por mais quatro meses?

– Não sou um bicho – retrucou Emília, sacudindo a cabeça. Os respingos formaram manchas escuras no chão de terra batida. – Não quero cheirar como eles.

Tia Sofia pegou uma mecha embaraçada do cabelo de Luzia e a aproximou do rosto. Franziu o nariz.

– Você está fedendo como uma tacaca! Pare de implicar com sua irmã e vá se lavar também. Não quero que vá à aula de costura suja desse jeito.

– Odeio essas aulas – exclamou Luzia, desvencilhando-se da tia.

– Não diga isso! – retrucou Sofia. – Você devia ser grata.

Luzia se deixou cair num banquinho de madeira. Com o braço bom, segurou o outro, hábito que fazia com que ambos parecessem normais, como se ela estivesse irritada e simplesmente cruzasse os braços diante do peito.

– E sou grata – resmungou a moça. – Só que, uma vez por mês, tenho de ficar vendo Emília se derreter toda para o professor.

– Não me derreto coisa nenhuma! – exclamou Emília, sentindo que enrubescia. – É apenas respeito. Ele é nosso professor.

Tia Sofia jamais aprovaria as cartas perfumadas, os sorrisos secretos. Achava que ficar de mãos dadas em público era uma vergonha; que um beijo na praça significava casamento.

– Você está é com inveja – prosseguiu Emília. – Eu consigo usar a Singer e você não.

– Não tenho inveja de você – retrucou a irmã, lançando-lhe um olhar atravessado. – Bunda de balaio!

Emília parou de enxugar o cabelo. As crianças da escola paroquial tinham lhe dado esse apelido quando seu corpo começou a mudar, ficando apertado nos vestidos. Desde então, não podia nem olhar para os cestos grandes e redondos que eram vendidos no mercado sem sentir uma pontada no coração.

– Vitrola! – gritou Emília.

Por um instante, os olhos de Luzia se arregalaram, suas pupilas ficaram parecendo dois buracos escavados naqueles círculos de um verde brilhante. Depois, se estreitaram. Ela passou a mão no sabonete perfumado e o atirou pela janela. Emília se levantou bruscamente, quase derrubando a bacia. Abriu a porta da cozinha. O sabonete de lavanda tinha caído perto do banheiro, num tufo de milho seco. As galinhas-d'angola vieram bicá-lo. A moça saiu a toda, tentando espantá-las aos pontapés.

– Duas mulas! – exclamou tia Sofia, indo atrás de Emília e jogando uma toalha nos cachos molhados da sobrinha. – Eu criei duas mulas!

De volta à cozinha, benzeu-se e começou a falar, dirigindo-se ao teto, como se as moças não estivessem ali.

– Meu Deus, cheio de graça e de misericórdia – disse ela. – Fazei com que essas duas entendam que são a mesma carne e o mesmo sangue. Que tudo o que uma tem no mundo é a outra!

Luzia saiu da cozinha. Emília ficou catando pedacinhos de milho que tinham grudado no sabonete. Tentava ignorar a voz da tia; já ouvira aquela oração inúmeras vezes e, sempre que a ouvia, desejava que nada daquilo fosse verdade.

3

Só tia Sofia e Emília chamavam Luzia pelo nome de batismo. Para todos os demais, ela era a Vitrola.

O apelido nasceu no pátio da escola do padre Otto. Emília foi a primeira da turma a botar corpo de moça, com os quadris e os seios se desenvolvendo tão depressa que a tia teve de abrir todos os seus vestidos e alargá-los com pedaços extras de tecido. Aos 13 anos, um menino a agarrou durante o recreio. Pressionou os lábios com toda a força em seu pescoço. Emília gritou. Tentou se desvencilhar. O garoto a puxou de volta para si.

Luzia viu a cena, franzindo as sobrancelhas negras. Correu até onde estavam os dois. Tinha apenas 11 anos, mas já era mais alta que a maioria dos garotos da turma. Tinha espichado naquele inverno e estava tão comprida e magra quanto um mamoeiro. Tia Sofia desistiu de baixar as bainhas dos seus vestidos, preferindo emendar pedaços de outros tecidos na barra das saias.

– Solte a minha irmã – disse ela, em voz baixa e áspera.

Cheirava a leite azedo. O cotovelo aleijado estava envolto numa tala, lambuzado com manteiga e banha. Naquele tempo, tia Sofia e a encanadeira ainda achavam que, untando o local, poderiam devolver o movimento àquela articulação.

– Vitrola! – berrou o rapaz, debochado. – Braço de vitrola!

Só dois moradores de Taquaritinga possuíam aqueles toca-discos elegantes, movidos a manivela. Uma vez por ano, na época da festa de São João, levavam suas vitrolas para a praça da cidade. Aquelas cornetas metálicas pareciam campânulas gigantescas. Tocavam forró aos brados, e, quando terminava uma música, os proprietários punham, com todo o cuidado, o braço recurvado do aparelho sobre outro disco encerado.

– Vitrola! Vitrola! – gritaram as outras crianças, aos risos. Luzia deixou a cabeça pender sobre o peito. Emília achou que a irmã estivesse chorando. De repente, Luzia recuou. A caminho da escola, muitas vezes as duas passavam por bodes que pastavam. Quando brigavam, os animais atacavam o adversário primeiro com a testa; depois, erguiam a cabeça para perfurar um olho ou uma barriga com os chifres. Luzia partiu para cima do garoto de cabeça baixa. Teria dado um passo atrás e atacado novamente se o professor, padre Otto, não a houvesse impedido e levado o garoto que chorava, com a boca e a camisa ensanguentadas, para dentro da igreja. Depois desse incidente, as pessoas começaram a chamar Luzia de Vitrola. No começo, faziam-no disfarçadamente, mas o apelido pegou depressa e todos, até mesmo padre Otto, passaram a usá-lo. Em pouco tempo, Luzia desapareceu para ceder lugar a Vitrola.

Antes do acidente, a menina era levada, brincalhona. As pessoas do lugar a chamavam de Gema, enquanto Emília era a Clara, apelido que a irritava porque dava a ideia de que sua irmã caçula era mais concentrada, mais poderosa. Depois do tombo, Luzia foi substituída por Vitrola, calada e pensativa. Gostava de ficar sentada, sozinha, bordando uns daqueles retalhos que existiam aos montes pela casa. Nesses restos de pano, costurava tatus com cabeça de galinha, onças aladas, falcões e corujas com cara de gente, bodes com pernas de sapo. Na escola, não tinha o menor interesse pelas aulas. Não havia carteiras na sala, só umas mesas compridas e uns bancos de madeira que, lá pelo meio da manhã, já deixavam Emília com dor nas costas. Na parede, por trás da mesa do padre Otto, havia uma imagem de Jesus. A tinta estava descascada nos pés do Cristo, revelando o gesso cinzento. Ele fitava os alunos com seus olhos compassivos durante as aulas. Vitrola também o fitava. Esfregava o braço aleijado, como se tentasse trazer os ossos de volta à vida, e olhava para Jesus, estreitando os olhos. Padre Otto sabia que Vitrola não estava prestando a menor atenção, mas, julgando que a menina estava absorta no sofrimento de Cristo, não a castigava, como faria com Emília ou qualquer outro aluno. Esta, porém, ao ver os olhos verdes da irmã fixos daquele jeito, sabia que Luzia estava olhando além de Jesus, perdida na própria imaginação. Muitas vezes ficava assim em casa também. Deixava o arroz queimar, derramava água ou costurava tudo torto até que Emília a sacudia, dizendo-lhe que acordasse.

Embora tivesse sobrevivido ao acidente, Luzia havia deixado alguma parte vital de si mesma para trás, em outro reino onde ninguém conseguia alcançá-la. Era Emília quem enfrentava os mexericos maldosos da cidade, as superstições da tia e o próprio corpo que ia mudando, tornando-se subitamente maior e mais macio. Agora, já não queria mais se agachar no chão e cutucar os formigueiros ou destruir ninhos de maribondos junto com as outras garotas da sua idade. Aquelas brincadeiras lhe pareciam bobas e rudes. Luzia também não queria tomar parte nisso tudo, mas por outros motivos. As meninas debochavam do seu braço, da sua altura, e ela sempre acabava brigando, puxando os seus cabelos e tirando sangue do seu nariz. Só Emília conseguia acalmar a irmã. Por isso, as duas ficavam sempre sozinhas, isoladas na sólida casa da tia, tendo apenas, para confortá-las, a costura e os retratos de família.

Havia três fotos emolduradas, penduradas na sala da frente. Em criança, Emília gostava de trepar na mesa de madeira onde tia Sofia media e cortava os tecidos. Espalmava as mãos de ambos os lados dos retratos. A parede caiada era fria e porosa ao contato de sua pele.

O primeiro era uma foto em preto e branco do casamento de seus pais. As bordas do retrato estavam deformadas por causa da chuva que, passando por entre as telhas, tinha vindo se infiltrar moldura adentro. Os dois estavam sentados, um ao lado do outro, e a mão de seu pai escondia a de sua mãe. Ambos pareciam assustados. O pai, com o cabelo lustroso de brilhantina, repartido no meio, tinha a pele de um cinza pálido, ao passo que a da mãe, ligeiramente turvada pelo véu que lhe batia no queixo, era escura, da cor das cinzas ou das pedras. Na foto, ela mordia o lábio, dando a impressão de estar tremendo. A mãe das meninas tinha morrido de hemorragia assim que Luzia nasceu, e, logo depois do funeral, tia Sofia tirou os lençóis e a palha encharcada do colchão e queimou tudo no quintal, perto do banheiro.

Seu pai era o irmão caçula de Sofia, um homem alto que ganhava a vida como apicultor, cuidando de várias colmeias na encosta rochosa do morro e vendendo mel, pólen e própolis. Emília tinha uma vaga lembrança de brincar com própolis, enrolando aquela substância pegajosa nas mãos antes que o pai pegasse a bolinha acinzentada e a pusesse num fogareiro metálico. Lembrava-se da roupa que ele usava para lidar com as colmeias: luvas de couro marrom, paletó de lona bem grossa, chapéu de couro com uma tela que descia da aba e era amarrada no pescoço. Havia uns sujeitos que mexiam nas colmeias sem usar luvas e praticamente não eram picados pelas abelhas. Mas seu pai não era um deles.

Quando Emília tinha 5 anos e Luzia, apenas 3, ele as deixou na casa da irmã e nunca mais voltou para buscá-las. Preferia ficar sentado nas tendinhas de zinco da beira da estrada, tomando seus tragos de cachaça. Tornou-se um bêbado maltrapilho e de voz rouca, que ficava recostado nas árvores ou sentado pelas esquinas, falando sozinho e com os passantes. Nos dias em que estava bem, vinha à casa da irmã cheirando a vômito e a perfume barato. Os incríveis olhos verdes brilhavam por entre as rugas do seu rosto, que tinha se tornado tão escuro e curtido quanto uma sela de couro.

Sempre que Emília perguntava à tia sobre os sofrimentos de seu pai, Sofia lhe dava a mesma resposta. "Ele sofre dos nervos." E punha a máquina de costura para funcionar a toda ou começava a mexer furiosamente o feijão na panela, indicando que o assunto estava encerrado.

Quando estava mal e via as filhas pequenas indo para a escola do padre Otto, confundia Emília com a esposa morta. "Maria!", chamava ele, com as lágrimas escorrendo dos olhos vidrados. Tinha as unhas dos pés lascadas e bordejadas de sangue de tanto tropeçar nas coisas. Vivia perdendo os sapatos e, uma vez por mês, tia Sofia lhe comprava um par de sandálias de corda bem baratas. "Maria!", chamava ele, engolindo as últimas letras do nome da mulher, e Emília continuava andando, fitando os próprios pés, com medo de enfrentar o olhar do pai.

Quando ela estava com 14 anos e Luzia, com 12, o pai voltou a cuidar das suas colmeias. O mato tinha crescido na trilha do morro. As tampas das caixas estavam repletas de própolis. As abelhas tinham se tornado selvagens e agressivas. Dois fazendeiros tiveram de se vestir com roupas de vaqueiro de couro, da cabeça aos pés, para trazê-lo de volta para baixo. Vieram carregando aquele corpo inchado – que, para Emília, dava a impressão de um saco de pele cheio de água – morro abaixo, até a cidade. As meninas fizeram o terno com que ele foi enterrado.

Todo domingo, as duas levavam flores ao túmulo dos pais. Emília botava flores de verdade – ramalhetes de dálias misturadas com aquelas cristas-de-galo bem compridas e vermelhas – junto dos ramos de florezinhas do mato já meio murchas e de tamanhos disparatados que Luzia gostava de colher. Uma vez por ano, no dia de finados, as irmãs iam ao cemitério levando balde e brochas, e refaziam a caiação da sepultura. Sempre que passava aquele líquido esbranquiçado sobre o túmulo dos pais, Emília ficava nervosa, achando que todos os corpos inertes ali enterrados estavam olhando e desejando receber uma nova camada de cal nas suas próprias tumbas. Havia várias fileiras de sepulturas minúsculas, do tamanho da sua caixa de costura, para os "anjos", que era como as mães desesperadas se referiam àquelas crianças que nasceram fracas demais para sobreviver. Outras eram maiores, decoradas com rosários e retratos dos mortos, em sua maioria homens, e, junto a esses retratos, a bainha de couro de suas facas. Em Taquaritinga, como em qualquer outra cidade pequena do interior, ter uma faca era mais comum que ter um par de sapatos. As peixeiras, como eram chamadas, tinham a lâmina curta bem afiada nas pedras de amolar, o que lhes dava um gume perfeito e reluzente. Cortavam cordas, debulhavam espigas de milho, ceifavam melões do pé, perfuravam o pescoço de cabras e novilhos, esfolavam e estripavam esses animais. Se havia uma briga, tudo se resolvia na faca. Taquaritinga não tinha um delegado, só um sargento da polícia militar que aparecia duas vezes por ano e jantava com o coronel. O padre Otto incentivava os homens a resolverem suas pendências com palavras, e Emília tinha pena dele quando ouvia seus sermões. Antes de sua chegada, não havia escola por ali. Palavras eram enganosas, desajeitadas, difíceis de entender. Com a faca, tudo era bem mais fácil. Às vezes, encontravam-se corpos esfaqueados e abandonados em estradinhas desertas. Quase sempre, o morto havia insultado a mulher de outro homem, roubado alguma coisa de alguém, ou comprometido a honra de outra pessoa, e, portanto, tinha de haver um acerto de contas. Podia acontecer que as brigas virassem rixas intermináveis; nesses casos, as famílias iam perdendo os seus homens, um a um, e sobravam apenas as mulheres para enterrá-los. Mas estas também enfrentavam seus perigos. Eram comuns nascimentos seguidos de funerais, e uma das conhecidas de Emília dos tempos de escola – uma menina dentuça e calada – fora vítima da fúria do marido. Portanto, a morte, com todos os seus ritos e rituais, seus incensos e suas orações, suas longas missas e suas redes funerárias brancas, era coisa comum, ao passo que a vida era rara. A vida era assustadora. Até Emília, que não gostava de superstições, assim como não gostava de andar toda relaxada, terminava suas frases, seus planos, suas orações com "se Deus quiser". Ao que parecia, nada era garantido. Qualquer um, a qualquer momento, podia ser atingido – um braço que ficava preso no moinho de mandioca, um coice repentino de um burro ou um acidente parecido com o que aconteceu a tio Tirço.

O segundo retrato pendurado na parede de tia Sofia era uma pintura do tio Tirço. O homem ali retratado era jovem, com os cantos da boca voltados para baixo e o queixo erguido, em uma pose séria. Tinha um bigode espesso e usava um chapéu de couro de aba curta, com um cordel preso sob o queixo. O quadro tinha sido encomendado pelo primeiro coronel Pereira, que morreu em 1915, deixando para o filho único, o atual coronel, mil cabeças de gado, oitocentos hectares de terras e seu título. À boca pequena, dizia-se que o primeiro coronel Pereira havia comprado aquele título subornando um político lá no Recife. Embora não fossem oficiais militares, esses coronéis tinham um pequeno pelotão de homens que lhes eram leais. No sertão, todos eles eram grandes latifundiários. Por isso, ditavam as próprias leis e as impunham aos demais. Muitos contratavam verdadeiras redes de capangas e cabras, homens calados e leais, treinados para punir exemplarmente ladrões, dissidentes e adversários políticos, decepando uma mão, marcando um rosto para sempre ou dando sumiço a alguém, mandando, assim, um recado a todos os moradores do lugar: o coronel podia ser magnânimo ou cruel, e isso dependia exclusivamente do grau de obediência de cada um.

Emília sabia que havia dois tipos de coronéis: aqueles que herdavam ou compravam o título, como o atual coronel Pereira, e os que o conseguiam por meio da força bruta. Estes últimos construíam sua reputação de bravura contratando pequenos exércitos de capangas e criando um rastro de sangue ao adquirirem terra, dinheiro e, por fim, influência. Ambos eram extremamente ricos, mas um desses tipos era mais perigoso que o outro. O coronel Chico Heráclio de Limoeiro era tão rico que, ao que se dizia, tinha a boca cheinha de dentes de ouro. O coronel Clóvis Lucena matou um homem que tinha sujado de terra os seus sapatos. E o coronel Guilherme de Pontes, o manda-chuva de Caruaru, era considerado o mais poderoso de todos. Possuía tamanha extensão de terras no estado que, segundo os boatos, tinha encontros particulares com o governador.

Tio Tirço trabalhou como vaqueiro, pastoreando gado para o falecido coronel Pereira, durante a grande seca de 1908. Segundo tia Sofia, tanto as pessoas quanto os animais sobreviviam à base de cacto. As vacas do velho coronel estavam morrendo. "Perder uma vaca ou um cavalo era uma tragédia maior do que perder um homem", dizia a tia sempre que lhes contava essas histórias. Fazia isso à noite, massageando os dedos e as palmas das mãos das sobrinhas antes de irem se deitar. Aos poucos, a massagem ia perdendo vigor; o toque das suas mãos ficava mais leve e menos concentrado à medida que ela se entregava às recordações. O seu falecido gostava de café preto. O seu falecido penteava o bigode antes de ir à igreja. O seu falecido cuidava do gado do coronel como se fosse seu. E um dia não voltou com o rebanho. Ninguém sabia o que poderia ter lhe acontecido: se teria caído nas mãos dos cangaceiros, se fora mordido por um escorpião ou uma cobra ou se teria simplesmente morrido pela longa exposição ao tempo.

O coronel mandou que dois outros vaqueiros fossem procurá-lo. Os sujeitos saíram andando pela caatinga ao pé do morro. Gritaram pelo seu nome. Olharam para o céu à procura de urubus. Três dias depois, foram encontrá-lo no meio do pasto árido, com o corpo todo descarnado. O velho coronel mandou fazer o tal retrato e uma caixa de madeira para os ossos. O padre Otto benzeu a caixa, concordando que não faria mal deixar Tirço com os seus entes queridos, contanto que algum dia ele fosse enterrado. Luzia achava romântica aquela caixa de ossos, mas não entendia nada de romance. Prender o lenço do amado por dentro da blusa era romântico. Trocar bilhetinhos perfumados era romântico. Viver, tendo no coração a chama do amor não correspondido, como faziam as mulheres dos folhetins da *Fon Fon*, era romântico. Mas guardar ossos, aos olhos de Emília, era coisa de cachorro.

O terceiro e último retrato pregado na parede era uma foto das duas irmãs, tirada no dia de sua primeira comunhão. Padre Otto estava entre elas, com as mãos brancas no ombro de cada uma. Tia Sofia contava que a chegada do padre à cidade havia sido um espetáculo: lá veio ele, subindo o morro num carro de bois repleto de livros, baús e mapas do mundo inteiro enrolados. Sorria e suava, com o rosto de um rosa luzidio surgindo do colarinho eclesiástico. Ela jamais tinha visto alguém daquela cor – parecendo a polpa de uma goiaba. Mas, na foto, o padre não saiu assim, rosa; naquele retrato, estava tão branco quanto os vestidos de primeira comunhão das meninas.

Padre Otto veio da Alemanha durante a Primeira Guerra Mundial. Todas as manhãs tocava os sinos da igreja de Taquaritinga e esperava os seus poucos alunos formarem uma fila para entrar na sala de aula. A sua escola era a única da cidade, mas os seus bancos nunca estavam inteiramente ocupados. O coronel Pereira contratava professores particulares para os filhos e vários outros moradores do lugar achavam que ir à escola era perda de tempo. Os meninos seriam inevitavelmente o que os pais haviam sido: agricultores, vaqueiros ou capangas do próximo coronel. Não precisavam saber ler ou escrever. E, para as meninas, ser alfabetizadas era mais um estorvo do que uma vantagem. Esposas que sabiam ler iam se achar melhores que os maridos analfabetos, poderiam enganá-los e, o que era ainda pior, seriam capazes de escrever cartas de amor. Havia, porém, uns poucos moradores – comerciantes, carpinteiros e outros profissionais do gênero – que davam valor à escola do padre Otto. Apesar de ela própria não saber ler nem escrever, tia Sofia era uma dessas pessoas. Os moldes impressos estavam ficando cada vez mais populares e a maioria das máquinas de costura vinha acompanhada de manuais de instrução, grossos e detalhados. Queria que Emília e Luzia estivessem atualizadas.

A matéria favorita de Emília era geografia. Abaixo de Jesus, havia um mapa-múndi, com todos os países pintados em tons pastel e os seus nomes escritos em uma caligrafia elegante. Padre Otto sabatinava os alunos diariamente e todos, exceto Luzia, recitavam em uníssono os nomes dos países. Quando gritavam "Alemanha!", Emília sempre imaginava o país como um lugar cheinho de padres Otto – homens baixos e atarracados, e mulheres de rosto rosado, olhos azuis e um cabelo tão fino e tão louro que parecia até farinha de mandioca.

Havia também um grande mapa do Brasil. Padre Otto apontava para o estado de Pernambuco várias vezes durante a aula. Ele ficava bem lá no alto, mais para o comprido que para o largo. Emília achava que o seu estado parecia um braço esticado em direção ao litoral. No ombro, ficava a região da caatinga, o sertão, onde a água era escassa e floresciam os cactos. Padre Otto dizia que escravos fugidos, soldados holandeses e índios que abandonaram a costa tinham se instalado por ali, sentindo-se protegidos pelo duro clima quase desértico. A menina ficava imaginando aqueles grupos de homens claros e escuros vivendo juntos, caçando cobras e falcões para comer. No cotovelo do estado, ficava a cidade de Taquaritinga, encarapitada numa pequena serra que servia de entrada para o sertão. No pulso, estavam as terras cultivadas, que se estendiam até a mata Atlântica, floresta que tinha sido derrubada e queimada para dar lugar às plantações de cana-de-açúcar. Nos nós dos dedos ficava Recife, a capital, com suas ruas calçadas de pedras, suas fileiras de casas pegadas umas às outras e o seu imenso porto. Ela imaginava um cais repleto de navios de guerra e canhões fumegantes por causa das ilustrações da invasão holandesa que vira num dos livros de história do padre Otto. E, bem na ponta dos dedos, o oceano. Emília sonhava chegar perto do mar, pôr os pés naquela água salgada. Em sua mente, imaginava-o verde, de um verde-escuro, embora, no mapa, os oceanos aparecessem sempre pintados de azul.

Taquaritinga ficava a uma semana de viagem do litoral, no alto de um morro, perto da fronteira com a Paraíba. A primeira coisa que se avistava ao fazer a curva da estradinha que subia era a torre da igreja; mas, no inverno, a estação das chuvas, tudo o que se via era névoa. A pracinha diante da igreja era de terra, até que, um dia, o coronel mandou calçá-la e, por meses a fio, só havia ali pilhas de pedras e o barulho dos operários socando-as no chão com as suas marretas. Vira e mexe, Emília perguntava ao padre Otto como eram as cidades de verdade. "Cheias de gente", dizia ele, e a menina o imaginava, de batina preta, tentando passar por entre aquele amontoado de mulheres e crianças, todas usando roupas brilhantes e chapéus enfeitados com penas de avestruz. "Cheias de gente, e nem de longe tão bonitas quanto Taquaritinga", afirmava o padre. Mas nisso Emília não acreditava.

Quando as duas fizeram a primeira comunhão, o padre Otto deu um missal branco de um palmo a cada uma, encomendados lá do Recife. Ambas seguravam o livro contra o peito ao posarem para a foto. Tia Sofia havia economizado durante três meses para pagar o fotógrafo. O sujeito magricela ia tirar apenas um retrato. Emília queria que ele saísse perfeito. Ficou ali parada, por um tempo que lhe pareceu uma eternidade, à espera do clique da câmera. Os cantos da boca chegavam a tremer. Tentou se manter absolutamente imóvel para que o terço que lhe pendia das mãos não balançasse. Mas Luzia não parava quieta. Talvez estivesse com vergonha do braço aleijado, que o fotógrafo havia escondido envolvendo-o com um pedaço de renda. Talvez não gostasse do homenzinho miúdo encoberto pelo pano preto da câmera. Ou talvez não se desse conta, ao contrário da irmã, de que tinham uma única chance de ter uma foto perfeita; de que, com um só clique, estariam emolduradas para sempre.

No exato instante em que o flash espocou, Luzia se mexeu. O terço balançou, o véu ficou meio torto e o tal pedaço de renda escorregou do braço imobilizado e caiu no chão. Quando a foto chegou, vindo do laboratório do fotógrafo, Emília ficou decepcionadíssima. A irmã estava fora de foco. Parecia até que havia um fantasma se movendo atrás de Luzia, como se fossem três meninas no retrato, e não duas.

4

O sol foi surgindo lentamente sobre o campanário amarelo da igreja. Luzia andava depressa, com a sacola de costura pendurada no braço aleijado. Tinha encontrado um jeito sutil de fazer com que o seu braço de Vitrola servisse para alguma coisa, como se preferisse que ele fosse assim. Emília tentava acompanhar os passos largos da irmã, mas os pés doíam. Estava usando uns sapatos pretos, de salto alto, que tinham sido de dona Conceição. As tiras e as laterais estreitas dos calçados machucavam os seus pés. Ia caminhando com todo cuidado por aquele chão irregular.

As aulas de costura eram em Vertentes, uma cidade de verdade. Uma estradinha de terra a ligava a Surubim e seguia adiante. Foi ali que se instalou o primeiro médico oficial da região e também o primeiro advogado, ambos com diplomas da Universidade Federal, no Recife. Emília sabia que os moradores de Vertentes julgavam as pessoas pelos sapatos. Gente respeitável usava alpercatas com tiras de couro e sola de borracha. Os lavradores comuns usavam chinelos. Os pés-rapados andavam descalços; antes de entrar na igreja, tinham de raspar a lama grudada na sola dos pés com o lado cego da faca. Os cavalheiros usavam sapatos de amarrar e as damas, as verdadeiras damas, usavam salto alto. Tia Sofia não aprovava esse tipo de sapato, portanto Emília escondia os seus na cesta de costura e só os calçava depois de sair de casa.

Luzia moderou as passadas. Olhou para os sapatos da irmã com ar de desaprovação, mas não disse nada. Emília ficou grata por aquele silêncio; não queria outra briga na mesma manhã. Duas mulheres varriam a entrada de casa. A seus pés, erguiam-se nuvenzinhas de poeira. Ambas se apoiaram na vassoura quando as moças passaram.

– Bom dia – disse Luzia, com um aceno de cabeça.

– Vitrola – respondeu a mais velha das mulheres.

– Emília – disse a mais moça, cobrindo a boca com a mão para conter o riso.

A mais velha sorriu, balançando a cabeça. Emília levou a mão ao lenço que escondia seu cabelo curto.

– Está ótimo – sussurrou Luzia. Lançou um olhar seriíssimo às mulheres que riam e gritou: – Se querem rir, comprem um espelho e olhem-se nele!

Emília sorriu. Apertou a mão da irmã. Meses antes, tinha visto um chapéu na *Fon Fon* – um belíssimo arranjo de penas que ficava preso ao cabelo como uma espécie de gorrinho. Ficou tão encantada com o tal chapéu que fez um para si mesma. Não conseguia encontrar penas pretas, bem maleáveis, como aquelas do modelo da revista, portanto, quando tia Sofia matou um galo, a moça separou as penas mais bonitas: vermelhas, laranja e algumas pretas salpicadas de branco. Apesar das objeções da tia, usou seu chapeuzinho de plumas para ir ao mercado. Estava se sentindo elegantíssima, mas, quando começaram a circular por entre as barracas, as pessoas riam, chamando-a de galinha estranha. De tão envergonhada, Emília já estava a ponto de arrancar o chapéu, mas Luzia sussurrou: "Não tire." Estendeu-lhe o braço aleijado e Emília o segurou. Quando voltaram a passar pelas barracas de legumes e pelo cercado do açougueiro, Luzia olhava fixamente para a frente, com o corpo alto bem ereto e o rosto ferozmente impassível. Ela não tinha o ar pálido e mignon dos modelos da *Fon Fon*; tinha, contudo, a mesma elegância, o mesmo olhar de um desdém cheio de confiança. Depois desse dia, Emília tentou imitar esse olhar diante do espelhinho. Nunca conseguiu.

– Sabe, Lu, você está se saindo muito bem com a nova máquina – murmurou Emília.

– Você está melhor – retrucou a outra, dando de ombros. – Desculpe pelo sabonete.

Emília assentiu. Poderia ter sido pior. Pelo menos, a irmã não disse nada sobre os bilhetes. Tinha comprado uma caixinha de cartões azul-celeste na papelaria de Vertentes. Todo mês mandava um para o professor Célio. Fazia a ponta no lápis de costura com o maior capricho (não tinham caneta-tinteiro em casa; Emília sonhava possuir uma), e rascunhava as mensagens em papel de embrulho antes de copiá-las com todo o cuidado no cartão azul. A princípio, o texto era hesitante:

Gostaria de felicitá-lo por sua competência como professor.

Cordialmente,
Maria Emília dos Santos

O professor Célio respondeu – "É porque tenho alunas talentosas" – e os bilhetes da moça foram ficando mais ousados:

Caro professor,

O meu coração bate mais depressa sempre que o senhor para junto à minha máquina.

Com os meus cumprimentos cordiais,
Maria Emília dos Santos

E ele respondeu à altura, no bilhete que passou a ser o seu favorito:

Caríssima Emília,

Reparei no seu jeito de passar o tecido na máquina. A senhorita tem dedos lindos e hábeis.

Atenciosamente,
Professor Célio Ribeiro da Silva

A moça deu uns tapinhas na bolsa de costura. O envelope que levava ali dentro tinha dois círculos úmidos, nos locais onde havia posto um pouco do perfume que usava – água-de-colônia de jasmim, comprada com boa parte das suas economias. Aquele bilhete era ainda mais ousado, sugerindo um encontro fora do horário das aulas. Emília sentiu um calafrio de nervosismo percorrer o seu corpo. Apertou mais a bolsa.

Ao longe, além do alvoroço do mercado, dava para ver a residência do coronel Pereira. Era um casarão branco, no alto da colina que ficava atrás da igreja. Buganvílias vermelhas e laranja pendiam dos muros. Dois capangas do coronel ladeavam o portão da frente, postados ali, com as pernas afastadas, o chapéu meio de banda e as mãos pousadas no coldre da pistola. Às suas costas, o velho peão de cabeça branca selava duas mulas.

No começo, dona Conceição ofereceu as aulas de costura à tia Sofia. Esta, porém, recusou, alegando que já sabia costurar.

– Mas vou junto, para tomar conta das meninas – afirmou, taxativa.

Era um perigo duas mocinhas fazerem aquela viagem sozinhas. Não havia efetivamente uma estrada para Taquaritinga, só uma trilha íngreme. Eram três horas para ir até Vertentes, descendo o morro, e quatro para voltar. Emília passou a noite em claro, apavorada com a ideia de tia Sofia estar presente durante as aulas. Ela não ia parar quieta; interromperia o instrutor, dizendo-lhe como dar este ou aquele ponto e deixando a sobrinha inteiramente sem graça. Antes do início do curso, foi falar em particular com dona Conceição, que acabou convencendo tia Sofia de que o seu velho peão era um homem cuidadoso e de toda confiança. O velho não desmentia a reputação que tinha. Se chovesse durante o trajeto, detinha as mulas e apanhava os guarda-chuvas na sacola que levava a tiracolo. Em Vertentes, não deixava Emília e Luzia irem a pé até o local das aulas – afinal, duas mocinhas andando sozinhas pelas ruas era algo impensável – e fazia questão de levar as mulas até a porta da sala. Emília odiava chegar lá no lombo de uma mula. As irmãs iam sentadas de lado, como verdadeiras damas, espremidas entre o pito da sela, que ficava esbarrando em seus quadris, e os grandes cestos de carga que ficavam roçando em suas pernas. Emília tinha de passar o tempo todo ajeitando a saia que ia subindo com os solavancos da viagem.

Adoraria ir para a aula nos cavalos do coronel, dois mangas-largas com o trote suave o bastante para que dona Conceição pudesse montá-los. Ou, então, de automóvel! O coronel deixava o seu carro em Vertentes. Era um Ford preto, acionado por uma manivela enfiada na grade da frente. O coronel o levou até Taquaritinga uma única vez, num carro de boi. Quando o veículo chegou, tia Sofia ficou desconfiadíssima. Só fazia repetir que havia um animal ou um espírito trabalhando ali dentro. Como uma engenhoca de metal poderia andar sozinha? O coronel fazia questão de acionar a manivela pessoalmente. O seu Ford era um dos cinco automóveis existentes fora da capital e não correria o risco de deixar um empregado danificá-lo. Ele tirou o casaco. O suor lhe escorria pelo rosto, formando gotinhas no seu bigode grisalho. A manivela girou, girou, até que, de repente, das entranhas do carro, ouviu-se um ruído como o de um engasgo e, depois, um rosnado. O coronel se instalou ao volante. Deu umas voltas em torno da praça.

Velhos, crianças e até a própria Emília saíram correndo atrás dele, na esperança de alcançá-lo. O coronel tocou a buzina. Parecia um gemido rouco, chamando-a por sobre o alarido da multidão. Jamais esqueceria aquele som.

5

As mulheres estavam reunidas na porta da sala. Emília foi abrindo caminho para ficar bem na frente. Luzia a puxou de volta. Seu guarda-costas já tinha desaparecido pelas ruas poeirentas de Vertentes, indo cuidar de outras incumbências para o coronel.

– Que tal matar aula hoje? Vamos circular por aí. Ele nem vai reparar.

– Não quero perder aula – respondeu Emília, balançando a cabeça.

– E você lá quer saber das aulas? – prosseguiu Luzia, soltando o braço da irmã. – O que quer é ver o professor. Não acredito que esteja gostando dele.

Chutou uma pedra com a ponta da sandália. Tinha pés longos e magros, tanto que podia usar os sapatos de dona Conceição sem que ficassem apertados.

– Ele é fino – disse Emília.

– É um maricas – retrucou Luzia. – E aquelas mãos? – acrescentou, contorcendo-se dramaticamente. – Parecem até pele de jia!

– São mãos de um cavalheiro – observou Emília. – Se quiser, pode se casar com um desses brutamontes com dedos de lixa, mas eu não!

– Se ele se engraçar para o seu lado, vou espetá-lo com a agulha – disse Luzia, apontando para o prédio da Singer.

– Faça isso – retrucou Emília, com o rosto em brasa –, e jogo todos os seus santos na latrina.

Afastou-se da irmã e se misturou ao grupo que entrava na sala de aula. Desde o começo, admirara as mãos do professor Célio. Não achava que fossem frias e pegajosas como pele de rã. Não tinham cicatrizes, nem eram grossas e cheias de calos; muitas vezes, imaginou como seria sentir aquelas coisas macias tocando o seu rosto, o seu pescoço. Tratou de se acalmar e ajeitou o vestido. Era o melhor que tinha, um modelo tirado da *Fon Fon*. Era de cintura baixa, com uma saia justa, que deveria bater na altura das canelas. Mas, como tia Sofia nunca a deixaria usar uma roupa assim, Emília fez a saia indo até os tornozelos. Luzia e ela tinham três vestidos: um, de andar em casa, feito de brim grosseiro, e dois de sair, de lonita e de algodão. Vivia pedindo um corte de crepe ou de um linho mais barato, mas a tia não permitia. Quando tinha a idade de Emília, Sofia e a sua irmã mais velha nunca podiam ir à cidade juntas. Uma precisava ficar trancada em casa, com o irmãozinho caçula, porque tinham de dividir um único vestido e um par de sapatos. "E esse vestido era todo de retalhos", acrescentava a tia, rindo, mas Emília não achava graça nenhuma nessa história.

Quando as portas se abriram, entrou na sala quente e foi para o seu lugar de sempre – a máquina 16. Luzia ficava à sua frente, na máquina 17. O professor Célio não as cumprimentou. Examinava cada uma das máquinas com todo o cuidado, tirando fios de linha soltos e ajeitando as cadeiras. Uma mecha de cabelo caiu nos seus olhos. Ele, então, tirou um pente metálico do bolso do paletó e se penteou. Quando chegou junto de Emília, passou a mão pela Singer e sorriu. A moça se sentiu enrubescer. Deu uma risadinha e tapou a boca com a mão, tentando contê-la. Do outro lado, Luzia suspirou bem alto e começou a remexer na bolsa de costura.

O professor Célio sabia montar e desmontar as máquinas. Sabia ler e escrever, e tinha um sotaque de São Paulo que não se parecia em nada com o jeito de falar nordestino. Ele não engolia o final das palavras – deixava os seus *o* e *r* ficarem ali parados, na língua, saboreando-os, antes de lançá-los ao mundo. Durante as aulas, sentava-se à sua mesa e lia enquanto as mulheres costuravam. O barulho das máquinas não parecia atrapalhá-lo. De tempos em tempos, circulava pela sala ajudando as alunas em seu trabalho, ensinando-as a ajustar os pedais, a fazer um tecido mais fino passar pela agulha sem rasgar, a evitar que a linha embolasse quando descia para a base da máquina. Ajudava todas, principalmente Luzia, que cruzava os braços e afastava a cadeira da máquina quando o professor Célio vinha lhe explicar algo.

Fazia um calor danado naquela sala. A perna de Emília ficou dormente de tanto apertar o pedal. Luzia estava toda atrapalhada com os carretéis na base da máquina. Inclinava-se sobre a Singer dos jeitos mais estranhos, usando o braço de vitrola para não deixar o tecido embolar e o bom para fazer com que ele passasse bem devagarinho pela agulha. Com o pé, acionava o pedal de ferro. E seus joelhos batiam na parte interna da mesa. Emília gostava de observar a irmã quando achava que ninguém estava vendo. Não lhe agradavam aqueles momentos em que Luzia lutava com dificuldade; gostava, sim, quando a luta cessava e a menina descobria uma forma de apoiar o braço ou mexer o corpo para dar conta do que tinha de fazer. O seu rosto se transformava quando isso acontecia. Abrandava-se, revelando uma feminilidade, uma trégua no seu orgulho feroz. Certa vez, Emília a surpreendeu dançando sozinha no quarto. Luzia tinha posto o braço de vitrola, permanentemente dobrado, nos ombros do par imaginário, enquanto o outro segurava a sua mão. Lá pelas tantas, o braço bom pendeu, lânguido, e ela fez um movimento tão estranho com os quadris que Emília não conseguiu conter o riso. A irmã parou de imediato e saiu desabalada porta afora. Emília não tinha rido por maldade, mas de alegria. Sempre desejou ter uma irmã normal, que gostasse de vestidos elegantes, de revistas, de maquiagem e de dançar. Que quisesse ir embora de Taquaritinga tanto quanto ela. Ver Luzia dançando assim desajeitada, diante do espelho, só confirmava a esperança que sempre teve – de que, por baixo do braço aleijado e da cara séria, sua irmã era, afinal, uma moça como outra qualquer.

Emília parou de pressionar o pedal e tirou um pano dobrado de dentro da bolsa de costura. O cartãozinho perfumado estava cuidadosamente escondido ali dentro. O professor Célio se inclinou sobre seus ombros para ajeitar aquele tecido novo na máquina. Agora, estavam aprendendo a fazer festonê e era o posicionamento correto do tecido que determinava o resultado do trabalho. A moça recomeçou a pedalar. O professor Célio a ajudou a ir passando a borda para a frente e para trás sob a agulha. Por um breve instante, suas mãos se tocaram. Emília segurou aqueles dedos frios e, disfarçadamente, lhe entregou o cartão. O professor se afastou então da máquina, tossiu e enfiou o bilhete no bolso do paletó.

O coração de Emília batia loucamente. Teve de reduzir o ritmo do pedal e levar as mãos às faces, na tentativa de esfriá-las. Quando ergueu os olhos, viu que a irmã a fitava, com os olhos faiscando. Os seus lábios eram apenas uma linha branca. Emília sustentou aquele olhar. Não desviaria os olhos. Não se deixaria intimidar. Sempre que obtinha algum sucesso, quando conseguia apanhar um pedaço de renda como um tesouro do armário de costura de dona Conceição, comprar um frasco de perfume, usar os sapatos de salto alto ou escrever os seus cartões, deparava com aquele olhar. Desde criança, depois que caiu daquela árvore e ficou com o braço aleijado, Luzia se achava no direito de julgar Emília, de arruinar a felicidade da irmã antes mesmo que ela tivesse começado.

6

Foi num domingo. Depois da missa.

Quando as duas eram crianças, todo domingo, tia Sofia vinha acordá-las antes do nascer do sol e arrumá-las para ir à igreja. Os vestidos de missa eram feitos de algodão grosseiro, bem-engomados, o que os deixava duros, como uma forma de lona. Luzia tinha apenas 10 anos, mas já era mais alta que Emília, e o vestido deixava à mostra os seus joelhos ossudos.

Durante a missa, o padre Otto segurava firme nas bordas do púlpito, com os dedos curtos e roliços, e fazia o seu sermão. Suas orações se erguiam por sobre os sons abafados e os espirros dos paroquianos. Ele pronunciava os erres bem duros, como se tivesse uma moeda no céu da boca e tentasse mantê-la ali com a língua. No teto da igreja, havia uma pintura de santo Amaro. Era enorme e estava escurecida pela fumaça das velas, mas Emília gostava de ficar olhando para aquele santo careca; a vela que segurava brilhava tanto que atraía os anjos. Quando ela recebia a hóstia do Padre Otto, o pároco sorria e seus olhos azuis se enrugavam. Ao ficar mais velha, Emília não gostava de beber o vinho do cálice, não gostava da ideia de tocar com seus lábios o que todo mundo também tocara. Acreditava que cada um devia ter sua própria taça. Mas quando criança ela fechava os olhos e esperava ansiosamente que padre Otto tocasse seus lábios com a taça prateada. Sua borda era fria e lisa, e conforme Emília inclinava a cabeça para trás experimentava um zumbido nos ouvidos, um formigamento nas pontas dos dedos, um calor que subia pelo peito e envolvia o seu coração. Acreditava ser a única a se sentir assim, que era especial de alguma forma. Escolhida. O vinho era amargo. Secava a sua língua e fazia a hóstia colar no céu da boca. No entanto, gostava do ritual – o pão demorava a se dissolver e ela apertava a língua contra ele enquanto saíam da igreja e subiam o morro em direção à casa da comadre Zefinha.

Josefa da Silva apreciava uma galinha de cabidela e, no último domingo de cada mês, deixava de ir à igreja para cortar o pescoço do seu galo mais gordo e misturar o sangue fresco da ave com vinagre e cebolas. Zefinha era amiga de infância de tia Sofia. As duas cresceram em Taquaritinga, fizeram a primeira comunhão juntas e permaneceram amigas apesar de, depois de casadas, Sofia ter ficado morando próximo à cidade, ao passo que a outra se mudou para mais longe, numa fazenda no alto do morro. Zefinha era gorducha, bondosa e, todo domingo, depois da missa, fritava queijo com fubá e deixava Luzia e Emília comerem direto da frigideira, raspando o restinho com o garfo.

Depois do almoço, sentavam-se na varanda da casa. Para espantar os mosquitos que voavam debaixo das suas saias e ao redor do seu rosto, esfregavam as pernas, os braços e o rosto com uma mistura de capim-limão e banha que as deixava reluzentes como bonecas de porcelana. As duas mulheres sentavam-se em cadeiras de madeira. Emília se escarrapachava na rede com a irmã. Impaciente, Luzia ficava balançando a rede para a frente e para trás, com a ponta dos pés. Emília encostava o queixo na borda do tecido e ficava olhando o filho caçula de Zefinha consertar o barracão ali perto da casa. Ele estava enrolando um pedaço de corda, formando círculos perfeitos. Os músculos dos seus braços queimados de sol subiam a cada volta que fazia.

– Podemos brincar? – propôs Luzia.

Emília se sentou.

– Deixe elas irem – disse Zefinha.

Um mosquito bem grande, com as longas patas negras encolhidas como se fossem pelos, esvoaçava em torno do seu cabelo grisalho.

Tia Sofia refletiu por uns minutos.

– Fiquem perto da casa. Não vão sujar os vestidos. Emília, tome conta de sua irmã.

A menina assentiu e saiu correndo atrás de Luzia em direção às bananeiras que ficavam nos fundos da casa. Suas sandálias iam pisando e afundando na folhagem seca espalhada pelo chão. As bananeiras oscilavam com a aragem que, com o tempo, rasgava as suas folhas verdes, que ficavam parecendo um amarrado de fitas. Emília ouviu um burro zurrar.

– Olhe só! – disse Luzia.

Mais ao longe, havia uma mangueira carregadinha de frutas. Uma cerca de arame meio troncha separava a propriedade de Zefinha e a de seu vizinho. Luzia rastejou por debaixo da cerca e depois ergueu o arame enferrujado para a irmã passar. As terras do vizinho eram cobertas de pés de café esguios, quase desfolhados, e Luzia foi arrancando folhas dos seus galhos enquanto corria em direção à mangueira.

Emília seguiu o exemplo da irmã. Agarrando-se em um dos galhos mais baixos, trepou na árvore. Suas sandálias escorregavam pelo tronco. Segurou firme um galho mais próximo e continuou subindo. A casca arranhava as suas mãos. Do outro lado, Luzia se balançava num galho mais alto. Esticou-se toda e puxou uns ramos que estavam ainda mais acima para apanhar duas mangas maduras. Aninhando as frutas na saia de seu vestido, sentou-se com cuidado. Tirou do bolso um canivete. Tinha sido presente de seu pai durante uma de suas estranhas visitas, quando aparecia na casa de Sofia com os olhos injetados e cheirando a cachaça. Emília não lhe deu muita atenção. Ele procurou nos bolsos algo para dar às filhas, e encontrou o tal canivete. Na época em que trabalhava com as colmeias, a faca servia para cortar os favos e raspar a própolis, portanto, tinha uma lâmina curta e afiada. No cabo, havia entalhado uma abelha. Luzia guardou o canivete. Escondia-o da tia e o levava sempre consigo, no bolso do vestido ou na pasta da escola.

Luzia fez uns furos na parte superior das frutas. Estendeu uma para Emília. As duas chuparam a polpa, amassando os bocados macios entre os dedos como se fosse massa de pão. Quando acabaram, Luzia jogou fora o bagaço já murcho.

Levantou a saia. Bem devagar, desatou os laços das calcinhas, que lhe batiam nos joelhos, e começou a baixá-las até os tornozelos. Depois, segurou firme no galho que estava mais acima. Inclinou-se, então, para trás. Emília viu o fio do líquido que escorria por entre as pernas da irmã e ia cair no chão, borbulhando ao penetrar na terra alaranjada.

– Vai, Mília – disse Luzia. – Duvido que faça a mesma coisa.

Emília jamais conseguiria. Não podia tirar as calcinhas na frente da irmã mais moça, encabulada por causa dos pelinhos encaracolados que começavam a crescer naquela parte do seu corpo. Ouviu um farfalhar no cafezal – viu folhas que caíam em ondas.

– Vem vindo alguém! – sussurrou ela.

Mais que depressa, Luzia tratou de puxar as calcinhas. Para isso, soltou o galho em que se segurava. Num segundo, Emília viu a expressão do rosto da irmã se transformar, passando da surpresa ao pavor, com as sobrancelhas franzidas e os dentes cerrados, como que à espera do impacto. E ela caiu para trás.

– Luzia! – gritou Emília, tentando segurá-la.

Seus dedos chegaram a se tocar, úmidos e pegajosos por causa da manga, mas depois se afastaram.

A cabeça da menina bateu em dois galhos bem grossos. Ela caiu no chão e soltou um ligeiro suspiro antes de fechar os olhos. Seu braço esquerdo ficou retorcido num ângulo horrível debaixo do corpo. Parecia uma de suas bonecas de pano, com os membros esparramados e frouxos. Emília abraçou o tronco da árvore e foi descendo, arranhando os joelhos e as palmas das mãos. O vizinho de Zefinha surgiu, saindo do meio do cafezal, pronto para gritar com aquelas garotas que tinham vindo roubar as suas mangas. Mas toda a sua zanga desapareceu quando ele viu Luzia.

Emília se ajoelhou e subiu rapidamente as calcinhas da irmã.

– Levante ela daí! – ordenou, dirigindo-se ao velho fazendeiro, e a sua própria voz lhe soou estranha, esganiçada e determinada.

Tia Sofia tapou a boca com a mão quando os viu aparecer em meio às árvores: Emília dando ordens, aos berros, o vizinho de Zefinha, de olhos arregalados e nervosíssimo, Luzia desmaiada em seus braços. Eles a deitaram na mesa da cozinha. O sangue escorria de um machucado na parte posterior da cabeça.

– Eu a encontrei assim – declarou o vizinho, juntando as mãos escuras e calosas como se fosse rezar. – Elas estavam na minha árvore.

– Vamos mergulhar as mãos dela na água fria – disse Zefinha, correndo para encher duas vasilhas de barro.

As mãos da menina penderam frouxas ali dentro. O braço esquerdo estava virado ao contrário, na altura do cotovelo, como se tivesse sido costurado às avessas. Tia Sofia afastou o cabelo que caía na testa da sobrinha. Ela não voltou a si. Jogaram água no seu rosto, puseram um frasco de vinagre bem ácido diante do seu nariz, beliscaram-lhe as faces e puxaram-lhe o cabelo, mas Luzia nem se mexeu.

– A respiração dela está tão fraquinha – sussurrou a tia, fitando atentamente o peito da menina. – Mal posso vê-lo se mover.

Zefinha ergueu a cabeça de Luzia com cuidado e pôs ali uma toalha para estancar o sangue. Virou-se então para o filho.

– Vá até a cidade – disse. – E traga a parteira até aqui.

Dona Augusta, a parteira da região, era o mais próximo de um médico formado que Taquaritinga conhecia. Tia Sofia caiu de joelhos. Todos os demais a acompanharam. Emília sentiu o contato do chão de terra frio. O vizinho se remexeu ao seu lado, dobrando a aba do chapéu que tinha nas mãos. Ele cheirava a terra e a cebola. Emília sentiu uma tonteira. Afastou-se do velho e juntou as mãos.

Tia Sofia rezou uma série de orações a Nossa Senhora. Eles abriam os olhos após cada prece, na esperança de ver Luzia se mover. Como isso não acontecia, voltavam a baixar a cabeça.

– Meu santo Expedito – exclamou tia Sofia, sua voz trêmula e grave –, protetor de todas as causas justas e graves, ajudai-nos neste momento de aflição e desespero. Vós, o santo guerreiro. Vós, o santo de todos os aflitos. Vós, o santo de todas as causas impossíveis. Protegei minha sobrinha. Vinde em seu auxílio; dai-lhe forças. Não permitais que ela parta para o mundo das trevas. Meu santo Expedito, ela vos será eternamente grata e honrará o vosso nome pelo resto da vida.

Tia Sofia se levantou e encostou a cabeça ao peito de Luzia.

– Mal posso ouvir o coração batendo – observou.

– Devíamos acender uma vela – sugeriu o vizinho.

Tia Sofia segurou o terço com mais força. Os profundos vincos em forma de V que lhe marcavam a testa se retorceram.

– Não – retrucou. – Ela ainda está viva.

Zefinha pôs a mão no braço da amiga.

– Sofia... – sussurrou – A respiração da menina está tão fraca. E se ela não voltar a si? Vai precisar dessa luz.

Emília apertou as mãos com mais força. Estava sentindo um gosto metálico na boca. A saliva parecia espessa e viscosa. Lembrou-se da ocasião em que Cosme Ferreira, um lavrador da região, foi derrubado por seu burro em um sábado, durante a feira. Tia Sofia havia tentado tapar os seus olhos, mas a menina conseguiu se esquivar e viu tudo. O rosto do sujeito estava todo esmigalhado e ele ficou caído ali, todo torto e ensanguentado, junto ao cercado do animal. Um dos vendedores ateou fogo a uma folha de bananeira, perto das mãos inertes do acidentado, para que a luz guiasse a sua alma rumo ao céu e a protegesse da escuridão que cerca a morte.

– Vamos pegar uma vela – choramingou Sofia. – Só por garantia.

Emília apertou as mãos com tanta força que seus dedos chegaram a ficar dormentes. Rezou para todos os santos de que conseguiu se lembrar; rezou para Jesus, para o Espírito Santo e para a alma de sua mãe. Rezava e rezava, sem parar, até que as palavras daquelas orações passaram a soar estranhas e sem sentido, como as cantigas disparatadas que Luzia e ela cantavam quando eram bem pequenas.

Zefinha arranjou uma vela branca e grossa. Acendeu-a com uma acha de lenha do fogão. Sofia pôs a mão direita de Luzia sobre o peito da menina e envolveu a vela com os seus dedos miúdos. Então, ajeitou o braço esquerdo todo retorcido. As pálpebras de Luzia se entreabriram. Ela passou os olhos pela sala, como se estivesse desnorteada, depois, olhou para o próprio braço. Sua boca se contorceu num ricto de dor.

– Ave Maria! – exclamou tia Sofia. – Graças a Deus!

Luzia se sentou. A vela caiu no chão. Zefinha rapidamente a apagou com o pé.

– Está doendo – gemeu a menina, com voz rouca e o cabelo empapado de sangue. Desceu da mesa. – Está doendo – repetiu, desta vez mais alto, olhando para a irmã.

Emília se sentiu acuada por aquele olhar. Havia ali dor, confusão e uma raiva feroz. Emília percebeu também que havia acusação. Ficou olhando para as suas mãos postas, fingindo rezar. Luzia começou a chorar. Saiu correndo pela cozinha e acabou mergulhando o braço quebrado numa vasilha de água que ficava ao lado do fogão.

O filho de Zefinha voltou minutos depois. As narinas aveludadas do seu cavalo, grandes e redondas, se abriam e se fechavam com as respirações profundas do animal. Como não conseguiu encontrar a parteira, trouxe o padre Otto. O padre vinha sentado precariamente na garupa do rapaz, com a careca reluzente de suor, as calças pretas arregaçadas, deixando à mostra os seus tornozelos brancos. Benzeu-se quando viu Luzia parada ali, com o braço mergulhado na água. O rosto da menina estava assustadoramente pálido. O filho de Zefinha voltou a toda para a cidade, à cata da encanadeira.

– O que aconteceu? – perguntou o sacerdote.

– Ela quase se foi – respondeu tia Sofia num sussurro. – É um milagre, não é, padre? Ela voltou para nós. Um milagre.

Contou então o que tinha acontecido e o religioso só fazia assentir, com ar solene. Não tirava os olhos de Luzia. Quando Sofia terminou seu relato, o aposento ficou em silêncio. Padre Otto segurou o queixo da menina entre o polegar e o indicador gorduchos.

– Milagre é coisa rara, mocinha – disse ele. – São verdadeiras dádivas. Nada de cair de árvores novamente.

Emília se ajoelhou, esquecida num canto daquela cozinha caiada, como uma estranha que tivesse de presenciar um episódio particular de uma família qualquer. Uma fria certeza a invadiu, tão rija e afiada quanto as agulhas de costura de tia Sofia: a sua vida seria aquilo, conviver com uma irmã que havia voltado das portas da morte.

7

Emília apertou ainda mais o lenço que usava na cabeça. Aquelas terras áridas ao pé do morro eram quentes e poeirentas. Cruzaram com uma caravana de jumentos. Os animais iam levando latões de querosene, caixotes de sabão, tônico capilar e outros produtos que vinham de Limoeiro. Crianças descalças corriam atrás da tropa e levantavam poeira do chão. Emília fechou os olhos.

O professor Célio não havia respondido ao seu cartão. Antes, tinha escrito respostas num pedaço de página tirado do manual da Singer, impresso em papel-jornal. Quando a aula terminou, Emília ainda ficou diante da sua máquina, ajeitando a cadeira e retirando fios de linha daqui e dali, enquanto Luzia a esperava, impaciente, à porta. O professor Célio permaneceu na sua mesa, respondendo a perguntas de outras alunas. Era o lenço, concluiu Emília. Antes de imitar as modelos da *Fon Fon*, usava o cabelo preto e cacheado amarrado com uma fita. Agora, parecia a mulher de um lavrador. Na próxima vez, desobedeceria à tia. Ajeitaria os cachos com água de goma, para que não ficassem achatados, e tiraria o lenço assim que entrassem no prédio da Singer.

– Olhe! – exclamou Luzia.

Emília manteve os olhos fechados. Na volta para casa, Luzia ficava sempre lhe mostrando as mesmas formações rochosas: umas pedras que, com a ação da chuva e do tempo, acabavam parecendo macias e quase porosas. Recentemente, tinham pintado ali uns slogans políticos com cal: *Vote 25, Getúlio Vargas!* Luzia odiava aqueles dizeres. Emília não sabia quem era o homem – os políticos eram figuras estranhas, fantasmagóricas, cujas vozes entrecortadas de chiados eram ouvidas de vez em quando nos programas de rádio, ou cujos nomes eram pintados em rochedos ou cercas, e que tinham o apoio dos coronéis locais. Só homens que soubessem ler e escrever podiam votar. Em Taquaritinga, os poucos que se enquadravam nesse perfil raramente viam uma cédula eleitoral: o coronel Pereira se encarregava de preenchê-las como melhor lhe conviesse. Luzia jurava que, se fosse homem, jamais votaria num candidato que estragasse as pedras com sua propaganda. Emília a ignorava; gostava das rochas pintadas. Era um detalhe que acrescentava algum frescor à aridez daquele lugar. Para ela, as pinturas eram um sinal de civilização em meio às casas de taipa rachadas e aos amontoados de cercadinhos para cabras, cuja repetição constante a fazia agarrar o lenço e, depois, o estômago, quando sentia uma agitação, um aperto terrível bem lá dentro, coisa que só podia identificar como repulsa.

– Olhe! – insistiu Luzia, cutucando as suas costelas.

Emília abriu os olhos. Já tinham passado pelos rochedos pintados. Quatro sujeitos bloqueavam a estrada.

– Ôoo! – gritou o velho capataz. Puxou as rédeas das mulas com uma das mãos e levou a outra à cintura, revelando a bainha já bem rota de uma faca.

Havia ladrões pelas estradas: grupos de cangaceiros ou até mesmo bandidos isolados que, às vezes, roubavam mercadorias e dinheiro. Alguns moradores da cidade viviam com medo dos cangaceiros, embora Taquaritinga nunca tivesse sido atacada durante a vida ainda curta de Emília. Dona Ester, a mulher do barbeiro, dizia que cangaceiros não eram heróis, como alegavam certas pessoas, mas sim malfeitores e assassinos da pior espécie. Os repentistas que passavam pela região, usando ternos surrados e carregando violas envernizadas, cantavam a crueldade desses bandos: como queimavam cidades, matavam famílias inteiras, massacravam o gado. Pouco depois, porém, os mesmos homens cantavam a bondade e a generosidade dos cangaceiros: como atiravam moedas de ouro e deixavam baús com tesouros para aqueles que os acolhiam em suas casas.

Dona Teresa, uma senhora idosa que vendia galinhas e bastões de canela na feira dos sábados, acreditava que os cangaceiros eram simplesmente lavradores pobres que se encheram das brigas com os coronéis por conta de terras. Seu sobrinho – um amor de rapaz, como ela fazia questão de dizer – tinha se tornado cangaceiro para vingar a morte da namorada nas mãos de um coronel inimigo. Histórias como essa eram comuns. Havia três tipos de cangaceiros: os que entravam por vingança; os que entravam para escapar a alguma vingança e os que eram simplesmente ladrões. Emília achava que os dois primeiros tipos acabavam necessariamente se transformando no terceiro; ninguém poderia viver do que conseguisse catar no mato, feito bicho. Mas, no sertão, a vingança era coisa sagrada. Era um dever, uma honra. Até aqueles que temiam os cangaceiros como ladrões os respeitavam como homens. "Eles não baixam a cabeça para os coronéis", vivia dizendo Zé Moela, um comerciante local, mas sempre em voz baixa, e quando tinha certeza de que o coronel Pereira estava bem longe da sua loja. "Enfrentam as coisas. Não cruzam as pernas, feito mulheres."

Algumas das suas colegas de escola achavam os cangaceiros românticos, e até mesmo bonitos. Emília não concordava com isso. Fosse qual fosse a sua motivação, eles eram aqueles mesmos rapazes do campo que ela tanto detestava, e, o que era ainda pior, viviam cheios de si por causa das armas e do prestígio. Na opinião de Emília, aquela gente era como o bando de cachorros selvagens que, toda noite, vinha rondar Taquaritinga. Mesmo que um dia tivessem sido mansos, tornaram-se ferozes e bravos, roubando galinhas, partindo o pescoço dos cabritinhos, soltando seus rosnados soturnos ao circular pela cidade com o pelo ensanguentado e aquele fedor terrível. Eram uns vira-latas imprevisíveis e ingratos, que se voltavam uns contra os outros na primeira oportunidade. Alguns vizinhos ficavam com pena e davam de comer a esses animais. Emília preferia se manter a distância.

As mulas reduziram o passo e os homens foram chegando mais perto. Usavam chapéu de couro de aba curta e uniforme verde. Tudo em volta era tão marrom que aqueles uniformes pareciam algo vivo, vibrante. O velho capataz tirou a mão da bainha da faca.

– Posto de controle – murmurou ele. – São macacos.

Emília já tinha visto soldados antes, quando foi a Caruaru. Na ocasião, as duas irmãs ficaram olhando para um grupo que estava tomando cerveja e mexendo com as mulheres que passavam. Caruaru era a maior cidade do interior do estado, mas mesmo ali policiais de verdade eram coisa rara de se ver. O coronel Pereira reclamava do atual governador, dizendo que ele tinha aliciado rapazes pobres da cidade e, depois de lhes dar umas armas ultrapassadas e declará-los soldados, mandado que fossem assumir postos no interior. Nesses locais, os tais soldados mais arranjavam confusão do que faziam algo de bom. Ou eram brigões, ou depravados, tão arruaceiros e cruéis quanto um bando de cangaceiros. O povo do sertão tinha lhes dado o apelido de macacos.

As mulas foram parando. Luzia se empertigou toda. Emília ajeitou o lenço. Um dos soldados trazia um rifle de cano grosso diante do peito, pronto para mirar o alvo. A arma estava arranhada, com a coronha rachada. Os outros não tinham armas, mas ficaram parados ali na frente, com as pernas afastadas, impedindo a passagem dos animais. O que tinha o rifle olhou as moças dos pés à cabeça.

– O que estão fazendo aqui? – perguntou ele.

– Voltando da aula de costura – respondeu Luzia.

O sujeito assentiu.

– Não têm acompanhante? – acrescentou.

– Eu tomo conta delas – disse o velho, tirando o chapéu. – Trabalho para o coronel Carlos Pereira.

O soldado balançou a cabeça.

– De onde ele é? Tem tantos coronéis por aqui que não consigo saber quem é quem – prosseguiu ele.

E seus companheiros riram. O velho capataz ficou espantadíssimo.

– É o dono destas terras todas, desde aqueles morros – respondeu, apontando para a frente, em direção às sombras azuladas a distância –, até lá bem longe. Taquaritinga e Frei Miguelinho. Manda nisso tudo.

– O coronel pode ser o dono das terras – retrucou o soldado, subitamente sério. – Mas quem manda aqui é a lei. Quem manda aqui é o estado de Pernambuco.

O velho baixou os olhos e fez que sim com a cabeça. Emília sentiu crescer sua irritação. Se estivessem no Ford do coronel, estariam sendo abordadas desse jeito? Se o professor Célio estivesse ao seu lado, em vez daquele velho camponês, seriam incomodadas por aqueles sujeitos?

– Tudo bem – disse o soldado, apontando para a estrada com o rifle. – Podem ir. Mas tomem cuidado. O bando do Carcará está na região.

Por um instante, o peão pareceu assustado, apertando o chapéu nas mãos. Depois, agradeceu aos guardas, pegou as rédeas das mulas e gritou para que elas recomeçassem a andar. Emília sentiu um calafrio. Agarrou-se bem ao pito da sela.

Todos conheciam a história do Carcará. Aos 18 anos, ele tinha entrado para o cangaço depois de matar o célebre coronel Bartolomeu de Serra Negra em seu próprio escritório, conseguindo passar por todos os capangas e estripando-o com o abridor de cartas. Mais tarde, depois de um ataque à cidade de Rio Branco, os moradores locais tinham lhe dado o apelido de Carcará porque ele arrancou os olhos das suas vítimas com a ponta da faca. Naquelas terras áridas que ficavam ao pé de Taquaritinga, havia uma ave, o carcará, que descia a toda e comia os olhos e a língua de cabritos e bezerros. Tia Sofia, como tantas outras mães da cidade, usava essa ave para impedir que as sobrinhas se afastassem muito de casa.

– O carcará – cantarolava ela, com sua voz grave e meio rouca – procura crianças tolinhas. Arranca os olhos delas quando encontra uma sozinha!

Dizia-se que o Carcará trazia ao pescoço um colar de olhos ressecados de suas vítimas. Dizia-se que ele era enorme, louro e de olhos azuis, como um daqueles soldados holandeses de antigamente. Outros, porém, diziam que era baixo, atarracado e moreno como um índio. Havia quem dissesse que o Carcará era o diabo em pessoa. O padre Otto tentava desfazer essa crença em particular. O diabo, afirmava ele, não assumiria uma aparência tão óbvia. "Satã não é um fora da lei", dizia o padre. "É um farsante, e muito ardiloso. Não usa armas, mas traz presentes, fazendo-nos confundir sombras com substância, o reino dos céus com os prazeres da terra."

Emília se virou na sela e olhou para trás, na direção daqueles soldados. De repente, teve pena deles, com seus uniformes brilhantes e o velho fuzil. Eram presa fácil. Olhou para Luzia, toda empertigada na mula ao seu lado. A irmã ergueu o braço de vitrola. O cotovelo aleijado formou um ângulo bem estranho. Protegendo os olhos com a mão, fitava o horizonte.

8

Ao se aproximarem de Taquaritinga, o ar foi ficando mais leve e mais fresco. Ouvia-se o ruído fraco das últimas cigarras do verão. Passarinhos cantavam. No mercado, uns poucos vendedores ainda desarmavam as barracas. As pessoas olhavam o céu que escurecia, esperando ver sinal de chuva.

O velho peão parou as mulas defronte do casarão branco do coronel. Tinha tentado apressar os animais, fazendo-os trotar para encurtar o trajeto pelo morro. As mulas, porém, se arrastaram, teimosas, só apressando o passo ao som do chicote, mas logo em seguida voltando à sua lentidão. Para elas, tanto fazia que o Carcará estivesse escondido por entre as pedras ou atrás de uma moita. Mas o velho não tirou a mão da bainha da faca. Emília e Luzia olhavam para os lados ao menor movimento de um lagarto e a cada voo rasante de um pássaro qualquer. Quando enfim chegaram, Emília estava com dor de cabeça. O pito da sela tinha esfolado seu quadril. O vestido de sair estava coberto de poeira. Só mesmo um bilhete do professor Célio a deixaria animada, mas teria de esperar um mês inteiro para que ele, disfarçadamente, lhe pusesse uma resposta nas mãos.

As duas agradeceram ao velho e o deixaram, com as suas mulas, no portão do coronel. Atravessaram a praça da cidade, que estava praticamente vazia, à exceção de um ou outro casal de noivos passeando de mãos dadas. Suas acompanhantes, velhas que rezavam o terço, arrastavam-se atrás dos pares. Emília mancava ao lado da irmã, com os pés inchados nos locais apertados pelas tiras de couro dos sapatos herdados de dona Conceição. Mesmo assim, não pensaria em tirá-los.

– Eu vi – sussurrou Luzia, erguendo os olhos como se estivesse falando com o céu. – Vi quando você entregou um bilhete a ele.

– A quem?

– Arre, Mília. A minha máquina fica defronte da sua.

Emília passou a bolsa de costura de um ombro para o outro.

– Ele vai me levar embora daqui – disse. – Vamos para São Paulo.

Luzia estancou. Tinha a respiração ofegante e os olhos arregalados. Emília sentiu uma espécie de vertigem ao perceber que era capaz de desconcertar a irmã.

– Ele lhe disse isso? – perguntou a outra.

– É muito discreto. Homens educados nunca são tão ousados a ponto de declarar assim as suas intenções.

– E se ele tiver más intenções? – prosseguiu Luzia, com as pernas bem afastadas, as mãos nas cadeiras e o peito inflado como um galo pronto para a briga.

Desta vez, falou mais alto. Emília mandou que baixasse a voz.

– Você parece até a tia – murmurou. – O professor Célio é um cavalheiro. Ele não precisa me dizer isso. Posso sentir.

– Se é um cavalheiro, por que não vem à nossa casa? Por que não pede à tia permissão para namorar você?

– Taquaritinga fica longe – respondeu Emília. Sentia o rosto corado. Já tinha pensado nessa possibilidade, mas morria de vergonha só de imaginar o professor Célio pisando naquele chão de terra da cozinha, olhando para a tapioca de tia Sofia e tendo de aguentar o jeitão mal-humorado de Luzia. Deu de ombros. E, então, mentiu. – Ele já me propôs isso. Eu é que lhe disse que não precisava.

– Por quê? – indagou Luzia.

– Em São Paulo, eles têm prédios de dez andares, Luzia! – retrucou ela, com um riso forçado. – Têm parques, edifícios de apartamentos e bondes. O que ele ia achar disso aqui? – acrescentou, abrindo bem os braços como se quisesse abarcar com eles a cidade inteira.

– Que importância tem isso? – perguntou a irmã.

– Para uma pessoa educada, tem, sim.

– Como é que você sabe?

Emília sentiu um aperto na garganta. Seu rosto pinicava de tão quente. Luzia a fitava com um olhar de pena, como se pudesse perceber coisas que a irmã nem notava. Emília já não aguentava mais esse olhar. Aquele corpo comprido e aquele braço dobrado a punham num lugar à parte, dando-lhe uma liberdade que ela própria jamais conheceria. Vitrola não tinha nenhuma esperança de se casar. Nenhuma reputação a preservar. Vitrola era uma aberração, livre das fofocas e das críticas. Livre para fazer o que bem entendesse, dizer o que bem quisesse, sem temer as consequências. Emília não podia se dar a esse luxo. Desde criança, ouvia tia Sofia e outras pessoas alertando-a o tempo todo – "Lembre-se da sua origem". Diziam isso de um jeito bondoso, como se estivessem lhe dando algum conselho sagrado. Diziam isso para poupá-la de constrangimentos e mágoas. "Lembre-se da sua origem", era o que diziam, e Emília sabia muito bem o que havia por trás daquelas palavras: lembre-se das manchas alaranjadas nos seus pés, dos calos da agulha nos seus dedos, dos tecidos feios dos seus vestidos. Lembre-se de que é filha de uma colhedora de café e do bêbado da cidade. Lembre-se de que pode perfeitamente ter suas *Fon Fons* e acalentar sonhos e ideias, mas eles vão acabar lhe fazendo mais mal que bem. Você pode até esquecer a sua origem, mas todos os demais vão se lembrar dela.

– Odeio você – disse Emília.

Afastou-se da irmã e saiu andando mais depressa, quase trotando para ultrapassar as grandes passadas de Luzia. Seus pés latejavam. Os olhos ardiam. Azar se os sapatos estavam machucando ou se o cabelo estava esquisito. Tinha o professor Célio. E, qualquer dia desses, ele a levaria para uma cidade de verdade, com postes de iluminação, bondes e restaurantes. Nunca tinha ido a um restaurante na vida. Ele a levaria para uma cidade onde as pessoas sabiam ler e escrever, assinavam o nome com canetas-tinteiro de verdade em vez de pressionar o dedo num mata-borrão e deixar, nos documentos, a impressão digital dos analfabetos. Uma cidade onde não havia seca no verão e enchentes no inverno; onde a água corria brandamente pelos canos e ralos. Imaginava a sua casa, um lugar com piso ladrilhado e fogão a gás. Imaginava a própria desforra – como deixaria Luzia ali mesmo, no meio daqueles bodes, daquelas fofocas e daqueles homens banguelas. Até que, um dia, voltaria para encontrar Luzia velha e solitária. Levaria então a irmã embora de Taquaritinga para a sua casa de piso ladrilhado, um lugar onde ela nunca mais seria chamada de Vitrola. Finalmente, Luzia ia entender que todas as revistas e os perfumes de Emília, os seus cartões, os seus chapéus feitos em casa e os sapatos que mal lhe cabiam nos pés não eram bobagens, mas sim pequenos passos, passos necessários no seu caminho para chegar a um lugar melhor.

Capítulo 2

Luzia

Taquaritinga do Norte, Pernambuco
Maio de 1928

1

Ainda não havia clareado. Os pássaros estavam acomodados nas vigas de madeira. Luzia acendeu uma vela e entrou no cubículo que ficava junto da despensa. Ali, acendeu diversas velas usando a que já trazia na mão. O lugarzinho brilhou com aquela luz alaranjada. Os olhos pintados dos santos a fitavam lá do altar. Dos paninhos de renda que cobriam as prateleiras pingava cera endurecida, parecendo lágrimas petrificadas. A fumaça das chamas ia subindo e saía por dois buraquinhos entre as telhas, ambos escurecidos pela fuligem.

Luzia se ajoelhou. Seus joelhos se encaixavam confortavelmente nos sulcos do chão de terra batida, deixados ali por anos e anos de orações. Desde os 11 anos, vinha diariamente ao quartinho dos santos. Tia Sofia acreditava que os santos tinham unido forças para trazê-la de volta à vida depois daquele tombo da mangueira. A menina não tinha lhes pedido ajuda, mas era instada a lhes demonstrar a sua gratidão. Principalmente a santo Expedito – tia Sofia e padre Otto concordavam a este respeito –, que havia justificado a sua fama de padroeiro das causas justas e urgentes. Para retribuir ao fato de ter sido trazida de volta das portas da morte, Luzia deveria lhe oferecer algo quando completasse 18 anos. Quando um santo pede de uma mulher uma prova de sua gratidão, ela não pode lhe dar comida, dinheiro ou qualquer outro objeto material. Precisa lhe dar algo de muito valor pessoal; para a maioria das mulheres, isso significava abrir mão dos seus cabelos. Luzia não cortava o cabelo desde aquele tombo. Tinha agora uma basta cabeleira castanha que lhe batia quase na cintura. Quando fizesse 18 anos, cortaria a trança e a levaria até a igreja, para depositá-la no altar de santo Expedito. Depois disso, talvez pudesse manter um corte mais ousado, como o da irmã.

Luzia desfiava as contas do terço que tinha nas mãos. Balançou a cabeça; ficaria ridícula. Mesmo assim, a oferenda tinha de ser feita.

Não sabia ao certo se acreditava nos poderes dos santos, e não raro os achava vaidosos por exigirem tanta atenção. Mas gostava do fato de eles terem sido gente, gente que acreditou, sofreu e foi recompensada. Só não tinha muita certeza se eles foram ou não recompensados por seus sofrimentos ou por sua fé. Uma vez, ainda criança, perguntou isso ao padre Otto. À guisa de resposta, ele lhe deu para ler um livro encadernado em couro sobre a vida e a morte dos santos. Como algumas outras pessoas na cidade, ele não tardou a se convencer de que, se o braço aleijado era um empecilho para um casamento, bem poderia fazer da moça candidata para a vocação religiosa; havia ótimos conventos em Garanhuns e no Recife. Luzia não queria ser freira, mas gostou de ficar lendo o velho livro do seu professor enquanto seus colegas brincavam no recreio. Página por página, lá ia ela percorrendo a vida daqueles santos e descobrindo que não se tratava de imagens pintadas docilmente instaladas no seu altar coberto de espermacete, mas sim de gente de verdade. Santa Inês não passava de uma menina quando foi vendida a um bordel e queimada na fogueira. Santa Rita de Cássia foi esquartejada, tendo o corpo retalhado aos poucos – primeiro os dedos, depois as mãos e os braços. Santa Doroteia, a Bela, teve o seu corpo nu marcado a ferro quente. Os olhos de santa Luzia foram arrancados pela lâmina de uma faca pagã. Ao enfrentarem todo esse sofrimento, segundo o livro, esses santos rezaram por suas almas e não por seus pobres corpos. Luzia admirava a sua determinação, mas não acreditava naquilo.

Lembrava-se do seu próprio acidente – não da queda em si, mas do sentimento assustador de cair para trás, de perder o equilíbrio e se dar conta de que não havia nenhuma mão invisível, nenhum anjo da guarda para segurá-la. Tudo o que havia ali eram os galhos da árvore e, depois, a escuridão. Quando voltou a si, viu o rosto de tia Sofia e sentiu uma dor tão grande que achou que estivesse flutuando para longe. E a dor só piorou quando a encanadeira chegou e, com um puxão, virou o seu braço retorcido para deixá-lo do jeito certo. Nesse momento, ouviu um terrível retinir nos ouvidos. Então, desmaiou. À força, encaixaram o seu braço entre duas paletas: duas tábuas bem compridas, uma de cada lado, amarradas com um pano e mantidas no devido lugar graças a uma tipoia presa a seu pescoço. A articulação quebrada doía, ardia, repuxava; ondas de calor e pontadas lhe subiam por todo o braço. A menina suava. Tinha calafrios. Passou muitas noites sem poder dormir. Ajoelhava-se no quartinho dos santos e lhes fazia súplicas longas e fervorosas; fazia-lhes promessas bobas e inúmeras oferendas, tudo pelo braço. Mas, no meio daquelas talas, a articulação ia aos poucos se consolidando. Quando retiraram as tábuas, seu cotovelo estava dobrado, com o osso petrificado no lugar.

A encanadeira disse que ainda havia esperanças. Usando uma fita especial, mediu cada centímetro do corpo de Luzia, como se fosse fazer a sua mortalha. Depois de tomar essas medidas, a mulher se ajoelhou e rezou, pedindo a Jesus que endireitasse aquele braço. Deu-lhe um preparado com ervas e manteiga, mandando que Luzia o esfregasse no cotovelo três vezes por dia para untar os ossos, como se fosse a engrenagem de uma máquina. Àquela altura, a dor tinha se tornado uma presença constante, um formigamento, como se agulhas estivessem enfiadas por baixo da pele. Portanto, quando aquele livro do padre Otto, encadernado em couro, disse que os santos esqueciam a própria dor e nem pensavam no próprio corpo, Luzia resolveu fechá-lo. Não queria mais ficar lendo durante o recreio. Não queria mais ir à escola paroquial, onde os colegas a tinham apelidado de Vitrola. Sentia algo duro e amargo, como um caroço de pitomba, entalado no peito. Vira e mexe, esse caroço se abria, soltando um calor terrível que borbulhava, ia crescendo e acabava entornando como o leite que ferve numa panela. Luzia saía pisando nos pés de feijão. Dava chutes nas canelas dos colegas de colégio. Arrancava as dálias de tia Sofia. Beliscava os lindos braços morenos de Emília até eles ficarem pontilhados de manchas roxas. Não era raiva que sentia, era desespero, e queria que o mundo inteiro sentisse aquilo também. Logo, logo, padre Otto parou de lhe emprestar livros. Parou de descrever os lindos jardins dos conventos, gramados e cheios de rosas. Ao que parecia, Vitrola não estava destinada à vida religiosa.

Com o tempo, aquele destempero foi se reduzindo, mas sua fama permaneceu. O braço não endireitou, mas o seu corpo cresceu empertigado. Vendo a sobrinha ficar cada vez mais alta, tia Sofia só fazia repetir que a encanadeira tinha calculado mal, que as suas orações haviam espichado os ossos das pernas da menina, e não os dos seus braços. As mulheres da cidade murmuravam, dizendo que era uma pena que as duas não tivessem um irmão que olhasse por elas. Uma casa só de mulheres era lamentável. As meninas foram crescendo e a tia foi ficando mais rigorosa com Emília, mantendo-a dentro de casa, longe de eventuais problemas. O valor de uma moça está na sua capacidade de se manter intocada. Quanto a Luzia, não havia o que temer: ela já estava estragada. Quem estaria tão desesperado a ponto de tocar a Vitrola? Era o que as fofoqueiras se perguntavam aos risos. Portanto, Luzia podia ir aonde bem entendesse. De manhã, depois de rezar no quartinho dos santos, dava longos passeios. Já antes do nascer do sol, lá estava ela, vagando pela cidade ainda escura e pelas fazendas das encostas dos morros. Gostava da calma e do ar fresco da manhã. Gostava da sensação de ser a única pessoa viva no mundo.

Luzia desfiava as contas do terço. O calor das velas lhe aquecia o rosto. Fitava as imagens à sua frente. Havia ali são Francisco, com dois pássaros nas mãos estendidas. Havia são Bento, usando um manto roxo; são Brás, com uma fita vermelha amarrada no pescoço; e são Benedito, com o rosto tão negro que os seus olhos pareciam redondos e arregalados. Havia santo Expedito, erguendo o escudo, com a armadura de soldado toscamente pintada no corpo, os lábios vermelhos e carnudos. Os rostos daqueles santos lhe pareciam excessivamente femininos, infantis e delicados demais. Sabia que Emília os achava bonitos, com aqueles traços delicados, como o professor Célio.

Luzia não gostava do professor de costura. E não era por causa de sua barba aparada e de suas camisas alvejadas. Respeitava o seu asseio; sabia que não era nada fácil. Era impossível achar um barbeiro por ali e dificílimo tirar aquela poeira teimosa, que se infiltrava em cada fibra dos tecidos, fazendo com que até a mais branca das camisas parecesse encardida e amarelada. Era uma verdadeira façanha, naquele mundo de agricultores e vaqueiros, um homem comum se vestir como um coronel. O que não gostava era o jeito como o professor tirava os fios de linha da sua mesa, como se tivesse nojo deles. E tinha também aquela mania terrível de ficar suspirando e batendo com o pé no chão quando uma das alunas não estava conseguindo repor o carretel metálico da máquina. Como não queria manchar as calças, sempre que uma máquina começava a ranger, ele jogava ali bem rápido um jato de óleo e recuava, deixando que a aluna limpasse a sujeira que a operação pudesse provocar. Achava-se muito superior aos reles pontos de costura – era um técnico, não um alfaiate, como tanto gostava de frisar; por isso, abria o manual da Singer, mostrava as imagens do ponto *à jour* ou do festonê, e logo voltava à sua mesa, deixando que as alunas descobrissem sozinhas o que deveriam fazer. Mas, quando se tratava das máquinas, ele se tornava falante e cuidadoso, abrindo e fechando as portinholas dos compartimentos, enchendo e esvaziando os carretéis de linha, mandando as alunas se afastarem enquanto ele trabalhava, como se a máquina fosse um mistério ameaçador e não apenas madeira e metal.

No primeiro dia de aula, ele tinha olhado para o braço de Luzia e, com voz galante e aos brados, perguntou-lhe se precisaria de alguma ajuda. A moça recusou e, voltando-se para a irmã, disse também alto, fazendo a outra enrubescer:

– Ele deve ser um péssimo professor, senão teria sido mandado para uma cidade de verdade, e não para cá.

Depois disso, o professor passou a ignorá-la. Era exatamente isso que Luzia queria.

Talvez devesse ter deixado que ele a ajudasse. Talvez devesse ter se mostrado atrapalhada e perdida, assim teria tomado o seu tempo e ele não repararia em Emília. Mas sabia que a irmã teria conseguido chamar a atenção do professor, nem que, para isso, tivesse de se postar à força em seu campo de visão.

Emília sabia usar o rosto, manipular as expressões faciais para conseguir o que queria. Luzia já a tinha visto treinando naquele espelhinho, abrindo e estreitando os grandes olhos castanhos. Sempre que o professor Célio lhe entregava um bilhete, ela o apanhava sem tirar os olhos do trabalho, parecendo séria e concentrada, e tudo o que fazia era dar um ligeiro sorriso acanhado. No mercado, fazia biquinho e franzia as sobrancelhas até os vendedores de roupas lhe darem um bom preço pelo que ela queria. Com dona Conceição, mostrava-se reverente e deslumbrada. Com os antigos pretendentes – aqueles jovens agricultores apavorados que se sentavam nervosamente na cozinha de tia Sofia –, retorcia o lábio superior, com escárnio. Só mesmo antes de dormir, quando as duas irmãs ficavam cochichando, contando histórias e segredos, as expressões de Emília não eram estudadas. À luz da vela, a moça parecia o retrato da mãe, mas sem aquele olhar assustado ou inseguro. Era penetrante. Teimoso. "Que Deus proteja o homem que se casar com você", dizia a tia, brincando, quando Emília fazia uma das suas. "Vai achar que está comprando açúcar quando, na verdade, está levando rapadura!" Uma vez por mês, compravam aqueles tijolos marrons e raspavam lasquinhas para adoçar o café ou o fubá. A rapadura tinha cheiro de garapa, o que atraía as abelhas. Apesar de toda aquela doçura, porém, o tijolo era duro como pedra, conhecido por quebrar dentes e deixar facas rombudas. A vontade de Emília era exatamente assim. Um dia ia se mudar para o Recife ou até mesmo para São Paulo.

Luzia sentiu uma pontada de inveja. Apertou ainda mais o terço entre os dedos. As contas chegaram a machucar as palmas de suas mãos.

Não queria a beleza da irmã. Seria cansativo ter de arrumar o cabelo e se preocupar com roupas. Mas invejava as oportunidades que a beleza proporcionava. Emília dizia que ia ser datilógrafa ou trabalhar numa loja na cidade grande. Luzia adoraria ter um emprego desses, mas suas chances de conseguir trabalhar fora eram bem pequenas. Às vezes, quando estavam ali, cochichando na cama, e Emília lhe falava dos seus planos, Luzia tinha vontade de dizer: "Me leve junto." Mas nunca disse. Na verdade, não queria morar numa cidade. Adorava a casa da tia Sofia. Adorava dar comida às galinhas-d'angola tão irritadiças; adorava cuidar das dálias e dar aqueles longos passeios antes do nascer do sol.

Mesmo assim, ficava empolgadíssima com a ideia de ir embora, de ser alguém que não fosse a Vitrola.

A fumaça no quartinho dos santos fazia os seus olhos arderem. Uma gota de cera caiu no seu braço. Luzia recuou bruscamente, esfregando a rodelinha vermelha que se formou na sua pele. Fechou os olhos. Rezou pela saúde da tia. Rezou pela felicidade de Emília, mas não com o professor de costura. Quando chegou a hora de rezar por si mesma, não sabia muito bem o que pedir. A vida lhe parecia enevoada e vazia, como uma infância da qual nunca sairia.

Fitou o meio do altar. Havia ali uma imagem da Virgem Maria, de braços abertos e o rosto inteiramente limpo da fuligem. Ela tinha a cabeça inclinada e os olhos erguidos, não com um ar de modéstia, mas numa atitude deliberada, como se dissesse "o meu amor é grande, mas não ponha a minha paciência à prova".

Luzia se apressou em terminar as orações. Soprou as velas dos santos e saiu do quartinho. Na despensa, foi tateando pelas prateleiras até encontrar um pedaço de carne de sol. Cortou uma fatia pequena e a enfiou no bolso do vestido. Abriu então a porta da cozinha e saiu para o quintal.

2

Tia Sofia chamava as horas que antecediam a madrugada de "boca da noite". As pessoas de bem iam para a cama depois do pôr do sol; mais tarde, só os bêbados e os cachorros vagavam pelas ruas. Qualquer outra pessoa que fosse tola o bastante para fazer isso arriscava-se a ser tragada; Luzia nunca soube ao certo pelo quê. Talvez por espíritos, pela bebida ou pelos ladrões. Ou então pela própria noite. Antes da meia-noite ouvia-se todo um coro de sons: o barulho dos grilos, o brando coaxar dos sapos, os uivos dos vira-latas. Vinha então o primeiro lamento das corujas; em seguida, mais um. E, depois, o silêncio.

Luzia dava os seus passeios na calma das primeiras horas do dia. Os sapos voltavam para as suas tocas. Os cachorros, depois de tantas aventuras, iam dormir nos alpendres. Só se ouviam o leve farfalhar das bananeiras e o som dos seus próprios passos. As casas caiadas, como a sua, brilhavam azuladas assim de manhãzinha. As de barro eram de um cinza-escuro. As janelas estavam todas fechadas. As portas, trancadas. Gaiolas de pássaros ficavam penduradas nos telheiros, fora do alcance dos ratos. Algumas delas ficavam cobertas com um pano, para proteger os passarinhos da friagem da noite. Outros donos, menos cuidadosos, deixavam as gaiolas descobertas, e as aves estufavam as penas e enfiavam a cabeça sob as asas. Havia grandes sabiás marrons, espremidos nas gaiolas, e alimentados com pimenta-malagueta porque, assim, cantavam melhor. Havia pintassilgos selvagens, com as pontas das asas vermelhas. E também canários de briga, treinados para arrancar os olhos uns dos outros.

Ultimamente, vinham sumindo pássaros das gaiolas. Havia um ladrão por ali. Uns achavam que era coisa de assombração, do caipora de pele acobreada que tinha os pés virados para trás porque, assim, ninguém conseguia seguir a sua pista. Outros punham a culpa nos meninos que normalmente apanhavam passarinhos para vender e que estariam então soltando esses mesmos pássaros para voltar a vendê-los no mercado. Tinha havido até uma briga recentemente, quando um lavrador viu o seu sabiá à venda. Alguns donos resolveram pôr as gaiolas para dentro, mas os bichos faziam muito barulho, pulando de um lado para outro e bicando as paredes de barro da casa. Outros passaram a amarrar o cachorro debaixo das gaiolas e a fechar bem as portinholas, prendendo-as com um arame.

Havia quem desconfiasse de Luzia. Mas, assim como ela tinha sido desqualificada para o casamento e para qualquer tipo de vida produtiva, foi logo descartada como suspeita. O roubo – exatamente como a função de esposa e mãe – era uma atividade que exigia uma boa dose de coragem e habilidade. Como poderia fazer os cachorros se calarem e retirar o arame das portas das gaiolas? Além do mais, Vitrola criava pássaros em casa. Ou melhor, Emília fazia isso. Seu pai tinha lhe dado três azulões cujas penas passavam, uma vez por ano, do negro a um tom de azul iridescente. Como todos os outros pássaros do lugarejo, aqueles três tinham vivido soltos pelo mato até serem capturados e enfurnados numa gaiola pequena demais. Mesmo assim, Emília os adorava. Todo dia, ia lhes dar casca de ovo e fubá. Toda noite, punha a gaiola perto do retrato dos pais e lançava um olhar severo à irmã. Ao contrário dos outros moradores de Taquaritinga, ela não subestimava as capacidades da Vitrola.

Uma névoa baixa cobria o topo dos morros. O ar estava úmido. A estradinha, escorregadia. Luzia foi subindo mais depressa. Os músculos das pernas chegaram a ficar ardendo. Quando se exercitava, era tomada por uma calma profunda. Não sentia nem sinal daquela amargura da infância. No mês de setembro, época da colheita da mandioca, quando todos os moradores da cidade se reuniam no moinho para fazer farinha, era ela quem ficava mais tempo trabalhando. Raspava e descascava mandioca até o braço bom ficar queimando. Em tempos normais, lavava roupa, costurava e ia diversas vezes à fonte para encher jarras e mais jarras de água. Era comum que assumisse, feliz da vida, as tarefas de Emília. O trabalho a acalmava. Adorava o barulho da roupa molhada batendo nas pedras. Adorava torcer as roupas com tanta força que elas se remexiam e estremeciam em suas mãos, como se estivessem vivas. Adorava apertar nos braços o barro frio das jarras de água. Adorava o cheiro de metal que ficava nas suas mãos de tanto fazer girar a roda enferrujada da velha máquina da tia.

Quando estava costurando, ninguém vinha interromper o seu trabalho. Ninguém a corrigia. Até mesmo tia Sofia a observava em silêncio, assentindo, em sinal de aprovação, ao ver a sobrinha prender a renda nas saias dos vestidos de primeira comunhão, fazer as lapelas pontudas dos ternos de defuntos ou bordar fileiras de flores pretas e roxas nos paramentos do padre Otto. Quando Emília virava o traje pelo avesso e via que os pontos eram minúsculos e regulares, os nós tão bem-disfarçados que ficava até difícil distinguir o avesso do direito, dava um beijo no rosto da irmã e lhe pedia para ajudá-la nas tarefas que tinha pela frente. Ela também era uma costureira habilidosa, mas preferia mil vezes desenhar modelos de roupas inspirados na revista *Fon Fon* do que bordar panos de prato ou fazer ternos para enterros. Emília costurava sempre o mais depressa possível, louca para ver o resultado final. Era disso que gostava. Já Luzia gostava do trabalho em si. Gostava da precisão necessária ao se tirarem as medidas, do desafio de transpor essas medidas para o tecido, do cuidado meticuloso para cortar o tal tecido em várias partes e da satisfação de juntar umas às outras para formar um todo.

Nos seus passeios matinais, Luzia se embrenhava pelas estradinhas mais íngremes que levavam ao alto do morro e, dali, antes do nascer do sol, podia ver o mato ralo lá embaixo. Na semana anterior, todo aquele cinza tinha virado marrom, sinal de que as chuvas recentes haviam escorrido das montanhas. A seca de verão tinha se prolongado até o mês de março e, depois, abril. Os córregos desapareceram. Os açudes ficaram vazios. A fonte onde Emília e ela iam buscar água ficou tão seca que as duas tinham de se deitar nas suas bordas e escavar o fundo com canecas de metal. A gente do lugar estava sendo obrigada a vender as suas melhores cabras e os seus melhores novilhos porque não conseguia sustentá-los. E Taquaritinga ainda tinha água, o que era um privilégio em relação à maioria das localidades. No trajeto para as aulas de costura, as duas irmãs passavam por carcaças de animais estiradas na beira da estrada. Os sítios que ficavam no sopé dos morros, onde era comum se verem as roupas penduradas no varal estendido entre os pés de juazeiro e crianças brincando no quintal poeirento, estavam sendo pouco a pouco abandonados. Em pequenos grupos, as pessoas iam subindo para Taquaritinga, onde ainda podiam encontrar água. Armavam barracas na trilha das mulas. Certa feita, tocaram fogo nesses acampamentos durante a noite. Puseram a culpa nos bêbados, mas Luzia ouviu dizer que teriam sido moradores do local, na esperança de proteger a água que tinham. Todo mundo estava com sede, inclusive o Carcará. O seu bando havia sido visto lá pelos morros. Tinham atacado Triunfo, que ficava a doze dias de viagem de Taquaritinga. Corriam boatos de que a polícia militar teria sido mandada para a região. Na cidade, todos andavam nervosos, escondendo os objetos de valor da polícia e dos cangaceiros. O professor de costura, apavorado, chegou a falar em cancelar as aulas. Agitadíssimo, não saía de sua mesa e não entregou mais nenhum bilhete a Emília. A moça achou que o motivo de tal desinteresse era o seu cabelo curto, mas Luzia não tinha dúvidas a este respeito. Era a falta de chuva. Todos temiam a perspectiva de uma seca, especialmente os forasteiros. Quem podia ia embora. O coronel mandou a esposa, dona Conceição, para Campina Grande. Ela não encomendou nenhum vestido. Luzia, Emília e tia Sofia ficaram fazendo panos de prato, lenços e, uma vez ou outra, uma camisa para o coronel. Aquilo, porém, mal dava para o sustento das três.

O coronel mandava leite de cabra para compensar a falta de encomendas de costura. Tinham os pés de feijão plantados no terreninho dos fundos da casa e dava para conseguir farinha de mandioca. Mas comeram todas as galinhas-d'angola nos meses sem chuva e, agora, a carne fresca tinha se tornado um luxo. Só podiam comprar tiras de carne-seca, e Luzia já não aguentava mais aquilo; já não aguentava mais fubá no café da manhã e feijão, farinha e aquela carne de sol dura toda tarde. Estava louca por um pedaço de abóbora cozida no vapor ou um lombo de cabrito, com a carne tão macia que chegava a soltar do osso.

E, então, choveu. Certa tarde, surgiram nuvens escuras e pesadas lá no alto dos morros. Luzia as ignorou. Já tinha visto muitas nuvens nos meses de seca, nuvens que deixavam o céu negro e traziam a esperança de chuva, só para irem embora e desapontá-la. Mas o cotovelo aleijado começou a doer e, depois, os sapos saíram das suas tocas e se puseram a coaxar, uns respondendo aos outros. Quando começou a chover, o chão chegou a chiar. A poeira subiu e, com ela, aquele cheiro. Luzia adorava o cheiro das chuvas de inverno. Era como se todas as plantas já murchas, os cafeeiros franzinos, as folhas de bananeira marrons, os tufos de mandioca e os pés de milho mirrados soltassem um perfume para comemorar o acontecimento. As duas irmãs largaram as costuras e foram para o quintal. Uma a uma, arrastaram as vasilhas de barro vazias para enchê-las com a água da chuva. Riam e erguiam a cabeça, virando a boca para o céu. Emília passou a mão no seu sabonete especial e, com os vestidos ensopados e colados ao corpo, foram ambas se postar debaixo da calha de alumínio para lavar a cabeça como faziam quando eram crianças. Até tia Sofia ficou rindo e batendo palmas, parada na soleira da porta, agradecendo a Jesus e a são Pedro. Foi uma tarde maravilhosa.

Luzia estremeceu. Tinha a respiração acelerada. Tocou a carne-seca dentro do bolso. À sua frente, havia uma casa de barro. Umas mudinhas de plantas cresciam no terreno lamacento que a cercava. As telhas estavam recobertas de musgo. Junto à janela da frente, pendia uma gaiola coberta e o pano branco esvoaçava como um fantasma. Não ouviu qualquer rosnado, não viu nenhuma corrente ou mourão onde se pudesse prender um cachorro. Aproximou-se e ergueu o braço bom. Não precisou de muito esforço para alcançar a gaiola. Debaixo do pano viu uma trama de junco bem cerrada, com o desenho só interrompido por duas dobradiças e um trinco. Com os dedos, tentou abrir aquele fecho. Lá dentro, o passarinho se agitou. O arame machucou seus dedos, mas ela continuou a torcê-lo com mais força. O pano que cobria a gaiola escorregou e caiu. Desprotegido, o passarinho piou. Com um puxão, Luzia abriu a portinhola e saiu correndo.

A estradinha estava escorregadia por causa da chuva. As solas macias de suas alpercatas deslizaram, fazendo-a perder o equilíbrio. Luzia caiu. Ficou com as mãos cheias de lama. No inverno anterior, naquele mesmo lugar, tinha visto uma argileira. Vários homens da cidade estavam agachados perto do buraco, enchendo os moldes com barro e pondo-os para secar. As chuvas tinham deixado o chão mole. Os homens que trabalhavam ali haviam escavado a camada pedregosa para retirar o barro. E erguiam umas pás enormes, cheias daquela terra alaranjada. O cabelo deles tinha sumido debaixo de uma espessa camada de barro. Estavam todos sem camisa; tinham os braços e o peito também cobertos por aquela terra. As suas calças, molhadas e pesadas, estavam coladas às pernas. Os seus pés desapareciam no fundo macio do buraco. Aqueles sujeitos que cavavam não tinham feições, nem cabelo, nem cicatrizes, nem sobrancelhas ou pestanas. O barro os cobria por inteiro, apagando tudo, exceto as linhas esguias dos seus corpos. Só se viam os seus olhos, brilhantes e escuros, sobressaindo naquela pele alaranjada. Luzia jamais havia imaginado que aqueles agricultores comuns, meninos que conheceu na escola e homens que geralmente ignorava, pudessem ser tão lindos.

Corou só de lembrar isso. Sentiu um calor que lhe subia da boca do estômago. Limpou as mãos na saia e seguiu adiante. O céu estava mudando; logo, logo, o sol surgiria no horizonte. Luzia apressou o passo. Ainda tinha uma casa para visitar.

Afastada da estradinha, já perto do cume, morava um viúvo que adorava apanhar sofrês. Eram uns pássaros da caatinga, capturados no sopé do morro e trazidos para viver em Taquaritinga. Eles eram lindíssimos, com uma crista vermelha e as asas pretas. Mas não são ousados como os sabiás ou agressivos como os canários. São chamados assim porque sofrem ao viver engaiolados e sempre acabam morrendo quando são capturados. Apesar disso, o viúvo lá do morro continuava a armar arapucas para esses pássaros, na esperança de provar que tudo não passava de uma lenda. Sempre que Luzia o via no mercado, tinha ganas de lhe torcer o pescoço.

A casa do sujeito era parecida com a outra: simples, de taipa, com as janelas fechadas e cercada de bananeiras e pés de café. Mas ele tinha um cachorro. Era um vira-lata acinzentado e magricela, que ficava amarrado junto à porta da frente, bem debaixo da gaiola dos passarinhos. Quando Luzia se aproximou, o animal ficou logo de orelhas em pé. A moça cortou uma lasquinha da carne-seca com o canivete e a jogou para o cachorro. Ele cheirou a carne e, depois, farejou o ar ao seu redor, como se não soubesse qual dos dois merecia a sua atenção. Luzia também farejou. Tentou definir que cheiro era aquele que cercava a casa, mas não conseguiu. Era um cheiro rançoso, como o de penas de galinha molhadas, mas com um toque adocicado, como melão podre. E havia algo mais, algo persistente e inebriante, como nos bodes da feira.

O cachorro abocanhou a carne-seca e começou a mastigá-la lentamente com seus velhos dentes estragados. Luzia cortou mais uma lasca de carne e avançou em direção à casa. O sofrê estava pendurado no telheiro lateral. A gaiola não tinha coberta e o bichinho parecia abatido, com a crista rala e descolorida. A moça se aproximou ainda mais. O cão farejou o ar e começou a girar em círculos, parecendo nervoso. Ela lhe jogou a outra lasca de carne. O animal a apanhou, mas, depois, baixou as orelhas e largou a comida. O cheiro ficou ainda mais forte. O cão soltou um latido baixinho. Luzia se virou.

Do meio das bananeiras, surgiram três homens. O do meio usava um chapelão de abas largas, como um fazendeiro, mas, em torno da copa, tinha um cordão de ouro e não uma fita. O cabelo lhe batia nos ombros. Nas mãos, trazia uma pistola de cano grosso. Os sujeitos que o flanqueavam, um alto e o outro baixo, usavam chapéus de couro com a aba rebatida, em forma de meia-lua. Só cangaceiros usavam esse tipo de chapéu. Nas mãos, seguravam firme os rifles. O sol nascia por trás deles e Luzia não podia ver os seus rostos. Mas podia sentir o seu cheiro, de uma intensidade animal espantosa. A moça ergueu a mão para tapar o nariz.

– Então o ladrão de passarinhos é você? – perguntou o sujeito do meio.

Luzia estremeceu ao som daquela voz. Era grossa e profunda, como se a sua garganta fosse recoberta de calcário. O homem veio se aproximando. Usava anéis de ouro em todos os dedos morenos. Luzia ficou imaginando como era possível segurar um rifle com tantas joias nas mãos. As roupas dos três eram esmolambadas e sujas, mas todos tinham no peito grossas cartucheiras de couro repletas de balas com as pontas douradas, que reluziam ao sol da manhã. Entre os cinturões e o cós das calças, destacavam-se as facas prateadas. Eram armas com cabos arredondados que se afunilavam para que a mão de um homem pudesse segurá-las. O sujeito mais alto era um mulato escuro com traços finamente talhados. O mais baixo tinha cabelo encarapinhado. E, ao contrário da maioria dos homens, que usava barba, aqueles ali tinham a cara raspada, como os padres.

– Você é muda? – perguntou o cangaceiro de voz grossa.

Seu amigo de cabelo encarapinhado deu uma risadinha e Luzia percebeu que não se tratava de um homem baixinho, mas de um menino.

– Não – respondeu ela. E teve de pigarrear, pois a voz lhe saiu trêmula. – Eu não roubo passarinhos. Só abro a porta das gaiolas. A escolha é deles se querem ficar ou ir embora.

O homem do meio riu, inclinando a cabeça para trás. A sombra da aba do chapéu desapareceu, revelando o seu rosto. Luzia respirou fundo. Na face direita, ele tinha uma cicatriz de uns dois dedos de largura, que começava no canto dos lábios grossos e ia desaparecer atrás da orelha. Naquele ponto a pele era mais clara, parecendo uma rachadura na parte superior de um bolo, quando a massa sobe e abre uma fenda na crosta escura. O lado esquerdo de sua boca se abriu num sorriso, mas o outro, onde havia a cicatriz, permaneceu sério, paralisado. O sujeito empurrou o chapéu mais para trás. Tinha os dedos curtos e grossos, como uma penca de bananas.

– Esse fazendeiro – disse, então, apontando para a casa – é amigo nosso. Deixa que a gente acampe por aqui. Nos dá água. E eu faço favores para os meus amigos. Ele está tendo problemas com os pássaros. E prometi ajudá-lo. Disse-lhe que mataria o ladrão e sou homem de palavra.

Luzia sentiu as mãos geladas. As axilas úmidas. Desde criança, desde que os seus colegas de escola cutucavam e puxavam o seu braço aleijado no pátio, Luzia sabia o que fazer quando sentia que ia chorar. Apertava bem os lábios, até eles ficarem brancos, sem uma gota de sangue. Depois, voltava a afrouxá-los e o sangue recomeçava a circular, quente, pulsante. Repetiu isso inúmeras vezes, concentrando-se na dor e no alívio, e não na garganta seca e nos olhos que ardiam.

– Ao que parece, você tem sorte – prosseguiu o sujeito da cicatriz. – Respeito muito as damas. Nelas não atiro. Mas nem todas as mulheres são damas. O que você é, afinal?

O coração de Luzia pulava dentro do peito. Ela não era uma dona ou uma senhora. Mas com certeza também não era daquele outro tipo de mulher, contra a qual tia Sofia tanto a alertava. Era a Vitrola. Uma inútil. Alguém sem qualquer serventia. Nunca tinha chamado a si mesma por aquele apelido; nunca tinha pronunciado a palavra em voz alta. Esticou então o pescoço, aprumou os ombros e deu um passo à frente, na direção do sol.

– Sou costureira – disse ela.

E o homem baixou a arma.

3

Mal começou a descer o morro, caiu a chuva. A princípio, branda, mas depois os pingos foram aumentando, ficando mais fortes. Luzia não correu. Manteve o ritmo firme e só se permitiu olhar para trás duas vezes. Parecia até que o seu coração ia saltar do peito, atravessando a pele.

Nas duas vezes que olhou para trás, a trilha estava deserta. Não achava que fosse ver ali o homem da cicatriz. Mesmo assim, tinha a impressão de que ele estava por toda parte. Escondido. Invisível. Espiando-a ir para casa. Ainda sentia o cheiro dele. Queria correr, deslizar pela estradinha escorregadia e se trancar no quartinho dos santos. Mas não ia lhe dar essa satisfação. Ele a tinha deixado ir embora e ela agradeceu, mas não ia correr. Pelo menos, não por causa dele.

Os anéis, as armas e os chapéus com aba em meia-lua logo os denunciaram como cangaceiros. Havia boatos de que os homens do Carcará andavam pela região; Luzia já tinha ouvido mil histórias sobre o chefe do bando. Ao que se dizia, ele era alto, musculoso, bonitão. O sujeito com a cicatriz não era nada disso.

Quando chegou em casa, esgueirou-se pela porta da frente. Ouviu tia Sofia arrastando os pés na cozinha. Depois, foi o som de uma panela, o chiar da manteiga, o barulhinho da farinha de mandioca sendo despejada na frigideira quente. Do alto, vinha um tilintar penetrante, como se milhares de agulhas estivessem caindo no telhado. Luzia estremeceu. Seu vestido estava encharcado. O cabelo molhado e pesado lhe descia pelas costas.

No corredor estreito, encontrou Emília, que vinha saindo do quarto. O seu cabelo estava cuidadosamente cacheado. Seu vestido, bem-passado. Viu a irmã. Luzia pôs o dedo diante da boca. Não queria ter de responder aos milhares de perguntas que a tia ia lhe fazer. Emília se aproximou quase correndo.

– Está atrasada para o café – sussurrou ela. – Titia já estava preocupada. Andou aprontando alguma coisa? – perguntou, olhando para os seus azulões que saltitavam pelas varetas da gaiola. Suspirou e voltou a fitar a irmã. O tom de sua voz se abrandou. – Sua saia está toda enlameada.

– Eu caí – disse Luzia, meio engasgada.

Emília chegou ainda mais perto. Seus braços estavam quentes, seu cabelo, perfumado. Luzia sentiu a umidade do próprio vestido molhando a roupa limpinha da irmã. Tentou se desvencilhar daquele abraço, mas a outra a impediu.

– Venha – disse ela, sempre sussurrando. – Você precisa se trocar antes que titia tenha um ataque.

Na cozinha, Sofia circulava ao redor do fogão. Os seus pés eram tão chatos e largos quanto a enxada que usavam para trabalhar no jardim. Com todo cuidado, ia retirando as tapiocas da frigideira para, em seguida, dobrá-las em forma de meia-lua e passar manteiga. Luzia as sentiu quentes e secas na boca. Deixou quase tudo no prato; precisava fazer um esforço imenso para mastigar. Lá fora, a chuva tinha diminuído. As dálias curvavam a cabeça ao peso das próprias pétalas.

As três passaram o dia fazendo uma faxina geral na casa. Tia Sofia varreu debaixo das camas. Emília e Luzia sacudiram os colchões de palha e os puseram para arejar. Sacudiram as esteiras, que ficavam por baixo dos colchões para evitar que a madeira tosca os rasgasse. Varreram o chão de tijolos, esfregaram a mesa da cozinha e a bancada de pedra com uma mistura de laranja e vinagre; puseram também as roupas de cama para arejar e, protegendo o nariz com um lenço, jogaram soda cáustica na latrina do quintal. Luzia estava lerdíssima. Emília tentava animá-la, brincava e cantava. A outra sorria vendo o esforço da irmã, mas não conseguia tirar aquilo da cabeça. Os homens lá no alto do morro eram cangaceiros. Devia ter avisado ao coronel? Falado com o padre Otto? Queria chamar Emília para um canto e lhe contar tudo. Mas o que ia dizer? Mentalmente, ensaiou um discurso: "Hoje encontrei um homem que só tem a metade do rosto. Ele usava uns dez anéis. Tinha uma faca de cabo arredondado enfiada na cinta. Estava acompanhado por um menino, de um lado, e um homem, do outro. Me ameaçou e, depois, me deixou vir embora."

Parecia até um sonho. Uma mentira. Tinha ficado aliviada quando ele a mandou embora. "Pode ir", foi o que disse, abanando a mão, como se estivesse enxotando um inseto ou um mau pensamento. Mas naquele alívio também havia desapontamento. Quando ela surgiu vindo da varanda, aqueles homens baixaram as armas, arregalaram os olhos e ergueram a cabeça para fitá-la. Não foi a Vitrola que eles viram, mas outra pessoa. Por um instante, Luzia sentiu um poder que não conseguia definir. Depois, com aquele gesto da mão dele, tudo tinha desaparecido.

Só lá pelo fim da tarde as duas começaram a limpar a cozinha. Luzia pôs a rapadura perto demais do fogão e ela acabou derretendo, deixando tudo melado ao seu redor. Tropeçou num banquinho. Derrubou um prato no chão.

– Você está doente – decretou tia Sofia, pondo a mão espalmada na testa da sobrinha. – Chega desses passeios matinais. Chega dessa história de ficar circulando por aí. Está pensando que não sei o que costuma fazer? Pois sei muito bem.

Luzia estava prestes a contestar quando ouviram bater à porta.

– Quem é? – indagou a tia.

– Sofia! – gritou uma voz estridente. – Deixe-me entrar! Antes que esses bandidos me peguem!

Era dona Maria. Tia Sofia não gostava dessa vizinha que usava salto alto. "Quem ela pensa que é?", resmungava sempre que via dona Maria Chaves estendendo roupa ou dando de comer às galinhas com aquelas sandálias. Ao que dizia, sapatos de salto eram reservados para ir à igreja e, mesmo assim, só um saltinho discreto. Vivia repetindo que andar o tempo todo de salto alto era coisa para dona Conceição e não para mulheres como dona Maria, a esposa de um seleiro. Luzia abriu o ferrolho e tirou a tranca de madeira da porta.

Dona Maria se precipitou para dentro da casa. Abriu a boca, mas não conseguiu dizer nada. O papo flácido que tinha debaixo do queixo tremia e balançava a cada respiração mais profunda. Afinal, abanando a mão diante do peito, ela balbuciou:

– Cangaceiros!

Emília a levou até a mesa. Luzia passou a mão numa caneca de metal e foi enchê-la numa das jarras de água. Levou a caneca aos lábios da vizinha. Dona Maria bebeu tudo tão depressa que um fiozinho lhe escorreu pelos cantos da boca enrugada, descendo pelo queixo.

– Eles mataram os dois capangas do coronel! – exclamou ela, depois de devolver a caneca a Luzia. – Pegaram um deles na estrada. Um rapaz tão jovem! Estripado... – Parou para tomar fôlego mais uma vez. – Cortaram daqui até aqui – acrescentou, apontando o dedo enrugado para o próprio pescoço e descendo com ele pelo peito até a boca do estômago. Depois, balançou a cabeça. – E arrancaram os seus olhos!

Luzia quase deixou a caneca cair, fazendo-a balançar e derramando água no próprio pulso. Respirou fundo e pôs a caneca na mesa.

– A senhora o viu? – perguntou.

– Deus me livre e guarde! – exclamou dona Maria, erguendo os olhos, assustadíssima.

– Então como sabe que é verdade? – acrescentou.

Mas Emília fez sinal para que se calasse.

– Eles raptaram o seu Chaves, Vitrola – respondeu a vizinha, com voz trêmula.

– Sinto muito – disse Luzia, sentando-se ao lado dela.

No lábio superior, dona Maria tinha uma verruga escura que parecia um caroço de feijão. Quando falava, a tal verruga subia e descia, e Luzia sentia uma vontade louca de pegar um guardanapo e tirá-la dali, como se a mulher fosse uma criancinha que se lambuzasse toda ao comer.

– Eles o encontraram escondido na barraca – prosseguiu a vizinha. – E o sequestraram para consertar os chapéus e as sandálias do bando!

O seu Chaves ficava praticamente o tempo todo curtindo couro para fazer as selas encomendadas pelo coronel. Passava semanas a fio gravando desenhos a fogo no couro, pondo rebites e fivelas decorativas, caprichando no acolchoado do assento e fazendo tiras trançadas para os freios e as rédeas. Só mesmo o coronel podia se permitir esses luxos. No dia a dia, o seu Chaves ficava na sua barraca da feira da cidade, consertando sandálias dos moradores: pregava tiras novas e botava espessas camadas de borracha nas solas.

– Disseram que ele estava tremendo quando o levaram embora! – balbuciou dona Maria, levando o lenço aos olhos embora não estivesse chorando. Tia Sofia ficou parada ao seu lado. – A minha cozinha está uma bagunça danada – lamentou-se a mulher. – Escondi todas as galinhas lá dentro.

Tia Sofia lhe deu uns tapinhas nas costas.

– Levaram mais alguém? – perguntou Emília.

A vizinha fez que sim com a cabeça e se agarrou à borda da mesa, gesto que Luzia já conhecia das suas visitas semanais. Ela sempre fazia essa pausa dramática antes de contar alguma fofoca: o romance do açougueiro que terminou; como a magnífica abóbora de dona Ester foi roubada lá mesmo no pé; como Severino Santos roubava esterco do vizinho cavando por baixo da cerca que separava as suas propriedades; e como o vizinho revidou matando o cachorro de Severino com uma bola de carne de bode contendo veneno. Dona Maria lhes disse então que, naquela tarde, tinha ido se esgueirando de casa em casa; tinha sido assim que ficara sabendo do rapto do marido.

– Havia dois soldados vindos de fora. Ambos foram mortos, enforcados lá na praça – disse ela. – Ele não vai deixar que toquem nos corpos. Vai matar quem quer que tente enterrá-los.

– Ele, quem? – indagou Emília.

– O Carcará! – respondeu dona Maria num sussurro, como se o temido cangaceiro estivesse no quarto ao lado.

Tia Sofia fez o sinal da cruz. Os tais soldados, acrescentou a vizinha, faziam parte de uma volante mandada de Caruaru para patrulhar as cidadezinhas da região. Dizia-se que deveriam se juntar ao seu batalhão no dia seguinte.

– O que vai acontecer quando eles não aparecerem? – prosseguiu. – Ora, eu lhes digo o que vai acontecer: os macacos virão caçá-los aqui. Vão invadir a cidade.

Luzia sentiu a boca seca. Não conseguia olhar para a irmã nem para a tia. Em toda a sua vida, jamais tinha visto a cidade ser invadida por policiais ou cangaceiros. Não era ao atual coronel Pereira que deviam essa segurança, pois ele era mais um homem de negócios que um guerreiro. Essa longa trégua só acontecia porque Taquaritinga ficava no alto do morro, o que dificultava o acesso até lá. Os ladrões queriam mercadorias ou dinheiro; os soldados, divertimento; e os cangaceiros queriam tudo isso. Ali não havia nenhuma fazenda lucrativa, grandes lojas ou salões de dança. Para muita gente, uma longa viagem por aquela estradinha precária das montanhas não valia a pena. A menos que quisessem água. Nos meses de estiagem, água e comida eram os bens mais preciosos do lugarejo; mas essas coisas podiam ser facilmente obtidas nos sítios que ficavam pelas encostas. Era comum viajantes subirem o morro despercebidos. Com isso, a cidade acabava esquecendo qualquer ameaça externa e se concentrava nas próprias rixas entre moradores, nas brigas de família, nos pequenos escândalos locais. Só os dois capangas do coronel andavam armados; todos os demais se contentavam com as peixeiras afiadas e umas poucas espingardas de caça enferrujadas que usavam pelotas de chumbo como munição. Ninguém ali tinha condições de enfrentar um bando de cangaceiros.

A vergonha se instalou, pesada e amarga, no peito de Luzia. Foi enrijecendo os tendões do seu pescoço. Suas orelhas chegavam a arder. Se tivesse falado mais cedo, o padre Otto poderia ter tocado os sinos da igreja, dando o alarme. Os moradores da cidade poderiam ter se preparado. Ela não tinha pensado nas consequências do seu silêncio. Só quis guardar para si o encontro com os cangaceiros. Mantê-lo escondido e, depois, poder passá-lo e repassá-lo na memória, exatamente como Emília fazia com as revistas *Fon Fon* que ficavam empilhadas debaixo da cama e que ela lia à noite, à luz da lamparina. Luzia a vira fazer aquilo diversas vezes; Emília ficava olhando aquelas modelos pálidas, aqueles cenários perfeitos das cidades, aqueles anúncios de pó de arroz e de cremes para cabelo à base de ovos. Virava as páginas com todo o cuidado. Suas sobrancelhas espessas se franziam, seus olhos brilhavam. Luzia jamais havia sentido um desejo assim tão concentrado, quase uma avareza. "Não consigo resistir", disse Emília certa feita, quando tia Sofia a repreendeu. Naquela ocasião, não entendeu a irmã. A gente podia resistir a qualquer coisa; podia tirar qualquer coisa da cabeça, desde que se esforçasse o bastante. Agora, porém, compreendia que não era bem assim.

– São vinte cangaceiros – contou dona Maria Chaves. – Ele botou o bando todo entrincheirado no caminho que leva até Vertentes. Ninguém pode sair daqui. – E continuou relatando as notícias do resto da tarde: o Carcará tinha saqueado as duas lojas da cidade. Xavier trancou as portas da sua e os cangaceiros a arrombaram. Derrubaram os barris de farinha de mandioca e de feijão; com as facas, rasgaram as grandes sacas de juta que continham café e, erguendo-as nos ombros como se fossem corpos, derramaram todo o seu conteúdo pelo chão. Pisotearam o estoque de carnes salgadas e de bacalhau de Xavier com aquelas sandálias sujas. Mas Zé Moela deixou as portas da loja abertas e os bandidos entraram ali como se fossem fregueses. Zé Moela ficou atrás do balcão, embalando cuidadosamente todas as mercadorias que os sujeitos iam escolhendo: cinco quilos de café, três de rapadura para adoçá-lo, cinco de carne salgada, farinha de mandioca, feijão e dez potes de brilhantina. O Carcará depositou três moedas de ouro maciço em cima do balcão. – Uma delas era de 1786! – exclamou dona Maria, dando um tapa na mesa.

Levou também toda a munição que Xavier guardava no quartinho dos fundos. Foi procurar então o padre Otto, que deu a sagrada comunhão ao bando inteiro e, depois, pediu ao Carcará que tivesse piedade daquela cidade e dos seus habitantes.

– Ele se apoderou da casa do coronel – disse dona Maria, e pediu mais água.

Ignorando a sede da vizinha, tia Sofia foi direto fechar as janelas. Passou os ferrolhos na porta da cozinha e pôs uma tranca de madeira atravessada na parte superior da porta, em diagonal. O aposento ficou escuro.

Elas ficaram ali, bem juntinhas, pelo resto da tarde. Tia Sofia só fazia rezar, alternando as promessas a são Dimas, que protege dos ladrões, e a Nossa Senhora. Acabou cochilando. Luzia ouviu as orações da tia ficarem cada vez mais baixinhas, viu sua cabeça pender e, aos poucos, o seu queixo ir se aproximando do peito. Sempre que se ouviam tiros, ela acordava sobressaltada. As quatro se levantavam da cadeira ao som dos disparos – estampidos bem fortes vindo lá da praça e seguidos por uma série de vaias e assobios – e tentavam espiar por entre as frestas das janelas fechadas. Mas não conseguiam ver nada.

Emília acendeu uma vela e cortou três laranjas para o jantar. Apagaram o fogo, molhando a lenha para evitar que saísse fumaça pelo telhado.

– A senhora não deveria dormir sozinha hoje – disse tia Sofia, dando uns tapinhas na mão de dona Maria. – É perigoso.

– Não vou incomodar – retrucou a outra. – Pode ficar tranquila.

As costas de dona Maria não permitiam que ela dormisse numa rede e a cama das moças era macia demais para os seus ossos. Depois de muita lenga-lenga, a vizinha acabou aceitando dormir na cama de Sofia. Luzia estendeu a velha rede na sala da frente. Emília lhe trouxe um cobertor e ficou parada ali, brincando com a franja que pendia das laterais da rede. Em criança, as duas faziam trancinhas com as pontas da linha branca; quando os fios arrebentavam, passavam para outro ponto, até que a franja acabou ficando desigual e cheia de falhas.

– Não quero dormir com a tia – resmungou Emília. – Ela fica chutando a gente...

– Então, vá dormir com a dona Maria – retrucou Luzia, num sussurro.

– Eu não! Ela fede a galinha!

Caíram ambas na gargalhada. Emília quase derrubou a vela no chão. Luzia tapou a boca com a mão.

– Meninas! – gritou a tia lá do quarto.

– Boa noite – disse Emília.

Deu um beijo no rosto da irmã e foi embora, levando consigo a luz da vela.

Quando era pequena, Luzia dormia muito bem naquela rede, fingindo ser um grão dentro de uma ervilha. Agora, porém, tinha crescido. Seus pés ficavam saindo por uma das extremidades e, se tentava ajeitá-los, era a cabeça que sobrava do outro lado. Acabou não conseguindo dormir. De olhos fechados, lembrou-se dos homens que havia encontrado de manhã. O menino não tinha mais que uns 13 anos. O mulato era mais velho, devia ter uns 20. Já o sujeito da cicatriz parecia velho e jovem ao mesmo tempo. Será que era o Carcará? Será que tinha feito aquelas coisas que dona Maria contou?

A gente identifica um bordado bem-feito olhando o seu avesso. Foi o que tia Sofia lhe ensinou. Luzia sempre virava qualquer camisola, vestido de noiva ou lenço que via para avaliar os pontos do bordado. Com isso, podia saber quantas vezes a linha tinha sido emendada e se os nós eram realmente bem pequenos. Se a costureira era desleixada, havia poucos nós e todos eram grandes. Se era preguiçosa, havia partes onde a linha atravessava o desenho na diagonal, pois ela não tinha se dado o trabalho de cortar, arrematar e, depois, voltar a enfiar a linha na agulha para recomeçar o bordado. O avesso lhe dizia tudo. Mas as pessoas não eram tão fáceis assim de decifrar.

A noite foi tranquila. Não houve mais tiros, vaias ou gritos. Os mosquitos zumbiam nos ouvidos de Luzia e picavam os seus pés. Ela esfregava um pé no outro. Não saberia dizer há quanto tempo estava deitada ali, adormecendo e acordando, quando começou a ouvir uma música ao longe: eram notas longas e tristonhas, tiradas de um acordeão. Virou-se e já ia sussurrar "Ouviu isso?", mas se deu conta de que Emília não estava ao seu lado. Tinha certeza, porém, de que a irmã também estava acordada. Teve vontade de chamá-la, de ir pé ante pé até o seu quarto e se enfiar naquela cama, escondendo o rosto nas costas de Emília, como fazia quando eram pequenas, aninhando-se no calor do seu corpo.

Passou o tempo todo assim ali na rede, dormindo e acordando, tentando espantar os mosquitos e sofrendo com o frio da madrugada. Quando afinal pegou no sono, perdeu a hora das orações matinais. Despertou com umas batidas fortes na porta. Por um momento, pensou que fossem os santos no quartinho, bravos porque ela tinha se esquecido deles. Quase caiu da rede.

– Minha Nossa Senhora, mãe de Deus! – exclamou dona Maria lá do outro quarto.

Voltaram a bater à porta e, desta vez, as batidas foram mais fortes.

– Saiam daí! – gritou uma voz de homem.

Tia Sofia apareceu na sala, usando um xale por cima da camisola. Dona Maria a agarrou pelo braço.

– Encontraram as minhas galinhas! – sussurrou ela.

Tia Sofia mandou Luzia sair de perto da porta e abriu os ferrolhos. Emília e dona Maria correram para a janela, disputando um lugar para tentar ver quem estava ali fora. Luzia foi espiar por cima da cabeça de ambas. Era o garoto que tinha visto lá no alto do morro. Agora, ele estava com o cabelo lavado e bem esticado para trás. O seu paletó, embora esmolambado, estava limpo. Quatro facas em bainhas de couro pendiam do seu cinturão, duas de cada lado, ao alcance de sua mão. Eram todas de tamanhos diferentes: uma delas era comprida e fina; a outra tinha um palmo de comprimento; a terceira era bem grossa; e a última, ligeiramente recurvada. O garoto estava acompanhado por um cangaceiro mais velho que a moça não reconheceu. O sujeito tinha as orelhas tão grandes e redondas que chegavam a ficar dobradas sob a aba do chapéu de couro. A boca era contraída, como os cordões da sua bolsa de costura. Trazia uma espingarda pendurada no ombro.

– A senhora trabalha para o coronel? – perguntou ele, dirigindo-se a tia Sofia.

A mulher hesitou. Seus lábios se moveram e Luzia teve certeza de que ela estava rezando bem baixinho. O menino veio se aproximando da casa. Olhou para a janela e as viu ali. Dona Maria soltou uma exclamação abafada. Mais que depressa, Emília fechou as venezianas.

– Trabalho – respondeu tia Sofia. – Trabalho, sim. Costuro para ele.

O garoto cochichou alguma coisa para o sujeito orelhudo e apontou para a casa.

– Só a senhora costura? – indagou o cangaceiro.

– Não – respondeu Sofia, hesitante, dando uma olhada para a janela. – As minhas sobrinhas me ajudam. Mas não passam de meninas. Ainda não sabem costurar direito.

– Não faz mal – disse ele. – Vá se vestir e venha cá para fora. A senhora e seja lá quem for que a ajude.

– Para fazer o quê? – perguntou Sofia.

– Para trabalhar – retrucou o orelhudo. – O capitão está querendo uma costureira.

4

Estranho cortejo aquele... Um menino cangaceiro carregando nos ombros a velha máquina de costura de tia Sofia; três mulheres, de mãos dadas, cabeça baixa, movendo os lábios em oração; e, atrás delas, o sujeito orelhudo, com a mão na arma, olhando atentamente em todas as direções. As ruas da cidade estavam vazias, mas Luzia avistou rostos espiando por trás dos postigos ou pelas frestas das portas.

Na praça, Luzia ouviu um zumbido, como se um enxame de abelhas estivesse circulando por ali. Presos aos troncos retorcidos dos flamboyants, dois soldados uniformizados e os capangas do coronel, despidos das botas pretas e dos chapéus de couro. Sem as botas, os seus pés pareciam brancos e macios, como os de uma criança pequena. Estavam amarrados de costas um para o outro, de encontro às árvores, com a cabeça pendendo para o lado, como se cochichassem. Tinham a boca aberta cheia de moscas, assim como os olhos e a barriga. Os insetos, movendo-se numa massa compacta e iridescente, faziam aqueles corpos parecerem se remexer como se estivessem vivos. Poças escuras se formavam ao seu redor, junto daqueles pés descorados.

– Não olhem – mandou tia Sofia.

Emília obedeceu, tapando os olhos com as mãos. Luzia, não.

Já tinha visto sangue antes, quando matava perus e galinhas. Desde criança, presenciara os abates que aconteciam nas manhãs de sábado, nos arredores da feira. O animal ficava amarrado a duas estacas de madeira, com as ancas viradas para cima, o pescoço encurvado sob o peso do próprio corpo. Os filhos do açougueiro retiravam então a sua pele, do rabo à cabeça, cortando o couro com a faca. Os vira-latas, sentindo aquele cheiro, vinham lamber o sangue que escorria da boca aberta do animal e se misturava com a terra do chão. Também já tinha visto o corpo enrijecido de um bandido ali mesmo na praça, com o rosto e o peito brancos da cal que o coronel mandou jogarem nele para retardar a decomposição. Mas Luzia nunca tinha visto o sangue de um homem escorrendo do seu corpo. Por um momento, sentiu uma vontade louca de tocar no sangue do soldado, para ver se ainda estava quente. Mas ficou enjoadíssima. Tapou a boca e segurou a mão da irmã.

O coronel Pereira parecia exausto. Estava parado no portão, aliviado por vê-las. Os seus capangas tinham sido substituídos por dois cangaceiros que apoiavam os pés calçados com sandálias no muro branco da casa, sujando tudo de terra. Os homens tinham acabado de se lavar, e já não fediam; o cabelo molhado encharcava as costas das batas e manchava as cartucheiras de couro que se cruzavam no seu peito. Ficaram ambos de olho em Emília, que cruzou os braços para esconder os seios. Luzia chegou mais perto dela. Um dos sujeitos enfiou os dedos morenos na boca. Soltou um assobio tão alto e tão estridente que Luzia chegou a se assustar. Mais dois cangaceiros apareceram no portão. Pegaram a máquina de costura, as bolsas que as mulheres levavam e dirigiram-se para a casa.

– Eles prometeram que vão respeitá-las, Sofia – disse o coronel, num sussurro. – Estão querendo roupas novas. Só isso.

– Minhas sobrinhas não são mulheres, coronel – retrucou a tia, assentindo e fitando-o bem nos olhos. – Ainda são moças. E não quero que estejam diferentes ao sair daqui.

– Não controlo esses homens, Sofia – observou ele, balançando a cabeça. – Mas eles me deram sua palavra.

– E o senhor confia na palavra de um cangaceiro? – indagou a mulher em tom severo. – Pois eu, não.

O coronel se empertigou.

– Confie então na minha – disse ele, pegando a mão de Sofia. – Aconteça o que acontecer dentro destes muros, lá fora as suas sobrinhas manterão a honra intacta.

Luzia pôs a mão nas costas da irmã, tentando acalmá-la. Ela estava ofegante, com o rosto pálido e inexpressivo, como uma folha de bananeira morta. Podia imaginar do que Emília tinha medo, pois temia a mesma coisa: uma moça se torna mulher na primeira noite com o marido, nunca antes disso. Ora, no seu caso, já que o casamento não era uma opção, deveria viver e morrer virgem, com a honra absolutamente intacta. Moças que se entregam a um homem sem serem casadas são consideradas perdidas. Estragadas, como um vestido manchado ou um bolo queimado. Segurou a mão de Emília e sentiu a palma molhada; não sabia, porém, se era a irmã que suava ou ela mesma. Caso os cangaceiros não mantivessem a palavra dada, o coronel só garantiria a sua reputação. De repente, Luzia teve ódio daquele homem. Ódio do seu bigode bem-aparado, do seu cabelo grisalho assentado com brilhantina. Ódio da sua calma.

– Nossa honra não está abaixo da barriga – disse, então, com voz trêmula.

Emília quase engasgou. O coronel ficou vermelho e olhou para Sofia como se esperando que a mulher ralhasse com a sobrinha. Mas ao ver que ela não dizia nada, virou-se e foi levando-as para dentro.

O quintal da casa estava repleto de homens, instalados onde quer que houvesse sombra. Três deles se balançavam na rede da varanda, deixando o pano esticadíssimo com o seu peso. Outros seis estavam escarrapachados no gramado, debaixo do abacateiro, fumando grossos cigarros de enrolar, meio atordoados sob o efeito do tabaco. Dois cangaceiros engraxavam as alpercatas nos degraus da entrada. Ao seu redor, havia ossos de galinha, limpos e lustrosos de gordura e de saliva. Todos olharam Luzia como um enxame de estranhos insetos brancos, espécies de cigarras albinas, prontinhas para alçar voo.

Tia Sofia tomou o maior susto. Da área de serviço, nos fundos da casa, surgiram dois jovens cangaceiros, nus e ensaboados, com baldes metálicos nas mãos e jogando água um no outro. Aqueles corpos eram cor de café com leite; as mãos e os rostos, porém, eram escuros como couro curtido. Parecia até que os rapazes estavam usando máscaras e luvas.

– Meu Deus! – exclamou a mulher.

Tentou tapar os olhos de Luzia, mas não conseguiu alcançá-la. Pôs então as mãos grandes e nodosas diante dos olhos de Emília.

– Desculpem – disse o coronel. – Eles se recusam a tomar banho dentro de casa. Só querem fazer isso lá perto do tanque. Mandaram as empregadas lavarem a sua roupa de baixo imunda na pia da cozinha, na banheira...

– Que gente porca! – sussurrou Sofia entre dentes.

– Não sei o que vou dizer à minha mulher quando ela voltar – prosseguiu o coronel, esfregando os olhos. – Ainda bem que Felipe não está aqui.

Seu único filho estava estudando direito na Universidade Federal, no Recife. O pai tinha consentido em deixá-lo ir com uma condição: que, uma vez formado, ele voltasse para assumir a administração da fazenda. Pelas costas do coronel, quase todos por ali duvidavam que o rapaz fosse realmente voltar. Era um moço bonito e sardento, dez anos mais velho que Luzia. Passava brilhantina no cabelo e usava uma bengala em vez da peixeira. Ao contrário dos filhos dos outros coronéis, Felipe nunca havia desgraçado uma garota do lugar. Seu pai jamais precisou pagar uma pensão mensal a alguma família para ajudar a criar um bastardo. Luzia tinha ouvido o próprio coronel se lamentar, dizendo que, quando era jovem, seu pai tinha de dar dois bodes por ano para compensar os namoricos do filho. Mas Felipe não era um desses "pais de chiqueiro", dizia ele, suspirando, como se o rapaz tivesse aberto mão de seus direitos de nascença. Os moradores da região também ficavam ofendidos com o desinteresse que o filho do coronel demonstrava pelas suas filhas. Às escondidas, chamavam-no "olhos de porco", por causa dos cílios alourados e dos olhos castanho-claros. Felipe era louco por cavalos e, nas raras ocasiões em que vinha a Taquaritinga, passava o tempo todo cavalgando a sua égua premiada, balançando-se na rede da varanda por horas a fio, olhando para a rua sem jamais pôr os pés ali. Bem antes de ele ir para a faculdade, Emília tentou chamar a sua atenção. Sempre que iam entregar algum trabalho de costura na casa do coronel, a moça tentava puxar conversa com ele, mas o rapaz simplesmente revirava os olhos e se voltava para o outro lado. Na opinião de Luzia, o filho do coronel era muitíssimo metido a besta. E ficou desapontada que o Olhos de Porco não estivesse presente quando os cangaceiros chegaram.

Da varanda, ouviu-se outro assobio, mais alto e mais melodioso.

– Ele está nos chamando – disse o coronel, levando-as em direção aos degraus da entrada.

O homem da cicatriz estava sentado a uma mesinha de mogno, com o rosto parcialmente coberto por sabão de barba. O cabelo comprido, escuro e molhado estava amarrado na nuca com um barbante. O mulato alto, que Luzia reconheceu lá do morro, segurava um espelho à sua frente. Em cima da mesa, havia uma bacia e um jarro de porcelana, perto de uma velha cartucheira de couro. Alinhados ao lado da cartucheira viam-se uma navalha, um cortador de unhas e uma tesoura, todos dourados. O homem raspou a navalha na borda da bacia e passou a lâmina no rosto. Agora que ele estava de cabelo preso, Luzia podia ver melhor o traçado daquela cicatriz. A marca começava na boca e seguia até atrás da orelha, onde ficava mais clara e mais fina.

– Aqui estão as costureiras – declarou o coronel, pigarreando. – Dona Sofia e suas sobrinhas, Emília e Vitrola.

O sujeito continuou a fazer a barba. Usava uma bata de algodão bem suja, para fora das calças. Estava descalço e as solas dos seus pés eram grossas, cheias de calosidades. Os dedos surgiam ali como brotos que nascem de batatas velhas, guardadas há muito tempo numa despensa. Tinha os olhos pregados no espelhinho, mas não fitava o próprio rosto, e sim as visitantes às suas costas. Lançou uma olhadela rápida a Luzia. A moça ficou aliviada, mas, no fundo, espetando como uma farpa, o que sentiu foi desapontamento. Não dava para saber se ele tinha efetivamente se esquecido dela ou se estava apenas fingindo, e Luzia não era capaz de dizer qual das duas possibilidades a deixava mais chateada. Então, ele deu umas batidinhas com a navalha na bacia, como se pretendesse chamar a atenção dos recém-chegados.

– Os meus homens estão precisando de camisas novas – informou. – E também de gibões e calças.

Prosseguiu dizendo que havia rolos de tecido e muita linha ali na casa, mas Luzia mal o ouvia. Ele continuava a fazer a barba enquanto falava e a moça o viu passar a lâmina com todo o cuidado em torno da cicatriz, como se o local ainda estivesse dolorido. "Os meus homens", foi o que ele disse, e Luzia compreendeu que aquele rosto que saía de baixo da espuma de barbear era o do chefe do bando. Era o Carcará.

– Vamos precisar das roupas de todos – declarou tia Sofia. – Para fazer os moldes.

– Tudo bem – retrucou o Carcará. – Então os meus homens vão passar a tarde nus.

– Meu Deus do céu! – exclamou a mulher, apertando mais o terço nas mãos. – Não precisamos das roupas. Vamos tirar as medidas de todos.

– Claro – disse ele, rindo e espichando o queixo para barbear o pescoço moreno. – Foi para isso que mandei chamá-las.

5

Sem aqueles chapéus de aba de meia-lua, as cartucheiras, os rifles e as facas de punho prateado, todos eram apenas rapazes de cabelo comprido. As suas roupas eram esmolambadas. Tinham os pés descalços. O cabelo lhes batia nos ombros ou fazia tufos cacheados na altura das orelhas. Andando de um lado para outro, o Carcará percorreu aquela fila como um pai examinando os filhos, dizendo-lhes para endireitar as costas, dando-lhes tapinhas nos ombros, passando a mão pelos cabelos ainda molhados do banho. Enquanto um grupo ficou parado ali para as costureiras tirarem as suas medidas, outros puseram o chapéu e o cinturão e foram montar guarda no portão.

Se alguém estava precisando de calças, Sofia insistia em tirar as medidas ela mesma. Luzia só podia fazer isso da cintura para cima. Emília ia atrás delas, bloquinho e lápis nas mãos, anotando nervosamente os números ao lado do nome de cada um. Na verdade, eles não tinham exatamente nomes, mas uns apelidos estranhos e infantis. Para alguns, eram nomes de pássaros ou de árvores; para outros, denominações de lugares. Outros ainda eram apelidados em função da aparência física: o Jacaré tinha a boca cheia de dentes grandes e brancos; o nariz do Caju era recurvado e escuro como a castanha desse fruto; e, do bando todo, Branco era o que tinha a pele mais clara, com o rosto queimado de sol e um monte de sardas. Alguns daqueles nomes eram o contrário do que se via: o tal cangaceiro de orelhas grandes era chamado de Orelhinha; outro deles, atarracado, de olhos caídos e fala arrevesada, era o Inteligente. Mas também havia uns apelidos que não faziam o menor sentido, a não ser para os próprios cangaceiros. Um deles, o Canjica, era um sujeito de olhar penetrante e cabelo grisalho, que parecia ser o mais velho de todos. O garoto de cabelo encarapinhado era o Ponta Fina. Era o mais moço do bando. Para Luzia, os dentes dele pareciam torrões de açúcar, muito brancos e quadrados, mas com as bordas irregulares e escurecidas, como se estivessem aos poucos se dissolvendo na boca. Havia ainda um rapaz que se chamava Chico Caixão e outro, com um olho leitoso como creme talhado, tinha o apelido de Meia-Lua. E havia também o Alfinete de Fralda, o Jurema e o Sabiá. O mulato alto era o Baiano. O homem de pele escura e lustrosa como uma colmeia era o Fala Mansa. E o Carcará nunca era chamado de Carcará, mas de Capitão.

– Você aí – disse ele, dirigindo-se a Luzia, antes que a moça começasse o seu trabalho. – Venha tirar as minhas medidas.

O lado do rosto que não tinha cicatriz se mexeu demais, retorcendo-se e erguendo-se como se puxado por cordões invisíveis. Parecia jovem e cheio de vida. O lado desfigurado, porém, permaneceu plácido, sério. Tinha um ar sensato, como se reprovasse o comportamento da outra metade. Apesar da cicatriz, o lado direito de sua boca se moveu de leve, com os lábios se entreabrindo e se fechando quando ele falou. A pálpebra direita desceu devagar, de um jeito lânguido, como se ele estivesse lhe dando uma piscadela. Esse olho estava marejado. O Carcará o enxugou com um lenço e foi para o quintal, ficando bem longe da fila formada pelos seus homens.

Luzia olhou para a tia e a irmã. Sofia se benzeu e fez sinal à sobrinha para que fosse até lá. Emília parecia inteiramente confusa.

A moça parou diante do Carcará, pegou a fita métrica e esticou o braço bom o máximo que pôde. Com os dedos, apertava as pontinhas de metal daquela tira de tecido, observando-a atentamente, procurando a numeração escrita à mão, as marquinhas dos centímetros e dos metros, como se a fita fosse revelar um grande mistério ou, pelo menos, lhe mostrar que atitude assumir.

– O que vai querer? – perguntou, com os olhos fixos na fita métrica.

Quando o fitava, o seu couro cabeludo e a pele da nuca pareciam se encolher.

– O que você sabe fazer?

– Qualquer coisa – respondeu ela, sentindo as mãos lerdas e inúteis, e com raiva dele por deixá-la tão sem jeito.

– Então, tire as medidas para qualquer coisa – disse o Carcará.

Luzia suspirou. Jamais gostou de tirar as medidas de gente viva. As pessoas ficam se remexendo, fazem perguntas, olham curiosas para o seu braço enquanto ela se curva e se estica para compensar o seu alcance limitado. Quando aparecia alguma família chorosa pedindo um terno para enterrar alguém, era sempre ela quem ia tomar as medidas do morto. O do coronel já estava pronto, pendurado no armário – era um jaquetão elegantíssimo, feito do linho mais fino e macio que a moça já tinha visto na vida. Outras famílias, porém, mais modestas, precisavam encomendar ternos e vestidos para os enterros depois do fato consumado. Emília tinha horror a isso; a simples ideia de um cadáver lhe repugnava. Já Luzia preferia o silêncio, a solenidade, a importância que cercava aquele ato. Alguns corpos estavam em melhores condições que outros; tudo dependia da causa da morte. Mas, em sua maioria, estavam todos deitados numa cama ou numa mesa, e ela tinha de contorná-los, tomando cuidado para não derrubar as tigelas cheias de água com rodelas de limão ou de laranja que ficavam ali para espantar o mau cheiro. Contornava, com a fita métrica, os braços e o peito do morto. Calculava sempre aproximadamente as medidas de costas, ombros e cintura, para que a família não tivesse que mudar o corpo de posição. Depois, faziam o terno o mais depressa possível, aprontando-o para o velório e o enterro – juntas, as três eram capazes de fazer um terno ou um vestido simples em poucas horas –, e Luzia ficava satisfeitíssima quando aquelas roupas assentavam bem, comprovando que os seus cálculos estavam certos.

– Então, vou tirar as medidas para fazer uma camisa e um gibão – disse ela, obrigando-se a encará-lo.

O Carcará tinha o nariz comprido, com o osso quebrado. A bata que usava estava amarelada no colarinho e debaixo dos braços. Por trás do perfume do sabão de barba e da loção de sândalo do coronel, dava para sentir o mesmo cheiro forte, animalesco, daquela manhã lá no morro.

– Vai ter de tirar isso – observou Luzia, apontando para o lenço verde que ele trazia amarrado no pescoço.

Agiria como se tivesse tirando as medidas de um cadáver, trabalhando depressa, em silêncio, calculando aproximadamente tudo o que pudesse.

Ele obedeceu. Suas mãos eram escuras e tinham as veias saltadas. Os anéis que usava – um em cada dedo grosso – tilintavam, esbarrando uns nos outros enquanto ele desatava o nó do lenço e o embolava na mão. Também desabotoou os dois primeiros botões da bata e, por baixo do lenço e do colarinho, surgiu um emaranhado de cordões de ouro e de fitas vermelhas. Luzia ficou espantadíssima ao ver o pequeno crucifixo pendurado num daqueles cordões, e, nos demais, toda uma coleção de medalhas de santos. Quase estendeu a mão para tocar nelas, para perguntar que santos eram aqueles a quem o Carcará pedia ajuda e proteção. Limitou-se, porém, a passar a fita métrica pelo seu pescoço e segurá-la firme com os dedos. Ele era mais baixo que ela própria, devia ter a altura de Emília, e a moça precisou se inclinar um pouco para ver o que estava marcado na fita. Viu um talho no pescoço dele, decerto de fazer a barba, e uma gotinha de sangue tinha se formado na sua pele morena. Será que o corpo dele era branco como o dos rapazes que estavam tomando banho? Ou seria moreno assim por igual? Sentiu o rosto quente.

– Trinta e sete centímetros – disse ela, sem tirar a fita do lugar. Olhou para a fileira de homens, para Emília com o bloquinho e o lápis na mão, e acrescentou: – Não tenho onde anotar isso aqui.

– Pode deixar que eu decoro – retrucou o Carcará.

O seu hálito cheirava a temperos. Luzia sentiu aquela boca tão perto do próprio rosto que recuou, indo medir as costas dele.

Estendeu a fita de ombro a ombro, segurando-a bem firme nas extremidades.

– Cinquenta e um centímetros – disse.

– Quanto você mede? – indagou ele.

– Um metro e noventa.

O Carcará assobiou.

– É mais alta que o Baiano – observou.

Luzia se virou e viu o mulato forte que, momentos antes, estava segurando o espelho. Ao seu lado, tia Sofia, na ponta dos pés, tentava tirar as medidas do seu pescoço.

– É, acho que sou – disse a moça, esticando a fita métrica da base do pescoço até o ombro do Carcará.

Percebeu, então, que, bem no meio do espaço que media, onde deveria haver uma depressão, o que se via era um caroço considerável. Passou os dedos pela fita e sentiu a elevação.

– É um calo – falou o sujeito, e Luzia se assustou.

– Só estava tentando impedir que ele alterasse as medidas.

– Todos nós temos isso – prosseguiu ele. – Munição e água pesam – acrescentou, virando-se para fitá-la.

– Deve ser um alívio pôr essas coisas no chão – retrucou a moça, evitando encontrar o seu olhar.

– Somos como os bois, carregando as cangas – disse ele, rindo. – Os animais acabam tão acostumados àqueles colares de madeira que já não conseguem viver sem eles. Preciso das minhas coisas pesando nos ombros para me sentir bem. Caso contrário, pareço leve demais.

– Levante os braços – pediu Luzia, assentindo.

Tirou as medidas do ombro ao pulso. Cinquenta e oito centímetros.

– Desculpe – disse o Carcará, baixando os braços. – Como você se chama? Qual o seu nome de batismo?

– Luzia.

– E é por isso – acrescentou ele, apontando para o braço aleijado da moça – que chamam você de Vitrola?

– É – respondeu ela, encabulada e sentindo-se estranhamente atordoada. – Não nasci assim. Foi um acidente.

A essa altura, já tinha tirado todas as medidas necessárias para um paletó simples. Podia ir embora. Podia chamar tia Sofia para cuidar das medidas das calças. Continuou, porém, a esticar a fita no corpo daquele homem, como se pretendesse lhe fazer uma camisa das mais elegantes. Tentou contornar sua cintura, mas deu com a faca de cabo de prata enfiada no cinturão. Na parte superior daquele cabo arredondado, havia dois anéis de ouro.

– Por favor, tire as medidas com ela aqui – disse o Carcará, ajeitando a faca no cinturão.

Luzia passou então a fita por baixo do cabo da faca para medir a cintura dele. Setenta e oito centímetros. Ele era mais magro do que imaginava – o chapéu e as cartucheiras que estava usando quando o viu da outra vez faziam-no parecer mais gordo. A fita métrica demonstrou, porém, que o Carcará era um homem miúdo, esguio. "Sem gordura, sem gosto", dizia tia Sofia quando ia escolher uma galinha no quintal de casa. A moça mediu a distância entre a clavícula e o início das coxas.

– Sessenta e seis centímetros – disse.

– Aquele pássaro de ontem – observou ele, interrompendo-a –, o sofrê, morreu.

– Ah, é?! – exclamou Luzia, atônita.

Então, o Carcará se lembrava dela.

– Ficou doente – prosseguiu ele, erguendo a sobrancelha do lado do rosto que não era desfigurado. – Rogou praga nele?

– Não – respondeu a moça bem baixinho. – Essa história de praga não existe. Ele já estava enfraquecido. Sofrês não são animais de estimação.

– É um passarinho idiota, não acha?

– Por quê?

– Porque ele é cabeça-dura – retrucou o Carcará, dando de ombros. – Só precisava deixar o seu dono feliz. Só precisava cantar para ele e, em troca, teria sombra e água fresca. Uma vida boa.

– Ele canta para si mesmo – murmurou Luzia. – Talvez não quisesse uma vida boa.

– O que queria, então?

– Não posso saber – respondeu a moça, encarando-o. – Não sou um passarinho.

– Não mesmo – disse ele, erguendo o lado direito da boca num sorriso. – É uma ladra.

Aquelas palavras doeram, como centenas de picadas e mordidas. Luzia sentiu um calor lhe subir do peito, escorrer pelos braços, deixar os seus dedos entorpecidos. A fita métrica caiu de suas mãos. Agachou-se para apanhá-la. O Carcará se agachou também.

– Eu estava brincando – disse ele. – Me desculpe.

– Não sou uma ladra.

– Sei disso.

Entregou-lhe a fita. O punho direito da bata estava manchado com uns respingos de um marrom-avermelhado, cor que Luzia já havia visto inúmeras vezes antes, quando cortavam o pescoço de uma galinha e deixavam o sangue escorrer na tigela com vinagre, ou em meados do mês, quando sentia aquele peso na barriga e, ao ir ao banheiro, via a calcinha suja. Pegou então a fita da mão dele. Começou a enrolá-la bem apertado, concentrando toda a sua energia em transformá-la num rolinho perfeito, firme. Não tirava os olhos daquele punho. "Pode não ser sangue de outra pessoa", refletiu ela. "Pode ser dele mesmo."

– Pronto. Terminei – disse.

O Carcará assentiu com um gesto e estendeu a mão.

– Não me apresentei como manda o figurino – acrescentou. – O meu nome é Antônio.

Luzia pensou que aquelas mãos já tinham feito coisas terríveis. Aquelas mãos tinham pecado. Mas não pareciam diferentes das de qualquer trabalhador – o dorso bronzeado, as juntas ressecadas, as palmas grosseiras como couro que não foi curtido. A única diferença mesmo eram os anéis. Alguns estavam amassados e deformados, com a pedra embaçada, mas se encaixavam tão bem naqueles dedos que pareciam ter sido soldados ali quando ele nasceu.

A mão do Carcará era quente, e sua pegada era forte. Os anéis beliscaram a palma de sua mão. Os olhos de Luzia voltaram a fixar o punho manchado e, quando ele percebeu o que ela estava olhando, recolheu o braço estendido e se afastou.

6

Foram trabalhar na sala de visitas do coronel. No quarto de costura não caberiam três costureiras e duas Singers, portanto os cangaceiros levaram a máquina nova, de dona Conceição, e a velha, de tia Sofia, para o maior cômodo da casa. Emília ficou com a Singer a pedal. Tia Sofia, com a sua própria, ajudada por Ponta Fina, que girava a manivela já bem dura. Luzia gostaria de conversar com a irmã quando ficassem a sós, mas a presença do jovem cangaceiro as deixava desconfiadas e tensas. Tia Sofia era a única que não trabalhava calada.

– Mais depressa – resmungou ela, passando o paletó e as calças já cortados pela agulha da máquina.

Ponta Fina acelerou o movimento da roda.

– Não! Mais devagar, mais devagar! – exclamou a mulher, tomando todo o cuidado para não gritar com o menino.

Luzia ficou encarregada de cortar as peças. Os cangaceiros haviam roubado três rolos de um cretone bem resistente. O Carcará comprou para si mesmo um outro, de melhor qualidade, mais fino, que nem parecia lona. Luzia ia lendo as anotações de Emília e marcava no tecido as medidas de cada um dos homens com um lápis de carvão. Usava o braço aleijado para firmar o pano e, com o braço bom, empunhava a tesoura e cortava o cretone em longas tiras.

Estava começando a aprender a costurar quando sofreu o tal acidente e, de uma hora para outra, o seu braço se tornou um estorvo. Não sabia o que fazer com ele. Deixava cair ovos e pratos. Demorava horas sofridas para realizar qualquer tarefa que exigisse o uso das duas mãos: fazer a cama, tomar banho, mergulhar uma galinha na água fervente e arrancar as suas penas fumegantes sem queimar os dedos, utilizar a máquina de costura a manivela. Tia Sofia, porém, se recusava a ajudá-la.

– Não vou criar uma incompetente aqui em casa – dizia ela sempre que a menina saía porta afora e ia se enfurnar entre as bananeiras, cansada de lutar contra aquele braço paralisado.

Quando ela estava com 13 anos, dona Conceição encomendou um corte caríssimo de seda portuguesa para fazer calcinhas e combinações. Tia Sofia mandou que a sobrinha se encarregasse do trabalho. A menina ficou parada ali, diante da seda, sabendo que tinha de ser muito comedida, pois, se fizesse um corte errado, desperdiçaria boa parte do tecido e dona Conceição ficaria furiosa. A tia se postou ao seu lado. Luzia esticou a seda escorregadia em cima da mesa e ficou passando a tesoura de uma mão para a outra.

– Se não fizer isso agora, nunca vai conseguir – disse-lhe a tia.

A menina sentiu alguma coisa repuxando na ponta do nariz, como se alguém o estivesse torcendo. Seus olhos ficaram quentes e úmidos.

– Não desperdice as suas lágrimas – acrescentou Sofia, usando a frase que sempre dizia quando via as sobrinhas chorando, como se as lágrimas fossem algo precioso, como se nascêssemos com um estoque limitado e tivéssemos de guardá-lo para os momentos realmente importantes.

Luzia cresceu acreditando nisso. Emília, porém, ficava zangada quando a tia a repreendia vendo-a chorar por alguma coisa boba ou inexplicável. "Quero desperdiçá-las! Elas são minhas, e eu as desperdiço quando quiser!", esbravejava ela. Mas a menina continuou parada ali, olhando para aquela seda caríssima e querendo chorar como a irmã; não conter as lágrimas ou ir se trancar no quartinho dos santos, mas chorar bem alto, aos prantos, para todo mundo ouvir. Tia Sofia pôs então a mão sobre a da sobrinha.

– Se quer ser costureira, não pode ter medo. Precisa cortar. Corte reto e rápido.

E, juntas, passaram a tesoura pela seda tão depressa que Luzia não teve nem tempo de errar. Foi assim que perdeu o medo.

Espalhou pela sala as peças de cretone já cortadas, separando-as por tamanho. A frente e as costas dos gibões ficaram nos sofás de encosto de palhinha de dona Conceição. As pernas soltas das calças, penduradas nas cadeiras. As mangas, em pilhas bem-arrumadas na cristaleira de portas de vidro. As únicas medidas que não tinha anotadas eram as do Carcará. "Antônio", pensou ela, e logo se repreendeu. Sempre que aparecia um cangaceiro à porta, Emília e tia Sofia paravam de costurar. Luzia não tirava os olhos do seu trabalho; continuava concentrada no que estava fazendo, temendo cortar o pano torto. Para a surpresa das três, ninguém as aborreceu ou ameaçou. Pelo contrário, trouxeram-lhes canecas com água e, mais tarde, pratos de arroz com galinha para o almoço. Já fazia tanto tempo que Luzia não comia galinha que saboreou cada pedacinho bem devagar, soltando toda a carne daqueles ossos e tendões frágeis. Ponta Fina engoliu o seu almoço num canto da sala.

– Luzia – sussurrou Emília, com os olhos fixos no jovem cangaceiro. – Você tem de cortar mais devagar.

– Estou sendo o mais lenta possível – respondeu a outra, entre dentes.

Tinham ouvido dizer que os cangaceiros sacrificavam as pessoas que trabalhavam para eles quando o serviço ficava pronto. Assim, não haveria testemunhas capazes de identificá-los. Enquanto houvesse costura a ser feita, estariam a salvo. Passaram a manhã inteira costurando e só terminaram oito calças e sete gibões. Mas, no total, eram apenas vinte daqueles trajes e o modelo era bem simples; além do mais, aquela gente deveria esperar que costureiras experientes terminassem tudo bem depressa.

– O coronel vai nos proteger – disse tia Sofia. – Tenho certeza.

Depois do almoço, quando Luzia estava medindo e cortando o último gibão, ouviu, pelas janelas abertas, vozes que se ergueram e depois baixaram. Reconheceu a voz do coronel e, em seguida, a de Antônio, inconfundível com aquele tom grave. No entanto, as máquinas faziam tanto barulho que ela não conseguiu entender o que exatamente os dois estavam dizendo. Luzia continuou cortando, mas, quando as vozes se transformaram em gritos, olhou para a irmã, nervosa. Emília começou a pedalar mais devagar. Ouviram um barulho, uma xícara ou um prato caindo e quebrando, e, depois, um tiro que ecoou pela casa toda. O corte que Luzia estava fazendo saiu torto. As máquinas de costura pararam de funcionar.

O coronel apareceu à porta, pálido e suando. Junto à nascida dos cabelos brancos, trazia um lenço, um lenço que a própria Luzia havia feito.

– Não se preocupem, minhas senhoras – disse ele. – Foi um tiro acidental. – Percorreu a sala com os olhos, detendo-se nas cadeiras e nas mesas envoltas naqueles uniformes prontos e ainda inacabados. – Podem continuar o seu trabalho – acrescentou, assentindo com um gesto, e saiu da sala.

Minutos depois, o Carcará parou perto da mesa de cortar. Luzia não ergueu os olhos do que fazia. Ele então lhe passou todas as suas medidas, uma por uma, e a moça anotou tudo no bloquinho.

– O meu homem, o Baiano, aquele mais alto, vai ter dois ternos – disse. – Faça dois ternos para ele.

Luzia fez que sim com a cabeça.

Quando o relógio do avô do coronel bateu seis longas badaladas, restavam-lhes apenas quatro gibões por fazer. Luzia foi substituir tia Sofia, que se sentou no sofá para descansar. Puseram lampiões de querosene junto das máquinas. Os lampiões sibilavam e ferviam, aquecendo o ar ao seu redor. Luzia enxugou o suor do pescoço. Ao seu lado estava a fita métrica bem enroladinha, para o caso de ter de verificar uma ou outra peça de roupa. A cada meia hora, Emília parava para esticar as pernas. Ficava trocando de pé para acionar o pedal da máquina, mas, lá pelo fim da tarde, começou a reclamar que os seus dedos estavam dormentes. Um por um, os cangaceiros foram pegando as suas calças e os seus gibões. Alguns lhes agradeceram, outros simplesmente apanharam as roupas sem dizer uma palavra. No quintal, ardia uma fogueira, e, depois que escureceu, o fogo projetava sombras na sala de visitas. Os homens estavam queimando as roupas velhas. Urravam e cantavam vendo aqueles trapos sendo devorados pelo fogo.

Às seis e quinze, Orelhinha entrou na sala. Já estava com o uniforme novo. Sem o chapéu, o cabelo comprido disfarçava as orelhas.

– O capitão está chamando – disse ele.

– Chamando quem? – indagou tia Sofia, levantando-se do sofá.

– Vocês todas.

– Mas ainda não terminamos – retrucou Emília, num tom nervoso.

– Agora mesmo – disse Orelhinha. – Nada de ficar enrolando.

Os homens formavam um semicírculo no quintal. Junto deles, a fogueira queimava. O Carcará estava de pé no meio do semicírculo e o coronel, de joelhos à sua frente, tinha a cabeça baixa.

– De joelhos – disse o Carcará e, com um gesto, mandou que as três se aproximassem do coronel.

O fogo reluziu e se desvaneceu no lado desfigurado do seu rosto. Luzia ajudou tia Sofia a se ajoelhar. Emília tomou o seu lugar ao lado da tia. Luzia continuava segurando nas mãos a fita métrica toda enroladinha. Apertou-a com força. Queria falar, queria lhe dizer que não tinham terminado, que ainda havia costuras a fazer. Talvez ele as deixasse acabar os gibões. Talvez, se costurassem à mão em vez de usar as máquinas, conseguissem ganhar tempo para planejar um jeito de escapar.

O Carcará saiu do meio do semicírculo. Parou bem diante dela. Luzia fechou os olhos. Fez-se um longo silêncio e, depois, ouviram-se o barulho de gente se mexendo e um ruído mais surdo. Quando a moça abriu os olhos, ele estava ajoelhado à sua frente. O bando todo também tinha se ajoelhado sem desfazer a formação. Todos tinham a cabeça baixa. O Carcará estava segurando uma pedra na mão aberta, uma pedra branca, não muito diferente daquelas rochas de quartzo que se viam espalhadas pelos pastos áridos do sopé dos morros. Começou então a falar:

– Meu cristal que foi encontrado no oceano, entre o cálice e a hóstia sagrada. A terra treme, mas não nosso pai Jesus Cristo. No altar tremem também os corações dos meus inimigos quando eles me veem. Com o amor da Virgem Maria, estou coberto com o sangue do meu pai Jesus Cristo. Estou ligado a ele. Quem quer que pretenda atirar em mim não conseguirá. Se fizerem isso, escorrerá água do tambor das suas pistolas. Se tentarem me esfaquear, suas facas cairão das suas mãos. E se me prenderem, as portas se abrirão. Fui libertado, estou livre e serei livre graças à chave do tabernáculo. Eu fecho o meu corpo.

Os cangaceiros repetiram aquela oração, com as vozes se erguendo e baixando como um coro desafinado. No fim, todos se calaram. Então, repetiram, um de cada vez:

– Eu fecho o meu corpo.

– Eu fecho o meu corpo.

– Eu fecho o meu corpo.

Depois que o último homem se calou, o Carcará olhou para Luzia.

– Repita também – sussurrou ele.

O coronel mantinha a cabeça baixa. Luzia olhou para a tia e, em seguida, para Emília. As duas também a fitaram, estarrecidas. O que aconteceria se não dissesse aquilo? Será que a sua obediência as salvaria?

– Não tenha medo – disse o Carcará, desta vez em tom mais alto, fazendo com que as palavras soassem mais como um aviso do que como uma forma de consolo. – Diga.

Luzia fitou o seu rosto retorcido, olhando bem nos seus olhos escuros, vívidos. Um deles lacrimejava, o outro continuava seco. A moça não conseguia desviar o olhar. Aquele rosto a tinha capturado. Ao vê-lo, sentia curiosidade e repulsa. Com isso, esqueceu que estava segurando a fita métrica, aquela tira de tinta e números que formava um rolinho perfeito, apertadíssimo. Afrouxou a mão e a fita se desenrolou.

– Eu fecho o meu corpo – disse ela então, e o lado esquerdo do rosto do Carcará se ergueu num sorriso.

Capítulo 3

Emília

Taquaritinga do Norte, Pernambuco

Junho-novembro de 1928

1

Emília teve uma noite para fazer a roupa com que a tia seria enterrada. Era um vestido de linho preto, o linho mais macio que o coronel conseguiu encontrar. Dona Conceição lhe deu quatro botões de madrepérola e um metro de renda preta. Emília foi trabalhar na Singer a pedal, na casa do coronel, deixando tia Sofia estirada na cama, aos cuidados de dona Maria Chaves e da comadre Zefinha, que choravam e reclamavam enquanto acendiam as velas, murmuravam ave-marias e punham rodelas de limão em água fervente para espantar o cheiro da morta. Emília já sabia as medidas da tia. Foi esperta, usando a renda na gola e os quatro preciosos botões no corpete, onde todos os que comparecessem ao velório poderiam vê-los. Quando o vestido ficou pronto, a moça o mergulhou em água com goma. Depois, apesar do cansaço, das pernas entorpecidas e dos olhos inchados, tirou o vestido daquele molho e preparou o ferro de passar. Os carvões chocalhavam de encontro ao metal. Emília sacudiu o ferro para frente e para trás, como se fosse arremessá-lo de um lado a outro da sala. Voaram brasas. O utensílio metálico soltou fumaça pelo nariz. A superfície plana chiou ao tocar no tecido. Emília trabalhou depressa para que o vestido não secasse e as partes amassadas ficassem marcadas. O suor lhe entrava pelos olhos. Ela continuou passando. Com força. Como se cada preguinha, cada dobra úmida fosse uma ruga escura dentro dela mesma, uma ruga que precisasse ser aquecida, suavizada e desmanchada.

Só tio Tirço e ela presenciaram as últimas horas de vida de tia Sofia. Emília pôs a caixa com os ossos ao lado da tia, na cama. Não quis que ninguém a ajudasse. Sozinha, ferveu mastruz com leite e foi dando à tia, às colheradas, para acalmar a tosse. Sozinha, pôs toalhas quentes com hortelã no seu peito, para ela respirar melhor. Sozinha, esfregou os lençóis sujos, levou o lenço ao nariz da tia e passou óleo de coco nos seus lábios rachados. Nos piores momentos, quando a tosse amainava e a febre subia, tia Sofia falava.

– Tirço! – gritou ela, dirigindo-se à caixa de madeira. – Ah, esses malditos urubus! – A sobrinha pôs uma toalha fresca na sua testa. A tia a segurou pelo pulso. – Maria – disse, confundindo Emília com a mãe. – Cuidado com esse filho que está carregando na barriga. Vendo-a tão bonita assim, grávida, as pessoas vão botar olho grande em você. Vão botar olho grande nas meninas.

Quando Sofia começava a falar de sua mãe, Emília queria saber mais; inevitavelmente, porém, a tia fechava os olhos e mergulhava num sono febril. Teve alguns momentos de lucidez. Sorria então brandamente para a sobrinha e rezava, pedindo a Deus que cuidasse das duas quando ela deixasse este mundo. Emília mandava que se calasse. Garantia-lhe que ela não ia deixar este mundo, não agora. Mas, uma noite, tia Sofia não conseguiu parar de tossir. Lutou desesperadamente, tentando respirar. O seu peito estremeceu. Depois, ficou olhando fixamente para o teto, como se tivesse notado alguma coisa nas telhas. Soltou então um longo suspiro sibilante e se aquietou.

– Tia? – sussurrou a moça. – Tia?

Naquele último acesso de tosse, Sofia jogou as cobertas para o lado. Emília viu uma mancha acinzentada surgir no colchão. Pondo a mão no lençol, sentiu que ele estava quente e úmido. Ficou animada: se a tia havia se aliviado, era porque ainda estava viva e dormindo. No entanto, uma hora, duas horas depois, tia Sofia ainda estava absolutamente imóvel apesar dos esforços da sobrinha para acordá-la. A mancha no colchão esfriou. Emília acendeu então uma vela e a pôs nas mãos da tia.

2

O vestido ficou pronto a tempo para o velório. Tia Sofia estava deitada no chão, em cima da rede que Emília tinha posto sob o seu corpo. O coronel havia lhe emprestado a rede que pretendia usar no seu próprio funeral. O tecido era macio e resistente, com uma varanda toda trabalhada que chegava até o chão quando a rede estava pendurada. Como manda a tradição, Sofia estava descalça, com os pés virados para a porta, pois assim a sua alma poderia deixar aquela casa com facilidade. Emília a cercou de dálias e dona Maria Chaves usou um frasco inteiro de água-de-colônia Dirce, de cheiro bem forte, para borrifar o seu corpo. Apesar dos dois chumaços de algodão enfiados nas suas narinas, o rosto de Sofia tinha se enrijecido com uma expressão severa, de lábios contraídos, como se ela não aprovasse o perfume com que a tinham banhado.

O vestido estava elegantíssimo. Emília se orgulhou do trabalho que fizera.

– Ela não está ótima? – sussurravam os presentes, ajoelhando-se junto ao corpo.

Ninguém a chamava "Sofia" pois, se ouvirem o próprio nome, os mortos ficam assombrando o mundo dos vivos, acreditando que estes ainda precisam deles por aqui.

Na manhã seguinte, um grupo de homens carregaria a rede contendo o cadáver para o serviço fúnebre na igreja do padre Otto e, de lá, para o cemitério. Até então, Emília tinha de receber quem aparecesse em sua casa. Era véspera de são João, ocasião nada oportuna para um velório. Todos queriam comemorar: soltar fogos de artifício, acender fogueiras em família e ver os filhos dançando quadrilha. Tia Sofia sempre gostou da algazarra daqueles festejos. Todo ano, juntamente com as sobrinhas, passava a semana inteira fazendo um balão com varetas e pedacinhos de papel colorido. Na véspera de são João, ateavam fogo à pequena bucha embebida em querosene e soltavam o balão para homenagear o santo. Ficavam paradas ali, vendo-o subir bem devagar no céu escuro. Primeiro era o papel que se incendiava, depois as varetas, até que o balão todinho ficava em chamas e começava a descer, como um cometa caindo na terra. Esse ano, não haveria balão. Haveria apenas um enterro.

A casa estava absolutamente enfumaçada. Inúmeras velas se apinhavam na mesa de costura e no parapeito das janelas. Ao redor do corpo, o coronel tinha disposto quatro castiçais de latão da altura de Emília. Decididamente, não poupara nas despesas. Afinal, a culpa era toda dele. Emília sabia que havia outros culpados: os cangaceiros que levaram a sua irmã, o ar frio da noite e a chuva. Mas o coronel podia ter evitado tudo aquilo. Podia ter convocado os seus peões e os seus vaqueiros para irem atrás de Luzia. Podia ter arranjado um médico de verdade para a sua tia. Sempre que via aquela postura encurvada e aqueles olhos que não conseguiam encará-la, percebia o remorso que o coronel estava sentindo e o acusava ainda mais.

As pessoas iam entrando uma a uma. Cumprimentavam Emília e, depois, se agrupavam em torno de Sofia. Xavier, o dono do armazém, pegou a mão que Emília tinha pousado sobre a caixa contendo os ossos de tio Tirço e a apertou entre as suas.

– Se precisar de alguma coisa – disse ele –, não hesite em pedir. Ponho na conta.

Com os olhos, Xavier percorreu a casa toda. Não encontraria nada, pensou Emília. Ninguém encontraria o que quer que fosse. Aquela casa tinha se tornado motivo de curiosidade – o lugar que os cangaceiros haviam invadido, levando consigo a pobre Vitrola – e essa gente bisbilhoteira ficava procurando vestígios de luta. Mas não havia nenhum. Antes mesmo da morte de tia Sofia, as pessoas insistiam em convencê-las a guardar luto por Luzia, dizendo-lhes que mandassem rezar uma missa e cobrissem com um pano preto o velho retrato da primeira comunhão, única foto da moça. Agora, aquela insistência aumentou ainda mais. Emília, porém, recusava-se a lhes dar ouvidos. Deixou o retrato na parede. Usou o baú de roupas para bloquear a porta do quarto, evitando assim que os curiosos fossem circular por lá. E fez o mesmo com a entrada do quartinho dos santos da irmã, usando uma das cadeiras da cozinha.

A porta da frente estava apinhada de gente. Um grupo de mulheres rezava ave-marias sem parar e Emília foi ficando entorpecida com o som daquelas vozes. Lá de fora, vieram relinchos de cavalos, interrompendo as orações. Dona Conceição e o coronel estavam chegando.

Quando tia Sofia ficou doente, dona Conceição mandou uma caixa de sabonetes para expressar a sua solidariedade. Eram bolinhas perfumadas, embrulhadas uma a uma em papel de seda. Emília não usou os tais sabonetes. Preferiu distribuí-los em volta do corpo da tia, junto com as dálias e as tigelas de água com limão. Dona Conceição trazia um lenço na mão enluvada e estava usando um chapéu com um véu preto. Semanas antes, Emília teria achado a sua patroa o suprassumo da elegância; hoje, porém, essas roupas da moda lhe pareceram bobas, quase uma demonstração de insensibilidade. Dona Conceição ergueu o véu.

– Minha querida – disse ela, segurando o rosto da moça nas mãos enluvadas –, o que posso fazer por você?

Os presentes se calaram. As ave-marias tornaram-se um murmúrio. Todos esperavam que Emília agradecesse à esposa do coronel, que implorasse para que o seu auxílio jamais lhe faltasse.

– Ainda tem mais uma aula de costura – respondeu ela. Dona Conceição arregalou os olhos. – É a última. Não posso perdê-la.

A mulher recuou, tirando as mãos do rosto da moça, e voltou a baixar o veuzinho.

– Claro – disse então. – Claro. Vou providenciar alguém para acompanhá-la.

Emília tinha faltado às aulas de maio e junho, desde que Luzia fora raptada e a tia caíra doente. Pediu ao velho capataz que as acompanhava que levasse um bilhete, explicando ao professor Célio as dificuldades que sua família vinha enfrentando e dizendo-lhe que não deixaria de comparecer à última aula. Faltava uma semana e a moça estava preparada. Assim que terminou o vestido para o enterro da tia, passou na loja do Xavier e pôs todas as suas economias em cima do balcão: cinquenta mil-réis, uma pequena fortuna. Apontou para uma mala forrada de tecido. Era verde, com cabo de osso e cantoneiras metálicas. Voltou para casa levando o vestido numa das mãos e a mala na outra. É claro que as pessoas comentaram o que viam, mas ela aguentou tudo. Recusava-se a fugir com o professor levando uma sacola de juta nas costas, como se fosse uma matuta qualquer. Ela, Emília dos Santos, não era uma camponesa rude.

Tinha dado a Luzia a sua mala velha – uma bolsa de couro, já arranhada – na noite em que ela foi embora com os cangaceiros. Depois disso, não podia nem pensar em comprar uma nova; a simples ideia de fazer as malas lhe embrulhava o estômago. Nos dias que se seguiram à partida dos cangaceiros, o padre Otto liderou uma expedição de busca. Todos esperavam que voltasse trazendo um cadáver, mas, quando o grupo regressou sem ter encontrado nada, até o coronel ficou desnorteado. Dizia-se que os cangaceiros eram inconstantes: às vezes, roubavam mercadorias, outras vezes pagavam por elas; certas pessoas eram mortas, outras simplesmente castigadas; certas mulheres eram desgraçadas, outras deixadas em paz. No entanto, ninguém jamais ouvira contar que um bando tivesse levado uma mulher e ficado com ela.

A cidade inteira tinha esperanças de que a notícia do rapto de Luzia e da morte dos dois soldados se espalhasse. O coronel telegrafou para o litoral. Os corpos ficaram na praça, cobertos de cal virgem, como prova do ocorrido. Mas não veio resposta alguma da capital. Não apareceu nenhum regimento. Taquaritinga era pequena demais e ficava longe demais para merecer tal consideração. Teriam mesmo que se defender sozinhos.

Enterraram os cadáveres. O padre Otto organizou diversos círculos de orações por Luzia, com novenas que se estenderam por nove dias e nove noites, e, depois, recomeçaram. Quando os olhos de Emília começavam a se fechar e a moça chegava a cabecear de sono, tia Sofia a cutucava para continuarem rezando. Os seus joelhos já estavam esfolados. Sentia o pescoço enrijecido. Na época em que a febre da tia piorou, ela mal conseguia se ajoelhar.

Passava a maioria das noites praticamente em claro. Cochilava numa cadeira, ao lado da cama da tia, para socorrê-la durante os acessos de tosse. Preferia ficar ali a ir se deitar na cama, pois acordava confusa e atordoada vendo aquele espaço vazio ao seu lado. Será que Luzia tinha ido ao banheiro, ou tomar um copo de água? Até que as coisas clareavam em sua cabeça e vinha aquela dor no peito, aguda e pungente, como um fogo queimando de dentro para fora. Luzia tinha ido embora. O seu corpo lhe dizia isso, mas a sua mente não conseguia acreditar.

Sempre que estava cozinhando ou varrendo a casa e percebia alguma coisa se movendo, ficava na expectativa de que fosse a irmã surgindo num canto da casa, saindo do quartinho dos santos ou voltando dos seus passeios matinais. Acabava invariavelmente desapontada ao perceber que o tal movimento era apenas a sua própria sombra, uma mariposa ou um lagarto perseguindo um mosquito. Mesmo depois que o mês de maio terminou, que os círculos de orações foram se tornando menos frequentes, que a saúde de tia Sofia piorou e Emília tirou a caixa com os ossos de debaixo da cama dela, continuava acreditando que a irmã ia voltar. Espanava o altar dos santos. Botava no sol o bordado que Luzia não tinha terminado, para protegê-lo do mofo e das traças.

Quando dona Conceição foi embora, os presentes se mantiveram calados. Fitavam Emília por sobre as mãos postas e os terços que desfiavam. Viúvas podiam morar sozinhas, protegidas pela memória do falecido marido. Homens órfãos podiam fazer o que bem entendessem. Mas uma moça solteira, e, ainda por cima, atraente, sem família e sem uma renda efetiva, era coisa rara e perigosa, alvo fácil para os falatórios. Emília não saiu dizendo o que pretendia fazer. Como não contou a ninguém quais eram os seus planos, todos ali a espreitavam por detrás das mantilhas pretas ou por baixo da aba dos chapéus de couro, na esperança de descobrir o que quer que fosse. Ela, porém, mantinha o rosto impassível, composto. Levantou-se, pôs tio Tirço debaixo do braço e saiu da sala.

As pessoas ficaram comentando sobre aquela caixa de madeira. Diziam que era a prova de que Emília não estava nada bem. A moça a levava consigo sempre que saía de casa. Ou para a cozinha quando ia preparar as refeições. Para ela, a caixa era a certeza de que não estava só. Ainda tinha o tio, e a sua presença a reconfortava.

A maior parte dos que vieram até ali se aglomerou na sala da frente; alguns, porém, precisavam de um copo de água ou de uma fatia de bolo de macaxeira para aguentar o velório até o fim. Estes logo se dirigiram para a cozinha. Postaram-se junto ao fogão apagado e ao redor da mesa. Tentavam falar baixinho, mas Emília podia ouvi-los do corredor. Parou perto da porta, de um jeito que ninguém podia vê-la e praticamente prendendo a respiração, exatamente como havia feito tantas vezes, quando ficava espiando os seus antigos pretendentes.

– Coitadinha – sussurrou uma mulher.

– Vai ter de ser forte – disse dona Maria Chaves, cuja voz fanhosa Emília conhecia tão bem. – Desde pequena, sempre foi cheia de nós pelas costas, toda convencida, e Sofia a encorajava. Agora, queira ou não, vai ter de se casar com um dos rapazes de Taquaritinga.

– Estava pensando na irmã.

– Ah – suspirou dona Maria. – Claro. A pobrezinha da Vitrola! Só Deus sabe o que terão feito com ela...

– Ele devia se envergonhar – observou o seu Chaves, que veio se unir ao grupo. – O coronel Pontes jamais teria deixado acontecer uma coisa como essa lá em Caruaru.

– Isso é porque o coronel Pontes não teve tudo dado de bandeja – observou outro homem, mais velho. Emília não conseguiu identificar aquela voz meio rouca. – Quando era criança, não tinha onde cair morto. Aquele ali sabe muito bem o que significa lutar para ter alguma coisa.

– Se o coronel Pereira não fosse o frouxo que é, para começo de conversa, os cangaceiros nem teriam vindo até aqui.

– É, mas se fosse a filha dele, a essa altura já teriam encontrado o corpo. Ela teria um enterro decente.

– Se fosse minha filha – resmungou o velho –, eu teria atirado nela, bem na cara daqueles filhos da mãe. Prefiro ter uma filha morta que levada embora por um bando de homens.

Emília entrou na cozinha. Todos se calaram. Pôs então a caixa com os ossos de tio Tirço bem no meio da mesa. Dona Maria e os demais sequer a olharam; ninguém tirava os olhos da caixa. Aos poucos, foram saindo da cozinha. A moça se sentou. Serviu-se de um copo de água e cortou uma fatia de bolo. Ouvia vozes vindo lá da sala. Não era a cantilena monótona das orações, mas uma conversa agitada e generalizada. Emília preferiu ignorá-la.

Mais tarde, quando o céu escureceu e todos foram embora para acender as fogueiras de são João e comer espigas de milho na brasa, Emília ficou sozinha ali com tio Tirço. Quando se sentou, ou melhor, se deixou cair numa cadeira, ao lado do corpo da tia, e os fogos lá fora a despertaram, lembrando-lhe que tinha de se levantar para acender mais velas, o tio estava ali, firme, na caixa aos seus pés.

3

Emília ficou com medo de que os cangaceiros fossem lhe fazer algum mal, e não a Luzia. Ao passar, de um lado a outro, diante daquela fileira de homens no quintal da casa do coronel, anotando as medidas das suas roupas, ficou pertinho de tia Sofia. Encolheu os ombros e segurou o bloquinho bem alto, para esconder o peito. Não os encarou uma vez sequer. E, quando o Carcará chamou "Ei, você!",

Emília se virou. Empertigou-se e ergueu os olhos. Percebendo que era para Luzia que ele olhava, e não para ela, ficou a um só tempo espantada e aliviada.

Aquele homem a deixava nervosa. Não pela aparência – ele seria até bonito, se não fossem a higiene precária e o rosto desfigurado. O que a incomodava era o jeito dele. Emília estava habituada a homens que falavam alto: fazendeiros que se comunicavam aos gritos de um sítio a outro, açougueiros e comerciantes que se cumprimentavam na feira semanal aos brados e com uns tapas violentos nas costas. Só os homens de nível social mais alto, como o professor Célio, eram contidos. Mas o Carcará atraía a atenção de todos sem dizer nada – só movendo o lado bom do rosto, mexendo ligeiramente a cabeça ou apontando com aquele dedo grosso. Vira e mexe os membros do bando, parados ali na fila para as medidas, baixavam os olhos diante desses sinais silenciosos. Ele podia enganar a todos, fazendo-se passar por discreto e contido, mas não a enganava. A sua voz o traía. Falava pouco, mas, quando o fazia, era com voz tonitruante, e todos acabavam se assustando e virando-se para fitá-lo. Era um sujeito tão rude quanto qualquer um daqueles pobres camponeses. Ou pior ainda, na opinião da moça, já que tentava disfarçar.

Viu quando a irmã tirou as medidas dele. Ergueu os olhos do bloquinho e viu Luzia deixar cair a fita. Aquela não era uma atitude comum. Desde que sofreu o acidente, Luzia tinha perdido qualquer noção de nervosismo ou de vergonha. Se não gostava de alguém, tirava partido da própria altura para fitar a pessoa lá de cima, como um pássaro, agindo como se ela não fizesse parte do seu mundo, mas fosse algo mais baixo, inferior. O Carcará também estava agindo de uma forma estranha. Quando Luzia parou atrás dele para medir as suas costas, esticou a fita métrica de um lado a outro dos seus ombros e alisou-a com a palma da mão do braço bom. Enquanto a moça fazia isso, o Carcará fechou os olhos. Emília viu muito bem. Parecia até que estava saboreando uma comida gostosa. E, quando Luzia se afastou, ele abriu os olhos e fitou a fileira dos seus homens, fingindo que não estava absolutamente interessado naquelas medidas. Aquele sujeito era desequilibrado, concluiu Emília. Completamente desequilibrado.

Mais tarde, quando voltavam para casa, disse isso a Luzia. Já passava das dez da noite. Emília ia andando entre a tia e a irmã, de braços dados com ambas. Os seus vestidos fediam a suor e a fumaça da fogueira. Os olhos de Emília estavam ardendo. As suas pernas doíam. Luzia estava muito calada, até a irmã cochichar sua opinião sobre o Carcará.

– Ele não bate bem... – disse, e a tia resmungou alguma coisa, concordando.

– Você nem falou com ele – murmurou Luzia.

– Nem precisava – retrucou Emília. – Ele quase nos matou de susto, nos mandando ficar de joelhos no quintal. E tudo isso para quê? Para rezar diante de uma pedra! É o cúmulo!

– Pelo menos eles são tementes a Deus – observou tia Sofia, e logo mandou que as duas se calassem, com medo de que alguém pudesse ouvi-las.

Emília não teve forças para discutir com a irmã. Quando chegaram em casa, uma ajudou a outra a tirar o vestido e ambas se jogaram na cama, de combinação e calcinha. Emília logo caiu num sono profundo. Tão profundo que, horas depois, não ouviu 21 pares de alpercatas marchando pela estrada lamacenta. Não viu a luz das lamparinas de querosene cercando a frente da casa. E quando ouviu aquela voz – uma voz de homem, branda e severa –, achou que estivesse sonhando. Virou-se na cama e sorriu, acreditando que fosse a voz do professor Célio que tinha feito todo aquele trajeto morro acima só para acordá-la.

– Luzia.

Emília se sentou na cama.

– Luzia.

Luzia estava deitada, de olhos abertos e com a manta puxada até a cintura, como se esperasse por aquele estranho visitante.

– Luzia – chamou novamente aquela voz. – Venha aqui fora.

Tia Sofia foi a primeira a chegar à porta. Emília e Luzia ficaram juntinhas, atrás dela. Pelas frestas das venezianas entrava uma chuvinha miúda. Era o tipo de chuva de inverno que Emília detestava – parecia quase nada, mas era tão persistente que acabava encharcando o cabelo, as roupas e o chão, enlameando tudo. A moça enrolou um xale nos ombros. Luzia tinha arrancado a manta da cama, derrubando o cortinado.

– Por que vêm nos incomodar assim? – murmurou a tia. – A essa hora!

Emília espiou pelas frestas da janela. Lá fora, viu o coronel, tremendo, junto do bando de cangaceiros.

– Coronel? – indagou tia Sofia, abrindo a porta da frente. – O que houve? Os uniformes ficaram bons?

O coronel assentiu. Emília só via os homens que estavam na frente, segurando as lamparinas. O resto não passava de sombras. Via apenas as silhuetas daqueles chapéus com abas em forma de meia-lua. Assim, pareciam maiores, mais fortes. Estavam usando os trajes novos, mas tinham jogado nas costas umas mantas envoltas em oleado que lhes cobriam o torso. Por cima disso, cada um carregava dois bornais de lona a tiracolo, com as alças se cruzando no peito. Eram alças grossas, de pelo menos um palmo de largura, e enfeitadas com tachinhas que brilhavam à luz das lamparinas. As alças das espingardas também eram enfeitadas com tachinhas que reluziam nos seus ombros. As calças pareciam terminar na altura dos joelhos, mas, quando olhou mais de perto, Emília percebeu que aqueles homens estavam usando umas perneiras de couro, presas por cordões entrelaçados. Na cintura, tinham grossas cartucheiras, molhadas e lustrosas por causa da chuva. E, enfiadas no canto daqueles cinturões, facas compridas e reluzentes. A do Carcará era a maior de todas.

– Dona – disse ele, dirigindo-se a tia Sofia. – Vim falar com a Srta. Luzia.

Emília sentiu que, ao seu lado, a irmã ficou tensa ao ouvir o seu nome. O Carcará estava carregando uma trouxa debaixo do braço. Usava um daqueles chapéus comuns de lavrador e a sombra projetada pela aba escondia os seus olhos.

– O que eles estão querendo com a minha menina? – perguntou a mulher, dirigindo-se ao coronel, que baixou a cabeça.

– Não vamos lhe fazer mal algum – retrucou o cangaceiro. – Eu lhe garanto.

Emília segurou o braço aleijado da irmã. Tia Sofia segurou o outro. As três saíram juntas para o quintal. Tudo ali estava enlameado e cheio de poças. Emília sentiu o chão frio sob os pés. Com um gesto, o Carcará mandou que Luzia se aproximasse. As outras duas a acompanharam. Quando as viu fazerem isso, o sujeito ergueu a mão espalmada, dizendo-lhes que ficassem onde estavam.

– Podem deixar – sussurrou Luzia.

Embrulhou-se mais no cobertor e se empertigou, assumindo toda a sua altura. A coberta ia arrastando no chão atrás dela, como se fosse um manto. A chuva brilhava em seu cabelo. O Carcará ergueu a aba do chapéu e levantou a cabeça para encará-la. Ele não parecia páreo para a sua irmã, o que deixou Emília aliviada. Não podia ver o rosto de Luzia; só a trança escura e comprida. O cangaceiro sussurrou alguma coisa. Os seus lábios se retorceram ao se mover. Estendeu-lhe então a trouxa que trazia debaixo do braço. Luzia permanecia impassível. A boca do Carcará voltou a se mover. A moça pegou a trouxa e lhe deu as costas. Saiu andando na direção da casa. Passou por Emília e Sofia, fitando algum ponto ao longe. Tinha os lábios bem contraídos. Emília reconhecia aquela expressão – Luzia fizera aquela cara anos atrás, quando tiraram a tala do seu braço e lhe disseram que ele nunca mais voltaria a se esticar. Foi a cara que fez quando trouxeram o corpo inchado de seu pai lá das montanhas até a cidade. E era também a expressão que assumia antes de cada briga no pátio da escola, quando a implicância dos colegas ameaçava perturbar a sua postura rígida.

– Ei, você – disse o Carcará, interrompendo as lembranças de Emília. – Venha cá, por favor.

A moça se adiantou. O xale nos seus ombros pesava por causa da chuva.

– Vá lá dentro e faça a mala dela – disse ele, bem devagar, como se tentasse convencer uma criança pequena. – Não ponha muita coisa. Só o que der para carregar.

Baiano, o mulato alto, a acompanhou até a casa e ficou de guarda diante da porta do quarto. Quando Emília entrou, o seu quarto estava vazio, bem como o de tia Sofia. Não se ouvia nenhum barulho na cozinha. A moça se alegrou com isso: Luzia tinha se escondido ou fugido pela porta dos fundos! Foi andando devagar, para dar mais tempo à irmã. As suas mãos tremiam. Com todo o cuidado, afastou o mosquiteiro e pôs em cima da cama a velha mala, com o trinco enferrujado e solto. Remexeu no baú das roupas, tirando dali a combinação mais velha, as calcinhas mais esmolambadas que encontrou. Se Luzia tivesse fugido, não ia precisar daquilo. Mesmo assim, caprichou ao dobrar cada peça de roupa antes de botá-las na mala, sabendo que o cangaceiro estava de olho nela. Pegou também o vestido de algodão mais desbotado, um pregador de cabelo quebrado, uma camisola rasgada, algumas meadas de linha de bordar de cores estranhas, uma velha almofada de alfinetes.

– O que está fazendo?

Emília gelou. Luzia estava parada ali, na porta do quarto. Tinha a camisola arregaçada e enfiada de qualquer jeito no cós de uma calça amarelada curta demais para a sua altura, e que deixava à mostra os tornozelos e os pés grandes calçados com sandálias. Por cima da camisola vestia um gibão desabotoado. Emília reconheceu aquele tecido: era a lonita grosseira que tinha passado a tarde inteira costurando. As mangas do paletó também deixavam de fora os pulsos da sua irmã e o pano fazia uma prega apertada no seu cotovelo aleijado.

– Por que está aqui? – perguntou ela. – Onde você se meteu?

– Estava no quartinho dos santos – respondeu Luzia. – Rezando.

Emília se apoiou no baú. O seu peito estava apertado; a respiração, entrecortada.

– Ele mandou eu arrumar as suas coisas – disse ela.

Luzia assentiu. À luz da vela, as suas sobrancelhas grossas reluziam com a água da chuva. Os seus olhos brilhavam. Emília não conseguia se concentrar em mais nada. Quando eram crianças, seguravam firme os braços uma da outra e ficavam girando, girando, no quintal da frente. E rodavam tão depressa que Emília se sentia impotente e amedrontada. O mundo ficava fora de foco e a única coisa que via nitidamente era o rosto da irmã à sua frente, aqueles olhos verdes refletindo o medo que ela estava sentindo. Mas também havia ali um certo consolo, porque, se caíssem, cairiam juntas. E havia deslumbramento – um prazer estranho, ansioso – por saber que tinham acionado algo que não podiam deter.

Ouviu-se um assobio vindo lá de fora.

– Está na hora – declarou Baiano.

– Espere – disse Emília, voltando a fitar o quarto, a cama, a mala aberta contendo aqueles trapos velhos.

O canivete de Luzia estava onde ela sempre o deixava antes de ir se deitar: em cima do baú, entre a fita métrica e os grampos da irmã. Num gesto um tanto vago, pegou o canivete junto com os grampos. Botou tudo na mala e, mais que depressa, fechou o trinco.

Quando tia Sofia viu a sobrinha com aquele uniforme de cangaceiro, levou a mão ao peito. A chuva tinha engrossado. Os seus cabelos brancos pareciam translúcidos. Emília viu luz de vela por trás das janelas fechadas das casas mais próximas. A cidade inteira assistia àquela cena.

– Impeça essa loucura! – exclamou Sofia, dirigindo-se ao coronel, que se mantinha ali, imóvel, a não ser pelos dentes que batiam. – Chame os seus homens! – gritou ela. – Chame os seus vaqueiros ou os seus outros capangas! – Vendo que ele não respondia, a mulher ergueu o braço e apontou dois dedos trêmulos na direção do Carcará. – Eu o amaldiçoo – disse ela. Conseguindo, então, reunir forças, adiantou-se e repetiu: – Eu o amaldiçoo!

O cangaceiro também veio se aproximando. Emília tentou fazer a tia baixar o braço.

– A senhora já é velha – disse ele, chegando tão perto que o seu rosto ficou quase encostado na ponta daqueles dedos. – Saia dessa chuva.

Dois cangaceiros cercaram Luzia, segurando-a pelos braços. Ela não lutou nem gritou. Ficou rígida, ereta, como se posasse para uma foto. Era mais alta que os homens que a levavam, e, pela primeira vez, Emília tentou imaginar como seria ter essa visão: ver o topo da cabeça dos homens, saber que as pessoas tinham de erguer o rosto para falar com a gente, o que fazia com que todos parecessem infantis e reverentes. E como tudo devia ficar distante: o chão lamacento, as sandálias molhadas dos homens, as pistolas e facas que eles traziam enfiadas na cintura. Quando o bando foi se afastando, Emília sabia que tinha de dizer algo. Tinha de se oferecer para ir no lugar da irmã. Era mais velha, com dois braços e duas pernas sadios. Mas não queria ir com aqueles homens e tinha medo de que, caso propusesse a troca, eles aceitassem sem hesitação.

– Luzia! – gritou de repente, surpreendendo-se ao ouvir o som da própria voz.

O bando reduziu o ritmo. Luzia virou a cabeça. Mechas de cabelo molhado lhe grudavam no rosto. Ela sempre tinha sido boa com as palavras, ao contrário de Emília, que ficava muda e sem reação durante uma briga qualquer. Chamou Luzia sem saber por quê, ou o que poderia dizer.

– Desculpe – exclamou, fitando o rosto da irmã. – Pus tudo errado na sua mala.

4

Emília teve de usar luto para ir à última aula de costura. Depois do enterro da tia, fez dois vestidos, um preto, outro cinza, ambos com um tecido estranho, que pinicava, que dona Conceição havia lhe dado. A moça tentou fazê-los de acordo com a moda, com mangas japonesas e cintura mais baixa, terminando numa saia justa e comprida, como os vestidos elegantes que tinha visto na *Fon Fon*. Mas, por si só, o seu talento não bastava. O tecido não tinha bom caimento e, segundo a tradição, os trajes para tais ocasiões deviam ser práticos, e não estar na moda. Oficialmente, deveria ficar de luto pela tia durante um ano. Um ano daqueles vestidos que pinicavam. Um ano numa casa escura, com as janelas fechadas e qualquer espelho coberto por um pano. Um ano de uma rígida contrição que Emília não podia aguentar. Sentia muita saudade da tia, mas o luto não a traria de volta. Os vestidos escuros e a casa sombria só serviam para fazer as pessoas se lembrarem de que tinham de lhe dar os pêsames. Ela própria, porém, não precisava de qualquer lembrete das suas perdas. Não precisava dos conselhos daquelas línguas ferinas, dizendo-lhe que não podia continuar morando sozinha, que devia se casar, caso contrário arruinaria sua reputação. Emília ignorava aquilo tudo; recusava-se a ficar aprisionada ali no interior e não obedeceria às suas regras mesquinhas. Iria embora de Taquaritinga e cada sussurro, cada olhar severo, cada abanar de cabeça só faziam fortalecer a sua decisão.

Antes da última aula de costura, Emília vestiu uma combinação bordada e uma calcinha nova por baixo do vestido de luto. Passou bastante água de jasmim no pescoço, atrás das orelhas, na parte interna dos braços e atrás dos joelhos. Nunca tinha posto tanto perfume assim, e, cada vez que a mula em que ia montada se agitava e espirrava, tinha certeza de que o animal a estava punindo por aquele exagero.

Mantinha os olhos fixos além do topo das montanhas, incapaz de olhar para a mula que ia ao seu lado. A garupa do animal estava vazia, a não ser por alguns cestos de transportar mercadorias. A mala verde – tão pequena que a moça só pôde botar ali dentro umas poucas peças de roupa íntima, uma camisola, o vestido azul e a bolsa de costura – estava enfiada num desses cestos. O velho capataz a fitou com um ar estranho quando ela lhe deu a valise.

– É a minha nova bolsa de costura – disse a moça.

E ele acreditou. Emília sabia que todo mundo ia comentar esse detalhe da mala, mas só para dizer que ela já tinha retomado aqueles seus velhos hábitos extravagantes. Melhor levar uma valise que os ossos do tio, diriam todos.

Na véspera, ficou acordada até tarde, escondida no seu quarto, que não tinha janelas, para que ninguém ficasse especulando ao ver a luz da vela. Fez a mala, engraxou os sapatos que dona Conceição tinha lhe dado e enrolou o cabelo com tirinhas de pano para que ficasse com um ondulado perfeito. Pela manhã bem cedo, levou os azulões para o quintal dos fundos e abriu a porta da gaiola. Fechou os olhos para não vê-los ir embora. Depois, escreveu um bilhete para o caso de Luzia voltar. A mensagem era bem simples: estava indo para São Paulo, mas um dia voltaria. Antes de sair, tirou o retrato da primeira comunhão, que estava pendurado na parede, e o enfiou na valise.

No enterro de tia Sofia, Emília depositou tio Tirço na sepultura, junto com a mulher. Depois, sozinha naquela casa, sem ter sequer o tio para consolá-la, pensou no professor Célio. Releu os seus bilhetes, percorreu cada página do seu manual da Singer, ajoelhou-se diante do altar de santo Antônio e ficou imaginando uma nova vida para si mesma. Uma vida tranquila, só interrompida pelo barulho de uma máquina de costura, os gritos e os risos de crianças e o assobio de uma chaleira no fogão a gás. O professor não tinha escrito nem ido visitá-la, mas cavalheiros eram discretos. Talvez tivessem lhe falado dos seus infortúnios e ele não quisera perturbá-la. Emília ficou imaginando a sua máquina vazia durante as aulas. Imaginou o professor Célio sentindo a sua falta, exatamente como acontecia com ela. E, caso ele não tivesse ficado com saudade, ia fazer com que percebesse, pelo simples fato de voltar a vê-la, que, bem lá no fundo, tinha, sim. Só não havia se dado conta disso.

Os moradores de Taquaritinga iam pensar as piores coisas possíveis diante da sua ausência. Diriam que Emília tinha se tornado uma mulher daquela espécie contra a qual Sofia sempre a alertara, uma mulher de vida fácil. A maioria das suas ex-colegas de turma tinha arranjado um emprego decente na cidade. Tornaram-se criadas na casa do coronel ou se casaram com lavradores e ajudavam o marido na lavoura. Mas havia outras moças, que jamais foram à escola e usavam muito ruge e batom. Estas ficavam um longo tempo perto dos bêbados, nos barracos de madeira. Às vezes, de manhã cedo, quando estava indo para a aula de costura, Emília as via andando trôpegas, a caminho de casa, sem sapatos e com o cabelo todo desgrenhado. Jamais seria como elas. É certo que estava fugindo, mas ia se casar. Seria uma mulher respeitável, uma dona de casa. As pessoas iam chamá-la de "dona Emília", e ela acenaria a cabeça e lhes estenderia a mão.

Fechou os olhos. Passou os dedos pela crina áspera da mula. A viagem até Vertentes estava lhe parecendo interminável. Sentia o estômago embrulhado. Aquelas coisas que Luzia vivia dizendo não lhe saíam da cabeça. Achava mesmo que o tal de Célio ia se casar com ela, uma matuta? Acreditava que ele tinha boas intenções a seu respeito? Emília balançou a cabeça, tentando afugentar a voz da irmã. Tinha consciência de que gostava mais do professor do que ele dela. Sabia que podia assustá-lo com o que ia lhe propor. Mas também tinha certeza que o professor Célio era um cavalheiro. Tinha lhe escrito aqueles bilhetes. Estimava-a. Um cavalheiro não se corresponde com uma moça se não tiver boas intenções. Emília tinha lido isso na *Fon Fon* e decorara o trecho. Agora, esforçava-se para acreditar nessa afirmação, apesar das próprias dúvidas e dos conselhos da irmã. Luzia tinha ido embora e não sabia o que significava ter perdido tia Sofia. Não tinha ideia da vergonha que Emília sentia por receber caridade do coronel e de dona Conceição. De repente, passaram a chamá-la para fazer cortinas, lençóis e toalhas de mesa novos. Nunca mais dona Conceição lhe disse para economizar nos tecidos. Não ficava mais perto da máquina para controlar o trabalho da moça. E, quando ela lhe entregava os trabalhos terminados, a mulher simplesmente os punha de lado ou enfurnava tudo num armário, sem sequer avaliar a qualidade da costura, como fazia antes. Luzia não tinha nada que ficar invadindo a sua cabeça com aqueles conselhos infundados. Ela não podia imaginar como a vida de Emília era solitária agora.

Mais que depressa, censurou-se por pensar assim. Olhou para a mula vazia ao seu lado. Não sabia o que era pior - aceitar a ideia de que Luzia estivesse morta ou continuar acreditando que estava viva. Neste caso, era provável que a irmã estivesse sofrendo mais do que ela poderia imaginar. Mesmo assim, não podia se impedir de continuar desejando que Luzia estivesse viva. Sentia muita falta da sua força, do seu bom senso. Emília tinha tantas dúvidas, tantas perguntas... Sabia muito bem o que precisava fazer para se tornar mulher de verdade. Ou, pelo menos, tinha uma noção. Os folhetins da *Fon Fon* falavam de abraços apaixonados. Isso ela podia imaginar. Podia ver o professor Célio - com aquelas mãos brancas e macias, aquele corpo magro recurvado sob o terno de linho - abraçando-a, até mesmo beijando-a; o que a deixava confusa, porém, era o que exatamente acontecia depois disso. Várias vezes, antes de dormir, Luzia e ela ficaram especulando a este respeito.

– O que você acha que acontece? – indagou Emília, sussurrando com a mão em concha bem juntinho da orelha da irmã, para que tia Sofia não pudesse ouvi-la. – Deve ser tão romântico!

– É igualzinho aos animais – respondeu Luzia. – Foi o que Ana Maria disse.

– Não! – exclamou Emília, que não gostava da filha do dono do armazém. – Ana Maria é vulgar.

Já tinha visto as galinhas-d'angola ficarem todas alvoroçadas e cacarejando sempre que o galo de dona Maria Chaves inflava as penas e corria atrás delas.

Também tinha visto porcas e cabras no cio ficarem batendo com a cabeça ou arranharem o seu cercado até que alguém as pusesse junto a um macho. Uma vez, a caminho da escola, Emília e Luzia tinham visto dois cavalos realizarem "o ato sagrado", como dizia tia Sofia. Dois homens vieram trazendo uma égua amarrada com uma corda e a puseram num cercadinho bem pequeno onde estava um garanhão. O animal estava indócil, indo de um lado a outro do cercado, soltando umas bufadas curtas e ofegantes pelas narinas. A égua começou a relinchar e saiu correndo em círculos, erguendo nuvens de poeira. Quando se acalmou, o garanhão empinou. As suas patas traseiras pareciam magras demais para suportar todo aquele peso. Tinha a barriga arredondada, as patas dianteiras encolhidas e as suas partes eram escuras e pendiam, chegando quase até o chão. Desceu então sobre a égua que pareceu se curvar sob ele, mas aguentou o seu peso. Emília se recusava a acreditar que, entre homens e mulheres, as coisas fossem daquele mesmo jeito. Talvez os grosseirões de Taquaritinga agissem como animais num cercado, mas os homens educados eram diferentes.

A mula ao seu lado zurrou. O velho capataz bateu no lombo do animal com uma vareta. Emília fechou os olhos. Ficou imaginando que, com o professor Célio, só sentiria brandura, uma imensa brandura que a consumiria até fazê-la pegar no sono tranquilamente ao seu lado. "É isso mesmo", garantiu para si mesma; "é assim que vai ser".

5

Emília estava tremendo ali atrás da máquina; chegou a prender o pé no pedal. Tinha tirado o lenço da cabeça antes da aula, enfiando-o na mala e deixando à mostra o cabelo cacheado. Mas o calor daquela sala e o seu próprio suor acabaram sabotando os cachos tão caprichados, transformando-os em mechas lisas e frouxas. A máquina número 17, de Luzia, estava vazia bem à sua frente. A última aula era sobre bordados. O professor Célio foi gentil e atencioso, garantindo-lhe que as suas faltas não chegariam a atrapalhar. As outras mulheres passavam as toalhas de mesa para a frente e para trás sob as grossas agulhas da máquina, até os pontos formarem desenhos sólidos e volumosos de flores e trepadeiras enlaçadas. Emília, porém, não conseguia se concentrar. As suas flores nem pareciam flores, e sim umas manchas vermelhas horrorosas. Ficou aliviada e amedrontada quando o relógio acima da mesa do professor finalmente soou, indicando que a aula tinha terminado.

As velhas matronas se aglomeraram em torno de Célio, fazendo-lhe as suas últimas e desesperadas perguntas. Puxavam as mangas do seu paletó, tentando chamar a sua atenção.

– E se a minha agulha quebrar, professor?

– E se o pedal da minha máquina emperrar, professor?

– E se os meus pontos saírem sempre tortos, professor?

Emília não teve pressa alguma em limpar a sua mesa. Dobrou e redobrou o pano que tinha usado para treinar. Enrolou todas as suas linhas nos carretéis de madeira. Trancou o fecho da maleta. A jovem mãe da máquina 12 se inclinou junto à sua cadeira. Olhou para o vestido preto da moça e perguntou:

– Onde está a sua irmã, querida?

Emília ficou puxando a linha que estava na base da máquina.

– Lamento informar que ela está doente – atalhou o professor Célio, vindo postar-se ao lado da sua máquina. – Espero que a senhorita lhe ensine tudo o que aprendeu hoje.

Emília fez que sim com a cabeça. Sentiu que corava de tanto amor por ele. Ao seu redor, as mulheres começaram a fazer milhares de recomendações para a doença imaginária de Luzia: óleo de copaíba para dor de cabeça, chá de arruda para dores em geral. Emília só fazia assentir, distraída. Viu o professor passar o pente de metal no cabelo. Com gestos rápidos e graciosos, limpou as máquinas e ajeitou as cadeiras em seus lugares. Depois que a última aluna foi embora, Emília ficou para trás.

– A aula de hoje foi ótima – disse. – Lamento ter perdido as anteriores. – Sentia o suor a lhe escorrer pelo corpo. Baixou a voz. – Sabe por que tive de faltar?

O professor Célio ergueu as mãos brancas, mandando que ela se calasse.

– Aquele senhor que traz vocês passou por aqui e me contou o que houve – respondeu ele. – É um assunto que exige muita discrição.

– Claro – observou Emília, suspirando, aliviada.

“Um assunto que exige muita discrição.” Que delicadeza! Espiou pela janela da sala; o velho capataz estava atrasado. Agora, o tempo era precioso. A alça de osso da maleta lhe escorregava das mãos. Tinha preparado com todo o cuidado o que ia dizer. Nos dias que antecederam a essa aula, as palavras se embaralhavam em sua mente, enquanto ela tentava aprimorar cada frase, praticar cada pausa, ensaiar a formulação do que pretendia, na esperança de que aquilo assumisse mais um tom de dignidade do que de desespero. Pigarreou.

– A que horas vai encontrar o senhor que a leva para casa? – indagou o professor.

– Não vou encontrá-lo hoje.

– Ah! – exclamou ele, mas calou-se por um instante, observando a malinha. – Vai ficar em Vertentes? Tem parentes aqui?

– Não tenho nenhum parente.

– Desculpe – disse o professor num tom grave.

Balançou a cabeça e, depois, pegou a mão de Emília entre as suas. Os seus dedos eram tão delicados e úmidos quanto os de uma criança. Colou os lábios na mão da moça. Ela sentiu a garganta seca e engoliu saliva para não tossir e acabar estragando aquele momento. Célio ergueu os olhos, mantendo a mão de Emília junto da boca.

– Perdoe a ousadia – acrescentou ele. – Estou voltando para São Paulo daqui a alguns dias. Outro representante da Singer vai se encarregar desta região. Tinha a esperança de passar algum tempo com a senhorita – acrescentou o professor, enrubescendo. – Talvez sem a presença daquele senhor.

– Célio – principiou Emília. Tinha as palavras gravadas na memória como grossos traços azuis num molde de costura, mostrando-lhe o que reter e o que cortar fora. – Como você bem sabe, estou numa situação desesperadora...

– Claro – observou ele, interrompendo-a. – Eu compreendo. Só estava...

– Eu sei... – prosseguiu a jovem, com aquele molde bem claro na cabeça. – Estou apressando o nosso namoro.

– Namoro?

– É – disse Emília, suspirando, um tanto aborrecida com tantas interrupções.

Célio soltou a sua mão. Emília procurou a dele e a segurou. Não tinha sido assim tão difícil quando estava sozinha em casa, pronunciando aquele discurso enquanto areava panelas ou fitava as vigas escuras do telhado antes de ir se deitar.

– Sei que estou apressando o nosso namoro. Não gostaria em absoluto de me tornar um fardo para você. Mas, como sabe, nós nos damos bem...

– Namoro?

Emília apertou a mão dele com mais força, exasperada por ele ficar repetindo aquele detalhe tão ínfimo. Nervosa, resolveu prosseguir.

– Sou uma boa costureira. Posso ajudá-lo sem ganhar nada por isso. Tenho condições de pagar a minha passagem de trem – acrescentou ela, e respirou fundo.

Era mentira. Não tinha dinheiro suficiente para a passagem, mas esperava que Célio fosse insistir em pagar a sua viagem. Se ele não pudesse fazer isso, ela pediria ao coronel.

– Não sei se estou entendendo o que está insinuando, Srta. Dos Santos – disse ele, recolhendo a mão que a moça segurava.

– Estou lhe pedindo para apressar as coisas. Para me levar com você para São Paulo.

– Está me deixando muito confuso, Srta. Dos Santos. Vou viajar sozinho para São Paulo.

– Ah! – exclamou Emília. Temia que ele pudesse dizer isso, mas tratara de afastar essa ideia da cabeça. – Isso significa que pretende prolongar o nosso namoro?

– Não estamos namorando – balbuciou ele.

– Mas... e as suas cartas? As *nossas* cartas...

– Bilhetes. Bilhetes *não* são cartas, Srta. Dos Santos.

Emília sentiu uma tonteira. Concentrou toda a sua atenção num fiapo de linha preso à lapela cinzenta de Célio. Contava que ele fosse chamá-la pelo nome de batismo e não de *Srta. Dos Santos*, que soava pomposo e afetado, como se ela fosse uma solteirona. Tentou voltar a se concentrar no discurso que havia preparado, mas as palavras que tinha na cabeça eram agora uma miscelânea inútil.

– Estou numa situação desesperadora – sussurrou ela. – Sou ótima costureira. – Finalmente, respirou fundo e o encarou; o professor tinha os olhos arregalados e assustadíssimos. Emília resolveu prosseguir. – Se me der essa chance, prometo que nunca vão lhe faltar cuidados ou afeição. Sei cuidar de uma casa. Sei passar uma camisa. Vou estar sempre bem-arrumada. Por favor – disse, pegando novamente a sua mão.

O professor se deixou cair na cadeira diante da máquina número 15. Contraiu os lábios e expirou longa e lentamente.

– Sinto muito, Srta. Dos Santos. Julguei que tudo isso fosse apenas um flerte inofensivo – disse ele, balançando a cabeça. – Devia ter desconfiado...

– Desconfiado de quê? – indagou ela, sentindo os olhos quentes.

– A culpa não é sua, Srta. Dos Santos. É toda minha. Não me lembrei de onde estava – observou Célio, fazendo um gesto largo com a mão. – A senhorita parecia muito brincalhona. Muito moderna – acrescentou ele, balançando a cabeça mais uma vez. Ficou batendo com o pé na base de ferro da máquina. – Passei muito tempo longe de São Paulo.

Emília tossiu e escondeu o rosto com as mãos.

– Por favor, Srta. Dos Santos. Não se culpe. É perfeitamente compreensível que tenha se afeiçoado a mim.

Sem tirar as mãos do rosto, Emília soluçou. Adoraria ter a compostura de Luzia. Adoraria conseguir engolir as lágrimas, escondê-las em algum lugar bem lá dentro de si mesma, como a sua irmã fazia.

– É melhor ir agora – disse Célio, pegando o cotovelo da moça com aquela mão fria e acompanhando-a até a porta envidraçada da sala. – Por favor, aceite as minhas desculpas, Srta. Dos Santos – acrescentou então, estendendo-lhe a malinha verde. – A senhorita é uma jovem muito atraente e tem uma letra belíssima. Mas foi irresponsabilidade minha começar esse flerte. Superestimei a sua sofisticação. Acredite que lamento muito qualquer mágoa que possa ter lhe causado.

Antes que Emília pudesse dizer o que quer que fosse, ele a levou para fora, deixando-a na rua ensolarada. Vendedores empurrando carrinhos de mão carregados de coentro e outras ervas ou legumes de inverno passavam por ela apressados. As mulas do coronel estavam do outro lado, sozinhas, com as rédeas amarradas a uma árvore mirrada; o velho capataz devia ter ido atrás de alguma mercadoria esquecida. Aos seus pés, a valise verde parecia pequena e patética. A moça ouviu a porta sendo trancada atrás de si.

6

Os saltos dos sapatos herdados de dona Conceição faziam-na andar meio cambaleante naquele chão de terra. As tirinhas finas de couro lhe esfolavam o peito dos pés. Na primeira curva da estradinha que levava a Taquaritinga, Emília tirou os sapatos. Foi carregando os dois numa das mãos enquanto, na outra, levava a malinha verde. Queria ficar sozinha; não podia nem imaginar fazer o trajeto de volta com o velho capataz do coronel, montada naquelas mulas deploráveis. Na metade da subida, arrependeu-se da decisão que tomara. Começou a chover. A princípio, era uma chuvinha miúda, rala, e Emília foi andando em zigue-zague, tentando evitar os pingos. Uma camada de nuvens cinzentas cobria a serra íngreme e, em determinado ponto da subida, ela já não conseguia ver a cidade de Vertentes lá embaixo. De repente, a chuva engrossou e ficou mais forte.

O seu vestido de luto já pesava. O tecido molhado lhe batia nas pernas. No entanto, aquela chuva foi um alívio para o seu rosto. Ainda em Vertentes, tinha esfregado os olhos com tanta força que a pele ao seu redor estava inchada e sensível. Não conseguia mais chorar, e aquilo a deixava irritada. Por que teve de se desmanchar na frente do professor Célio e recobrar a compostura quando estava sozinha? Caiu uma gota verde no seu pé. Emília parou. Ergueu a malinha. As varetas que sustentavam o tecido tinham amolecido, afundando com a chuva. O pano tinha agora umas listras desiguais; a tinta verde pingava no chão.

– Não aguento mais você! – esbravejou a moça, sacudindo a valise.

Estava louca para atirá-la num barranco da serra. Saiu andando mais depressa. Os seus pés batiam ruidosamente na terra molhada. Rogou mil pragas ao professor Célio. Desejou que o seu pente metálico enferrujasse. Que todo aquele precioso cabelo caísse. Amaldiçoou também santo Antônio e decidiu desmanchar o seu altar, jogar aquela rosa branca de pano na latrina. Nunca mais pediria ajuda aos santos. Ia costurar até ficar com os dedos machucados. Até ficar com as pernas doendo. Ia economizar todo o dinheiro que ganhasse. Ia embora por conta própria.

Uma égua castanha estava bloqueando o caminho, logo à frente. Pastava tranquilamente o mato alto que, no inverno, brotava às margens da estradinha. Um homem, montado no animal, batia com os pés nos seus flancos.

– Ande! Vamos! – gritava ele.

Na cabeça, trazia um chapéu-panamá. O paletó estava embolado à sua frente, enfiado entre o seu corpo e o pito da sela. Tinha a camisa azul encharcada e, por baixo daquelas dobras molhadas, dava para ver o contorno do seu corpo, largo e cheio, como uma jaca. As calças eram de linho. A bainha de uma das pernas estava presa à correia do estribo, ficando meio enrolada na altura da panturrilha. À diferença do torso, as pernas daquele homem eram magras e torneadas. Contornando a panturrilha, via-se uma tira e a meia estava presa a ela por um clipe prateado. O tal prendedor era redondo e lavrado, como um medalhão. Emília achou uma pena que aquela coisa tão bonita ficasse escondida por baixo das calças.

Usando o chicote, o homem fustigava o animal com gestos desajeitados. A égua abanava o rabo. O sujeito fez menção de bater com mais força; deteve-se, porém, surpreendido ao avistar a moça. Não era bonito, mas tinha os dentes incrivelmente miúdos e brancos, e o seu sorriso era tão largo que dava para ver as gengivas tanto de cima quanto de baixo.

– Não estou conseguindo fazer essa besta andar – disse ele.

Emília sempre ficava muito irritada quando alguém, especialmente um homem, chamava uma égua de idiota. Naquele momento, ficou furiosa.

– Ela não é besta coisa nenhuma – exclamou. – Parece mais esperta que o senhor.

O sujeito levou a mão à aba do chapéu. Respingou água em seus ombros.

– Verdade – disse ele, arregalando os olhos como se só agora tivesse dado pela presença da moça. – Tem toda a razão.

Emília estava esperando ouvir uma resposta grosseira. Mas ficou lisonjeada ao ver que ele acreditava no que havia dito. Pôs a malinha no chão.

– Está subindo ou descendo o morro?

– Subindo – respondeu o homem, largando as rédeas e fitando a égua. – Detesto os bichos.

Balançou os pés nos estribos. As solas das botas que lhe batiam nos tornozelos eram lisas, sem arranhões. O couro não tinha nenhuma rachadura. Emília pôs os sapatos no chão. Aproximou-se do animal e segurou a metade inferior das rédeas. Estalou a língua e puxou a égua, afastando-a da beira da estrada. O animal resfolegou. Sem soltar as rédeas, a moça se agachou para pegar a valise e os sapatos com a mão livre.

– Espere aí – exclamou o homem. – Assim não pode ser. Não vou permitir que uma dama vá puxando o meu cavalo.

Ergueu uma das pernas, passando-a sobre o animal. A égua se adiantou alguns passos. O outro pé do sujeito ficou preso no estribo e ele deu uns pulinhos para soltá-lo. Quando se viu com os dois pés no chão, passou a mão no paletó embolado na sela e o vestiu.

– Por que não vou puxando e a senhorita vai montada? – perguntou ele.

Emília balançou a cabeça. Estava cansada, com frio.

– Ela sabe que não precisa obedecer ao senhor. Não vai deixar que a conduza.

O homem franziu as sobrancelhas. Passou os dedos pelo bigodinho fino, balançando a cabeça, como se refletisse sobre alguma coisa importantíssima.

– Bom – disse ele afinal, com um suspiro. – Então, vamos os três a pé.

Insistiu em carregar os pertences de Emília, que ia puxando a égua. A moça ficou sem jeito ao lhe entregar aqueles sapatos velhos e a malinha toda deformada. Levou a mão aos cabelos, ajeitou o vestido de luto; estava horrível. Mas ele também. Saíram andando em silêncio. Na subida, o homem começou a ofegar. Parou inúmeras vezes, fingindo admirar a vista enevoada; Emília, porém, sabia muito bem que ele estava tentando recuperar o fôlego.

– Não estou acostumado com essas caminhadas – disse ele. – Não fazia ideia de que era tão longe. Em Vertentes, disseram-me que só havia duas formas de subir o morro: a cavalo ou a pé. Está indo visitar essa cidade, Taquaritinga?

– Não – respondeu a moça. A dor de sua conversa com Célio voltou e sua voz saiu embargada. – Moro lá, mas preferia não morar.

De repente, um sapo bem grande, que estava meio invisível misturado à lama da estrada, saltou na direção do grupo. O homem recuou, deixando cair o chapéu. Emília riu. Ele ficou vermelho, mas riu logo em seguida.

– Lá no Recife não temos sapos grandes assim – disse ele, limpando a lama da borda do chapéu que pegara do chão.

– O senhor é do Recife? – indagou Emília. – Que diabo veio fazer aqui?

– Estou fazendo uma visita. Tenho um amigo da faculdade de direito que mora aqui.

A moça o fitou. Aquele sujeito parecia velho demais para ser estudante. Devia ser mais velho que o professor Célio, lá pelos 30 e tantos, talvez até 40 anos.

– O seu amigo é o filho do coronel? – perguntou ela. – Felipe?

– Exatamente – respondeu ele. – Como adivinhou?

– Ele é a única pessoa por aqui que estuda na universidade.

– Estamos nas férias de inverno – disse o visitante, assentindo. – Pretendo passar o resto do mês de julho aqui. O meu pai acha que o campo vai me fazer bem – acrescentou, revirando os olhos e chutando uma pedra com as botas novas. Gesto estranho, aquele; parecia mais um menino emburrado do que um adulto.

– O senhor parece mais maduro que Felipe – arriscou-se a dizer Emília.

– Só me interessei pelo direito já mais tarde na vida – retrucou ele brevemente. – Antes, tentei a medicina e os negócios; mas as duas atividades combinam mais com o meu pai.

Parou, como se tivesse falado demais. Observou Emília. Os seus olhos se detiveram nos cabelos da moça e, depois, desceram até os seus pés descalços.

– Lá no Recife, as moças estão usando o cabelo desse jeito. A princípio, pensei que a senhorita fosse da cidade.

Emília compreendeu muito bem o peso das palavras que ele usou: *a princípio*. Ou seja, o tal sujeito tinha se enganado, achando que ela fosse uma moça da cidade quando, na verdade, não passava de uma matuta. Às suas costas, a égua balançou a cabeça e puxou as rédeas. Emília também as puxou.

– Estou indo morar na cidade – disse ela. – Talvez o veja por lá – acrescentou, estendendo a mão. – Emília dos Santos.

O homem abriu um sorriso largo, deixando à mostra os dentes miúdos e as gengivas escuras. Pôs a malinha no chão e tirou o chapéu com um gesto floreado.

– Onde está a minha educação? – falou ele, segurando com força a mão que ela lhe estendia. – Degas Van der Ley Feijó Coelho. Mas, por favor, me chame de Degas, como o pintor.

Emília assentiu, embora não soubesse a que pintor ele estava se referindo. Aquele sujeito tinha um nome estranho, mas o que a deixou espantadíssima foi a sequência de sobrenomes enfileirados. Todos soavam importantes, como se as três famílias que ele havia listado representassem uma longa e nobre linhagem que se pudesse acompanhar até o começo dos tempos. E faziam o seu próprio nome parecer tão pobre, tão banal...

– Olhe! – exclamou ele, arquejando e apontando para alguma coisa atrás dela.

Emília se virou. As nuvens que envolviam o morro tinham se dispersado. O mato estava verde. As casinhas brancas que pontilhavam a paisagem e a torre amarela da igreja de Vertentes pareciam pequenas e simplórias em meio a tanta terra...

– Que vista maravilhosa! – acrescentou o visitante, com um suspiro.

Dirigiu-se à beira do penhasco, levando o chapéu ao peito, na altura do coração. O vento agitava o seu terno branco, fazendo as lapelas úmidas do paletó lhe baterem no peito. A corrente de ouro bem fina do relógio pendia do bolso do colete e balançava de encontro à barriga dele como uma serpente encantada. Emília ficou olhando para o seu perfil: a pele cor de café com leite; o nariz, proeminente e adunco, terminava numa bolinha arredondada que lembrava até uma lágrima. Aquele homem parecia poderoso, com um ar de árabe, como um dos xeques dos romances que ela lia. Por duas vezes, a égua cutucou o seu braço com o focinho macio, como se quisesse fazê-la despertar daqueles devaneios.

7

De volta a Taquaritinga, Emília ficou feliz com a caridade do coronel. Fez para dona Conceição mais vestidos, toalhas de mesa e panos de prato que nunca. No fim de cada semana de trabalho, escondia o pagamento – uma pilha de notas amarfanhadas de mil-réis – debaixo da cama, perto das *Fon Fons* agora esquecidas. Preparava o próprio fubá e comprava carne-seca da pior qualidade, daquelas que só dava para comer depois de um dia inteiro de molho. Usava o pior sabão, daqueles bem escuros, para lavar a roupa e o corpo. Podia perfeitamente dispensar alguns luxos se aquilo ia ajudá-la a comprar uma passagem de trem. Era só uma questão de paciência.

O trabalho a impedia de sentir como a casa estava vazia. E também de ficar pensando em Luzia. Além de distraí-la das fofocas que circulavam a seu respeito. Só "mulheres da vida" moravam sozinhas. Ou eremitas. Portanto, Emília era indecente ou meio doida, ou até mesmo as duas coisas. A vizinha, dona Maria Chaves, aparecia inesperadamente, para ver como a moça estava vivendo. Logo todos falavam da péssima dona de casa que ela era, já que a poeira cobria o parapeito das janelas e havia retalhos de pano espalhados pelo chão. O padre Otto a aconselhou a ir morar com dona Maria ou, então, a ir trabalhar como empregada na casa de dona Conceição. Emília não lhe deu ouvidos. Era como se todos estivessem falando de outra pessoa, de outra Emília, enquanto ela era apenas a espectadora passiva de uma vida que nada tinha a ver com a sua própria. Os seus dias se limitavam à monotonia de apertar o pedal da Singer, ao ruído da agulha, ao toque do pano nos seus dedos cheios de calos. Em pouco tempo, conseguia identificar um tecido pelo tato: as rugas do crepe da china, os sulcos do linho, o brim mais grosso, a delicadeza do algodãozinho. Toda essa monotonia só era quebrada pela pilha de notas de mil-réis que ia crescendo debaixo da cama e a presença de Degas Coelho.

Não tinham voltado a se falar desde aquele dia lá no morro. Quando chegaram ao portão da casa do coronel, Degas viu Felipe, de olhos claros e sardento, deitado na rede da varanda, esperando. Mais que depressa, despediu-se de Emília e correu portão adentro, esquecendo-se da égua. A moça prendeu as rédeas do animal a uma árvore e foi para casa. Na manhã seguinte, viu três mulas passando diante da janela, indo em direção à casa do coronel. Havia três malas de couro presas com correias ao lombo dos animais, juntamente com duas raquetes de madeira e uma caixa de chapéu redonda. Depois disso, sempre que estava costurando na máquina a pedal de dona Conceição, ouvia a voz de Degas Coelho que ecoava pelo chão ladrilhado em duas cores, chegando até o quarto de costura. Reduzia então o ritmo das pedaladas para poder ouvi-la melhor. Ele elogiava a cozinheira e dava instruções às criadas sobre como engomar as suas camisas. Bufava e gemia jogando badminton com Felipe no quintal ao lado da casa. Agradecia ao moleque sempre que este ia correndo apanhar a ave que ele tinha acertado com um tiro. Durante as refeições, comentava com dona Conceição as fofocas da sociedade do Recife. O seu português era pontilhado de frases em língua estrangeira. As palavras que usava eram estranhas e incompreensíveis.

– Que diabo ele disse? – perguntava muitas vezes o coronel, dirigindo-se ao filho, e não a Degas, como se o hóspede não estivesse presente.

Era o único que não havia se rendido aos encantos do rapaz. Enquanto dona Conceição estava experimentando os vestidos novos atrás do biombo do quarto de costura, o marido ficava andando de um lado para outro, reclamando com a mulher em voz baixa. Emília se mantinha calada diante da máquina. O hóspede não sabia montar e não estava interessado em visitar a fazenda que ficava ao pé do morro. Não dava a mínima para bois ou cabras. E, o que era ainda pior, seguia os horários da capital. Felipe e ele ficavam jogando xadrez ou lendo poesia até altas horas da noite e só acordavam para o almoço. De manhã, o coronel sempre insistia para que Emília deixasse a porta do quarto de costura aberta. Como se não bastasse o barulho da máquina, o coronel ainda falava alto, arrastava cadeiras e batia portas até conseguir o que queria: o filho e seu convidado acabavam se levantando numa hora decente, mal-humorados e de olhos inchados.

– Você é um homem, não um morcego, Felipe – reclamava o coronel, dirigindo-se ao filho.

O mês de julho terminou, mas a situação naquela casa não mudou. Os professores da faculdade de direito da Universidade Federal haviam entrado em greve e Degas não foi embora quando as férias de inverno acabaram. Durante os primeiros meses que passou ali, sequer deu pela presença de Emília. O quarto de costura, próximo à lavanderia e ao tanque, ficava numa parte da casa onde Degas raramente punha os pés. A janela, porém, dava para a varanda lateral onde, certa tarde, o rapaz ficou andando de um lado para outro. Rodelas de suor escureciam a sua camisa debaixo dos braços. Era final de setembro e o sol estava quente e abafado, sinal de que a seca de verão logo começaria. Degas tinha um telegrama nas mãos. Leu o texto, fez uma cara emburrada e recomeçou a andar para lá e para cá. Emília nunca tinha visto alguém receber tantos telegramas. Praticamente a cada semana um mensageiro vinha trazer um envelope com uma mensagem enviada de Recife. A moça parou de pedalar. De onde estava, via um pedaço daquele papel fino e amarelo. Um dia, pensou consigo mesma, também receberia telegramas.

Degas parou de andar. Ergueu a cabeça. Emília não sabia se ele tinha acabado de ler a mensagem ou se, habituado ao barulho da máquina, estava espantado com aquele súbito silêncio. Mas o rapaz olhou na direção da janela do quartinho. As venezianas estavam abertas; as finas cortinas de algodão também. Podia-se portanto ver perfeitamente a moça ali dentro. Degas se aproximou do parapeito.

– Ah! – exclamou ele. – A minha salvadora. A minha amazona.

Emília ficou sentada. Inclinou-se para a máquina e voltou ao trabalho, acionando febrilmente o pedal. Quando ergueu os olhos, ele tinha ido embora. Continuou então a costura, de medo que ele percebesse o silêncio e voltasse. Sentia os dedos quentes. A garganta apertada. Sua salvadora. Sua amazona. Jamais alguém a tinha chamado de "sua"; nem lavradores, nem um cavalheiro. Aquilo era impertinente, audacioso. Algo que uma criança mimada diria. Teve ódio dele: não era amazona coisa nenhuma! Mesmo assim, sentiu-se reconfortada por aquela atitude. Significava ter uma existência fora do quartinho de costura, fora da sua própria casa escura e vazia, e ocupar um lugar na cabeça de um homem que não conhecia.

No dia seguinte, Degas cruzou os braços grossos no peitoril da janela e observou o seu trabalho. Na outra semana, postou-se à porta do quartinho. Emília começou a ouvir os seus passos no chão ladrilhado. Esperava que ele pigarreasse, anunciando a sua presença; só então erguia os olhos e dava com aquele sorriso que deixava as gengivas à mostra. Degas acabou entrando no quarto. Sentava-se numa cadeira diante da máquina de costura. No começo, falava pouco, queixando-se de estar entediado, dizendo que adoraria voltar para o Recife. Emília pedalava mais devagar para ouvi-lo. Talvez tenha sido aquele seu silêncio ávido, ou o calor, ou a rotina monótona dos dias passados ali, ou o barulho regular e hipnotizante da Singer, que acabou fazendo-o soltar a língua. Ou, quem sabe, pensou Emília mais tarde, Degas simplesmente gostasse de falar de si mesmo.

Tinha 36 anos. Era filho único. O pai tinha estudado medicina, mas descendia de uma longa linhagem de financistas e comerciantes que vendiam máquinas importadas para os canaviais. A família de sua mãe, os Van der Leys, eram proprietários dessas terras. Com a queda do preço do açúcar, não puderam pagar as máquinas compradas. Deram então a mão da filha, Dulce, em casamento ao jovem comerciante, e as suas dívidas foram perdoadas. Em criança, Degas foi mandado para um colégio interno na Inglaterra. Emília se lembrava de ter visto essa ilha no mapa do padre Otto. Viajou num navio a vapor. No porto do Recife, seus pais prenderam em seu paletó uma etiqueta com o seu nome, mas, durante a longa viagem, o pedaço de pano acabou caindo e o menino ficou apavorado, com medo de ter se perdido para sempre.

Quando Degas falava das suas viagens, Emília queria parar de trabalhar e ficar só ouvindo, mas temia que, com isso, o rapaz parasse de contar aquelas histórias. Ele descreveu a neve e como a sensação do frio intenso pode se parecer com a do calor intenso – aquela coisa dolorosa, que chega a fazer a pele arder. Descreveu o mingau de aveia aguado que comia diariamente no café da manhã, lá no refeitório do colégio interno. Contou que os meninos ingleses o atormentavam, chamando-o de "cigano sujo", por causa do seu nariz e da cor da sua pele.

– Por quê? – indagou Emília, interrompendo-o. – Todo mundo por lá é rosado? Como o padre Otto?

Degas riu, inclinando a cabeça para trás. Emília puxou um fio solto de linha da agulha da Singer. Censurou-se por ter perguntado aquilo. Ajeitou o pé no pedal, mas, antes que pudesse recomeçar, o rapaz estendeu o braço na direção da máquina e pôs a mão sobre a dela.

– Você é uma gracinha – disse ele.

À diferença dos dedos do professor Célio, os de Degas eram grossos e morenos. A sua mão estava úmida de suor. Ali, em cima da sua, era quente. Emília tentou livrar a própria mão, na esperança de que ele prosseguisse com as suas histórias. Assim que ela deu o primeiro puxão, bem de leve, o sorriso do rapaz desapareceu. De repente, o seu rosto se anuviou e o seu bom humor se desvaneceu tão subitamente que parecia jamais ter existido. Como se o verdadeiro Degas não fosse aquele homem falante, encantador, mas a figura sombria, desagradável que estava ali debaixo. Ele se remexeu na cadeira, parecendo desconfortável no terno engomado. Havia uma sinceridade infantil, uma pontinha de desespero nos olhos que fitaram a moça. Naquele instante, desejando deixá-lo à vontade, ela não retirou a mão que ele segurava.

– Lá no Recife, as mulheres são verdadeiras tigresas – acrescentou ele. – Só pensam em fofocas e segredinhos. São dissimuladas. Mas você... – prosseguiu, apertando a mão da moça com mais força – Você é doce como uma criança. Uma criança linda.

Daquela tarde em diante, Degas ficava esperando-a junto à porta da cozinha, em meio às roupas que secavam nos varais e os sacos cheios de fubá, para acompanhá-la até em casa. Durante o trajeto, segurava a bolsa de costura com uma das mãos e acendia um cigarro com a outra. Fumava depressa, dando algumas longas tragadas e jogando fora o cigarro pela metade bem perto dos próprios pés. Enquanto pisavam com cuidado nas pedras irregulares da rua, Emília ia admirando os sapatos de duas cores que ele usava. À medida que as tardes iam ficando mais quentes, com o início do verão, a poeira passou a cobrir aqueles sapatos e as biqueiras de couro se tornavam opacas, como a casca dos besouros.

Ao lado dele, Emília não se sentia atordoada ou nervosa como quando estava perto do professor Célio. Nunca teve vontade de pegar a mão de Degas ou ajeitar o seu cabelo. Nunca sentiu aquele calor na barriga quando ele se aproximava. A não ser naquela ocasião, lá no quarto de costura, ele tampouco tentou pegar a sua mão. Nunca andou muito colado a ela. Nunca a fitou achando que ela não estivesse olhando. À noite, quando não conseguia dormir porque a cama parecia vazia demais e a casa silenciosa demais, Emília tentava imaginar cenas românticas com Degas, mas aquele torso roliço e o sorriso com as gengivas aparentes vinham se intrometer nos seus pensamentos, fazendo com que buscasse outras imagens: o rapaz apertando um copo de água contra a testa larga; tirando discretamente um fiapo do ombro do vestido dela; pegando um lenço meio amarfanhado do bolso do paletó de Felipe, dobrando-o com todo o cuidado e pondo-o de volta no lugar delicadamente.

Quando o verão começou, as bananeiras perderam boa parte da folhagem, deixando a serra de Taquaritinga marrom, com a aparência de uma região árida. Na volta para casa, enquanto caminhavam, Emília via as casinhas brancas dos sítios, parecendo menores que uma unha, encarapitadas nos flancos dos morros. Numa dessas tardes de verão, quando o sol ia se pondo lentamente, fazendo com que as suas sombras se alongassem distorcidas à sua frente, Emília teve vontade de interromper aquele caminhar calado e dizer a Degas: "A minha irmã tinha um braço aleijado. O povo daqui a chamava de Vitrola."

Mas nunca lhe disse isso. Quando ele enfim lhe perguntou sobre a sua família, a moça lhe disse que todos tinham morrido. Como Degas era um cavalheiro, não lhe pediu maiores detalhes. Desconfiava que ele já tivesse ouvido falar do rapto de Luzia, mas não podia saber ao certo. O coronel não era de alardear as próprias falhas, especialmente diante de um hóspede de quem não gostava. Felipe estava na capital na época da invasão dos cangaceiros. Era bem provável que o filho do coronel soubesse do rapto, mas, com aquele frio desprezo que tinha por Taquaritinga, não devia nem se lembrar de Vitrola ou ligar uma coisa a outra, pensando nela como irmã de Emília. E os habitantes da cidade evitavam mencionar Luzia, como se, pronunciando o seu nome, fossem invocar um fantasma que viria assombrar a todos. Era como se a sua irmã nunca tivesse existido, nunca tivesse passado por aquelas ruas ao seu lado, nunca tivesse quebrado os dentes de um menino com uma cabeçada, nunca tivesse caído daquela mangueira. Emília só falava de Luzia com o padre Otto. Toda semana, sentava-se naquele confessionário apertado e ficava olhando o perfil do padre através da treliça de madeira. Confessou que estava dormindo no quarto da tia. Que tinha posto uma cortina na porta do seu antigo quarto porque ficava com o estômago embrulhado de vergonha sempre que olhava lá para dentro e via as coisas da irmã: roupas de baixo feitas de tecido grosseiro, um par de meias grossas, um xale que teria ajudado Luzia a se aquecer se Emília tivesse posto aquilo tudo na mala. Embora essas ideias a atormentassem, jamais comentou nada com Degas a esse respeito. Uma tarde, porém, falou da pilha de notas de mil-réis que guardava debaixo da cama.

– Ninguém acredita – disse ela –, mas um dia vou para a cidade. Vou ter uma costureira para fazer as minhas roupas.

Reduziu a marcha e sua voz se tornou quase um sussurro. Um dia, confidenciou Emília, teria uma cozinha ladrilhada. Comeria carne fresca. Teria um chapéu cloche. Tocaria a buzina de um carro.

Degas ficou olhando para a moça. Os cantos dos seus lábios se retorceram. Cobriu a boca com a mão, mas não conseguiu conter o riso. Emília se afastou. Era fácil para um homem como ele rir dessas coisas. Tinha uma camisa social para cada dia da semana; ela já as vira, perfumadas e imaculadas, arrumadinhas na lavanderia como uma fileira de coroinhas da igreja do padre Otto, envergando aquelas batinas engomadas. Degas jamais precisaria esfregar as manchas de suor da própria roupa toda noite. Podia se dar ao luxo de deixar comida no prato, restos que as empregadas de dona Conceição comiam mais tarde, quando a patroa não estava olhando. Emília não gostava da ideia de comer restos dos outros, mas, depois da morte de tia Sofia, a fome superou o orgulho e ela também se servia daquelas fatias de bolo pela metade ou da capa de gordura de uma picanha. Sabia muito bem que havia certas coisas nas quais Degas nunca pensaria: os cadarços de couro dos seus sapatos, o tecido fino das suas roupas, as etiquetas de seda pregadas na parte interna dos seus chapéus, com o endereço de um chapeleiro da rua do Sol. Todos aqueles detalhes que, para ele, pareciam banalidades eram, aos olhos da moça, indícios vitais de um outro mundo, um mundo no qual ela queria ingressar. No entanto, os preços das passagens de trem subiam todo mês. Todo mês Emília precisava refazer as contas do tempo e do esforço que lhe custaria para conseguir juntar o dinheiro necessário. Em meados de outubro, a passagem estava se tornando equivalente aos vestidos de seda de dona Conceição, com suas rendas trabalhadas e seus acessórios de prata: coisas que estavam pertinho dela, mas sempre fora do seu alcance.

O riso de Degas cessou. Ele enxugou os olhos com o lenço. Emília tentou pegar a bolsa de costura de sua mão.

– Não – disse o rapaz, e, de súbito, o sorriso no seu rosto se desvaneceu. – Desculpe. Não era minha intenção rir – acrescentou ele, fazendo uns gestos desajeitados com as mãos. – É a sua inocência que me impressiona, Emília. A sua simplicidade. É algo que me revigora. Me faz ver tudo o mais com outros olhos.

Emília aquiesceu e permitiu que ele a acompanhasse até em casa.

Ao final do mês de outubro, todos comentavam aquelas caminhadas sem ninguém para tomar conta da moça.

– Você está ficando com má fama – disse-lhe a comadre Zefinha, bem zangada. – O que sua tia ia dizer disso?

Emília, porém, não lhe deu ouvidos. Não havia mal nenhum naquelas caminhadas. Todo mundo via que Degas a deixava na porta de casa e voltava para a mansão do coronel. Mesmo assim, a vizinhança ficava se perguntando o que um rapaz da cidade, estudante universitário, poderia querer com uma bela órfã. Na feira, as mulheres julgavam saber a resposta para essa pergunta e fofocavam bem alto sempre que a moça passava por suas barracas: "Essa menina não vai poder mostrar os lençóis da cama depois da noite de núpcias." Se Luzia estivesse ali, enfrentaria aquelas mulheres, dizendo-lhes alguma coisa bem esperta. Emília simplesmente se afastava, com as mãos trêmulas, o rosto afogueado. Comadre Zefinha tinha razão – aqueles passeios ao entardecer eram um perigo para a sua reputação já bastante comprometida –, mas a moça nem ligava para isso. Não tentava adivinhar quais seriam as intenções de Degas; depois do episódio com o professor Célio, não voltaria a se permitir criar expectativas românticas ou tomar qualquer atitude. Ao que parecia, só os homens tinham esse direito. Apesar de tudo, porém, Emília nutria as próprias intenções. Um dia, iria embora para a capital e precisava saber o que a esperava por lá. As caminhadas com Degas lhe permitiam ouvir as suas histórias, mergulhar na visão que ele tinha da vida na cidade grande, criar uma imagem mental do Recife e até mesmo de outros lugares.

Diante de tanto falatório, o coronel quis pôr fim àqueles passeios ao entardecer, mas dona Conceição tranquilizou o marido. Sugeriu que providenciassem alguém para acompanhar Emília e, quando o coronel concordou, ela piscou o olho para a moça. Graças àquela piscadela, Emília entendeu que as caminhadas com Degas eram mais que simples passeios. Dona Conceição era uma mulher mais velha e sua patroa, mas também era alguém que compreendia tanto os riscos quanto as possibilidades que aqueles passeios representavam. E parecia disposta a apostar nas possibilidades. Daquele dia em diante, Felipe passou a acompanhar o casal, andando um pouco mais atrás, emburrado, chutando pedras pelo caminho, bufando sempre que Degas ria. Com a presença daquele acompanhante, os passeios do casal tornaram-se algo oficial. Nem Emília nem Degas comentaram aquela mudança.

No dia 1º de novembro, Degas parou no meio do passeio vespertino. Foi na praça da cidade. O rapaz tirou o chapéu. Ali debaixo, o cabelo era liso e fino, como o de um bebê.

– Recebi um telegrama do meu pai – disse ele. – A greve acabou. Tenho de voltar para o Recife.

E ficou esperando uma reação.

Emília tentou ver se sentia alguma coisa, mas, dentro dela, só havia calma. Surpreendeu-se ao perceber que ele não lhe faria muita falta. O rapaz lançava olhares nervosos para Felipe, que estava mais atrás, ocupado em acender um cigarro. O fósforo faiscou em suas mãos. Os últimos raios do sol iluminaram o seu rosto. As suas sardas tinham se acentuado naquele verão, depois de tantas cavalgadas e partidas de badminton com Degas. Parecia até canela polvilhada por todo rosto: menos na testa e em maior quantidade nas bochechas e no nariz. Felipe estreitou os olhos por causa do sol e lhes deu as costas. Mais que depressa, Degas pegou a mão da moça. Ela já tinha deixado que ele fizesse isso uma vez, lá no quartinho de costura, mas havia sido num recinto fechado e não numa praça pública. Emília se lembrou das mulheres da feira fazendo aqueles comentários sobre os lençóis. Recolheu então a mão que o rapaz segurava.

Degas deu de ombros, como se tivesse tentado se aventurar numa cena romântica sem atinar muito bem o que fazia.

– Emília – disse ele, com um suspiro. – Já faz muito tempo que perdi a habilidade de construir castelos no ar. Tanto você quanto eu temos as nossas necessidades. Você precisa ir embora daqui e eu...

Baixou o tom da voz. Voltou a pegar a mão da moça, desta vez com mais firmeza. Tinha a respiração pesada e o seu hálito cheirava a tabaco. Emília se sentiu meio tonta.

– Vou voltar para a capital – prosseguiu ele – E, se você aceitar, virá comigo. Será mais que uma visita. Você irá como minha esposa.

O sol tinha praticamente desaparecido no horizonte. Emília ouviu os pássaros baterem em revoada, deixando a praça, e o ruído das suas asas lembrava o som de tecidos resistentes, de qualidade, esvoaçando num varal. Por trás de Degas, viu a sombra do rosto de Felipe. A ponta acesa do cigarro reluzia. Ouviu o rapaz exalar e a fumaça rodopiar ao seu redor.

– Você irá como minha esposa – repetiu Degas, agora em tom mais alto.

Emília concordou com um aceno de cabeça.

Mais tarde, naquela mesma semana, depois que todos na cidade ficaram sabendo do noivado de ambos e Degas já havia trocado dezenas de telegramas com seus pais lá no Recife, Emília foi procurar o padre Otto. Precisava se confessar e marcar uma cerimônia. O casal viajaria como marido e mulher. Os boatos em Taquaritinga eram que Degas a tinha desonrado e, para salvar o bom nome da cidade – esses rapazes da capital não podiam continuar indo até lá e seduzindo as moças do lugar –, o coronel havia obrigado o seu hóspede a se casar imediatamente. Degas não tentou desmentir tais boatos. Nem Emília; a sua reputação não era tão importante quanto a perspectiva de ir embora. E admitiu isso para o padre durante a confissão.

– Afinal, a maioria das moças de Taquaritinga se casa por necessidade e não por amor – disse ela, fitando o lenço que tinha nas mãos e não o perfil do sacerdote através da treliça de madeira.

Tia Sofia lhe dissera isso mil vezes, tentando convencê-la a ser mais delicada com os seus pretendentes. O amor não é como uma picada de abelha, dizia a tia. Não nos atinge de forma rápida e dolorosa, quando estamos distraídos. É algo que se conquista ao longo de anos e anos de companheirismo e de lutas; o que faz com que um casal possa se entreolhar, ao cabo de décadas de casados, e dizer, cheios de orgulho, que os dois comeram muito sal juntos. Com Degas seria assim, pensava a moça, mas não com tantas dificuldades. Ela era criativa por natureza: já tinha transformado penas de galinha num chapéu da moda, criado modelos adoráveis com pano barato. Degas era, sem dúvida, a coisa mais refinada que já tinha encontrado pela frente. Tinha valorizado a sua inocência, a sua doçura, o seu jeito infantil, qualidades que Emília sequer sabia que possuía até o rapaz vir elogiá-las. Com tempo e imaginação, poderia tornar aquele homem um marido.

Poderia moldá-lo. E, com o seu refinamento e o seu conhecimento das coisas do mundo, ele poderia guiar a sua mão.

O padre se manteve circunspecto e gentil. Só falou quando Emília terminou de se confessar.

– Lembre-se, o pecado se insinua com brandura – disse ele – Fala manso. Não grita. Sussurra. Acena para nós com doçura e possibilidades.

Depois disso, a moça foi até a casa do coronel, com as palavras do padre a lhe martelar a cabeça. Quem não quer doçura? Quem não prefere um sussurro a um grito? Quem vai querer apenas trabalho duro e austeridade? A seus olhos, a monotonia da virtude parecia tão estéril e vazia quanto o quarto de costura de dona Conceição – só paredes brancas e trabalho. Tinha perdido a tia e a irmã. Tinha desmanchado o altar de santo Antônio. Tinha deixado de ler os folhetins da *Fon Fon*. Só havia Degas.

Já faz muito tempo que perdi a habilidade de construir castelos no ar.

Em outra época, e nem fazia tanto tempo assim, aquelas palavras a teriam deixado desanimada. Mas não ficou desapontada ao ouvir a frase de Degas. Não queria nada que fosse feito de ar. Queria ladrilhos e concreto. Queria água corrente. Queria um vestido bonito, um chapéu elegante e uma passagem de trem de primeira classe, para estendê-la com o maior orgulho para o condutor, que pegaria a sua mão enluvada e a ajudaria a embarcar.

Capítulo 4

Luzia

Em plena caatinga, no interior de Pernambuco
Maio-setembro de 1928

1

No início, ela era apenas uma entre as tantas coisas obtidas nos ataques do bando. Era como a sanfona vermelha de oito baixos; como os anéis de ouro arrancados dos dedos de coronéis desobedientes; como os crucifixos e os relógios de bolso com mostrador de madrepérola retirados das caixas de joias. O Carcará levava um conjunto de barbear dourado, uma garrafinha prateada e um binóculo de latão em um estojo forrado de veludo. Ele e os seus homens gravavam as próprias iniciais em cada objeto de que se apoderavam, enfeitando-os com rebites de metal e tiras de couro, e levavam-nos consigo nas suas andanças pelos trechos mais cerrados daquela vegetação ressecada. Quando penetravam enfim numa cidade, padres e crianças, fazendeiros e coronéis, todos ficavam embasbacados diante da espantosa riqueza dos cangaceiros, e isso bastava para que o peso terrível de carregar todos aqueles tesouros valesse a pena. Nas primeiras semanas intermináveis que passou com o bando, Luzia sentia-se como um daqueles pertences – um tesouro inútil, um fardo extra adquirido num momento de fraqueza e fascinação. E, como acontecia com aqueles binóculos, cigarreiras e inúmeros crucifixos de ouro, que acabavam manchados pelo próprio suor dos homens, enferrujados pelas chuvas de inverno, arranhados e com marcas de balas depois de um ataque qualquer, a moça temia que também ela pudesse se transformar para sempre.

Quando falou com ela no quintal da casa da tia Sofia, o Carcará não gritou. Não ameaçou. Não lhe prometeu qualquer conforto ou garantia. Tudo o que fez foi lhe entregar o uniforme extra que ela própria havia feito para o Baiano, dizendo: “Nunca vi uma mulher como você.” E, naqueles olhos, não havia piedade ou fascínio. Sequer olhou o seu braço aleijado. "Vamos ver o que você decide", disse ele.

Aquilo era um desafio, não uma proposta. *Vamos ver*. Luzia pegou o uniforme e entrou em casa, indo direto para o quartinho dos santos. Queria lhes pedir conselho, alguma indicação. O que a fez se decidir não foram os santos, mas o chão. Aquelas marcas côncavas deixadas ali por seus joelhos, por anos e anos de orações e reflexão. Passou os dedos por aquelas marcas como se traçasse o mapa da própria vida. Elas iam ficar cada vez mais profundas com as preces diárias. Haveria seca e chuva. Casamentos e funerais. Todo mês de julho, arrancaria da terra os pés de feijão para empilhá-los na sala. Em agosto, poria tudo no quintal para secar. Em janeiro, viriam os cajus; em abril, os cajás. Emília acabaria indo embora. Tia Sofia morreria, com uma vela nas mãos enrijecidas para iluminar o seu caminho até o céu. E ela continuaria ali, ajoelhando-se no quartinho dos santos para rezar pela alma da tia e pela felicidade da irmã. Esperando. Só não sabia o quê. Não a morte – pois esta já tinha chegado, matando-a pouco a pouco, de forma lenta e furtiva, a cada dia de sua existência solitária –, mas alguma espécie de salvação. Um tantinho de graça que o chão escavado e os santos caprichosos jamais poderiam lhe dar, já que, por mais que rezasse ou acendesse velas, continuaria sendo a Vitrola – a Vitrola aleijada, taciturna – e nada além disso.

Tirou então a mão daquelas marcas no chão e segurou o braço enrijecido. Sentiu alguma coisa amarga brotar dentro de si, como se tivesse comido farinha de mandioca azeda. Passou a mão pelo chão e achou o uniforme de cangaceiro. Com todo o cuidado, vestiu as calças. Era estranho sentir as pernas separadas uma da outra. Andou para lá e para cá na cozinha às escuras. De calças, podia dar passos maiores. Não tinha de se preocupar com saias esvoaçantes ou bainhas arrastando no chão. Sentia-se envolta pelas calças, protegida e, apesar de tudo, livre. Será que era assim que os homens se sentiam?

Esteve a ponto de contar para Emília como era essa sensação, essa liberdade. Desde que vira uma foto numa das suas revistas, ela vinha querendo fazer calças femininas para si mesma. Naquela noite, porém, os seus olhos estavam vidrados e distraídos, os seus gestos eram frenéticos. Tinham mandado que juntasse as coisas da irmã.

Fazer a mala! Ele sequer esperou uma resposta! Luzia sentiu uma onda de raiva e, depois, de medo. Mas já era tarde demais. Estava vestida, a mala, pronta, e o mulato alto a levou até a porta segurando firme o seu braço. Como tia Sofia sempre dizia, não dava para consertar as coisas. O tecido já havia sido cortado.

2

Os homens não tocaram nela. Sequer a fitavam ou lhe dirigiam a palavra. Não contavam piadas nem cantavam como faziam quando estavam na casa do coronel. Simplesmente andavam. Diariamente, avançavam em fila, calados, pelo meio da caatinga, agachando-se e se levantando, curvando-se e se inclinando para evitar plantas espinhosas e galhos emaranhados. Iam a passo cadenciado, cada um deles pondo o pé nas pegadas deixadas pelo que estava à sua frente, dando a impressão de que apenas um homem, e não vinte deles, houvesse cruzado aquelas terras. Um homem e uma mulher, porque Luzia não conseguia acompanhar o ritmo do bando.

Os seus pés estavam cheios de bolhas, nos dedos, no calcanhar, junto das tiras das alpercatas e nas partes mais carnudas das solas. Quando essas bolhas estouravam, as suas sandálias ficavam pegajosas com aquela água e, depois, com sangue. O chão era cheio de cactos cabeças-de-macaco, com aquelas extremidades bulbosas surgindo do solo como homens enterrados até o pescoço. Os espinhos dessas plantas espetavam os tornozelos de Luzia, e as pontas que se quebravam alojavam-se na sua pele. Os seus tornozelos incharam. Os seus pés foram ficando pesados e entorpecidos. Ponta Fina levava um estojo de primeiros socorros com mercuriocromo e gaze. Por ordem do Carcará, pararam para que Ponta tirasse as sandálias da moça e despejasse o líquido vermelho nos seus pés. Quando começou a arder, Luzia cerrou os dentes e fechou os olhos. Tentou mergulhar bem no fundo de si mesma, naquele ponto silencioso de sua mente no qual já se refugiara tantas vezes: quando a encanadeira pôs o braço quebrado no lugar ou quando padre Otto lhe mandava ajoelhar no piso de pedra da igreja e rezar cem pais-nossos, pedindo perdão por alguma coisa que tivesse feito. Só que não conseguia mais atingir esse lugar.

O grupo inteiro tinha parado e vários homens – o sujeito orelhudo em particular – a fitavam, irritados.

– Os meus também ficaram machucados no começo – disse Ponta Fina baixinho, enfaixando os pés da moça com gaze. Uns tufinhos de pelos começavam a brotar do queixo cheio de espinhas do garoto. – Você vai acabar se acostumando – acrescentou.

Luzia assentiu. Fez um esforço para seguir adiante, dando um passo e depois outro. Enquanto caminhavam, os homens prestavam atenção ao rumo que seguiam, e não a ela. O movimento a mantinha a salvo, mas não a tornava invisível. Eles a olhavam, observando-a quando achavam que ela não estava percebendo.

Luzia segurou o braço aleijado. A liberdade que sentiu quando vestiu pela primeira vez aquelas calças já não existia. Lá no quartinho dos santos, era só entusiasmo diante da ideia de ir embora. Não pensou no que aconteceria depois. Em Taquaritinga, era imune às preocupações de tia Sofia quanto aos perigos que espreitavam as moças. Nunca achou que corria o risco de perder a sua virtude. Mas essa segurança vinha do fato de ela ser a Vitrola, o que já não era mais verdade. Ali, naquele mato desconhecido, era uma mulher – a única mulher no meio de um bando de homens. E continuou andando.

De noitinha, quando escurecia e ficava mais difícil atravessar a caatinga, o bando parava para acampar. Procuravam juremas, cujas raízes venenosas impedem que outras plantas cresçam ao seu redor. O chão era arenoso, mas nada macio. Estendiam cobertores ali mesmo, pois o Carcará não permitia que usassem redes. Dizia sempre que, numa rede, os homens dormem um sono profundo demais. Aquele solo era pedregoso e desconfortável, o que fazia com que todos dormissem com um olho aberto. Luzia usava a própria manta. Nas primeiras noites, não conseguiu descansar. Mantinha o canivete junto ao peito, pronta para enfiá-lo em qualquer homem que se aproximasse. Nenhum deles se aproximou. Nos dias que se seguiram, quando os seus pés foram ficando cada vez mais cheios de bolhas e em carne viva, a moça mal podia esperar que anoitecesse para poder descansar. No entanto, quando a noite enfim chegava, ela continuava sem conseguir pegar no sono. Sentia um desespero profundo se apoderar do seu corpo, começando na boca do estômago e invadindo o peito todo. Enfiava na boca uma ponta úmida da manta. O tecido secava a sua língua e ela sentia nos dentes o atrito da areia entranhada naquelas fibras. Mas, graças à manta, conseguia abafar os soluços. A sua vida e a sua virtude dependiam da clemência daqueles homens e esta era uma ideia que a moça não podia tolerar. Afinal de contas, a clemência era divina. Aqueles homens, não. Eram grosseiros e sujos. Levavam uma vida baseada apenas em instinto e desejo. A clemência estava além de tais impulsos; exigia moderação, deliberação. Até aquele momento, ninguém ali a tinha tocado, mas nada lhe garantia que as coisas fossem continuar assim. Luzia cerrava os dentes, mordendo o cobertor. Podia sentir os homens à escuta ali no escuro, alertas, deitados nas suas camas de areia. Pela manhã, depois de uma noite de sono irregular, alguns cangaceiros lhe davam um sorriso afetado. A maioria, porém, a ignorava. Ninguém comentava o seu choro.

No começo, não caiu uma gota de chuva na caatinga. As árvores estavam mirradas e cinzentas, como se houvessem pegado fogo. Lagartos de dorso alaranjado eram os únicos animais que apareciam por ali, correndo de uma árvore a outra, fazendo as plantinhas rasteiras estalarem sob as suas patas. Mas ia chover. O cotovelo aleijado de Luzia doía constantemente. Nuvens escuras se acumulavam no horizonte, como uma tampa cinza que pudesse se fechar sobre a terra, deixando-os estorricando naquele ar quente e úmido.

Quando a chuva chegou, caiu em pancadas rápidas e torrenciais. Levou a areia embora, deixou as raízes retorcidas das árvores expostas, transformou o menor dos córregos num verdadeiro rio. Em resposta, a vida despontou por toda a caatinga. Pedúnculos altos e retos como espadas surgiram nos tufos pontiagudos dos agaves. Surgiram folhas por entre os espinhos escuros das juremas. Trepadeiras brotaram da terra. Algumas emaranhadas e pegajosas, outras lustrosas e cheias de espinhos. Iam serpenteando pelo chão, enroscando-se nos arbustos e nos troncos das árvores. Formavam guirlandas nos inúmeros braços do facheiro. Saíam se espalhando pela caatinga, tornando verde aquela mata antes cinzenta.

A chuva trouxe alívio para os seus pés, mas encharcou as perneiras de couro, deixando-as pesadas e negras de mofo. O traje de lonita nunca secava. Ali debaixo, Luzia sentia a própria pele ficando mole e enrugada. Imaginou aquela pele se soltando aos poucos, como a casca de uma fruta já passada. E tinha a impressão de que a chuva havia penetrado também na sua mente, infiltrando-se por ela, como acontecia com a porta da cozinha da casa de tia Sofia, que se encharcava, se deformava e se tornava incapaz de separar o mundo à sua volta. Ouvia o zunido dos mosquitos. Ouvia o chocalhar das cartucheiras dos homens, o tilintar das canecas metálicas batendo no cano das espingardas. O som oco dos cantis esbarrando no punho prateado das facas. Muitas vezes, os vários sons se misturavam, transformando-se num zumbido longo e profundo em seus ouvidos. Tropeçou. O Carcará tentou lhe enfiar um naco de rapadura na boca. Luzia balançou a cabeça, com rispidez. Tinha a saliva espessa como uma pasta. Tentou falar, mas não saiu som algum.

Toda noite, os homens cortavam o xiquexique em rodelas, tiravam os espinhos e, com a lâmina da faca, espremiam as fatias do cacto. Dali saía um suco amarelo. Enchiam a cabaça de Luzia com esse suco, e só com isso. Era um velho truque dos sertanejos – um truque nascido do desespero – que mantinha bichos e gente hidratados mesmo durante as piores secas. O sumo do xiquexique salvava vidas, mas queimava a garganta. Luzia se lembrou das histórias que ouvia em criança: famílias inteiras sobrevivendo apenas graças a essa planta, fazendeiros fazendo bois e cabras engolirem aquilo à força e os animais, ao cabo de uma semana tomando o líquido amargo, abrindo a boca e soltando um bramido rouco e quase sem som. Todos os novos membros do bando do Carcará tinham de tomar o sumo do xiquexique.

– Ele nos ensina a calar – disse o Carcará quando, pela primeira vez, despejou aquele líquido amarelo e espumante no cantil de Luzia. – Um homem calado ouve. Aqui, por essas bandas, quem não ouve não é um homem. É um cadáver.

Talvez o xiquexique funcionasse mesmo; aqueles sujeitos tinham um ouvido aguçadíssimo. Eram capazes de distinguir entre o balido de uma cabra perdida e o de uma ferida. Ficavam desconfiados se ouvissem um galo cocoricar na hora errada ou se sentissem um cheiro de suor que não fosse o deles mesmos. Passavam tanto tempo naqueles ermos que, como as raposas-do-campo, os caititus ou até mesmo as célebres onças-pintadas, percebiam a presença de qualquer elemento estranho.

Luzia descobriu isso na ocasião em que tentou fugir. Nos primeiros dias de viagem, quando ainda se podia ver ao longe a serra de Taquaritinga, ela disse que estava apertada. O bando parou. A moça se embrenhou pela caatinga, sentindo que os cangaceiros a vigiavam. Tinha a mente turva pela falta de comida. O pensamento estava lento e as ideias que lhe ocorriam eram bem triviais, até que, erguendo os olhos, deu com o morro da sua terra. Ele era de um cinza-azulado, como uma sombra, e parecia tão perto... Só quando começou a correr naquela direção se deu conta de que os homens estavam à sua espera, que podiam castigá-la por isso ou até mesmo matá-la por tentar enganá-los. O seu coração batia descompassado. Os pés cheios de bolhas ardiam. Correu ainda mais depressa. O mato rasteiro estalava alto sob os seus pés. Galhos secos lhe arranhavam os braços e o rosto; quanto mais corria, mais altas ficavam as árvores da caatinga. Em pouco tempo, tinham tapado a visão do morro. Luzia ficou desnorteada. Virou-se e saiu cambaleando em meio às árvores e aos arbustos. Não tardou a ouvir passos e os homens a cercaram.

Choveu naquela noite e os cangaceiros armaram as suas toldas, estendendo uns oleados e cavando uns regos ao seu redor com a ponta do facão. Enquanto faziam isso, Ponta Fina ficou tomando conta da moça. Junto dela, os homens ficavam calados e alertas, como se Luzia fosse alguma coisa selvagem que o Carcará houvesse atraído para o seu acampamento e não quisesse afugentar dali.

A cada dia que passava, a moça sentia que aquela vida a estava impregnando. Pela manhã, o Carcará lhe dava uma fatia de carne-seca. Uma penugem de mofo envolvia a carne e, de início, Luzia procurava comer só as partes que não estavam mofadas. Mais tarde, porém, apanhava a fatia das mãos do Carcará e comia tudo. Nas raras ocasiões em que os homens pegavam uma cabra desgarrada e preparavam o animal para comê-lo, Luzia ficava chupando os ossos por um bom tempo, depois de ter devorado a sua parca ração de carne. Quase toda noite, os homens matavam rolinhas com o estilingue ou apanhavam e estripavam uns teiús bem grandes. Depois disso, por dias a fio, Luzia ficava morrendo de vontade de comer a carne rija e branca daqueles lagartos e a sua cauda que estalava. Passava o tempo todo olhando para o chão, louca para capturar um deles com as próprias mãos trêmulas. Às vezes, antes de uma daquelas tonteiras que sentia, julgava ouvir a voz de tia Sofia e aquela voz abafava o canto das últimas cigarras do verão, o coaxar tristonho e contínuo dos sapos-cururus.

"Peguei a sua mãe comendo terra quando estava com você na barriga."

A tia lhe contara isso havia muito tempo, quando ela ainda era pequena. Na época, Luzia não conseguia imaginar a mãe – aquela mulher bonita do retrato de casamento – comendo terra. No entanto, depois de passar algumas semanas com os cangaceiros, entendeu tudo. À noite, acocorada na borda do cobertor úmido, cavava o chão molhado até encontrar a camada de barro. E comia aquilo aos bocados. Não gostava do sabor metálico do barro, nem dos resíduos espessos e pastosos que ficavam na sua boca. Mas algo sombrio e insistente tinha crescido dentro dela, algo que não podia controlar.

Talvez o Carcará a tenha ouvido cavar o chão. Talvez tenha reparado nos seus dedos alaranjados ou percebido com que dificuldade ela engolia o líquido contido na sua cabaça. O fato é que ele começou a assar rolinhas inteiras para Luzia. Dava-lhe uns bons goles de água do próprio cantil. Luzia sentiu-se tomada por uma onda de gratidão e, depois, de nojo. Trincou os dentes, recusando aqueles presentes. Com toda a calma, o Carcará abria a sua boca com os dedos grossos. Segurava o seu queixo e a obrigava a mastigar. Toda noite, depois de rezarem, mandava Ponta Fina segurar os braços de Luzia e tirava as sandálias da moça. Mergulhava os seus pés numa tigela de chá de quixabeira quente e retirava as ataduras molhadas. Com os polegares, ia pressionando, em círculos, o calcanhar, o arco do pé, o tornozelo. Luzia sentia um formigamento nos pés entorpecidos. O Carcará apertava com mais força. Vinha então uma dor terrível, como se fossem ferroadas de centenas de marimbondos vermelhos. Luzia se contorcia no chão, tentando escapar àquelas mãos. Ponta Fina segurava os seus braços e o Carcará agarrava firme os seus pés.

– Shh – murmurava ele. – Shhhh.

A moça soltava uma exalação longa e entrecortada. Queria livrar o pé, mas o seu corpo se rebelava. Os músculos das suas pernas estavam embotados e enfraquecidos. E o Carcará ficava repetindo aquele murmúrio comprido. *Shhh. Shhh.* Parecia até um silvo de alerta. Luzia acabava fechando os olhos.

Em criança, tinha ido visitar o sítio do coronel Pereira. Viu um empregado domando as mulas. O sujeito amarrava uma corda no arreio e segurava com toda a força enquanto os animais corcoveavam e escoiceavam, com as costelas saltando por baixo do pelo, a boca espumando. Com a maior calma, o homem persistia e continuava segurando a corda até as mulas caírem no chão, exaustas e famintas. Então, falava com elas em voz branda, acariciando-lhes o focinho e dando-lhes de comer com as próprias mãos. Lá pelas tantas, as mulas se punham de pé e iam atrás dele. As duas irmãs foram embora do sítio impressionadas e furiosas. Emília ficou com ódio daquele homem, e Luzia, das mulas, não por elas acabarem cedendo, mas por terem uma memória tão curta.

Quando surgiu a lua cheia, redonda e branca como as hóstias da comunhão na igreja do padre Otto, Luzia também já tinha esquecido. Não conseguia se lembrar do cheiro de tia Sofia nem das mãos habilidosas de Emília. A sua mente tinha se tornado tão nebulosa e espessa quanto o sumo do cacto que enchia a sua cabaça. Já não havia horas nem minutos. Nem hoje, nem amanhã. Só existiam os passos cuidadosos e os pés pesados, tão vermelhos e esfolados quanto nacos de carne. Só existiam o estômago vazio, a garganta ardendo, a urina dolorosa e de um amarelo-âmbar. Ela não tinha medo nem arrependimentos.

3

Jarra vazia se enche com facilidade, como dizia tia Sofia. Era por isso que mantinha todas as jarras de barro bem cheias, pois se uma delas ficasse vazia, logo viraria abrigo de aranhas, lagartos ou de baratas cascudas que vinham lá das bananeiras. Revendo as primeiras semanas que passou com os cangaceiros, Luzia tinha a impressão de que a sua mente havia sido virada e esvaziada, como uma das jarras de barro da tia. Pouco a pouco, porém, as tonteiras cessaram. A pele dos seus pés tornou-se grossa e amarelada. As suas mãos escureceram ao sol, assumindo a cor do açúcar queimado. A pele do seu rosto e do seu pescoço queimou e descascou tantas vezes que, agora, parecia retesada e áspera quando passava a mão ali. À medida que seu corpo ia sarando, sua mente ia ficando mais aguçada.

Começou a notar a diferença entre os troncos nodosos das canelas-de-velha (que lembravam os dedos de tia Sofia, deformados pela artrite) e a casca macia e amarelada da inajá. Aprendeu a se desviar do cacto cabeça-de-macaco, com aqueles bulbos que mais pareciam almofadas de alfinetes espalhadas por todo o caminho. Aprendeu a distinguir o grito áspero do cancão e o trinado melodioso do gibão-de-couro. Começou também a estudar os homens. Como aconteceu com as plantas e os pássaros, logo cada um daqueles cangaceiros se tornou um indivíduo distinto e conhecido. Enquanto andavam, podia identificá-los pela altura e pelo cabelo que saía por baixo do chapéu. Uns poucos, como o Carcará, tinham o cabelo fino e revolto, com as pontas cor de mel por causa do sol. Os outros, como Ponta Fina, Fala Mansa, Baiano e Orelhinha, tinham-no crespo, variando dos cachos miúdos aos tufos encarapinhados. Quando não estavam andando, todos se ocupavam montando o acampamento, acendendo fogueiras e indo buscar comida. Era apenas durante as orações que ficavam parados tempo suficiente para Luzia poder observá-los.

Diariamente, antes do amanhecer, o bando rezava. Todos se levantavam das mantas e tiravam os bornais de alças largas que traziam a tiracolo. Livravam-se também dos cantis, das cabaças ocas e das pesadas cartucheiras que carregavam até mesmo para dormir. Ajoelhavam-se diante do Carcará e desabotoavam o gibão. Presos à camisa, traziam pedaços do passado: a foto desbotada de uma irmã, uma mecha de cabelo, uma fita vermelha enrolada, um papelzinho úmido. Punham as mãos sobre tais objetos e baixavam a cabeça.

Rezavam, não por suas almas, mas por seus corpos, repetindo a oração do corpo fechado que devia livrá-los das doenças, dos ferimentos e da morte. No fim, cada homem tirava algo do bornal e botava no chão à sua frente. Baiano pegou um relógio de bolso amassado. Ponta Fina, o seu jogo de facas. Sabiá, o melhor cantor do bando, depositou ali a sanfona vermelha. Chico Caixão, que estava ficando careca, tirou do bornal uma cigarreira com as iniciais gravadas. Caju, o de nariz adunco, um saquinho com dentes de ouro. Fala Mansa pôs à sua frente um chicotinho com incrustações de prata no cabo. Orelhinha fez o mesmo com um livro, embora não soubesse ler. Um a um, todos eles, à exceção do Carcará, iam depositando objetos ali no chão. Luzia também inclinava a cabeça, mas não rezava. Aproveitava aquele momento para observar os homens.

Reparou que Ponta Fina roía as unhas. Baiano, o mulato alto, era o segundo homem no comando do grupo. Usava sempre um colar de sementinhas vermelhas preso ao pulso para afastar as cobras. Caju ficava furioso se alguém fazia piadas sobre o seu narigão. Jacaré passava o tempo todo mascando raspa de juá para os dentes ficarem brancos. Chico Caixão tinha mania de dar uns tapinhas no lugar em que estava ficando careca, como se quisesse ter certeza de que a calvície não estava aumentando. Um dia, pela manhã, Luzia ouviu alguns dos homens conversando e ficou sabendo que Meia-Lua tinha ficado cego quando era criança, durante uma brincadeira de cangaceiros versus coronéis. Um espinho de cacto penetrou num dos seus olhos, deixando-o da cor esbranquiçada de um ovo cozido. Fala Mansa, que tinha a pele negra como carvão, ganhou esse apelido por causa da fileira de marquinhas que tinha na bainha da faca, uma para cada mulher casada que havia seduzido. "Raparigas não contam", dizia ele. Branco, o sardento, era gago. Alfinete de Fralda tinha, bem-escondida por baixo do gibão, uma vasta coleção de santinhos de papel presos com alfinetes na camisa. Jurema tinha uns braços compridos e magros que sacolejavam freneticamente quando ele tocava a sanfona de Sabiá. Coral morria de medo de engasgar, o que o fazia mastigar a comida mil vezes antes de engoli-la. Tatu tinha uma barriga enorme. Furão tinha dedos longos e habilidosos. Surubim era o único do bando que sabia nadar. Todo dia, Inteligente ficava atrapalhado com as alças do bornal e Canjica, o velho cozinheiro do grupo, ia ajudá-lo com a maior paciência. Vaidoso tinha uns olhinhos miúdos, como os de um porco, e vários dentes faltando, mas, à noite, limpava meticulosamente o uniforme, esfregava bem as moedas costuradas na aba do chapéu e lustrava as alpercatas. E Orelhinha se calava, numa atitude petulante, sempre que o chefe pedia um conselho ao Baiano e não a ele.

O Carcará se ajoelhava no centro do círculo de oração. Não tirava os olhos do chão e dizia as preces lentamente, pronunciando as palavras mais longas sílaba por sílaba, como se as houvesse decorado, mas não soubesse exatamente o que significavam.

– Amado Senhor – principiava ele, com aquela voz profunda e firme. – Que foi enviado do seio de Deus para absolver os nossos pecados, concedei-nos a vossa graça e o vosso perdão. Afastai a fúria dos nossos inimigos e acolhei a nós, vossos filhos, em vossos braços misericordiosos.

Mantinha as mãos postas, bem apertadas. As unhas, curtas, tinham uma bordinha branca. Diariamente, pela manhã, ele as esfregava com uma escovinha de cerdas duras. À noite, geralmente se sentava sozinho, afastado da fogueira, e ficava olhando fixo para a escuridão da caatinga. Erguia o nariz e respirava fundo, com um ar concentrado, como se farejando um cheiro qualquer. Certas noites, conversava com Baiano. Luzia não conseguia ouvir o que diziam. Só via um cigarro de palha meticulosamente enrolado balançando entre os seus lábios grossos e retorcidos. Quando acabava de fumar, esfregava o rosto vigorosamente, parecendo até que tentava trazer de volta à vida o lado deformado.

Durante o dia, Luzia e os homens iam atrás dele, seguindo os seus passos lépidos. Ele mantinha os olhos no chão, à procura de cobras. Guiava o bando por entre o emaranhado de espinhos e árvores, parecendo reconhecer cada formação rochosa, cada tronco escuro de pau-preto, cada morro, cada açude. No meio do mato, as coisas mais banais – encontrar uma fonte de água fresca escondida entre duas pedras ou um umbuzeiro dando sombra e com aquelas raízes grossas que se podem arrancar e chupar para enganar a sede – tornam-se verdadeiros milagres. O Carcará sempre achava essas preciosidades. Essa regularidade fazia com que as suas descobertas parecessem mais que mera sorte. Era algo maior, mais significativo, como dádivas vindas de uma mão protetora.

Havia noites em que ele não deixava ninguém acender o fogo ou fumar um cigarro. Outras noites, acordava todos eles e mandava que levantassem acampamento. Fossem quais fossem os seus caprichos, os homens simplesmente obedeciam. Para eles, o Carcará era o instrutor sempre calado, que apanhava folhas e tirava lascas da casca de árvores para lhes ensinar onde estava o veneno e onde estava a cura. Mostrava-lhes como fazer chás, pastas e cataplasmas para tratar uma dor de dentes, uma úlcera, uma dor de cabeça ou um ferimento. Era o pai severo, que não admitia descuidos. Do mesmo jeito que sabia onde estava o caminho ali no meio do mato, sabia como agradar cada um dos seus homens ou como humilhá-los. Uma vez, cortou o lenço de seda de Ponta Fina porque o garoto não enterrou direito os restos de comida e, quando olharam para trás, viram urubus voando em círculo sobre o local onde haviam acampado, denunciando a sua presença por ali. O Carcará era um irmão, afagando o cabelo de Ponta Fina, dando tapinhas no ombro de Inteligente ou batendo palmas, animado, quando Sabiá cantava uma das suas baladas tristonhas. E, acima de tudo, ele era seu padre sempre disponível, o conselheiro que os tratava, não como escravos ou malfeitores, mas como homens.

Luzia não gostava nada daqueles seus estranhos caprichos. Não havia qualquer lógica quando mandava que todos se calassem. Simplesmente inclinava a cabeça na direção de algum som imperceptível e fazia um gesto com as mãos. "Não respirem", dizia baixinho, num sussurro severo. "Não andem tão pesado assim", ralhava, fazendo a moça se sentir uma criança travessa. "Não arrastem os pés."

Quando o Carcará se dirigia a ela, Luzia sentia um calor intenso, como se tivesse engolido um punhado de pimentas-malagueta. Aquela sensação a dominava cada vez que ele a observava costurar. A moça se atrapalhava toda com os pontos e, se tentava falar, gaguejava e se confundia. E ela o odiava por isso. Sempre que o Carcará falava ou recitava as orações, Luzia se obrigava a prestar atenção em partes dele e não no conjunto, para evitar aquele nervosismo. Fitava os seus pulsos, tão estreitos e afilados em comparação com aquelas mãos maciças. Dali saía uma veia azulada, por baixo da pele, que ia desaparecer na manga do gibão. Fitava as suas orelhas, morenas e abauladas, como sementes de tamboril. Fitava cada uma das suas unhas quadradas e com uma borda branca.

– Se os nossos inimigos nos encontrarem – dizia o Carcará, prosseguindo com as orações –, terão olhos, mas não conseguirão nos ver. Terão orelhas, mas não conseguirão nos ouvir. Terão bocas, mas não conseguirão falar conosco. Redentor amado, armai-nos com as armas de são Jorge. Protegei-nos com a espada de Abraão. Alimentai-nos com o leite da Virgem Nossa Mãe. Escondei-nos na arca de Noé. Fechai o nosso corpo com as chaves de são Pedro, para que ninguém seja capaz de nos ferir, de nos matar ou de tirar o sangue das nossas veias. Amém.

Luzia passara a vida inteira indo à missa e jamais ouvira o padre Otto dizer orações como essas. Mas o padre nunca tinha se ajoelhado diante deles daquele jeito. Nunca tinha usado aquele tom de voz profundo e tristonho, rezando com tamanho fervor que chegasse a deixar sua voz embargada. Quando isso acontecia, o Carcará parecia frágil, confuso. O que provava que ele era um homem como outro qualquer, e isso era um consolo.

– Amém – murmuravam os cangaceiros.

Desfaziam a postura de oração e erguiam a cabeça. Um a um, iam se inclinando e cuspiam nos objetos dispostos à sua frente.

Luzia sempre se chocava ao vê-los pigarrear. Eles contraíam os lábios e davam uma cusparada rápida e certeira. Fitavam-na, constrangidos. Talvez o seu rosto revelasse a desaprovação. Os objetos diante deles eram coisas inertes e inocentes aos olhos da moça, o que dava àquela cusparada uma violência calculada e desnecessária. Depois, cada qual limpava o que tinha posto ali no chão e voltava a enfurná-lo no bornal, sem encará-la.

Luzia também levava dois bornais de lona. Poucos dias depois de terem deixado Taquaritinga, os homens esvaziaram a sua velha maleta. Puseram dentro dela o lixo que sobrara do acampamento – pó de café já usado, talos de maxixe, uma latinha de brilhantina vazia – e a enterraram. Depois, inspecionaram o que Emília tinha separado para a irmã, balançando a cabeça diante do vestido velho, da meada de linhas de bordado, da almofada de alfinetes, das calcinhas rasgadas. Riram ao ver o canivete, mas o Carcará mandou que o devolvessem à moça. De início, ela ficou espantada, mas, quando ele lhe entregou de volta o canivete, aquela coisinha lhe pareceu miúda e patética, e ela teve certeza de que aquele gesto não fora pura delicadeza. O Carcará quis lhe mostrar, e também aos seus homens, como ela era impotente. Mesmo armada, não representava nenhuma ameaça. Alguns dos cangaceiros, porém, não concordavam com isso. Viam Luzia não como um perigo físico, mas como algo muito mais profundo.

Um dia, quando estavam armando o acampamento, ela ouviu Meia-Lua murmurar:

– Mulheres são azar na certa!

E muitos dos homens concordaram, até que Baiano os mandou calar.

Todos toleravam a presença de Luzia, mas não gostavam nada daquilo. Ela também usava uniforme, carregava bornais e bebia o suco amargo do xiquexique, como qualquer outro durante o período de iniciação, mas não era um deles. Muitas vezes, a moça deu com os olhos de um cangaceiro pregados nela, estudando-a exatamente como ela fazia com eles durante as orações. Mas naqueles rostos não havia curiosidade ou simpatia. Só preocupação e expectativa, como se todos estivessem esperando que ela enfim revelasse o seu verdadeiro propósito. A moça não entendia esses olhares, até que o menino cangaceiro lhe explicou o que estava acontecendo.

Além do Carcará, Ponta Fina era o único que falava com ela. E já que a garganta em fogo lhe impedia de fazer qualquer pergunta ou de discordar dele, só lhe restava ouvir e assentir. Por causa da sua idade, os homens estavam sempre implicando com Ponta Fina ou lhe dando ordens, aos gritos. Era raro terem paciência para conversar com ele. Em Luzia, o menino encontrou uma ouvinte e uma aprendiz atenta. Ensinou-lhe a tirar a pele dos mocós de carinha simpática e a raspar as escamas dos teiús. Às vezes, falava dos outros cangaceiros, dando vazão às suas frustrações. Um dia, ficou especulando sobre a presença da moça ali no bando.

– O capitão viu você nas suas orações – sussurrou o menino. – Disse que tínhamos de trazê-la conosco. Para dar sorte. Para alguma coisa você deve servir. Todo mundo por aqui fica se perguntando em que você vai ajudar. Já fizeram até apostas, sabe? – acrescentou ele, sorrindo e mostrando os dentes escurecidos. – Tem uns que dizem que você não vai ajudar em nada, mas não diriam isso ao capitão. Eu acho que tem alguma coisa a ver com o seu nome, como o da santa. O Baiano disse que você talvez melhore a nossa visão. Nos mostre um novo caminho.

Luzia assentiu. Naquela noite, ficou menstruada e descobriu nova serventia para o vestido velho que Emília pusera em sua mala. Com o canivete, cortou o tecido em pedacinhos. Guardou as penas da rolinha que os homens tinham capturado e, quando escureceu, costurou punhados delas entre os retalhos do vestido. Depois, pegou as suas criações e se afastou do acampamento, embrenhando-se no mato. Os cangaceiros não lhe fizeram perguntas nem a seguiram. Tinham visto quando ela cortou o pano e pareciam pressentir que o que ela ia fazer lá no mato era alguma coisa misteriosa, feminina, que preferiam ignorar.

Atenta à presença de cobras ou escorpiões, Luzia se agachou e, mais que depressa, pôs um daqueles rolinhos de penas entre as pernas. Mais tarde, ao sentir o rolinho encharcado de sangue, voltou para o mato e o enterrou por lá. "Bendita sois vós, entre as mulheres", rezou ela enquanto cavava. "E bendito é o fruto do vosso ventre." Rezou para a Virgem porque compreendeu o que significava ser motivo de dúvidas para alguns homens e representar um talismã para outros. Quando Ponta Fina lhe falou dos motivos do Carcará, Luzia ficou confusa e desapontada. Nos primeiros dias que passou com o bando, teve medo, mas também orgulho por acreditar que ele a tinha levado como um troféu, que vira nela algo de valioso. Acabou descobrindo que não passava de um amuleto, exatamente como aquelas medalhas, os papeizinhos com orações, o cristal de rocha; que o seu valor era como a sorte, algo medido em termos de capricho e de fé.

4

Um dia, pararam para acampar mais cedo que de costume. Uma cabra desgarrada estava vagando ali por perto. Chico Caixão ouviu o chocalho que o animal trazia no pescoço e se meteu mato adentro. Minutos depois, reapareceu segurando pelos chifres a cabra que balia. Os cangaceiros interromperam a marcha para comemorar aquele achado.

Enquanto os homens armavam as toldas e Canjica preparava a fogueira, Luzia foi se sentar numa pedra, com o sol lhe batendo nas costas. Tinham escolhido um ponto entre um açude e um punhado de pedregulhos bem grandes. Uma dessas pedras tinha se fendido no meio. Da abertura, brotavam urtigas. Beija-flores tinham feito ninho na folhagem das plantas, sem se incomodar com os pelos que espetam. Os passarinhos perseguiam-se uns aos outros, zumbindo por entre as falhas das rochas. Às vezes, ficavam como que parados no ar bem perto de Luzia, com as asas batendo a toda e o corpo cor de esmeralda imóvel, parecendo até uma joia suspensa ali à sua frente.

A moça endireitou os ombros. Já tinha se desvencilhado dos seus pertences, mas continuava toda encurvada, como se o peso daquilo tudo ainda estivesse nas suas costas. Pôs o bornal no colo e enfiou uma agulha com linha de bordar no tecido grosso. Ainda bem que a irmã tinha feito a sua mala daquele jeito tão esquisito. A tira do bornal tinha um palmo de largura e sete de comprimento, e Luzia já a tinha bordado inteirinha. Nas bordas, tinha dado pontos de laçada e, pela parte interna, distribuiu cruzes de são Jorge e várias flores-de-lis em ponto de cruz, como se aquela sacola esmolambada fosse uma das toalhas de mesa tão elegantes de dona Conceição. Costurar era algo que a acalmava. Os pontos eram confiáveis e familiares. Cada um tinha o seu próprio método – a posição da agulha, o percurso da linha –, que nunca mudava.

A poucos metros dali, a cabra continuava berrando. Inteligente – o sujeito mais forte de todo o bando – lhe deu uma cacetada na cabeça com a coronha da espingarda. Atordoado, o bicho se calou. Orelhinha montou nele. Segurou a cabeça do animal e, com um golpe certeiro, lhe furou o pescoço. Uma poça escura se formou aos pés do cangaceiro. Luzia desviou os olhos. Concentrou-se no bordado até que Ponta Fina veio chamá-la.

– Venha – disse o menino brincando com a bainha da faca. – Temos de limpar a cabra.

Ele falava sem encará-la, mantendo os olhos baixos ou fixos em algum ponto a distância. Luzia largou o bordado e acompanhou Ponta Fina até o açude. Inteligente tinha pendurado a cabra de cabeça para baixo num umbuzeiro de galhos grossos. As tetas secas do animal pendiam frouxas em sua barriga. O pelo branco da cabeça e do pescoço estava rosado. Ponta pegou uma de suas facas e começou a cortar uns círculos ao redor dos tornozelos da cabra. Bem devagar, foi dando uns talhos pelos flancos do animal. Depois, enfiou a ponta da faca naqueles cortes, movendo-a entre a carne e a pele, como se estivesse descascando uma fruta. Quando acabou, o que pendia da árvore era um corpo rosa, cheio de músculos.

– Entendeu por que me chamam Ponta Fina? – perguntou ele, sorrindo e exibindo a faca.

Luzia deu de ombros. A cabra tinha os dentes trincados, como se estivesse com frio sem a pele. Pôs então uma das maiores vasilhas de Canjica debaixo do animal.

– O meu pai era açougueiro – prosseguiu Ponta. – O melhor açougueiro deste lado do São Francisco – acrescentou, fitando a lâmina da faca e passando o dedo na borda recurvada. – Isso aqui é uma lambedeira. É para tirar a pele e fatiar.

Luzia assentiu. Ponta enfiou a faca com ambas as mãos na barriga da cabra. Jogou todo o peso do corpo nas costelas do animal e afastou-as com cuidado para que as extremidades não o cortassem. Dali de dentro, veio uma lufada de calor, parecendo até o bafo de alguém com mau hálito. O menino recuou. Os intestinos escorregaram, enroscados como cobras desbotadas, e foram cair na tigela.

Ponta limpou as mãos. Foi pegando então as outras facas, uma por uma. Mostrou-lhe o facão, com a lâmina larga e chata, usado para cortar mato e abrir trilhas. Mostrou-lhe também uma faca de lâmina curta e afiada que servia para escamar peixes e sangrar animais. Havia ainda a pajeuzeira, uma faca comprida e reta, de ponta arredondada, que parecia absolutamente inofensiva comparada às demais. Segundo o menino, aquela era uma faca de curandeiro, usada para cortar cascas e raízes. A última delas tinha a lâmina comprida e reluzente, e todos os cangaceiros a ostentavam bem na frente do cinturão. Não era uma faca, mas um punhal, um espeto metálico pontiagudo.

– O meu só tem 50 centímetros – disse Ponta, suspirando. – O do capitão tem 70! Quer segurá-lo? – indagou, equilibrando a arma nas palmas das mãos.

Luzia assentiu. Ponta segurou a arma pelo cabo e pôs a lâmina nas mãos espalmadas da moça. Era pesada e fria.

– Ela entra fácil, fácil – sussurrou o garoto, como se estivesse lhe revelando um segredo. – É mais uma bala que uma faca.

Meia-Lua apareceu. À luz mortiça do crepúsculo, o seu olho vazado adquiria um tom azulado. Ponta Fina apressou-se em guardar o punhal.

– Depressa! Vá limpar a cabra! – exclamou o outro. – Estamos com fome!

Iam fazer uma buchada: fervem-se os intestinos e as vísceras, pica-se tudo em pedacinhos bem temperados para rechear o estômago do animal e, depois, volta-se a cozinhar. Ponta desamarrou a cabra e a levou até uma pedra mais chata para cortá-la. Luzia levou a tigela cheia até o açude que, com as chuvas de inverno, estava largo e profundo. Ramos de árvores passavam boiando naquelas águas barrentas. Ela se agachou na borda, lavou as entranhas do animal uma por uma, virando os intestinos pelo avesso com um pauzinho, como se estivesse costurando com uma agulha enorme. Esfregou bem o estômago, que parecia até uma colmeia, e a goela branca de textura borrachenta.

O Carcará apareceu um pouco mais abaixo, acompanhado por metade do bando. A alguns metros de distância uns dos outros, todos se ajoelharam na beira do açude. Tiraram o chapéu e o gibão. Depois, tiraram a camisa pela cabeça. O Carcará esfregou bem as mãos e jogou água no rosto. O seu torso era largo e esbelto. Jogou um bom punhado de água na cabeça. A cada movimento que fazia, Luzia podia ver os seus músculos se movendo debaixo da pele morena. Era como se o calor inclemente da caatinga eliminasse qualquer excesso daquele corpo. O Carcará ergueu os olhos. Mais que depressa, a moça tratou de enfiar as entranhas do animal na vasilha e se afastou do açude.

Era muita falta de consideração da parte dele e do resto do bando, pensou Luzia, se lavar assim, esquecendo que ela estava ali perto, limpando a carne para o jantar. Como se ela não merecesse respeito. Como se não fosse uma mulher.

No acampamento, os outros cangaceiros estavam sentados ao redor do fogo. Com umas pinças metálicas, Canjica tirou das chamas duas pedras do tamanho de um punho fechado e jogou-as no bule já cheio de água. As pedras chiaram.

– Não vejo a hora de dançar um forró – disse Fala Mansa, abrindo os braços e arrastando os pés para a frente e para trás.

– Não é só dançar que você quer – observou Baiano, sorrindo. – Vi um garotinho parecidíssimo com você na última cidade onde estivemos.

– Tem garotinhos parecidos com ele por todo o estado de Pernambuco – exclamou Orelhinha.

Os homens riram. Inteligente olhou para os companheiros meio aturdido. Canjica balançou a cabeça. Levou a mão ao bule, mas logo a retirou. As pedras já haviam aquecido a água. Envolveu então a alça com um pano.

Quando Luzia surgiu, saindo das sombras, os homens pararam de rir. A tigela estava pesada. A moça a entregou a Canjica. Orelhinha se aproximou. Estava com o cabelo todo penteado para trás e a fogueira às suas costas dava à borda das suas orelhas um brilho rosado. Olhou para o conteúdo da vasilha, remexendo ali dentro com os dedos.

– Isso não está limpo – disse, então, fitando Luzia. – Vá lavar de novo.

– Com a fervura, o resto da sujeira vai embora – retrucou Canjica, estendendo as mãos para apanhar a tigela.

Mas Orelhinha o deteve.

– Isso é um trabalho porco! – exclamou ele. – Vá lavar outra vez.

Luzia o encarou. Os homens estavam tomando banho no açude; não podia voltar para lá. Pôs a mão no pescoço e balançou a cabeça.

Orelhinha se agachou, pegou um punhado de terra, estendeu a mão em cima da vasilha e abriu os dedos. A terra caiu ali dentro com um ruído seco. Atrás deles, um dos homens riu.

– Olhe só – disse ele. – Veja que sujeira. Nós não comemos comida suja – acrescentou, pondo a vasilha no chão a seus pés. – Pegue isso e volte lá para lavar.

Luzia estava ofegante. Abaixou-se. Ali ao lado, esfriando em cima de umas pedras, estava o bule de café. Em vez de apanhar a tigela aos pés de Orelhinha, com o braço bom ela pegou o bule e o atirou na sua direção. A água quente respingou na mão dele, marcando a pele.

– Merda! – esbravejou Orelhinha, recuando e dando uns tapas na parte da frente das calças. – Merda!

Fez-se silêncio. Em seguida, ouviram-se risos abafados.

– Ela queimou o pau dele! – exclamou Branco.

– Não faz mal – disse Fala Mansa. – Se tem coisa que ele não usa mesmo, é isso aí!

Os homens seguravam a barriga de tanto rir. Orelhinha olhou para a rodinha de cangaceiros e, depois, para Luzia. Tirou o punhal da cinta. Baiano segurou o seu braço. Luzia pegou a tigela e se embrenhou no mato.

5

Mas não foi para o açude. Não de imediato. Agachou-se em meio à vegetação, com as mãos trêmulas e sentindo falta de ar. Viu o Carcará e seus homens voltando para o acampamento, com a parte superior da camisa molhada e grudada no corpo. Prendeu a respiração até eles passarem. Quando chegou ao açude, ele lhe pareceu imenso à sua frente, com as águas escuras e revoltas. Não sabia nadar. Talvez, no fundo, os homens quisessem vê-la atravessar aquelas águas e ir embora. Luzia pôs a vasilha no chão, sentindo-se de repente furiosa. Não ia sair assim, feito um cachorro. Voltaria com aquela buchada idiota para se sentar entre eles, invisível e irritante, como um espinho por debaixo da pele.

A garganta lhe ardia. Recriminou-se. Andava louca por um pouco de água, sonhava com isso. No entanto, quando tinha um rio à sua frente, não bebia. Com a mão em concha, pegou um punhado de água e, depois, mais outro. Não conseguia parar. A água lhe escorria pelo queixo, molhando o seu gibão. Era um alívio para a garganta, mas, assim que engolia, voltava a senti-la seca e ardida.

Ouviu um ruído às suas costas. Sentiu o perfume da brilhantina. Ouviu passos. Continuou bebendo.

– Está na hora de parar com o xiquexique – disse ele, agachando-se ao seu lado. – Prefiro vê-la discutindo com os meus homens do que os machucando.

Luzia enxugou o queixo. Não o encarou.

– Alguns deles – prosseguiu o cangaceiro – não estão gostando de tê-la no bando. Diariamente, fazemos a oração do corpo fechado para nos proteger e lá venho eu, trazendo-a conosco, abrindo-nos como melancias para que qualquer bala nos atravesse. – Ele esfregou o rosto com força e a fitou. – A maioria das mulheres traz tristeza. Má sorte. Não é culpa sua. É apenas a sua natureza.

Luzia tossiu. A água que tinha tomado lhe subiu pela garganta, mas com um gosto diferente, mais ácido. Tinha bebido demais.

Ele pigarreou.

– Naquela manhã, lá no alto do morro, eu achava que o ladrão de passarinhos era um garoto. Algum menino pobre. Quando suponho alguma coisa geralmente estou certo. Mas apareceu você, usando tranças e sapatos. Uma moça de família. Você me surpreendeu. São poucas as coisas que me surpreendem hoje em dia – prosseguiu ele, suspirando e balançando a cabeça. – Não posso dizer aos meus homens se você vai nos trazer sorte ou azar – acrescentou ainda –, porque eu próprio não faço ideia.

Se não estivesse sem voz, Luzia lhe diria que ele não sabia de absolutamente nada. Ela não era um santinho de papel, nem um colar de fio vermelho.

– Olhe ali – disse o Carcará, pondo-se subitamente de pé e apontando para o mato.

Era um mandacaru com o tronco marrom e grosso como o de uma árvore, só que com espinhos do tamanho de um dedo saindo por todo lado. Acima das suas cabeças, os ramos em forma de tubo eram verdes. Destes brotavam uns poucos bulbos tenros.

– Fique quieta – disse o Carcará.

Estava escurecendo. A distância, ouviam-se os sapos-bois cujos chamados longínquos lembravam o mugido das vacas. Ali em cima, um dos bulbos do cacto se abriu e, de dentro dele, surgiu uma pétala branca. Luzia sentiu o pescoço duro, mas não se mexeu, temendo espantar a flor de volta para o bulbo. Outras pétalas foram se abrindo, todas elas espessas e brancas.

Bem devagar, Luzia ergueu os olhos para ele. A linha da cicatriz no seu rosto estava branca como a flor do mandacaru. Fitou aquela marca como se ela também fosse se abrir e se revelar. Observou o seu cabelo molhado, o seu rosto barbeado. Em Taquaritinga, todos os homens que as pessoas chamavam de "cabra valente" usavam barba. Falavam palavrões, bebiam e davam tiros para o ar. Achava que um cangaceiro seria pior ainda. Mas não podia imaginá-lo gritando e, com uma certeza que chegou a surpreendê-la, sabia que, se atirasse, não seria para o ar.

– Elas se abrem uma vez – disse o Carcará. – Antes de uma chuva forte. Amanhã, já terão desaparecido.

Encarou Luzia. E, mais que depressa, a moça ergueu os olhos para o botão de flor. Não conseguia se levantar e ir embora. Algo crescia dentro dela, algo indesejado e insistente, como a romúlea que invadia o quintal da casa de tia Sofia em maços verdes e espessos. Era uma planta bonita, mas que podia sufocar todas as outras se fosse deixada ali. A única solução era arrancá-la pela raiz e jogá-la no fogo, pois só assim o resto do jardim poderia sobreviver.

6

A flor do mandacaru acertou em cheio. Naquela noite, a chuva encheu os fossos improvisados que cercavam as toldas. E chegou a molhar os cobertores. Os oleados que lhes serviam de teto ficaram abaulados com tanta água. As cordas que os prendiam às árvores ficaram retesadas. Chico Caixão tinha permanecido de guarda. Acocorou-se perto da fogueira, fitando a panela de buchada fervente. Lentamente, a cabeça lhe caiu sobre o peito.

Os outros homens estavam em silêncio, agrupados sob as toldas. No jantar, tinham comido carne de cabra e a buchada ficou para o café da manhã. Luzia tinha esperanças de que a barriga cheia e a promessa de mais comida os fizessem dormir a sono solto. Alguns, porém, deviam estar acordados, pensou a moça, e inquietos. Mas a chuva a protegeria; a chuva abafaria o som dos seus movimentos. Ela caía ruidosamente, atingindo as lonas e o chão com milhares de baques surdos. Havia também o alarido dos sapos, coaxando e grasnindo no mato. Uma celebração, pensou Luzia. E, a distância, por detrás do ruído da chuva e dos animais, ouvia o burburinho suave do açude.

Sentou-se. Com um gesto rápido, pôs o bornal a tiracolo e o ajeitou no peito. Lépida, saiu da tolda e enfrentou a chuva.

Nos primeiros dias que passou longe de Taquaritinga, rezou pedindo coisas grandes e importantes – a salvação, um milagre. Mais tarde, começou a rezar pedindo água em vez do suco do cacto no seu cantil. Um chapéu, uma boa agulha, mais linha de bordar. E, mecanicamente, pedia para conseguir escapar dali. Parecia-lhe impróprio não fazer isso. Deveria querer fugir, esgueirar-se rápida e furtivamente como uma raposa-do-campo. Mas o que faria então? Para onde iria? O povo de Taquaritinga se convenceria do pior. Todos diriam que ela estava mais que arruinada, que estava desonrada. Ninguém ia querer uma mulher desonrada fazendo as suas roupas ou tirando as medidas dos seus mortos. Uma mulher assim tinha uma única vocação. Naquela noite, porém, depois de ver o botão da flor do mandacaru se abrir, Luzia compreendeu que quanto mais tempo ficasse ali, mais dependeria da confiança que o Carcará depositasse nela. A cada dia que passava, ia sentindo uma estranha gratidão por ele. A fé que o cangaceiro tinha na sua finalidade a mantinha viva, e até mesmo respeitada. Mas e se ela não confirmasse essa utilidade? Quanto tempo duraria essa fé? E se, involuntariamente, desse azar ao bando, essa fé sobreviveria?

Resistiu ao impulso de correr. A chuva lhe toldava a visão e encharcava as suas roupas, tornando os seus movimentos hesitantes e desajeitados. Tinha de ir devagar, pensou consigo mesma, lembrando-se do olho leitoso de Meia-Lua. A vegetação era densa e estava tudo escuro. Foi passando por entre as plantas, usando o braço aleijado para afastar os ramos. As nuvens encobriam a luz da lua. Mesmo assim, Luzia sabia por onde caminhar, acompanhando o ruído da água até alcançar o açude. Mais além, havia uma cidadezinha. Ouvira os cangaceiros falando em ir até lá conseguir mantimentos. Achava que, se atravessasse aquela água, poderia chegar a esse local. E poderia se esconder. Com o que já tinha aprendido a respeito de sobrevivência no mato, teria condições de passar alguns dias sozinha. Mas se não existisse cidadezinha nenhuma ficaria exposta ao tempo e acabaria morrendo. Ou poderia se afogar ali mesmo, pois não sabia nadar. Estremeceu e balançou a cabeça. Afinal, não era um rio, pensou. Não podia ser tão fundo assim. Fechou os olhos para imaginá-lo no verão: nada além de uma valeta seca. Logo, logo, estariam novamente no verão. As noites seriam silenciosas e secas. Não haveria mais barulhos para encobrir a sua fuga. Ou chuva para apagar os seus rastros. Nem açude para impedir que os cangaceiros viessem em seu encalço.

Entrou na água. As suas sandálias ficaram encharcadas. Sentia a pressão da correnteza nas pernas. Tratou de fazer força também, em sentido contrário, dando passos longos e decididos. A água parecia até espessa, como se ela estivesse se deslocando num xarope. De repente, estava mais longe do que pretendia. No meio da travessia, a água já lhe batia no peito. Alguma coisa arranhou o seu pé, um galho de árvore, talvez, levado pela correnteza. A sua sandália ficou presa. Luzia tentou se soltar. A pressão da corrente lhe travava os joelhos. Entrou água nos seus ouvidos, no seu nariz. Tinha um gosto metálico, parecido com o da lama. A moça engasgou e cuspiu. Puxou o pé novamente, com mais força desta vez. O galho se soltou da sua sandália, mas a correnteza continuou a arrastá-la. Tentou firmar o pé para recuperar o equilíbrio, mas não conseguiu encontrar nada. Será que aquele açude era mais fundo do que imaginava? Ou a corrente a tinha atrapalhado, virando-a de cabeça para baixo? O seu peito ardia. Ergueu o pescoço, deu chutes e sacudiu o corpo. O braço aleijado balançava como uma asa inútil. Quando voltou à tona, inspirou com força e engoliu água. Do alto, vinha a chuva. Por todo lado, só havia água. Não tinha como escapar.

Quando caíra da mangueira, sentira um silêncio tão profundo e envolvente que parecia algo líquido preenchendo-a, obstruindo seus ouvidos, nariz, olhos, cada um dos seus poros. Ali no açude, voltou a sentir aquele silêncio. Sentiu a correnteza que a puxava para baixo, se deu conta da inutilidade de qualquer movimento. Quando ficava parada, a água não oferecia resistência. Simplesmente a cobria, a engolia, a puxava para dentro de si.

Algo a envolveu, pressionando-lhe as axilas e, depois, fazendo mais força ainda no seu peito. Viu-se erguida. A chuva lhe batia no rosto. O barulho da água a deixou tonta. Luzia sorveu o ar, em desespero.

– Puxe! – gritou uma voz junto dela, tão alto que lhe doeu no ouvido. – Puxe!

Viu a silhueta robusta de Inteligente na margem do açude. Enfiado na água até os joelhos, Baiano segurava firme o braço do companheiro. O outro braço estava enganchado no de um terceiro cangaceiro que era segurado por um quarto, um quinto e, finalmente, um sexto que era quem a tinha nos braços.

Remexeu o corpo. O braço que a envolvia apertou com mais força, como tenazes pressionando-lhe os pulmões. O rosto estava a poucos centímetros do dela. O lado normal contraído pelo esforço; o da cicatriz, impassível.

A correnteza os puxava para baixo. Os homens tentavam arrastá-los para a margem. Luzia sentia os olhos arderem. As suas pernas estavam sem forças. Inteligente, a âncora que os firmava a todos, poderia sentir as forças lhe faltarem diante da pressão da água. Se isso acontecesse, ela voltaria para aquele silêncio, com o Carcará ao seu lado. Ou talvez a correnteza os devolvesse, entregando-os aos homens que os puxariam de volta para a margem escura. Luzia fechou os olhos e esperou para ver quem venceria.

7

Depois da chuva, a caatinga floresceu. Flores cor de laranja, com pétalas finas e secas como papel, brotaram das curvas espinhosas do quipá. Os arbustos de malva atingiam o tamanho de um homem. As bromélias se abriram em botões vermelhos. Abelhas zumbiam em meio à vegetação. Quando Luzia fechava os olhos, o ruído daqueles insetos parecia até o barulho da água.

Depois que a tiraram do açude, os homens passaram a fitá-la com um respeito sem palavras. Agora, chamavam-na de Srta. Luzia, em vez de simplesmente evitar pronunciar o seu nome. Ponta Fina lhe deu mel para a garganta. Acendeu umas fogueiras sob as colmeias e, quando a fumaça afugentou as abelhas, o menino cutucou os orifícios redondinhos dos favos que recobriam as suas paredes. Orelhinha mantinha-se calado e na defensiva, mas jamais procurou vingar aquela queimadura. Luzia se perguntava se essa nova atitude por parte dos homens era o resultado de seu enfrentamento com Orelhinha ou de ter entrado no açude sozinha à noite, como uma espécie de bruxa. O motivo mais provável era o fato de o Carcará achar que aquela mulher valia o bastante para ser salva. Ele tinha parado de falar com ela. Depois do tal episódio, mantinha-se a distância, sem cuidar mais dos seus pés ou lhe dar rações extras de comida. Como Luzia parou de tomar o suco do xiquexique, a sua voz foi voltando, grave e rouca.

Aos poucos, a vegetação se transformou. As chuvas acabaram, mas os trovões ainda ressoavam pelo céu em estrondos furiosos. O bando passou por sítios com campos de algodão floridos e, mais tarde, depois que as flores caíam, os botões se abriam deixando à mostra as fibras claras. Parecia até que a caatinga estava coberta por um imenso lençol branco.

As casas, naqueles sítios, eram cabanas de pau a pique onde moravam lavradores e vaqueiros. Às vezes estavam vazias, mas havia sinais de vida por ali: carvão em brasa no fogareiro, um cachorro magricela amarrado a uma árvore. Ao ver que os cangaceiros se aproximavam, os moradores iam se esconder no mato. Se o estoque de mantimentos estivesse baixo, a ordem do Carcará era que pegassem o necessário e fossem embora. Os homens arrancavam nacos de carne defumada dos ganchos que pendiam acima do fogão. Apanhavam tijolos de rapadura, uns bons punhados de farinha de mandioca e de favas. Se acontecia de haver pequenas roças de milho e de melão no quintal, eles arrancavam espigas e frutas do pé. Não deixavam dinheiro para pagar. Luzia não gostava nada da ideia de pegar comida desse jeito. Mesmo assim, comia como todo o resto do bando.

Alguns moradores ficavam em casa. As mulheres, com lenços manchados amarrados na cabeça e os braços cruzados sobre a barriga protuberante, andavam cambaleando para um lado e para outro, atrás dos muitos filhos que corriam pelados pelo quintal. As crianças tinham a barriga inchada e uns bracinhos esqueléticos. Do nariz lhes escorria uma substância esbranquiçada e viscosa que elas limpavam com a língua. Os pais eram sempre os últimos a aparecer. Vinham do campo ou do interior da casa. Alguns eram bem morenos, de lábios finos. Outros tinham uma palidez amarelada e os olhos injetados de bebida. E todos eram encurvados por anos e anos de plantio e colheita.

Luzia era obrigada a se esconder no mato ali por perto, junto com Ponta Fina, para evitar que a vissem. Mas gostava de observar aquelas mulheres. Tinha a impressão de não ouvir uma voz feminina há anos. Certa vez, uma sertaneja a viu. Limitou-se, porém, a ficar olhando para as suas pernas, pois o que mais pareceu espantá-la foi ver uma mulher usando calças compridas.

Os cangaceiros eram mais gentis com quem não fugia. Não invadiam a casa nem roubavam produtos das suas roças. Na verdade, perguntavam se não teriam comida para vender. A resposta era sempre afirmativa. O Carcará pagava bem, oferecendo trinta mil-réis por um pedaço de queijo que normalmente não custaria mais de três. Pagava por sua lealdade, por sua discrição. Muitos dos lavradores deixavam que os cangaceiros pernoitassem em suas terras. Diziam-lhes onde ficava a cidade mais próxima ou informavam se a polícia militar ou os capangas de um coronel tinham passado por ali recentemente. Alguns recusavam o pagamento, preferindo pedir ao Carcará que os abençoasse e os protegesse.

Durante todo aquele tempo que acompanhou os deslocamentos do bando, Luzia não viu nenhuma igreja. Uma das famílias de lavradores lhes disse que precisava viajar por três dias para ir assistir à missa no Natal. A moça não gostava do jeito como aquela gente se ajoelhava, calada e reverente, diante do Carcará. "Eles o adoram", pensou ela, "porque não têm outra alternativa".

Fechavam os olhos. O Carcará punha a mão na cabeça de cada um deles. Luzia estremecia. Ele a tinha tocado várias vezes, massageando-lhe os pés, ajudando-a a se levantar, obrigando-a a comer, mas era sempre como se tocasse um bichinho doente, com muito jeito e receio de ser mordido. Quando abençoava os sertanejos, tinha uma atitude amorosa. Punha os dedos calejados na sua testa, no seu rosto ou nas suas faces encovadas. Luzia levou a mão à própria face, mas logo a retirou.

Certa manhã chegaram aos arredores de uma fazenda onde o algodão já havia sido colhido. Os cangaceiros hesitaram, escondendo-se no mato. A porteira de madeira estava meio troncha, caindo para a frente como se tentasse se soltar das dobradiças. Era uma corda grossa que a mantinha fechada. A casa ali dentro era de tijolos com um telhado de telhas abauladas.

O Carcará e seus homens empunharam as espingardas, apoiando-as na coxa para mantê-las em posição de tiro. O coice daquelas Winchesters podia deslocar o ombro, disse-lhe Ponta Fina. Era por isso que todos tratavam de usar o quadril para escorá-las. Faziam isso antes de entrar em qualquer casa. Só estabeleciam contato com as pessoas depois de passar horas sentados no mato, vigiando a área, contando quantos moradores havia ali, analisando os caminhos que iam dar na propriedade. "Mais vale ter paciência e ficar vivo", repetia sempre o Carcará, "do que ser avexado e morrer". Quando já tinham observado o necessário, Meia-Lua enfiou dois dedos na boca e soltou um assobio estridente.

Um velho apareceu à porta e respondeu, assobiando também. Tinha o cabelo grisalho e andava num passinho miúdo, quase se arrastando, como se os ossos lhe doessem. Luzia tentou ver o rosto do homem, mas percebeu que tinha a vista turva. Esfregou os olhos. Bem que tia Sofia sempre a alertara para essa história de bordar no escuro. Quando o sujeito veio abrir a porteira, a moça percebeu, espantada, que ele era mais moço do que parecia: um pai, e não um avô. Dois vincos profundos lhe desciam do nariz até a comissura dos lábios, como um desses bonecos de madeira que vira em criança, cuja boca abre e fecha quando se mexe na alavanca que ele tem nas costas.

Ao avistar o Carcará, o homem sorriu e veio se aproximando, com passos mais ligeiros que antes. Os dois se seguraram pelos ombros.

– A sua porteira está caindo – disse o Carcará.

– É que andou chovendo muito, graças a Deus – retrucou o homem.

Ele tinha um galo na testa, com uma crosta de sangue bem no meio. Puxou o cabelo para a frente, retraindo-se quando a mão roçou o machucado.

– Devia mandar os meninos consertarem isso – acrescentou o Carcará.

– Eles foram embora. Já faz uns seis meses. Arranjaram trabalho como vaqueiros, lá em Exu.

– Tomás também?

– Não. Ele está por aí cuidando das cabras – respondeu o homem, apontando com o queixo em direção ao horizonte onde se viam cercas altas e bem cerradas.

– E Lia? – indagou o cangaceiro. – Lembro que ela sempre vinha correndo abrir a porteira para nós. Agora manda o pai?

– Ela está ficando mais tímida. Já não é criança – disse o outro, fitando a corda que tinha nas mãos. Depois, olhou para Luzia, intrigado. – Tem gente nova no bando?

O Carcará fez que sim com a cabeça. O homem se aproximou dela.

– Você é grande – disse ele, estendendo a mão. – Francisco Louriano. O pessoal me chama de seu Chico.

– Viemos lhe devolver a sanfona – atalhou o Carcará, apontando para o velho instrumento de madeira que Meia-Lua carregava nas costas. – Não vai nos convidar para entrar?

– As coisas já não são mais como você conheceu – disse seu Chico, suspirando e levando-os em direção à casa.

A fachada de tijolos estava rachada e com falhas. Em certos pontos, bem estragada pelas chuvas. Na parede da frente, havia diversos furos pequenos e bem redondos, da largura do polegar de Luzia. Para o lado dos fundos, viam-se vários cercados de cabras, com os mourões altos e a trama bem cerrada. Estavam todos vazios. Luzia ouviu ao longe o tilintar das sinetas. Voltou a olhar para a casa. Uma mocinha os fitava de uma das janelas. Tinha o rosto magro e bronzeado, com marcas escuras sob os olhos. Fitou Luzia com uma intensidade impressionante, parecendo um animal prestes a atacar ou a fugir, dependendo da ameaça que lhe fizessem. De súbito, a menina saiu da janela e desapareceu.

Antes de entrar, o Carcará limpou as solas das alpercatas. Os outros homens fizeram o mesmo. Baiano, Fala Mansa, Ponta Fina e Alfinete de Fralda não entraram. Ficaram de guarda em torno da casa. Luzia foi a última a passar pela porta.

Ali dentro, havia vários banquinhos com o forro de couro rasgado. Uns poucos tinham sido remendados meio às pressas. Nos outros, os pedaços de couro pendiam aos frangalhos. Na parede, uma mancha marrom. Nos cantos, havia diversos caritós de madeira feitos com capricho. Um deles continha uma imagem chamuscada de são Jorge. Nos outros, só se viam fragmentos de imagens de barro: uma cabeça com véu, um braço segurando pássaros, dois pés lascados. Ao lado de cada um desses cacos, uma vela acesa. E havia um cheiro no ar. Luzia não conseguia identificá-lo – tinha a fumaça que vinha do fogão, mas dava para sentir também algo penetrante e estonteante, como o cheiro que saía das caldeiras que o marido de dona Maria Chaves usava para curtir o couro dos bichos lá em Taquaritinga.

– Quem esteve aqui? – perguntou o Carcará.

Seu Chico baixou a cabeça. Um som que mais parecia um soluço lhe brotou da garganta. O homem cobriu os olhos com as mãos.

– Sente-se, meu amigo – disse o Carcará, empurrando um banquinho na sua direção.

O lavrador balançou as mãos, como se estivesse espantando um inseto. Embrenhou-se pelo corredor escuro e voltou trazendo uma cadeira: uma cadeira de verdade, com espaldar de madeira, que ele pôs diante do cangaceiro.

– Sente-se primeiro – disse seu Chico. – Por favor.

A cortina da porta da cozinha se abriu. Por trás do pano, a menina deu uma espiada furtiva na sala. Ela não era mais velha que Ponta Fina. Um raio de sol penetrou por uma fenda do telhado e fez o seu cabelo brilhar.

– Foi há uns quinze dias – prosseguiu ele. – Um grupo de capangas do coronel Machado passou por aqui vindo de Fidalga. Tenho de vender meu algodão para ele. Só que... – Seu Chico fez uma pausa, tossiu e cruzou os dedos retorcidos. – O preço que ele paga não é justo. Vendi parte da colheita para um sujeito de Campina. O coronel descobriu. Esses coronéis acham que as costas de um homem não passam de um lugar onde eles podem limpar as suas facas.

– Quantos eram? – indagou o Carcará.

– Seis.

– E que horas eram?

– Ao entardecer. Tomás não estava. Tinha ido buscar as cabras. Só Lia e eu estávamos aqui.

Seu Chico olhou para a cozinha, nervoso. A cortina estava fechada, A menina tinha desaparecido. Ele pigarreou e cuspiu. Quando viu a cusparada no chão, ergueu as sobrancelhas, aflito, e, mais que depressa, tratou de esfregar a terra batida com a ponta da sandália.

– Eles pegaram o meu velho papo-amarelo – prosseguiu seu Chico. – Foi meu pai quem me deu aquele rifle. Queimaram as camas. Quebraram os santos. Cagaram na nossa cisterna. Tomás e eu levamos uma semana para conseguir limpar tudo. Graças a Deus tivemos bastante chuva nesse inverno. Se tivessem feito isso no verão, teríamos morrido de sede.

– E Lia? – perguntou o Carcará, num sussurro.

O homem levou a mão ao ferimento da testa.

– Um dos capangas me acertou com a coronha do rifle. Desmaiei. Ainda estou me sentindo como se tivesse tomado branquinha demais. Quando acordei, achei que já tivessem ido embora. Procurei Lia, mas não consegui encontrá-la. Foi aí que ouvi as vozes deles. Os capangas rindo lá no quarto dos fundos. A porta estava trancada. Ouvi a Lia lá dentro, com eles. Ela gritava por mim e eu não podia entrar. Esmurrei a porta o mais que pude, mas ela não cedeu. – Seu Chico fitou o Carcará por um bom tempo. – Lia está lá atrás – disse, enfim. – E não quer sair de lá. Não com homens aqui dentro. Agora não consegue nem ficar na mesma sala que o próprio pai. Queria que eles tivessem nos matado a ambos – acrescentou ele, escondendo o rosto nas mãos.

Os cangaceiros se mantinham calados. A sobrancelha esquerda do Carcará estava contraída. O canto da sua boca, repuxado. O lado desfigurado do seu rosto continuava plácido, inexpressivo, a não ser pelo olho marejado que ele secou, dando uns tapinhas de leve com o lenço.

8

A cidade de Fidalga ficava a meio dia de viagem do sítio de seu Chico e pertencia ao coronel Floriano Machado. Ele próprio a havia batizado em homenagem à mãe já falecida, uma portuguesa. Tinha mandado instalar na pracinha um busto de pedra da senhora, com o maxilar inferior proeminente, os olhos incessantemente fixos no leste, como se olhando para a sua terra natal. Sempre que ia a Fidalga com Ponta Fina, Luzia examinava aquele busto.

Antes de partirem, Ponta prendia o cabelo e tirava todas as facas da cintura, deixando apenas uma. Vestia calças e camisa de aniagem, pertencentes aos filhos de seu Chico. Luzia botava um vestido que ficava largo e curto. O lavrador guardava todas as roupas da falecida mulher, mas ela era baixinha e atarracada e a moça teve de emendar uma tira de pano à bainha do tal vestido para que ele lhe batesse na canela. Quando pôs aquele traje pela primeira vez, sentiu falta das calças. Um vestido parecia tão arejado, tão vulnerável...

– Vocês vão ser os nossos olhos – disse-lhe o Carcará na primeira vez em que ela foi à cidade com Ponta.

O menino ainda não tinha os célebres calos nos ombros de todo cangaceiro, mas usava o cabelo comprido e as suas costas eram encurvadas. O povo da região ficaria desconfiado ao ver um garoto desconhecido, de cabelo comprido, mas ninguém suspeitaria de uma mulher. Nem de dois irmãos. Foram a Fidalga três vezes, fazendo-se passar por órfãos que, estando de viagem, precisavam de mantimentos. Ponta sempre segurava firme no braço de Luzia. Da primeira vez que passou pelas estreitas ruelas de terra da cidade, a moça sentiu todos os olhos pregados nela. As pessoas olhavam o seu braço aleijado, o seu vestido folgado, os seus pés calejados. Na segunda visita, os dois compraram carne-seca e uns tijolos de rapadura. Na vez seguinte, já tinham se tornado rostos familiares e tanto a sua aparência humilde quanto o pagamento à vista ajudaram a soltar a língua dos comerciantes.

A propriedade do coronel Machado se estendia até onde a vista podia alcançar. Mesmo a cavalo, um homem não conseguiria percorrer aquilo tudo num único dia. As primeiras casas de Fidalga foram construídas por rendeiros. Mais tarde, o coronel mandou fazer uma pequena capela e permitiu a instalação de lojas, bares, um salão de baile, uma feira aos sábados. Como acontecia com os outros coronéis, as regras de Machado eram simples: ninguém pagava um tostão sequer para viver nas suas terras; em troca, porém, todos lhe deviam obediência e uma considerável porcentagem sobre o que quer que colhessem ou vendessem. Se o coronel não gostasse da cor de uma casa, mandava que refizessem a pintura. Se não gostasse do jeito de alguém, dizia-lhe para ir embora. E se, de uma forma ou de outra, os moradores do lugar se recusassem a obedecer ou quebrassem o contrato, não lidariam mais com o próprio coronel, mas com os seus capangas.

Depois de cada ida à cidade, Luzia e Ponta davam voltas e mais voltas para retornar ao sítio de seu Chico. Lá chegando, sentavam-se com o Carcará e descreviam Fidalga: onde ficavam a mercearia, a cadeia improvisada e a mansão azul-clara do coronel, bem mais afastada. Exatamente como a casa, os capangas do coronel eram fáceis de localizar. Em sua segunda visita, Luzia viu um grupo de homens sentados em banquinhos de madeira na porta do maior armazém do lugar. Usavam aqueles chapéus de vaqueiro, de abas curtas, com o couro manchado de suor e de chuva. Eram seis ao todo.

– Grande como um cavalo – disse o mais velho deles, um homem de peito largo, com uns quarenta anos, cumprimentando Luzia com um aceno de cabeça.

– E bonitona também! – observou um outro, com uma risadinha debochada. Este último era mais ou menos da idade de Ponta Fina.

Nessa ocasião, também ficaram sabendo que o coronel Machado tinha ido ao Pará comprar gado e ficaria fora por mais dois meses.

– Não faz mal – disse o Carcará. – Não precisamos da permissão dele.

Depois disso, determinou o fim daquelas viagens. Tirou do bornal vários maços de notas de mil-réis – o suficiente para comprar umas dez Singers movidas a pedal – e partiu, levando quatro dos seus homens. Foram na direção do rio São Francisco, para visitar um amigo fazendeiro que, segundo ele, era "um homem de caráter".

O Baiano ficou no comando do bando. O restante dos homens montou acampamento no mato, perto da casa de seu Chico, onde não poderiam ser vistos. Racionaram o café e a rapadura. Uma vez por semana, seu Chico matava uma cabra e, todo sábado, ia com o filho Tomás até Fidalga comprar farinha de mandioca e carne-seca. Só podiam comprar pequenas quantidades, para não levantar suspeitas. Luzia e Lia faziam queijo com o leite das cabras e colhiam macaxeiras, mas isso não bastava para alimentar todo o bando. Luzia estava constantemente com uma leve dor de estômago. Os homens não reclamavam. Estavam habituados a viver com pouca comida, mas já iam ficando inquietos com a inatividade. Toda noite, a moça os ouvia discutir por causa de partidas de dominó.

Ela dormia na casa, no chão, ao lado de Lia. Lembrava-se com frequência de Emília e da cama que compartilhavam, mas Lia não tinha nada a ver com sua irmã. Era mais como uma das cabras de seu Chico: pescoço fino, com um rosto largo e oval, e olhos esbugalhados. Como as cabras, Lia tinha o temperamento doce e retraído, pulando de susto ao ouvir qualquer ruído diferente, escondendo-se na despensa sempre que Ponta Fina ou Baiano se aproximavam da casa. Apesar da aparência delicada, as cabras de seu Chico eram criaturas ousadas e criativas. Determinadas a sobreviver na caatinga, comiam as plantas mais duras, arrancando-lhes a casca com os dentes e descobrindo ali debaixo o núcleo macio e polpudo das árvores. Luzia via em Lia essa mesma determinação. Todo dia, pela manhã, a menina pegava folhas de cacto nas mãos, cortava-as em cubos e despejava os pedaços grudentos no comedouro das cabras. Pegava os cabritinhos recém-nascidos pelas patas traseiras e lhes passava mercurocromo no umbigo sanguinolento; fazia isso de forma tão eficiente e impiedosa que os filhotes nem tinham tempo de se debater ou ficar assustados.

Certas noites, Lia gritava dormindo. Na primeira vez, Luzia tentou consolá-la. A menina a rechaçou, debatendo-se, e ficou ali, toda enroscada, tremendo com a friagem do amanhecer. Em Fidalga, tinha ouvido as pessoas comentarem a respeito de Lia. Era uma pena que ela tivesse se perdido, diziam, pois daria sem dúvida uma boa esposa. Mas, depois da visita dos capangas, jamais poderia se casar. Teria de cuidar do pai e, quando seu Chico morresse, ficaria à mercê do coronel Machado.

Luzia teve inúmeras oportunidades para fugir dali. Podia ter se levantado da cama improvisada e saído pelo portão da frente sem que ninguém percebesse. Os cangaceiros estavam meio apáticos e, por respeito a seu Chico e à filha, raramente se aproximavam da casa. No entanto, sempre que pensava em ir embora, sentia os olhos grandes e assustados da menina cravados nela. Quase nunca se falavam, mas, à tarde, sentavam-se à sombra para debulhar feijão. De noitinha, costuravam juntas e Lia ficava espiando por cima do ombro de Luzia, tentando copiar os seus pontos. Mas havia ainda outra coisa que a prendia naquela casa, uma expectativa de que ela só se daria conta quando se pegou esperando ouvir palmas diante da porteira, ou um assobio, ou então a voz grave do Carcará indicando que ele estava de volta. Uma vez, ouviu os homens gritando lá fora e quase derramou a vasilha do leite ao correr até a janela. Era apenas uma comemoração, pois eles tinham apanhado três mocós bem gordos. Luzia limpou em silêncio o leite que havia respingado, censurando-se por ser tão boba. Mesmo assim, ao anoitecer, apoiava-se no cercado das cabras junto com Ponta Fina e fazia mil perguntas ao garoto.

– Você ficaria espantada ao saber quem são os nossos amigos – disse Ponta, sorrindo. As suas respostas eram sempre um tanto evasivas, o que deixava a moça bastante aborrecida.

– Ele levou dinheiro – observou ela. – O que pretende comprar?

– Só porque levou dinheiro, não significa que pretenda usá-lo. A nossa proteção vale mais que qualquer dinheiro.

– Proteção?

– O capitão é um homem de palavra – retrucou o menino suspirando, irritado com tamanha ignorância. – Ninguém quer estar na mira da faca dele.

Falava devagar, como se a lentidão das palavras fosse ajudá-la a entender. Havia fazendeiros, coronéis e até mesmo capitães de polícia que tinham lá os seus tratos com o Carcará, enterrando munição, comida ou outros presentes em locais combinados para que os cangaceiros pudessem ir desenterrá-los. Em troca, o Carcará lhes dava pagamento em dinheiro ou prometia protegê-los contra coronéis rivais e seus capangas. No caso da polícia, alguns dos capitães lhes pagavam para forjar lutas. Com isso, a sua façanha ia parar nas páginas dos jornais, mas, na verdade, ninguém saía ferido.

– Temos tesouros enterrados por todo o estado – acrescentou Ponta.

Sua voz falhou. Uma penugem já bem densa lhe cobria agora o rosto.

Por trás do cercado, as cabras baliam, ajeitando-se para dormir. Dois machos se ergueram sobre as patas traseiras e arremessaram um contra o outro, atacando-se com os chifres.

– Quando é que ele volta? – perguntou Luzia.

– Por que quer saber? – retrucou Ponta, sorrindo. – Está com saudade?

– Não se fala assim com uma moça. É falta de respeito. Ninguém lhe ensinou isso?

– Não – respondeu o menino, em voz baixa, fitando os próprios pés.

– E o seu pai? – indagou Luzia, de um jeito mais brando. – Ele não lhe ensinou essas coisas?

– O meu pai morreu – murmurou Ponta. – Foi assassinado – acrescentou em seguida, chutando a parte inferior da cerca. – Um outro açougueiro, um filho da puta safado, saiu espalhando que o meu pai pesava a carne errado, que a sua balança era maceteada. Ele não fazia nada disso. Eu sei porque ficava lá. Não se pode deixar um homem dizer esse tipo de coisa. Papai fez o que tinha de fazer para proteger o seu bom nome. Só que não venceu. – O menino a fitou e chutou a cerca com mais força ainda. – Já viu alguém esfaqueado?

Luzia assentiu. Nunca tinha testemunhado o ato em si, mas já tinha visto o resultado. Uma vez, quando estava indo para a escola com Emília, um garoto se aproximou correndo.

– O seu Zé carpinteiro está morrendo! – gritou ele. – Venham ver!

Logo depois da curva, as duas viram o corpo de seu Zé estirado no chão, coberto com um lençol.

– Não precisa ficar com pena de mim – disse Ponta. – Ele matou o meu pai, mas eu o matei. Roubei as suas facas e fugi. No começo, o capitão não queria me aceitar. Disse que eu ainda era muito pequeno. "Isso aqui é um beco. Quando alguém entra, não tem mais como sair." Mas eu não queria sair. Mostrei todas aquelas facas e contei o que tinha feito. Ele me deixou entrar para o bando. Disse que um homem que não se vinga não tem moral. Gostei. Ele me chamou de homem já de cara.

– Então todas as suas facas eram do...?

– Do cabra que matou papai – atalhou Ponta. – E isto aqui – acrescentou, desabotoando o gibão e mostrando um crucifixo de madeira pendurado numa tira de couro – era de papai.

Dentro do cercado, os chifres dos bodes tinham se engatado. Os dois animais recuavam, enlouquecidos, tentando se desvencilhar. Ponta entrou ali correndo.

– Temos de separar esses dois! – gritou ele.

Mas Luzia já estava lá dentro. Sabia que os bodes, como os homens, eram criaturas teimosas. Sem ajuda, ficariam presos um ao outro e morreriam de fome. Ou, então, continuariam fazendo força, acabariam arrancando os próprios chifres e um deles, ou ambos, sangraria até morrer. A moça bem sabia que, de um jeito ou de outro, nenhum dos dois sairia ganhando.

9

As cabras foram as primeiras a sentir a volta do Carcará. Reagindo a uma presença estranha, ficaram rodando em círculos e soltando uns gritinhos baixos e trêmulos que acordaram Lia e Luzia. O capitão e seus quatro homens – Chico Caixão, Fala Mansa, Jurema e Vaidoso – chegaram trazendo uma mula. As patas e a barriga do animal estavam bem machucadas pelos espinhos da caatinga. Diversas trouxas embrulhadas em panos tinham sido amarradas ao seu lombo.

Naquela noite, o Carcará mandou que seu Chico preparasse um banquete. Antes do amanhecer, o velho e o filho Tomás mataram três cabras. Lia e Luzia passaram a manhã toda limpando as entranhas dos animais para a buchada, atiçando o fogo, preparando o feijão. Lia era despachada na cozinha, o que não era o caso de Luzia. Por mais que se esforçasse, sempre acabava deixando o fogão esquentar demais, esquecendo de mexer o feijão ou cozinhando a buchada até a carne ficar dura e borrachenta.

Na hora do almoço, Luzia ficou dentro de casa com Lia. Pela janela da cozinha, viram os homens se sentarem à sombra matizada dos juazeiros do quintal. Seu Chico levou uma mesa lá para fora, os banquinhos e a cadeira de espaldar. Quem não teve lugar para sentar ficou no chão mesmo, de pernas cruzadas. Como não havia vasilhas nem colheres de pau suficientes para todos os homens, os membros mais novos do bando esperavam até que os mais antigos terminassem de comer.

Antes de começarem a almoçar, o Carcará chamou Luzia. Pegou o cristal de rocha. Um a um, os homens foram se ajoelhando. Luzia fez o mesmo. Tomás, filho de seu Chico, baixou a cabeça diante do cangaceiro. No forro de seu gibão de vaqueiro, o rapaz tinha prendido um cacho do cabelo da irmã.

– Você é pequeno e veloz – disse o Carcará. Tomás sorriu. – O seu nome vai ser Beija-Flor.

– Eu fecho o meu corpo – repetiu Tomás no fim da oração do corpo fechado.

Os homens aplaudiram. Em seguida, alguns deles foram se sentar e começaram a comer. Os outros ficaram polindo os canos finos e compridos das espingardas novas. Alguns tinham recebido também umas pistolas compactas, de cano curto. A velha mula trouxera munição e armas, e os cangaceiros ficaram atordoados e animadíssimos ao examinarem o seu novo equipamento. Os que ganharam armas novas se vangloriavam das pistolas ou dos rifles, ao passo que os que continuariam a usar as velhas as defendiam. Luzia ficou parada perto dos juazeiros. Aquelas armas eram de um metal escuro e fosco, como a Singer. Como a máquina de costura, ela observou que também tinham várias partes móveis que retiniam. E como os seus pontos de bordado, cada uma tinha uma qualidade diferente, e vantagens e desvantagens que tinham de ser analisadas antes de se pensar em usá-las.

Os homens discutiam. As novas pistolas parabélum, fabricadas na Alemanha, cujos cartuchos eram enfiados pela coronha, seriam muito mais fáceis de recarregar do que os velhos Colt "cavalinho", que possuíam um tambor circular no qual se punham as balas uma a uma. Alguns não gostavam de pistolas. Preferiam confiar em seus revólveres porque, segundo diziam, seria difícil comprar cartuchos de pistolas fora da capital. E havia ainda os rifles: as velhas armas de dez tiros tinham menos munição, mas os seus canos eram mais curtos. Não esquentariam nas mãos de um homem. Os rifles novos, de doze tiros, tinham canos compridos de ferro. Tinham mais munição, porém os cangaceiros especulavam que depois de sessenta disparos o cano estaria pegando fogo.

– Vai queimar a mão da gente inteirinha – alertou Fala Mansa. Viu Luzia e piscou para a moça. – Ela é que vai decidir. Qual dos dois acha melhor? O de dez ou o de doze tiros?

Os outros homens começaram a rir. O Carcará limpou a boca e ficou esperando para ver o que Luzia responderia.

– Ela vai nos dar uma aula? – indagou Orelhinha, balançando a cabeça.

– Nada disso deveria ter importância – respondeu a moça, bem devagar. – As más costureiras...

– Uma aula de costura! – atalhou Meia-Lua.

Luzia ergueu a voz para suplantar os risos. Já estava arrependida de ter respondido. Detestava aquelas caras presunçosas, aqueles risinhos que eles davam, achando-se superiores.

– As más costureiras estão sempre criticando as máquinas. Ou as agulhas. As boas simplesmente costuram. Acho que é a mesma coisa com as armas. Essa história de dez ou doze é para quem não tem pontaria.

O Carcará soltou a maior gargalhada. Aos poucos, os demais seguiram o seu exemplo, rindo e cumprimentando Luzia pela tirada inteligente. Só Orelhinha não riu. Pôs uma colherada na boca e, depois, cuspiu um bocado de feijão.

– Está queimado! – disse ele, limpando a boca na manga do gibão. Deteve-se por um instante, fitando a moça. – Traga sal... Vitrola.

Havia semanas que ela não ouvia aquele nome. Achava que ele estivesse esquecido, enterrado na caatinga, como a velha maleta de couro. Antes que pudesse responder, o Carcará falou. Em tom baixo e afável, fitando-a bem nos olhos.

– Por favor – disse ele. – Traga o sal. Traga a lata inteira.

Orelhinha abriu um sorriso triunfante. Mais que depressa, Luzia entrou na cozinha, aliviada por se ver livre daqueles homens. As palavras de Orelhinha a tinham assustado, mas o pedido do Carcará a magoara. Ele era o guia do grupo, a sua base, a sua razão de ser. Todos os demais se espelhavam nele e, num minuto, ele a tinha transformado em empregada do bando, em sua menina de recados. Alguém de quem todos podiam debochar e a quem podiam dar ordens.

Quando entrou na cozinha, Lia tomou um susto. Pegou a lata do sal, de cabeça baixa, fitando os próprios pés. Eles tinham ficado grossos e amarelos, parecendo garras. Tia Sofia sempre dizia que as pessoas nasciam com uma cota de lágrimas. Alguns tinham mais que outros. Luzia acreditava que a sua cota era pequena e que, nas últimas semanas, tinha gastado a pouca quantidade que lhe havia sido atribuída pela vida toda. Agora, porém, sentia os olhos arderem. O rosto estava afogueado. Voltou para o quintal, tomando o cuidado de manter a cabeça baixa. Com um gesto brusco, pôs o sal em cima da mesa e se afastou.

– Espere – disse o Carcará. – Fique aqui.

A moça continuou andando. Não pretendia servi-lo. Não ia estender as mãos, como uma criada, para levar a lata de volta para dentro.

– Luzia! – exclamou ele, em tom severo. Ela parou.

– Dê cá a tigela – disse ele, dirigindo-se a Orelhinha.

Sorrindo, o cangaceiro obedeceu. O capitão pegou a lata com ambas as mãos, virou-a e derramou na tigela uma verdadeira montanha de sal que cobriu inteiramente o feijão e a farinha de mandioca.

– Você pediu sal – disse ele. – Pronto. Agora coma. E, da próxima vez, lembre-se de ter um pouco de educação.

10

Depois do almoço, os homens se deitaram tranquilamente no mato para cochilar. Orelhinha, com os lábios brancos e ressecados, sentou-se à sombra de um juazeiro e ficou tomando um copo de água atrás do outro. Aos poucos, as cabras vieram voltando do pasto. Luzia ajudou Lia a ordenhar as mães, cujas tetas estavam inchadas e doloridas. Mais tarde, enquanto Lia dava de comer aos animais, Luzia despejou o leite num pano, dentro de uma vasilha de ferro. Equilibrou a vasilha no braço aleijado, tentando derramar o líquido com o outro. Mas o recipiente estava pesado e com a alça escorregadia por causa do leite. Nesse momento, percebeu um movimento qualquer na porta, mas não podia desviar os olhos do que estava fazendo. Sentiu um cheiro que misturava suor e brilhantina.

– Quer ajuda?

– Não – respondeu ela.

Mas o braço aleijado estremeceu e caiu um pouco de leite no chão.

O Carcará se postou ao seu lado e segurou a vasilha. Estava quente ali, junto ao fogão. Aos poucos, o leite foi dessorando. O pano ficou coalhado de pelos, mosquitos e umas pintinhas de sangue. Quando terminaram, a moça retirou o pano e pôs a vasilha em cima do fogão.

– Lia está muito apegada a você – disse o Carcará. – Vai ficar triste quando for embora.

– Ela está triste pelo irmão – respondeu Luzia. – Está triste por perder a casa.

Depois do almoço, pegou a menina chorando na despensa. No dia seguinte, Tomás ia para Fidalga com os cangaceiros, para a sua vingança. Lia e seu Chico teriam de vender o rebanho e ir embora. Iam se mudar para Exu, onde trabalhavam seus outros irmãos.

– Aqui eles não estarão a salvo – disse o Carcará. – A família foi desonrada. Tomás vai lavar a honra deles.

– Não é a honra deles – retrucou Luzia, subitamente enfurecida. – É a dela. Lia deveria poder fazer o que quer. E o que ela quer é ficar aqui, onde têm uma casa e as cabras. Uma vida tranquila. Uma vida calma.

– Você é uma moça do brejo – disse o Carcará, com uma risadinha. – Isso é o seu jeito de pensar.

– O que uma coisa tem a ver com a outra?

– Você cresceu nas montanhas. E, visto lá do alto, como acontece com quem está em Taquaritinga, tudo aqui embaixo parece distante e bonito, como num quadro, mesmo se estiver ressecado e morrendo. Quando se vive aqui, na caatinga, é outra coisa. A gente vê o mundo como ele realmente é. Somos diferentes, vocês, o povo do brejo, e nós, da caatinga.

A moça pôs mais lenha no fogão. Lembrou-se do jeito como Emília distinguia as pessoas: gente do norte e gente do sul, gente da cidade e gente da roça. Luzia não via sentido nisso.

– Você é da caatinga? – perguntou.

– Exatamente.

– Isso explica a sua preferência. As pessoas sempre têm preferência pelo que conhecem.

– Nem todas. Tem gente que quer fugir daquilo que conhece – disse o Carcará, sorrindo. – Sabe – prosseguiu ele, com a mão perigosamente próxima ao fogão aceso –, você cozinha muito mal.

Luzia fitou aquela pele acobreada, a cicatriz branca, a boca carnuda e meio torta.

– Por que comeu, então? – indagou ela. – Ninguém o obrigou.

Pegou então um abanador de palha que estava perto do fogão e começou a atiçar o fogo, usando o braço bom. Ele era a pessoa mais frustrante que já conhecera – temperamental como um boi zebu de orelhas compridas que, num minuto, está andando atrás da gente e, no outro, nos dá um coice. O fogo se avivou, soltando fumaça. Luzia tossiu e abanou com mais força ainda.

O Carcará segurou o seu pulso com força. A moça já não conseguia agitar o abanador. Olhou para ele.

– Quero que meus homens a respeitem. Que sejam leais – disse o Carcará.

– Eles não são cachorros – retrucou ela. – Não pode obrigá-los.

– Não – disse ele, sorrindo. – Mas posso fazer eles comerem tudo o que você preparar.

A pressão de seus dedos se afrouxou, mas ele não tirou a mão do braço dela. Era uma mão quente, com a pele áspera. Luzia se afastou.

11

Deixaram a casa de seu Chico no meio da noite, antes que os gibões-de-couro de asas amarelas saíssem dos seus ninhos no alto das árvores. Antes que as cabras se amontoassem junto à porteira do curral e começassem a balir, pedindo para ir pastar. Lia ficou na janela da cozinha, segurando uma vela. Era uma noite fresca, sem lua. Quando Luzia olhou para trás, viu o vulto da moça contra o fundo escuro do sítio: o seu rosto reluzia, inexpressivo, como a estátua de um santo.

Não tinha conseguido dormir de tão nervosa com a perspectiva do ataque. Os homens estavam animados e só pensavam nisso. Davam instruções a Tomás, agora chamado de Beija-Flor, explicando-lhe como fazer pontaria e atirar. Horas depois, quando chegaram aos arredores de Fidalga, o bando se dividiu.

– Não desperdicem balas – sussurrou o Carcará, dirigindo-se aos seus homens antes de se separarem. – Fiquem de olhos bem abertos, com as armas prontas para serem usadas. Quando tudo terminar, vocês vão ter umas horas de folga. Respeitem as famílias. Respeitem as pessoas decentes. Se uma garota quiser se divertir com um de vocês – acrescentou, olhando para Fala Mansa –, prestem atenção para ver se ela não é jovem demais. E não paguem muito pelas raparigas.

Aquelas instruções deixaram Luzia espantadíssima. Esperava que ele falasse de balas e armas. Mas *rapariga* era uma palavra grosseira. Desde que tinha saído de Taquaritinga, sentia uma estranha afinidade com aquelas mulheres. Nunca tinha conhecido uma delas, mas imaginava que, por baixo do ruge e do batom, eram todas moças simples. Quando o Carcará as mencionou, Luzia começou a se perguntar quais seriam as verdadeiras intenções daquele ataque a Fidalga. Passou a ver a animação dos cangaceiros sob uma perspectiva diferente. Já tinha entreouvido conversas daqueles homens, à noite, contando vantagem sobre as garotas que se ofereciam a eles. Só os macacos e os tarados as tomavam à força; os cangaceiros do Carcará se orgulhavam dessa distinção. Será que pretendiam mesmo vingar Lia ou se exibir para as garotas da cidade? Como tia Sofia tanto dizia, "os homens têm as suas necessidades". Os seus "instintos", era a palavra que ela usava. E era por isso que tinham de ser evitados a todo custo, declarava sua tia, porque eram exatamente como os bodes: criaturas ferozes, imprevisíveis, que não se aquietariam enquanto esses tais instintos não fossem saciados. Antes que pudesse assimilar inteiramente as instruções do Carcará, Ponta Fina a pegou pelo braço.

– Venha – disse o menino, com ar emburrado.

Tinha recebido ordens para cuidar dela. O Baiano seguiu à frente de um grupo rumo ao leste, ao passo que o Carcará levou o outro para oeste. Ponta e ela entraram sorrateiramente em Fidalga, agachando-se na frente de uma loja fechada que dava para a praça. Luzia teve de ficar bem curvada para não bater com a cabeça no portal. As portas da loja estavam todas trancadas. Do outro lado da praça, a luz de uma lamparina bruxuleou numa janela. Dava para sentir o cheiro de um fogão que se acendia. Escuros fios de fumaça começaram a sair pelos telhados de sapê. A maioria das casas era de barro e ficava torta e apinhada em torno da praça, como se uma se apoiasse na outra. A distância, a moça ouviu vários estampidos altos que se sucederam rapidamente, como fogos de são João. A lamparina logo se apagou na tal janela.

Surgiram umas sombras na rua principal. Um a um, os cangaceiros foram aparecendo, empurrando os capangas do coronel Machado à sua frente. Baiano, Branco e Caju vinham trazendo os primeiros deles. Dois usavam trajes de dormir amarfanhados, o terceiro tinha levado um tiro no ombro. O sangue lhe escorria pela frente da camisa e manchava as suas calças. Orelhinha, Fala Mansa e

Meia-Lua chegaram com mais dois homens. Ambos usavam um paletó de couro manchado e tinham os olhos semicerrados. Alfinete de Fralda, Vaidoso e Tatu trouxeram o último dos capangas, que era o mais moço deles. A sua roupa de baixo, de calças compridas, estava abotoada errado. Duas mulheres, com ruge no rosto e lábios vermelhos, o seguiam, implorando. Uma procissão se amontoava ao redor da praça, composta pelas mulheres dos outros capangas – mães, filhas, esposas –, com os xales jogados de qualquer jeito sobre a camisola de dormir, o cabelo preso sem jeito no alto da cabeça.

O sol estava nascendo. As casas de barro de Fidalga foram ficando alaranjadas. Lá no mato, Luzia podia ouvir os pássaros se comunicando alegremente, alheios ao que estava acontecendo na cidade. O Carcará apareceu com mais dois dos seus homens, trazendo um rapaz que ela não conseguiu reconhecer. O moço estava usando um roupão de linho sobre um pijama listrado. Tinha o rosto branco como cera.

– É o filho do coronel Machado – sussurrou Ponta Fina.

O Carcará mandou os seis capangas e o rapaz bem-vestido se ajoelharem junto ao busto de pedra de dona Fidalga.

– Bom dia – exclamou ele, aos brados, dirigindo-se às portas e janelas trancadas, e não aos homens ali ajoelhados.

Estreitava o olho bom por causa do sol da manhã. O outro, do lado desfigurado do rosto, continuava aberto. Ele o protegeu com o lenço.

– Sou o capitão Antônio Teixeira – declarou. – Temos umas pendências para resolver com esses sujeitos aqui. E com mais ninguém.

Mandou os prisioneiros se levantarem. Baiano cutucou cada um deles com a coronha da Winchester. Tomás postou-se à sua frente. Apontou a pistola nova, segurando-a com ambas as mãos. Luzia pôde ver o tremor nos pulsos do rapaz.

– Tirem a roupa – ordenou o Carcará.

Bem devagar, os capangas foram tirando a camisa de dormir, o paletó de couro, as ceroulas. O moço pálido se desvencilhou do roupão e começou a tirar o pijama. O ferido se encolheu ligeiramente, segurando o ombro. A camisa encharcada caiu no chão com um ruído seco. Ele tinha o peito inteiro avermelhado. Fios de sangue já secos lhe desciam pela barriga e pela parte interna das coxas. O filho do coronel Machado tratou de se cobrir com as mãos em concha. Os outros homens, porém, ficaram parados, orgulhosos, de cabeça erguida e com as pernas bem afastadas, como se aguardassem uma inspeção.

A nudez dos homens não a chocava – já tinha visto todo tipo de corpos quando tomava as medidas dos mortos –, mas aqueles estavam vivos, com o rosto reluzente de suor e os membros frouxos, não rijos. Lembrou-se dos besouros-amarelos que invadiam a casa de tia Sofia no verão. Quando eram apanhados, ficavam desamparados e viravam de costas, deixando à mostra as patinhas finas e a barriga esbranquiçada.

Ao seu lado, Ponta Fina soltava umas risadinhas. Ao redor da praça, todas as janelas continuavam fechadas. Luzia tinha ouvido dizer que o coronel Machado não deixava os seus rendeiros portarem armas de fogo. Mesmo assim, os cangaceiros tomaram lá suas precauções: Chico Caixão e Sabiá se agacharam atrás de tonéis de grãos, de armas em punho. Jacaré se acocorou junto ao tronco encalombado de um angico. Jurema e Coral, com as Winchesters engatilhadas e apontadas, esconderam-se no batente de portas.

Um outro grupo vinha andando pela rua. Estreitando os olhos, Luzia distinguiu Inteligente, com a sua sombra alongada e esguia se projetando no chão, trazendo três outros homens para a praça. Canjica vinha logo atrás. Ao contrário do que aconteceu com os outros, estes três puderam trocar de roupa: usavam calças frouxas, amassadas e túnicas de lona grosseira. Um deles carregava uma sanfona. Outro, um agogô. O terceiro, um triângulo.

– Vamos ter quadrilha – gritou o Carcará, e, em seguida, acrescentou, virando-se para os capangas nus. – Tomara que gostem de quadrilha.

Do outro lado da praça, uma janela se abriu. E, depois, mais uma.

O Carcará cumprimentou os músicos, dando-lhes uns tapinhas nas costas. Os homens seguravam firme os seus instrumentos. Mantinham os olhos baixos. O Carcará abriu um sorriso tão largo que os seus lábios se ergueram ligeiramente mesmo do lado desfigurado do rosto, que parecia contente, como se tivesse acabado de fazer uma piada astuciosa. Já o outro lado se estirou todo, mostrando os dentes, arregalando o olho.

– Toquem – ordenou.

Nervoso, o primeiro dos músicos começou a tocar o agogô. O sanfoneiro acompanhou o ritmo, abrindo e fechando o fole do seu instrumento, que emitiu uma série de sons baixos e frenéticos. O tocador de triângulo apressou-se em acompanhá-los.

– Mais devagar – observou o Carcará. Depois, virando-se para os prisioneiros despidos. – Rodando, rodando.

Luzia jamais gostou de quadrilhas. Desde pequena, odiava a chatice de ter de escolher um par e acompanhar os comandos gritados pelo chamador. Nunca conseguiu fazer as voltas e os rodopios tão depressa quanto a dança exigia.

– Rodando, rodando – gritou o Carcará.

Os homens nus baixaram a cabeça. Lentamente, começaram a girar em torno da estátua de dona Fidalga, arrastando os pés. O busto de pedra parecia observá-los, com aquele queixo proeminente que lhe dava um ar severo e de reprovação. Com a mão livre, os cangaceiros se puseram a bater na coxa, marcando o compasso da música.

– Cumprimente o seu par – disse o Carcará.

Os capangas fizeram um leve aceno de cabeça.

– Alavantu! – gritou ele.

Meio sem jeito, os homens estenderam a mão para pegar a do outro. O filho do coronel hesitou, pois não queria se descobrir inteiramente. Fala Mansa lhe bateu de raspão com o chicotinho incrustado de prata. O golpe deixou um lanho vermelho nas coxas brancas do rapaz, que estremeceu e logo tratou de segurar a mão de um dos capangas. E todos erguiam e baixavam os braços, desanimados. O Carcará fez um aceno de cabeça para Baiano.

– Balancê – disse Baiano, com voz arrastada.

Os homens soltaram as mãos e, cambaleando, dirigiram-se ao que seria seu par. Seguraram-se com a maior cautela, olhando para o céu ou para o chão. Deixaram o filho do coronel sem par. Ele ficou arrastando os pés para a frente e para trás, sozinho.

Um a um, os cangaceiros foram gritando comandos, mandando-os girar, fazer reverência, se curvar. Ouviram-se risos vindos de uma janela aberta. Alguns moradores da cidade tinham vindo espiar da porta de casa. Outros, perdendo o medo inicial, saíram para a rua e começaram a bater palmas.

O sol da manhã invadiu o arco da porta onde Luzia estava, aquecendo-lhe o rosto. Mesmo assim, ela sentia um estremecimento por dentro, como se tivesse tomado uma caneca de água e percebesse o líquido descendo – arrepiante, frio –, percorrendo o interior do seu corpo e instalando-se no estômago. Sentia também uma leve satisfação em ver que aqueles homens estavam sendo comandados, aguilhoados e humilhados. Exatamente como haviam humilhado Lia.

– Enfiem um dos polegares na boca – gritou Orelhinha. – E o outro no rabo!

Os homens nus fizeram o que o cangaceiro mandou.

– Troquem os polegares! – bradou Meia-Lua.

E os cangaceiros caíram na gargalhada.

Luzia sentiu um bolo no estômago. Fechou os olhos.

– Parem! – exclamou o Carcará. – Acabou a brincadeira.

Os homens se calaram. A sanfona parou com um guincho. Luzia abriu os olhos. O rosto dele tinha se transformado; o sorriso desaparecera. A sua face estava bem vermelha, exceto pela cicatriz branca e irregular, como se fosse um osso saindo pele afora. Então, ele desembainhou o punhal.

– De joelhos – disse.

A lâmina era tão comprida quanto o cano de um rifle. O sol refletia nas suas partes chatas. O Carcará parou atrás do primeiro capanga ajoelhado. Mandou Tomás se postar atrás do segundo.

– Sabe o nome da sua mãe? – perguntou o Carcará, dirigindo-se ao sujeito que estava no chão à sua frente.

Luzia o reconheceu: era o mais velho do grupo, o de cabelo escuro que a tinha comparado a um cavalo. O cabelo do sujeito estava molhado de suor. Os seus olhos eram ferozes.

– Maria Aparecida da Silva – disse o homem, bem alto.

– Sabe o nome do seu pai? – perguntou o Carcará.

– Vá para o diabo!

O cangaceiro dobrou os braços. Ergueu o punhal. Parecia até uma agulha comprida. Luzia se lembrou das explicações que Ponta Fina lhe dera acerca das facas – se fosse enfiado no lugar certo, o punhal penetraria direto no corpo, perfurando coração, pulmões, estômago. Havia uma cavidade na base do pescoço do sujeito, uma depressão natural entre a clavícula e os ombros. Foi ali que o Carcará encostou a ponta do punhal.

– Para quem você trabalha? – perguntou.

– Para o coronel Machado – respondeu o capanga. – Um homem de verdade, que não é como você, seu cangaceiro vagabundo!

O Carcará sorriu. Manteve os braços rígidos, a arma perfeitamente imóvel.

– Sabe por que está sendo julgado?

– Só Deus vai me julgar! – gritou o sujeito.

O Carcará esticou os braços. A lâmina penetrou naquela cavidade e desapareceu. Um esguicho fino e escuro jorrou para cima, respingando os punhos do cangaceiro. Ele soltou o ar longamente e, então, inclinou-se, como se fosse cochichar ao ouvido do capanga. Os olhos do homem se arregalaram. O corpo cambaleou e caiu para frente. Com todo o cuidado, o Carcará retirou o punhal e o entregou a Tomás.

O processo se repetiu com o segundo homem, mas o filho de seu Chico estava nervoso ao fazer as perguntas. O Carcará ficou ao seu lado, incitando-o a falar mais devagar. O garoto procurou a cavidade entre os ombros e a clavícula e preparou o punhal. Um momento antes do movimento final, estremeceu. O punhal saiu do lugar. Ficou preso no meio do caminho. O capanga gemeu. Tomás retirou a lâmina.

Ponta Fina saiu correndo da soleira da porta e entregou ao filho de seu Chico um facão de lâmina bem grossa. Era o mesmo que ele usava para decepar a cabeça de cabras e lagartos do mato com um único golpe certeiro. Com o rosto reluzente de suor, Tomás pegou a arma e mirou o pescoço do capanga. Luzia tapou os olhos. Sentiu o frio do portal de barro em seu rosto. Voltou a se encolher. Ouviu-se uma pancada surda, parecida com o som oco de uma abóbora sendo cortada e, depois, silêncio. Luzia escutou uma tosse seguida do ruído de um líquido caindo. Tirou as mãos do rosto. O filho do coronel Machado tinha vomitado. Mais uma vez, Tomás errara o golpe e o sujeito à sua frente ainda estava vivo, ajoelhado e cambaleante. Tinha os olhos esbugalhados e a boca aberta, de onde escorria um fio de baba. Nas suas costas, havia um corte no local onde Tomás, errando a pontaria, o tinha atingido. Pela abertura, saía um pulmão, rosado e reluzente. O Carcará parecia aborrecido.

– Nunca feche os olhos quando fizer pontaria – disse ele. – Só piora tudo.

Pegou o punhal e se inclinou sobre o ferido. Nas suas mãos, a arma funcionava com facilidade, de um modo limpo. O capanga caiu no chão. Quando se dirigiram para o outro homem, o rosto do Carcará continuava sereno. Bateu com os dedos na cartucheira. Disse a Tomás que fosse rápido e eficiente.

Segundo os boatos em Taquaritinga, o Carcará tinha sede de sangue e adorava vê-lo jorrar. Mas Luzia já tinha matado cabras, galinhas e teiús. Sabia como ficava fácil partir um pescoço, cortar um tendão, abrir uma barriga. Como se tornava tedioso. O sangue fazia uma sujeira danada, dava um trabalhão. Aparecia depois que tudo o que era importante já tinha acontecido. Lembrou-se do rosto do Carcará durante a quadrilha e o interrogatório: aquele ar inebriado, o sorriso meio enlouquecido. A humilhação e a exibição pública daqueles homens lhe deram prazer. Mas todos ali tiveram a mesma sensação, inclusive ela. Não tinha se deliciado quando ele os mandara tirar a roupa, se curvar, se pôr de joelhos? Não tinha prendido a respiração quando ele sacara o punhal e o enfiara calmamente e com a maior facilidade naqueles pescoços?

Luzia sentiu o estômago embrulhado. O pulmão do segundo homem murchou, desaparecendo dentro do corte profundo. Os outros homens foram caindo no chão como sacos de farinha. A moça sentiu a saliva grossa e quente. Esgueirando-se da porta onde estava, saiu correndo.

12

Atrás da praça, havia uma rua de terra ladeada por mais casas de barro. Galinhas ciscavam tranquilamente pelo chão, alheias ao que estava acontecendo ali perto. Luzia cambaleou. O seu corpo parecia se mover sem o comando da mente. As galinhas se dispersaram.

Bateu numa daquelas portas. Lá dentro, ouviu passos e murmúrios, mas ninguém veio abrir. Deu uma pancada na porta com a mão espalmada e correu até a próxima casa. E, depois, à outra. No fim da rua, viu os fundos da capela de Fidalga. Era uma portinha protegida por um portão de ferro fundido. Luzia enfiou as mãos por aqueles arabescos. Sacudiu a grade. Um homenzinho veio espiar pela porta entreaberta. Usava um hábito marrom e o corte de cabelo dos frades.

– Quem é você? – perguntou ele, passando os olhos pelo rosto da moça, o seu bornal, as cabaças de água e, finalmente, as suas calças compridas. – Veio junto com esses homens?

– Por favor – disse Luzia, num sussurro, com medo de gritar. – Me esconda.

– Você é a prostituta deles – retrucou o frade. – Veio saquear a igreja.

Luzia sacudiu o portão com toda a força. As dobradiças rangeram. O religioso arregalou os olhos. Com um gesto desajeitado, bateu a porta.

A moça se recostou no portão. Parecia até que o seu corpo estava pesado demais para as suas pernas.

Aqueles homens caídos na praça tinham-na feito pensar no boneco do Judas. Na Semana Santa, as mulheres de Taquaritinga faziam um boneco de pano do tamanho de um homem e o recheavam de capim. Dona Conceição lhes dava umas calças rasgadas e uma camisa velha. Alguns homens faziam-lhe um chapéu de palha trançada. Quando o boneco estava pronto, era pendurado na praça da cidade. No domingo de Páscoa, pela manhã, todas as crianças saíam catando paus e pedras. Malhavam o Judas até ele desmontar e cair das cordas que o prendiam. No chão, o boneco apanhava ainda mais. Era cuspido e chutado. Os adultos riam. Luzia adorava bater naquele boneco quando era pequena. Espremia-se entre o bando de crianças e o espancava com o braço bom, até sentir os músculos doloridos. O barulho dos paus acertando a pele de pano do Judas a deixava animadíssima. O cheiro forte das suas entranhas de capim chegava a deixá-la meio zonza. Agora, ao pensar nisso, sentiu-se enjoada.

Encostou a testa no portão da capela. O ar da manhã tinha ficado quente e seco. O calor fizera os pássaros se calarem e despertara as cigarras. O ciciar estridente ecoava em seus ouvidos. Apesar de toda aquela zoada, ouviu passos no cascalho da rua, acompanhados de uma série de respirações rápidas e curtas. Sentiu que alguém lhe puxava o braço. Ponta Fina estava parado ali, ao seu lado, sem fôlego.

– Por onde andou? – perguntou o menino.

Antes que ela pudesse responder, ele já tinha segurado o seu braço aleijado e estava tentando ajudá-la a se levantar do chão. Luzia resistiu. Desvencilhou-se da mão de Ponta e ficou de pé. Saiu andando depressa, sem saber para onde iria, mas louca para se afastar dele, da praça, daquela cidade.

– Espere! – gritou Ponta. Quase corria, não conseguindo acompanhar os passos da moça. Desembainhou uma das facas: era a pajeuzeira sem ponta. Luzia parou. – Se você for embora, ele vai dizer que foi minha culpa – falou o garoto, e sua voz falhou. – Eu é que vou ser o culpado.

A linha do seu queixo era angulosa, mas as bochechas continuavam roliças e gorduchas, como as de uma criança. Havia uma manchinha na sua face esquerda, perto do nariz. Uma mancha escura, cor de canela ou do molho pardo que tia Sofia gostava de pôr no seu fubá. Já estava seca e rachada. Luzia pegou o lenço no bornal. Molhou-o na cabaça de água e limpou o rosto do menino.

13

Não machucaram o filho do coronel Machado. Ao invés disso, o rapaz pálido passou aquele longo dia sem nuvem amarrado ao busto de pedra da avó. Os corpos dos capangas foram retirados da praça e empilhados na varanda da casa do coronel. Ficaram estirados um de cara para o outro, com os dentes cerrados num sorriso estranho. Duas crostas desciam dos buracos escuros onde antes havia os seus olhos, como se tivessem chorado lágrimas de sangue.

Tomás revirou as roupas e os pertences daqueles homens. Pegou para si uma pistola, um chapéu de couro, um crucifixo e um lenço. Todo o resto foi queimado. O Carcará bateu à porta da capela de Fidalga até que o frade trêmulo veio abrir e convidou todos, cangaceiros e moradores locais, a entrar. Depois, Ponta Fina foi batendo de porta em porta, chamando todo mundo para a comemoração que seria realizada na praça. Como geralmente acontecia com os pedidos dos cangaceiros, aquilo era mais uma ordem que um convite. As únicas pessoas que não estariam presentes seriam as mulheres dos capangas, que tinham coberto a cabeça com um lenço preto e se reuniram nas proximidades da casa do coronel para velar os seus mortos. Ficaram ajoelhadas do lado de fora do portão, rezando pela alma dos seus homens. Não tinham autorização para enterrar os corpos, já que aquela pilha era um presente para o coronel quando ele voltasse do Pará. Sem enterro, as almas não descansam; ficariam vagando sem rumo. O Carcará amarrou uns panos brancos nas pernas dos cadáveres para que as suas almas não viessem atrás dele, nem dos seus homens.

Naquela noite, o tempo esfriou, mas o fogo os aquecia. Baiano e Inteligente mataram as melhores porcas do coronel Machado e Canjica fez uma imensa fogueira para assar a carne no espeto. Mulheres da cidade assavam espigas de milho. Um grupo de homens fumava grossos cigarros de palha. Os três músicos que tinham tocado de manhã sentaram-se junto ao fogo e executaram as músicas pedidas pelos cangaceiros. Aos seus pés, brilhavam moedas. A distância, por detrás do lamento da sanfona, Luzia ouviu os grunhidos ferozes dos cachorros-do-mato, banqueteando-se na casa do coronel. E, de quando em quando, dava para ouvir também as orações, em voz alta e firme, vindas da mesma direção. "Ave Maria, cheia de graça, o Senhor é convosco..." Então, o agogô e o triângulo soavam mais alto, voltando a abafar todos aqueles sons.

Luzia sentou num banquinho, afastada do fogo e das festividades. Vaidoso lhe trouxe uma espiga de milho assada, mas a moça não conseguiu comer. Tudo tinha um gosto amargo. Um cheiro forte de perfume se espalhava junto com a fumaça. Diante da perspectiva de dançar com as moças da cidade, os cangaceiros logo trataram de comprar um caixote do Extrato Dirce e jogaram frascos e mais frascos na cabeça. Muitos deles estavam dançando ao redor da fogueira. Todos mantinham uma distância respeitosa das tímidas parceiras. Baiano dançava devagar, movendo-se num ritmo um pouco mais lento que o da música. Jacaré ficava o tempo todo com a cabeça erguida e sorria, exibindo os dentes brancos. Era Fala Mansa quem dançava melhor, mexendo os pés e as cadeiras com tanta facilidade que parecia até que as suas articulações estavam azeitadas. Caju conduzia o seu par todo empertigado. E Ponta Fina não tirava os olhos das sandálias, preocupado em não pisar nos pés da moça com quem dançava. Metade do bando, com a aprovação do Carcará, preferiu não participar da festa. Em vez disso, acompanharam as mulheres de ruge e batom que tinham visto pela manhã até o seu local de trabalho.

Luzia ouviu umas risadas estridentes. Perto dela, um grupo de crianças acocoradas no chão estava fazendo balões. Antes da festa, o Carcará tinha comprado uma resma de papel colorido e um quilo de goma de mandioca refinada. As crianças fizeram um mingau com aquele pó branco. Depois, mergulhavam os dedos na mistura grossa e colavam o papel à estrutura de varetas de madeira. Uma delas colou um bigode de papel no busto de dona Fidalga.

O filho do coronel Machado tinha sido desamarrado da estátua e trancafiado no estábulo do pai para não estragar a comemoração. Ao seu lado, Luzia ouviu um grupinho de moças da cidade dizendo como era bom fazer uma festa sem a permissão do coronel, sem os capangas dele circulando furtivamente por todo lado e acabando com a alegria de todos. O mesmo grupo tinha dado de presente ao Carcará pães e beijus de tapioca. Todas tinham lavado a cabeça e posto o seu melhor vestido. Paravam perto dele, de mãos postas, pedindo-lhe a bênção. Lá em Taquaritinga também havia várias meninas como essas – levadas a acreditar que os cangaceiros eram gente corajosa e romântica. Encantadas com os lenços de seda e as coleções de anéis de ouro daqueles homens.

Luzia alisou as calças. Ficou brincando com a própria trança. Ninguém lhe dirigia a palavra. Um grupo de mulheres tinha se aproximado timidamente, oferecendo-lhe beiju com manteiga e bolo de milho. Depois, elas se afastaram, olhando fixamente para as suas calças e cochichando umas com as outras. Luzia teve saudade dos seus velhos vestidos: o de algodão branco debruado de amarelo ou o verde-claro que, segundo Emília, combinava com os seus olhos. Por trás dos casais que dançavam, viu o Carcará andando bem devagar em meio à multidão. Era a primeira vez que ele se levantava de onde tinha se sentado, ao lado da fogueira. As moças da cidade se alvoroçaram, empolgadas. Luzia chutou o chão. Tanta empolgação por causa de um cangaceiro fedorento, de cabelo comprido! Ele não era padre. Não era coronel. Mas, naquela noite, tinha o poder de um coronel. Era só isso que deixava aquelas moças tão entusiasmadas, nada mais. O coronel Machado acabaria voltando. Ninguém ali na festa parecia se dar conta disso. Ele voltaria e também ia querer se vingar. Afinal, a vingança é um direito de todo homem da caatinga. E, quando ele voltasse, os homens e as mulheres de Fidalga seriam obrigados a paparicá-lo, exatamente como estavam fazendo com o Carcará, simplesmente para salvar a própria pele.

Ergueu os olhos e viu que o Carcará vinha na sua direção. Quando ele se aproximou, estendeu-lhe a mão.

– Não sei dançar – disse ela.

– Não estou convidando você para dançar – retrucou o cangaceiro, com a mão ainda estendida. – Quero que venha comigo.

O seu sorriso estava diferente daquele outro, estranho, exageradamente cuidadoso, que tinha pela manhã: era um sorriso relaxado; os traços do seu rosto estavam abrandados à luz da fogueira. Luzia ficou calada. Sentia as mãos pegajosas.

– Está bom aqui – disse por fim.

– Está com medo? – indagou ele, rindo.

Aquele medo era ridículo. O riso dele só fazia confirmar isso. Luzia olhou para as calças que usava, o braço torto, os pés cheios de calos. Havia dezenas de moças muito mais bem-apessoadas ali na praça. E as mulheres de ruge mais adiante, rua abaixo. Era bobagem achar que ele pudesse se interessar por ela. Levantou-se, então. Era melhor se arriscar que ter de aguentar as zombarias dele.

Mas não lhe deu a mão. Mesmo assim, ele a segurou bem firme e foi levando-a para longe da fogueira, em direção à capela. Abriu a porta de madeira em arco e lhe fez sinal para entrar. Luzia hesitou.

– Quero lhe mostrar uma coisa – disse ele. – Não vai demorar nada.

Pelo chão, entre as fileiras de bancos, havia sacas de feijão, tijolos de rapadura e uma pilha de cobertores novos. Pulando por cima dos seus novos pertences, os dois se encaminharam para os fundos da capela, onde ficava a pia de água benta. Debaixo dela, estava uma máquina de costura. Esguia e preta. Tinha uma manivela prateada, como a de tia Sofia, mas não estava velha nem enferrujada; pelo contrário, brilhava. Ao seu redor, vários carretéis de linha.

– É para você – disse o Carcará. – Para enfeitar os bornais. E os chapéus também. Tem uma agulha bem grossa dentro da gaveta. Dá para costurar até couro.

Luzia se ajoelhou. Girou a manivela. Sentiu o frio do metal nos dedos. Passou as mãos pela haste recurvada onde fica a agulha e por toda a superfície prateada com desenhos gravados. Com certeza aquela máquina tinha vindo da casa do coronel Machado.

– Não vou conseguir carregar isso – disse ela.

– Inteligente carrega.

– Não posso permitir. Ela é pesada demais.

– Para ele, não é nada. Pesa tanto quanto um acordeão. Já vi Inteligente, e os outros também, admirando o seu trabalho de costura.

O cangaceiro se ajoelhou ao seu lado. Luzia manteve os olhos fixos na máquina. Falou de mansinho, como se estivesse se dirigindo à Singer.

– Por que pergunta o nome dos pais deles? – indagou.

Ele suspirou e ficou brincando com os dedos grossos.

– Há muita terra por aqui, e pouca gente. Não quero machucar um parente de um amigo. De um aliado nosso.

– Se for gente conhecida, eles são poupados?

– Às vezes, sim. Às vezes, não.

Luzia pensou nos capangas empilhados na varanda do coronel, com os olhos arrancados. Lembrou da musiquinha de tia Sofia.

– Por que chamam você de Carcará?

Ele estendeu a mão e deu uns tapinhas na máquina, com alguma hesitação, como se estivesse tentando domar uma criatura.

– Minha mãe costurava – disse. – Sempre quis ter uma máquina dessas. Quando eu era criança, plantávamos melão e ela me ensinou a pôr um ladrilho embaixo deles para a parte inferior não apodrecer. Gosto de melão. E de milho. Plantávamos milho também, minha mãe e eu. Ela era forte, como um touro. Eu queria um terreninho para nós. A nossa própria terra. Queria criar cabras. Mas não foi para essa vida que nasci. Às vezes, Deus faz a gente largar a enxada e pegar uma arma. Pouco importa se não é o que a gente quer. É o caminho escolhido por Deus. Às vezes, temos de desobedecer a nós mesmos para obedecer a Ele. É a coisa mais difícil que um homem pode fazer.

Tirou a mão da Singer e se levantou. Olhou para o teto da capela. Luzia fez o mesmo. Só havia ali vigas de madeira e telhas.

– Há bênção nessa nossa vida – prosseguiu ele, num tom de voz mais alto que antes. – Não tem nenhum coronel nos dizendo como viver. Mandando a gente criar os seus bois ou as suas cabras, prometendo algumas cabeças em pagamento e, depois, marcando todos os novilhos com o seu nome. Não tem nenhum coronel botando a culpa na gente quando a colheita se perde por falta de chuva. Não tem nenhum coletor de impostos dizendo que vamos ter de vender os nossos porcos ou as nossas cabras porque não pagamos uma taxa qualquer que vai acabar no bolso dele. Não tem nenhum macaco vindo lá da capital, destruindo as nossas casas e desonrando as nossas irmãs ou a nossa mãe. Estamos inteiramente à mercê de Deus. De mais ninguém.

Lá fora, ouviram-se gritos e palmas. O Carcará balançou a cabeça, assustado com o próprio discurso, e foi se dirigindo para a porta da capela.

– Estão soltando os balões – disse. – Venha ver.

Eram três balões, grandes e em formato de lanterna. Um deles já oscilava no céu. Os dois outros ainda estavam no chão. Uns homens enfiaram a mão dentro dos balões para acender as pequenas mechas de querosene. Depois, esticaram bem os braços e seguraram o balão lá no alto, esperando pelo vento. Quando veio uma rajada, a cidade inteira ergueu a cabeça para vê-los subir devagarinho, um atrás do outro. Luzia olhou para o céu, estreitando os olhos.

Ao seu lado, o Carcará abriu um estojo de couro que ficava preso à cartucheira. Ali dentro, havia um binóculo de latão que ele ofereceu a Luzia.

Os cangaceiros carregavam várias coisas que nada tinham a ver com sua sobrevivência no dia a dia. Naquela noite, a moça finalmente compreendeu o que aquilo significava. Viu Tomás prender a mecha de cabelo de Lia no forro do paletó.

Agora sabia que, por dentro do gibão de cada um daqueles homens, protegidos do sol e do calor da caatinga, estavam objetos que tinham pertencido a um ente querido. Em Fidalga, viu Tomás saquear os pertences dos capangas. E à tarde, durante a missa, viu o rapaz depositar os objetos roubados no chão, à sua frente. Cuspiu em cada um deles. Perto dele, Ponta Fina cuspiu nas facas que tinha tirado de sua vítima. Fala Mansa cuspiu no chicotinho. Chico Caixão, no saquinho com os dentes de ouro. Os cangaceiros carregavam relíquias dos mortos. Mortos que, em vida, lhes fizeram algum mal ou que tinham sido amados por eles.

Sentiu o binóculo pesado e frio nas mãos. A sua alça estava desbotada.

– A quem pertenceu isso aqui? – indagou.

O Carcará a fitou. O olho do lado desfigurado do rosto, aquele que praticamente não piscava, estava úmido e vermelho.

– Não lembro – respondeu ele. – Mas achei bonito.

Luzia assentiu. Levou o binóculo aos olhos. As estrelas pareciam estar a poucos centímetros de distância. Os balões de papel pareciam tão perto que daria até para tocá-los. Foi acompanhando o seu trajeto luminoso pelo céu. Não tinham a graça nem a ligeireza dos pássaros. Oscilavam a esmo, dependendo do vento. Apesar disso, porém, subiam bem alto e, por um instante, Luzia acreditou que eles poderiam desaparecer no espaço. Então, um a um, todos pegaram fogo e caíram de volta ao chão.

Capítulo 5

Emília

Recife
Dezembro de 1928-março de 1929

1

Os trens da estrada de ferro Great Western equipavam sua primeira classe dos trens com lâmpadas elétricas e ventiladores de teto. Ocultas pelas cúpulas opacas, as lâmpadas emitiam a mesma luz pálida que as velas ou os lampiões a gás. Emília ficou desapontada. Com os ventiladores, porém, foi diferente. As pás giravam como se fossem empurradas por uma mão invisível. A moça não conseguia tirar os olhos delas. Percebendo o seu fascínio, Degas se estendeu longamente numa aula sobre eletricidade. Emília só fazia assentir. Tentou prestar atenção, mas as palavras do marido eram encobertas pelo zumbido do ventilador ali no teto, pelo barulhinho das peças de dominó postas na mesinha de jogo do trem por dois cavalheiros idosos que estavam na primeira fila, pela respiração sibilante dos passageiros que dormiam e pelo ruído do próprio trem. Era o mesmo tinido ritmado da Singer a pedal, mas quem pedalava o trem nunca se cansava. A máquina seguia em frente, resoluta e incansável, atravessando a caatinga.

– Você deve estar cansada – murmurou Degas.

O dever de Emília era dar uns tapinhas na mão do marido, dizer-lhe que continuasse, garantir-lhe que aquela conversa sobre eletricidade estava interessantíssima, mas ela teria a vida inteira para ouvir o que ele lhe dizia e só aquela noite no trem.

– Estou mesmo – disse ela. – Acho que vou dormir.

Degas assentiu com um gesto, virou-se para a frente e fechou os olhos.

Um pouco antes, os garçons tinham servido suco de frutas e empadinhas com recheio de frango e azeitonas. Degas olhou para a comida com um ar hesitante e pediu um café. Emília, porém, pegou uma empadinha atrás da outra da bandeja que o garçom lhe estendia. Afinal, era a sua noite de núpcias. Não tinha tido recepção, nem bolo coberto com glacê. Não daria tempo, pois as aulas de Degas já tinham começado. Depois da cerimônia, os dois viajaram para Caruaru e pegaram o trem noturno para Recife. Dona Conceição foi contra aquela partida tão rápida. A noite de núpcias era sagrada. Passá-la num trem, e não num quarto, só faria confirmar as suspeitas de todos de que o rapaz já tinha experimentado a noiva. O coronel ofereceu o quarto de hóspedes para os recém-casados, mas Degas recusou. Emília não se importou nem um pouco com isso – não queria dona Conceição e suas criadas curiosas inspecionando os lençóis na manhã seguinte. Entre os dois, namoro e casamento tinham sido bem incomuns. A noite de núpcias não seria diferente.

Degas lhe prometera fazer uma recepção no Recife, onde as pessoas apreciariam o bolo de vários andares e a comida requintada. Tudo isso teria sido um desperdício em Taquaritinga, disse ele, e Emília acabou concordando meio a contragosto. Adoraria ter feito uma grande festa, para exibir àqueles fofoqueiros e pés-rapados que já não era mais Emília dos Santos, a costureira desonrada, e sim dona Emília Coelho.

Puxou a alavanca da janela. O ar fresco passou assobiando pela fresta. A lua tinha surgido. A sua luz batia na caatinga, dando às árvores desfolhadas um brilho branco. Emília abriu a sua nova bolsa de viagem e pegou o retrato que ela e a irmã tiraram no dia da primeira comunhão. Durante a cerimônia do casamento, pôs o retrato no primeiro banco, escondido sob uma toalha bordada. Mais tarde, durante o percurso a cavalo descendo o morro e o trajeto de charrete até Caruaru, manteve o retrato bem perto de si. Degas não perguntou o que havia sob a toalha bordada. Achou que era alguma espécie de amuleto, algo que a reconfortasse, mas nada que fosse da sua conta. A discrição ou o desinteresse dele era um verdadeiro alívio.

Lá fora, sob a ramagem da mata desfolhada, era só escuridão. Os troncos das árvores desapareciam nas sombras. Não se via o chão. Era como se um imenso pano preto houvesse sido estendido à sua frente e elas estivessem flutuando ali em cima. A cada solavanco do trem, Emília se sentia atordoada e temerosa. Era a mesma sensação que experimentara anos atrás, quando Luzia e ela correram para aquela mangueira usando os seus vestidos de domingo.

– Recife – sussurrou a moça.

Separado em sílabas, o nome da cidade parecia ainda mais bonito. *Reeee*, como se estivéssemos exalando longamente. *Ciiii*, como o sibilar da água e das ondas. E *fe*, a última sílaba, tão branda, que, assim sozinha, é quase igual a *fé*.

2

Quando desembarcaram, o sol brilhava. Os olhos de Emília chegaram a lacrimejar. Gotinhas de suor se formavam acima do seu lábio superior. O seu cabelo ficou mais encaracolado que nunca. Quanto mais se aproximavam do litoral, mais ele ia se enrolando. Ao chegar à Estação Central do Recife, tufos emaranhados saíam por baixo do chapeuzinho cloché que Degas tinha lhe dado. Lá no alto, encarapitados no teto abobadado, havia quatro falcões de bronze com as asas abertas, reluzindo ao sol da tarde. Emília sentiu um puxão na saia do seu costume novo de viagem. Olhou para baixo e viu um garoto. Um dos olhos dele estava cheio de pus.

– Tem uma moeda, tia? – pediu o menino, choramingando.

– Dê o fora! – exclamou Degas, e o pequeno mendigo saiu correndo.

Degas pegou então o braço de Emília e levou-a embora dali. Tinha uma certa tendência a fazer isso: apertar muito a sua mão, puxar o seu pulso com muita força. Ainda em Caruaru, antes de se sentarem nos seus lugares, Degas tinha tentado tirar o casaco do seu costume sem dar atenção ao fecho, que acabou prendendo na blusa e quase rasgando um dos punhos. Emília achava que era falta de jeito, uma impaciência meio infantil que, com o tempo, ela poderia modificar. Segurou com firmeza a bolsa de viagem e deixou que ele a levasse até a charrete.

Tinha recortado inúmeras fotografias do Recife – imagens de jardins muito bem-tratados, pontes de ferro fundido e ruas pavimentadas com os trilhos de bonde, que se estendiam, compridos e sinuosos, como fitas de metal estiradas no chão. Nunca pensou no que poderia ficar à margem dessas fotos, para além dos limites das suas bordas. As sarjetas estavam cheias de legumes podres e cacos de vidro verde. Mulheres descalças equilibravam na cabeça cestos com cajus vermelhos. Bondes guinchavam nos trilhos metálicos. Havia os pregões dos ambulantes, os latidos dos vira-latas, o ruído dos pássaros. Ao lado deles, o rio Capibaribe se estendia, largo e marrom. Emília nunca tinha visto tanta água. Nas suas margens, barracos de madeira se equilibravam precariamente. A moça teve medo de que caíssem a qualquer momento. A umidade das chuvas do inverno ainda pairava no ar. O sol batia em cheio nas pilhas de bosta de cavalo espalhadas pelas ruas. Emília enxugou a testa. Quando fechou os olhos, sentiu como se estivesse dentro de uma boca enorme e fedorenta. Mais que depressa, voltou a abri-los.

Meses depois, quando foi com a sogra, dona Dulce, dar seus primeiros passeios pela praça do Derby, encontrou finalmente os jardins e as mulheres bem-vestidas que tinha visto nas fotografias. Dona Dulce lhe mostrava cada uma daquelas mulheres, sussurrando o seu nome de casada, o de solteira e dizendo se pertencia a uma família tradicional ou a uma das novas. Às vezes, cruzavam com uma delas e eram obrigadas a parar para conversar. Emília ainda não dominava a arte da conversação. Não conseguia lembrar todas as palavras cujo uso dona Dulce tinha proibido. Não podia falar da sua família de origem. Não podia fazer qualquer referência à costura. Não podia gesticular como gente do interior, nem mexer no cabelo ou puxar os dedos das luvas. Era no silêncio que se sentia segura. Aquilo a tornava agradável, encantadora, imperceptível. Por uma questão de educação, as mulheres lhe dirigiam a palavra e, invariavelmente, perguntavam quais eram suas primeiras impressões de Recife. Emília não podia lhes dizer que estava decepcionada. Não podia descrever o pânico e a náusea que a cidade lhe provocava. "A cortesia exige que a pessoa nunca seja desagradável", dizia-lhe dona Dulce durante as suas intermináveis aulas de etiqueta. Portanto, quando as mulheres lhe faziam essas perguntas, a moça pulava a parte da chegada à capital e começava pela casa dos Coelhos.

Tinha chorado de alívio ao vê-la. A casa de dois andares era pintada de branco, com frisos de cerâmica trabalhada nas quinas e em torno das janelas. As venezianas e as portas em arco eram de um amarelo-manteiga e, no topo de cada ponta do telhado, havia uma pinha de louça, cuja superfície escamosa brilhava ao sol da tarde.

– Parece um bolo de noiva! – exclamou ela.

Degas riu. Entregou-a a uma criada que a acompanhou pelos grandes corredores ladrilhados. A moça – que devia ter a sua idade, ou até menos – andava depressa. Emília não conseguia espiar pelas inúmeras portas que havia naquela casa. Não podia passar a mão pelo corrimão metálico da escadaria principal. Seguindo a criada, atravessou o pátio central. Havia ali um chafariz cercado de samambaias onde um pequeno cavalo com rabo de peixe cuspia água pela boca. Emília adoraria tocar aquelas escamas verdes.

Do outro lado do pátio, a moça abriu uma série de portas envidraçadas. Com um gesto, convidou Emília a entrar.

– O seu chapéu – disse a criada, estendendo a mão.

Era magrinha, de maxilar quadrado. Usava uma touquinha branca com uma barra de renda na testa, o que lhe dava um ar elegante, quase nobre, como uma atriz que Emília tinha visto num exemplar da *Fon Fon*.

– Não – respondeu Emília, segurando o chapéu na cabeça.

Não podia tirá-lo e deixar à mostra aquele cabelo todo arrepiado.

A criada deu de ombros e tentou pegar a sua bolsa. Emília não permitiu.

– Pode deixar.

– Então, espere aqui – disse a moça. – Dona Dulce já está vindo.

Depois que a criada saiu, Emília ficou observando o aposento. Nos cantos do teto, havia quatro querubins de gesso, com bochechas rechonchudas e os braços gorduchos abertos. Em nichos pelas paredes, dezenas de Nossas Senhoras de madeira fitavam com um olhar triste os sofás de encosto de palhinha e as cadeiras de mogno da sala. Na outra extremidade, um ventilador portátil estava ligado. Era grande e prateado, com uma grade metálica cobrindo as pás. Por trás dessa grade, havia um bloco de gelo. Emília parou na frente do aparelho. O ar fresco lhe bateu no rosto. Já tinha ouvido falar de gelo, mas nunca tinha visto como era. Uma coisa translúcida e reluzente, como uma pedra preciosa.

– Detesto essa engenhoca – disse uma voz de mulher, alçando-se acima do barulho do ventilador. – Mas meu marido insiste em tê-la aqui.

Ela era da cor do pão cru. O cabelo, que parecia até palha de milho, estava todo puxado para trás e preso num coque grande e apertado. Havia nela uma semelhança com as Nossas Senhoras de porcelana espalhadas pelas paredes: o rosto longo e impecável. A única diferença eram os olhos, estreitos e cor de âmbar, como se fossem dois olhos de gato esculpidos em bolas de gude e incrustados naquele rosto pálido. Mas não havia ali nem sombra da compaixão que se via nos olhos da Virgem. Emília se afastou do ventilador.

– Fica pingando água no meu chão – disse a mulher, apontando para uma tigela prateada posta debaixo do gelo. – Não sou uma entusiasta da eletricidade – acrescentou –, mas, já que todas as famílias novas têm um desses, também devemos ter.

Estava usando um vestido comprido e escuro, com botões de pérolas. Sempre que meneava a cabeça, a gola de crepe fazia um barulhinho rascante, roçando no seu pescoço. A mulher a fitava, como se esperasse uma resposta.

– Na casa de dona Conceição não tinha eletricidade – disse Emília, sem mais nem menos.

A mulher pareceu gostar.

– Você era a costureira dela?

A moça assentiu com um gesto.

– Pobre mulher. O filho é um fiapo de gente. Acho que tem tuberculose. O Dr. Duarte alertou Degas dezenas de vezes, dizendo-lhe que não deveria ir visitá-lo. Também ouvi dizer que o coronel é um horror. Ao que parece, não sabe ler, nem escrever.

Ela fitou Emília, sorrindo.

– Você sabe ler, não sabe, querida?

– Sei.

– Ótimo.

Dona Dulce veio se aproximando, com passos miúdos e calculados. Os saltos dos seus sapatos mal faziam barulho nos ladrilhos do chão.

– É um Frans Post original – disse ela, apontando para o quadro que estava atrás do ventilador. – Conhece a obra dele?

A moldura dourada sufocava a tela. Havia ali uma cidadezinha e uma igreja, parecendo até Taquaritinga. Silhuetas negras circulavam pela rua, equilibrando cestos na cabeça. O sol se punha e pinceladas amarelas no campanário da igreja tornavam-no dourado, ofuscante. No canto, era a escuridão, uma floresta. Animais – um jacaré, um pássaro de cores vivas, um tatu – fitavam a cidade. Emília não saberia dizer se estavam para invadi-la ou recuando, mas sentiu inveja daqueles animais, escondidos no escuro, à margem da vida e não bem no meio dela.

– Não tem problema, querida – disse dona Dulce, poupando Emília de uma resposta. – Não esperava mesmo que você o conhecesse. Ele era holandês. E muito famoso.

– Gosto muito do quadro – disse a moça.

A sua cabeça estava coçando por baixo do chapéu de lã.

A criada voltou trazendo uma bandeja com um bule de prata fumegante. Ele tinha quatro pés que pareciam patas de lagarto e a alça era recoberta por centenas de escamas prateadas, formando uma cauda de dragão. O bico era a cabeça, de olhos abertos e boca larga.

– Está muito abafado – declarou dona Dulce, e, virando-se para Emília, indagou: – Não gostaria de tirar o chapéu?

– Não, obrigada – respondeu a moça. – O meu cabelo está todo esculhambado.

A criada, que servia o café, ergueu os olhos. O meio sorriso de dona Dulce se manteve inalterado, mas os seus olhos se arregalaram, as suas sobrancelhas se franziram. Pegou então a nora pelo braço.

– Venha, vou lhe mostrar o nosso quintal – disse ela.

O sol refletia nos azulejos do chafariz. Emília ficou com os olhos cheios de água. Dona Dulce a puxou para perto de si, com o braço passado no seu, bem firme.

– Nunca use essa palavra – sussurrou ela. – É feia.

– Feia?

– É algo que só gente do interior fala – prosseguiu dona Dulce, franzindo o cenho. – Sabe a que palavra estou me referindo. Não vou repeti-la. Risque-a do seu vocabulário. Em seu lugar, use a palavra *desalinhado*. E, quando for elogiar alguma coisa de alguém, como fez com o meu quadro, diga "É lindo". Ninguém está interessado em saber do que você gosta ou não gosta. Isso é vulgar.

Os olhos de Emília finalmente se acostumaram à claridade do quintal. Pequenas samambaias brotavam no rejunte dos azulejos do chafariz. Tocou-as com o bico do sapato. Ao redor do pátio, havia muitas flores, mas não tinham nada a ver com as dálias de tia Sofia. As plantas da casa dos Coelhos eram espessas, vigorosas, impenetráveis. Havia tufos de estrelítzias com aqueles espigões alaranjados que iam se afilando até formar uma ponta. Camarões amarelos e alaranjados cresciam em cones bicolores perto das portas envidraçadas. Dali se viam a sala de jantar, o escritório, os quartos no andar superior, a copa. Os cômodos davam todos uns para os outros. Vista por dentro, a casa não parecia absolutamente um bolo de noiva, e sim uma série de jarras de vidro.

– Cabeça erguida! – exclamou dona Dulce, assustada, Emília obedeceu.

– Você precisa criar calo – prosseguiu ela. – Vai ter de aguentar críticas mais severas que as minhas. Disse a Degas para pensar bem. Para considerar o que a decisão que tomou significaria para você e para todos nós.

– E o que significa? – indagou a moça.

Dona Dulce a fitou. Analisou o rosto de Emília com a mesma expressão de intensidade que demonstrou ao observar o quadro de Frans Post. Só que, agora, não havia ali admiração. Sua expressão era a de quem encontra um inseto e avalia as suas opções. Decidia se aquela criatura à sua frente representava um aborrecimento inofensivo ou um perigo real. Antes de falar, dona Dulce passou os olhos pelo quintal.

– Significa que você agora é uma Coelho – disse enfim. – Não faço ideia de quais são as suas intenções. Não sou clarividente. É inútil e indelicado eu ficar tentando imaginar o que a preocupa. Sei que isso representa uma melhora considerável com relação à vida que levava antes. Também tenho certeza de que sabia disso ao se casar com o meu filho. O que você talvez ignore é a responsabilidade que vem junto com a sua boa sorte. Vai ter de viver à altura do seu novo nome. E Degas, o pai dele e eu temos de zelar para que seja assim. Agora, a responsabilidade é nossa. Porque qualquer coisa que você diga ou faça a partir de hoje vai se refletir sobre todos nós. Entendeu?

Emília assentiu. Tirou o chapéu e tentou ajeitar o cabelo. Um objeto escuro se movia perto dos seus pés. A moça se assustou.

– Ah, são os jabutis do meu marido – disse dona Dulce em voz alta, lançando um olhar à criada que tinha entrado no pátio. Sorriu, pegou o braço da nora, afastando-a dos animais. – Não toque neles, querida. São bem capazes de arrancar o seu dedo fora.

3

À primeira vista, Emília achou que a casa dos Coelhos, com a escadaria de pedra e o corredor todo atapetado, tivesse sido a casa-grande de um glorioso engenho do passado. Tinha visto inúmeras aquarelas representando aquelas propriedades nos livros de história do padre Otto, com os seus casarões imponentes cercados pelos canaviais. Durante o jantar, o Dr. Duarte Coelho se encarregou de desfazer aquela impressão. A casa tinha apenas uma década. Era uma maravilha do mundo moderno envolta numa concha antiquada. O Dr. Duarte tinha pensado em tudo. A água vinha de um cano no quintal dos fundos, onde ele mandou instalar um cata-vento para impulsioná-la pelos canos. Na cozinha, havia uma série de cilindros de gás que aqueciam a água antes que ela saísse percorrendo aqueles caminhos misteriosos que a levavam até o banheiro no andar de cima. E havia ainda os ventiladores e as lâmpadas elétricas, um fonógrafo, um elevador para transportar as travessas de comida, um rádio e um refrigerador. Tudo funcionando graças a fios que vinham dos postes de madeira lá da rua.

– Paguei um bom dinheiro para mandar instalar esses postes – disse o Dr. Duarte.

Dona Dulce pigarreou.

– Eles são propriedade minha – prosseguiu o sogro de Emília, pressionando a toalha da mesa com o dedo grosso. – Fui eu que comprei a madeira e contratei os homens. Fui à companhia dos bondes e lhes dei um incentivo para estenderem as linhas elétricas até aqui. Resultado: várias famílias estão vindo morar em Madalena. Famílias novas. Nada de ralé.

Ele era um homem atarracado, com bolsas sob os olhos e uma papada flácida sob o queixo quadrado. Lembrava um velho touro, calmo, mas ainda ameaçador.

O Dr. Duarte declarou que os Coelhos eram uma das primeiras famílias com visão suficiente para se mudar para o novo bairro de Madalena. Recife estava crescendo para além dos seus limites originais. Só as famílias antigas insistiam em continuar vivendo na minúscula Ilha do Leite ou nos bairros de São José e Boa Vista. As mais novas estavam construindo casas modernas em terra firme, do outro lado da ponte Capunga, longe do tumulto das ilhas, do comércio do porto e de todas as lamentáveis consequências que ele atrai: os cabarés, as casas de má fama, os artistas e os vagabundos que frequentavam o Cassino Imperial. Ao dizer isso, olhou para Degas. O marido de Emília não encarou o pai, preferindo concentrar a atenção no seu prato já meio vazio.

Degas parecia uma versão diluída do pai. No Dr. Duarte Coelho, tudo – o peito maciço, o nariz adunco, os olhos escuros e as sobrancelhas espessas e brancas – parecia mais condensado, mais intenso. Mas o Dr. Duarte jamais erguia a voz ou segurava os talheres com tanta força quanto o filho. Emília se perguntava se o tempo o havia domesticado.

– Temos de admitir que o mundo está mudando – disse o sogro, interrompendo os pensamentos de Emília. – E precisamos mudar junto com ele – acrescentou, batendo no prato com o garfo.

– Claro – observou dona Dulce, fitando a nora. – Todos temos de aguentar as mudanças.

Antes de entrarem na sala de jantar, dona Dulce tinha avisado à moça que o marido gostava de manifestar as suas opiniões. E acrescentou que ela não precisava participar daquelas conversas, pois uma dama nunca diz nada acerca de assuntos mais sérios durante uma refeição. Embora aquilo a assustasse, Emília ficou aliviada com toda aquela falação do sogro. Assim, podia prestar atenção a qualquer outra coisa que não fossem aquela comida estranha no seu prato, a quantidade de talheres absolutamente misteriosos enfileirados ao seu lado e o olhar de dona Dulce, cravado nela.

4

Em Taquaritinga, as pessoas de algumas posses tinham latrinas no quintal. Os Coelhos tinham um banheiro. No andar de cima, perto dos quartos, havia um aposento inteiramente ladrilhado de rosa. Bem no meio, uma banheira maciça com pés que lembravam as patas grossas de uma pantera. Da superfície daquela banheira saía vapor. Num canto, presa ao chão, havia uma cuba de porcelana com uma caixa-d'água e um cordãozinho. Emília puxou o tal cordão. A máquina gorgolejou e fez um barulhão de água. A moça recuou. Quase tropeçou na sua maleta de viagem. Tinha mantido a bolsa – e o retrato de primeira comunhão ali dentro – junto aos seus pés durante todo o jantar. E, agora, a levou consigo para o andar de cima, quando dona Dulce insistiu para que ela tomasse um banho. Esperou a água parar de se mexer naquela cuba. E puxou o cordão novamente.

– Emília? – disse uma voz de mulher.

A moça abriu a porta. Era Raimunda, uma criada mais velha, de testa vincada e bochechas caídas. Era magra, parecendo um passarinho, mas não tinha a graça desses animais. Lembrava mais as galinhas de dona Maria Chaves, mais interessadas em sobreviver que em voar. Uma mechinha de cabelo crespo e castanho lhe saía da touquinha branca de renda. Olhou para a banheira e franziu o cenho.

– Se você não entrar logo, a água vai esfriar – disse.

– Eu sei – retrucou Emília.

Como a outra criada, Raimunda não a chamava de *senhora*, mas de *você*. Era como se logo tivessem avaliado a sua condição e determinado que ela não merecia esse esforço.

– Estava admirando o aposento – acrescentou a moça.

– Você já devia estar acostumada – disse Raimunda, enfiando a ponta dos dedos na água.

– É a primeira vez que entro aqui. Quando cheguei, usei o pequeno, lá de baixo.

A outra tirou a mão da água.

– Você não deve usar aquele banheiro – disse ela. – É para a criadagem.

Emília sentiu uma onda de calor lhe invadir o peito. Antes do jantar, a empregada mais jovem a levara até o banheiro que ficava perto da cozinha. Lá dentro, havia dois urinóis de argila que lhe batiam nos joelhos. Moscas voavam em círculo sobre os potes.

– Bem, vamos lá – disse Raimunda, virando de costas. – Não vou olhar.

Emília pôs a bolsa no chão. Desabotoou a blusa. Ela própria a tinha feito com um corte de linho bege que comprou com as suas economias. Degas se dispôs a lhe dar umas roupas antes do casamento, mas a moça aceitou apenas o chapéu e a bolsa de viagem. Só as mulheres da vida ganham roupas de um homem que não é seu marido. Tirou a saia, que estava bem amassada e com a bainha toda manchada de poeira. Dona Conceição tinha lhe dito para usar um vestido mais velho na viagem e guardar a veste nova e a blusa limpa para a chegada ao Recife. Emília, porém, não lhe dera ouvidos. Queria ir embora da cidade com uma aparência gloriosa.

Entrou na banheira. A água chegou a fazer sua pele arder. Raimunda se virou e parou ao seu lado. Com a mão espalmada, empurrou sua cabeça.

– Afunde – disse ela. – Pode afundar. Não vai morrer afogada, não.

Emília fechou os olhos e afundou. Ficou imaginando as frutas das geleias de tia Sofia, mergulhadas na água fervente com açúcar até a casca se soltar e só restar ali a polpa. Quando voltou à tona, Raimunda lhe esfregou as costas e os braços com uma bucha. E esfregou com força. Emília escorregava para trás e para a frente dentro da banheira. Segurou-se então nas bordas para não afundar.

– Maria não devia ter levado você para aquele banheirinho – disse Raimunda. – Aliás, ela não devia receber as pessoas que chegam. É jovem demais para isso.

Dona Dulce manda ela fazer esse serviço porque é bonitinha, e não porque trabalha direito. Dona Dulce é muito preocupada com as aparências.

Pôs um pouco de xampu na mão e começou a esfregar o cabelo de Emília. A moça fechou bem os olhos. Queria saber mais sobre a sogra, mas não tinha coragem de perguntar.

– A sua sorte é ser bonita – prosseguiu a criada. – Tem uns dentes lindos. Isso facilita muito as coisas.

– Que coisas? – indagou Emília.

– Morar aqui – respondeu Raimunda, esfregando com mais força ainda.

– Por quê?

– Mergulhe – exclamou a outra, empurrando sua cabeça antes mesmo que ela pudesse falar.

A água agora estava morna e turva. Emília logo emergiu, esfregando os olhos.

– Não acho que vá ser difícil viver aqui – disse ela. – É uma casa tão bonita... Tão grande... Tão moderna...

– Isso é coisa do Dr. Duarte – retrucou Raimunda. – Se fosse pela patroa, estaríamos morando perto das famílias antigas.

– O que é isso, afinal? Todo mundo fica falando de famílias novas e antigas. Não estou entendendo nada.

– Logo você vai entender. Não é muito diferente das brigas entre famílias lá no interior. Você é do interior, não é?

– Sou.

– O seu pai é coronel?

– Não.

– Fazendeiro?

– Não.

Raimunda se calou. Depois, apontando para a água já suja, disse:

– Lave aí embaixo.

E virou de costas. Um tanto desajeitada, Emília pegou o sabonete.

– E você, é do interior? – indagou, segurando-se bem nas bordas ao sair da banheira.

– Sou – respondeu Raimunda, ajoelhando-se para enxugar os pés da moça.

– Por que veio para o Recife?

Raimunda começou a esfregar a toalha no tronco de Emília.

– Você não devia ficar me fazendo perguntas – disse.

– Por quê?

– Porque não.

– Mas você fez.

– E se você tivesse um pingo de juízo, não teria respondido.

– Não estou entendendo – disse Emília. Estava com frio. Queria pegar a toalha e se enxugar sozinha. – Achei que você estava sendo gentil.

– Não estou em posição de ser sua amiga. E você não está em posição de permitir que eu seja – respondeu a criada.

Passou a toalha com força no cabelo de Emília e então parou. As duas ficaram frente a frente. Raimunda parecia a um só tempo compreensiva e irritada. Parecia até tia Sofia olhando para a despensa praticamente vazia, onde só havia farinha de mandioca azeda e verduras murchas, e tendo de imaginar um jeito de aproveitar aquilo. Raimunda abriu uma latinha de um talco perfumado.

– Não estou em posição de lhe dar conselhos – disse. – Não sou sua mãe – acrescentou, despejando um pouco daquele pó no peito de Emília e debaixo dos seus braços. – Mas, quando a gente está cercada de sapos, o melhor a fazer é aprender a pular.

5

A cama de casal era sólida e robusta. Segundo dona Dulce, o móvel pertencia à família desde que o primeiro contingente do Exército holandês tomou Recife dos portugueses, três séculos atrás. Um dos seus ancestrais holandeses, um Van der Ley, tinha ficado tão encantado com o caju nativo que mandou entalhar essas frutas na cabeceira. A partir de então, toda recém-casada da família Van der Ley passava a noite de núpcias naquela cama. E, embora ela agora fosse uma Coelho, com Emília não deveria ser diferente.

A estrutura maciça do móvel nem de longe se parecia com os quatro paus tortos que sustentavam o seu colchão de palha em Taquaritinga. E os lençóis! Luzia teria levado meses para fazer aquelas fileiras de florezinhas azuis e brancas que se entrecruzavam por toda a colcha e faziam o acabamento das bordas das fronhas. Parecia um pecado amassá-los, deitar a cabeça naqueles travesseiros de formato tão perfeito... Emília ficou parada ali ao lado. A noite estava úmida e nublada. O talco perfumado debaixo dos seus braços já estava gosmento por causa do suor.

Pelo corredor, ouvia-se uma voz chiada de mulher vinda do fonógrafo dos Coelhos.

– Estou com pressa – disse ela, primeiro em português e, depois, numa língua estranha e entrecortada.

– *I am in a hurry* – repetiu Degas, e a sua voz percorreu o corredor e penetrou no quarto.

Depois do jantar, o rapaz pegou os discos do seu curso de inglês e se trancou no quarto em que dormia quando solteiro.

– Tenho de voltar para os meus estudos – disse ele, dando-lhe um beijinho rápido na testa.

– Bom dia, senhora. *Good morning, ma'am* – cantarolou a voz.

– *Good mor-ning, maaaam* – repetiu Degas.

Emília examinou a camisola. Ela própria a tinha feito, pregando renda nas mangas japonesas, abrindo uma fenda vertical bem certinha, com a bainha perfeita, que começava logo abaixo da barriga. Aquela camisola, juntamente com umas outras dez, tinha sido feita para as sobrinhas de dona Conceição e guardadas no baú do seu enxoval. No dia do casamento de Emília, a mulher do coronel lhe entregara um embrulhinho macio, sussurrando: "Para a sua noite de núpcias." Emília não abrira o presente para admirá-lo. Já sabia o que era. Luzia e ela tinham bordado todas aquelas camisolas com minúsculas cruzes vermelhas no ponto em que se abriam as fendas. Enquanto bordavam, riam sem parar. Tia Sofia mandara que se calassem. "Quando chegar a hora, essas cruzes vão ser um consolo para as moças", esbravejou ela. "Ao se deitar, vão se lembrar de Deus."

– Com licença, senhor – disse o disco.

– *Excuse-me, sir* – repetiu Degas.

Emília se ajoelhou no assoalho de madeira. De mãos postas, como tia Sofia lhe ensinara, rezou para Nossa Senhora, pedindo graças e auxílio. A Virgem, porém, pensou a moça, tinha tido a sua primeira relação com Deus. Não teve de esperar, nervosa, suando, que o marido terminasse aquelas aulas de inglês e viesse se deitar ao seu lado. Nossa Senhora não teve de usar uma camisola aberta na frente. E, mais tarde, quando se deitava com José, já sabia o que fazer. Já tinha tido relações com Deus, portanto com um homem deveria ser bem mais simples. Emília se levantou. Não estava conseguindo se concentrar nas orações.

– É urgente.

– *It's urgent.*

Abriu então o imenso guarda-roupa que ficava ao lado da cama. Estava vazio, a não ser pelos dois vestidos que trouxera de Taquaritinga, a bolsa de viagem vazia e umas poucas peças de roupas de baixo. Com todo o cuidado, tirou o retrato de primeira comunhão do seu esconderijo sob as calcinhas. Desfez o embrulho e ficou olhando para a irmã caçula. Os seus olhos estavam arregalados. O braço aleijado, à mostra. A renda que deveria cobri-lo tinha escorregado; a câmera capturou o paninho em plena queda, pairando pouco acima do chão, branco e esvoaçante como um pássaro. Voltou novamente os olhos para o leito nupcial. O que Luzia faria se estivesse no seu lugar? Esperaria? Rezaria? Nem uma coisa nem outra, disse consigo mesma. Luzia não teria se casado com Degas.

Do outro lado do corredor, veio o ruído do fonógrafo sendo desligado. Emília sentiu uma palpitação no peito. Escondeu o retrato com cuidado e correu para a cama. O colchão era duro. Os lençóis, duros de goma. A moça ajeitou bem o cabelo, espalhando-o pelo travesseiro, e ficou deitada ali, imóvel. Degas não acendeu a luz quando entrou no quarto. Tirou o roupão um tanto às pressas e se deitou ao seu lado. Emília fechou os olhos. Pensou em todas aquelas mulheres Van der Ley, pálidas e destemidas, como dona Dulce. Pensou nas velhas fofoqueiras de Taquaritinga. Todo mundo a chamara de ambiciosa, perdida e até mesmo louca. Mas ninguém jamais a chamara de medrosa. Por baixo do lençol, estendeu a mão e segurou os dedos de Degas.

– Emília! – exclamou ele, espantado.

– Sim? – retrucou ela.

– Tivemos um dia longo – disse o rapaz, desvencilhando-se da mão dela. – É melhor dormirmos.

Emília sentiu a ansiedade ir desaparecendo, substituída pelo aborrecimento. Tinha se preparado para aquela noite, para cumprir com o seu dever, e tudo para quê? Para ver Degas se esquivar ao seu? É claro que ele estava cansado, depois de ficar acordado até tão tarde ouvindo aqueles discos.

– Por que está estudando inglês? – perguntou. – Você já não sabe?

– Não tenho com quem praticar aqui – respondeu ele, ajeitando-se na cama. – Quero manter a fluência e a pronúncia correta. Se eu voltar para a Inglaterra, não quero estar enferrujado.

– Voltar? – indagou ela, virando-se para o marido.

Degas tinha dito *eu* e não *nós*.

– Só de viagem – disse ele, com um suspiro, como se houvesse percebido alguma irritação na voz da mulher. – Sei que você deve estar se sentindo sufocada, Emília. Vai precisar de algum tempo para se adaptar. Eu mesmo levei anos, quando voltei da Inglaterra. Imagine só, voltar para esse calor terrível? E com essa eletricidade precária? A minha mãe ainda usando penicos; o meu pai esbravejando sobre medidas cranianas, e essas malditas Nossas Senhoras por todo lado.

– Não me importo com as imagens.

– É – disse ele. – Talvez você goste daqui.

– Você não gosta? – perguntou ela.

Degas ficou olhando para o teto. Falou bem devagar, como se estivesse rezando:

– Toda vez que volto para cá, tenho que aprender as regras do jogo novamente. Ninguém gosta disso.

– E que regras são essas? – indagou a moça, preocupada.

Na casa de tia Sofia, era obrigada a seguir tantas regras bobas... Tinha esperanças de que, na cidade, as coisas fossem menos rígidas.

– Aquele tipo de regras que ninguém menciona – respondeu Degas. – É difícil de explicar.

– Mas, então, como é que a gente pode seguir o que não sabe?

– Acho que não precisa se preocupar com isso agora.

Aquele "agora" ficou pairando no ar entre os dois como um mosquito, zumbindo nos ouvidos de Emília. Não precisava se preocupar com as regras tácitas *agora*, mas depois precisaria? Lembrou-se do discurso de dona Dulce no quintal.

– A sua mãe não gosta de mim – sussurrou.

– É da situação que ela não gosta – retrucou Degas, suspirando. – Tente entender: mamãe é muito ligada à tradição. Queria um casamento suntuoso para mim. Ela vai precisar de tempo para aceitar tudo isso. E, mesmo que não gostasse de você, jamais iria demonstrá-lo. Ela nunca vai tratar você mal, Emília. A minha mãe se orgulha de sua compostura. Mas ter outra mulher aqui é uma mudança e tanto. Ela sempre foi a dona desta casa. Isso é bom, não é? Você não ia querer ter a responsabilidade de tomar conta de uma casa, ia? Deixe que ela continue sendo a dona. E você fica sendo a minha esposa. Aí ela vai entender que a minha escolha foi acertada.

Ele se aproximou. Emília se enrijeceu. O seu coração começou a bater mais forte. Era sua esposa e teria de cumprir o maior dos deveres que vem junto com esse título. Fechou os olhos, pronta para fazê-lo.

Degas apertou os dedos dela.

– Boa noite, Emília – disse ele, e virou para o outro lado.

6

Uma semana depois que Emília chegou àquela casa, o cata-vento parou o seu lento girar. Os dias quentes e sem vento obrigaram o Dr. Duarte a desligar as fontes. O barulhinho do chafariz foi substituído pelo zumbido do motor a diesel bombeando água pelos canos de ferro da casa. A figura meio cavalo, meio peixe que ficava no centro do pátio perdeu o seu brilho luzidio. Os tapetes do corredor cheiravam mal, como se todos os resíduos que porventura houvessem se depositado nas fibras da sua lã – sapatos sujos, respingos de bebidas, bandejas de café da manhã derramadas – começassem a evaporar ao mesmo tempo no calor do verão. As samambaias murcharam. Só aquelas flores de pétalas espessas e cerosas continuaram viçosas. As diversas pitangueiras bem-podadas, que escondiam as dependências dos empregados com aparência de coisa velha, ficaram brancas de tão floridas. Milhares de abelhas circulavam ao seu redor. Degas tirou o Chrysler Imperial do seu lugar habitual, na frente da casa e à vista de todos, para deixá-lo à sombra, no quintal lateral. Até os jabutis do Dr. Duarte evitavam o calor, indo mastigar as suas folhas de alface nos poucos locais sombreados do pátio.

Só pela manhã, antes que o sol se tornasse insuportável, a casa dos Coelhos parecia realmente viva. Bem cedinho, a carrocinha do gelo entrava pelo portão da frente. Da janela do quarto, Emília via aqueles homens enluvados botarem os grandes blocos fumegantes num carrinho de mão e levá-los para a cozinha. Via também a carrocinha do leite e as empregadas carregando para dentro os baldes metálicos cheios do líquido espumante.

No quintal lateral, o Dr. Duarte fazia o seu ritual matinal de tocar as pontas dos pés, erguer as pernas, revirar o corpo. Na primeira vez em que a moça viu essa cena, achou que o sogro tinha enlouquecido.

– É a minha calistenia – bradou ele, entusiasmado, quando viu que a nora o estava observando. – Os exercícios diários oxigenam o cérebro!

Depois de se exercitar, o Dr. Duarte saía pelo portão e ia inspecionar o muro de concreto que cercava a casa, à cata de rabiscos. Se encontrava algum, anotava onde estava o desenho e de que tamanho era. Um dia, durante o café da manhã, começou a contar, entusiasmado, o que aconteceu quando pegou um menino urinando no muro. Em vez de castigá-lo, o Dr. Duarte o chamou e mediu o seu crânio.

– Adivinhem o que foi que descobri? – indagou ele. E, depois de tomar um gole da viscosa mistura de água com limão, ovos crus e pimentas-malagueta, declarou: – Orelhas assimétricas!

Era raro o seu sogro falar dos seus negócios ou dos seus empréstimos. Considerava-se um homem de ciência. À tarde, ia visitar os seus armazéns, encontrar os partidários políticos no British Club e, em seguida, trancava-se no escritório, às voltas com as publicações científicas. Quase toda semana, recebia pacotes vindos da Itália e dos Estados Unidos. Uma vez, a empregada abriu um deles e Emília pôde ver o que havia ali dentro. Na capa de uma das revistas, havia um desenho de um crânio humano dividido em diversas partes.

A moça não entendia muito bem as ideias do sogro, mas assentia sempre e era comum que deixasse o seu café esfriar para dar toda atenção ao Dr. Duarte. Ele não falava mais devagar, nem usava palavras mais corriqueiras ao conversar com ela, como fazia dona Dulce. E, desde que tinha voltado para a Universidade Federal, Degas mal lhe dirigia a palavra. Andava agora apressado e distraído, saindo logo depois do café da manhã e só voltando tarde para jantar. Disse-lhe que passava as tardes na biblioteca jurídica e as noites discutindo casos com Felipe e outros colegas em São José. O Dr. Duarte tolerava os atrasos do filho, já que se deviam a motivos intelectuais.

– Lembre-se – repetia com frequência, antes mesmo que Degas pedisse licença para levantar da mesa –, a embriaguez inflama as paixões. Turva as faculdades mentais e morais.

Dona Dulce passava o dia comandando os empregados da casa. Além de Raimunda e da mocinha que a recebera no primeiro dia, havia uma mulher corpulenta, que era a lavadeira, e uma cozinheira já mais idosa, com tornozelos grossos e inchados. Uma mulher de pele escura e flácida como uma ameixa era encarregada de passar a roupa. Seu Tomás cuidava do jardim e conduzia a charrete. E tinha ainda um moleque que ia à rua quando necessário, rachava lenha e levava diariamente os urinóis para despejá-los no local misterioso destinado a esse fim.

Naqueles longos dias abafados do verão, o único som que se ouvia na casa vinha da cozinha. O corredor que dava para os fundos era escuro e quentíssimo. Tinha cheiro de fumaça e de alho, ou de penas molhadas de galinha e frutas maduras. Era comum Emília ficar parada ali, de olhos fechados, só para sentir aqueles cheiros que lhe lembravam a cozinha de tia Sofia. Mas esta era a única semelhança entre as duas casas. A dos Coelhos era grande, azulejada e repleta de utensílios modernos. Mas apesar da insistência de seu sogro na modernidade, a cozinha era o reino de dona Dulce. O fogão a gás só era usado para esquentar água. Diariamente, pela manhã, a cozinheira acendia o fogão a lenha, todo de tijolos, para preparar as refeições. Em vez de usar o ferro elétrico, a empregada de pele de ameixa passava as roupas usando um ferro a carvão bem pesado. Atrás da cozinha, ficava um tanque enorme onde a lavadeira, de braços morenos e musculosos, esfregava toda a roupa da casa. E, no quintal dos fundos, havia um pequeno galinheiro e um velho cepo escurecidos por anos de estripação e de limpeza.

A terra pantanosa de Madalena era propensa a mosquitos, lagartos, chuva, mofo, apodrecimento e ferrugem. Diariamente, dona Dulce lutava contra essas tendências. Circulava pela casa cheirando cortinas e lençóis, com os olhos cor de âmbar sempre à cata de aranhas, poeira, arranhões ou qualquer outro elemento indesejável. Sem erguer a voz ou franzir o cenho, ia comandando a criadagem na realização das tarefas habituais e estabelecendo novas.

– As criadas são como crianças – disse ela. – Podem até ter boas intenções, mas isso não conta. Precisam ser disciplinadas para fazer as coisas do jeito que a patroa gosta e não de forma diferente.

À tarde, punha o avental de bordas em festonê e se dirigia para a cozinha. Tinha sido criada num engenho, filha e neta de produtores de cana, e acreditava na necessidade do açúcar. Na despensa dos Coelhos havia vários tonéis repletos, com as tampas lacradas com cera e cobertas com um paninho. Nem nos armazéns de Taquaritinga Emília tinha visto tanto açúcar assim. Com uma concha, dona Dulce ia derramando quilos e quilos nos tachos de cobre de fazer geleia. Depois, com a mesma facilidade e eficiência com que abria a correspondência com o corta-papel de prata, ia tirando a polpa das goiabas. Tirava os caroços das jacas. Cortava limões ao meio e amassava bananas. Ficava então vigiando a cozinheira que misturava a calda com as frutas, mas nunca se aproximava dos tachos ferventes porque, segundo declarava, uma dama nunca mexe em panelas.

A moça tentava demonstrar interesse por aqueles cuidados domésticos e pelo preparo das geleias. Dona Dulce acreditava que a respeitabilidade começa em casa, mas Emília queria estar lá fora. Já tinha cozinhado e limpado o bastante em Taquaritinga. No Recife, queria ver a cidade, ir a almoços, passear pelos parques. A sogra sempre lhe dizia que as jovens senhoras de respeito não ficam andando sozinhas pelas ruas, sem ter um destino certo. As mulheres respeitáveis marcavam compromissos sociais. Até ter a sua própria agenda, tudo o que lhe restava fazer era ficar quieta.

Cansada da cozinha, Emília tentou ocupar o tempo bordando na parte sombreada do pátio, mas acabou tendo de abandonar o seu bastidor. As empregadas trouxeram os tapetes empoeirados do corredor para o pátio e começaram a batê-los, fazendo-a espirrar e ficar com os olhos marejados. Quando procurou alguma tranquilidade no quarto, elas decidiram arejar o colchão e afofar os travesseiros. E se quisesse circular pelos corredores, as criadas estavam sempre atrás dela, encerando o chão e esfregando os espelhos com amônia.

A casa dos Coelhos a fascinava com aqueles corredores largos e aqueles aposentos apinhados. Havia mesas maciças cujos pés entalhados pareciam patas de aves agarrando uma bola de madeira. Havia cadeiras com espaldar de couro rachado, preso por tachas de metal descoradas. Havia cristaleiras onde se guardavam antigas tigelas de cristal e cálices arranhados. Emília ficava frustrada ao ver dona Dulce encher assim a casa de coisas velhas e quebradas quando podia perfeitamente comprar tudo novo. O que mais a desconcertava, porém, era a limpeza impecável do lugar. Deixou cair fiapos de linha no chão. Entortou a posição de uma almofada na poltrona. Deixou a marca dos dedos nas cristaleiras. Tirou da prateleira um dos livros encadernados em couro e não o pôs de volta na estante. Mas, no dia seguinte, lá estava ele no seu devido lugar. Tinham ajeitado a almofada. Varrido o chão. Limpado o vidro do móvel.

Emília dava umas voltas pelo jardim, à sombra das pitangueiras. Seu Tomás, que cuidava daquilo tudo, estava sempre circulando furtivamente por ali. Tinha ordens expressas para ficar de olho na moça, como se ela fosse uma criança desobediente à espera da primeira chance de escapulir pelo portão de entrada. Emília suportava essa e outras humilhações. À mesa, os seus guardanapos estavam sempre maldobrados. Muitas vezes, a sua colher de café tinha uma sujeirinha qualquer. As suas toalhas de banho nunca estavam bem secas. As pregas dos seus vestidos não eram bem-passadas.

Embora reparasse em cada detalhe dentro daquela casa, dona Dulce não notava o desleixo das criadas com relação a Emília. Ou fingia não notar. A sua sogra nunca repreendia as empregadas por falhas específicas, mas vivia dizendo que elas tinham de "tratar a esposa de Degas com respeito e obedecer-lhe como se fosse a patroa!". Quanto mais dona Dulce mandava que lhe obedecessem, mais relaxadas elas se tornavam. Se a sua sogra fosse abertamente má com ela, a criadagem talvez lhe demonstrasse alguma simpatia. Poderiam até considerá-la uma aliada. No entanto, quanto mais dona Dulce a punha numa posição superior, mais as empregadas a detestavam. Por já ter trabalhado na casa do coronel, Emília conhecia muito bem as invejas mesquinhas que a patroa pode provocar em meio à criadagem e, às vezes, no seio da própria família. E desconfiava que dona Dulce também sabia disso muito bem. Sempre que Emília se aproximava das áreas de serviço da casa, as criadas se calavam. Só Raimunda lhe dirigia a palavra, perguntando se estava precisando de alguma coisa. A moça então inventava algo – um copo de água, mais linha de bordar, uma fatia de bolo. Certa vez, quando estava saindo, ouviu as empregadas rirem. "Matuta!", disse uma delas. "Vai ver nunca comeu bolo na vida!"

Degas tinha lhe dito que todas aquelas mulheres moravam em barracos nas regiões alagadiças de Afogados e Mustardinha, mas tinham nascido na capital e o simples fato de serem recifenses as fazia se acharem superiores a Emília. No interior, ela teria sido considerada uma esposa excelente. Sabia fazer farinha de mandioca, moer o milho para fazer fubá, plantar feijão, fazer um vestido para uma senhora e uma camisa para um cavalheiro. De repente, aqueles talentos tinham se tornado defeitos ali no Recife. Ela não tinha um sobrenome. Não era filha de coronel nem parente de fazendeiro rico. Não era ninguém, e aqueles guardanapos maldobrados, as colheres sujas e as toalhas úmidas eram o jeito que as empregadas encontraram de fazê-la lembrar disso.

Em Taquaritinga, Degas tinha lhe prometido lindos vestidos, uma festa de casamento, um passeio de automóvel. A única promessa que se concretizou foi a comunicação do casamento, poucos dias depois de sua chegada ao Recife. A notícia saiu na coluna social do *Diário de Pernambuco*, sem uma foto sequer.

> O Sr. Degas Van der Ley Feijó Coelho, em viagem ao interior, casou-se com a Srta. Emília dos Santos, moradora de Toritama, em cerimônia íntima. A viagem de núpcias foi adiada em virtude dos estudos do noivo na faculdade de Direito da Universidade Federal de Pernambuco.

O nome da sua cidade natal saiu errado. Emília ficou chateada, mas Degas lhe garantiu que erros desse tipo ocorriam com frequência. A festa de casamento seria marcada quando o calor amainasse, disse ele. Os vestidos, o passeio de automóvel, os almoços e jantares viriam com o tempo. No momento, segundo dizia, andava ocupadíssimo com os estudos. Ela certamente entenderia.

Emília assentiu. Os homens trágicos das suas fantasias infantis tinham ido embora. As figuras surdas, mudas e bonitas das páginas da *Fon Fon* haviam sido substituídas por um homem de verdade. E, dele, a moça não esperava amor nem romance. Esperava contar apenas com a sua atenção, os seus conselhos. Achava que o marido poderia ser um pouco seu professor, acompanhando-a pelos círculos da sociedade do Recife e, quem sabe, até lhe mostrando o mundo. Mas, assim que chegaram à capital, Degas se tornou um homem fechado, difícil de atingir. Não tinha mais nenhuma história para lhe contar, nenhum elogio a lhe fazer. De dia, tratava-a com educação, puxando a cadeira para ela se sentar à mesa, na hora do café da manhã, e dando-lhe um beijo na bochecha antes de sair. Emília andava desconfiada daquela gentileza, interpretando-a como uma forma cavalheiresca de tolerar a sua presença. De noite, depois que Emília já tinha se deitado na cama, ele entrava furtivamente no quarto, pegava o pijama no armário e voltava rapidamente para o seu quarto de solteiro.

Nas fotos da *Fon Fon* que mostravam casas e apartamentos elegantes, o quarto de casal muitas vezes tinha duas camas – uma para o marido, outra para a mulher. Na casa do coronel, dona Conceição não aguentava os roncos do marido e, portanto, os dois dormiam em quartos separados, com uma porta de comunicação. Isso ela teria aceitado: gostava de ter uma cama só para si. Preocupava-se, porém, com os seus deveres conjugais. Dia sim, dia não, as empregadas trocavam os lençóis da sua cama. Ninguém os inspecionava. Dona Dulce e o Dr. Duarte não procuravam manchas marrom-avermelhadas que provassem a pureza da nora. Emília se convenceu de que, na cidade, as pessoas não praticavam os mesmos rituais bárbaros que a gente do interior. Talvez o comportamento de Degas fosse normal, pensava com seus botões. Talvez os cavalheiros não tivessem pressa.

"Todo homem é como os bodes", dissera-lhe uma vez tia Sofia, quando a viu toda encantada diante da foto de um ator na *Fon Fon*. "Eles têm as suas necessidades. Os ricos são os piores, são verdadeiras cobras!" Mas o que é que tia Sofia sabia a respeito dos cavalheiros? Degas não tinha essas necessidades. A não ser pelos rápidos olá e até logo, jamais a tinha tocado. Ela tomava longos banhos, borrifava-se com perfume e trocara aquela camisola antiquada, com a fenda na frente, pelo conjunto bordado que os sogros tinham lhe dado. Degas nem pareceu notar esses progressos. Como tudo o que a cercava agora, o marido era, para ela, um estranho. A cidade e a casa dos Coelhos tinham cheiros diferentes, sons diferentes, insetos e pássaros diferentes, plantas diferentes, regras diferentes. Por que então deveria esperar que o marido agisse como os fazendeiros com quem tinha sido criada? Sem saber como lidar com tantas mudanças, todo dia Emília se trancava no quarto por alguns minutos. Deitava na cama, respirava fundo e fechava os olhos. Talvez *ela* é que fosse diferente, e tudo ao seu redor absolutamente normal. Talvez Degas não fosse estranho ou tivesse algum problema, e sim ela mesma. Se não a tinha tocado deveria ser por alguma razão – estaria revoltado com os seus modos de provinciana? Será que, como as empregadas da casa, ele próprio criticava em silêncio a escolha que tinha feito?

Quando estavam namorando, Emília só tinha pensado nas vantagens daquela união. Via apenas os espaços repletos de móveis, fogões a gás e tapetes confortáveis. Não tinham lhe ocorrido os espaços vazios: a cama com aquela imensidão branca de lençóis; a mesa da sala de jantar, com a toalha comprida e com as dobras bem visíveis, e a disposição dos pratos e talheres separando uma pessoa da outra. E o corredorzinho estreito do andar de cima por onde, toda noite, Degas ia para o seu quarto de solteiro, fechava a porta e a deixava esperando.

7

Havia muitos pássaros na propriedade dos Coelhos. Ficavam piando nas pitangueiras, saltitando pelo quintal. Por sobre aqueles pios e trinados, erguia-se o canto agudo e persistente do corrupião. Foi um presente que o Dr. Duarte ganhou de um de seus correligionários políticos, e o pássaro chegou àquela casa sem saber nada, a não ser a melodia da primeira estrofe do hino nacional. O animal só variava o ritmo. Quando as criadas entravam no escritório, a música soava rápida e assustada. Depois que lhe davam uma boa porção de sementes de abóbora frescas e de água, o canto se tornava lento e preguiçoso. À noite, quando o Dr. Duarte tentava lhe ensinar a segunda estrofe, o corrupião, teimoso, só fazia repetir a velha melodia.

Certa tarde, quando Emília estava bordando no quintal da casa, o canto do pássaro soou entrecortado e frenético. A porta envidraçada do escritório estava aberta. Tinham deixado o corrupião ao sol. Irrequieto, o bichinho pulava de um lado a outro da gaiola. Enfiava as asas alaranjadas na vasilha de água vazia. A moça deixou de lado o bordado. Entrou no escritório e arrastou a gaiola de pé para a sombra.

Um raio de sol quente atravessou a escrivaninha maciça do Dr. Duarte. Junto dela, num pedestal semelhante ao da gaiola do corrupião, havia um busto de porcelana. A cabeça era dividida em várias seções, todas elas rotuladas: *Esperança. Lógica. Amorosidade. Sagacidade. Benevolência. Destrutividade.*

As paredes do aposento eram recobertas de estantes. Em sua maioria, as prateleiras continham livros. Em outras, havia crânios dispostos em ordem crescente, dos menores aos maiores. No fundo, iluminados por um raio de sol que penetrava mais na sala, havia potes de vidro com umas tampas arredondadas. Emília protegeu os olhos com a mão. Pareciam os potes de geleia de dona Dulce, só que maiores. E, em vez de conterem aquelas conservas escuras e doces, estavam cheios de um líquido amarelado, cor de âmbar, que reluzia ao sol. Emília fechou as portas envidraças e baixou as persianas. Dirigiu-se então às prateleiras dos fundos.

Nos potes, flutuavam objetos. Eram opacos e desbotados, como se o líquido que os envolvia lhes houvesse sugado a cor. Num deles, boiava uma língua, enroscada e cheia de músculos. Noutro, um coração de um cinza pálido. A moça não conseguiu identificar o conteúdo dos demais. Havia dois órgãos no formato de feijões, uma grande massa amarela que parecia fibrosa e encorpada e um órgão flácido e marrom recostado nas paredes de vidro que o confinavam. Acima desses potes, havia um outro, maior ainda, sozinho numa prateleira. Na etiqueta, lia-se *Menina Sereia*.

Estava de olhos fechados. Tinha a cabeça inclinada e o corpo enroscado. Uma ligeira penugem cobria a cabecinha do feto. A criança parecia imersa num sono profundo e tranquilo, podendo despertar a qualquer momento. Emília adoraria que o corrupião parasse com aquele canto ininterrupto. Do torso miúdo da garotinha, brotavam dois cotos moles, dando a impressão de que os braços estavam escondidos nas costas. As pernas eram fundidas, como uma nadadeira. A moça tocou no pote. Alguns fios do cabelo daquele feto flutuaram para um lado e para o outro no líquido cor de âmbar.

A porta que dava para o corredor se abriu. Emília se afastou da estante. O Dr. Duarte entrou. Pareceu espantado ao vê-la ali.

– Desculpe – disse ela. – Vim tirar o corrupião do sol e baixar as persianas.

O Dr. Duarte resmungou qualquer coisa. Pôs a pasta em cima da escrivaninha e se aproximou da nora. Cheirava a charuto, a água-de-colônia e a algo mais – uma mistura de frutos excessivamente maduros e ar do mar; o cheiro dos armazéns do cais do porto, o cheiro da cidade.

– Espionando a minha coleção? – indagou ele.

– Ah, não! – exclamou Emília, com o coração aos pulos.

Queria sair dali, mas o homem impedia a sua passagem e perscrutava o seu rosto.

– Consigo essas coisas depois que os sujeitos já morreram – prosseguiu ele, rindo. – Não precisa me olhar desse jeito. Não sou o lobisomem!

– Claro que não! – retrucou a moça, num sussurro.

O rubor lhe queimava o rosto. Por um instante, quando deparou com o conteúdo dos potes, lembrou mesmo daquele personagem. Era uma história horrível que as crianças da escola do padre Otto gostavam de contar: um velho rico, amaldiçoado por um dos seus empregados e obrigado a raptar crianças para comer os seus órgãos, caso contrário viraria lobisomem.

– Ela é uma anomalia – disse o Dr. Duarte, apontando para o pote mais próximo de Emília.

– Uma o quê?

– Uma anormalidade. Apenas um em cem mil fetos tem pernas e braços fundidos. A mãe era uma criminosa, talvez alcoólatra. A pobrezinha herdou isso.

Girou o pote. Os ombros da menininha bateram contra o vidro. O seu cabelo ondulou.

– Ela morreu ao nascer – acrescentou o Dr. Duarte. – Melhor assim. Teria certamente as tendências criminosas da mãe.

– Por não ter pernas? – perguntou Emília, pondo a mão no pote, numa tentativa de deter o movimento do feto. – Mas a culpa não é dela.

– Esse é o problema! – exclamou seu sogro, juntando as mãos ruidosamente e assustando-a. – A maioria dos médicos criminologistas, mesmo os pioneiros, como Lombroso, acredita que essas deformações muito flagrantes, uma cauda, vários mamilos, queixo para dentro, identificam um criminoso. Mas não têm condições de avaliar exatamente como essas coisas afetam o comportamento humano.

Ficou olhando para Emília, à espera de uma resposta.

– Minha tia Sofia não confiava em homens de barba rala – disse enfim a moça.

O Dr. Duarte jogou a cabeça para trás e soltou uma sonora gargalhada.

– A sua tia é partidária do nosso estimado Lombroso! – observou ele, sorrindo. Tinha o rosto corado, os olhos brilhantes. – Não se pode simplesmente olhar para alguém e determinar o seu potencial criminoso. Isso é um contrassenso ultrapassado. Alguns pobres infelizes podem ter um nariz terrivelmente achatado e nenhuma outra característica de criminalidade. Mas não me entenda mal: concordo inteiramente com Lombroso. Afinal, ele é o fundador da Escola Moderna! Os criminosos são diferentes de nós. São identificáveis, mensuráveis e previsíveis. Só que a verdade não está no nosso olhar, mas na matemática. É tudo uma questão de escala.

Emília assentiu. O Dr. Duarte falava com clareza e convicção, mas, quando as palavras dele lhe chegavam aos ouvidos, pareciam confusas e obscuras. A moça lembrou da fita métrica que estendia de ombro a ombro ou passava em torno da cintura. Tia Sofia sempre lhes dizia que uma costureira deve ser calada e sensível, pois fica sabendo de grandes segredos. Com a fita métrica, Emília percebia a curva de uma barriga que de repente havia crescido. Tinha de passá-la com todo o cuidado por braços machucados. Via os contornos do corpo das recém-casadas, miúdos e frouxos, irem se espessando e avolumando com o tempo. Será que era isso que o Dr. Duarte estava querendo dizer, que o que pode ser medido pode ser conhecido?

– A medição nos permite ver o que não é visível – prosseguiu ele. – A formação do cérebro nos dá a possibilidade de distinguir os criminosos incuráveis dos desviados.

– Desviados? – indagou Emília.

– Os ladrõezinhos à toa. Os pervertidos – disse seu sogro, juntando as pontas dos dedos de ambas as mãos. – São indivíduos de mente fraca. Têm remorsos depois de exibir um comportamento degenerado, mas são egoístas. Não querem abrir mão de prazeres particulares em nome do aperfeiçoamento da sociedade. No entanto, podem ser recuperados com disciplina e, às vezes, com medidas mais rigorosas: detenção, confinamento, injeções hormonais. Desculpe – disse ele de súbito, passando os dedos pelo cabelo que já rareava. – Isso não é conversa para damas.

– Estou gostando – retrucou a moça, feliz por poder conversar com alguém. O Dr. Duarte sorriu, mas não mostrava mais o brilho e o entusiasmo de antes. Ao fundo, o corrupião continuava a cantar.

– O que está achando de morar aqui? – perguntou seu sogro.

– Ah... – balbuciou ela. – É... exatamente o que eu queria.

– Ótimo.

Emília voltou a fitar a Menina Sereia. Um pozinho flutuava no fundo do vidro. Há quanto tempo ela estaria ali dentro? Ficaria assim para sempre, calada e enroscada, ou, aos poucos, começaria a se desmanchar, virando apenas um punhado de pó? Pensou em perguntar isso ao sogro, mas achou que era bobagem.

– Tem de admitir – disse o Dr. Duarte – que uma esposa é uma força motivadora para um homem. Enfim, Degas está se dedicando aos estudos. Dona Dulce queria que ele se casasse com uma moça do Recife. Ela diz que tem uma razão para o Cupido ter asas curtas – acrescentou ele, rindo. – Devo confessar que fiquei chocado quando recebi os telegramas de meu filho sobre a... a ligação de vocês. No início, achei que fosse mais uma de suas histórias. Mas é claro que eu queria que ele assumisse uma atitude honrada. E, depois de refletir um pouco sobre o assunto, passei a gostar da ideia. É evidente que não gostaria de vê-lo manchar a honra de uma moça honesta! – prosseguiu, enrubescendo. – O que quero lhe dizer é que fiquei aliviado ao vê-lo arranjar uma esposa. Uma boa moça do interior: é tudo de que ele precisava.

– Manchar? – repetiu Emília.

– É um modo de falar – retrucou o Dr. Duarte abanando a mão com um gesto impaciente. – Independentemente das circunstâncias, já era hora. Pouco importa que seja justo ou não, mas, à medida que um homem envelhece, ser solteiro vai se tornando uma desvantagem. Tem de admitir, Emília, que Degas pode ter se comportado mal com relação a você, mas reparou o erro cometido ao lhe dar o seu nome.

Seu sogro gostava de começar as frases com expressões como *Você tem de admitir* ou *É evidente que*, deixando os seus ouvintes praticamente sem escolha. Emília baixou a cabeça. Os seus ouvidos zumbiam, estava ofegante. Uma coisa era aquela gente de Taquaritinga achar que ela estava desonrada; outra, bem diferente, era os seus sogros pensarem a mesma coisa. Nunca perguntou a Degas o que ele dizia nos telegramas que enviava ao Recife. Deduziu que o rapaz lhe fazia justiça.

– Não há do que se envergonhar, minha querida! – disse o Dr. Duarte. – Essas coisas acontecem. Até dona Dulce vai acabar entendendo. As mães sempre se preocupam excessivamente com os filhos. Quando meu pai me mandou estudar medicina na Europa, minha mãe passou três meses chorando. Naquela época, ter instrução não rendia dinheiro, mas as famílias tradicionais sempre mandavam os filhos para o exterior; portanto, meu pai decidiu que, com o filho dele, não seria diferente. A minha mãe, pobre alma, adoeceu de tanta preocupação. Achava que cultura em excesso estragava os homens. Como se a cultura fosse açúcar e os homens, dentes! – O Dr. Duarte se calou. – Hoje em dia entendo melhor o que ela queria dizer com isso.

Ouviu-se uma leve batida à porta que dava para o pátio. Dona Dulce entrou no aposento.

– Ouvi o pássaro – disse ela, olhando para o marido e, depois, para Emília. – Ele parecia agitado, mas eu não podia me afastar da cozinha.

– Emília cuidou dele – retrucou o Dr. Duarte.

– Ótimo – observou dona Dulce, sorrindo. Tinha os dentes miúdos e as gengivas bem largas, como Degas. – Espero que não tenha se assustado com as quinquilharias do Dr. Duarte. Entre ciência e política, prefiro ter a primeira dentro de casa. É a menos repugnante das duas.

O marido bufou.

– Venha – disse a sogra, com uma vozinha estridente e estendendo a mão pálida para Emília. – Não deixe que ele a aborreça com essas conversas. O Dr. Duarte está sempre atrás de ouvidos disponíveis.

8

Emília não conseguiu dormir aquela noite. Ficou deitada ali, sentindo-se desconfortável entre os lençóis engomados do leito conjugal. À tarde, no escritório do Dr. Duarte, descobriu por que ninguém cuidava direito daqueles lençóis. Todos na casa dos Coelhos achavam que Degas a tinha desonrado antes do casamento; viam-na como uma mulher perdida. Talvez fosse por isso que dona Dulce não gostava dela.

Do outro lado do corredor, os discos em inglês de Degas bradavam: "Onde posso pegar o bonde? – *Where can I find the trolley?*"

Emília se levantou. Vestiu o roupão de linho e foi até o quarto de solteiro do marido. Delicadamente, bateu à porta. Como Degas não respondeu, a moça entrou. O quarto estava esfumaçado e era apinhado de coisas. Num dos cantos, ficava a vitrola. Ao contrário das que vira em Taquaritinga, aquela ali não tinha o tal tubo de cobre. O fonógrafo do seu marido era encaixado num móvel de madeira bem alto. Acima dele, prateleiras repletas de relíquias da infância: um fantoche de pau, com as cordas terrivelmente emaranhadas, um punhado de bichinhos miúdos, um trenzinho. Havia livros de direito espalhados por todo lado e, nos pés da cama de casal, um baú de viagem. Os seus trincos de cobre estavam descorados pelo tempo. Na tampa de couro, viam-se diversas etiquetas com emblemas de países. Degas estava sentado numa poltrona, junto da única janela do aposento, que dava para o pátio. Fumava um cigarro. Entre as baforadas, repetia as estranhas frases do disco. Quando viu Emília, parou no meio de uma delas.

– Está tudo bem? – indagou, desligando a vitrola.

– Não – respondeu a moça. – Não estou conseguindo dormir.

– Nem eu – retrucou ele, virando-se para a janela.

Emília fechou mais o decote do roupão. Não tirava os olhos dos pés descalços, dos dedos gordos. Lamentava ir interromper assim os estudos de Degas, mas as palavras do sogro continuavam a lhe doer.

– Quer fumar? – perguntou ele, voltando-se para dentro novamente.

– Não – respondeu Emília, embora tivesse curiosidade de experimentar um cigarro. – Dona Dulce diz que as damas não fumam.

Degas estalou a língua.

– Metade das senhoras do Recife fuma. Minha mãe sabe disso. Não há problema em ter um vício, Emília – acrescentou ele, tirando um cigarro bem enroladinho da cigarreira de prata. – Só não deixe que a peguem. Não é o vício, mas a descoberta dele que é perigosa aqui.

– Nesta casa? – indagou ela.

– Nesta cidade – respondeu ele, dando de ombros. – Na verdade, em qualquer lugar. – Tinha as pálpebras caídas, parecendo mais cansado do que dissera estar.

Emília pegou o cigarro. Aquele cilindro parecia leve e delicado entre os seus dedos. Lembrou-se das atrizes de pescoço comprido que via nas suas velhas revistas, das poses que faziam com o cigarro nas mãos, e sentiu uma onda de excitação. Quando Degas acendeu o isqueiro, a moça teve dificuldade em ficar imóvel. Puxou uma longa baforada. A fumaça fez sua garganta arder e seu nariz pinicar. Teve um violento acesso de tosse. Degas se aproximou.

– Não quero corrompê-la – disse ele, tentando lhe tirar o cigarro da mão.

Emília recuou, afastando-se dele.

– Não sou criança – respondeu, ainda tossindo e sentindo a garganta arranhar. Aquele ar protetor do marido a deixou irritada. Achou que ele só tinha lhe dado aquele cigarro para se divertir tomando-o de volta. Puxou outra baforada e, com esforço, conseguiu engolir a fumaça.

– Conversei com seu pai hoje – disse ela. – No escritório. Ele me falou dos telegramas que você lhes mandou. Os que eram sobre mim.

O rapaz arregalou os olhos. Enfiou o isqueiro de prata no bolso.

– Era o único jeito, Emília. Caso contrário, os meus pais jamais teriam concordado.

– Agora sei por que as empregadas ficam cochichando a meu respeito – prosseguiu ela, sentindo na boca um gosto a um só tempo doce e enfumaçado.

O cigarro que segurava nas mãos já tinha se consumido em parte, formando uma massa de cinza na ponta acesa. Mais que depressa, a moça deu outra baforada.

– Bobagem – retrucou Degas, baixando a voz. – Elas não sabem de nada. Minha mãe é discreta. Jamais deixaria o verdadeiro motivo vir à tona.

– Mas não é verdade.

Degas mordeu o interior da bochecha.

– Às vezes – retrucou ele –, temos de dizer às pessoas o que é necessário, não o que é verdade.

Por causa do cigarro, Emília sentiu uma leve tonteira. Apoiou-se no móvel da vitrola.

– É o meu nome que está desonrado, não o seu – retrucou a moça, baixinho. – Você saiu dessa história como um homem de honra, por ter se casado comigo apesar... – Os seus ouvidos zumbiam. Precisou se segurar com mais força no toca-discos. – Você nunca tomou nenhuma liberdade comigo, Degas. Eu não teria deixado. Quero que diga isso aos seus pais. Quero que eles fiquem sabendo. Para você, não vai fazer a menor diferença, já que estamos casados. Mas, para mim, vai.

Degas piscou. Recostou-se no outro lado do gabinete de madeira. Bem devagar, tocou a etiqueta metálica. Havia, ali, a figura de um cachorro, de orelha em pé, diante da concha acústica de um fonógrafo. Acima dele, a palavra *Victrola*, escrita em letras grandes e desenhadas.

– Ouvi dizer que a sua irmã se chamava assim – disse ele. – É um nome tão estranho...

Emília estava se sentindo enjoada. Tinha fumado demais. O cigarro ainda estava ali, quente na sua mão, com a brasa quase tocando em seus dedos.

– Era apelido – retrucou.

– Foi horrível o que aconteceu com ela – prosseguiu Degas, ignorando-a. – Simplesmente terrível. Qualquer um pensaria que, por causa do braço aleijado, os cangaceiros não a importunariam.

– Achei que você não sabia sobre minha irmã – disse Emília.

– É adorável vê-la pensar assim – observou ele, esboçando um ligeiro sorriso. – Isso só prova como você é pura, como os mexericos não a atingem. Felipe me contou, mas todos falam a respeito. Até as empregadas do coronel. Nunca na sua frente, claro.

Circulando o móvel, Degas se aproximou e pôs as mãos nos ombros da mulher.

– Todo mundo acredita que esse silêncio é consideração – acrescentou ele, com brandura. – Mas, na verdade, é discriminação. As pessoas que são objeto de fofocas são efetivamente objeto de silêncio. Você sabe como é isso. E eu também. Foi o que me aproximou de você, Emília. Queria ajudá-la a sair daquela situação indigna.

– Que ela descanse em paz – balbuciou a moça, com a voz embargada, fitando o toca-discos.

– Não fique chateada – disse Degas, abraçando-a com força. – Não contarei a ninguém o que aconteceu com sua irmã. Meu pai é perverso com relação a essas coisas. Ele se intitula uma autoridade em termos de criminosos. Na verdade, não tem noção do que está dizendo. Tudo o que faz é acrescentar uma pitada de matemática às conclusões a que chega para que elas pareçam coisa de especialista.

Ele a soltou. Quando voltou a falar, foi num tom de voz mais baixo.

– Temos de ser discretos com os seus problemas familiares, Emília. O que fere a sua reputação fere a minha, e vice-versa. É como a história que contei aos meus pais: verdade ou não, não nos faria nenhum bem, nem a você nem a mim, que isso se espalhasse. Essa é a nobreza do casamento: temos o compromisso de proteger o outro dos falatórios.

Emília assentiu, distraída. Parte dela se sentia estranhamente grata a Degas, ao passo que a outra queria voltar para o quarto e trancar a porta.

– Você não parece nada bem – disse ele, em tom delicado. – Vá se deitar – acrescentou, tirando o toco de cigarro da sua mão. – É fácil exagerar, Emília. Você ainda não conhece os seus limites, mas vai aprender.

9

No dia seguinte, dona Dulce veio ao encontro de Emília no pátio.

– Já descansou bastante – disse-lhe a sogra, tirando o avental engomado. – Agora, temos que trabalhar.

Levou a moça para uma sala grande e cheia de espelhos no térreo. O lugar era escuro e quente. Junto às paredes, estavam empilhadas cadeiras de recepção. Dona Dulce trancou a porta que dava para o corredor e manteve fechadas as cortinas que se abriam para o quintal.

– Não é bom mantê-la trancada em casa – disse ela. – As pessoas vão pensar que estamos tentando escondê-la e vão começar a inventar todo tipo de motivos para justificar essa atitude.

Perto da parede espelhada, havia um bastão comprido e fino. Dona Dulce o pegou.

– Ande – ordenou.

Aqueles espelhos todos davam a impressão de que havia ali fileiras e mais fileiras de donas Dulce de cabelo cor de milho, todas severas e mandonas, com os olhos amarelados pregados em Emília.

– Ande – repetiu ela.

Emília se afastou da sogra, que continuou a observá-la pelos espelhos.

– Não fique assim toda dura – exclamou ela.

A moça apressou o passo.

– Não! – gritou dona Dulce. – Não saia correndo como se fosse um cavalo. E não balance os braços. Você não está espantando moscas! Vá devagar. Não se apresse. Isso indica nervosismo.

De repente, sua sogra surgiu ao seu lado e cutucou sua barriga com o bastão.

– Barriga para dentro. Foi assim que as freiras me ensinaram. Não é fácil, mas tem de ser desse jeito. Agradeça por eu estar disposta a lhe ensinar tudo, senão jamais teria condições de sair de casa. Vai ser mais simples moldar os seus modos, já que nunca lhe ensinaram nada disso antes. Por esse prisma, prefiro que seja você a uma dessas moças obstinadas aqui da capital, que acham que podem simplesmente descartar as boas maneiras. Barriga para dentro!

Dona Dulce cutucou os ombros, as costas e o peito da nora. Parecia até que, quando ela cutucava uma dessas partes, as outras saltavam naturalmente. Mesmo assim, repetiu a tal frase inúmeras vezes, como se entoasse um cântico. Depois, tirou um cabo de vassoura de detrás das cadeiras empilhadas. Pôs o pau na nuca da moça e passou os seus braços por cima dele. O peito de Emília se projetou para a frente.

– A nossa postura revela a nossa natureza – disse dona Dulce. – As pessoas que andam relaxadas são preguiçosas: não têm autodisciplina suficiente para se manter de pé. Agora, ande.

Passaram várias tardes naquela sala quente e cheia de espelhos. Sempre que Emília saía dali, tinha o vestido úmido, o cabelo colado à testa, os pés e o pescoço dormentes. Até dona Dulce exibia um leve rubor no rosto pálido. De noitinha, a moça ficava olhando os ambulantes pela janela do seu quarto. Reparava como os homens carregavam todo o seu estoque – espanadores de penas e baldes de alumínio, vassouras, garrafas e jarras de barro – pendurado numa vara que levavam nos ombros, perfeitamente equilibrada, como se fosse uma balança. Depois que Emília aprendeu a postura correta, dona Dulce descobriu uma das cadeiras e mandou que ela repetisse o ritual de se sentar e ajeitar a saia. A moça se levantou e se sentou até ficar com os joelhos doendo. Enquanto isso, com o bastão sempre à mão, a sogra lhe ensinava outras lições mais sutis: nunca se sente ao lado de um homem que não é o seu marido; nunca demonstre desconforto ou desagrado; nunca apresente as pessoas umas às outras, a não ser quando for a anfitriã; nunca cumprimente ninguém com um aperto de mão.

A cada regra, a voz de dona Dulce ia ficando mais baixa e as pancadas que dava com o bastão, mais fortes. Parecia irritar-se por ter de dizer essas coisas em voz alta, como se, com isso, elas perdessem um pouco do seu valor. Se Emília pedia alguma explicação, a sogra retrucava secamente:

– Quem fala muito revela cada cantinho da cabeça oca – dizia ela. – É melhor ficar calada até que alguém lhe faça uma pergunta qualquer.

Regras são regras, como dizia dona Dulce. Se Emília tivesse nascido naquele mundo, se tivesse recebido uma educação adequada, não haveria necessidade de ficar repetindo essas coisas. Nada disso seria simplificado pelas palavras, soando como aquelas recomendações vulgares que se encontram nas revistas de moda. Elas a teriam impregnado, ao longo de anos e anos de observação e de rotina, a tal ponto que não existiria outra maneira possível de ser.

Lá pelo fim do verão, havia cada vez mais regras a serem decoradas. Depois de cada aula, Emília se sentia exausta e abalada. Eram tantos os erros que podia cometer, tantas as vulgaridades em que podia incorrer sem se dar conta... Ainda assim, estava decidida a se tornar uma mulher refinada. Acreditava que, se aprendesse as regras do seu novo mundo, se as incorporasse, a nódoa que manchava o seu caráter desapareceria. Dona Dulce passaria a respeitá-la. Degas a trataria como sua esposa e não como uma pobre moça do interior que ele havia resgatado. Iria com ela a almoços, ao cinema e, talvez, até ao Rio de Janeiro, em viagem de lua de mel, como tinha prometido. E nessa viagem, Degas a tocaria como um marido deve tocar a esposa. Emília agora sentava mais ereta, andava melhor. Na hora das refeições, não se atrapalhava com todos aqueles apetrechos. Mantinha as mãos longe do rosto. Limpava os cantos da boca com o guardanapo em vez de esfregá-lo nos lábios. Continuava tendo a maior dificuldade em identificar os talheres que dona Dulce gostava de dispor de forma elaborada ao lado e acima dos pratos. Nos momentos de dúvida, a moça imaginava a sogra às suas costas, segurando-lhe as mãos como se ela fosse um fantoche e dizendo: "Não se apresse. Não segure os talheres como se fossem uma pá. Ataque a comida com vigor, mas com o mínimo de ferocidade possível. E, por tudo o que é mais sagrado, não empurre o prato quando tiver terminado."

Se olhasse para o outro lado da mesa e visse as sobrancelhas erguidas de dona Dulce, da cor da palha do milho, demonstrando reprovação, não se aborrecia, nem parava de comer. Tudo o que fazia era fitar a dobra que havia no meio da toalha de linho e se lembrar do que a sogra tinha lhe dito no começo daquelas aulas: que não havia nenhum mistério no refinamento, a estrada que leva à classe era tão reta e sem desvios quanto aquela marca no meio da toalha.

10

Como recompensa pelos seus progressos, dona Dulce levou Emília para comprar tecido e, depois, foram ao ateliê de uma costureira na rua da Imperatriz. A moça não conseguiu dormir na véspera do compromisso, lembrando-se dos modelos que vira na *Fon Fon*: vestidos em forma de tubo, com saias que iam até a canela e um leve drapeado no decote. Como lamentava ter deixado as suas revistas em Taquaritinga; sua sogra não assinava a *Fon Fon*.

O ateliê da costureira tinha uma sala onde ficavam expostos tecidos e modelos, e outra para as clientes experimentarem as roupas. Empilhadas junto às paredes da primeira, havia peças e mais peças de tecido bem enroladinhas. Eram sedas estampadas, tafetás lustrosos, crepes translúcidos. Emília achou que ia desmaiar de tanta empolgação. Finalmente ia estar em cima do tamborete, e não ser aquela que segura a fita métrica. Ia ficar parada diante do espelho, mandando diminuir aqui, subir a bainha ali. Mas toda a sua empolgação logo desapareceu. Dona Dulce não dava nenhum valor aos chapéus clochê, aos vestidos elegantes ou aos sapatos de salto alto com fivelas delicadas. Escolheu linhos "clássicos", todos em tons neutros e sem graça, e determinou que a costureira fizesse os modelos mais simples de vestidos que havia na vitrine: ligeiramente decotados, de cintura baixa, com uma saia reta que deixava os tornozelos à mostra, mas cobria inteiramente as canelas.

A modista assentia em sinal de aprovação e se queixou da moda que estava chegando do Rio de Janeiro. De pé no tamborete, Emília prestou atenção a tudo o que as duas elogiavam e criticavam. Achava que todas as damas da cidade usavam as grandes novidades e os modelos mais ousados. Agora, via que existia uma diferença entre o que era novo e o que era aceitável. Se uma senhora adotasse o estilo melindrosa de forma exagerada, com saias muito curtas e vestidos colados ao corpo, logo era taxada de moralmente liberal ou, o que era pior, de sufragista. Mas quem se vestisse de modo excessivamente tradicional, com saias longas e cintura bem marcada, também seria alvo de falatórios por andar fora de moda. Perto daqueles rolos de tecidos de várias cores, a moça percebeu que uma mulher refinada era o oposto da casa dos Coelhos: no exterior, uma camada de modernidade, mas, por dentro, antiquada.

Da cabine, onde foi vestir o costume de linho de viagem, podia ouvir o barulho tão familiar das máquinas de costura. Saindo dali, não voltou à sala da frente; preferiu ir ao encontro daquele ruído. No fim de um corredor estreito, o som se tornou mais forte. Havia uma porta de madeira. Emília espiou lá para dentro. Um cheiro de guardado a fez recuar. O aposento era quente e mal-iluminado. Três fileiras de Singers a pedal se amontoavam num espaço bem reduzido. Ali dentro, umas mocinhas, recurvadas sobre as máquinas, pedalavam em ritmo febril, fazendo o tecido deslizar sob as agulhas. Algumas usavam lenço na cabeça e, na testa, o pano estava molhado de suor. Uma ergueu os olhos para ela, mas logo retomou o trabalho.

– Você errou de porta – disse dona Dulce bem alto, e sua voz suplantou o barulho das máquinas.

Estava ao lado da nora.

– Essas moças também são modistas? – indagou Emília.

– Não, minha querida – respondeu sua sogra, afastando-a dali. – São costureiras. A modista desenha. As costureiras só montam as peças. Pensei que soubesse.

Emília se atrapalhou toda com as luvas. Havia esquecido de calçá-las novamente e tinha plena consciência da presença das velhas calosidades nas pontas dos seus dedos de costureira. A pele já se tornara mais macia desde que deixara Taquaritinga; na casa dos Coelhos, tudo o que fazia era bordar, ouvir música, passear pelo jardim e ter aulas de etiqueta com dona Dulce. Mas aqueles calos, marcas de sua vida anterior, permaneciam em suas mãos. As duas seguiram pelo corredor. Pararam nos fundos da sala principal da loja, onde a modista guardava as peças de fustão com trama de quadradinhos ou casa de abelha, todos em tons de rosa e azul.

– Não são lindos? – perguntou sua sogra apontando para uma daquelas peças. – Vamos precisar disso em breve, espero eu. Já que não pudemos organizar um casamento, pelo menos vocês hão de me deixar organizar um batizado.

Emília assentiu, distraída. Não conseguia tirar da cabeça a imagem daquela salinha de costura abafada. Se tivesse vindo sozinha para a cidade, como planejava, talvez se visse agora encerrada num lugar assim.

– As cerimônias são importantes, Emília – prosseguiu dona Dulce. – No interior, as pessoas não são tolhidas, digamos assim, pelas mesmas convenções que temos de respeitar na cidade. Foi uma pena você ter de passar a noite de núpcias num trem. É o que sempre digo ao pessoal que trabalha lá em casa – acrescentou ela, fitando a nora, perscrutando o seu rosto com aqueles olhos cor de âmbar. – Lembra do que lhe disse a respeito das criadas? Elas falam demais. Não conseguem evitar. É da sua natureza. Como não têm nada a dizer sobre a própria vida, falam da nossa. E têm uma verdadeira rede que se estende pela cidade toda. Se, por exemplo, um homem recém-casado resolve ir dormir em seu quarto de solteiro, sempre que uma delas faz as camas fica se perguntando se ele não estaria visitando a esposa no outro quarto. Às vezes, comentam o fato com a patroa. Se não tomarmos cuidado, elas vão contar isso às outras. E, em breve, Recife inteira vai estar sabendo dessa história.

Emília sentiu um nó na garganta. Sempre achou que vários pares de olhos a espreitavam na casa dos Coelhos. Tentou se afastar daqueles rolos de tecido, mas a sogra a deteve. Empertigou-se toda, assumindo um ar rígido e formal, como se estivesse lidando com um membro da criadagem.

– Você precisa tratar o seu marido como um convidado – disse ela. – Uma boa anfitriã aprende a adivinhar as expectativas dos convidados, e trata de corresponder a elas.

– Mas Degas não tem nenhuma expectativa – disse a moça, com a voz embargada. – Não consigo agradá-lo.

Mais uma vez, dona Dulce pegou o fustão rosado entre os dedos.

– Nenhum homem sabe exatamente o que quer. Especialmente Degas. Ele é muito suscetível às más influências, como aquele tal de Felipe. Mas, agora, você é sua esposa e precisa influenciá-lo. Faz parte das tarefas de uma esposa treinar o marido para ter preferências. Com isso, ela pode lisonjeá-lo, correspondendo a tais expectativas. É assim que uma esposa se torna indispensável. Torna-se mais que uma simples falta de juízo momentânea.

A modista interrompeu a conversa, chamando-as de volta à sala de provas. Dona Dulce abriu um largo sorriso para a mulher, exibindo todos aqueles dentes miúdos e imaculados.

11

Três semanas depois da ida ao ateliê, Emília recebeu a sua coleção de vestidos de linho bege, marrom e cinza. Dona Dulce também havia supervisionado a compra de dois pares de sapatinhos de amarrar muito elegantes, de salto baixo, um preto e um marrom. Encomendou para a nora uma sombrinha de seda preta e um chapéu de abas largas, com várias fitas de gorgorão, para combinar com os vestidos. A moça chegou a pensar em esquecer aquele chapéu horrível no quintal, ao alcance dos jabutis. Pensou também em irritar a passadeira de pele de ameixa para que, na hora de passar os seus vestidos, a mulher fosse bem descuidada com as fagulhas que saíam do ferro. Mas não conseguia fazer isso – os vestidos eram caros, o chapéu de palha tinha um acabamento impecável e o couro dos sapatos era o mais macio que já tinha usado. Se não podia ter roupas da moda, ao menos tinha coisas finas.

Naquele dia, em vez de levar a nora para a sala cheia de espelhos onde transcorriam as aulas da tarde, dona Dulce mandou que Emília pusesse um dos vestidos novos e prendesse o cabelo.

– Temos de pôr em prática as lições que lhe dei – disse ela.

O calor da tarde já tinha amainado quando as duas chegaram à praça do Derby. Uma brisa marítima refrescava o ar. Os bondes não tocavam as suas sinetas. Os poucos vendedores ambulantes que cercavam o parque já tinham vendido o grosso de seus legumes ou vassouras, e não apregoavam os seus produtos. Os fios pretos das linhas dos bondes recortavam o céu, parecendo as camas de gato que Emília e Luzia faziam com um barbante entre os dedos. Residências, maiores e mais bonitas que a casa dos Coelhos, contornavam toda a praça. E, na outra extremidade, ficava o imenso quartel da polícia militar, com a sua cúpula branca. Emília e a sogra começaram o passeio pelas alamedas sinuosas do parque.

Havia mais mulheres, umas jovens, outras velhas, todas bem-vestidas, caminhando juntas por ali ou sentadas discretamente nos bancos de ferro forjado. Quando dona Dulce e Emília passavam, sorriam ou cumprimentavam educadamente com um aceno de cabeça. Então, como se houvesse um acordo tácito entre aquelas mulheres, todas ficavam caladas até saírem do campo de visão das outras. Só depois se aproximavam um pouco mais da companheira e falavam em voz baixa.

Dona Dulce também obedecia a esse código, puxando Emília para perto de si e explicando-lhe baixinho quem eram aquelas pessoas e se faziam parte de uma família velha ou de uma nova. As mulheres de famílias velhas tinham lábios finos e gosto apurado. Os seus vestidos tinham golas com bordados intricados, fechadas rente ao pescoço por broches de pérolas. Os chapéus eram clochês de aba curta, com uma única pluma bem espessa presa a um dos lados. Quando viam dona Dulce e Emília, faziam um aceno de cabeça, mas raramente sorriam. Já as mulheres das famílias novas não tinham a mesma elegância imperturbável das outras. Usavam vestidos mais curtos, com mais joias, e tinham várias plumas no chapéu. Algumas estavam até com umas meias de seda cor de carne que faziam as suas canelas parecerem nuas. Também olhavam para as duas e, em geral, sorriam e paravam para conversar, falando em voz alta e soltando sonoras gargalhadas.

– Seja bem-vinda – disse Teresa Raposo, a matriarca de uma das famílias novas, uma mulher de cabelo bem escuro. Tentou arrastar Emília para um lado, mas dona Dulce segurou firme o braço da nora. Frustrada, dona Teresa baixou a voz e deu uma piscadela. – A cidade está precisando de sangue novo.

– Que horror! – murmurou dona Dulce assim que se afastaram. – Parece até uma horda de vampiros. Como se o velho sangue não fosse bom o bastante!

Emília ficou calada. Os sapatos novos estavam machucando os seus pés. A cabeça chegava a latejar de medo de cometer um erro qualquer: fazer uma pose mais relaxada, andar muito depressa ou parecer irrequieta na hora errada. Dona Dulce foi se encaminhando para a charrete a passos rápidos. Já era o suficiente para um dia só. Continuava alta, rígida, mandona, mas parecera antiquada e tensa junto das mulheres das famílias novas, nervosa e reverente diante das tradicionais. Quando entraram pelo portão da casa dos Coelhos, ela soltou um suspiro profundo, e Emília não saberia dizer se era de alívio ou de cansaço.

Depois disso, iam à praça do Derby uma vez por semana para fazer a sua "excursão", como dizia dona Dulce. Aos poucos, graças às regras sussurradas da sogra, às histórias do sogro e às suas próprias observações, a cidade e suas divisões começaram a adquirir, para Emília, contornos mais nítidos. Todos os que tinham alguma importância eram tradicionais ou novos. O resto – gente de pele escura ou clara, educada ou ignorante, varredor de rua ou professor universitário – fazia parte de uma horda nebulosa sem dinheiro ou nome de família. Os repórteres dos jornais, as costureiras, os vendedores de cestos, os motorneiros dos bondes, até mesmo os filhos de fazendeiros e de coronéis se incluíam nesse grupo. Ou não tinham um nome, ou eram pobres, ou ambas as coisas, e viviam, rezavam e sofriam como todos os que não são ninguém, invisíveis.

Muitas das famílias tradicionais tinham perdido a sua fortuna, ou, pelo menos, boa parte dela. Mas mantinham o seu prestígio. Os seus ancestrais eram os portugueses ou os holandeses que derrubaram as árvores da Zona da Mata para plantar cana-de-açúcar ou pau-brasil, para extrair tintura vermelha ou madeira de qualidade para violinos. Eram os Feijós, os Sampaios, os Cavalcantis, os Carvalhos, os Coimbras, os Furtados, os Van der Leys. Possuíam vastas extensões de terras e mandavam os filhos estudarem no Recife e, depois, na Europa. Mas o preço do açúcar caiu, a procura por tintura se reduziu e as famílias preferiram morar na capital em vez de continuar nas fazendas. Mesmo assim, mantinham a elegância, a influência política e, o que era mais importante, o bom nome.

As famílias novas não eram novas coisa nenhuma. Pelo menos na cabeça de Emília. A maioria vivia no Recife havia séculos, desde que os holandeses invadiram a região e permitiram que todos os grupos – judeus, ciganos e traficantes de índios – realizassem os seus negócios livremente, transformando a cidade no que os portugueses chamavam de Sodoma e Gomorra. Mas, como essas famílias não podiam traçar sua genealogia com a mesma facilidade das tradicionais, o seu passado tinha a eventual nódoa dos barcos mercantes, dos peixeiros e dos usurários. As famílias novas não estavam interessadas em terras, mas em negócios. Eram os Raposos – um clã de cabelos bem pretos, cujas mulheres tinham o leve sombreado de um bigode sobre o lábio superior e cujos homens eram atarracados e brigões. Eram os proprietários do moinho têxtil Macaxeira, um estabelecimento muitíssimo bem-sucedido. Os Lobos eram donos do *Diário de Pernambuco*. Os homens da família eram inteligentes e encantadores; as mulheres, enérgicas. Todos tinham em comum o nariz grande e adunco. Os Albuquerques, uma gente baixinha e bronzeada, conhecidos por sua calma e sua paciência, eram proprietários da Companhia Pesqueira Poseidon. E os Lundgrens, donos dos moinhos têxteis Torre e Tacaruna, eram altos, de rosto comprido, em geral espicaçados por seu humor aborrecido, mas elogiados por suas lindas filhas.

Com o passar das semanas, Emília pôde dar mais passeios na praça do Derby e acompanhar os Coelhos à missa de domingo. Eles frequentavam uma igreja recém-construída no bairro de Madalena, de paredes brancas e bancos acolchoados. As famílias tradicionais iam à antiga catedral, no centro da cidade, que tinha o teto abobadado e onde as missas eram mais longas. Entre os diversos clãs, havia muitas diferenças que ninguém jamais mencionava. Preferiam jornais distintos, apoiavam políticos distintos, moravam em bairros distintos. Era comum os homens, tanto os novos quanto os tradicionais, fazerem negócios juntos. O Dr. Duarte importava máquinas para uma das molassas do moinho dos Feijós. A fábrica dos Lundgrens fazia sacos de aniagem para o açúcar colhido pelos Coimbras. Às vezes, o Dr. Duarte almoçava com um senhor de uma família tradicional no seu clube e não raro Emília via homens de ambos os grupos parados à sombra das árvores da praça do Derby, fumando charutos e dando tapinhas nas costas um do outro. Esses mesmos indivíduos, porém, jamais se convidariam para almoçar ou tomar um café na própria casa. As suas esposas não permitiriam tal coisa.

Aparentemente, as mulheres do Recife tinham a memória maior e o coração mais duro. Havia dois clubes femininos de prestígio na cidade: a Sociedade Princesa Isabel e a Sociedade Auxiliadora Feminina. As frequentadoras do Princesa Isabel eram descendentes das famílias tradicionais e acreditavam que estavam ajudando a sociedade como um todo ao ajudarem a Igreja – fundando novas capelas no interior e realizando extensos projetos de restauração na cidade. Já as integrantes da Sociedade Auxiliadora Feminina, criação das famílias novas, realizavam campanhas para coletar alimentos, maratonas de tricô e jantares beneficentes para ajudar diretamente os pobres. As famílias velhas rotulavam a Auxiliadora de vulgar, ao passo que as novas taxavam a Princesa Isabel de inútil. Em geral, umas e outras se mantinham a distância, exceto na praça do Derby. O local, de início ponto de encontro das famílias tradicionais, foi pouco a pouco sendo reivindicado pelas novas. Como ninguém queria abrir mão dos passeios da tarde por aqueles jardins, ambos os grupos caminhavam lado a lado pelas alamedas de paralelepípedo que percorriam o parque. E Emília andava entre elas. Aquilo a deixava nervosa e sem jeito. Não sabia quando devia sorrir ou limitar-se a um aceno de cabeça. Ficou aborrecida ao ver que as mulheres das famílias tradicionais começaram a ignorá-la. Algumas chegavam mesmo a rir quando a moça passava acompanhada da sogra.

– Isso é bom sinal – disse dona Dulce quando voltaram para casa. A sua voz soou tensa e cansada. Cada uma daquelas saídas parecia deixá-la extenuada. – Se um grupo a detesta, o outro certamente a adotará.

Naquela noite, a jovem criada veio interromper o jantar. Trazia uma bandeja com um envelope.

– Venha cá – esbravejou dona Dulce, dirigindo-se à moça.

– É para a Sra. Emília – disse a criada.

O envelope era de um papel grosso, cor de manteiga recém-batida. Na frente, escrito em tinta azul, vinha o seu nome e, no verso, um timbre onde se lia:

Baronesa Margarida Carvalho Pinto Lapa.

– Ela é baronesa por casamento, não por sangue – observou dona Dulce.

Chamava-se Margarida Carvalho e era filha de um pecuarista, acrescentou ela. Era solteirona até que Geraldo Pinto Lapa, na ocasião já idoso, e um dos últimos barões que ainda existiam no Brasil, a conheceu e a levou para o Recife. Pouco depois do nascimento da única filha do casal, o barão morreu, deixando Margarida livre para fazer o que bem entendesse. Tinha se casado com um membro de uma família tradicional das mais respeitáveis, mas a sua presença a tornou uma família nova.

– Ela é a única mulher sócia do Clube Internacional – observou Degas, sorrindo. – É uma visita importante.

– Aquela filha dela é um horror – protestou dona Dulce. – Uma sufragista. – Inspecionou o convite, franzindo o cenho. – Vou ter de acompanhá-la.

12

A baronesa lembrava um dos jabutis do quintal. O queixo, anguloso e firme, projetava-se acima do pescoço enrugado, que se virava lentamente de um lado para outro. Os olhos, pequenos e saltados como duas jabuticabas, iam e vinham de dona Dulce a Emília. Sentaram-se numas poltronas de vime bem fundas que ficavam na varanda, de onde se viam a praça do Derby e o imponente quartel da polícia militar. Um bonde veio descendo a rua, chiando nos trilhos e obrigando as mulheres a interromper a conversa até ele passar. Emília ficou admirando os jasmins da baronesa, podados formando quadrados perfeitos. Pedras de quartzo brancas e rosa, dispostas em círculo, faziam o jardim da frente parecer uma torta em que se alternavam flores e pedras. Ao seu lado, dona Dulce permanecia sentada, sorridente e rígida. Falou dos preparativos para o Carnaval e lamentou que a festa caísse tão tarde naquele ano – na primeira semana de março, e não no mês de fevereiro. A baronesa se embalava na cadeira de balanço de palhinha. Usava um colar de pérolas e cada uma delas era tão grande quanto os dentes da frente de Emília. O cabelo grisalho se erguia e baixava com o vento.

– Essa moça fala? – indagou a baronesa, interrompendo a conversa. – Ou será que é muda?

– Ela é tímida – retrucou dona Dulce.

– Gosta de doce? – perguntou a senhora, dando um tapinha no braço de Emília.

Tinha mãos grandes e nodosas. Os dedos eram rígidos e recurvados, como garras rosadas.

– Gosto, sim, senhora – respondeu a moça.

– Ótimo. Sempre desconfio das pessoas que não gostam de doce.

A baronesa tocou uma sineta. Apareceu uma criada trazendo uma bandeja com uvas envoltas no leite condensado e recobertas de açúcar. Colocou-a diante de Emília.

– Então, você se casou com Degas – disse a velha senhora. – Ele era um menino tão calado. Brincava com a minha Lindalva, lembra, Dulce? – acrescentou ela, rindo. – Adorava as bonecas da minha filha.

– Vocês duas têm algo em comum – observou dona Dulce, abrindo um largo sorriso. – Emília também é do interior.

– Sei disso – retrucou a baronesa, pegando uma uva açucarada. – O comunicado do casamento que saiu no jornal era tão pequeno que mal pude lê-lo. Dizia que você é de Toritama. Não conheço essa cidade.

– Sou de Taquaritinga do Norte – disse Emília. – Aquilo foi um erro do jornal.

– Taquaritinga! – exclamou a velha, esquecendo a uva. – Então, somos ambas filhas das montanhas. Fui criada em Garanhuns. Adoro o interior. Todo ano, durante os meses de chuva, viajo para lá por conta da minha artrite – prosseguiu ela, mostrando as mãos retorcidas. – O meu pai era criador de gado. Paulo Carvalho. Já ouviu falar dele?

A moça balançou a cabeça. A baronesa franziu o cenho.

– Mas isso não tem a menor importância. Os Carvalhos estão extintos hoje. A não ser por mim e por Lindalva. Agradeço a Deus pelo velho barão! Todos achavam que ele era uma bananeira que já tinha dado os seus frutos – acrescentou ela, com uma piscadela –, mas ele provou que não era verdade.

Emília sorriu. Dona Dulce enrubesceu.

Da porta lateral, surgiu uma moça, usando um vestido amarelo-ovo. A saia deixava à mostra as canelas e um par de sapatos brancos elegantíssimos. O cabelo preto era ainda mais curto que o de Emília e ela tinha uma echarpe enrolada na cabeça, parecendo uma cigana ou uma artista de cinema. Emília olhou para o próprio vestido cinzento e se sentiu ridícula.

– Ah, Lindalva! – exclamou a baronesa, sorrindo. – Falando do diabo...

A moça se recostou no espaldar da cadeira da mãe. Tinha o rosto brando e redondo, como a parte convexa das colheres de sopa de dona Dulce. Os seus dentes da frente eram bem separados.

– Olá! – murmurou ela, ofegante, como se tivesse vindo correndo até a varanda.

– Foi Lindalva que a viu passeando ali na praça do Derby – disse a baronesa, indicando o parque com um gesto. – Espiando para ver qual dos dois lados a acolheria – acrescentou, piscando para dona Dulce. Em seguida, voltou os olhos para Emília e indagou: – Gosta do meu jardim?

– É adorável – replicou a moça, lembrando-se imediatamente da primeira aula de dona Dulce.

– Mandei fazer o muro baixo para que, aqui da varanda, pudéssemos avistar a praça. É muito agradável. Dá para ver quem vem e quem vai. Mas o preço que pagamos por nossa curiosidade é ter todas essas mexeriqueiras das famílias tradicionais olhando o meu jardim por cima do muro. Se vierem espiar hoje, vão vê-la aqui, tomando chá conosco – disse a baronesa, sorrindo. Os seus olhos de jabuticaba brilharam. – Logo vai descobrir, minha querida, que o Recife é uma cidade de famílias nobres com muros baixos.

– Gostaria de lhe mostrar a casa – propôs Lindalva, estendendo para Emília a mão gorducha de dedos curtos. – Venha. Mamãe fará companhia a dona Dulce.

De mãos dadas, entraram na casa. Ela era maior que a dos Coelhos, porém mais simples. A baronesa tinha menos móveis e muitas janelas bem grandes. Penetraram numa sala claríssima com o chão ladrilhado em preto e branco. Lindalva levou Emília para um lindo sofazinho estofado e se sentou bem junto dela. Olhou para o vestido cinzento da moça, como se só agora tivesse reparado nele.

– Está de luto? – indagou, erguendo as sobrancelhas com ar preocupado.

– Não – respondeu Emília, mas logo se corrigiu – Estou.

– De quem?

– Minha tia e minha irmã, que faleceram em junho. Mas, depois, eu me casei e...

– Foi Dulce que escolheu essa roupa? – atalhou Lindalva.

– Foi – disse a outra, suspirando aliviada.

– Bom, espero que não se aborreça comigo – acrescentou a filha da baronesa, aproximando-se ainda mais –, mas ele é absolutamente desenxabido. Você é linda. Devia destacar mais o seu corpo. Lá no Rio de Janeiro tem uma loja que faz uns vestidos de luto espetaculares. É roupa pronta, claro. Hoje em dia, todo mundo no Sul compra *prêt-à-porter*. Vou lhe dar o endereço. Acabo de chegar de lá. Eu me formei em literatura portuguesa na Universidade Federal. Quer ver uma foto da minha formatura?

Emília aquiesceu, distraída. Lindalva tinha a energia de um beija-flor. Só parava por tempo suficiente para a sua convidada assimilar o que ela dizia, mas, logo em seguida, já estava falando de outra coisa. Na verdade, Emília não estava com a menor vontade de ver a tal fotografia, mas não podia ser desagradável. Lindalva atravessou o aposento a passos rápidos, com o vestido amarelo esvoaçando às suas costas. Voltou com um estojo de veludo nas mãos. Ali dentro, havia uma foto bem grande. Um grupo de moças, trajando vestidos de baile brancos, estava sentado em duas fileiras bem ordenadas.

– Tinha tão poucas moças na minha turma. Antes de morrer, o meu pai insistiu para que eu estudasse. Depois de casada, a minha mãe estudou na Universidade Católica aqui do Recife, sabia? Isso era uma coisa excepcional para a época – disse Lindalva, sorrindo e entregando a foto a Emília. – Quem sou eu aí na foto?

Emília olhou para o rosto redondo à sua frente e, depois, para o retrato. Eram tantas as estudantes... Como poderia saber ao certo? Passou os olhos por todos aqueles rostos em preto e branco e acabou apontando para a que estava usando o vestido mais bonito: cheio de babados, com fitas e tule.

– Meus Deus! Claro que não! – retrucou a outra, rindo. – Se hoje não sou morena, imagine naquele tempo! Tente outra vez.

Emília estava com dor de cabeça. Queria voltar para a varanda, ficar sentada lá, quietinha, ouvindo dona Dulce discorrer sobre o Carnaval. Distraída, apontou para outra estudante.

– Não – disse Lindalva, sorrindo. – Sou esta aqui – acrescentou, indicando uma moça na última fileira, usando um chapéu bem grande com uma única pena presa na parte dianteira da aba.

Emília reconheceu então o rosto redondo, os dentes da frente separados.

Bem depressa, Lindalva fechou a caixa de veludo que continha a foto.

– Prometi à minha mãe que voltaria para o Recife. Gosto muito da cidade, mas as pessoas daqui são umas perfeitas idiotas. Principalmente as mulheres. As coisas são tão rígidas. Nada aqui é moderno. Você *tem* de ir a São Paulo. Lá, uma mulher pode sair sozinha na rua. Pode dirigir um automóvel sem que ninguém zombe dela. Eu a vi no parque e implorei à minha mãe que a convidasse. Achei que você seria diferente dessas bobonas. Afinal, você trabalhou! Foi costureira! – exclamou ela, pegando a mão de Emília. – Tenho plena convicção de que as mulheres não devem viver como parasitas. Com certeza dona Dulce e o Dr. Duarte gostaram de você. Andavam loucos para ver Degas casado – prosseguiu Lindalva, enrubescendo e apertando a mão de Emília com mais força.

– Como você conheceu Degas Coelho?

– Eu o conheci – respondeu a moça, repetindo em parte a pergunta da sua interlocutora, como se fossem aquelas frases das aulas de inglês do marido – em Taquaritinga. Ele foi para lá nas férias.

– E o que a levou a se casar com ele?

– Os sapatos – disse Emília, um tanto distraída, lembrando-se dos sapatos engraxados e de duas cores de Degas.

Mal tinha acabado de dizer aquela frase, arrependeu-se de admitir tal coisa em voz alta. Parecia até as bobonas que Lindalva criticara um pouco antes. Queria dizer que Degas era algo novo, diferente. Que a sua presença tinha feito com que ela se esquecesse daquela monotonia aborrecida que a sua vida tinha se tornado; que, durante as caminhadas que faziam, ele mencionara a inocência e a pureza dela, ao passo que todos os moradores da cidade pensavam justo o contrário. Enfim, que Degas não precisou convencê-la de nada. Simplesmente tinha pedido e ela tinha aceitado.

Lindalva soltou uma risada.

– Já ouvi motivos piores para alguém se casar – observou, num tom divertido. – Mamãe diz que nós, mulheres, estaríamos muito melhor se esquecêssemos essa história de amor. Na sua opinião, o melhor marido possível é o feio e liberal.

– Bem, eu não concordo – disse Emília. – Acho que o amor é importante. É essencial.

Ficou espantada com a firmeza da própria voz, e, de repente, sentiu raiva daquela moça de cara redonda. E também de dona Dulce, que passava o tempo todo a espicaçá-la e a corrigi-la. Com raiva de Degas, com aqueles frios beijos na testa e o seu silêncio quando lhe dava as costas à noite e se enfiava no seu quarto de solteiro.

– Eu a deixei aborrecida – disse Lindalva. – Desculpe.

– Não – respondeu Emília, dando-lhe umas palmadinhas no rosto. – Não estou aborrecida.

– Não quero que pense que sou uma mexeriqueira de marca maior. Estou lhe falando francamente porque é como eu gostaria que me falassem. Você vai ver como isso é raro por aqui. Quais são os seus planos? – acrescentou a moça, respirando fundo e pondo a mão no joelho de Emília.

– Meus planos?

– É. Seus objetivos. Os Coelhos não podem mantê-la trancada em casa para sempre. Especialmente alguém como você, uma trabalhadora! Tenho certeza de que, antes, você tinha uma vida social.

– Não tenho plano algum – retrucou Emília.

– Se não arranjar nenhum por conta própria, Dulce fará isso por você – observou Lindalva, sugando o ar por entre os dentes separados.

Emília puxou as pontas dos dedos das luvas. Lembrou-se da ida à modista, daquela conversa entre as peças de fustão rosa e azul.

– Dulce sempre tem planos – prosseguiu Lindalva. – Se não tivesse, não se daria o trabalho de andar saindo com você. Todo mundo sabe que ela não suporta a minha mãe. Dulce vem de uma dessas famílias que só têm nome, mas nenhum dinheiro. Depois que se casou com o Dr. Duarte, as famílias tradicionais não quiseram mais saber dela. E ela se acha acima das novas. – Lindalva se calou por um instante, e ficou fitando Emília. – Andam dizendo que você é órfã, que vem de uma família do interior em que todos foram morrendo, um a um, tísicos. E que precisou se sustentar costurando para fora. Dizem que Degas a salvou. É verdade?

– Quem disse isso? – indagou Emília.

– Quem acha que pode ter sido? – retrucou Lindalva, inclinando um pouco a cabeça na direção da varanda. – As famílias novas adoram histórias trágicas. Principalmente se essa tragédia está bem longe da vida delas.

– Mas seria fácil descobrir que não é verdade – disse Emília. Estava pensando no filho do coronel Pereira, Felipe. Descobriu, pelas recomendações que dona Dulce fazia a Degas, que Felipe era aluno da faculdade de direito e morava num pensionato no Bairro Recife, local por onde damas e cavalheiros não circulavam. Na capital, o rapaz tinha se tornado um humilde estudante, nem tradicional, nem novo, simplesmente incluído naquele outro grupo, o dos sem-nome. Mas era de Taquaritinga e conhecia as origens da moça.

– Preste atenção no que vou lhe dizer – declarou Lindalva, voltando a segurar as mãos de Emília entre as suas. – Se escavar bem em qualquer uma dessas famílias ditas nobres, sejam elas tradicionais ou novas, vai acabar chegando à selva ou à cozinha. Ninguém vai lhe fazer tantas perguntas assim, desde que você esteja ciente de que as perguntas podem ser feitas em ambos os sentidos.

Emília se remexeu na cadeira. O vestido estava apertado debaixo dos braços. Queria soltar a mão que Lindalva segurava e ir embora. Para seu grande alívio, apareceu uma criada dizendo que o café estava servido. As duas voltaram para a varanda e se sentaram junto com a baronesa e dona Dulce. Emília se concentrou na xícara de café, sentindo-se incomodada pelo tagarelar constante de Lindalva e os sorrisos amistosos e coniventes que ela lhe dirigia sempre que dona Dulce dizia alguma coisa. Quando estavam indo embora, a baronesa Margarida segurou firme a mão da moça entre aqueles dedos rosados e retorcidos como garras.

– Vamos nos ver de novo depois do Carnaval – declarou ela. – Você não precisa abandonar os seus afazeres diários, Dulce. Mando o carro buscá-la.

A dor de cabeça de Emília recomeçou. Lindalva sorria radiante.

13

Duas semanas antes do Carnaval, surgiram umas nuvens vindas do Atlântico. O cata-vento começou a rodar. Choveu por cinco dias seguidos, provocando deslizamentos de terra. No bairro de Cidade Amarela, algumas casas desabaram. Os bueiros do Recife transbordaram, lançando as suas águas no Capibaribe já bem cheio. As costureiras chegaram à casa dos Coelhos abrigadas por sólidos guarda-chuvas, carregando rolos de tule e bolsas de costura repletas de lantejoulas e plumas iridescentes. Para o seu primeiro Carnaval como marido e mulher, Degas e Emília usariam fantasias combinadas – índios da Amazônia para duas noites e, para as outras duas, um pierrô de gola bem bufante e uma colombina, sua parceira mascarada. Os trajes de Degas já estavam prontos, mas os de Emília eram mais elaborados e exigiam que as costureiras viessem ao domicílio.

A casa estava vazia. O Dr. Duarte e a esposa tinham ido ao tradicional almoço de Carnaval no British Club. Já Degas tinha ido apreciar o desfile do corso pela rua da Concórdia. As gerações mais jovens das melhores famílias do Recife, tanto das tradicionais quanto das novas, subiam e desciam as duas pistas da avenida nos seus automóveis, jogando confetes e rolos de serpentina. Levavam ao nariz lenços encharcados de lança-perfume e o resto do conteúdo dos frascos de vidro era espirrado nos companheiros e nos espectadores nas calçadas. Uma multidão se reunia de ponta a ponta da rua, na esperança de receber um jato de lança-perfume e de ver aqueles cavalheiros e mocinhas de família estragando as fantasias uns dos outros. Emília adoraria ter ido assistir. Implorou a Degas que a levasse, mas ele disse que não era a situação adequada para marcar o seu primeiro compromisso social. As coisas podiam ficar feias no corso. Eram comuns as cenas de gente de um carro atirando coisas horríveis no automóvel de uma família rival: garapa, farinha, frutas podres e até mesmo urina.

– Ele já está velho demais para participar dessas brincadeiras – resmungou Raimunda antes da chegada das costureiras. Logo a campainha tocou, indicando a sua presença na casa. – Essas mulheres são capazes de todo tipo de disse me disse – alertou. – Falam até da própria mãe.

Emília aquiesceu.

Dona Dulce também a tinha alertado sobre as costureiras. Mãe e filha faziam exclusivamente fantasias, jamais roupas de verdade. O seu talento estava nas lantejoulas, nas plumas, nos vitrilhos e nos tecidos multicoloridos, característica que as tornava cobiçadíssimas durante o Carnaval, mas esquecidas pelo resto do ano. Graças à popularidade de que gozavam durante os meses de janeiro e fevereiro, as duas mulheres trabalhavam para dezenas de famílias – velhas e novas – e eram recebidas nos seus casarões. Tinham olhos aguçados e línguas ainda mais afiadas, e saíam de cada uma daquelas casas com várias histórias para contar na seguinte. A prova da fantasia de Emília foi feita na sala de visitas dos Coelhos. Com isso, as costureiras podiam dizer que tinham sido tratadas com todo o respeito, mas não teriam condições de espionar os aspectos mais íntimos relacionados ao quarto de dormir. Raimunda pôs um banquinho baixo bem no meio da sala, e Emília ficou ali em cima, usando sua melhor combinação de seda. As costureiras a fitaram.

A mãe tinha um sorriso largo e o cabelo curto, de um jeito que não combinava nada com o seu corpo roliço e o vestido florido fora de moda. A filha era magra e meio masculinizada. Ambas tinham a pele morena e lustrosa, como bagos de café bem torrados. Vestiram Emília com os seus modelos extravagantes. Tinham feito uma saia comprida toda de penas, um corpete de um dourado brilhante e um cocar. Emília enfiou a fantasia pela cabeça. Os mosquitos esvoaçavam em torno das suas pernas. A mãe girou ao seu redor, prendendo uma coisa aqui, dobrando outra ali, para fazer os ajustes finais. Raimunda ficou por perto, servindo copos de água à moça e pedindo às costureiras que tomassem cuidado com os alfinetes.

– Que corpo bonito! – exclamou a mais velha das mulheres, dando uns tapinhas na coxa de Emília. – São tão feias essas moças magrinhas...

Emília não assentiu, nem deu qualquer sinal de concordar com o que ela dizia, temendo que a costureira fosse dizer às suas outras clientes que a esposa de Degas Coelho tinha falado mal das mulheres magras. A outra deu de ombros. A filha espalhou um punhado de plumas iridescentes em cima da mesinha e começou a aumentar o arranjo de cabeça da fantasia de índia.

– Índios e palhaços são dois clássicos – disse a mãe, num tom de aprovação. – Ninguém mais mandou fazer essas fantasias este ano. A senhora vai ser a única. Foi escolha sua?

– Não – respondeu Emília. – Foi meu marido quem escolheu.

– Ah! É o seu primeiro Carnaval – exclamou a mulher, abrindo um sorriso largo.

– É o primeiro ano de dona Emília no Recife – atalhou Raimunda. – A senhora não fez fantasia para ela no ano passado, não é mesmo?

A costureira a fitou. A criada cruzou os braços e a encarou também.

Desde que se viram pela primeira vez, no banheiro dos Coelhos, Raimunda tinha se tornado uma presença calada e constante na vida de Emília. A moça gostava daquele silêncio. Todos – dona Dulce, Degas, o Dr. Duarte, a Srta. Lindalva – tinham algum conselho a lhe dar. Todos falavam através de charadas que ela já tinha se cansado de procurar decifrar. Menos Raimunda. A criada a vestia, penteava o seu cabelo, prendia as suas meias nas ligas e aparava as suas unhas com uma eficiência solene e diligente. Não tentava entabular conversa, nem Emília a encorajava a fazê-lo. Depois da revelação de dona Dulce lá na loja de tecidos, tinha a impressão de que até os jabutis e as imagens de Nossa Senhora de rosto alongado podiam ser informantes de sua sogra. Ficou grata por Raimunda ter tratado de protegê-la das costureiras, mas não podia permitir isso. É claro que as criadas deviam defender os seus patrões, mas não na sua presença. Uma senhora precisava ter voz própria, não podia deixar a empregada assumir esse papel.

– Tenho apenas 19 anos – disse, então, procurando recriar a voz de dona Dulce, com aquele misto de tédio e de severidade. – No interior, uma mocinha solteira não brinca o Carnaval.

Na verdade, em Taquaritinga, ninguém festejava o Carnaval. Simplesmente respeitavam a Quaresma. "Vocês ficam com todo o sacrifício e sem nada do divertimento", disse Degas uma vez, durante o período que passou na casa do coronel. Emília torceu para que aquelas costureiras jamais houvessem saído do Recife, pois, assim, não saberiam o que realmente acontecia. A mãe assentiu e fitou Emília com um olhar penetrante, fazendo outro juízo da moça. Ninguém ignorava que as famílias ricas do interior mandavam as filhas para o convento, não para que se tornassem freiras, mas para protegê-las por trás de muros altos e regras rígidas. Emília baixou a cabeça compungida.

– É isso mesmo, dona Emília – observou a mulher. – As mocinhas não deviam ser expostas ao Carnaval. Mas o Clube Internacional é diferente. Não é como nas ruas. Vai ter cada fantasia tão bonita...

Emília aquiesceu. A mulher passou a descrever os trajes elaborados que tinha feito para os Coimbras, os Feijós, os Tavares e outros mais. A moça reconheceu o tom afável da costureira, aquele falatório entusiasmado que visa deixar a freguesa à vontade. Ela própria já tinha feito a mesma coisa com as suas clientes, não muito tempo atrás.

– Um homem queria uma fantasia de cangaceiro – disse a filha da costureira, erguendo os olhos do cocar em que trabalhava.

– Eu me recusei a fazer isso – apressou-se em dizer a mãe. – Essa gente não tem nada de elegante. Não tem lantejoulas, nem plumas. Não faço fantasias de saco – acrescentou ela, perscrutando o rosto de Emília. Ao notar seu interesse, prosseguiu: – Ouviu falar do ataque mais recente que eles fizeram?

A moça balançou a cabeça.

– Tem um coronel hospedado na casa de uma das minhas clientes – disse a costureira, deixando de lado a almofada de alfinetes. – Coronel Machado não sei de quê. Ele veio à capital para pedir que o governador mande tropas para a sua região. Está furioso. Alguns cangaceiros quase deram cabo do filho dele. Atacaram a sua cidade, mataram sete homens. Um horror.

– Quem? – indagou Emília. – Que cangaceiros?

A mulher fez um gesto com a mão. Um alfinete caiu no chão.

– Um cujo apelido é um nome de pássaro. O Periquito... O Galo...

– O Carcará?

– Isso mesmo – respondeu a mulher, lançando a Emília um olhar inquiridor.

– É um pássaro comum – retrucou a moça, fitando as próprias unhas. O seu coração estava aos pulos. Só esperava que a mulher não pudesse percebê-lo subindo e descendo por baixo da combinação. – O que mais esse coronel disse?

Do fundo da sala, Raimunda pigarreou. Emília sabia que não devia demonstrar curiosidade sobre coisas tão mórbidas. Mas, ignorando a criada, a costureira estava louca para continuar falando.

– Ah, pelo que ouvi, foi um ataque terrível – disse ela. – Simplesmente terrível. Depois, o bando fez uma festa e dançou em cima dos cadáveres. Havia um frade, pobrezinho, que presenciou tudo. Ficou tão abalado que disse que um dos bandidos era mulher. É um engano bem compreensível, afinal todos eles usam cabelo comprido. Mas o frade insiste nisso. Imagine só – prosseguiu ela, baixando a voz. – Que tipo de mulher faz uma coisa dessas? Que tipo de família permitiria que isso acontecesse? É uma vergonha.

Emília assentiu. Tinha a boca seca.

– Ela deve ser feia que nem um cão! – exclamou a filha da costureira, rindo.

– Não ofenda o pobre animal – retrucou sua mãe, rindo também. Parou ao perceber que Emília não estava achando graça nenhuma. – Que destino terrível para uma moça! – acrescentou, estalando a língua. – Se é que isso é verdade...

O calor na sala estava abafado. A combinação de Emília já estava colada à barriga. A saia de plumas tinha dezenas de pontinhas que lhe arranhavam a parte posterior das coxas. Um mosquito zumbiu perto da sua orelha, mas a moça não o espantou, com medo de perder o equilíbrio e cair. Raimunda se adiantou.

– A senhora está pálida – observou a criada.

– Preciso descansar um pouco – disse Emília, descendo do banquinho.

Antes que a costureira pudesse reclamar, ouviram o barulho do portão se abrindo. Degas estava de volta. Raimunda mandou que parassem com aquela prova. Emília tirou a fantasia e saiu da sala, deixando que a criada cuidasse de tudo e mandando a costureira terminar logo o cocar.

Encontrou o marido no vestíbulo. Ele tinha estragado a fantasia de Pierrô no corso. Agora, ela estava imprestável. A chuva não amenizara a selvageria habitual desse festejo carnavalesco. O cabelo de Degas estava duro de garapa, a fantasia coberta de uma maçaroca amarela bem consistente. Os seus olhos estavam esgazeados, com as pálpebras pesadas. Riu ao ver Emília parada ali, de combinação, e, depois, começou a subir a escada com passos trôpegos. Lá em cima, empurrou a porta do quarto da mulher e se atirou na cama.

Emília o seguiu. O riso de Degas mais pareceu uma fungadela maldosa. Debochada. Feia. E, agora, lá estava ele, escarrapachado nos lençóis limpos, com aquele cabelo pegajoso manchando os seus travesseiros. Adoraria que as formigas que vira e mexe invadiam a cozinha de dona Dulce o descobrissem. Não haveria ninguém para lavar a roupa de cama, nem para virar o colchão. Metade da criadagem estava de folga. Raimunda e a passadeira iam estar ocupadas cuidando da sua fantasia, do vestido de dona Dulce e do smoking do Dr. Duarte. Os Coelhos tinham reservado uma mesa para aquela noite no Clube Internacional.

Pegou então um jogo de lençóis da prateleira no armário de roupa de cama. Degas que fosse dormir naquela sujeira quando voltassem do baile, pensou ela. Faria sua própria cama no outro quarto.

Tirou os lençóis da cama do marido; recusava-se a dormir em qualquer coisa em que ele tivesse tocado. Pôs as fronhas nos travesseiros e fez a cama com movimentos rápidos, violentos. Bateu com o dedo no estrado. Uma das suas unhas se quebrou bem no meio. Começou a sangrar. Emília enfiou o dedo na boca e se sentou na borda da cama parcialmente arrumada.

Ficou olhando para os discos do curso de inglês empilhados junto da vitrola. Olhou o próprio aparelho. Aquele braço gordo e recurvado. A agulha de ponta afilada.

Em criança, ela era a boazinha. Luzia sempre deixou bem claro, através da sua teimosia silenciosa, que só obedecia quando tinha decidido obedecer. Emília tinha saudade da irmã. Tinha saudade da sua força calada, do jeito como tapava a boca com a mão quando ria, do jeito como encaixava o braço aleijado no de Emília sempre que andavam juntas. Diariamente, ficava à espera de uma notícia qualquer: um artigo no jornal mencionando os cangaceiros, uma carta de dona Conceição dizendo que Luzia estava de volta. Mas nada...

O dedo ainda estava sangrando, deixando em sua boca um gosto salgado e metálico. A unha quebrada lhe arranhava a língua. Adoraria ter feito mais perguntas à costureira. Queria descobrir que família estava hospedando o tal coronel e ir lhe fazer uma visita. Nem bem a ideia lhe passou pela cabeça, Emília já a tinha rechaçado. Demonstrar interesse por criminosos a exporia a falatórios maldosos – uma dama não pergunta sobre assuntos como esse. Uma dama não pode se interessar por cangaceiros. Lembrou-se das perguntas da costureira: que tipo de mulher faz uma coisa dessas? que tipo de família permitiria que isso acontecesse? E a mulher concluíra afirmando que aquilo era uma vergonha.

Emília roeu a ponta quebrada da unha. Ficou esperando pela dor, mas, quando ela surgiu, não a impediu de continuar com raiva. Sentia o estômago ardendo, como se tivesse tomado aquela mistura de ovo cru e pimenta que o seu sogro tomava. Estava com raiva daquelas costureiras por suas especulações, suas críticas. Estava com raiva de Luzia por deixá-la naquela situação, sendo alvo de tais mexericos. Mas era mesmo ela? Haveria realmente uma mulher no bando de cangaceiros? Caso houvesse, seria Luzia? Emília voltou a se sentir como em criança: impelida a defender a irmã, a tomar o seu partido e a ser evitada e ridicularizada por agir assim. Quando as duas eram pequenas, Luzia pegava a sua mão ou escovava o seu cabelo como forma de lhe agradecer por sua lealdade. Agora, ela não estava mais ali. Era como um fantasma – nem viva, nem morta, simplesmente flutuando na memória de Emília, penetrando na sua nova vida. Não podia chorar pela morte da irmã, mas tampouco podia salvá-la.

Tinha esperanças de que o Recife fosse uma metrópole, grande e movimentada. Grande o bastante para fazê-la esquecer tudo o que havia perdido. Grande o bastante para envolvê-la e transformá-la. Mas, como dizia o Dr. Duarte, era tudo uma questão de proporção. O mundo dos Coelhos ficava confinado entre o velho e o novo, os clubes privados, a praça do Derby e aquela casa cercada de muros. Era comum Emília se sentir como se estivesse trancada num salão amplo e bem-cuidado. Em meio a todo aquele luxo, sentia-se apertada, enclausurada, incapaz de respirar. Às vezes, quando se sentava à mesa dos Coelhos para o café da manhã ou se deitava na cama, tinha uma vontade louca de gritar ou assobiar, pedindo socorro.

Anos atrás, sentira a mesma vontade na missa de enterro do seu pai. Luzia e ela se ajoelharam lado a lado no primeiro banco da igreja, diante do corpo, e observaram-no enrolado na rede branca, parecendo estar em um casulo. Emília encostou o queixo no peito, fez uma alça com o polegar e o indicador e enfiou os dois dedos na boca. O silêncio era tão grande que dava para ouvir o chiado das lamparinas de querosene, as mãos postas roçando uma na outra, o ruído dos lábios das pessoas que comungavam. Emília respirou fundo e, então, soltou o ar pela boca, dando um assobio que fez a sua língua vibrar de encontro às bochechas. Ouviram-se exclamações abafadas e murmúrios. "Menina mal-educada!", sussurrou uma mulher atrás das duas. Luzia sorriu.

Quando tia Sofia a arrastou para fora da igreja e lhe deu uma surra ali mesmo, na frente de todo mundo, Emília mal sentiu as pancadas. Só conseguia pensar naquele assobio, naquele som agudo e estridente que abafou todos os demais ruídos à sua volta, ergueu-se acima dos bancos, do altar do padre Otto, pelo crucifixo, e continuou subindo, rumo aos cantos mais escuros do teto pintado, atingindo um lugar que ninguém conseguiria alcançar. E pensava também na reação de Luzia. Ficou tão orgulhosa de ter recebido aquele sorriso... E o jeito como se entreolharam, como se houvesse um segredo entre ambas... Como se tivessem percebido algo importante e misterioso entre elas, uma lembrança compartilhada para guardar. Caso uma se esquecesse do ocorrido, a outra estaria ali para ajudá-la a recordar.

14

Serpentinas douradas e prateadas envolviam os lustres do Clube Internacional. No palco, uma orquestra, com todos os músicos de smoking branco, tocava um samba animado. Emília ajeitou o arranjo da cabeça. O cocar tinha ficado volumoso e esquisito. As pontas das plumas lhe arranhavam a testa. Degas lhe deu a mão. Decidiram usar a fantasia de índio, já que a de Pierrô tinha ficado imprestável. Antes de saírem, ele enfiou uma garrafa de lança-perfume e dois lenços no cinturão de penas que levava à cintura.

A mesa do Dr. Duarte ficava num ponto privilegiado do salão, pertinho da pista de dança. Degas passou pelos seus lugares e levou Emília para apresentá-la a outros índios, a exploradores portugueses, monges, faraós e gregos. A moça avistou uma das mulheres da família Raposo usando uma imensa saia de crinolina e uma peruca branca. No alto da peruca, havia uma gaiolinha dourada e, dentro dela, um canário. Nervoso, o pássaro esvoaçava para um lado e para outro. Uma moça bem alta, da família Lundgren, estava vestida de princesa egípcia e usava um minúsculo barrete incrustado de pedras preciosas. Emília sentiu inveja dela. O seu cocar ficava o tempo todo escorregando, despenteando o seu cabelo e obrigando-a a segurá-lo com a mão. Felipe, o filho do coronel, estava num grupo nos fundos do salão. Usava uma fantasia de cigano, com um lenço amarrado na cabeça. Parecia mais magro e mais sardento do que Emília se lembrava. Ele os cumprimentou com um aceno de cabeça. Degas respondeu ao cumprimento. O salão de baile estava dividido. As extremidades, mais cobiçadas por ficarem perto da orquestra, pertenciam às famílias novas e tradicionais, instaladas de ambos os lados da pista de dança. Nos fundos, não havia mesas nem cadeiras. A moça percebeu que era o lugar destinado aos que tinham convite mas não podiam se sentar junto com as famílias. Degas a levou de volta à mesa de seu pai. Pediu copos e mais copos de cachaça misturada com limão. Emília ficou curiosa para saber que gosto teria a tal bebida, mas não provou um gole sequer. Dona Dulce ficou próxima ao palco, ao lado do Dr. Duarte, vigiando-a a distância.

– Comporte-se – dissera-lhe a sogra antes de saírem de casa.

Portanto, a moça ficou sentada ali, quietinha, com uma das mãos no cocar, a outra segurando o copo de guaraná e olhando a pista de dança. Quando as famílias tradicionais se levantavam para dançar, as novas se sentavam. Os dois grupos se fitavam, os cavalheiros rindo com espalhafato, as damas protegendo a boca com a mão para cochichar umas com as outras.

Emília não sabia dançar samba, nem valsa, nem frevo. Só sabia dançar quadrilha e forró. Decorou bem os ensinamentos da sogra: ao dançar, nunca entrelace os dedos com os do seu par, nunca cole o rosto ao dele, use sempre o cotovelo como barreira para evitar a proximidade excessiva.

De repente, os trompetes soaram mais alto. Os braços do pandeirista se agitaram num ritmo frenético. A orquestra começou a tocar um frevo. O público ficou animadíssimo. De ambos os lados do salão, todos se levantaram. Os pares se desfizeram. As pessoas pulavam para a esquerda e para a direita, equilibrando-se nos calcanhares, parecendo até que iam cair para trás, mas logo se aprumando e recomeçando aqueles movimentos enlouquecidos. Os funcionários do clube apareceram trazendo umas sombrinhas douradas que os dançarinos trataram de abrir e ficaram agitando para cima e para baixo, ao ritmo da música. Degas sorriu. Pegou a esposa pelo braço e levou-a para a pista de dança.

Uma sombrinha se abriu ao seu lado. Seu arranjo de cabeça escorregou para a frente, tapando-lhe os olhos. Emília perdeu o equilíbrio e caiu em cima do marido.

– Relaxe! – gritou ele, pegando o frasco que trazia no bolso e abrindo a sua tampa.

Molhou o lenço com lança-perfume e jogou a garrafa na bandeja de um garçom que passava. Depois, pôs o lenço no rosto da mulher, segurando-o bem firme.

Emília sentiu as narinas geladas, a garganta comichando. Sua cabeça ficou estranhamente leve. Viu o cocar cair no chão e desaparecer sob dezenas de pés que pulavam ruidosamente. Alguns confetes se colaram aos seus cílios. Tinha a impressão de que o seu peito ia estourar. O teto começou a rodar e foi ficando mais alto. O ritmo da música foi se tornando mais acelerado, e mais ainda, até soar como algo metálico e estranho, parecendo um longo tilintar nos seus ouvidos. Ouviu risos. Tomou um susto com aquele som. Virou-se várias vezes para ver de onde ele vinha. As sombrinhas se abriam e se fechavam como borrões dourados. O riso foi ficando mais forte. Emília percebeu que era ela mesma que estava rindo. Não conseguia parar. Quando tentava, acabava rindo ainda mais. E, agora, era um riso frenético, assustador. Ao seu lado, viu a mulher da família Raposo, aquela da peruca branca. O corpo do passarinho batia de encontro às grades douradas da gaiolinha. As suas asas já não se abriam. Emília parou de rir. O seu coração começou a bater mais depressa. Em vão, procurou Degas. Foi abrindo caminho em meio à multidão.

Não saberia dizer quanto tempo ficou ali, parada, na beirada da pista de dança, de olhos fechados. Não saberia dizer quanto tempo se passou até a sua cabeça parar de rodar. Quando abriu os olhos, o frevo tinha terminado. O seu cocar tinha desaparecido. O couro cabeludo lhe doía. Estava do lado do salão ocupado pelas famílias tradicionais. Assim que se deu conta disso, tratou de voltar, evitando a pista. Passou pela parte mais escura do salão, onde não havia mesas. E foi ali que viu Degas.

Ele estava junto com um grupo de pessoas fantasiadas de ciganos e de marinheiros. Aquelas fantasias não eram tão elaboradas quanto as das novas e das velhas famílias. Entre os marinheiros, homens e mulheres usavam um chapeuzinho branco, e os ciganos tinham na cabeça uns lenços improvisados. No meio dessas fantasias tão simples, Degas parecia até um pavão, envergando o cocar e o peitoral de plumas iridescentes. Estava parado atrás de Felipe, cujo lenço tinha desamarrado. Viu seu marido hesitar e, depois, segurar o lenço pelas pontas. Por baixo do peitoral de plumas, os seus braços estavam nus. As suas mãos pareciam miúdas e desajeitadas, mas prenderam o lenço na cabeça de Felipe com toda a delicadeza. Uma mecha de cabelo do rapaz ficou de fora, caindo-lhe sobre a orelha. Com as pontas dos dedos, Degas o ajeitou debaixo do lenço. A sua mão se deteve no pescoço de Felipe. O rapaz virou o rosto sardento para trás, na direção de Degas.

Uma sensação rápida e fria como o torpor do lança-perfume passou pela cabeça de Emília. Mas logo se desvaneceu.

15

Dona Dulce estava sentada à mesa dos Coelhos, sozinha e empertigada, bebericando um copo de ponche. Emília não quis se sentar ao lado dela. O salão estava cheio de fumaça dos cigarros, fazendo os seus olhos arderem. A música estava alta demais. Saiu dali, à procura de um pouco de ar. Havia uma fila de automóveis e charretes parados diante da entrada principal. Duas das moças da família Raposo, de cabelos bem pretos, dirigiam-se ao seu carro. Uma delas reconheceu Emília, lá da praça do Derby.

– Você não parece bem – disse ela, franzindo as espessas sobrancelhas. – Moramos na Torre. É bem perto de Madalena. Podemos lhe dar uma carona.

Com a determinação e o espírito prático tão característico das mulheres da família Raposo, a moça pegou Emília pelo braço, levou-a até o carro e bateu na janela para acordar o motorista. Quando Emília protestou, a outra não quis saber de contestações. O sujeito ia voltar para buscar o resto do clã. Diria então aos Coelhos que a sua nora tinha ido embora mais cedo. E Emília estava mesmo cansada daquela festa. Ficou agradecida pela gentileza da jovem. Mas, assim que se afastaram do Clube Internacional, as coisas mudaram.

Toda moça de boa família com mais de 15 anos era uma noiva em potencial, e elas gostavam de discutir as qualidades de um bom partido. Depois de alguns comentários rápidos sobre o baile, as jovens Raposos se puseram a comparar os rapazes que estavam lá.

– Vi aquele moço da família Lobo – disse uma das irmãs. – Decididamente, ele tem uma quedinha por você.

– Acha que vou querer aquele safado? – retrucou a outra, com cara de poucos amigos. – Ele não tem futuro algum. Não tem ambições. Vai viver à custa do pai para o resto da vida. Se nos casarmos, vamos ter de morar na casa dos pais dele! Uma moça precisa ter a sua própria criadagem. A sua própria casa. Não concorda, Emília?

Riram ambas. Emília deu de ombros. Durante todo o resto do trajeto, fingiu que estava dormindo. Diante do portão dos Coelhos, as moças se despediram secamente.

A casa estava às escuras, o ar da noite estava quente e úmido. A distância, ouvia-se o ruído de música pela rua, as batidas firmes que marcam o ritmo acelerado do frevo. Havia toda uma multidão festejando. De repente, Emília sentiu uma solidão assustadora. Pensou em tirar o retrato da primeira comunhão do armário e ficar olhando para ele, mas não teve forças para subir aquela escadaria sinuosa. Preferiu ficar ali, no escritório do Dr. Duarte. Enroscada e adormecida, lá estava a Menina Sereia. A moça pegou o pote de vidro na prateleira e o pôs no colo. De início, o vidro estava frio, mas, aos poucos, foi se aquecendo ao contato com a sua pele.

Emília não entendia bem aquelas ideias do sogro, mas gostava da simplicidade da mensuração. Os homens eram criaturas misteriosas. Nem mesmo os cavalheiros, com a barba bem-feita e a sua elegância perfumada, eram confiáveis. Como seria bom poder mensurar um homem. E determinar quem era bom, quem era cruel. Quem era capaz de nos fazer felizes e quem não era.

Apressou-se em devolver a Menina Sereia ao seu lugar. Precisou dizer a si mesma que aquela garotinha não estava viva. E gente não é como um vestido. Não pode ser medida, riscada e cortada para ficar do tamanho ideal. Aquela conversa das irmãs Raposo, com suas alfinetadas veladas, não lhe saía da cabeça. Um bom marido tinha ambições, ao passo que um mau marido dependia do pai para viver. Mulher alguma queria isso. O que elas queriam era ter a própria casa, os próprios empregados. Queriam ser patroas, e não noras.

Emília sempre achou que Degas era um partido considerável. Quando chegaram ao Recife, começou a acreditar que ela própria era cheia de defeitos, uma matuta que precisava ser educada. Estava convicta de que eram as suas deficiências que provocavam aquele desinteresse por parte do marido. Agora, porém, via que as coisas não eram bem assim.

Gostava dos luxos da sua nova vida ao lado de Degas. Sem ele, teria certamente se tornado uma daquelas pobres costureiras da capital, trancadas num quartinho quente, passando horas a fio debruçada diante de uma máquina. Mas a capacidade do seu marido de lhe prover vestidos, casa ou empregados não lhe bastava. Emília tivera a esperança de que um marido educado pudesse lhe dar também alguma satisfação. Que, juntos, os dois pudessem fazer a vida de casados ser como um tecido fino, em que qualquer ponto irregular da trama fosse disfarçado com tamanha perfeição que o pano pareceria liso e adorável. Mas ali no escritório escuro, em meio àqueles livros estrangeiros e àqueles potes contendo restos humanos descorados, lembrou-se da sensação fria do lança-perfume no baile de Carnaval. Lembrou-se das mãos do marido atando com todo o cuidado o lenço de cigano, e teve uma certeza assustadora: tinha feito uma péssima escolha. E todos à sua volta – dona Dulce, as criadas da casa e até aquelas moças da família Raposo – pareciam desconfiar do que ela agora sabia: que Degas era incapaz de tecer aqueles vários fios invisíveis que fazem a felicidade de uma mulher.

16

Quando os Coelhos voltaram, Emília estava dormindo no quarto de solteiro do marido. Ouviu o ruído distante de um motor. Acordou com o clique da maçaneta do quarto. No vão da porta, estava a sombra de um homem, escura e grande. Plumas iridescentes brilhavam ao redor do seu pescoço e da sua cintura. E, nas plumas, viam-se grandes círculos brancos, parecendo dezenas de pares de olhos. Emília se sentou na cama.

– Procuramos você por toda parte – disse Degas. – Por que veio embora?

– Estava cansada – respondeu ela. – Meus olhos chegavam a doer.

– Devia ter falado comigo.

– O motorista dos Raposos avisou a vocês, não avisou?

– Avisou. Mamãe está furiosa.

– Por quê? – indagou Emília, subitamente com raiva também.

– Uma esposa não vai embora sem o marido.

Emília voltou a se deitar. As plumas da sua própria fantasia atravessavam o tecido brilhoso, espetando-lhe a pele.

– E muito menos com os Raposos! – prosseguiu Degas. – Amanhã, todo mundo no Recife vai estar comentando isso.

– Que comentem – esbravejou a moça. – É de mim que vão estar falando. Antes você não se importava com isso.

Ouviu a respiração pesada do marido, o zumbido de um mosquito, o som profundo dos tambores do maracatu a distância. Degas tateou, à procura da cama, como se os seus olhos ainda não houvessem se acostumado à escuridão. Desabou ao seu lado e por pouco não sentou nas suas pernas. Mas sentou na sua saia, puxando-a para baixo. Do seu corpo vinha um cheiro fermentado, azedo, um misto de álcool e suor.

– O que sabe a meu respeito? – perguntou ele.

Havia uma premência naquela voz; os seus olhos estavam úmidos e escuros.

Emília sentiu uma onda de irritação. Poderia perfeitamente fazer a mesma pergunta. Degas jamais quis saber o que ela fazia durante o dia. Nunca indagou sobre os seus sentimentos. Para ele, Emília era apenas algo útil e atraente, como a sua vitrola e os seus sapatos com a biqueira debruada de furinhos, que ocupava um espaço periférico no seu mundo.

– Você nunca me beijou – disse ela.

– Já a beijei dezenas de vezes.

Degas esfregou o rosto com as mãos, e soltou um suspiro engasgado.

– É, acho que não – disse, então, fitando-a, e acariciou o seu cabelo suado. – Não tenho cumprido a minha parte do nosso negócio.

– Negócio... – repetiu a moça num murmúrio. Negociar: era o que fazia antigamente no mercado, aos sábados, mas nunca gostara disso. Na verdade, odiava fazê-lo. Sempre pagava de mais e recebia de menos. Embolou nas mãos a borda do lençol engomado. – A sua mãe quer ter netos – disse, com a voz trêmula e rouca. – E acha que a culpa é minha.

– Sinto muito – sussurrou Degas. – Que injustiça! Venha – acrescentou, pondo-se de pé e estendendo-lhe a mão.

Falou de um jeito tão delicado que Emília se levantou. Ele ergueu então os seus braços e despiu a sua fantasia amassada. Por baixo, ela estava usando uma combinação e uma calcinha de algodão. Mesmo assim, estava estranhamente com frio. Cruzou os braços diante do peito.

– Deite-se – disse ele, sempre sussurrando.

Os lençóis lhe pareceram ásperos ao roçar suas costas. As mãos dele estavam frias. Começaram a se mover com alguma hesitação, mas, depois, ganharam força, passando a agarrá-la e empurrá-la como se ele a estivesse moldando com os dedos esguios. Em pouco tempo, Degas tinha tirado a sua calcinha. A combinação estava toda embolada na altura de seus quadris. Ele era muito pesado. O peito de Emília mal podia subir ou descer. Ela foi ficando sem fôlego. E com dor de cabeça. Fechou os olhos e se lembrou da casa de farinha em Taquaritinga: aquele calor úmido, aquele cheiro acre de mandioca, aqueles homens e mulheres suados curvados diante dos tubérculos claros que eram raspados, prensados, amassados e triturados até se transformarem em algo inteiramente diferente.

Capítulo 6

Luzia

Em plena caatinga, no interior de Pernambuco
Vale do São Francisco, Bahia
Dezembro de 1928-novembro de 1929

1

Sob a agulha da Singer iam surgindo as pontas rosadas das macambiras. De um lado a outro da frente dos bornais e da aba dobrada dos chapéus dos homens do bando, Luzia aplicava grandes círculos que lembravam os cactos coroas-de-frade. Bordava ainda espirais alaranjadas como a casca escamosa da imburana. Nem pensava mais naquelas rosas e borboletas idiotas das toalhas de mesa ou de banho de dona Conceição. Agora, a caatinga era a sua fonte de inspiração.

Naquele emaranhado de vegetação acinzentada, qualquer ponto colorido surpreendia. Luzia apanhava as carapaças de besouros mortos que pendiam, douradas e translúcidas, dos galhos das árvores. Admirava os bagos amarelos do juá antes de transformá-los numa polpa espumosa que usava para lavar o cabelo. E, quando ouvia os trinados agudos do periquito-da-caatinga, que rompiam o silêncio abafado das tardes como vidro se quebrando em pleno ar, ficava olhando para cima até conseguir avistar as suas asas verdes. Não conseguia ver os pássaros, só os contornos esfumaçados que pareciam até uma mancha de cor no céu. Forçava a vista para vislumbrar árvores ou morros a distância. Estreitava os olhos para que as coisas ficassem claras, e não nebulosas e indistintas. Aos poucos, começou a ignorar tudo o que estivesse ao longe. Tinha a vista boa o bastante para ler os jornais que o Carcará lhe dava e distinguir os pontos das costuras. Não precisava enxergar o que ficava distante, apenas o que estava à sua frente.

Os cangaceiros apreciavam o seu trabalho. Quando o bando invadia uma cidade, todos saíam à cata de pano e linha. Remexiam nos depósitos empoeirados, atacavam os quartinhos de costura das mulheres. Depois, vinham dar de presente a Luzia o que tinham conseguido. A única coisa que ela não aceitava eram fitas métricas. Só usava a sua própria, aquela que Emília tinha posto na sua mala, porque ela mesma a tinha feito e tinha certeza de que as medidas eram exatas. "Nunca confie em uma fita estranha", dizia aos homens, reproduzindo as recomendações de tia Sofia.

Só gente de posses – coronéis, comerciantes, políticos – possuía tesouros ricamente bordados ou com aplicações. Agora os cangaceiros também tinham. E, como acontecia com tudo a que davam valor, queriam mais. Pediam a Luzia que enfeitasse as suas cartucheiras, fizesse capas para as cabaças e os cantis, bordasse as suas iniciais nas luvas de vaqueiro de couro. Até Orelhinha e Meia-Lua acabaram se chegando para que a moça enfeitasse os seus pertences. Com isso, o bando, a princípio desconfiado de sua presença entre eles, se convenceu de que a predição do Carcará tinha se confirmado em parte: Luzia ainda não tinha lhes trazido sorte ou azar, mas já demonstrara que tinha serventia ali.

De tardinha, lá estava ela passando um bornal desbotado pela agulha da máquina. Era Ponta Fina que girava a manivela, todo prosa. O resto do bando ficava só olhando. Os pontos mais delicados ela fazia à mão, mas usava a máquina para as aplicações de tecido – todas meticulosamente recortadas em forma de minúsculos triângulos, losangos, meias-luas e círculos – nas bolsas e nas capas dos cantis. A máquina tinha transformado a costura numa habilidade aceitável, numa atividade útil. Os homens não mexiam com rendas ou bastidores, mas eram capazes de fazer uma máquina funcionar. Em meio ao ruído da Singer, os cangaceiros a crivavam de perguntas e ficavam admirando o seu trabalho. Alguns até experimentaram usar a máquina, só que não tinham a mínima paciência. Luzia lhes dava um pano para treinar, mas eles o passavam depressa demais pela agulha ou deixavam a linha embolar e formar nós. Queriam que o jeito para a coisa surgisse assim, de uma hora para outra. A moça ficava balançando a cabeça.

– Vocês têm que prestar atenção em cada ponto – dizia ela, pegando os seus bastidores de bordado e fazendo os homens costurarem à mão.

Cada ponto por si só é um desenho. Cada um deles é o seu próprio ponto de partida, o seu próprio fim, a sua própria extensão, a sua própria tensão. Um bom alfaiate – afinal, não ousaria chamá-los de "costureiros" – é capaz de ler os pontos como se fossem as letras de um alfabeto. Luzia disse isso aos cangaceiros, mas, ao reparar em seus olhares perdidos, resolveu refrasear. "Um bom alfaiate é como um bom vaqueiro: sabe identificar os pontos como identifica cada cabeça de gado num rebanho."

O processo exigia memorização, e os homens tinham péssima memória. Rebatizaram os pontos para conseguir decorar seus nomes. O ponto atrás virou Baiano porque era consistente, sem rodeios e usado sempre que se queria uma costura limpa. O nozinho francês passou a ser chamado de Vaidoso porque, quando se enrola a linha na agulha, o ponto parece elegante e complicado, mas o resultado fica sempre aquém das expectativas: só uns calombinhos meio desiguais no tecido. Inteligente e Canjica foram os nomes dados ao ponto cheio e ao seu contorno. Afinal, esse ponto é usado para tapar buracos e pode sair embolado e torto sem os contornos para servir de guia e de limite. Orelhinha, para a grande satisfação de Ponta Fina, era o ponto espinho: um simples fio de linha preso por pares de pontos que se cruzam em parte. Cada técnica nova que Luzia lhes ensinava era identificada com um dos homens.

– E o capitão? – perguntou Ponta. – O que ele seria?

– Sei lá – respondeu Luzia, concentrando-se na Singer. – Deve ser algum ponto que não conheço.

Mentira. Ele era o primeiro ponto que lhe ocorreu quando os homens do bando começaram com aquela brincadeira: o ponto sombra. Algo que não parece um ponto, mas um bloco de cor que surge por baixo da trama de um tecido. É feito no avesso de um pano praticamente transparente, um linho bem fino ou um crepe leve. Pelo direito, é impossível saber como o efeito foi criado ou que ponto foi usado. Quem olha sabe que há algo por trás do tecido, mas não sabe o quê. O efeito é lindo e desconcertante. O ponto sombra engana: tanto pode ser a marca de uma grande bordadeira como um jeito que as bordadeiras medíocres encontram para disfarçar os seus erros. Sempre que via esse ponto, Luzia detestava virar o pano pelo avesso. Ali, do outro lado, os pontos podiam estar bem firmes e certinhos ou serem apenas um amontoado de nós desajeitados.

Mas não podia revelar isso ao bando, embora todos ficassem insistindo, caçoando dela quando se mostrou irritada e impaciente. Não era por mal que faziam aquilo; os cangaceiros viviam implicando uns com os outros e o fato de a incluírem nas brincadeiras reforçava o lugar da moça como membro do bando. Alguns deles – Orelhinha, Meia-Lua e Caju – ainda tinham uma certa desconfiança com relação a ela, mas os demais se tornaram brincalhões e descontraídos. Agiam como se ela fosse uma prima meio moleca que conhecessem desde criança – como se tivessem botado sapos na sua cama, a ensinado a jogar dominó e tentado, em vão, chocá-la com as suas conversas. Depois de semanas no meio do mato, sem entrar em nenhuma aldeia ou cidade, os homens ficavam obscenos e inquietos. Começavam a falar das suas conquistas passadas e a pensar em novas.

Luzia continuava costurando em silêncio, fingindo não ouvir nada. Os cangaceiros falavam do gosto salgado e cheiroso do suor das mulheres. Do quanto gostavam de sentir o hálito quente das garotas no pescoço quando estavam dançando forró. Diziam que, ao ser beijada, uma moça nervosa ficava com a boca seca, mas, pouco depois, sua boca já estava novamente úmida e quente. Luzia ouvia, fascinada com todo aquele conhecimento dos cangaceiros. Eles falavam de cheiros, corpos, cabelos e maciez. Revelavam a mesma competência técnica e intensa que demonstravam ao falar das armas, porém, com mais admiração na voz. Mais reverência.

Luzia costumava olhar para o Carcará nessas horas. Ele nunca participava dessas conversas; em geral, nem prestava atenção ao que os homens estavam dizendo, preferindo traçar os planos para o dia seguinte junto com Baiano. Em certas ocasiões, porém, ele se recostava ali perto e ficava ouvindo, sorrindo das observações dos seus homens como se concordasse com elas. A moça então costurava mais depressa, enfiando a agulha com força no tecido encorpado. Ela também era mulher, disso tinha certeza. Mas será que algum homem um dia falaria do seu cabelo, do seu hálito, do seu beijo? Não tinha qualquer semelhança com aquelas criaturas cheirosas e solícitas que os cangaceiros cortejavam nas cidades – garotas trêmulas de medo e de curiosidade, algumas lhes oferecendo bolo de macaxeira ainda quente em bandejas, outras dançando e virando o rosto todas coquetes quando eles tentavam beijá-las durante uma música. No início, os homens dançavam bem empertigados, mas, lá pelo meio da festa, os casais iam se aproximando, os seus quadris se remexiam colados, os seus pés deslizavam tão depressa no chão de terra que Ponta Fina tinha de ficar jogando água para que a poeira não subisse e lhes entrasse nos olhos. No fim da noite, era comum os pares desaparecerem juntos. Luzia voltava para o acampamento com Ponta Fina e alguns outros cangaceiros que já tinham tido sua cota de diversão. O Carcará nunca dançava, mas, numas raras ocasiões, também desaparecia. Eram noites desconfortáveis para Luzia, sem conseguir pegar no sono em sua manta. O fato de ele arranjar uma mulher por uma noite a deixava com raiva, mas, estranhamente, também a tranquilizava. O Carcará não era celibatário nem santo, e sim um homem com as suas fraquezas e as suas necessidades, como os outros membros do bando.

Luzia tinha aprendido a controlar sua falta de jeito e a falar mais devagar quando se dirigia ao Carcará. Se ele chegava perto demais, continuava sentindo um calor terrível que lhe subia pelo peito e corava sua face. Tentou eliminá-lo, contê-lo. Tentou ser um membro invisível do bando e não pensar no futuro ou no passado. Não havia tempo para devaneios. O Carcará tinha enfeitiçado aqueles homens, mas a moça decidiu que não se deixaria enfeitiçar. Ele era temperamental, impaciente, quase sempre vaidoso. Mesmo assim, não era fácil ficar imune àquela confiança. Na caatinga, nada era garantido – nem a chuva, nem a comida, nem a própria vida. Mas o Carcará nunca hesitava, nunca recuava, nunca perdia a fé. Era muito hábil com as facas e várias vezes ajudava Ponta Fina a esfolar o que iam jantar. Era um professor paciente. Um excelente atirador. Parecia não existir nada que ele não fosse capaz de fazer. Portanto, quando chamava alguém para pedir ajuda ou conselhos, fazia essa pessoa se sentir especial e necessária. Fazia isso com Luzia. A moça tentou ignorá-lo, mas ter toda a sua atenção, aqueles olhos pregados nela como se fosse a única pessoa ali no meio do mato, era emocionante.

– Leia para mim – pedia-lhe o Carcará diversas vezes, entregando-lhe um exemplar surrado de jornal que tinha conseguido comprar de um comerciante ou ganhar de um repentista itinerante.

Jornais eram coisa rara. Fora da capital ou das cidades grandes do interior, pouca gente sabia ler. O Carcará sempre dizia que os seus olhos doíam quando ele tentava ler aquela letrinha miúda dos artigos. Luzia se perguntava se era verdade ou se ele não sabia ler direito. O cangaceiro lia diariamente, em voz alta, a sua série de orações, mas talvez fosse como tia Sofia, esperto o bastante para fingir que estava lendo quando tinha decorado tudo de tanto repetir.

O *Semanário de Caruaru*, um tabloide minguado impresso no interior, trouxe artigos e mais artigos sobre o ataque a Fidalga e a reação do coronel Machado. Ao voltar à cidade e encontrar os seus capangas mortos e o filho humilhado, o coronel viajou para a capital. Usou de toda a sua influência para pedir tropas ao governador. As eleições estavam marcadas para janeiro de 1930, mas a campanha já tinha começado. A Brigada 1761, comandada pelo jovem capitão Higino Ribeiro, chegou a Caruaru de trem e foi recebida com estardalhaço. Usavam um novo uniforme, verde com uma faixa amarela nas laterais. O coronel local distribuiu flores que a população deveria lançar sobre os soldados quando desembarcassem. Dali, partiriam para percorrer a caatinga durante semanas e tentar descobrir o paradeiro do Carcará.

– E o jornal *de verdade*? – perguntou ele depois que Luzia terminou de ler o *Semanário*. O *Diário de Pernambuco* era o jornal grosso impresso na capital.

Ali, havia apenas uma notinha sobre o deslocamento das tropas, na página onze, comprimida entre o obituário e um anúncio de tônico capilar. As primeiras páginas estavam repletas de notícias relativas à próxima eleição presidencial. Um sujeito baixinho, de nariz adunco, vindo lá do Sul dominava todas as páginas iniciais.

– Vargas? – grunhiu o Carcará. – Quem é esse tal de Getúlio Vargas? O que foi que ele fez para sair todo santo dia na primeira página?

Luzia começou a ler os artigos em voz alta, bem devagar, enfatizando cada palavra. Vargas concorreria à presidência pelo novo partido, a Aliança Liberal. Para surpresa geral, o seu companheiro de chapa era um homem do Norte, chamado João Pessoa. Mas, antes de ela terminar, o cangaceiro já tinha acendido um cigarro e se afastado.

Luzia continuou lendo. Gostava daquelas imagens de mau gosto dos anúncios de cinema, com mulheres de cabelo curto nos braços de indivíduos galantes. Gostava dos relatos de bondes extraviados e cavalos desaparecidos. Tudo isso lembrava Emília e o amor de sua irmã por essas coisas. Pensava nela com frequência. Tentava lembrar do cheiro daquele sabonete de lavanda, do toque das suas mãos fortes. Perguntava-se se ela teria fugido com o professor Célio. Caso tivesse, rezava para que ele não maltratasse a sua irmã. Ficava sempre preocupada pensando no que Emília teria de aguentar para realizar os seus sonhos de ter uma casa bonita e uma cozinha ladrilhada.

Certa tarde, as suas preocupações aumentaram. O último jornal que os homens tinham trazido, um exemplar do *Diário de Pernambuco* comprado de um tropeiro de mulas, era de alguns meses atrás e fedia a estrume. Na coluna social, havia o anúncio de um casamento. *Srta. Emília dos Santos*, era o que se lia naquelas letrinhas miúdas. *Srta. Emília dos Santos*. Luzia leu e releu o tal anúncio. Dos Santos era um sobrenome comum. Emília também não era raro. E Toritama não era Taquaritinga. Mesmo assim, a moça recortou a nota e a enfiou no bornal.

O bando rumava mais para o interior. O Carcará insistia em afirmar que não era para fugir das tropas, mas para seguir as chuvas. O estado de Pernambuco é comprido e estreito. A estação chuvosa começa no litoral, por volta do mês de maio, e vai se movendo devagar rumo ao oeste, atingindo a extremidade do estado em janeiro. Naquele ano, as chuvas foram diminuindo de intensidade à medida que avançavam para o interior, como se as nuvens tivessem ficado exaustas de tanto viajar. As folhas miúdas e lustrosas que brotavam nas árvores da caatinga não tinham nem tempo de se desenvolver. Os córregos se transformaram em simples filetes de água. As trepadeiras mirraram e Luzia achou que estivessem todas mortas. Mas estava enganada. A caatinga, segundo lhe disse o Carcará, gostava de pregar peças às pessoas que a olhavam. Por fora, as plantas ficavam cinzentas e sem vida. Mas quando ele arrancou um raminho de um angico, a moça viu que a árvore permanecia verde por baixo da casca cinza. Viva. Encoberta por um véu de espinhos e por uma pele espessa e impenetrável.

Luzia invejou aquelas intrépidas plantas da caatinga. Quando caminhava, mesmo de manhã bem cedo, sentia-se como se estivesse dentro de um forno. O suor evaporava do seu corpo antes de começar a escorrer. As perneiras de couro, o chapéu e a alça da cabaça endureciam e se rachavam ao sol. Todo dia, na hora do sol a pino, os homens paravam e procuravam uma sombra. O calor deixava todos mais lentos e calados. Mais para o fim da tarde, depois que o sol já tinha se abrandado, quando saíam do local sombreado onde haviam parado, Ponta Fina improvisava uma vassoura com galhos dos arbustos e ia apagando as pegadas do bando. Se topavam com o muro de pedras de uma fazenda, equilibravam-se ali em cima e andavam em fila indiana para não deixar qualquer vestígio da sua passagem. Como o tempo refrescava ao entardecer, o bando andava noite adentro e Luzia não podia costurar. Não havia luz, não tinham tempo e o Carcará dizia que a máquina era muito barulhenta. No entanto, apesar de todas as suas precauções, era possível avistar os homens a quilômetros de distância. No meio da vegetação acinzentada, os seus trajes bordados e enfeitados, em tons de vermelho e de verde, de rosa e de amarelo, faziam com que se destacassem como pássaros de plumagem brilhante. Luzia propôs que todos desmanchassem os bordados, mas o Carcará não permitiu.

– Se esses soldados forem sortudos o bastante para nos encontrar – disse ele –, vão ver que não somos vagabundos.

Luzia se lembrou do retrato do capitão Higino e ficou meio aflita. A foto estampada no jornal era desfocada e pouco nítida, mas o rapaz se distinguia. O seu uniforme era simples, as botas bem engraxadas. Era um sujeito baixo, mas não sumia ao lado do trem ou junto à multidão que se aglomerava ao seu redor. As mãos pendiam confortavelmente ao lado do corpo em vez de se apoiarem rígidas no cinturão, como era o caso dos oficiais mais velhos que apareciam ao seu lado. O capitão parecia à vontade. Estava até sorridente, como se fosse viver uma grande aventura. Luzia amainava os seus temores com as histórias de Ponta Fina. Talvez esse tal de capitão Higino fosse como todos os demais: louco por uma encenação, mas não por uma briga de verdade. E como um batalhão de garotos da cidade com equipamento precário poderia enfrentar a caatinga?

Não saberia dizer quantas semanas fazia que já estavam andando quando, de repente, Ponta Fina soltou um grito estridente. Ao subirem até onde o menino estava, no alto de um morro, Luzia e o bando viram uma grande mancha verde a distância e, perto dela, uma vasta superfície de água. As miragens que avistara ali na caatinga reluziam como placas metálicas. Aquele rio, porém, não brilhava, não cintilava. Era cor de café com leite. Era o São Francisco. O Velho Chico, como tia Sofia costumava chamá-lo. O rio percorria as colinas do sertão, tornando-as verdes e luzidias, separando Pernambuco e Bahia com as suas fartas águas marrons.

– Chegamos – disse o Carcará, respirando fundo.

Luzia o imitou. Dava para sentir o cheiro do rio. Um cheiro de musgo, de terra molhada. O ar que lhe entrou pelas narinas era brando. Ao longe, ouviu pássaros. Casas se apinhavam junto às suas margens. De umas pilhas escuras, erguidas diante de um prédio maciço e caiado, saíam dois rolos de fumaça negra. Ninguém mais pensou no capitão Higino e na sua tropa.

2

A cidade ribeirinha de São Tomé não tinha casebres de pau a pique. Todas as construções eram de tijolos recobertos por uma espessa camada de cimento caiado. Havia ali um posto dos telégrafos, uma escola e, perto das tais pilhas fumegantes de sementes de algodão, ficava a segunda maior descaroçadora de Pernambuco. Tudo aquilo pertencia ao coronel Clóvis Lucena.

O velho coronel passava os dias na fazenda, de pijama azul. No cós das calças, amarrado por um cordão, ficava enfiada uma peixeira com a lâmina recoberta por um estojo de couro. Dizia-se que, anos atrás, um capanga havia tentado estrangulá-lo com a própria gravata. Desde então, o coronel se recusava a usar terno. Luzia tinha ouvido essa história lá em Taquaritinga, mas nunca soube se era verdade ou não.

Quando o cumprimentaram, o coronel Clóvis sorriu. Como um bode, só tinha os dentes de cima. Na parte de baixo só havia a gengiva. Seu único filho, Marcos Lucena, estava ao seu lado. Era um homem de meia-idade que parecia um sapo-cururu: de pernas curtas e bem separadas, olhos de pálpebras meio caídas, com um ar sonolento, mas atentos a tudo.

Como bom anfitrião, o coronel Clóvis se esmerou para deixar os hóspedes felizes. Assim que chegaram, mandou matarem uma das suas melhores vacas. Tinha vários cabritos já esfolados e assados. Apesar dos protestos da cozinheira, entregou a cozinha nas mãos de Canjica. A casa tinha uma ampla varanda sombreada por uma aleia de ipês em flor. Pétalas amarelas cobriam o telhado e o chão como um tapete dourado. Ali perto ficava o maior curral que Luzia já vira na vida. Num dos vários cercados, filhotes baliam e pulavam furiosamente, dando cabeçadas uns nos outros e cutucando-se mutuamente com as patas fininhas.

– Você continua sendo um filho da puta feio – exclamou o coronel, sorrindo para o Carcará. – Arranjou uma esposa? – acrescentou, indicando Luzia com o queixo.

– É um amuleto – respondeu o cangaceiro. – Para dar sorte.

Rindo, o velho se voltou para Luzia.

– A minha esposa, que Deus a tenha, era uma mulher grande. A mais forte que já existiu. O meu Marcos está querendo se casar com uma frangota lá de Salvador – disse ele, chutando o pé do filho com força. – Ela não vai sobreviver aqui.

– Quando nos casarmos – retrucou Marcos, quase num murmúrio –, ela não vem morar aqui. Veio receber? – indagou, pousando os olhos sonolentos no Carcará.

Este sorriu. Seu olho bom brilhou.

– Que nada! – atalhou o coronel. – Sei muito bem por que vieram. Ouvi falar da confusão que aprontaram em Fidalga! Já era hora de você começar a enfrentar Floriano Machado. Aquele saco de merda manda todo o seu algodão para Campina Grande em vez de vendê-lo para mim. Sempre teve inveja da minha descaroçadora... Da nossa descaroçadora – emendou ele, dando um tapinha em Luzia. – Esse tal de Machado é um cabra de peia. Sabe o que significa isso, menina? Que ele é um bode velho sem nenhum caráter. Não tem palavra. Não respeita os velhos costumes... Grita para o governador mandar tropas em vez de resolver as coisas sozinho.

– Pelo que diz o *Semanário*, eles estão querendo arrastar você e seus homens para o Recife. – observou Marcos – O governador está precisando aparecer na imprensa.

– Aquele bastardinho do Higino não vai pôr os pés nas minhas terras! – bufou o coronel. – Quero ver o governador me obrigar a isso. Na última eleição, arranjei mais votos para ele que qualquer outro coronel. Até os mortos votaram! Ele anda tendo problemas com o novo partido. Não pode se dar ao luxo de me enfurecer.

– Novo partido? – perguntou o Carcará, franzindo a testa como quem não está entendendo.

– Há quanto tempo está andando pelo mato, rapaz? – exclamou o velho. – Lá no Sul, Getúlio Vargas é candidato à presidência e arranjou um moço da Paraíba para compor a chapa e firmar alianças no Norte. Estão prometendo construir uma rodovia nacional e dar às mulheres o direito de votar. Não gosto nada disso. Mas, enquanto não se meterem nos meus negócios, também não me meto nos deles. É claro que o partido desses dois anda me rondando. Prometendo isso e aquilo se mudarmos de lado. Ainda não tomei minha decisão.

– Não dá para confiar em gaúcho – disse o Carcará.

O coronel Clóvis assentiu, com ar pensativo. Passou a mão pelos poucos fios de cabelo que ficavam acima das orelhas. As manchinhas que tinha na careca eram marrons e altas, parecendo carrapatos.

– Há quem diga que, se o Vargas se eleger, todos nós vamos cagar ouro. Outros dizem que vai ser o fim do mundo, a morte dos coronéis – acrescentou, suspirando. E, voltando-se para Luzia: – O poder de um coronel é como capim, menina. Quanto mais se corta, mais cresce. Exatamente como um cangaceiro.

Em sua longa vida, tinha sido amigo de vários cangaceiros famosos. Cabeleira, Chico Flores, Casimiro, Zé do Mato. Conheceu todos eles. Cada geração, segundo dizia, teve grandes nomes no cangaço. Já desde o tempo do seu bisavô – quando não havia políticos, cercas horrorosas ou telégrafo –, cangaceiros e coronéis tinham lá os seus aliados e os seus desafetos.

– Eles são como os saguis e o angico – observou o velho. – Um não pode viver sem o outro.

As árvores podem viver muito bem – resmungou Marcos.

O pai o encarou. O Carcará sorriu.

– Mas agora chega de jogar conversa fora – disse o coronel, abanando a mão enrugada. – Vamos tomar um trago.

Dirigiram-se então para a varanda. Havia ali uma fileira de cadeiras de balanço com entalhes intricados, todas elas vazias. Luzia deu a volta. Queria encontrar Ponta Fina e Inteligente, que estavam com a máquina de costura. Desde que chegaram ali, os homens tinham se dispersado. Alguns foram examinar a casa e seus arredores, para verificar se estavam mesmo em segurança. Outros começaram a montar o acampamento ou foram ajudar Canjica a preparar o banquete para o jantar. Luzia ficou olhando para além do curral das cabras, tentando avistar os homens. Sentiu um pulso firme agarrar o seu braço aleijado. Era o coronel Clóvis, de pé ao seu lado.

– Não seja matuta, fugindo desse jeito – disse ele. – Venha sentar conosco.

Com uma força impressionante, o velho voltou a segurar o seu braço, puxando-a para perto de si. Luzia se inclinou na sua direção.

– Está vendo isso? – sussurrou ele, apontando para o cercado dos filhotes. – São os meus cabritos. De sangue puro. A carne mais doce que já se viu. As mães ficam soltas – acrescentou o velho, piscando para ela. – Pastando, quero dizer. Não tenho gente para pastorear. Não é necessário. Sabe qual é o segredo? Se quero impedir que a mãe fuja, tranco bem o filhote.

A moça voltou a recuar. O hálito do coronel era azedo: um misto de dentes podres e fumo de rolo. Olhou para a varanda. O Carcará vinha caminhando na direção deles. O velho segurou o seu braço com mais força.

– Qual é a sua graça? – perguntou.

– Luzia.

– Ah! – exclamou o coronel, com um suspiro, como se ela tivesse dito algo impressionante. – Amanhã é dia 13 de dezembro. O dia da sua santa.

Luzia havia perdido a noção das datas. Ia fazer 18 anos e tinha de cumprir a promessa feita a santo Expedito. O cabelo comprido era um estorvo no meio do mato. Mesmo preso em trança, agarrava nas árvores. Era raro poder lavá-lo e o penteava só com os dedos. Apesar de tudo, não conseguia se imaginar cortando-o. Por baixo das calças, das mantas, dos bornais e do chapéu de couro, ela era mulher e não um cangaceiro. Santo Expedito teria de esperar.

– Que tipo de sorte você traz? – perguntou o coronel, interrompendo os pensamentos da moça. – Da boa? Ou da má?

– Nem uma nem outra – respondeu ela, soltando-se daquela mão.

O coronel abriu um sorriso, mostrando os poucos dentes velhos.

3

Naquela noite, em homenagem a santa Luzia, os cangaceiros acenderam uma fogueira no quintal do coronel. Os peões e suas famílias se acocoraram junto ao fogo, mas não dançaram nem cantaram. Observaram os cangaceiros e lançaram olhares inquietos ao coronel, que se balançava numa das cadeiras da varanda. As mulheres trouxeram um latão todo manchado de fuligem. Encheram-no com castanhas-de-caju e puseram-no sobre o braseiro. As chamas lamberam o latão e penetraram nele: as castanhas se abriram, o óleo escorreu e pingou no fogo. Algumas das mulheres ficaram mexendo as castanhas com umas varetas bem compridas, virando o rosto para evitar a fumaça venenosa.

Luzia ficou afastada da fogueira; mesmo assim, os seus olhos lacrimejavam. Desviou o rosto, voltando-se para a varanda. O Carcará estava sentado lá, junto com Marcos e o coronel Clóvis. Os três se balançavam para a frente e para trás, nas cadeiras de balanço. Os pés do velho, calçados em sandálias, mal tocavam no chão. O corpo volumoso do filho sobrava da cadeira. Sentindo-se desconfortável com aquele movimento, o Carcará ficou bem na beirada do assento, com os pés plantados no chão. Na parte de trás, a base da cadeira estava bem elevada e Luzia ficou preocupada, achando que ela poderia virar. O Carcará era um hóspede cauteloso. Quando uma criada veio servir uma garrafa contendo um líquido cor de âmbar, ele tirou uma colher de prata do bornal e a enfiou no copo. A colher estava tão lustrosa que brilhou nas suas mãos. Antes, Luzia já o tinha visto fazer o mesmo nas sacas de farinha de mandioca que havia na despensa do coronel ou em qualquer outra comida de que desconfiasse. Se a colher escurecesse é porque havia algum veneno ali dentro. O uísque do coronel não representava perigo algum, mas, mesmo depois de ter enxugado a colher para guardá-la novamente no bornal, o cangaceiro esperou que o seu anfitrião tomasse o primeiro gole.

À tarde, por insistência do coronel, Luzia tinha sentado na varanda junto com os homens, mas não tinha bebido. Havia apenas ouvido. Eles falaram do preço do algodão bruto, da quantidade que a descaroçadora processava, do tempo necessário para que os fardos já processados chegassem ao Recife e de quanto os moinhos têxteis pagariam por eles. A colheita tinha ultrapassado as cotas habituais, segundo o coronel, e com certeza os moinhos pagariam menos pelo produto. O Carcará lhe deu os parabéns por sua capacidade de negociar.

– Sem dúvida alguma, a nossa descaroçadora vai dar lucro – completou.

O coronel Clóvis remexeu a mandíbula para um lado e para o outro, como se tentasse ajeitá-la na boca. Marcos começou a se balançar mais depressa. Luzia observou o Carcará, que segurava o copo com ambas as mãos, como uma criança. Ele não parecia um proprietário rural, mas, naquele momento, falava como um. "A nossa descaroçadora", ele tinha dito. Foi então que a moça entendeu o propósito daquela visita ao coronel Clóvis. Não buscavam proteção, mas lucro.

Desde o início, sabia que os cangaceiros não eram criaturas isoladas vivendo na caatinga. Dependiam dos moradores da região – ricos e pobres – para conseguir roupas, armas, abrigo e proteção. Essa rede de conexões era frágil: baseava-se na reputação do Carcará, considerado um homem justo, e podia se romper com toda a facilidade se esse tal espírito de justiça vacilasse. Talvez outros bandidos fossem brutais sem motivo algum, mas o Carcará e seu bando não podiam se permitir esse comportamento. Os seus atos jamais eram aleatórios. Se os homens cortavam a orelha de um comerciante, era por ele ter sido grosseiro; se arrancavam a língua de alguém, era por ter falado com soldados ou difamado os cangaceiros; e se usavam o punhal, era por ofensas mais graves contra eles mesmos ou seus amigos. Acima de tudo, porém, estava o fato de a honra de uma mulher ser o maior tesouro de uma família, como sempre dizia o Carcará. Ele e seus homens respeitavam as famílias. E por isso tinham a sua confiança. "Só os pássaros cagam onde comem", dizia o capitão. "E nós não somos pássaros. Somos cangaceiros."

Naquele dia, ali na varanda do coronel, a moça percebeu que eles também eram homens de negócios. Essa descoberta lhe deu uma estranha sensação de segurança. Homens de negócios têm planos. Têm futuro. Cangaceiros, não. Lembrou-se da história que Ponta Fina lhe contou, sobre o seu ingresso no bando, quando o Carcará o alertou, dizendo que aquilo era um beco sem saída. Tinha ouvido os homens expressarem as suas esperanças, e estas eram sempre efêmeras: dançar, fazer uma boa refeição, amar uma mulher. Além disso, desejavam morrer num combate limpo. Mas, se o Carcará possuía algo, se era sócio na posse de uma descaroçadora de algodão, isso significava que ele tinha influência e uma renda anual. Ganhos regulares significavam que ele podia fazer planos para o futuro, guardar algumas economias, comprar um pedaço de terra para si e para os seus homens. E, com a terra, vinha a respeitabilidade. Com a terra, vinha a esperança de algo mais que a simples sobrevivência e a morte certa.

Lá na fogueira, as castanhas já estavam assadas. Com agilidade e precisão, as mulheres puseram as varetas compridas de ambos os lados do latão e o retiraram das chamas. Depois, despejaram o seu conteúdo: as castanhas escurecidas caíram na terra. Crianças cercaram a pilha fumegante e jogaram areia em cima para esfriá-la. Ali perto, Sabiá cantava sem o acompanhamento da sanfona. Era uma canção ligeira, de ritmo sincopado. Entre cada verso, o cangaceiro respirava fundo.

Corpos são o meu jardim
A pistola é a minha rameira
As balas são como a chuva
Eu sou um filho do sertão

Ao redor do fogo, os homens dançavam. Formavam duas fileiras de rifles nas mãos e tinham um ar sério no rosto. Ao ritmo da cantiga do Sabiá, davam três passos para a frente com o pé direito e, depois, avançavam apressados com o pé esquerdo. Tinham afrouxado as tiras das alpercatas e a sola do calçado arrastava no chão, fazendo um barulhinho de *cha, cha, cha* ao roçar na areia. Os rifles eram os seus pares e os homens os seguravam todos empertigados, exatamente como haviam feito com as mocinhas tímidas de Fidalga.

Não tinham permissão para beber, embora o coronel lhes tivesse oferecido cachaça. Mesmo assim, a quantidade interminável de carne e a água do rio deixaram-nos animadíssimos. De repente, o Carcará saiu da varanda. Luzia achou que ele fosse brigar com os seus homens por estarem dançando. Mas, na verdade, ele foi dançar também. Pôs-se à frente da primeira fileira, sapateando e arrastando os pés junto com os demais. Os seus movimentos eram mais precisos, mais controlados. Havia uma graça nessa precisão, uma estranha fluidez naquelas articulações meio enrijecidas.

O meu rifle é o melhor advogado
As minhas balas são a polícia
O meu punhal, o juiz mais justo
E a morte, a minha libertação.

Luzia o observou. Tinha esperança de que viesse para perto dela quando parasse de dançar. A moça queria lhe agradecer. Mais cedo, quando fora, junto com Ponta Fina, pegar a máquina de costura na varanda dos fundos da casa do coronel Clóvis, viu que o Carcará tinha lhe deixado um presente. Como o acampamento foi montado longe da casa, a máquina ficou ali na varanda para não torrar ao sol. Quando chegaram para buscá-la, havia um embrulhinho perto da Singer. Um pacote amarrado com barbante. E, ao abrir o papel pardo, Luzia sentiu nas mãos o toque da seda. O tecido era escorregadio, parecendo óleo. A moça soltou uma exclamação de surpresa e agarrou o presente antes que caísse no chão. Eram dois metros de seda da cor do fubá bem moído. Em Taquaritinga, teria achado um presente como esse uma bobagem inútil. Mas já fazia tanto tempo que não sentia algo assim tão macio... Havia vários meses que só tocava no couro duro, nas mantas de lã áspera, nos espinhos e nas farpas da caatinga, e na sua própria pele cheia de calos. Ponta Fina pediu para tocar naquele tecido.

– Deve ser coisa do capitão – disse o menino.

Luzia deduziu que era um presente de aniversário. Pela festa da santa que tinha o seu nome. Passou a noite inteira querendo agradecer ao Carcará, mas não conseguia encontrar as palavras certas.

A cantiga terminou. Os homens pararam de dançar.

– Já é quase meia-noite – declarou o Carcará. – Hora de fazer as nossas orações.

Peões e cangaceiros se reuniram em torno de uma pedra grande e achatada, a poucos metros da fogueira. Canjica tinha nas mãos uma latinha de sal e uma colher de pau. Entregou ambas a Luzia, levando-a até a pedra. O Carcará se ajoelhou à sua frente. Todos os demais o imitaram. Tirou um papelzinho amassado do bolso, olhou para a moça e, depois, baixou a cabeça.

– Minha santa Luzia – disse ele, bem devagar, pronunciando cada sílaba das palavras. – Dai-me visão. Vós, que não perdestes a fé nem mesmo quando vos tiraram todo o sangue. Vós, que não perdestes a visão nem mesmo quando vos arrancaram os olhos. Defendei-me da cegueira. Conservai a luz dos meus olhos. Dai-me forças para mantê-los sempre abertos, pois, assim, poderei distinguir entre o bom e o mau, o verdadeiro e o falso. Vós, que tivestes quatro olhos em vez de dois, olhai para o céu e dizei-nos o que os próximos meses vão trazer.

Canjica pegou uma colherada de sal na lata que Luzia estava segurando e a depositou em cima da pedra.

– Janeiro! – gritaram os peões e os cangaceiros.

Canjica pôs outra colherada de sal ao lado da primeira.

– Fevereiro!

Mais uma.

– Março!

E outra colherada para abril, para maio e, finalmente, para junho.

Era uma predição. Luzia já tinha ouvido falar de vaqueiros e lavradores realizando esse ritual. O sal ficaria ali até a manhã seguinte. Cada pilha que o orvalho da noite dissolvesse significava um mês com chuva. Se todas permanecessem intactas, haveria seca. Era preciso dar algo à santa em troca da sua boa vontade em fazer previsões para o futuro. Luzia não entendia nada de predições, mas entendia de santos. Para qualquer coisa que se peça, é preciso uma prova de fé. Para cada bênção que nos concedem, sempre querem algo em troca.

O Carcará pegou uma sacolinha de couro que trazia presa ao cinto. Parou junto aos montinhos de sal, abriu a tal bolsinha e despejou o seu conteúdo na pedra. Era uma pilha de esferas do tamanho de bolas de gude. Umas eram ressecadas feito passas. Outras eram tortas como moedas amassadas. Outras ainda tinham conservado o formato redondo, mas estavam ligeiramente murchas. Estas tinham a cor leitosa do olho vazado de Meia-Lua.

Luzia tratou de se afastar do centro do círculo de oração. Lembrou-se dos buracos no rosto dos capangas de Fidalga, todos empilhados na varanda do coronel Machado. Lembrou-se da quadrinha de tia Sofia. *O falcão, carcará, fica procurando as crianças desobedientes...*

Ficou esperando por uma reação qualquer: uma dor de estômago, um tremor nas mãos. Não sentiu nada. Durante os últimos meses, o seu medo, o seu nojo, a pena que sentia tinham se evaporado sob o sol inclemente da caatinga. Exatamente como a pele dos seus pés e das suas mãos, que tinham criado bolhas, escurecido, tornando-se calosas e grossas. Algo dentro dela também tinha endurecido. Era comum encontrarem cadáveres de cabritinhos no meio do mato. Viam também carcaças de bois e os corpos secos e coriáceos de sapos. Todos tinham perdido os olhos, que haviam sido arrancados pelas saúvas ou devorados por pássaros famintos. Era inevitável. Na caatinga, um predador não era melhor nem pior que o outro.

Fora do círculo, a moça se ajoelhou. Fitou o céu escuro. Um punhado de estrelas pairava acima do horizonte, como sal derramado. Toda noite, rezava para aquele céu. Todo dia, ele ficava lá no alto, azul e inatingível, morada de um sol impiedoso. Olhou para os ombros largos do Carcará, para a sua cabeça baixa. Ao rezar, ele não fitava o céu, mas o chão. Luzia esticou o braço bom. Apertou o solo com a mão. Espantou-se ao senti-lo tão fresco, tão firme.

Ouviu então um ruído ao seu lado. Viu as sandálias de couro do coronel e, dentro delas, os seus dedos esbranquiçados. Ele estava apoiado numa bengala de madeira.

– Não sou nenhum santo, mas posso lhe garantir que não vai chover este ano – disse ele. – Quando meus bodes espirram é sinal de chuva. Eles ainda não espirraram.

O cabo de uma faca se destacava meio de banda no cós das calças do pijama do velho. Luzia olhou para a varanda. Marcos tinha ido embora. O coronel balançou a cabeça.

– Esse rapaz leva tudo muito ao pé da letra. – disse ele, apontando para o Carcará com a bengala – Ou ao pé das tripas. – O velho riu e, depois, baixou os olhos para fitá-la. – Vi aquela máquina lá na varanda. É você que fica enfeitando os rapazes? Eles estão ficando parecidos com os panos de prato da minha mulher. Sei que gostam de luxo, mas já estão exagerando. Era isso que fazia antes de fugir com eles? Costurava?

– Não fugi – respondeu ela, pondo-se de pé e limpando a mão nas calças.

– Foi ele que fez isso com o seu braço?

– Não.

O coronel refletiu por um instante, remexendo o maxilar.

– Talvez seja por isso que ele gosta de você. É aleijada, como ele. – E, aproximando-se um pouco mais, acrescentou: – Já ouviu falar do coronel Bartolomeu? Aquele que ele matou e que o tornou famoso?

– Já – respondeu a moça.

As notícias tinham corrido por toda parte: um garoto de 18 anos matando um coronel e conseguindo escapar.

– Era o pai dele – prosseguiu Clóvis, sorrindo. – Pelo menos é o que dizem. A mãe era uma pobre coitada. Uma frangota que foi desgraçada. E disse a todos que o coronel tinha se aproveitado dela, que ele era o pai da criança. Ninguém lhe deu ouvidos, mas a mocinha continuou insistindo. Queria dinheiro. É isso que todas as arrendatárias querem. Bartolomeu se cansou da história e mandou os seus capangas. Eles atiraram nela e fizeram esse estrago no rosto do menino – acrescentou o velho, traçando uma linha com a mão no próprio rosto branco. – Não é o que contam por aí?

– Acho que sim – retrucou Luzia.

– Ele não lhe contou?

– Nunca perguntei.

– Você deve ter feito alguma coisa muito boa para ele ter quebrado a promessa – disse o velho, balançando a bengala para a frente e para trás.

– Que promessa?

O coronel perscrutou o seu rosto. Ele tinha uma papada gorda e flácida, como se toda a massa da face tivesse afundado ali dentro. Depois, deu de ombros e desviou os olhos.

– Vai ver ele já fez tantas promessas que não consegue se lembrar de todas. Se eu fosse ele, também viveria puxando o saco dos santos.

– Que promessa? – insistiu Luzia, e o coronel sorriu.

– Finalmente consegui que você prestasse atenção, hein? Na primeira vez em que ele veio aqui para receber a sua porcentagem, disse que um dos seus santos tinha lhe mandado um sinal. Afirmou que jamais deixaria uma mulher fazer parte do bando. Que as mulheres são para casar. Ou para a gente se divertir.

– Eu não – declarou Luzia.

– Comigo não precisa se preocupar com essas histórias de decência, menina. Entendo a opção que fez – disse o coronel, olhando para o Carcará e balançando a cabeça. – Todos nós já tivemos de trocar favores. Todos temos de fazer acordos.

Bateu com a bengala várias vezes, como se tentasse invocar algo que estivesse dentro do solo.

– Gostou da seda que deixei para você? Coisa fina, hein? – perguntou ele, encostando-se em Luzia. – Tem mais lá no meu quarto, se quiser. Mulheres gostam de presentes – acrescentou, passando a bengala na perna dela. – Mesmo quando se vestem como homens.

À sua frente, os peões e os cangaceiros formaram uma fila diante da pedra com os montinhos de sal. Um a um, punham a mão ali em cima, pedindo que a santa os abençoasse. Luzia pediu licença e foi se juntar a eles.

4

As predições de santa Luzia foram catastróficas. Na manhã seguinte, apenas três montinhos de sal haviam sido parcialmente dissolvidos pelo orvalho. O resto estava intacto. Por vários dias, a chuva foi o único assunto entre os cangaceiros. Luzia não estava preocupada com isso. O que a preocupava era o corte de seda amarela. Voltou a embrulhá-lo no papel pardo e o enfiou bem no fundo do bornal, mas continuava a sentir a sua presença. Lembrava-se daquele contato escorregadio nas suas mãos. Estava com vergonha de ter aceitado um presente do coronel, e mais ainda da alegria que sentiu achando que fosse coisa do Carcará. E sequer podia devolvê-lo. O coronel era um bode velho, mas era o anfitrião. Acabou então se esgueirando cozinha adentro e deixou o pacote na despensa, na esperança de que a cozinheira ou outra criada qualquer o encontrassem e o guardassem para si.

Tudo naquela casa – a despensa, as cortinas de renda, a pilha de roupa de cama lavada – cheirava a queimado. Quanto mais algodão a descaroçadora processava, maior a quantidade de fumaça que pairava sobre São Tomé. As pilhas pretas que Luzia tinha visto fumegando eram as sementes do algodão. Com o passar dos meses, a fumaça que saía dali ia fazendo as casas caiadas da cidade ficarem cinzentas como fuligem. Era também por causa dela que os cabritinhos do curral do coronel ofegavam e tinham uma tosse seca. Toda tarde, as cabras voltavam do pasto com o pelo coberto de uma poeirinha preta. Todas tinham no pescoço uma sineta de latão que badalava quando os animais corriam. Os filhotes se amontoavam junto ao portão. Baliam ferozmente enquanto as mães vinham correndo ao seu encontro, farejando os cabritos e os afastando até encontrarem o seu. Todos os bichinhos pareciam idênticos, com pintas pretas e marrons, orelhas caídas e corpo forte. Luzia ficava encantada ao ver com que facilidade as mães identificavam o próprio filhote no meio daquele bando.

Enquanto Marcos circulava pela fazenda, falando muito pouco e dando longos passeios montado na sua égua favorita, o coronel Clóvis parecia gostar da presença dos cangaceiros. Encorajava-os a ficar por ali. Quando o algodão estivesse limpo, embalado e fosse embarcado, ele e Marcos iriam a Salvador negociar o preço de venda. Garantiu ao Carcará que, na volta, ele receberia a sua porcentagem. Toda noite, depois que a última cabra voltava do pasto, os cangaceiros se revezavam para ir até a cidade, onde cantavam e tocavam músicas animadas. Traziam cortes de seda para fazer novos lenços de pescoço. Viam os trabalhadores embarcarem os fardos de algodão nas barcaças que os levariam a Salvador. E iam à casa de mulheres experientes, visitas de que se vangloriavam mais tarde no acampamento. Até o coronel Clóvis os acompanhava nessas saídas.

– Os homens têm as suas necessidades – disse ele um dia, abordando Luzia perto do curral das cabras. – Não dá para reprimir.

A moça foi ficando irritada com o comportamento espalhafatoso dos cangaceiros. Desse jeito, a tropa mais despreparada não tardaria a encontrá-los. O Carcará não parecia preocupado. Encorajava as idas dos seus homens à cidade. Quando um grupo saía, o capitão aguardava ansioso a sua volta, andando de um lado para outro, como se as suas pernas estivessem sentindo falta das caminhadas diárias pela caatinga. Quando os homens regressavam, metade dava uma volta maior para chegar ao acampamento, evitando passar pelo portão da casa do coronel. Vinham trazendo pesados cartuchos de munição, o bastante para que cada um tivesse pelo menos quinhentas balas. E, sempre que possível, traziam um jornal.

Luzia lia as notícias em voz alta. Não havia nada sobre as tropas. Só uma vez, encontrou uma breve menção a um telegrama enviado pelo capitão Higino, garantindo aos leitores que estavam na pista dos cangaceiros. Fora isso, a caçada tinha sido deixada de lado em favor das eleições. O Carcará logo se cansava desse tipo de notícia, mas Luzia percorria todas as páginas do periódico, na esperança de encontrar alguma referência a Emília. Uma notícia falava das cores do novo partido: verde para Vargas e azul para o líder atual. Leu com atenção o manifesto de Vargas, em que se postulava um salário mínimo, o direito de voto para as mulheres e a redução do poder dos barões do café de São Paulo e dos coronéis. Nos discursos do candidato, transcritos no jornal, ele pregava a modernização: novas indústrias, portos melhores e, acima de tudo, uma rodovia nacional. Uma rodovia que ligasse a nação à capital, como artérias que ligam um corpo ao seu coração, vivificando os membros esquecidos do Brasil. Aquelas palavras poéticas e vigorosas acabavam fazendo com que a moça se esquecesse das colunas sociais. Uma tarde, ela quase pulou uma notinha sobre o Carnaval. No entanto, alguma coisa atraiu os seus olhos para uma foto de um salão de baile do Clube Internacional, feericamente iluminado. Não reconheceu nenhum dos foliões fantasiados, mas, abaixo da foto, havia um resumo das festividades daquela noite. No meio do texto, havia um trecho dizendo:

> Lamentavelmente, em sua primeira ida ao clube, a misteriosa Sra. Emília Coelho saiu mais cedo. Seu marido, o Sr. Degas Coelho, alegou cansaço para justificar o desaparecimento da jovem esposa. Não é de espantar que uma moça do interior tenha dificuldades em se aclimatar aos nossos horários cosmopolitas! No entanto, o episódio não abalou em nada o Sr. Degas Coelho, que permaneceu no baile e se divertiu acompanhado do Sr. Felipe Pereira, seu colega da faculdade de direito.

Luzia rasgou a notinha.

– Alguma coisa importante? – perguntou o Carcará, dando-lhe um susto. Estivera ali por perto, espionando-a.

– Não – respondeu ela. – Só uma nota.

– Sobre o quê?

– Uma festa – disse a moça.

Devia ter dito que era um obituário ou uma propaganda de cinema; só meninas tolas recortam notícias sobre festas. Dobrou o jornal de qualquer jeito. Odiava quando ele a vigiava. A cada dia passado nas terras do coronel o Carcará estava ficando mais paranoico. Recusava-se a comer o que quer que fosse, a menos que tivesse sido feito por Canjica. Ficava andando o tempo todo. Falava com Baiano aos cochichos. Estava com olheiras por não dormir direito. E Luzia se perguntava por que permaneciam ali se o Carcará não confiava no coronel.

– Vamos dar uma volta – disse ele. – Deixe o jornal aí.

Luzia se levantou. Enfiou o recorte no bornal. Se ele lhe perguntasse por que estava guardando aquilo, mentiria. Embora o cangaceiro tivesse conhecido Emília em Taquaritinga, a moça não podia garantir que ele se lembrasse do nome da sua irmã. Mas, se por acaso lembrasse, não queria que soubesse que ela estava casada com um homem rico da sociedade. Sentia que precisava proteger a irmã, apesar de não saber muito bem contra o quê. E não havia provas de que a mulher citada pelo jornal fosse a *sua* Emília. Mas o nome de Felipe Pereira, filho do coronel lá da sua terra, também era mencionado. A moça intuía que não se tratava de simples coincidência. A tal Emília Coelho só podia ser a sua irmã.

Enquanto caminhavam, o Carcará não mencionou o artigo do jornal. Aliás, não falou de nada. Pegaram uma estrada comprida, depois do curral das cabras. Os animais que ficavam soltos haviam devastado aquele trecho, devorando cada folhinha, cada trepadeira, deixando tudo absolutamente nu. Ao longe, via-se um ipê florido. A árvore reluzia, toda amarela. O capitão parou a poucos metros do seu tronco. Abriu o coldre que trazia no ombro e tirou um revólver. Com um ligeiro movimento do dedo, abriu o tambor e o examinou. Pegou duas balas pequenas na cartucheira e enfiou-as nos furos vazios. Havia seis balas ali dentro. Luzia recuou. O Carcará voltou a fechar o tambor e apontou a arma para o chão. Depois, entregou-a a Luzia, pela coronha.

– Não é bom ter uma arma e não saber usá-la – disse ele.

– Mas não tenho arma nenhuma.

– Agora tem – retrucou o Carcará, vindo postar-se ao seu lado.

Pegou então o braço bom da moça e pôs o revólver na sua mão. Tinha os dedos quentes. Ergueu o braço de Luzia. O revólver era mais pesado do que ela imaginava. O seu punho se curvou com aquele peso. O cangaceiro o segurou bem firme.

– Mantenha a munheca firme, rija como madeira – disse ele, pegando em seguida o seu braço aleijado. – Use o braço torto para dar apoio ao outro, para que ele não trema. Com mais prática, vai ter força o bastante para atirar com uma mão só.

Luzia podia sentir o hálito do Carcará no pescoço. As suas mãos suavam. A coronha do revólver estava escorregadia.

– Quando for atirar, prenda a respiração – disse o cangaceiro. – Não se esqueça disso porque, senão, as balas não vão atingir o ponto que você pretende acertar.

Ela assentiu. Ele destravou a arma.

– Olhe para aquele tronco – sussurrou o Carcará. – Atire.

O tronco cinzento com as suas flores amarelas não passava de um borrão. Luzia fechou os olhos. Ele cheirava a brilhantina e cravo. E a suor. A mão que segurava o seu punho se afrouxou.

– Atire – repetiu o Carcará, desta vez mais alto.

Chegou mais perto, encostando o peito nas costas da moça.

Luzia apertou o gatilho. Ouviu-se um estampido. Sentiu um solavanco na mão que lhe subiu pelo braço todo. Recuou sem querer.

– Você respirou – disse o Carcará em tom severo. – Não desperdice balas com erros bobos. Elas são preciosas. Atire de novo.

Luzia destravou a arma. Com o braço aleijado, agarrou o outro com mais força ainda. Mesmo assim, o coice do revólver fez a sua mão se mover para cima. O Carcará suspirou.

– O revólver tem de ser como um amigo – disse ele. – Precisa conhecê-lo como conhece a si mesma. Saber a que distância ele atira. Qual o impacto que provoca, como faz o seu braço se mover. O seu revólver salva a sua vida, mas só se você o conhecer. – Afastou-se um pouco, mantendo-se ainda ao seu lado. – Isso vem com o tempo – acrescentou, sorrindo – Por enquanto, temos de trabalhar a sua pontaria.

Luzia apontou a arma para o chão. O Carcará remexeu no cinturão e pegou o estilingue de couro que usava para matar rolinhas e outros pássaros. Agachou-se para apanhar umas pedrinhas.

– Por que está me ensinando isso? – indagou Luzia.

– É sempre útil. Principalmente agora – respondeu ele, dando de ombros e escolhendo as pedrinhas mais redondas.

– Por que agora?

– As tropas logo vão estar por aqui.

– Quando? Como sabe? – perguntou ela, mais alto do que gostaria.

O cangaceiro suspirou. Deixou as pedras caírem no chão.

– Na primeira noite que passamos aqui, a de santa Luzia, Marcos saiu – disse ele. – Foi até a cidade mandar um telegrama para a capital. "O rebanho está no pasto", foi o que ele escreveu, achando que estava sendo muito esperto.

– Como é que você sabe?

– O Baiano conversou com o empregado do telégrafo. Essas malditas máquinas são uma praga. O tal empregado é apenas um menino. Contou tudo. Mas, mesmo que isso não tivesse acontecido, eu teria desconfiado. Clóvis passa o tempo todo nos dizendo para ficar. Em geral, fica louco para me ver pelas costas. Sempre me paga antes mesmo que o algodão seja embarcado. Desta vez, disse que está sem dinheiro. Que precisamos esperar esses meses todos.

Luzia sentiu a boca seca. O revólver pendia pesado em sua mão.

– Vai ficar esperando até ele lhe pagar? – perguntou a moça. – Vai arriscar a vida dos homens por dinheiro?

O Carcará ergueu os olhos. A sobrancelha do lado bom do rosto estava franzida. O olho defeituoso estava meio vidrado, parecendo maior e infantil. Luzia percebeu um lampejo de tristeza, de mágoa, atravessar aquele rosto. Então, ele respirou fundo e fechou os olhos. Quando voltou a abri-los, parecia velho e cansado, como se jamais houvesse sido criança na vida.

– O dinheiro é coisa útil – disse ele. – É o que Clóvis mais ama. Vou ficar com o máximo que puder. Se ele gostasse tanto assim do seu gado ou das suas cabras, eu ficaria com eles. Ele fez um trato qualquer. Tenho certeza. Só não sei com quem: se com Machado ou com os políticos. Seja com quem for, isso é o de menos. Vamos ficar aqui e supreendê-los. Quero que vejam que sei de tudo. Que sempre soube.

– Mas você só tem vinte homens – observou Luzia.

– Sabemos como lutar aqui. Eles vão entrar pelo portão principal. Até onde eles sabem, esta fazenda só tem uma entrada. E um lugar assim é uma verdadeira sepultura. Estou lhe dizendo isso porque se eles a encontrarem... – Calou-se e baixou os olhos. Quando voltou a fitá-la, a sua fala assumiu um tom enérgico. – Eles não podem encontrá-la. Você sabe o que fazem com as mulheres. Portanto, vai ter de atirar. Ou então pode ir embora agora mesmo.

Luzia apertou a coronha do revólver com mais força. Respirou fundo, mas não conseguiu se impedir de tremer. Ele queria atenção. Queria aparecer na primeira página do *Diário de Pernambuco*. Ela tinha deixado a própria família. Tinha destruído os seus pés, as suas mãos, a sua reputação. E para quê? Para fugir, claro. Para correr mundo. Para deixar de ser a Vitrola. Foi isso que repetiu para si mesma durante todos esses meses, durante as caminhadas intermináveis e as noites frias.

Agora, porém, compreendia que tinha se juntado ao bando pela mais idiota das razões: ele. Para ficar perto dele. Nunca esqueceu a própria altura, nem o braço torto. Nunca se permitiu ter ambições românticas. Não esperava despertar o seu amor e nem mesmo o seu interesse. Queria simplesmente vê-lo. Ouvi-lo dizer o seu nome, o seu nome de verdade, e fazê-lo soar poderoso e adorável. E ele vinha lhe dizer que podia ir embora... Que ela não tinha valor algum como amuleto ou como mulher...

– Vou embora – disse ela, e o Carcará se levantou.

– Para onde? – perguntou ele.

– Para casa.

– Não pode fazer isso. Nenhum homem vai se casar com você.

– Não quero me casar.

– E vai viver de quê?

– Da costura.

– Ninguém vai querer uma cangaceira para fazer as suas roupas.

– Não sou uma cangaceira.

– Você poderia me matar – disse ele, apontando com o queixo o revólver que ela tinha nas mãos. – Entregue-me para os soldados.

Luzia balançou a cabeça.

– Por que não? – perguntou ele, chegando mais perto.

A voz dela entalou na garganta. Fechou os olhos, furiosa com o próprio corpo, que a estava traindo.

– Por que não? – repetiu ele, quase num sussurro.

– Se você morrer, vai ser pelas mãos de Deus. Não pelas minhas – disse ela. – Posso não ter condições de me casar ou de ser costureira. Mas você não vai me levar à perdição. Não vou permitir que faça isso.

O Carcará recuou. Fitou-a como fitara os montinhos de sal da santa, como fitava os seus papeizinhos com orações, ou as cruzes improvisadas que se viam pelas paredes das capelas na caatinga: não com medo, nem com desejo, mas com reverência.

Luzia lhe entregou o revólver e saiu correndo.

5

Três anos mais tarde, Luzia tinha se tornado uma atiradora melhor que o próprio Carcará. O presidente Getúlio Vargas tinha começado a construir a rodovia Transnordestina através da caatinga e a seca já tinha atingido o seu quarto mês consecutivo. Quando as pernas de Luzia doíam e os seus pés estavam inchados com o peso do terceiro e último filho, era comum que ela se perguntasse o que teria acontecido se tivesse ido embora quando o Carcará lhe dera essa oportunidade. Se tivesse corrido em direção ao rio e não de volta ao acampamento. Se tivesse pegado uma balsa e rumado para o Recife, para a residência da jovem Sra. Emília dos Santos Coelho. Chegara a pensar em ir até o rio São Francisco, mas não tinha dinheiro para pagar a passagem da balsa. Não tinha nenhum vestido, nem vontade de usar um. Queria provar a ele que não estava com medo. Não queria ir embora simplesmente por causa do seu alerta. E estava curiosa. Queria ver se ele tinha razão, se as tropas viriam mesmo e, se viessem, como seriam derrotadas.

Dois dias depois daquela aula de tiro, um dos vaqueiros do coronel veio finalmente avisá-los da chegada do capitão Higino. O coronel Clóvis e Marcos tinham viajado na véspera, para tratar da venda do algodão. O vaqueiro estava pastoreando o gado quando viu a brigada: as linhas de um amarelo brilhante ainda eram visíveis nos uniformes agora surrados. Eram um punhado de homens desolados, com o rosto encovado, avançando a passo lento e hesitante. O comandante, segundo o vaqueiro, era um sujeito baixinho, o único que andava depressa.

Nas horas que antecederam a chegada dos soldados, o Carcará e os outros cangaceiros saíram catando folhas secas de ouricuri. Dobravam-nas ao meio, para que ficassem parecidas com seus chapéus. Depois, puseram essas palmas nas árvores, enchendo-as de cupinzeiros. O Carcará mandou os seus homens se espalharem. Alguns ficaram dentro dos muros da propriedade do coronel; outros, do lado de fora, nos arredores do portão. Estes últimos deveriam se mover lentamente e cercar a tropa, como dizia o Carcará, pela "retroguarda". Obrigariam os soldados de Higino a entrar no quintal da casa, prendendo-os ali. Já os homens que ficaram do lado de dentro se postariam na periferia do quintal, prontos para passar por baixo da cerca e penetrar no mato. O chefe determinou que todos atirassem entrincheirados por detrás de pedras ou de árvores, deitados de bruços. Depois, cortou a coleira de couro que prendia os sininhos de vinte e duas cabras e entregou-as ao bando. Mas deu uma também para Luzia.

– Quando eu mandar, ponha isso – disse ele. – Até lá, enfie um pano aqui dentro para o sino não tocar.

Já anoitecia quando a tropa despontou na estrada, marchando, como previra o Carcará, para o portão da fazenda. Os soldados avançavam formando várias linhas retas, rifles em punho. A casa estava silenciosa. Lá dentro, o cangaceiro tinha deixado as lamparinas acesas. Luzia e ele estavam agachados na outra ponta do quintal, perto da entrada do curral das cabras. O cangaceiro segurou firme o braço aleijado da moça.

O sol poente lançava sombras sobre a caatinga. De longe, as palmas de ouricuri dobradas pareciam cangaceiros imóveis, dezenas deles, espalhados pelo mato. Um soldado mais assustado disparou na direção das árvores. O tiro ecoou. Perto de Luzia, as cabras começaram a balir furiosamente. Mais que depressa, o Carcará abriu a porteira do curral.

Com o segundo e o terceiro tiros dos soldados, os animais apavorados foram saindo em massa do seu cercado, formando uma onda confusa. Todos empurravam e davam pinotes. Os sininhos que traziam ao pescoço soavam como uma orquestra enorme e desafinada. Ouviram-se mais tiros. Bem ao seu lado, Luzia ouviu um zumbido estridente. A bala passou raspando e foi se alojar num dos mourões do curral, com um ruído surdo. O Carcará a empurrou, fazendo-a deitar de bruços. A terra, seca e áspera, lhe entrou pela boca. O cangaceiro prendeu então a coleira com a sineta no pescoço e mandou que a moça fizesse o mesmo.

Agachados, os outros membros do bando foram contornando a cerca, junto com as cabras. Também eles tinham posto a coleira no pescoço e, nas sombras do anoitecer, com a zoada de tantas sinetas, era difícil distinguir os homens dos animais.

Os cangaceiros que tinham ficado fora do portão começaram a avançar, atirando nos soldados por todo lado e encurralando-os no quintal. Os homens do Carcará eram um inimigo invisível. Choviam balas de todos os cantos, de lugar nenhum. Ao escurecer, era fácil confundir as iscas feitas de palmas de ouricuri com gente de verdade. A tropa se dispersou freneticamente. Soldados tropeçavam uns nos outros. Alguns caíram. Quem havia sobrevivido ao primeiro tiroteio atirava nas cabras, nas árvores.

– Fodam-se todos vocês, cangaceiros! – gritou um deles.

– Vai foder a sua mãe, macaco! – retrucou Ponta Fina, rindo.

O Carcará soltou o braço de Luzia. Preparou e apontou a sua Winchester. O rifle fez um estalido e disparou. Depois do disparo, os ouvidos da moça pareciam estar cheios de água. Era como se os gritos dos homens viessem de bem longe. Outro rifle disparou e, depois, mais outro. O revólver de Luzia pendia, pesado e inútil, no coldre que o Carcará havia lhe dado. Não tinha treinado a pontaria e, no meio daquelas sinetas tocando, daquela fumaça toda, daqueles estampidos horríveis, só conseguia pensar em ficar ali, agachada ao seu lado.

Quando a noite caiu, cada vez que um homem atirava tinha o seu rosto iluminado por um brilho esverdeado que saía da arma. Estavam escondidos atrás dos mourões do curral, de pedregulhos, de troncos de ipês. Na maior rapidez, baixavam os rifles para pôr mais munição. Ali perto, Baiano praguejou, pois o cano da sua arma estava quente. Abriu as calças e se agachou, com as pernas abertas. O cano do rifle chiou. O cheiro de urina ficou pairando no escuro e na fumaça. O cangaceiro voltou a fechar as calças e pegou a Winchester agora já mais fria.

Luzia não sabia dizer há quanto tempo os homens estavam atirando e rastejando. Os seus joelhos ficaram esfolados. Os músculos das suas pernas ardiam e estremeciam sempre que ela fazia um movimento qualquer. O zumbido nos seus ouvidos era ensurdecedor. Finalmente, o Carcará soltou um assobio estridente. Tinha planejado agir assim, sabendo que não poderiam eliminar a tropa inteira. Bem devagar, os cangaceiros começaram a bater em retirada, aos pares, atravessando o rio e indo até a igreja do Marimbondo, onde todos deveriam se encontrar. Era uma capela abandonada já no lado da Bahia. Os insetos, daqueles vermelhos, tinham feito seus ninhos em todos os cantos da igrejinha, atrás do altar e debaixo dos bancos quebrados. O lugar tinha se tornado uma gigantesca casa de marimbondos. Como era raro alguém ir até lá, o mato que cercava a capela acabava sendo um esconderijo perfeito.

Como as cabras desarvoradas, os cangaceiros passaram rastejando por baixo do último arame da cerca do coronel. O Carcará arrancou a coleira com a sineta e agarrou a de Luzia. Quase não dava para vê-lo ali no escuro, em meio a toda aquela fumaça. A moça sentiu os dedos do capitão no seu pescoço, puxando a tira de couro. Quando conseguiu enfim soltá-la, Luzia ouviu um zumbido familiar. Uma cabra caiu bem ao seu lado. O Carcará ficou apavorado. Pegou o rifle. Em seguida houve outro zumbido bem próximo, mas, quando o som cessou, tudo o que se ouviu foi um ruído abafado, como um punho esmurrando um travesseiro. O cangaceiro respirou fundo. Cambaleando, segurou firme a mão de Luzia.

6

Um emaranhado de galhos quebradiços se espalhava por todo o caminho. Cipós ressecados se enroscavam nas árvores, parecendo cobras escuras. O Carcará se apoiava nela enquanto os dois iam avançando no meio do mato. O suor reluzia no seu rosto. Tinha a respiração rápida e entrecortada. Caminhavam devagar. O céu ficou da cor do estanho. Os pássaros soltavam piados breves, hesitantes, como que para se certificar de que ainda tinham voz. Quando o sol nasceu, já tinham voltado a se calar.

Luzia descobriu uma sombra debaixo de um juazeiro mirrado. Pouco antes, o Carcará tinha se livrado do bornal e amarrado bem o gibão na perna ferida. O tecido estava encharcado de sangue que escorria também para a alpercata, manchando o couro e sujando o seu pé. A moça se ajoelhou ao seu lado. Desabotoou o próprio gibão. Ficou sem graça por causa da blusa que estava usando por baixo dele: tinha cortado a saia da velha camisola de dormir, mas continuava usando a parte de cima, amarelada e puída. Resolveu esquecer esse detalhe; não era hora de pensar em vaidade. Desamarrou o gibão ensanguentado e endurecido da perna do cangaceiro, substituindo-o pelo seu. O Carcará estremeceu quando ela amarrou as mangas com bastante força.

– Tome – disse ele, desembainhando uma peixeira curta. – Use isso para enterrar o paletó com sangue.

A moça pegou a faca e começou a cavar. O Carcará tossiu. O seu lábio superior brilhava de suor. Ela quis passar o dedo ali, mas se conteve.

– Não estamos longe do rio – prosseguiu ele. – Uns duzentos metros, talvez. Precisamos atravessá-lo. Na Bahia, estaremos a salvo.

Dava para ouvir o São Francisco. Dava para sentir o seu cheiro. Tinham passado a noite inteira acompanhando o curso do rio, evitando se aproximar dele por precaução, pois poderiam topar com o que restava da tropa. Seguiram em direção à foz, até o Carcará achar que o local era seguro para a travessia. Quando Luzia terminou de enterrar o paletó, os dois dividiram um naco de carne-seca. Com as mãos trêmulas, ele lhe ensinou a abrir um cacto coroa-de-frade e comer a sua polpa suculenta. A moça quis limpar o ferimento; ainda tinha, no bornal, o mercuriocromo dos primeiros meses que passara na caatinga. O Carcará, porém, balançou a cabeça, insistindo para que continuassem andando.

Durante o dia todo, ele tinha se apoiado nela. Às vezes, a pele dele estava ardendo. Outras vezes, quando Luzia punha a mão no seu pescoço, sentia-o úmido e pegajoso, parecendo até a pele de um sapo. Mais para o fim da tarde, o cangaceiro não tinha condições de se ajoelhar; mesmo assim, rezou, recostando-se no tronco liso de uma árvore, segurando nas mãos as medalhas dos seus santos. Quando terminou, desabou no chão. Luzia levou o próprio cantil aos lábios do Carcará. A febre lhe dava sede. Ele bebeu e fechou os olhos. Os seus lábios se moveram numa prece ou, talvez, por delírio. A moça não conseguiu distinguir. O capitão engoliu com dificuldade e disse:

– Quando eu era criança, antes de me fazerem isso – ele apontou para o rosto desfigurado –, joguei uma pedra numa colmeia. Foi a maior besteira. Eram abelhas italianas, não simples uruçus, e tinham ferrão. Ouvi o zumbido. Senti as asas roçando nas orelhas, no nariz. No corpo inteiro. Depois veio a queimação. Ardia tanto... Comecei a dar tapas nos braços, no pescoço. Podia senti-las sendo esmagadas pelas minhas mãos, como se aquela pele não fosse mais minha. Era outra coisa. Uma pele feita de abelhas. As pessoas atiraram água em mim. Me levaram para casa. A minha mãe prometeu a minha alma a todos os santos possíveis. A água, os vizinhos, as orações, não lembro de nada disso. Só ouvia o tal zumbido. Aquele zumbido pavoroso. Estou ouvindo ele agora.

A cada palavra, a sua voz ia ficando mais fraca. Assustada, Luzia se inclinou para chegar mais perto. O olho congestionado estava com umas crostas e lacrimejava. Ela o enxugou com um lenço. Quando, de repente, o Carcará entreabriu as pálpebras, Luzia recuou. Ele agarrou a sua mão com força.

– Sabe por que resolvi trazê-la conosco? – perguntou o cangaceiro.

A mão dele já não tinha a mesma força de antes, quando a bala o atingiu e ele a puxou para dentro do mato. Agora, segurava frouxamente os seus dedos. Luzia ficou imaginando se era por fraqueza ou afeição.

– Para ter sorte – murmurou ela.

– Que Deus me proteja... – disse ele, abrindo um ligeiro sorriso meio de esguelha. – Foi o que pensei quando a vi naquele morro. Que Deus me proteja...

Desviou os olhos, fitando agora a mão da moça que segurava entre as suas.

– Antes de subir o morro até Taquaritinga, andava sentindo esse... essa coisa dentro de mim – prosseguiu. – Uma coisa sombria. Amarga. Como se eu tivesse comido um monte de cajus. Era cansaço, apenas isso. Todos com quem cruzava pareciam querer algo de mim. Mas você não. Você me olhou lá no alto do morro e não quis nada. Nem piedade. Nem dinheiro. Nem proteção. "Deus me proteja", eu pensei. Então resolvi que não queria voltar a vê-la. Mandei que fosse embora e meti a faca naqueles macacos e naqueles capangas. Fui à casa daquele maldito coronel. Comi e bebi. Toquei sanfona. Nada disso ajudou. Estava me sentindo pior que antes. Agitado, como se as abelhas estivessem me picando novamente. Correndo atrás de mim. Me ferroando. Fazendo a minha pele arder. Naquela noite, não consegui pegar no sono. Tinha uma cama com colchão de penas e não conseguia dormir. Fiquei parado na varanda, olhando para a cidade. Nada parecia estar como deveria. Até aquelas malditas buganvílias. Já vi essas flores centenas de vezes na vida, mas, naquela noite, elas eram diferentes. Não dava para explicar. A única coisa que me passava pela cabeça era: onde andará ela? Onde está aquela costureira? Está por aí, em algum lugar, dormindo, e não sei onde. Não sei se é numa rede ou numa cama. Se está sozinha. Se tem um travesseiro sob a cabeça. Não sei nada disso. E não saber estava me deixando de péssimo humor. Queria saber. Precisava saber. E não só naquela noite, mas em todas as outras. Por isso eu raptei você.

Luzia soltou a mão dele. Nunca tinha ouvido o Carcará dizer tantas coisas e estava encabulada por ter escutado com tanta ansiedade.

– Você não me raptou – disse ela, secamente. – Saí de casa por conta própria.

O Carcará soltou o ar pelo nariz. Engoliu com dificuldade e fechou os olhos.

– Já tive mulheres mais bonitas querendo vir embora comigo – disse ele. – Deus sabe que é verdade.

Luzia teve vontade de sacudi-lo para mantê-lo acordado. Era sempre assim: ele lhe dava uma pontinha de esperança, deixava-a pronta para acreditar e, depois, a desapontava.

Desatou o gibão da perna do Carcará. O ferimento já não sangrava, mas o local estava tão inchado que as calças tinham grudado ali como uma segunda pele. Remexendo nos bornais dele, encontrou o estojo de barbear. Pegou a navalha e, com todo o cuidado, desfez a costura da calça. Conseguiu desgrudar o pano, usando um pouco de água, e o retirou. Uma crosta marrom e amarelada recobria o ferimento. Raios vermelhos, parecendo veias, se espalhavam por todo lado. Dali vinha um cheiro acre. Era uma mistura de ferrugem com um toque doce inebriante, como o cheiro de um mercado de carnes à tarde, depois que todos os pesos de qualidade haviam sido vendidos e só restavam aqueles descorados e cobertos de moscas. Voltou a remexer no bornal. Encontrou sal e pimenta-malagueta, sobras dos dias passados na fazenda de Clóvis, quando o Carcará não confiava em ninguém para temperar a sua comida. Lembrou então que Lia tinha feito uma pasta com cinzas, malagueta e sal para tratar do umbigo de um cabrito recém-nascido. Ali não havia cinzas, mas Luzia mastigou as pimentas e o sal. As malaguetas deixaram os seus olhos lacrimejando. Quando a mistura virou uma pasta, despejou mercuriocromo no ferimento. O Carcará acordou sobressaltado. Soltou uma exclamação abafada. A moça segurou firme a perna ferida. O lado esquerdo do rosto dele se contorcia de forma descontrolada. O remédio fez a tal crosta se soltar e Luzia a retirou. O buraco era grande e redondo como um carretel de linha. Tinha umas bordas rosadas bem inchadas. Lá no fundo, debaixo da pele rasgada, via-se um calombo considerável. Ela derramou mais mercuriocromo ali dentro. O cangaceiro praguejou e estremeceu. Luzia recobriu o ferimento com a pasta de pimenta e sal e o envolveu com um pedaço de pano. O Carcará se deixou cair novamente, exausto.

No bornal, junto com o estojo de barbear dourado, a moça encontrou o binóculo, os papeizinhos com as orações e inúmeros rolinhos de notas de mil-réis. O bastante para comprar umas dez Singers movidas a pedal; o bastante para comprar um automóvel, para pagar uma excelente refeição, para pagar um tratamento médico. Ali na caatinga, porém, aquele dinheiro não tinha qualquer serventia. Nem todos os anéis de ouro, todas as medalhas de santos ou estojos de barbear podiam salvá-los. Luzia pôs uma cabaça com água ao lado dele. Penteou o cabelo com os dedos e refez a trança. As suas mãos estavam manchadas de mercuriocromo, mas não tinha como limpá-las. Botou o reluzente revólver de cano longo no coldre que levava no ombro, apanhou um daqueles rolinhos de dinheiro e saiu andando na direção do rio.

7

Havia várias propriedades grandes ao longo do São Francisco. Fazendeiros ricos valorizavam aquelas terras porque sempre havia água disponível. Luzia não queria pôr os pés nessas fazendas, temendo que estivessem abrigando os soldados. Também havia cabanas de pescadores por todo lado. Diante de uma delas, estava um burro. O animal mascava cacto-palma num pequeno estábulo com telhado de zinco. Dois botes estavam parados junto ao casebre de barro: uma canoa comprida e uma balsa de fundo chato, ambas em terra. Perto da balsa, uma mulher corpulenta batia roupa nas pedras do rio. Tinha os pés mergulhados na água até os tornozelos e esfregava furiosamente.

Luzia ficou espiando ali do mato, como faziam os cangaceiros, à procura de qualquer sinal da presença de soldados. Não viu nada. Olhou as manchas rosadas nas mãos, a camisa suja de sangue, as calças. Por um instante, ficou preocupada com a impressão que poderia causar naquela lavadeira. Mas balançou a cabeça: não tinha tempo para timidez ou vergonha. O sol logo ia se pôr, e ficaria difícil achar o caminho de volta. Enfiou o coldre para debaixo do braço, tentando esconder o revólver. E lá foi ela. A mulher ergueu os olhos da roupa que lavava. Quando viu Luzia, a camisa que estava esfregando lhe escapou das mãos e caiu na água. Ficou paralisada. A expressão do seu rosto era um misto de surpresa e medo, como se uma onça-pintada tivesse acabado de sair do mato. A mulher abriu a boca. Luzia se aproximou, erguendo as mãos.

– Por favor – disse ela. – Preciso de ajuda. – Tratou de manter as costas aprumadas e a voz firme. – O meu... marido está ferido. Não consigo carregá-lo sozinha.

A lavadeira gritou um nome de homem. A sua voz saiu alta e estridente. O sujeito que surgiu da casa de pau a pique era um típico nativo do interior: baixinho e atarracado, de pele morena e cabelo bem preto. A mulher se pôs ao seu lado. Luzia repetiu o seu pedido. Ele a fitou por um bom momento, de cara séria.

– Tenha piedade – disse a moça, sem conseguir impedir que a voz soasse embargada.

– Deixe-me pegar a mula – respondeu o pescador, assentindo com um aceno de cabeça. Passou um arreio de corda pelo focinho do animal e seguiu Luzia mato adentro. Quando chegaram aonde estava o Carcará, ele continuava recostado no tronco da árvore. Tinha a pele amarelada e macilenta, da cor de um ovo estragado. O pescador examinou o corpo do cangaceiro, a perna enfaixada.

– Ele está vivo, só está ferido – disse a moça. – Precisamos atravessar o rio.

O pescador olhou para o céu, como se pedindo inspiração, e suspirou.

– Vai ter de me ajudar a botá-lo no lombo da mula – disse ele.

Juntos, ergueram o Carcará e o puseram sobre o animal. Ele só entreabriu os olhos uma única vez, quando, sem querer, Luzia esbarrou na perna ferida. Deitaram-no de bruços. Como a mula era baixa, os seus pés quase roçavam o chão. O pescador foi puxando o animal bem devagar, com Luzia ao seu lado, segurando firme no braço do cangaceiro que ia escorregando para a frente e para trás ali em cima. A certa altura, tiveram de parar para ajeitá-lo. Já na margem do rio, levaram-no para a balsa de fundo chato e o envolveram com uma manta. Luzia não conseguia ver a outra margem: tudo estava turvo. O pescador os transportou para o outro lado, usando uma vara bem grande que ia mergulhando na água e retirando logo a seguir.

O sol poente ainda brilhava, fazendo o rio reluzir como a seda amarela do coronel Clóvis. A balsa balançava e sacolejava, deixando Luzia enjoada. A água respingava nas suas calças. Do lado da Bahia, a margem era rochosa e irregular. Assim que encostaram o barco, o pescador assobiou. Um rapaz saiu de um casebre isolado. Luzia se empertigou toda, para parecer mais alta ainda. Ficou parada ali, com as pernas bem afastadas, como faria um homem, e não baixou os olhos quando o jovem se aproximou deles.

– Ele precisa ser tratado – disse, apontando para o corpo envolto na manta que jazia no fundo da balsa.

– Há um sítio aqui perto – falou o moço, baixinho, sem erguer os olhos. – Lá tem um médico, um médico de verdade. Posso lhe mostrar o caminho.

Puseram o Carcará no lombo da égua do rapaz e o pescador voltou para a sua balsa. Luzia o deteve. Tirou do bornal o rolinho de notas de mil-réis e ofereceu a ele.

– Ajudei vocês porque sou um homem de Deus – disse ele, balançando a cabeça. – Não quero confusão para o meu lado. Quem aceita dinheiro roubado não é melhor que o próprio ladrão.

Virou-se, então, e foi empurrando o barco de volta para o rio.

8

Luzia esperava ver um veterinário ou um curandeiro morando num casebre repleto de plantas secas e cascas de árvore. Quando o rapaz a levou até o portão de um sítio com uma casa branca, ficou desconfiada. Não entrou.

– Chame ele aqui fora – disse ela, segurando as rédeas da égua. – Só entro depois que o vir.

Ficou parada ali, junto às pilastras do portão, perguntando-se, aflita, se o animal aguentaria o seu peso e o do Carcará. Ele estava deitado de bruços no lombo da égua, como um cadáver. Um homem de meia-idade veio saindo da casa, trazendo nas mãos uma lamparina de querosene. Não parecia um coronel, nem um soldado. Era bem magro, de ombros caídos e pescoço recurvado, como se o peso da cabeça fosse maior do que o corpo conseguia suportar. O cabelo estava molhado e lhe cobria as orelhas. O sujeito usava uma camisa bem-passada e óculos de aro dourado, que brilhavam como uma joia no seu rosto. As lentes aumentavam o tamanho dos seus olhos, fazendo-os parecer redondos e saltados como os de um passarinho recém-nascido.

– Você interrompeu o meu jantar – disse ele, erguendo a lamparina e dirigindo-se a Luzia.

– Ele levou um tiro – retrucou a moça, apontando para a égua às suas costas.

– Sinto muito, mas não cuido de animais – retrucou o homem.

– Ele não é um animal – exclamou Luzia, zangada ao ver que o sujeito se mostrava impaciente.

Pegou a lamparina das mãos dele para iluminar o lombo da égua. Quando viu o corpo envolto na manta, o médico abriu o portão e mandou que entrassem.

Deitaram o Carcará numa mesa de madeira comprida que ficava na cozinha. Uma criada já idosa pôs um caldeirão com água no fogo. Quando a água já estava fervendo, o médico jogou ali dentro uma série de instrumentos de metal. Depois, encheu outra vasilha, arregaçou as mangas e lavou as mãos. Assim como a sua cabeça, suas mãos eram excepcionalmente grandes e brancas. Ele retirou as ataduras da perna do Carcará. A bandagem velha tinha grudado no ferimento. Com todo o cuidado, o médico a soltou e a puxou com firmeza para arrancá-la. O cangaceiro estremeceu. Abriu os olhos, tentando se sentar, mas o outro o obrigou a deitar novamente.

– A sua perna está infeccionada – disse ele, aproximando-se do rosto do Carcará. – Vou limpá-la e retirar o que quer que esteja alojado aí dentro.

O cangaceiro olhou o cômodo à sua volta. Quando avistou Luzia, relaxou. O médico abriu uma garrafa de cachaça e a aproximou da boca do Carcará, dizendo:

– Tome, beba isso.

O lado esquerdo da boca do cangaceiro se retorceu.

– Beba você primeiro – disse ele, com voz rouca e fraca.

– Não ganho nada envenenando você – retrucou o outro, aproximando ainda mais a garrafa da sua boca. – Se eu não fizer nada você vai morrer do mesmo jeito. Agora beba.

O Carcará o fitou. Depois, voltou os olhos para Luzia. Engoliu a cachaça até o líquido começar a escorrer pelos cantos dos lábios. Então, tossiu e se deitou novamente.

– Vou virá-lo – disse o médico. – Precisamos amarrar os braços e as pernas dele.

Fez um gesto para Luzia e os dois viraram o cangaceiro de bruços. Mais que depressa, a velha criada amarrou vários panos de prato um no outro e os entregou ao patrão, que prendeu bem firme os pulsos e os tornozelos do Carcará às pernas da mesa.

– Você – disse o médico, dirigindo-se a Luzia pela primeira vez –, segure a cabeça e os ombros dele. Não quero que ele se mexa.

A criada trouxe para a cozinha umas dez lamparinas que estavam espalhadas pela casa. Todas chispavam e sibilavam. O cômodo ficou claríssimo. Luzia se inclinou sobre a cabeça do Carcará. O seu rosto estava virado, deixando o lado desfigurado para baixo. Tinha os olhos abertos. Por causa do defeito físico, a moça se debruçou e apoiou ambos os braços com bastante força nos seus ombros. A respiração do homem estava curta e ofegante. Cada vez que exalava, Luzia sentia o cheiro da cachaça.

O médico jogou iodo nas mãos e limpou a perna do Carcará. Quando pegou os seus instrumentos, Luzia baixou os olhos. Manteve-os fixados na camisa manchada do cangaceiro, no seu cabelo embaraçado. Ao seu redor, as lamparinas logo deixaram a cozinha bem quente. Parecia até que ela estava de novo na caatinga, ao meio-dia. O suor fazia os seus olhos arderem. O cheiro de querosene a estava deixando meio tonta. Ali, à sua frente, o corpo do Carcará se enrijeceu. Ele tentou erguer o torso. Tentou soltar os braços dos panos que os prendiam.

– Trate de distraí-lo – disse o médico, rispidamente.

O seu rosto estava corado. Os seus olhos, imensos. A camisa estava colada ao corpo.

Luzia inclinou mais o corpo, apoiando-se com mais força nas costas do Carcará. Baixou a cabeça, ficando com a boca bem próxima do cabelo dele. Não sabia o que dizer ou como lhe falar. Só conseguia pensar na dor que ele devia estar sentindo e em como, em menor escala, era capaz de compreendê-la.

– Quando eu era pequena, caí de uma árvore... – principiou.

O médico recomeçou a cutucar o ferimento. O Carcará voltou a se enrijecer. Luzia ergueu o tom de voz. Contou a história da mangueira, falou do silêncio que se seguiu ao tombo, do unguento à base de manteiga que a encanadeira a fizera usar e do cheiro azedo que ele tinha. Falou de Emília, do quartinho dos santos na cozinha de tia Sofia, da promessa que ela tinha feito a santo Expedito e das marcas que os seus joelhos deixaram no chão. O corpo do Carcará relaxou.

Ouviu-se o ruído de metal batendo na porcelana da tigela. Depois, o barulho de uma rolha, o chiado do ácido fenólico cauterizando o ferimento e o cheiro de pelos queimados. O médico suspirou. Sob os seus braços, o Carcará estremeceu e relaxou.

9

O Dr. Eronildes Epifânio era de Salvador. Estudou medicina na Universidade Federal, mas acabou abandonando a profissão e comprando uma vasta extensão de terras às margens do São Francisco.

– Foi uma desilusão de amor – sussurrou a criada.

Ela fumava um cachimbo de sabugo de milho que trocava de um lado para o outro entre as gengivas escuras. Contou que o Dr. Eronildes estava noivo em Salvador, mas a moça pegou dengue e ele não conseguiu curá-la. Depois que ela morreu, o médico deixou a cidade, desgostoso da vida. Ainda guardava um retrato bem grande da noiva em cima de um console. Luzia o tinha visto quando chegou àquela casa. Era uma moça de pescoço comprido e excepcionalmente pálida.

– Branca! – exclamou a criada, rindo. – Que nem um tapuru!

Luzia estremeceu. Não gostava muito de insetos, muito menos daqueles vermezinhos translúcidos que moravam nas goiabas. A velha lhe deu um sabonete perfumado e uma toalha. No meio do quarto de hóspedes do Dr. Eronildes, havia uma banheira metálica que a criada tinha enchido com água fervente. O aposento era escassamente mobiliado, tendo apenas uma velha cama de madeira e uma penteadeira com espelho. Naquela noite, depois da operação, haviam transportado o Carcará para um quartinho junto da cozinha. Deitaram-no num catre de vaqueiro, feito de couro de boi esticado e preso a quatro paus. Luzia tinha dormido no chão, ao seu lado. Até se deitar ali, não havia percebido como estava cansada. Cada músculo do seu corpo parecia pulsar debaixo da pele. Pegou no sono e só acordou quando o sol já tinha nascido, com a criada vindo despertá-la, dizendo que fosse tomar um banho. Era uma insistência do Dr. Eronildes.

Luzia não tinha nenhum parasita. Os cangaceiros tinham um remédio contra piolhos: uma pasta feita com caroços de pinha esmagados, misturados com óleo de pequi. Passavam o preparado na cabeça e ficavam ao sol. Mesmo assim, a moça não se opôs às ordens do médico. Havia meses que não tomava um banho de verdade. No mato, acostumara-se a se lavar furtivamente e às pressas, arregaçando as calças o máximo possível e jogando água no corpo. Depois, agachava-se, baixava as calças e repetia os mesmos gestos. Na hora de lavar a parte superior do tronco, não tirava a camisa. Por baixo dela, dava um jeito de jogar água no peito, nas costas e nas axilas. Quando não havia água suficiente, simplesmente não se lavava.

A criada idosa não saiu do quarto. Sentou-se num banquinho, de costas para a banheira, e ficou falando enquanto a moça se banhava. Estava louca para conversar com outra mulher, mesmo que fosse uma cangaceira usando calças compridas. De quando em quando, virava a cabeça para espiar. Tratava de voltar à posição anterior sempre que Luzia a pegava espreitando. A moça, porém, não se aborrecia com aquela curiosidade. Ela própria estava curiosa a seu respeito. Na parede à sua frente, ficava o espelho da penteadeira, grande e redondo. Luzia viu-se refletida nele. O espelho lhe revelou que ela parecia uma boneca de pano malfeita: mãos, pés e rosto de uma cor, o resto do corpo de outra. Uma marca vermelha cobria a parte interna das suas coxas, onde o tecido das calças ficava roçando. O cabelo estava todo embaraçado e mais claro nas pontas. As bochechas e o nariz eram cobertos de sardas nos pontos em que a pele havia queimado e descascado. Agora que o seu rosto estava mais escuro, os seus olhos pareciam ainda mais verdes. Os seios eram miúdos, com mamilos da mesma cor morena das mãos. Nos ombros, havia uns calos pequenos, por causa dos bornais e das cabaças de água. Os ossos da bacia saltavam por baixo da pele, lembrando uma cabra que tinha visto, com o couro esticado nos quadris por causa do peso das tetas. Logo abaixo do pescoço bronzeado, os ossos formavam um profundo V.

Quando ela acabou de tomar banho, a criada lhe estendeu uma trouxa florida.

– É um vestido – disse a velha. – Não é certo uma mulher ficar andando de calças. Esta não era a intenção do Senhor.

As calças de Luzia estavam sujas e manchadas de sangue. O vestido ficou largo na cintura e curto, mas teria de servir. Mais tarde, as duas mulheres levaram uma bacia com água quente até a cama do Carcará. A criada o ergueu. Ele gemeu, mas não acordou. Havia uma crosta de sangue nas suas mãos. Uma marca de sujeira lhe descia pelo pescoço. A velha tentou tirar a camisa imunda que o cangaceiro estava usando, mas não conseguia segurá-lo sozinha.

– Não é hora de ter vergonha, menina – esbravejou ela, sempre com aquele cachimbo na boca. – Ajude aqui.

Luzia tirou a camisa do Carcará. A pele dele estava ardendo em febre. A criada pegou uma peixeira afiada para cortar o que restava das suas calças manchadas. Por baixo delas, o cangaceiro estava usando um short de lona.

– Você é que vai ter de cuidar dele – disse a velha, entregando-lhe uns trapos e um pedaço de sabão. – Tenho as minhas coisas para fazer.

Recolheu as roupas sujas e foi embora. Luzia olhou para a porta e, depois, para a bacia. A água ia esfriar se não começasse de uma vez. Ele podia pegar um resfriado. Respirou fundo. Ia lavá-lo como media os defuntos lá em Taquaritinga: de forma rápida e eficiente, olhando para cada pedaço em si e não para o todo. Começou pelas medalhas dos santos, desatando os fios vermelhos e abrindo os cordões de ouro. O Carcará se remexeu, mas não acordou. A moça passou um pano úmido nos olhos dele, no osso quebrado do seu nariz, na cicatriz branca, no pescoço moreno.

Segurava o paninho com toda a força. Não queria que ele lhe caísse das mãos. Partes do corpo dele eram escuras: as mãos, os dedos gordos, os tornozelos e os pés. Ali, a pele era grossa e enrugada como uma casca de laranja. Outras partes, porém, não ficavam expostas ao sol e aos espinhos da caatinga: o meio das costas, a parte interna das pernas e dos braços eram claras e macias, como a pele de um bebê. Os mamilos eram miúdos e redondos, com uma tonalidade arroxeada, como se tivessem posto duas framboesas no seu peito. E havia pelos, alguns alourados e fininhos, outros espessos e escuros, parecendo linha. Na cintura, no local em que ficava habitualmente a cartucheira, a pele era mais escura e calejada. O cinturão esfolara aquele trecho, formando um anel ao seu redor. Havia também outras cicatrizes. Algumas eram brilhantes e redondas como moedas. Outras tinham o formato de estrelas, com pontas aguçadas, feito a macambira. E outras tantas eram bem miudinhas, sem feitio definido: picadas de insetos que ele coçara demais, ou talvez as ferroadas das abelhas que o atacaram em criança.

Luzia deixou de lado o paninho. Com a ponta do dedo, apertou uma daquelas marcas redondas.

Uma vez, muito tempo atrás, folheara as revistas *Fon Fon* de Emília. Leu aquelas orações bobas, as receitas e as simpatias. Tudo no intuito de se conquistar o coração de um homem. O coração, diziam os textos, era o instrumento do amor. Luzia não acreditava em nada daquilo. Já tinha visto inúmeros corações; já os tinha segurado nas mãos. O das vacas era grande como a cabeça de um recém-nascido. O das galinhas tinha o feitio de uma lágrima, era escorregadio, do tamanho de um cajá. O das cabras ficava no meio, parecendo uma manga miúda. Independentemente do tamanho que tinham, todos eram rijos e cheios de músculos. Feitos para o trabalho, para serem eficientes, e não para amar.

Quando era pequena, tia Sofia lhe ensinou a limpar uma galinha. E vivia alertando-a para prestar atenção a um órgão miúdo, do tamanho de uma unha, que ficava preso aos rins. Era verde e escorregadio. A tia não sabia como o tal órgão se chamava nem para que existia. Mas, se ele não fosse retirado ou se a gente o perfurasse, a carne ficaria imprestável, inteiramente azeda. Luzia sempre se perguntou se esse órgão também existia nos seres humanos. Agora, sabia que devia existir. Que aquela coisinha – frágil, luzidia, perigosa – era o oposto do coração. E ela sim, achava a moça, era o instrumento do amor.

– Esse ferimento é impressionante.

O Dr. Eronildes estava parado no vão da porta. Luzia tirou o dedo da perna do Carcará e voltou a pegar o paninho. O médico veio entrando. Estava usando perfume, mas não era algo forte como o Fleur d'Amour, usado pelos cangaceiros. Cheirava a sabonete e a limpeza, como um lençol engomado.

– Sabe como aconteceu? – indagou o Dr. Eronildes, ajeitando os óculos no nariz.

– Foi um tiro – respondeu Luzia. – Você viu a bala.

O surgimento do médico a tinha deixado desconcertada e, sem querer, a moça se viu chamando-o de "você" e não de "senhor", ou de "senhor doutor".

– Não estou falando da perna – prosseguiu ele, imperturbável. – Estou falando do rosto. Dessa cicatriz – acrescentou, aproximando-se. O Carcará se remexeu no seu sono febril. – Chega quase até a orelha. Acho que o nervo facial foi parcialmente atingido, mas não de todo. É por isso que ele ainda tem alguns movimentos na sobrancelha e no lado direito da boca. Se o nervo tivesse sido seccionado, ele não conseguiria falar direito.

Luzia torceu o paninho. A água da bacia estava marrom. Teria de ir esquentar um pouco mais, pois ainda nem tinha lavado o cabelo do Carcará. O Dr. Eronildes se afastou da cama. Estava usando botas de cano alto, que lhe batiam nos joelhos, como as de um coronel.

– Esse Carcará é famoso. Assino *A Tarde*, o jornal da Bahia, e o *Diário de Pernambuco*. Eles chegam de barca. Os dois publicaram alguma coisa a respeito dele recentemente. Agora, os meus empregados vieram me dizer que houve uma escaramuça em São Tomé, lá nas terras do coronel Clóvis. Parece que há soldados atrás dele. De você também?

Luzia assentiu. O Dr. Eronildes ficou brincando com uma linha solta do bolso de suas calças.

– Não se preocupe – disse o médico. – Agora, vocês estão na Bahia. Não quero tropas pernambucanas fuçando por aqui. Os nossos governadores não se dão, sabe? O daqui é fã de Vargas.

Voltou os olhos para o Carcará e pousou a mão branca na sua garganta e, depois, na sua testa.

– Está com febre. Mas teve sorte: a bala não atravessou de um lado a outro. Esses tiros abrem um buraco pequeno, mas vão rasgando tudo o que encontram quando saem. Ele podia ter perdido o membro. Temos de manter o ferimento bem limpo. Vou pedir a Honorata, minha criada, que lhe dê chá de quixabeira de hora em hora, para debelar a infecção. – Voltou a fitar Luzia. Os seus olhos grandes se detiveram por um instante no cabelo molhado da moça e no vestido que ela usava. – Também vou pedir a Honorata – acrescentou, pigarreando – que ponha mais um lugar à mesa para o almoço. É raro termos visitas por aqui. Vou gostar de ter companhia.

Antes que Luzia pudesse fazer qualquer objeção, o médico saiu porta afora, com as botas ressoando no assoalho de madeira.

10

Para o almoço, a velha criada preparou um surubim fresquinho, com aquelas nadadeiras pontudas e o corpo listrado como o de um gato-do-mato. Luzia jamais havia comido um peixe fresco, só o bacalhau seco na época da Páscoa. Também não estava habituada a usar pratos. Na casa de tia Sofia, sempre comiam feijão e fubá em tigelas. Os pratos eram rasos demais, lisos demais. Ficava difícil pegar qualquer coisa que se pusesse ali. A moça tinha esquecido de trazer a colher de prata do Carcará e ficou olhando atentamente aquela massa branca fumegante que haviam posto no seu prato. Até a farinha de mandioca torrada e o feijão mulatinho lhe pareciam sinistros. O Dr. Eronildes a fitava, esperando, para só começar a almoçar depois que a sua hóspede tivesse provado a comida. A moça pegou o garfo. Espetou-o no peixe, mas a carne estava escorregadia por causa da manteiga e não ficava presa aos dentes do talher. Comer com um cavalheiro era irritante. Nunca tinha estado naquela situação e perguntava-se por que ele a teria convidado. Estava claro que não era uma dama. Devia estar na cozinha, com a empregada, ou sentada à cabeceira do Carcará, esperando que ele acordasse. Ouviu a voz de Emília, soando clara e orgulhosa em sua mente: o médico era gentil e educado, e Luzia devia ser grata por aquele gesto. A moça arrastou os pés no chão, como se tentasse afugentar a presença da irmã. Talvez ele fosse delicado, mas ela preferia estar na cozinha enfumaçada que acuada ali, atrás daquela mesa comprida, coberta com uma toalha de linho.

– Não gosta de surubim? – indagou o Dr. Eronildes.

– Queria uma tigela – retrucou ela, contraindo os lábios.

Os meses passados com os cangaceiros tinham destruído os seus modos. Luzia nem se lembrou de dizer "por favor" ou "obrigada" e, quando pensou nisso, era tarde demais: o Dr. Eronildes já tinha pedido à criada que trocasse o seu prato por uma tigela.

– Espero que não se importe com a minha observação, mas você tem dentes incrivelmente saudáveis para uma mulher do campo – disse ele. – O que faz para eles não se estragarem?

– É o juá – respondeu a moça. – Eu masco a casca do juá.

O médico arregalou os olhos. Tirou do bolso do paletó um lápis minúsculo e um bloquinho encadernado em couro e começou a tomar notas.

– Juá! Maravilha! – exclamou ele. – Preciso descobrir o nome científico dessa planta – acrescentou, erguendo os olhos das anotações. – Estou tentando avaliar as propriedades medicinais da flora da caatinga, sabe? Minha mãe insiste em dizer que não há nada que preste por aqui, mas onde ela vê deserto, eu vejo comércio.

Luzia assentiu. Os cangaceiros tinham lhe ensinado a usar o juá. Lembrou-se de Ponta Fina, Baiano, Inteligente e Canjica. Será que estavam feridos? Será que tinham chegado ao ponto de encontro? Se já estivessem lá, ficariam esperando pelo Carcará, mas não para sempre.

– Em quanto tempo ele vai poder voltar a andar? – perguntou.

O Dr. Eronildes pestanejou. Os seus olhos eram ampliados pelas lentes e os cílios, escuros e espessos.

– Ah! – exclamou ele, suspirando. – Está se referindo ao nosso paciente. Ele teve sorte. A bala perfurou músculos, mas não ossos. O tiro penetrou na parte mais carnuda da perna. Mesmo assim, só deve se levantar e poder andar daqui a várias semanas, não antes.

– Tenho de ir dar a notícia aos homens dele – disse Luzia.

– Só vai poder fazer isso depois que ele se recuperar – observou o médico, ajeitando os óculos.

– Eles não vão esperar tanto tempo – retrucou ela. – Vão vir à sua procura.

– Isso eu não posso permitir – disse Eronildes. – Prefiro não ter o bando dele por aqui.

– Você o salvou. Não lhe farão mal.

– Não estou com medo – atalhou ele, enfiando o lápis no bloquinho e fechando-o. – Há três anos, sou vizinho de um coronel que jurou me castrar, me marcar com ferro, me mandar de volta a Salvador dentro de um caixão. Não tenho medo de um coronel e por certo também não tenho medo de uns poucos cangaceiros!

Contraiu os lábios e soltou o ar ruidosamente pelo nariz. A sua pele ficou com umas manchas vermelhas, como se ele tivesse encostado numa moita de urtigas. Enfiou duas garfadas consideráveis na boca.

– Desculpe – disse Luzia. – Você foi muito bondoso. Não acho que tenha medo. Se os homens vierem aqui, vão se comportar bem. Vão ficar quietos. Só precisam saber que ele está se recuperando. – Calou-se por um instante e pensou nos santos: como apreciavam um presente, um favor ou um sacrifício em troca da sua bondade. Talvez os homens não fossem diferentes. – Eles podem até ajudá-lo. Na sua rixa com esse tal coronel. Podem dar um jeito para que ele não volte a incomodá-lo.

Eronildes pousou o garfo.

– Não quero esse tipo de ajuda – disse ele. – Quando cheguei aqui, decidi que daria o bom exemplo. Os meus empregados achavam que eu era um idiota porque não fazia ameaças nem batia neles. Por essas bandas, a única linguagem que se conhece é a violência. Todos têm de ser cabra-macho. Mas não pretendo aceitar isso. Veja bem, Srta. Luzia, meus problemas com meu vizinho coronel começaram porque, ao contrário dele, pago um salário justo aos que trabalham para mim. Por isso, depois da hesitação e das zombarias iniciais, o pessoal daqui preferiu trabalhar para mim. Hoje em dia, tenho os seus melhores vaqueiros a meu serviço. E os seus melhores lavradores. Todos escaparam das suas terras. É claro que o coronel matou alguns dos que se bandearam para o meu lado. Mas isso não impediu que os outros fizessem a mesma coisa. O que ele e os seus cangaceiros não entendem é que o comércio será o grande libertador. É o comércio que vai destituí-los do seu poder, mais do que qualquer arma. Portanto, não preciso dos seus arruaceiros por aqui, criando problemas.

– Eles não são arruaceiros – observou Luzia. – E vão vir, queira o senhor ou não.

– Pois que venham, então! – bradou o médico, dando um murro na mesa com aquela mão branca. Os copos de água balançaram, respingando parte do seu conteúdo. – Por mim, quero mais é que carreguem o seu chefe para longe daqui!

Passou a mão no copo e tomou, de um só gole, o líquido cor de âmbar que havia ali dentro. Luzia ficou calada. Se Emília estivesse ali, teria lhe dado um bom chute por baixo da mesa. O médico suspirou e se encolheu na cadeira. Com a mão trêmula, ajeitou os óculos.

– Perdoe o meu rompante – disse ele. – Não gosto de perder a calma. Não tenho nada contra os seus cangaceiros. Acho até que os respeitaria se não saíssem por aí roubando ninharias.

– Eles roubam por necessidade – retrucou Luzia, com os punhos cerrados, o rosto afogueado. Sabia que era mentira, mas não podia desconsiderar a possibilidade de o Carcará acordar e ouvir a conversa lá do seu quartinho. O que ele diria se ela não o defendesse?

Eronildes riu. Tinha os dentes grandes e manchados, como grãos de milho descorados.

– Necessidade! – repetiu ele, rindo. – Aqueles anéis de ouro que eu vi eram uma necessidade? E aqueles cordões? Que desperdício – prosseguiu o médico, balançando a cabeça. – Que enorme desperdício. Os homens que se rebelam são ladrões e o resto é guiado pelos coronéis, como bichos na coleira. Os nordestinos nunca vão ser homens modernos até que seja possível educar todos eles. Aposto que aquele homem ali é inteligente – acrescentou ele, apontando para a porta da cozinha. – Só pode ser, para conseguir viver tanto tempo assim no meio do mato. Se tivesse tido uma educação adequada, não estaria na enrascada em que está agora.

– Ele sabe ler – disse Luzia.

– Isso não faz de alguém uma pessoa educada – retrucou Eronildes. – Um homem deve refletir e não sacar da faca. Deve antever as consequências dos seus atos. Deve esquecer as superstições e as crenças. Deve compreender que não somos tutelados por uma divindade, mas sim cidadãos de um Estado, de uma nação.

Luzia não tirava os olhos do prato. Algumas das palavras de Eronildes a deixavam confusa. Outras, enfurecida. Ficou remexendo o peixe de um lado para outro dentro da tigela. *Deixe de ser matuta*, ralharia Emília se estivesse presente. *Acene com a cabeça. Seja educada.* Mas a irmã não estava ali e Luzia não conseguiu se conter.

– Também acho que as pessoas precisam de instrução. Um padre me ensinou a ler, a escrever, a decifrar os mapas e a fazer contas. Fico feliz por isso. Mas, tendo instrução, as pessoas passam a querer ser alguém na vida, e por aqui não há outra opção além de ser criada, vaqueiro ou cangaceiro. Quem quer ser uma dessas coisas? Tendo instrução, todos iam querer ir para a capital.

– Não muitos – retrucou Eronildes. – Salvador fica longe daqui. Recife também. E são mundos inteiramente diferentes. Por lá não há cabras, nem caatinga. Todas as capitais ficam no litoral e são apinhadas de gente. As pessoas vão preferir ficar com o que já conhecem.

– Não se tiverem instrução – disse a moça. – Vão querer saber mais. Vão querer ser doutores, como o senhor.

– Admiro a sua visão – observou o médico, rindo. – Mas acho que está levando longe demais a minha ideia de educação.

– Por quê?

– As pessoas não vão querer tanto assim... A maioria só quer saber ler e votar. Mais nada.

– É a mesma coisa que dar a um pássaro uma gaiola maior, só para ele poder esticar as asas – retrucou Luzia.

– Isso é ótimo – disse Eronildes, sorrindo. – Onde aprendeu esse dito?

– Com minha tia Sofia.

– Bom, eu aprendi um outro com o meu pai: "Quem nasce para periquito nunca chega a papagaio."

Luzia não tirava os olhos da tigela. A comida já tinha esfriado e ela não estava com fome. Queria que Emília estivesse ali, ao seu lado. A sua irmã sempre sabia como se comportar. Sempre dizia as coisas certas e era esperta o bastante para não insistir em conversas desagradáveis.

O Dr. Eronildes ajeitou os talheres na diagonal sobre o prato. Pôs o guardanapo em cima da mesa.

– Você é bem direta – disse ele. – Gosto disso. Sabe, se quebrássemos de novo esse seu braço e o repuséssemos no lugar, é provável que ficasse bom. O cotovelo é uma articulação complicada, mas não impossível de ser tratada.

A moça tirou o braço aleijado da mesa.

– Está bom assim – disse ela. – Já estou acostumada.

11

O mês de maio trouxe uma série de temporais rápidos. Diariamente, a velha empregada do Dr. Eronildes rezava para são Pedro. Os peões faziam apostas para ver quando começaria a chover e quanto tempo duraria a tempestade. Nas margens do São Francisco, numa atividade febril, os pescadores plantavam os seus roçados de feijão, abóbora e mandioca. A chuva chegava, mas logo ia embora. As plantações andavam fracas. Mesmo assim, as pessoas agradeciam aos seus santos acendendo fogueiras e armando altares, porque pouca comida era melhor que nada. Até o médico expressava a sua gratidão pela chuva parca, embora não rezasse. O único momento em que ficava calado, assumindo uma atitude de devoção, era ao anoitecer, quando se sentava diante do retrato da moça pálida, na sala da frente. À medida que o Carcará foi melhorando e começou a poder circular pela casa, passou a vir se sentar ao lado de Eronildes, bebericando o uísque White Horse que o médico mandava vir de barca, lá de Salvador. No início, o Dr. Eronildes ficava fazendo mil perguntas ao seu paciente sobre ervas medicinais. O cangaceiro ia desfiando o nome de uma série de remédios que o médico anotava furiosamente, esquecendo por algum tempo a sua pálida noiva.

Logo as conversas dos dois deixaram de se limitar a cascas de árvores e chás. Luzia ficava costurando ali por perto e acabava se distraindo; vira e mexe espetava o dedo com a agulha de bordar que o médico tinha lhe dado. A sua preocupação era que os homens pudessem discutir, que o Carcará perdesse a cabeça e o Dr. Eronildes parasse de cuidar dele. Mas quem perdia a cabeça com mais frequência era o doutor, ao passo que o cangaceiro só fazia sorrir e tomar o seu uísque. Olhava o seu anfitrião com uma admiração divertida, como se olha para um cachorrinho ou um irmão caçula: algo doce e inofensivo, embora decidido a fazer as coisas do seu jeito. Eronildes se indignava com essa atitude, mas acabava aceitando, pois também respeitava o Carcará. Luzia não saberia dizer se o médico admirava o homem em si ou simplesmente aquele corpo resistente e a capacidade que ele tinha de aturar as cutucadas e os curativos diários. Eronildes o chamava de Antônio e não de Carcará, ou capitão, ou mesmo de senhor. Para grande surpresa da moça, o Carcará não o corrigia. O médico não era coronel, fazendeiro ou vaqueiro; era uma criatura inteiramente diferente, imune às regras da caatinga.

– Você é como um padre – disse o Carcará, fazendo o Dr. Eronildes franzir o cenho. Diante dessa expressão de desagrado, o cangaceiro acrescentou: – Ambos salvam vidas.

– Não, Antônio – retrucou o médico. – Padres não salvam nada. Só alimentam medos. Desconfio de quem serve a mestres invisíveis. Eu sirvo aos corpos. Sirvo a algo real, tangível. Algo que pode ser provado.

– Nada pode ser provado – obstou o Carcará, brincando com um espinho de mandacaru entre os dentes. – A não ser a morte.

Luzia ergueu os olhos da costura. Pálido e encurvado, Eronildes fumava um cigarro com ar de impaciência. Ao seu lado, o Carcará palitava os dentes. A perna curta e forte estava apoiada num banquinho de madeira. O seu rosto continuava bronzeado, apesar do tempo passado longe do sol da caatinga. Entre ambos, de olhos baixos, lá do seu retrato, a noiva do médico parecia lânguida e entediada, como se estivesse cansada daquelas discussões.

Aqueles fins de tarde ficavam mais animados quando o Dr. Eronildes recebia os seus jornais. Uma vez por mês, o médico descia o rio para buscar as encomendas vindas de Salvador. Já que não podiam ser entregues diariamente, os jornais se acumulavam e chegavam em grandes pacotes, amarrados com barbante, com as páginas úmidas e rasgadas, e algumas seções surrupiadas na barca por um capitão curioso. Mesmo assim, o Dr. Eronildes levava dias para ler todos os jornais. O Carcará, sentado ali perto, ia lendo o que o médico deixava de lado. Ou fingia ler. Mais tarde, no silêncio do seu quarto, pedia a Luzia que passasse os olhos novamente pelas notícias, para ver se porventura não teria deixado escapar alguma coisa. A moça gostava de ficar sentada ao seu lado, a sós naquele quartinho mal-iluminado, sem as interrupções de Eronildes. Gostava de vê-lo desperto e alerta, mas, no fundo, tinha saudades do tempo em que ele estava com febre, sonolento e ela podia fitá-lo tranquilamente. Depois que o Carcará sarou, era raro o Dr. Eronildes deixá-los sozinhos, pois passava o tempo todo crivando-os de perguntas.

Luzia era grata ao doutor, mas, apesar de toda a sua generosidade e boa vontade, não conseguia gostar dele. Já estava ficando cansada daqueles rabiscos e anotações constantes, como se os seus atos e as suas observações fossem temas de alguma experiência que ela ignorava. Na véspera de São João, quando Eronildes distribuiu milho para todos os seus empregados e permitiu que eles acendessem fogueiras e tocassem sanfona, Luzia sentou na varanda, junto com o Carcará e o médico, para assistir de longe às festividades. A moça estreitava os olhos. Só conseguia ver o brilho das chamas e as sombras dos casais dançando. Quando se virou, viu que era para ela que Eronildes estava olhando, e não para a fogueira. No dia seguinte, quando o Carcará estava descansando, o médico a convidou para ir até o seu escritório. Ali dentro, havia pilhas de livros, uma lupa e um grande quadro-negro pendurado na parede. O quadro estava cheio de poeira de giz. De um lado a outro daquela superfície, Eronildes tinha escrito umas letras em ordem decrescente. Pediu então que a moça ficasse na outra ponta do aposento e lesse aquelas letras em voz alta.

– Conheço as letras – disse ela, cruzando os braços, de má vontade.

– Então, prove – retrucou ele, sorrindo.

Luzia se postou do outro lado do escritório e leu as letras maiores, que ficavam em cima; as de baixo, porém, não passavam de borrões.

– Tudo bem – observou o médico. – Sem os óculos, não leio nenhuma delas.

A moça assentiu e ficou olhando enquanto ele escrevia no tal bloquinho. O Carcará chamava Eronildes de “alma caridosa” e, a despeito das suas desavenças, respeitava o médico, pois preferia um homem convicto das suas opiniões a outro que não tivesse opinião alguma. Luzia concordava: o Dr. Eronildes era um homem bom. Pura e simplesmente bom. Convidou-os a comer com ele à mesa, jamais erguia a voz, nunca a tinha tratado como uma criada. Só que receber a sua bondade era como estar sob uma luz radiosa: a princípio, o calor era reconfortante, mas logo se tornava sufocante, ofuscante, com tudo exposto e posto a nu. Preferia a presença do Carcará. Gostava de entrar naquele quartinho escuro e fresco, ao lado da cozinha. Os seus olhos custavam um pouco a se acostumar, e, mesmo depois, quando já conseguia distinguir os contornos do catre de vaqueiro, do chapéu meio disforme pendurado num prego na parede, o seu peito subindo e descendo, ainda havia sombras. E, lá da cama, ele também não conseguia vê-la inteiramente. Via apenas os seus contornos, e teria de imaginar o resto.

De manhãzinha, quando o sol ainda estava fresco, passeavam pelas margens do rio, para o Carcará exercitar a perna. De início, o médico desencorajou tais passeios, dizendo que a poeira e a areia sujariam o ferimento, que poderia voltar a infeccionar. Era melhor repousar, dizia Eronildes, ficar de cama. Mas o cangaceiro não aguentaria isso.

– Não tenho medo de morrer de pé, na caatinga – objetou ele. – Mas Deus me livre de morrer numa cama.

Com alguma relutância, Eronildes lhe arranjou um par de muletas de madeira. O Carcará ia balançando o corpo entre ambas. Às vezes tentava apoiar o peso na perna ferida, mas desistia por causa da dor. Luzia andava bem pertinho dele, segurando-o sempre que os passos saíam maiores e ele perdia o equilíbrio. Mas o cangaceiro a afastava. Fitava-a irritado quando interferia, como se preferisse cair.

Quando já estavam longe o bastante da casa do médico, praticavam tiro. Todas as aulas começavam com o estilingue, mirando lagartos, rolinhas, borboletas e besouros. Estreitando bem os olhos, Luzia conseguia acertar o alvo. Depois desses exercícios, o Carcará lhe entregava o revólver. A moça admirava a arma. Gostava de examinar o tambor, soltar a trava de segurança e saber que qualquer um daqueles pedacinhos pequenos e aparentemente desprovidos de significado podia paralisar o revólver inteiro. Começou a gostar do estampido do tiro e, mais tarde, até da força do coice. Achava bom ser empurrada pela arma, mas o Carcará não gostava nada daquilo.

– Ponha isso na cabeça – dizia ele. – Atirar sem pretender matar pode matar do mesmo jeito. Portanto, é melhor mirar direito.

As palavras eram assustadoras, mas a voz dele não. O tom era sério, mas nunca zangado. Sempre que ajeitava o revólver em sua mão, era carinhoso, pondo os dedos dela em torno da coronha, como se a preparasse para rezar. No fim de cada aula, no caminho de volta para a casa de Eronildes, Luzia o deixava ir andando mais à frente, balançando o corpo com determinação entre as duas muletas. Observava-o, vendo-o oscilar e saltitar. Às vezes, ele parava junto a uma árvore cinzenta e desfolhada como toda a vegetação da caatinga que não ficava nas margens do rio. Arrancava um raminho e, ao ver que a polpa interior estava verde, assentia, mais tranquilo.

Nesse dia, quando voltaram para o sítio, Eronildes estava à sua espera, brandindo um jornal. A nova remessa tinha chegado recentemente e o médico vinha lendo tudo nos últimos dias. O Carcará ergueu as muletas e, depois, deu impulso no corpo para subir até a varanda. Eronildes lhe estendeu o tal jornal.

– Acho que escreveram a seu respeito – disse ele. – Nada de bom, claro.

O Carcará se apoderou do jornal, quase perdendo o equilíbrio. Luzia o escorou e começou a ler por cima do seu ombro. Era um número antigo, publicado havia quase um mês.

Diário de Pernambuco – Recife 23, de junho de 1929.

Cangaceiros insolentes conseguem escapar ao cerco das tropas.

A perversidade impera no sertão.

O capitão Higino Ribeiro, um dos poucos sobreviventes de uma emboscada armada pelos cangaceiros perto de São Tomé, no último mês de abril, chegou finalmente ao Recife. Apesar de todas as baixas, o capitão afirma que não se deixará intimidar. "O Urubu é um bandido da pior espécie", declarou ele, "e estou empenhado na sua captura".

O Urubu, como é popularmente conhecido no sertão, invadiu a fazenda do coronel Clóvis Lucena em dezembro. Segundo o Sr. Marcos Lucena, os cangaceiros já estavam ocupando a propriedade há quatro meses quando chegou ajuda. Procurado pelas atrocidades que cometeu anteriormente em Fidalga – entre as quais o assassinato brutal de sete inocentes, deixando a população da cidade aterrorizada –, o Urubu foi buscar abrigo em São Tomé. Lá chegando, a sua ousadia e a sua ferocidade não se abrandaram. Lançando mão de táticas perversas, conseguiu enganar as tropas pernambucanas, que caíram em sua armadilha. De acordo com os relatos, os cangaceiros usavam roupas coloridas e enfeitadas, e estavam acompanhados por uma mulher.

As condições que propiciaram o surgimento de bandidagem desse calibre podem se resumir facilmente a dois fatos: 1) a administração deficiente por parte de nossos governantes e 2) a existência de esconderijos convenientes. É difícil de aceitar, mas esses malfeitores são festejados pelos moradores das fazendas mais longínquas, afastadas das regiões civilizadas. Como pernambucanos, não podemos prestigiar ou acolher esses bandos de criminosos populares, homens sem escrúpulos e sem fé.

As nossas autoridades estão empreendendo uma campanha débil contra a bandidagem. Só as eleições poderão mudar o atual estado de coisas? Quando terá fim o martírio de nossos bons rapazes uniformizados? Por que, pergunta este repórter, temos de continuar a perdê-los nesse sertão ingrato?

12

O Carcará parou com os passeios matinais. De tardinha, já não discutia com o Dr. Eronildes. À noite, deitada no quarto de hóspedes, Luzia ouvia o ruído das muletas, batendo no chão de madeira, seguido de um outro barulho meio surdo, como se um animal de três pernas estivesse andando de um lado para outro ali no quartinho junto da cozinha.

Quando ele enfim falou, foi para dizer ao médico que já tinha passado tempo suficiente se recuperando. Ia ao encontro dos seus homens. O Dr. Eronildes objetou que a perna ferida ainda não tinha sarado por completo e que, se ele fosse embora, todo o trabalho feito teria sido em vão. Mas, diante da determinação do cangaceiro, o seu anfitrião se sentou na varanda sozinho e fumou vários cigarros antes de voltar ao quartinho ao lado da cozinha.

– Mande os seus homens virem para cá – disse, em voz baixa. – Mas diga-lhes que têm de se comportar.

– Eles não são animais – retrucou o Carcará. – Você é um amigo e tratamos os amigos com todo o respeito. Quanto antes eles chegarem, mais depressa você se verá livre de mim. De nós – acrescentou, olhando para Luzia e, depois, voltando a fitar o médico.

Pediu então um cartão e uma caneta-tinteiro. Com traços lerdos e desajeitados, rabiscou ali a própria assinatura, *capitão Antônio*, e envolveu o bilhete no lenço verde que usava ao pescoço. Luzia costurou o embrulhinho na aba de um bornal liso que pertencia ao vaqueiro de Eronildes. O homem pôs a bolsa a tiracolo e partiu para a capela do Marimbondo.

Algumas semanas depois, nove homens chegaram com o vaqueiro: Baiano, Canjica, Inteligente, Orelhinha, Fala Mansa, Meia-Lua, Caju, Sabiá e Ponta Fina.

Os outros tinham morrido ou desertado. Os remanescentes estavam em petição de miséria. Os seus trajes estavam manchados e esfarrapados. Ponta Fina tinha o braço numa tipoia. Todos tinham o rosto, o pescoço e as mãos cobertos de calombos vermelhos. Apesar de armarem o acampamento a certa distância da capela, os marimbondos os atacaram. Os homens cercaram o Carcará. Ele os observou, um por um, examinando cada corte, cada arranhão, cada entorse, cada picada de marimbondo, parecendo um pai orgulhoso. Depois, deu em cada um deles um abraço bem apertado. Eronildes ficou parado na varanda. Quando o Carcará apontou na sua direção, o médico enfiou as mãos brancas e grandes nos bolsos do paletó.

– Aquele ali é o Dr. Eronildes – disse o cangaceiro. – É nosso grande aliado e amigo. Eu lhe devo a vida.

Até esse momento, Luzia estava feliz. Quem conseguiu que atravessassem o rio? Quem encontrou o Dr. Eronildes? Olhou para aquele vestido largo e esmolambado. Queria as suas calças de volta. Depois de lavá-las, a velha criada as tinha escondido. Assim que os homens montaram o acampamento, a moça decidiu ir procurá-las.

Os homens foram bem-alimentados. Rasparam as tigelas. Lamberam as colheres de pau. A empregada ficou circulando em meio ao grupo, distribuindo mais feijão. Mancando, o Carcará se aproximou de cada um deles, agachando-se ao seu lado e falando-lhes com um ar de preocupação. A presença dos seus homens o tinha revigorado, tornando-o mais ágil com as muletas. De boca cheia, todos assentiam e lhe sorriam. De quando em quando, olhavam para Luzia, mas logo voltavam a se concentrar na comida. Tinham montado o acampamento perto da casa, pendurando todas as redes de caroá disponíveis. Depois de ajudar Canjica a fazer uma fogueira, o capitão chamou todos para rezar. Luzia se ajoelhou ao lado de Ponta Fina, que a olhou de um jeito nervoso e, em seguida, baixou os olhos, fitando as palmas das próprias mãos. Mais tarde, a moça puxou conversa com ele.

– O que aconteceu com o seu braço?

– Tiro – respondeu o menino, dando de ombros.

– A bala ainda está aí dentro?

– Não – murmurou ele. – Entrou por um lado e saiu pelo outro.

– Você perdeu o seu bornal – prosseguiu ela. – Temos de fazer um novo. – Sentia falta da máquina de costura e ficou furiosa quando lhe ocorreu que as empregadas do coronel Clóvis certamente a tinham deixado no mato, enferrujando.

– Não quero um bornal novo – exclamou Ponta. – Não feito por você.

Luzia recuou. Sentia-se como se tivesse levado uma ferroada.

– O capitão levou um tiro – disse o garoto, retorcendo o rosto numa careta severa. – Perdemos metade do bando. Isso nunca tinha acontecido antes de você aparecer. O lugar das mulheres não é o cangaço.

Calou-se por um instante, fitando atentamente as mãos, como se estivesse lendo ali a sua fala seguinte:

– Mulheres dão azar.

A moça sentiu a garganta seca. Cruzou os braços diante do peito, tentando se firmar. Se chorasse, Ponta Fina acharia que acreditava naquilo. Acharia que tinha razão, que ela era como aquelas pedras que as pessoas elegem quando estão doentes ou perturbadas. Ficam conversando com essas pedras, falando-lhes dos seus sofrimentos e dos seus temores e, depois, lhes dão um beijo e as atiram longe, acreditando que a tal pedra vai levar consigo o fardo da sua infelicidade e elas ficarão curadas.

– Foi o seu capitão que decidiu atacar a tropa, não eu – disse Luzia, com severidade, reproduzindo o tom que tia Sofia adotava quando ela ainda era criança. – Os homens de verdade assumem a responsabilidade pelo que fazem. Não ficam botando a culpa na sorte. Ou nas mulheres.

Com descanso, comida e os tratamentos do Dr. Eronildes, à base de chás e higiene adequada, os homens foram aos poucos se recuperando. Sem alarde, Luzia se tornou indispensável, remendando as suas roupas rasgadas, servindo-lhes o jantar, ralhando com eles quando se esqueciam de trocar os curativos. O Carcará continuava dormindo no quartinho pegado à cozinha, mas passava menos tempo dentro da casa. Não havia mais aulas de tiro. Nem as discussões noturnas. Muitas vezes, Eronildes procurava Luzia com suas perguntas e o bloquinho nas mãos.

O médico queria saber sobre as orações matinais do bando. Ela acreditava no cristal de rocha? Acreditava que a oração do corpo fechado realmente protegia o corpo contra qualquer malefício? Luzia não sabia como responder a essas perguntas. Não era ignorante: o cristal de rocha era uma pedra; os santos no seu velho quartinho eram de madeira e barro; o Jesus crucificado do altar do padre Otto era de gesso e arame. Não era diante dessas coisas que se ajoelhava. Não era na madeira, no barro ou no arame que depositava a sua fé. Depois que o Carcará ficou às voltas com os seus homens, toda tarde ela passeava sozinha pelas margens do rio. Ficava vendo os pescadores estenderem as velas de lona no chão para secar. Os meninos se equilibrando na popa de uns barcos estreitinhos, conduzindo-os rio abaixo com o auxílio de uns paus retorcidos. Via os altares caiados que se erguiam na beira da água. Via os rostos assustadores das carrancas esculpidas no topo dos mastros para espantar os demônios do rio. Aquela era uma vida que ela nunca tinha imaginado. Os pescadores tinham as suas superstições, os seus demônios, os seus santos favoritos. E, sob as águas barrentas do Velho Chico, existia um outro mundo. Um lugar habitado pelos surubins listrados e outras criaturas que estavam além da sua imaginação. Um mundo em que seria incapaz de viver, e que não poderia explicar, mas sabia que existia.

Ao chegar de um desses passeios, Luzia viu o Dr. Eronildes voltando de uma viagem rio abaixo, cavalgando a sua égua. O vaqueiro vinha montado ao seu lado, numa mula de carga. Nos cestos que trazia presos ao lombo, o animal transportava vários embrulhos, duas latas de querosene e uma pilha de jornais. A velha criada veio recebê-lo na varanda. O médico desmontou meio sem jeito e acenou para Luzia.

– Tenho uma coisa para você! – gritou ele, e veio caminhando na sua direção. Procurou nos bolsos do paletó e tirou de um deles um estojo escuro.

– É um presente – disse o doutor.

Luzia pegou o estojo com alguma hesitação. Era feito de couro duro, com um fecho de pressão. Abriu a tampa. A forração era macia. Veludo. Enfiado ali dentro, como uma fava na sua vagem, estava um par de óculos de aro metálico.

– Mandei vir lá de Salvador – disse Eronildes, animado. – Examinei a sua vista não faz muito tempo, lembra? Não foi um exame dos mais acurados, mas acho que os óculos vão lhe servir. Você é míope, como eu. Essas lentes vão corrigir a sua visão.

Os óculos pesavam praticamente nada em suas mãos. Luzia ficou com medo de desdobrá-los. Atrapalhou-se toda com aquelas hastes fininhas. Eronildes veio ajudá-la a encaixar as pontas arredondadas atrás das orelhas. O metal era frio. Fazia cócegas no seu nariz. Por trás do médico, a moça conseguia enxergar cada trinca das paredes caiadas da casa. Via os desenhos tortuosos nas vigas de madeira da varanda, todas as folhas ovaladas do juazeiro que ficava perto da janela e o Carcará, parado junto à parede branca da casa. Ele tinha vindo ver os jornais, mas se deteve. Apoiou aquela mão de dedos grossos na parede e ficou olhando para os dois. Luzia tirou os óculos.

– No começo, ficamos bem atrapalhados – disse o médico –, mas acabamos nos acostumando.

– Obrigada – retrucou a moça.

O Carcará continuava parado ali; mas agora era uma figura turva, uma sombra.

– Luzia – chamou Eronildes. Calou-se por um instante e juntou as pontas dos dedos brancos. – Os homens, os cangaceiros, estão planejando ir embora logo, assim que todos se recuperarem.

Ela assentiu. O médico a fitava atentamente.

– Meu pai me ensinou outro ditado útil – prosseguiu ele. – "Quem vive das armas morre pelas armas." Conhecia esse?

– Sim.

– Se quiser ficar quando os homens forem embora, saiba que é bem-vinda. Há um lugar para você aqui. Espero que saiba disso.

– Está bem – disse Luzia, brincando com os óculos e devolvendo-os ao estojo. – Obrigada.

O seu quarto estava escuro. Os dias eram mais curtos. O sol já tinha se escondido por trás das colinas das margens do rio. Luzia não acendeu vela alguma. Parou diante do espelho e abriu o estojo de couro. Tia Sofia sempre lhe dizia para não olhar no espelho depois que escurecia. Se olhasse, veria a própria morte. Mas ainda não estava tão escuro assim. Prendeu as hastes atrás das orelhas. As lentes eram muito mais finas que as de Eronildes. O aro metálico era perfeitamente redondo, como moedas ocas. E reluzia em torno dos seus olhos.

Talvez ficasse ali, pensou. Talvez telegrafasse para Emília. Talvez fosse para a capital e se tornasse uma modista famosa.

Às suas costas, a porta se abriu. Pelo espelho, Luzia viu o Carcará. Enxergava cada vinco do lado bom do seu rosto, cada fio do cabelo preso num rabo de cavalo desalinhado, cada uma das medalhas dos santos que ele usava. Virou-se para fitá-lo.

– O que é isso? – perguntou ele, cerrando bem os lábios.

– Óculos – respondeu a moça.

O Carcará se aproximou. Fez um gesto brusco com a mão. Luzia sentiu o deslocamento de ar no peito, como se uma mariposa tivesse ficado presa ali. Esperou um tapa, mas eram os óculos que aqueles dedos visavam. A moça se esquivou. Tirou os óculos. As pontas recurvadas engancharam em seu cabelo.

– O que está pretendendo? – gritou ela.

– Não quero esse sujeito lhe dando joias.

– Isso não é uma joia – retrucou Luzia, segurando firme os óculos na mão. – É como um remédio. Para os meus olhos. Para corrigir a minha visão.

O Carcará agarrou a sua mão com força. Os óculos penetraram na sua pele.

– Você não precisa corrigir nada – disse ele.

Os seus olhos brilhavam no escuro. O lado bom do seu rosto estava todo contraído, erguendo-se e baixando como se não conseguisse decidir que expressão adotar. Finalmente, Luzia o tocou, para que ficasse quieto.

Já o conhecia. Conhecia cada ruga, cada músculo, cada marca escura e reluzente. E esse conhecimento lhe permitia ousar. Fitou aqueles lábios retorcidos.

Eles lhe pareciam estranhos e inacessíveis, mas as cicatrizes não. Antes que o cangaceiro pudesse se afastar, ela colou a boca na marca que havia no seu pescoço, nas picadas circulares que ele tinha nas mãos, no talho longo e torto do seu braço. O gosto era de sal e de cravos. Ele afastou a sua trança e se inclinou para o seu pescoço. Não a beijou, mas respirou fundo e foi subindo em direção à sua orelha, como se a inalasse. A voz dele soou baixa e ansiosa. Luzia não conseguiu ouvir o que ele dizia, não conseguiu distinguir se eram pragas ou orações.

Os óculos lhe caíram da mão. Ela fechou os olhos e teve a sensação de estar de novo naquele açude, flutuando em águas estranhas e, de repente, perdendo o pé. Sentiu-se agarrada, abraçada, puxada para baixo. Ele estava ao seu lado, no chão duro do quarto de hóspedes. Luzia sentiu uma onda gelada de medo. Não conseguia recobrar o fôlego. Veio o movimento, depois a dor e, depois, um jorro de calor lá dentro dela, como se estivessem derramando açúcar queimado no seu ventre. Enrijeceu-se e o agarrou, respondendo aos seus estranhos murmúrios, e encerrando cada um deles não com a palavra *Amém*, mas com o nome *Antônio*.

13

Os dois se casaram em novembro, na sombra da varanda da frente da casa de Eronildes. Luzia estava usando uma blusa limpa e uma saia que a mulher de um dos peões lhe emprestou. Foi preciso aumentar o comprimento, pregando um babado de algodão mescla na barra da saia e nos punhos da blusa. Nas mãos, ela levava um buquê de flor-de-laranjeira amarrado com vime. E usava seus óculos.

Normalmente, antes da cerimônia, o noivo e seus parentes vão até a casa da noiva, que, então, se despede da família e segue até a igreja ao lado do futuro esposo. Como não havia capela na fazenda de Eronildes e Luzia não tinha nem casa, nem família, ela ficou esperando na varanda dos fundos, acompanhada da criada. A velha, que tinha deixado de lado o cachimbo, não lhe deu qualquer conselho bem-intencionado. Simplesmente prendeu o cabelo da jovem numa trança bem apertada, disse-lhe que mascasse cravo para ficar com o hálito perfumado e passou um pouco da loção Royal Briar do médico no seu pescoço e nos seus braços. O perfume da loção era bem forte e, parada ali, à espera de Antônio, Luzia cheirava a lençol engomado, como o Dr. Eronildes.

Antônio chegou, acompanhado dos seus homens. Tinha o cabelo penteado para trás, com tanta brilhantina que reluzia como um gorro de seda. As alpercatas também tinham sido engraxadas com o produto para cabelo. Ele devia ter usado a lata inteira, pensou Luzia. O lado bom do seu rosto tremia – a boca se erguia, a bochecha fazia o mesmo e a pele ao redor do olho se enrugava. Eram movimentos mínimos que teriam passado despercebidos em qualquer outra pessoa, mas, em contraste com a expressão plácida e imutável do lado desfigurado, pareciam exagerados e involuntários. Era mais fácil desviar os olhos e fitar a parte calma daquele rosto, apesar da enorme cicatriz. Mas Luzia concentrou a atenção no lado que se movia. Sabia que era para ali que devia olhar.

Quando ele subiu os degraus da varanda e lhe estendeu a mão, a moça lhe deu as costas e se ajoelhou. Rezava a tradição que ela se pusesse de joelhos para beijar a mão dos pais, num gesto de despedida. Mas a única pessoa presente era a velha criada. Luzia pegou a sua mão. Era ossuda e áspera como o pé de uma galinha.

Antônio a levou até a varanda da frente, onde o Dr. Eronildes os esperava. Não havia nenhum padre nos arredores da fazenda e não poderiam mandar vir um da cidade ribeirinha mais próxima, pois chamaria muita atenção. De início, o médico não queria celebrar a cerimônia. Não possuía nenhuma Bíblia, segundo disse. Não sabia nenhuma oração. Antônio, porém, insistiu. Queria um casamento de verdade. Apontou o diploma emoldurado, escrito numa caligrafia angulosa, que ficava pendurado na sala da frente da casa. Aquele diploma de médico fazia de Eronildes uma autoridade. Alguém quase tão bom quanto um padre.

A cerimônia foi breve. Quando chegou a hora das alianças, Luzia estendeu a mão, mas Antônio balançou a cabeça. Desabotoou o paletó e tirou um cordão de ouro que trazia no pescoço. Era uma medalha de santa Luzia – um amuleto com dois olhos de ouro bem no meio. E ele o pôs no pescoço da moça.

Os cangaceiros ficaram fora da varanda, ao sol. Todos tinham uma expressão séria, concentrada. A mesma que ostentavam quando se escondiam no mato para vigiar uma fazenda ou uma cidade a distância, avaliando as suas qualidades e os seus perigos. Mas um casamento significava festa, o que os deixava animados. Canjica e a empregada tinham assado três cordeiros e três galinhas. Abriram potes de geleia de caju e garrafas de cachaça. Os homens comeram e dançaram. Quando Luzia desmanchou o buquê e atirou as flores para o ar, todos entraram na brincadeira, empurrando-se mutuamente para apanhá-las.

Só o Dr. Eronildes se manteve longe da comemoração. Na luz mortiça do fim de tarde, ficou sentado na varanda, lendo o que restava dos jornais. Ao seu lado, tinha uma garrafa de uísque pela metade.

– Não vamos brindar? – indagou Antônio. – Você prometeu fazer um brinde.

Eronildes ergueu os olhos. Os seus óculos estavam sujos e os seus olhos, vermelhos.

– Esta não é uma ocasião para brindes – disse ele, amassando o jornal que tinha nas mãos.

Antônio franziu o cenho. Eronildes tomou o seu uísque de um só gole. Depois, jogou um jornal para Luzia.

– Leia isto – disse, tossindo. – O mercado veio abaixo.

– Desmoronou? – indagou a moça, sem entender direito. Sem nenhum motivo palpável, pensou em Emília e ficou preocupada. – Que mercado? Onde?

– Não é um prédio – exclamou o médico, levando a mão à testa. – O mercado financeiro, nos Estados Unidos. Açúcar, algodão, café, tudo isso agora não vale nada. Estamos arruinados.

Luzia desamassou o jornal amarfanhado. Era de algumas semanas atrás, com data de fins de outubro. Os barões do café de São Paulo e de Minas formavam uma fileira, todos com ar sério e cansado. As suas colheitas não tinham valor algum. Nos Estados Unidos, chamavam essa turbulência financeira de *crash*, mas no Brasil ela era chamada de crise. Os produtores de açúcar dos arredores do Recife estavam queimando a cana, na esperança de, com isso, conseguir elevar os preços. A eleição presidencial havia sido adiada para março do ano seguinte. Os candidatos culpavam o partido adversário pela crise.

– Sabe Deus o que anda acontecendo desde então – disse Eronildes. – Esse jornal é velho. Preciso mandar um telegrama para Salvador amanhã mesmo, para saber se está tudo bem com a minha mãe. Deve estar a maior confusão nas capitais – prosseguiu ele, tomando mais um gole de uísque. Os seus dedos estavam trêmulos. – Agora, eleger Vargas é a nossa única salvação.

– A nossa salvação não está nesta terra – retrucou Antônio.

– Estou falando do comércio – esbravejou o médico, quase engolindo as palavras. – Querendo ou não, a modernização é a nossa única esperança.

– Nem sempre o que é novo é bom – disse Antônio.

Eronildes se serviu de mais uma dose de uísque. A bebida respingou nas suas calças.

– Você usa rifles, não usa? – perguntou ele. – Pode atirar em homens a metros de distância. Esta é uma invenção moderna.

– Os rifles são úteis – retrucou Antônio. – Admito. Mas qualquer idiota pode atirar com um deles. Matar um homem com um punhal exige mais habilidade. Esse é o problema das coisas modernas: elas encorajam os idiotas a achar que têm a mesma capacidade que os homens de verdade.

O médico soltou uma gargalhada. Uma flor de laranjeira já murcha caiu da sua lapela.

– Bom, *Sra. Teixeira* – disse ele, enfatizando bem cada sílaba daquele nome –, o que a senhora acha de tudo isso? Quem é o idiota e quem é o homem de verdade?

Luzia ouviu o que ele disse, mas não conseguiu falar. Tinha pegado a coluna social de um outro jornal deixado de lado. Logo abaixo do título, havia uma fotografia com a legenda "Concurso Anual de Sombrinhas da Sociedade Auxiliadora Feminina do Recife. 1929". Uma fileira de mulheres sorridentes exibia sombrinhas ricamente decoradas. A vencedora tinha fitas penduradas nas bordas e um desenho bordado em cada um dos gomos: uma nuvem de chuva, uma espiga de milho, um sol, uma dália. A mulher que segurava a tal sombrinha usava um chapéu redondo com uma pluma rajada saindo da aba. O cabelo era cortado na altura do queixo e cacheado. Os lábios eram escuros. Os olhos estavam fechados. Mesmo assim, Luzia a reconheceu.

Capítulo 7

Emília

Recife
Setembro de 1929-dezembro de 1930

1

O Concurso Anual de Sombrinhas da Sociedade Auxiliadora Feminina do Recife era realizado na última semana de setembro. Tarde o bastante para não ser ofuscado pelas turbulentas paradas da Independência, mas cedo o suficiente para evitar o calor abafado de outubro. Naquele ano, a competição aconteceu na praia de Boa Viagem.

Degas foi dirigindo o carro. Emília ia no banco de trás do Chrysler Imperial, ao lado de dona Dulce, que segurava firme o braço de couro que as separava. Degas preferia a velocidade à cautela. Ia desviando das carroças de burro e esbarrando no meio-fio. No banco do carona, o Dr. Duarte se remexia, agoniado. "Para que tanta imprudência?", murmurava. A cada guinada ou solavanco, o seu rosto enrubescia e ele se agarrava mais às bordas do assento. Ameaçou várias vezes contratar um motorista. Degas só fazia sorrir. Os automóveis ainda eram novidade no Recife e saber dirigir era uma habilidade de luxo, como ler e pintar. Havia poucos motoristas competentes na cidade e Degas se considerava um deles. O Dr. Duarte resmungava. Emília era a única que gostava do jeito de dirigir do marido. Estava louca para ver o mar.

Anos atrás, a prefeitura construíra uma ponte atravessando o terreno pantanoso da ilha de Pina, permitindo o acesso à praia de Boa Viagem de carro ou de charrete. Pouco tempo depois, instalaram a linha do bonde e, mais tarde, a avenida principal foi pavimentada. Na época em que Emília já começava a se acostumar ao Recife, Boa Viagem era um local de veraneio popular bem conhecido. As cabanas de pescadores construídas na beira da praia, com os seus tetos de sapê, haviam sido substituídas por mansões de tijolos e alvenaria.

A baronesa tinha convidado Emília para participar do concurso de sombrinhas. Tinha dito que era uma competição boba – cada concorrente recebia uma sombrinha lisa e tinha três semanas para enfeitá-la –, mas que os resultados compensavam o trabalho aborrecido. O prêmio para a vencedora era se tornar membro da Sociedade Auxiliadora. Emília passou um dia inteiro ornamentando a sua sombrinha, inspirando-se no quintal de tia Sofia para cobri-la de desenhos: espigas de milho de seda amarela, dálias de crepe vermelho, gotas de chuva de continhas azuis. Fez questão de que os seus bordados fossem coloridos, mas simples, pois não queria parecer ávida demais. Desconfiava que as juradas já teriam decidido qual seria o resultado bem antes do próprio concurso. No ano anterior, haviam admitido Lindalva, embora a moça tivesse se limitado a prender com alfinetes uns trechos de poemas à sua sombrinha, e isto a caminho da competição. Afinal, a mãe dela era a baronesa. Alguém que não tivesse um membro da família na Auxiliadora precisava ser aceito ali pelos próprios méritos. Precisava pertencer a uma das famílias novas. Precisava demonstrar alguma prenda, como a costura, a pintura, a música ou, no caso de Lindalva, a oratória. E, acima de tudo, precisava ser uma pessoa interessante, já que as mulheres da instituição detestavam reuniões aborrecidas. "Mas você não deve ser interessante demais", alertou-a a baronesa. "Porque senão acaba sendo vulgar."

Nos nove meses que se seguiram ao episódio tão desconcertante do seu primeiro Carnaval no Recife, Emília fora apresentada a todos os membros da Auxiliadora. Uma a uma, as mulheres apareciam na casa da baronesa exatamente nos dias em que ela ia visitar Lindalva. Tomavam café juntas na varanda e, nessas ocasiões, as senhoras podiam inspecionar Emília com toda a calma.

– Ah! – diziam elas, passando o lenço bordado na testa para enxugar alguma gota de suor invisível. – Isso aqui deve ser muito diferente do sertão...

Era raro dizerem *campo* ou *interior*. Preferiam a palavra *sertão*, termo que fazia Emília se lembrar dos cantinhos empoeirados de uma gaveta ou gabinete bem inacessível. Um espaço escuro cheio de coisas esquecidas, que as pessoas só abriam nos momentos de necessidade ou de nostalgia, para logo voltarem a fechar.

Com o tempo, as senhoras que participavam da Sociedade Auxiliadora passaram a estender a Emília os convites para chás, almoços e jantares dançantes no Clube Internacional. Em cada um desses encontros, todas a fitavam com fascínio e um toque de desconfiança e pena, como um animal selvagem que alguém resolve manter em cativeiro, como bichinho de estimação, mas no qual jamais confia inteiramente. A moça compreendeu que a sua amizade com a baronesa tinha feito dela uma personagem socialmente influente; a possibilidade, porém, de haver algo de suspeito nas suas origens a tornava atraente aos olhos daquelas mulheres. Com isso, foi declarada interessante.

Como costureira do coronel e de dona Conceição, Emília tinha aprendido a ser uma boa empregada: era preciso observar atentamente a patroa, entender as suas mudanças de humor, decifrar os seus desejos e saber como se tornar imediatamente, e a um só tempo, disponível e invisível, dependendo da situação. Agora, usava essas habilidades com as mulheres do Recife. Ria nos momentos adequados. Era decidida, mas sem demonstrar sofreguidão. Aprendeu quando devia ser uma ouvinte acolhedora e quando virar a cabeça, fingindo dar alguma privacidade àquelas mulheres. Mas não podia ser obsequiosa demais. As senhoras do Recife tinham passado a vida toda mandando nos seus empregados. Se assumisse a atitude de uma criada, seria tratada como tal. Precisava, então, temperar a sua natureza cordata com opiniões firmes.

Passou a pegar livros das prateleiras da biblioteca dos Coelhos e se forçar a lê-los. No começo, os romances, os poemas e os livros de geografia eram difíceis de entender, mas a leitura avançava, mesmo que a duras penas. Ia procurar as palavras mais complicadas no velho dicionário de Degas. Leu inúmeros jornais e estudou as novas revistas estrangeiras do Dr. Duarte, bem como os manifestos dos boletins feministas de Lindalva. Foi lendo que Emília aprendeu que a distinção entre o que era vulgar e o que era aceitável variava quase tanto quanto a bainha dos vestidos das mulheres. Algo considerado inadequado num mês tornava-se vanguarda no seguinte e, em pouco tempo, passava a ser a última moda.

O Recife, como as outras capitais brasileiras, estava se modernizando. As senhoras começavam a pôr os pés fora de suas casas cercadas de grades para ir ver filmes mudos nos cinemas escuros. Estavam trocando os impecáveis jardins da praça do Derby pela rua Nova, fazendo agora a sua "excursão" num local onde havia casas de chá e orquestras de jazz. No Rio, fotos das praias mostravam mulheres usando maiôs sem mangas, com decotes perigosamente cavados. E, graças à campanha presidencial e às eleições que se aproximavam, até o voto tinha se tornado coisa aceitável. Lindalva convenceu a Sociedade Auxiliadora a empreender uma campanha pelo direito ao voto para as mulheres alfabetizadas. Votar, argumentava ela, era um dever moral como outro qualquer: criar os filhos, cuidar da casa e preparar os jovens líderes do futuro. As sufragistas não incluíam entre as suas reivindicações o direito ao divórcio ou à posse de bens próprios, mantendo tais liberdades afastadas da sua campanha com o mesmo rigor com que dona Dulce separava a comida na despensa – pondo o feijão preto e o pernil de porco na parte reservada à criadagem, embora certa vez tenha admitido para a nora que, nas noites frias e chuvosas, ficava louca para comer essas coisas gordurosas. Como a maioria das patroas, jamais cedia a esses desejos. Eles eram inconvenientes, dizia dona Dulce, e seria de mais para qualquer marido aceitar a ideia de ver a sua esposa ingerindo tais comidas.

Dona Dulce não era sufragista. Olhava as notícias dos jornais com repulsa e um tremor de medo. Não eram só as datilógrafas, as professoras primárias ou as telefonistas que estavam caindo no que ela chamava "turbilhão da vida moderna"; as mocinhas de boa família se encontravam na mesma situação. Acreditava que Emília também era vítima desse movimento. A moça fingia desconsiderar a sogra, mas, no fundo, usava-a como um sinal de alerta para não ir longe demais com suas opiniões e ambições. Como as mulheres da Sociedade Auxiliadora, Emília tinha de manter o delicado equilíbrio entre ser moderna e respeitável.

Em Boa Viagem, as associadas da Auxiliadora circulavam por todo lado, cumprimentando as concorrentes que exibiam as suas sombrinhas. Cravadas na areia firme perto da beira da estrada, havia várias fileiras de cadeiras de madeira reservadas para os jurados e os convidados. Emília ficou um tanto à margem da multidão, junto a um coqueiro. Não queria se misturar. Sua sombrinha continuava fechada, esquecida em suas mãos.

À sua frente estava o mar, imenso e escuro, da cor de um hematoma. Ele não era verde, como tinha imaginado. Como tudo o mais no Recife, o mar não correspondia à imagem que fazia dele. Toda aquela água a deixou assustada. Na orla da praia, ondas enormes e espumantes avançavam e recuavam. Emília fechou os olhos. O ruído da arrebentação parecia roupa sendo rasgada.

– Emília! – gritou uma voz feminina, esbaforida e apressada.

Ao abrir os olhos, viu Lindalva, que caminhava a passos rápidos na sua direção.

O jeito de se vestir da amiga, antes displicente, meio boêmio, havia sido substituído por uma saia verde pregueada combinando com um cardigã. Quando viu o traje pela primeira vez, no corpo de uma tenista britânica famosa em uma das revistas de Dr. Duarte, Emília o chamara de "conjuntinho". Admirava a saia alinhada e a blusa prática do uniforme de tênis. Inspirada nessas fotos, enfurnou-se no quarto, sentou-se diante da Singer novinha em folha e fez um conjuntinho para si mesma. Quando Lindalva viu o modelo, cismou que queria um também. Emília deu instruções à costureira da baronesa com relação ao feitio, ensinando-lhe como fazer as pregas. Várias senhoras da Sociedade Auxiliadora vieram abordá-la para saber se também poderiam ter aquele molde para passá-lo às suas modistas. Em pouco tempo, toda mulher de alguma influência no Recife tinha um daqueles trajes. Nos eventos sociais, elas pararam de se referir às origens de Emília ou de lhe fazer perguntas sobre o sertão. Agora, só queriam saber de moda.

Nessas conversas, o comportamento das mulheres mudou – ficavam assentindo, sorrindo, tratavam-na até com deferência. Emília percebeu que a admiração não era provocada apenas pela condição social ou pelos modos educados, mas também pelas ideias. O seu talento era capaz de apagar o seu passado.

Lindalva a beijou no rosto. Com um gesto rápido, tirou a sombrinha das mãos da moça e a abriu. Examinou o trabalho com cuidado.

– Um tema campestre! Ah! Os jurados vão adorar! – disse ela. – Assim que toda essa bobagem terminar, você vai ser membro da Auxiliadora e poderemos nos dedicar a assuntos mais importantes. Encontrei uma moça. É muito despachada. Diz que sabe costurar. É claro que você vai ter que avaliar se ela costura bem. E depois vamos precisar de um local. Não pode ser na casa da minha mãe, pois todos vão nos ver entrando e saindo com roupas e costureiras. Temos de arranjar instalações próprias...

– Está certo – atalhou Emília, segurando a mão de Lindalva. Já tinha se acostumado a conter a constante tagarelice da amiga. – Quero que as costureiras tenham um bom local de trabalho: um aposento com janelas e ar fresco. E não podemos mantê-las diante das máquinas o dia inteiro. Quero ver se algumas das senhoras da Sociedade Auxiliadora se apresentam como voluntárias para lhes dar aulas. Para ensiná-las a ler.

– Que ideia brilhante! – exclamou Lindalva, abrindo um largo sorriso que revelava os dentes separados. – Com isso, teremos mais eleitoras!

Apertou a mão de Emília e foi levando a moça até onde estava a multidão. Nos meses do inverno, quando as chuvas torrenciais faziam os cabos dos bondes estalarem nos fios elétricos, Emília e Lindalva se sentavam à varanda da baronesa e liam revistas que apoiavam o voto feminino. Quando Lindalva lhe mostrou como dançar o tango, uma dança que os jornais chamavam de "lasciva", as duas não conseguiram parar de rir. De rosto colado e braços esticados, ficavam indo para um lado e para o outro na sala de estar da baronesa. E, depois que Emília criou os célebres conjuntinhos, as duas planejavam abrir o seu próprio ateliê. Copiariam os modelos mais recentes e mais ousados da Europa, trazendo-os para o Recife e criando roupas que seriam cobiçadas até pelas mulheres do Rio de Janeiro e de São Paulo. Emília seria a força criativa, ao passo que Lindalva ficaria responsável pelas finanças. Sendo uma mulher casada, Emília era legalmente tutelada pelo marido, como uma criança ou um membro demente da família. Qualquer empresa que criassem ficaria em nome de Lindalva. Assim, não precisariam da autorização de Degas e não teriam de lhe dar parte dos lucros caso tivessem sucesso. Mas, se fracassassem, Lindalva arcaria com o grosso do prejuízo.

Emília ficou encantada com a generosidade da amiga. Mesmo assim, desconfiava. Lembrava sempre o que lhe dissera dona Dulce: as mulheres do Recife fazem alianças, não amizade. Na presença de Lindalva, Emília tinha medo de falar demais, de retomar velhos hábitos ou até o seu sotaque do interior. Nunca mencionou Luzia. Não gostava de falar do passado, embora a outra lhe implorasse para contar como era "a vida de uma mulher que trabalhava". Emília invejava a sorte de Lindalva. A amiga jamais precisava tomar cuidado para não cometer deslizes sociais. Não era casada e não precisava ser. Podia comprar as próprias roupas, organizar manifestações em prol do voto, debochar da sociedade do Recife e continuar sendo aceita por ela. E o pior era que Lindalva acreditava que qualquer mulher podia ter tal liberdade, desde que quisesse mesmo consegui-la.

No concurso de sombrinhas, Lindalva orientou Emília para se exibir diante dos jurados, que admiraram o seu trabalho. Ali perto, o Dr. Duarte conversava com os maridos das senhoras da Sociedade Auxiliadora. Degas fumava e olhava o relógio de bolso. Dona Dulce supervisionava a multidão. Estava de vestido e chapéu havana. Naquela época de campanha eleitoral, guardou as roupas azuis e verdes, preferindo adotar cores neutras. Segundo dizia, a política era coisa vulgar e queria se manter afastada de tudo aquilo. A cidade estava dividida em duas facções: verde e azul. Diariamente, apareciam fotos do candidato da oposição, Getúlio Vargas – com o uniforme militar amarfanhado, as botas de cano alto ocupando boa parte de sua figura atarracada –, de braços dados com seu companheiro de chapa, João Pessoa.

As famílias antigas não eram partidárias de Vargas. Temiam aquele candidato que julgavam populista, com essa história de pregar o salário mínimo, o direito ao voto para as mulheres e a votação secreta. A maioria dos chefes das famílias novas, entre os quais se incluía o Dr. Duarte, acreditava que Vargas e o seu partido verde modernizariam o Brasil. As mulheres do Recife, de ambas as linhagens, não se metiam em política, mas eram ferrenhas defensoras das opções dos maridos. Nos passeios pela praça do Derby, Emília reparou que as matriarcas das famílias velhas ostentavam joias com águas-marinhas e safiras. Usavam vestidos azuis e mandavam as modistas prenderem plumas iridescentes da mesma tonalidade nos seus chapéus. Na praia de Boa Viagem, porém, a predominância era da cor verde. As senhoras da Sociedade Auxiliadora preferiam as esmeraldas. Os seus maridos, inclusive o Dr. Duarte, usavam gravatas cor de menta, musgo e sálvia.

Emília também estava de verde. O seu chapéu clochê novo tinha uma única pluma verde-oliva presa à tira. Fora um presente de Degas. Ele tinha lhe dado inúmeros presentes nos meses que se seguiram ao Carnaval: cortes de fazenda para os seus novos modelos, xales bordados com contas, um par de sapatos de couro de crocodilo tão macios que pareciam até tecido ao toque das mãos. Também lhe deu um porta-joias bem grande, forrado de veludo, prometendo enchê-lo com os produtos vendidos pelo Sr. Sato, o joalheiro japonês que vinha à casa dos Coelhos uma vez por mês e espalhava, com todo o cuidado, a sua coleção de broches, anéis e pingentes na mesa de dona Dulce. Degas sempre lhe dava os presentes antes das refeições, diante de todos. Nessas estranhas ocasiões, o Dr. Duarte se postava ao lado do filho, radiante, e dona Dulce ostentava a sua máscara rígida e sorridente. Emília sabia o que se esperava dela.

Queriam um bebê. Diariamente, todos – Degas, o Dr. Duarte e dona Dulce – lhe perguntavam como estava passando e a vigiavam para ver se estava tomando o seu café da manhã. Todo mês, quando a moça pedia para ir à farmácia comprar produtos de higiene feminina, via a sogra se empertigar e contrair aqueles lábios descorados. O Dr. Duarte atribuía a infertilidade de Emília a algum transtorno uterino. Começou a lhe dar colheradas de óleo de fígado de bacalhau a cada refeição.

– Isso vai fortalecer os seus órgãos frágeis! – declarava, quando Emília tapava o nariz e engolia aquele óleo amarelado e de gosto horroroso.

Chegaram até a chamar um médico, um dos colegas do Dr. Duarte, para examiná-la. O sujeito apertou a barriga da moça, que ficou deitada na cama, imóvel, e declarou que ela era saudável, mas que talvez o clima úmido do Recife não lhe fosse favorável. Prescreveu umas pílulas de vitaminas que Emília botava diariamente debaixo da língua para depois cuspir. A moça resolveu então surrupiar umas notas de mil-réis do bolso das calças de Degas e entregou o dinheiro a Raimunda, pedindo-lhe que fosse ao mercado comprar casca de caju roxo. Com as cascas, Emília fez um chá que passou a tomar diariamente. Era uma velha receita de tia Sofia para algumas de suas clientes casadas e desesperadas porque não queriam voltar a engravidar. Emília vira moças da roça – suas ex-colegas de escola – ficarem pálidas e enfraquecidas de tanto engravidarem. Vira os seus peitos se tornarem murchos e deformados, como mamões passados. E pensava na própria mãe, que havia morrido porque as mãos grandes e hábeis da parteira só eram treinadas para salvar os bebês. Até mulheres do Recife, com as suas dietas rigorosas e os seus médicos atenciosos, morriam de parto, e numa quantidade que a deixava assustada e aborrecida. Não era apenas a possibilidade de morrer que a aterrorizava; correria esse risco de bom grado se quisesse realmente ter um filho. Mas não queria. Lá em Taquaritinga, sempre se imaginou como uma senhora fina, nunca como mãe. Acreditava que o desejo de ter um filho acabaria aparecendo, como a súbita vontade de comer alguma coisa diferente. No entanto, depois de um ano passado no Recife, compreendeu que uma criança a prenderia à casa dos Coelhos, justo no momento em que estava descobrindo um jeito de escapar dali.

Degas continuava a passar as manhãs na faculdade de direito, as tardes estudando com Felipe e as noites enfurnado no seu quarto de solteiro, ouvindo aqueles discos de inglês. Uma vez por semana, ia ao quarto da mulher. Ela botava a camisola com a fenda na frente e, quando Degas terminava, voltava para o quarto do outro lado do corredor. Já não lhe prometia festas de casamento ou viagens de lua de mel, o que a deixava bem feliz. Em público, os dois eram corretos e corteses um com o outro. Todo domingo, iam aos jantares dançantes do Clube Internacional e, durante as pausas da orquestra, quando os casais iam à sua mesa para elogiar os vestidos de Emília, com drapeados nas costas e echarpes de pontas irregulares, Degas se aproximava dela. Irritada, a moça afastava a sua cadeira. Havia horas em que tinha ímpetos de raiva e repulsa com relação ao marido. Em outras ocasiões, porém, sentia pena dele. Se Degas notava o seu sentimento, achava um jeito de repreendê-la, sempre com um tom de deboche.

– Não ponha tanto perfume. Assim você fica cheirando a pensão barata.

– Como sabe? – retrucava ela, entre dentes, entristecida pela forma como os dois se relacionavam.

Eram como dois galos obrigados a dividir o mesmo quintal: ambos orgulhosos, ambos condenados a bicar o outro para manter a dignidade.

A vida toda, tia Sofia a tinha alertado, dizendo que os homens eram uns brutamontes. Uma esposa devia suportar os desejos do marido até acabar se acostumando, até eles se tornarem algo tão natural quanto lavar uma blusa ou limpar uma galinha. Aquilo lhe parecia plausível, ou mesmo tolerável. Se uma pessoa tem prazer e a outra um nobre espírito de sacrifício, ambos saem ganhando. Mas, se não houver desejo, não poderá haver sacrifício, nem entrega virtuosa. Quando tanto o marido quanto a mulher encaram o desejo como um dever, tudo o que existe é temor. Tudo o que existe é uma estranheza forçada e desajeitada, e, depois, repugnância. Uma repugnância que se instala nas entranhas de ambos, como lodo. E vai se acumulando até começar a pesar a ponto de um não aguentar ver o outro pela frente. No cinema, a tela escurecia depois que os casais se beijavam. Degas dizia que nunca se mostrava nada além disso por uma questão de decoro. Emília, porém, estava convencida de que aquilo era feito de propósito. Aquela gente tinha entendido tudo: após aquele primeiro beijo assustador, não havia nada que valesse a pena mostrar.

Depois de passar semanas enfrentando a cobrança silenciosa dos Coelhos por um bebê, Emília decidiu revidar. Odiava ir à modista com dona Dulce. Tinha vergonha das roupas sem graça que usava. Queria fazer os próprios vestidos. Dona Dulce tinha lhe ensinado a arte de pedir com discrição, e a moça pôs em prática as lições da sogra. Disse a Degas e ao Dr. Duarte que sentia muita saudade de casa. Que sentia falta do barulho da velha máquina de costura, da sensação do tecido deslizando pelas pontas dos dedos. Contou-lhes que ela e a irmã adoravam fazer roupinhas de bebê e camisolas de batismo. Finalmente, Degas entendeu. Comprou uma Singer a pedal e mandou entregá-la na casa dos Coelhos. Dona Dulce não aprovava as criações da nora, com aquelas pregas. Dizia que eram esportivas demais. Mas o Dr. Duarte as declarou modernas e encantadoras, e Degas gostou da atenção que elas despertaram. Não tardaria muito, ambos estariam aparecendo na coluna social, disse ele, animado.

E tinha razão. No concurso de sombrinhas, antes de os jurados revelarem o nome da vencedora, um fotógrafo do *Diário de Pernambuco* levou as concorrentes até a praia. Mandou que formassem uma fila, com as sombrinhas abertas, diante da nova estátua de Nossa Senhora da Boa Viagem. Os pés de Emília afundavam na areia. Aquele solo parecia vivo, como se ficasse se movendo debaixo dos seus pés. Entrou areia nos seus sapatos e ela não gostou nada do atrito dos dedos nas meias de seda.

Havia alguns anos, os pescadores tinham posto ali uma estátua bem simples para que Nossa Senhora abençoasse as suas viagens. A velha imagem ficava perto de uma cabana de sapê, a vários passos de distância da nova. Esta era de gesso, instalada sobre uma pedra. Havia estrelas-do-mar esculpidas aos seus pés e o seu manto parecia água, formando espuma na altura da bainha. Tinha olhos azuis e a cabeça ligeiramente inclinada para um lado, como se algo no mar a houvesse intrigado. O seu rosto não parecia compassivo, nem misericordioso, mas apático. Inteiramente inexpressivo. Emília gostaria de ir ver a velha imagem que devia por certo parecer mais sensata; no entanto, as outras competidoras a cercavam, impedindo-a de sair dali e esbarrando na sua sombrinha.

A moça virou a cabeça. Na beira da água, tinha se formado um grupo de mulheres de pescadores. As ondas lambiam os seus pés grandes e descalços, às vezes subindo mais e molhando a barra das saias desbotadas que usavam. Estavam bem próximas umas das outras, com os braços morenos cruzados diante do peito, olhando para ela e as demais participantes do concurso. Tinham o rosto crestado, com um ar de permanente preocupação. Emília lhes sorriu. As mulheres a fitaram, sérias, desconfiadas diante do estranho bando que tinha invadido a sua praia.

– Olhem para a frente, senhoras – disse o fotógrafo. – Olhem para a frente.

As competidoras à sua volta sorriam, empolgadíssimas. Não ficaram olhando os próprios sapatos cobertos de areia. Não ficaram mexendo nas luvas. Viviam sem carregar as marcas da vida: nenhuma mancha de suor, ou cabelo em desalinho, ou unhas roídas. Emília teve vontade de dizer isso em voz alta. Queria que alguém a ouvisse. Dona Dulce a repreenderia por fazer semelhante comentário. Lindalva acharia aquilo uma gracinha. Só Luzia seria capaz de entender.

Durante todo o inverno, os jornais tinham trazido notícias sobre as tropas enviadas para capturar o Carcará. Não era fácil ler o jornal na casa dos Coelhos – o Dr. Duarte tinha prioridade e, em geral, recortava os artigos relativos aos criminosos, para fundamentar as suas teorias criminológicas, e os políticos, para levá-los às reuniões do British Club. Quando deixava de lado o jornal, ele tinha mais furos que os paninhos de crochê de dona Dulce. A sua sogra era o segundo empecilho: "Uma dama não lê o jornal assim abertamente", repetia ela, "para qualquer um ver". As mulheres finas não deviam se mostrar interessadas em vulgaridades. Dona Dulce era sempre a segunda pessoa a ler o jornal, trancada na sala de estar para que ninguém visse que percorria as colunas sociais de ponta a ponta. Degas se punha a par das notícias na faculdade. Emília era, portanto, a terceira da fila, mas só conseguia pegar o jornal bem mais tarde e a maioria das notícias que poderiam interessá-la já não estava mais lá. Não podia pedir ao sogro para ver o que ele havia recortado; uma dama não se interessa por cangaceiros e seus crimes grotescos. Era por isso que, sempre que ia à casa da baronesa, percorria os jornais da semana. Lindalva guardava os exemplares do *Diário* para a amiga, achando que o seu interesse era a política. Mas ela não dava a mínima para Vargas e o seu "Brasil Novo". O que procurava era Luzia.

As notícias sobre o envio de tropas foram diminuindo à medida que a campanha presidencial se tornou mais hostil. Emília já estava achando que o capitão Higino e os seus soldados tinham se perdido na caatinga; até que, um dia, na segunda página do jornal, viu o texto intitulado "O Urubu", pois haviam trocado o apelido do cangaceiro que raptara sua irmã. Diziam que ele havia armado uma emboscada para as tropas do governo, na fazenda do coronel Clóvis Lucena, e, depois, fugido para a Bahia. A moça recortou o artigo para guardá-lo no fundo da caixa de joias, junto com o retrato da primeira comunhão. Sozinha no quarto, leu e releu o texto milhares de vezes. O repórter afirmava que, entre os cangaceiros que haviam fugido, estava uma mulher: *companheira* daquela gente. Aquilo lhe pareceu muito estranho. Seria Luzia? Será que ela estava sendo mantida ali contra a sua vontade? A ideia a deixou assustada, mas Emília não conseguia acreditar nela. A sua irmã sabia muito bem o que queria, muito mais do que qualquer outra pessoa que conhecesse. Se não tivesse morrido ou fugido, era porque tinha ficado ali por vontade própria. Essa possibilidade a deixou mais assustada ainda.

Para afastar tais ideias da cabeça, fechou os olhos. Não voltou a abri-los nem mesmo quando ouviu o espocar do flash do fotógrafo. Sentia os pés afundando na areia.

Adoraria ter a irmã ao seu lado. Queria que estivessem as duas paradas ali na areia, de braços dados. Emília passara a vida toda se comparando a Luzia e definindo-se a partir dessa comparação. Lá em Taquaritinga, a estranheza do comportamento de Luzia fez surgir a sua própria pose. O temperamento agitado da irmã deu origem à sua brandura; a língua afiada, ao seu jeitão calado. Luzia não estava presente no Recife, mas Emília pensava nela diariamente, ressuscitando aquela irmã forte e esperta. Embora não se sentisse nem uma coisa, nem outra, era reconfortante pensar que Luzia o era. Tinham o mesmo sangue; talvez houvesse dentro dela alguma coisa da fortaleza de Luzia, portanto fazia questão de cultivá-la. Mas, depois de ler o tal artigo sobre os cangaceiros e sua "companheira", começou a sentir a presença da irmã se desvanecer. As lembranças que tinha dela foram perdendo a nitidez. Quem era Luzia agora? E quem era ela própria, ao lado de uma mulher como aquela?

Decidiu se aliar a uma outra imagem. Nas revistas feministas de Lindalva, as mulheres eram instruídas e modernas. O que encantava a filha da baronesa era a própria *noção* de modernidade; Emília, porém, gostava era da aparência daquelas mulheres, do seu esplendor. Admirava os chapéus elegantes, os vestidos atrevidos, a imagem triunfante de se ver dirigindo um automóvel ou entrando numa seção eleitoral segurando uma cédula bem dobradinha. Na maioria das vezes, Emília se imaginava num ateliê com várias janelas, onde dezenas de Singers a pedal funcionavam sob seu comando.

Se assumisse o esplendor da modernidade, se usasse os vestidos certos, expressasse as opiniões certas, agisse de forma engenhosa e criativa, conseguiria angariar a admiração do Recife. Tinha abandonado os seus velhos sonhos de menina de se tornar dona de casa em sua própria casa. Já havia aceitado a ideia de que Degas jamais seria um professor delicado ou um marido amoroso. E, se não podia ser amada, decidiu que seria admirada.

– A vencedora é... a Sra. Degas Coelho! – exclamou uma mulher. Houve uma salva de palmas cortês, seguida de risos. – A Sra. Degas Coelho – repetiu a voz.

Emília abriu os olhos.

2

Um mês depois do concurso, veio a crise econômica. Os planos de Emília de abrir o próprio negócio tiveram de esperar. Era quinta-feira, dia que dona Dulce reservava para lavar as roupas de cama e arejar os colchões. As criadas dos Coelhos estavam numa atividade frenética, tirando os lençóis das camas e carregando aquelas trouxas brancas lá para baixo, pegando os colchões e arrastando-os até a lavanderia coberta para sacudi-los e borrifá-los com água de lavanda. Do seu quarto, Emília ouvia o ruído das imensas varas de ratã batendo no estofado dos colchões. Ouvia os gritos da lavadeira. Aproveitando-se daquele alvoroço, esgueirou-se até a cozinha, onde preparou o seu chá especial, e tomou uma quantidade tão grande que chegou a sentir o líquido se agitando na barriga. Quando estava bebendo o último gole, dona Dulce entrou na cozinha. Fitou a nora com frieza. Dirigiu-se então à lavanderia e mandou as criadas pararem com aquele trabalho.

– Fiquem quietas – disse ela. – O Dr. Duarte está muito nervoso.

O almoço foi rápido e em silêncio. Dona Dulce permitiu que o marido engolisse a comida e fosse ouvir rádio na sala de visitas. Degas acompanhou o pai, deixando Emília sozinha com a sogra e a sobremesa, um pudim de papaia com creme de cassis. Agitada, dona Dulce também saiu da mesa e foi para perto do som chiado do rádio. As fatias de pudim deixadas nos pratos começaram a derreter. A moça compreendeu que estava acontecendo algo importante e terrível.

No rádio, vozes longínquas e chiadas anunciavam que a Bolsa de Valores dos Estados Unidos tinha despencado. Degas e o pai passaram a tarde toda e entraram pela noite sentados ali ao lado. Emília não entendia nada dessas coisas de mercado financeiro. Como mercadorias tão úteis quanto açúcar, café e borracha podiam valer muito num dia e nada no outro?

Na sexta-feira, os locutores tinham um tom relutantemente otimista. Os Coelhos passaram todo o fim de semana à espera de notícias. Na segunda, os jornais e as estações de rádio anunciaram que as bolsas do mundo inteiro estavam despencando por causa dos acontecimentos de Nova York. O dia foi apelidado de "Segunda-feira Negra" e o seguinte, "Terça-feira Negra". Os dias subsequentes não precisaram mais de rótulos, pois todos pareciam lúgubres. Recife entrou em pânico. Empresas fecharam as portas. A cozinheira reclamava, dizendo que não havia vendedores nos mercados. Começou a faltar carne. Os noticiários disseram que, nos Estados Unidos, o *crash* tinha provocado uma depressão que seria sentida no mundo inteiro. No Brasil, o colapso foi denominado crise e, no Recife, as famílias tradicionais foram as primeiras a sofrer as suas consequências.

Pouco a pouco, os usineiros começaram a aparecer na casa dos Coelhos. Vinham todos de luto fechado, trazendo uma papelada debaixo do braço, e eram imediatamente conduzidos ao escritório do Dr. Duarte. Alguns vinham com a esposa, como se estivessem fazendo uma visita, embora Emília jamais tivesse visto uma mulher das famílias tradicionais pôr os pés naquela casa. Dona Dulce e a nora ficavam fazendo sala para essas mulheres enlutadas. A moça reconhecia algumas delas dos passeios na praça do Derby. Em sua maioria, eram cordiais e sorridentes. Tomavam café e conversavam como se pretendessem vir em visita há tempos, mas não houvessem encontrado ocasião para fazê-lo. Apesar de toda aquela cordialidade, Emília reparou o jeito descuidado com que as mulheres tratavam o serviço de porcelana de dona Dulce. Botavam o pires na bandeja fazendo o maior barulho e batiam com a colherinha nas bordas finas da xícara, como se tivessem a esperança de quebrá-las acidentalmente.

Por baixo daquela educação, havia raiva. Emília ficou sabendo que os papéis que os seus maridos levavam para o escritório do Dr. Duarte eram escrituras: títulos de propriedade de casas na rua Rosa e Silva, na praia de Boa Viagem, e de entrepostos vazios perto do porto. Estavam entregando ao seu sogro tudo o que possuíam para não deixar de pagar os seus empréstimos e acabar perdendo as máquinas importadas e, consequentemente, as suas plantações.

Por causa desses empréstimos, o Dr. Duarte conhecia os podres de todas as famílias do Recife, como ele próprio dizia. Aos olhos de Emília, essa expressão, e não algo como "segredos", significava que os problemas daquela gente eram como um mau cheiro que qualquer um podia sentir, mas que ninguém conseguia localizar. Só o seu sogro tinha noção exata da origem e da extensão da deterioração. Detinha o poder de se gabar, de espalhar as dificuldades daquelas famílias por toda a cidade. Mas não fazia isso. O Dr. Duarte tinha fama de ser muito discreto. Quando adquiria uma propriedade, ninguém ficava sabendo se o antigo dono a tinha perdido ou simplesmente vendido para ele. Era por esse motivo que os casais de famílias antigas que iam àquela casa temperavam a sua repulsa com um respeito frio. E os homens que pertenciam ao partido do governo admitiam que o Dr. Duarte apoiasse Vargas e o seu partido verde sem esperar qualquer retribuição política.

Vários donos de moinhos têxteis também apareceram. Estes, porém, eram sujeitos animados, suando debaixo do chapéu fedora de lã e dentro de ternos engomados com colete e tudo. Os seus moinhos não estavam funcionando a toda, mas se mantinham saudáveis. Da janela do seu quarto, Emília via os rolos de fumaça que saíam das chaminés da Companhia de Tecelagem e de Roupas Torre, e das suas concorrentes em Macaxeira e Tacaruna. Em suas idas à loja de tecidos, via migrantes que formavam filas de dar voltas nas portas da fábrica. Era gente que tinha perdido o emprego como cortador de cana e chegava à capital em grandes levas, na esperança de conseguir trabalho nos moinhos. O Dr. Duarte anunciou que usaria a sua empresa de importação e exportação para trazer máquinas para aqueles industriais e exportar tecidos.

Depois do *crash*, a campanha presidencial seguiu o seu curso. Em fins de novembro, os líderes do partido azul pregavam a perseverança e a manutenção das tradições. Garantiam aos cidadãos que a crise passaria. Já os membros do partido verde não faziam tais afirmações; pregavam a modernização, a criação de um "Brasil Novo", menos dependente da agricultura e mais voltado para a indústria. O governador de Pernambuco e o prefeito do Recife, ambos do partido azul, trataram de reprimir qualquer apoio aos seus adversários. Mandaram a polícia dispersar os comícios, invadir os jornais que eram pró-Vargas e ficar de olho no British Club, onde o grupo político do Dr. Duarte se reunia. Apesar de toda essa intimidação, um número cada vez maior de pessoas pregava cartazes com a foto de Getúlio Vargas nas portas, nas vitrines das lojas, nas barracas da feira, junto das imagens dos seus santos protetores.

Na cidade do Recife, a maioria dos partidários de Vargas era das famílias novas e da classe média. No resto do país, os seus simpatizantes formavam uma mistura estranhíssima: militares que queriam um colega presidente; católicos desiludidos que não aprovavam a separação entre Igreja e governo estabelecida pelo partido azul; reformadores sociais que desejavam pôr fim aos abusos que se verificavam nas fábricas e ao trabalho infantil; e uma mistura de sufragistas, comerciantes e intelectuais. Esses grupos aparentemente disparatados tinham uma coisa em comum: por anos a fio, vinham sendo ignorados pelas oligarquias paulistas que controlavam o partido azul. Em sua campanha, Vargas os cortejou a todos. E, embora as suas mensagens fossem por vezes contraditórias, o seu charme e o seu entusiasmo eram contagiantes. Era por isso que cada um desses setores via Vargas como "o seu homem" e estava disposto a apostar que, se ganhassem as eleições, Vargas os beneficiaria primeiro.

Em função das restrições impostas pelo governo azul no Recife, nem todos os eleitores de Vargas podiam alardear a sua preferência.

– Até os cachorros de rua estão apoiando Vargas – disse Lindalva inúmeras vezes, em voz baixa, à mesa do almoço. – Mas não podem declarar isso abertamente. Ninguém pode.

Os vira-latas, de pelo malhado e costelas aparentes, eram a casta mais baixa das ruas do Recife. Eram ignorados, enxotados, chutados. Mas, na última fase da campanha de Vargas, as pessoas começaram a respeitá-los. Um a um, aqueles animais começaram a ostentar o lenço verde do candidato amarrado no pescoço ou na ponta do rabo. Enquanto circulavam à procura de restos de comida nas portas dos mercados, brigando pelos becos ou mesmo quando estavam deitados ao sol com ar sonolento, nos parques gradeados da cidade, os vira-latas funcionavam como propaganda viva dos oposicionistas.

O primeiro que Emília viu foi em janeiro de 1930, três meses depois da crise da Bolsa de Valores, diante de uma loja de tecidos na rua da Imperatriz. Lindalva e ela estavam indo para o automóvel da baronesa. Atrás delas, um empregado da loja carregava uma peça de crepe georgette, bem embrulhada em papel-manteiga. Ali dentro, havia ainda dois fechos ecler.

– É o que há de mais moderno, substitui os botões – dissera-lhes o vendedor, abrindo e fechando o zíper com um gesto floreado.

Fascinada, Emília ficou olhando aqueles dentes se encaixarem uns nos outros, como uma fileira de pontinhos de metal bem miúdos. Não via a hora de voltar para a casa dos Coelhos e admirar aqueles fechos sozinha. A crise havia adiado o plano que compartilhava com Lindalva de criar um ateliê de costura. A baronesa e a filha, assim como os Coelhos, tinham uma estabilidade financeira, mas muitos outros não. As mulheres não queriam vestidos novos e, se resolvessem comprar um, optavam por modelos mais sóbrios, de tons escuros e feitio simples. A moda precisou se adequar ao clima soturno que imperava no mundo e Emília teve de rever as suas criações.

Ao sair da loja, andando apressada até o carro de Lindalva, Emília não viu o vira-lata deitado no chão à sua frente. Pisou no rabo do animal, que ganiu e rosnou. O empregado já se preparava para lhe dar um pontapé, mas parou imediatamente quando viu o lenço verde amarrado naquele pescoço magricela. O cachorro fugiu e os três se dirigiram ao automóvel a passos rápidos.

Depois disso, Emília começou a ver os cachorros de Vargas por toda parte. Eram vira-latas deitados no chão de terra, bem diante do portão da casa dos Coelhos, contorcendo-se nas posições mais estranhas para se livrar daquele pano verde que traziam amarrado nas patas ou no rabo. No portão dos fundos, o Dr. Duarte pôs umas vasilhas com leite e restos de comida para eles. Na rua Nova, onde ela e o marido passeavam de braços dados todo sábado, juntamente com outros casais das famílias novas, os cachorros se esgueiravam por entre os seus pés. Corriam pelas ruas da cidade, esquivando-se com destreza dos bondes que seguiam para o parque da Afonso Pena. Pediam comida nas portas douradas do Restaurante Leite, onde Emília e Lindalva tantas vezes almoçavam junto com a baronesa Margarida. E, nas raras ocasiões em que Degas a levava ao cinema, no bairro de São José, Emília via os vira-latas atravessando a ponte coberta que ia dar no Bairro Recife. Era uma região de cassinos e bordéis, um local em que as mulheres respeitáveis jamais punham os pés. Dizia-se que os homens se benziam antes de cruzar a ponte, mas os cachorros de rua não estavam preocupados com as convenções. Lá iam eles, trotando para um lado e para o outro, com aqueles panos verdes flamejantes no rabo, como bandeiras.

Ao contrário dos vira-latas, poucas eram as pessoas que alardeavam o seu apoio à candidatura de Vargas. Muitas, porém, ouviam os seus pronunciamentos. Toda noite, depois do jantar, Emília e os Coelhos iam se sentar na sala de visitas para escutar os discursos de Vargas pelo rádio. Na porta, as criadas se acotovelavam, duas a duas, revezando-se nas tarefas para poderem ouvir também.

– A República é desigual! – bradava a voz do candidato, saindo entrecortada do alto-falante do aparelho. – Os barões do café de São Paulo mandam no país, deixando apenas as sobras para os demais estados! Coronéis corruptos mandam no interior. Onde está o governo? O poder executivo precisa lutar pelo Brasil! Cidadãos, amigos e compatriotas, a viagem rumo à vitória será longa. E, durante esta jornada, vou precisar de vocês. Vou precisar de vocês tanto quanto vocês vão precisar de mim.

Emília não conseguia entender como uma voz tão possante podia sair de um homem tão pequeno. Durante aqueles discursos, ficava fascinada pelas proclamações do candidato. Ele queria combater o crime, abraçar a causa da ciência, promover a moralidade, criar cooperativas de consumidores, instituir planos de aposentadoria e reforçar a proteção para mulheres e crianças trabalhadoras. Todas essas ideias lhe soavam justas e dignas de entusiasmo; no entanto, depois de algumas semanas ouvindo os pronunciamentos pelo rádio, a moça começou a levar os trabalhos de agulha para a sala de visitas e ficava bordando enquanto Vargas falava. A voz do candidato era sempre animada, mas as palavras não mudavam nunca. Não havia qualquer detalhe, qualquer informação mais específica. Só exclamações, gritos e, para encerrar, a frase que se tornou a sua marca registrada: "Lutemos por um Brasil Novo!"

No fim de cada discurso, o Dr. Duarte se levantava e aplaudia de pé.

– É assim que um homem deve discursar, Degas – dizia ele, dando um chutinho no sapato do filho. – Ouça bem e tome nota.

Degas franzia os lábios, como se tivesse comido alguma coisa amarga. Naquela noite, não ficou ouvindo os discos de inglês. Foi direto para o quarto da mulher e se instalou na cama ao seu lado. Emília achou que o marido tinha ido cumprir o seu ritual semanal, na tentativa de conceber um filho, e ficou ali, imóvel, esperando que ele tocasse a sua mão, como que pedindo permissão, e, depois, com alguma relutância, deitasse sobre o seu corpo. Mas Degas não fez nem uma coisa nem outra. Continuou ali ao seu lado e começou a falar.

– Preferia estar sentado na cadeira do dentista a continuar ouvindo esse homem vociferando – disse ele, puxando o lençol.

– O seu pai tem boas intenções... – principiou Emília.

– Não é *dele* que estou falando – retrucou Degas, entre dentes. – Graças a Deus, posso ficar longe do meu pai. Mas sempre que saio de casa ouço esse Vargas. Os meus colegas de faculdade ligam o rádio que fica transmitindo esses discursos aos brados! E quando não é o rádio, são as pessoas que os comentam em voz baixa ou os jornais que publicam citações.

Degas se deitou, apoiando a cabeça nos travesseiros bordados. Emília ficou olhando a sombra da barriga proeminente do marido e, depois, o seu perfil tão bonito: o nariz meio adunco, os cílios espessos. Tempos atrás, havia admirado aquele perfil, lá na serra de Taquaritinga, e ficava espantada e assustada ao pensar que, agora, conhecia tão pouco as opiniões dele quanto naquela época.

– Quer dizer... – principiou Emília, quase num sussurro – ... que você é azul?

– Não posso ser – retrucou Degas, soltando o ar ruidosamente pelo nariz. – Não nesta casa. Sorte sua não ter de votar.

– Mas eu queria votar – disse a moça. – Só porque você não dá valor à sorte que tem, não quer dizer que os outros também não deem.

– Ah, esqueci. Você é sufragista – observou ele, rindo. – Por favor, Emília! Você é bonita demais para ser uma Auxiliadora... Não quero nem a imaginar de óculos, usando esses sapatos rasinhos e pregando a liberdade.

A sua voz tinha aquele tom despreocupado e provocador que assumia quando queria irritar a esposa. Mesmo sem querer, ela caiu na armadilha.

– Qual o quê! – exclamou Emília. – Nenhuma das mulheres da Sociedade Auxiliadora se parece com as que a gente vê naquelas charges horrorosas. E todas são a favor do voto feminino. Todas.

– Eu sei, eu sei – disse Degas, com um suspiro. – Mas acredita mesmo que Vargas vai lhes dar o direito de voto?

– Pelo que ele diz, vai.

– Esse raciocínio é terrivelmente ingênuo.

– Antigamente, você elogiava isso em mim.

Degas se remexeu debaixo do lençol. Os seus pés roçaram na perna de Emília. Eram ásperos e estavam frios.

– Reconheço uma fraude só de ouvi-la – prosseguiu ele. – Esse sujeito está prometendo tudo a todos. Em algum momento, vai ter de quebrar essas promessas. As concessões são inevitáveis. Todos nós somos obrigados a fazê-las. Não pense que Vargas vai ser diferente. Ele vai desapontá-la.

– Por que a mim? – indagou Emília. – Por que não aos militares? Por que não aos cientistas, ou ao seu pai?

Degas se virou para a mulher. Emília sentiu no rosto o seu hálito quente e cheirando a bicarbonato.

– Às vezes, me pergunto se isso é ingenuidade ou teimosia – disse ele. – Às vezes, acho que você vê tudo o que está a sua volta com a maior clareza, só que é cabeça-dura demais para admitir.

– Admitir o quê? – perguntou Emília.

Sentiu uma pressão nas têmporas, sinal de uma dor de cabeça que estava começando. O seu corpo estava cansado, mas a cabeça não, e tinha a mesma sensação de um cansaço agitado que sentia em criança, quando ia ter febre.

Degas suspirou. Emília virou o rosto, mas a voz do marido encheu os seus ouvidos. Era um sussurro hesitante, que a fez pensar em Luzia e nos segredos que trocavam antes de dormir.

– Tenho inveja desses criminosos que o meu pai estuda – disse ele.

– Por quê? – sussurrou Emília.

– Porque não têm cura. Simplesmente são o que são.

– Mas eles estão condenados – retrucou a moça, lembrando-se das preleções que o sogro fazia ao café da manhã. – Não têm qualquer chance de melhorar. Não têm saída. Isso é horrível, Degas.

– Ter escolha é pior. Pensar que você poderia mudar as coisas, se tornar uma pessoa melhor, desde que não fosse tão fraco. Tão facilmente corrompível.

Degas tossiu. Tinha a respiração curta e encatarrada, como se estivesse entalada em sua garganta. Emília fechou os olhos. Preferia aqueles movimentos esquisitos que ele fazia em cima do seu corpo a essas estranhas confissões. No início do casamento teria tentado consolá-lo. Assim que chegou ao Recife, acreditava que os casais trocavam confidências antes de dormir, compartilhando histórias e revelando os seus sentimentos mais íntimos. Levada por essa convicção, trataria de incitar o marido a falar mais, a se explicar. Agora, porém, não queria escutar. Sentia a mesma sensação de desânimo que experimentou naquele primeiro baile de Carnaval, ao ver Degas com Felipe. Os dois estudavam juntos, saíam de carro, frequentavam as mesmas aulas, e, no entanto, o rapaz nunca aparecia na casa dos Coelhos. Cavalheiros eram diferentes de fazendeiros, dizia Emília com seus botões. Os homens da cidade grande tinham amigos íntimos; isso era sinal de refinamento, de um espírito mundano que ela ainda não conseguia compreender. Sentia, porém, que havia algo diferente com relação a Degas, algum sentimento mais profundo que o deixava assustado, e a ela também.

– Boa noite – disse, então, dando-lhe as costas.

Degas não respondeu.

3

Quando as eleições já estavam mais próximas, os azuis tentaram desacreditar Vargas condenando as sufragistas. Os repórteres do jornal do partido publicaram artigos sobre a "perigosa emancipação" que estava sendo proposta às mulheres. Publicaram também charges representando maridos absolutamente exaustos tendo de cuidar de um bando de crianças que choravam enquanto suas esposas – sempre imensas de gordas e jamais vestidas na moda, como Emília pôde reparar – saíam de casa empunhando uma pasta e uma passagem de bonde. Um programa de rádio feminino intitulado *Cinco minutos de feminismo*, que teve vida breve, era precedido e sucedido por sambas animados, dizendo coisas como:

Ela vai conseguir o que quiser.
Vai fazer tudo o que puder,
Mas, companheiros, sempre vai ser mulher!

Toda noite, o Dr. Duarte ficava marcando o ritmo dessas músicas com o pé, enquanto Degas trocava olhares cúmplices com Emília.

– Detesto essas músicas – disse ela enfim, não conseguindo mais aguentar a petulância do marido.

O Dr. Duarte a fitou, estarrecido. Dona Dulce assentiu.

– Samba é horrível – acrescentou ela. – Sempre achei.

O Dr. Duarte franziu a testa. Encarou o rádio como se o estivesse vendo pela primeira vez. Minutos depois, desligou o aparelho.

– É tudo propaganda do partido azul – resmungou ele. – Essa gente quer que as coisas continuem exatamente como estão. Mas vamos virar o jogo! Ora se vamos! – exclamou o Dr. Duarte, brandindo um dedo, empolgado. Ao ver que ninguém respondia, voltou a ligar o rádio e ficou prestando atenção ao programa *Cinco minutos de feminismo*.

Como a maioria dos homens do partido verde, o Dr. Duarte acreditava que o voto era um passo inevitável rumo à modernidade. Ele e várias mulheres da Sociedade Auxiliadora estavam convictos de que votar não interferiria nos deveres das mulheres com a família. Afinal, como Lindalva vivia a repetir, as feministas brasileiras não eram como as britânicas radicais, que se martirizavam e bombardeavam prédios. Emília sempre notava amargura na voz da amiga quando falava do assunto.

Em retaliação pelos ataques dos azuis, os jornalistas verdes do Recife publicaram histórias de crimes libidinosos, acusando o governo azul de ter perdido a autoridade moral sobre o país. Em Pernambuco, os jornais traziam histórias sobre o bando do Carcará. O chefe dos cangaceiros havia surpreendido repórteres e autoridades do governo ao enviar um telegrama à capital. A mensagem saiu na primeira página do *Diário de Pernambuco*.

> Corrigindo um erro em seu jornal. PT.
> Urubus atacam o que já está morto. PT.
> Falcões são diferentes. PT.
> Eles caçam, matam e só então comem. PT.
> Estou vivo e passo bem. PT.
> Quando enviarem mais tropas, não se esqueçam de mandar água. PT.
> Não quero que os soldados morram de sede. PT.
> Assinado:
> Capitão Antônio Teixeira
> *vulgo*, O Carcará.

Depois da emboscada contra as tropas do governo, houve uma breve trégua nas atividades dos cangaceiros, logo seguida, porém, de mais violência. O bando raptou a filha de um coronel e a libertou em troca de um vultoso resgate. Também assaltaram um trem em Aparecida, a estação mais a oeste da Great Western do Brasil. Os vagões de carga estavam repletos de milho e farinha de mandioca que seriam vendidos no litoral. O bando atirou na coxa do maquinista e distribuiu a comida entre os habitantes do lugar.

Quando surgiu o primeiro desses artigos no *Diário de Pernambuco*, Degas o leu em voz alta na hora do café.

– Por favor – disse dona Dulce, balançando a mão pálida na direção do filho. – Não quero sangue nesta mesa.

– Então vou pular as partes sangrentas, pela senhora e por Emília – retrucou Degas.

Bem ao lado da mulher, abriu o *Diário* para ler o artigo publicado na segunda página. Emília sentia até o cheiro da tinta. Percebia que Degas a fitava, como se a desafiasse a olhar para o jornal. A moça se lembrou da conversa que tinham tido no quarto dele, no dia em que fumou o seu primeiro e último cigarro. Felipe e as criadas do coronel tinham contado ao seu marido a história do rapto de sua irmã, a que tinha o braço aleijado. Ele sabia que o Carcará a tinha levado.

Emília permaneceu de cabeça baixa, com os olhos fixos no ovo frito em seu prato. Enfiou a faca na gema e fez uns cortes rápidos, na diagonal.

– Continue, filho – disse o Dr. Duarte.

Quando Degas terminou de ler o primeiro artigo sobre os cangaceiros, Emília estava decidida a não se deixar surpreender novamente. Passou a acordar ao amanhecer para pegar o jornal antes de qualquer outra pessoa.

Discretamente, levava-o para a sala de recepções toda espelhada, onde as criadas raramente entravam. Era ali que lia, à luz fraca do aposento. Aos poucos, o assunto favorito da imprensa deixou de ser o Carcará e passou a ser a sua companheira. Uma mulher, diziam. Uma mulher que se vestia como homem. Segundo as declarações dos habitantes da região, os cangaceiros a chamavam "Costureira". De início, muita gente duvidava da sua existência e as reportagens não forneciam detalhes mais específicos sobre a tal cangaceira, coisa que deixava Emília bem frustrada. Até que um jornalista do Recife encontrou o bando do Carcará durante uma viagem ao sertão. Os cangaceiros levaram o seu dinheiro e quebraram a sua máquina de escrever, mas o sujeito conseguiu voltar para a capital com vida e escrever uma série de artigos sobre suas aventuras.

"A Costureira" revelada: um perfil

por Joaquim Cardoso

Quem é essa tal Costureira? Poder-se-ia dizer que é apenas uma mulher, mas ela usa calças de homem e óculos de aro metálico que valem um bom dinheiro. Nos seus pertences, é possível encontrar um toque de feminilidade: as bolsas e os cantis são enfeitados de cores espalhafatosas. Neste aspecto, ela é como tantas outras mulheres das cidadezinhas miseráveis do sertão: tenta ter boa aparência, mas não consegue. A costureira tem uma altura incomum e um braço deformado. Apesar desses atributos peculiares, em todos os outros sentidos é como qualquer mulher de lavrador. Tem pés grandes, unhas sujas, uma boca carnuda e seios flácidos. É uma mulher vulgar, e o sertão está cheio desse tipo de mulheres.

O que distingue a Costureira é justamente o fato de não ser esposa de um lavrador. Ela se casou com um bandido: um homem feio, de pele escura e malcheiroso. O olhar desta mulher é furtivo e perturbador. Arrisca a própria vida, protege os mais fracos do bando e, com uma repulsa calada, permite que o marido cometa as maiores atrocidades. É insensível, mas também sentimental; fria, mas feroz – em suma, uma mulher. E que homem seria capaz de penetrar os mistérios de uma alma tão contraditória?

Emília leu o artigo até as palavras se tornarem simples borrões. Luzia estava viva. Agora, não havia mais dúvidas. O seu alívio, porém, foi logo substituído pela raiva. Quem era esse repórter para ficar dizendo essas coisas? O olhar de Luzia não era furtivo. A sua irmã não era vulgar. Depois, surgiu o medo: e se Luzia tivesse mudado? Ela própria não tinha se tornado uma pessoa diferente nesse tempo vivendo no Recife? A tristeza se abateu sobre Emília, como se uma pedra estivesse comprimindo o seu peito. Era como se algo precioso lhe houvesse sido tirado e depois devolvido, mas de um jeito irreconhecível. Quem era essa mulher? Essa tal Costureira? Bem no fundo, o que sentia era estranho. Era frio. A mesma coisa que sentia quando via uma linda renda que não podia comprar. O jeito como ficava às vezes, vendo os modelos da *Fon Fon* com aquele cabelo perfeito e aqueles vestidos elegantes. Sempre teve inveja da liberdade e da força de Luzia. E continuava tendo.

Adoraria recortar aquele artigo e guardá-lo junto com o retrato da primeira comunhão, mas não podia. Tinha de dobrar o jornal com todo o cuidado, como sempre fazia, e devolvê-lo à caixa do correio, junto ao portão de ferro da casa dos Coelhos. Durante o café da manhã, Degas leu o artigo com alguma hesitação, como se o seu conteúdo o perturbasse. Impaciente, o Dr. Duarte arrancou o jornal das mãos do filho e terminou de ler o texto. Depois, pediu a uma criada que lhe trouxesse a tesoura e recortou o artigo ali mesmo, apesar das objeções de dona Dulce.

O recorte ficou em cima da escrivaninha, no escritório. Emília era obrigada a vê-lo toda tarde. Tinha se tornado secretária particular do sogro. Depois das reuniões políticas no British Club, o Dr. Duarte vinha para casa cheio de planos e ideias. Guardava segredo de qualquer estratégia do partido verde que porventura conhecesse, mas acreditava que, depois da eleição, as suas teorias criminológicas seriam aceitas e aplicadas. Precisava ser capaz de explicá-las de forma sucinta e eficaz aos líderes dos verdes. Não tinha condições de guardar todas aquelas ideias de cabeça, mas tampouco podia anotá-las rápido o bastante. Quando tentou, não conseguiu entender a própria letra. Mas não queria contratar uma dessas "garotas bobas" que sairia por aí comentando os seus planos. O partido não aprovaria. Precisava de alguém que fosse discreto, confiável e imediatamente disponível. Emília era a escolha mais óbvia. O Dr. Duarte ia falando e ela anotava tudo, embora nem sempre escrevesse certo as palavras que ele usava.

Havia os três tipos de corpos propostos pelo Dr. Ernst Kretschmer: o astênico, magro e esguio; o atlético, ou musculoso; e o pícnico, roliço e gordo. Os astênicos eram com frequência esquizofrênicos, excêntricos e criminosos. Os atléticos eram em sua maioria normais. Os pícnicos eram filósofos, preguiçosos, depressivos. Havia a diferença intrínseca entre um criminaloide (aquele que comete crimes ou pratica atos perversos em função da sua natureza fraca, e que pode ser curado) e o verdadeiro criminoso, o *Homo delinquis*, aquele que pratica crimes desde a infância, sem demonstrar qualquer remorso, e que não tem a menor chance de ser curado. O verdadeiro criminoso se assemelha às raças primitivas e às crianças, pois são hedonistas, curiosos e cruéis.

– Entre os povos selvagens – disse o Dr. Duarte, andando de um lado para outro no escritório –, a mulher se revela menos sensível. Ou seja, mais cruel que o macho e mais propensa a ser vingativa. Mas ninguém sabe se isso é fato entre os criminosos de hoje. Há tão poucas mulheres delinquentes... – Baixou os olhos para a escrivaninha e pegou o recorte de jornal com as pontas dos dedos. – Como gostaria de medi-la... – acrescentou, suspirando.

A sua voz soou branda, afetuosa.

– O que o senhor veria? – indagou Emília.

O Dr. Duarte ergueu os olhos, assustando-se ao ouvir a voz da nora.

– O que o senhor veria... nela? – repetiu a moça.

– Não sei. Mas tenho as minhas teorias – respondeu ele, contraindo os lábios e fitando-a. Depois, abriu uma gaveta da escrivaninha e pegou uma caixa de madeira. Ali dentro, sobre um forro de veludo, havia um jogo de pinças prateadas. Eram grandes, recurvadas e com as pontas achatadas. O Dr. Duarte as retirou do estojo. Todas tinham cabos semelhantes aos das tesouras.

– Posso lhe mostrar como funciona?

– Ah, Dr. Duarte – exclamou Emília, deixando de lado o bloco. – Não precisa. Foi só uma pergunta boba.

– Por favor – retrucou seu sogro. – Tenho o maior prazer em demonstrar. E isso também vai ajudar você com as anotações, pois vai ficar sabendo a que estou me referindo – acrescentou, circulando a escrivaninha, com as pinças nas mãos.

– Não precisa ter medo, querida! – prosseguiu o Dr. Duarte, rindo. – Sente-se bem ereta. Talvez eu despenteie o seu cabelo.

Pôs então a ponta chata de uma das pinças entre os olhos de Emília e a outra na parte posterior do crânio. O metal estava frio.

– Da raiz do nariz até a parte posterior do crânio temos o diâmetro anteroposterior máximo – disse o Dr. Duarte, pegando o bloco e a caneta da nora. Anotou ali o resultado, sem deixar que ela o visse. Depois, pôs as extremidades da pinça de ambos os lados da cabeça de Emília, pressionando as suas têmporas. – Este é o diâmetro transverso.

A moça fechou os olhos. O terno do sogro tinha um cheiro forte de limão. Era a colônia cítrica que sempre botava antes das reuniões no British Club. Ouviu que ele estava tirando outras medidas.

Ajeitou as pinças, indo do alto da cabeça até a nuca.

– Curva transversa ou biauricular – disse ele, e anotou o resultado.

Emília sentiu os dedos do sogro, fortes e curtos, endireitarem a base do seu crânio. Agora, era com as mãos que ele estava medindo. Engoliu em seco e abriu os olhos.

– Pronto – exclamou o Dr. Duarte. – Terminei. Agora, um pouquinho de matemática. Tenho que somar todos os cinco elementos para obter a sua capacidade craniana e, depois, aplicar uma fórmula para chegar ao que chamamos de índice cefálico.

Emília assentiu. O Dr. Duarte sentou-se diante da escrivaninha e começou a rabiscar no bloco. Ela se virou na cadeira. A Menina Sereia continuava na prateleira dos fundos, dormindo tranquilamente.

– Emília! – chamou o Dr. Duarte, tossindo.

Ela se voltou novamente.

– Você é braquicéfala, minha querida.

– Sou o quê?

– Tem um crânio lindo e perfeito – respondeu ele, rindo. – Dentro do índice normal para mulheres.

Emília suspirou. Seu sogro sorriu.

– Estava preocupada? – indagou ele, recostando-se na cadeira e juntando as pontas dos dedos gorduchos. – As criminosas são egoístas e malévolas. São mentirosas. E você, Emília, não é nada disso.

A moça assentiu e, desculpando-se, saiu do escritório.

Já no quarto, tirou o retrato da primeira comunhão do seu esconderijo no porta-joias. Queria rezar, mas para quê? Para agradecer por sua normalidade? Pelo seu lindo crânio? Tinha ficado nervosa no escritório. Com medo, até. Quando o Dr. Duarte lhe revelou o resultado, sentiu-se a um só tempo aliviada e desapontada: era normal, reconhecível. Já Luzia, não. Luzia era imensurável. Era tão obscura e imprevisível quanto o Capibaribe, que cortava a cidade com as suas águas pardacentas. Num momento, calmo; noutro, turbulento e assustador.

Mas até que ponto, pensou Emília, os atributos físicos determinariam o nosso destino? Tia Sofia e o padre Otto acreditavam que o corpo era o invólucro da alma. Era a alma – essa essência espiritual intangível – que constituía a pessoa. No entanto, até as almas têm as suas limitações. O padre Otto dizia que Jesus via a alma das pessoas e sabia todos os pecados que os seres humanos cometeriam, antes mesmo de eles serem cometidos. Em vez de evitar tais pecados, o Cristo morreu por eles. Dera a vida para perdoá-los, já que os pecados eram inevitáveis.

O Dr. Duarte ia à missa e comungava, mas acreditava que era o crânio das pessoas, e não a alma, que determinava o seu futuro. Crânios eram feitos para acomodar o cérebro, que se constituía pela hereditariedade. A mãe da Menina Sereia era alcoólatra e criminaloide, portanto, a filha, se houvesse sobrevivido, teria herdado esses mesmos traços. O pai de Emília vivia bêbado e, no entanto, nem ela nem Luzia suportavam o cheiro da cachaça. O Dr. Duarte não conhecia a história da sua família. Mesmo assim, tinha declarado que ela era normal: nem fingida, nem maldosa, nem egoísta. Mas estava enganado. Emília sabia muito bem que tinha esses defeitos. Mentira ao dizer aos Coelhos que a sua irmã estava morta. Às vezes, depois de ouvir uma das observações sarcásticas de dona Dulce, esgueirava-se para a cozinha, lambia uma colher e a enfiava num dos preciosos potes de geleia da sogra, na esperança de azedá-la. E na outra noite, em vez de consolar o marido depois daquela estranha confissão, simplesmente virou para o outro lado, preocupada demais com os próprios medos para lhe dar atenção.

Degas confessou preferir uma vida previamente traçada, predeterminada. Achava mais fácil acreditar que os seus atos eram inevitáveis e o seu cérebro, inflexível.

Emília não conseguia imaginar vidas inteiras sendo determinadas por coisas tão grosseiras e vulneráveis como corpos, ou coisas tão impalpáveis como almas. Não podia se convencer de que o seu destino, ou o de Degas, ou o de Luzia, já estivessem traçados desde o começo. Estava acostumada a escolher. Como toda costureira. Até o mais grosseiro e sem graça dos morins podia ser tingido, cortado e costurado para se criar um vestido elegante, desde que se fizessem as escolhas certas. Opções também podiam transformar a mais linda das sedas numa catástrofe, informe e repuxada. Como as pessoas, porém, cada tecido tem as suas próprias vantagens e limitações. Alguns são finos e lindos, mas frágeis, que se rasgam ao mínimo picote. Outros têm a trama tão cerrada que nem dá para ver as fibras. Há ainda os que são grossos, encorpados, chegando até a arranhar. Impossível mudar o caráter de um tecido. Ele pode ser cortado, rasgado, cosido para se transformar em vestidos, calças ou toalhas de mesa, mas, seja qual for o feitio que assuma, o pano continuará sempre o mesmo. A sua verdadeira natureza não se altera. Qualquer boa costureira sabe disso.

Emília ficou olhando para as meninas na foto da primeira comunhão. Com o dedo, acompanhou a linha do braço aleijado de Luzia, as curvas discretas do seu próprio corpo de criança assumindo as formas de mulher, e se perguntou se o caráter das duas já estava determinado e que aspectos teriam sido o resultado de opções. Lembrou-se da pressão das mãos do Dr. Duarte na sua cabeça, do contato do metal frio daquelas pinças. Lembrou-se das palavras do artigo recortado do jornal: "E que homem seria capaz de penetrar os mistérios de uma alma tão contraditória?"

– Homem nenhum – sussurrou ela, dirigindo-se às garotas do retrato. – E com certeza nenhum par de pinças.

Nas semanas subsequentes, Emília começou a estudar moldes de calças. "Trajes femininos para velejar", como diziam as revistas de moda europeias. Elas eram brancas, de cintura bem justa, com abas abotoadas e pernas amplas. Jamais poderia fazer uma calça dessas para si mesma; era muito arriscado e as senhoras da Sociedade Auxiliadora nunca aprovariam. Mesmo assim, sonhava com as tais calças. Toda tarde, roubava uns trocados da carteira do sogro e comprava os seus próprios jornais. Parava na banca quando estava voltando da casa de Lindalva. O jornaleiro era seu cúmplice. Embrulhava o *Diário de Pernambuco* no meio de revistas de moda e piscava o olho ao lhe entregar o pacote. Assim, ela podia recortar todos os artigos que quisesse e escondê-los no porta-joias. Lia as notícias sobre a vida de Luzia como se ela fosse a heroína sombria de um romance qualquer. Todo dia, acordava ansiosa. Ansiosa para saber qual seria o próximo passo da irmã. Luzia estava a centenas de quilômetros de distância, mas, agora, era como se estivesse ao seu lado novamente. Como se ela estivesse abrigando uma fugitiva bem debaixo do nariz dos Coelhos.

4

Em março, Getúlio Vargas perdeu a eleição presidencial. No dia da votação, o Dr. Duarte e outros membros ricos do partido verde, ostentando alfinetes de gravata de esmeraldas, foram dirigindo os seus Chryslers até as seções eleitorais localizadas no Centro. A apuração revelou que Vargas tinha ganhado no Recife, mas perdido no interior. Os coronéis se uniram contra ele, dando todos os votos do sertão para o atual presidente e o candidato do partido azul. O mesmo aconteceu por todo o Norte do país, ao passo que, no Sul, Getúlio Vargas venceu no seu estado natal, o Rio Grande do Sul, mas perdeu em São Paulo e no Rio de Janeiro, onde o partido azul era mais forte.

O prefeito do Recife, ele próprio um azul, propôs um dia inteiro de comemorações. O Dr. Duarte se fechou no escritório, emburrado. Dona Dulce ficou preocupada com as consequências das atividades políticas do marido e fez três tachos de geleia de banana numa única tarde. Emília não pôde fazer as suas visitas semanais a Lindalva, porque havia relatos de confusões nas ruas. Partidários dos verdes se reuniram, declarando que a eleição tinha sido fraudada; já os membros do partido azul festejavam o resultado. Nos dias que se seguiram à eleição, dezenas de vira-latas apareceram mortos, com os lenços verdes enfiados na boca.

Depois dessa matança, líderes estudantis organizaram uma manifestação do partido verde diante da prefeitura. Emília e os Coelhos ficaram sabendo da tal manifestação enquanto ouviam rádio.

– Estou velho demais para toda essa agitação – disse o Dr. Duarte, batendo no braço do filho. – Mas você devia se unir aos seus pares.

Degas enrubesceu. No dia da eleição, com alguma relutância, acompanhou o pai à seção de votação do partido verde.

– Isso tudo é inútil – retrucou ele. – A eleição terminou...

– Concordo plenamente – atalhou dona Dulce, vindo da cozinha, ainda com o avental cujas bordas em festonê estavam murchas por causa do calor do forno. Havia um rubor incomum no seu rosto. – Por favor, Duarte. Chega de falar de política nesta casa. O que passou, passou.

O Dr. Duarte juntou os dedos das mãos. Olhou para Emília, como se procurasse uma aliada. A moça logo tratou de se concentrar nos bastidores do bordado. Pela primeira vez na vida, estava de acordo com dona Dulce e Degas. Ficou aliviada quando a eleição terminou, pois não haveria mais toda aquela bobagem de azuis e verdes.

– Está certo – disse o Dr. Duarte, passando a mão pela espessa cabeleira branca. – Vou falar de ciência, então. Isso vocês não podem me negar. Emília, refresque a minha velha memória. Entre os tipos do Dr. Kretschmer, os roliços, aqueles homens preguiçosos e incrédulos, como é mesmo que são chamados?

Emília ergueu o rosto. Dona Dulce a fitava, com um ar rígido e inexpressivo, como se houvesse mergulhado a pele em água de goma. Degas se remexeu na cadeira. A suavidade engomada da camisa social ficou toda franzida na prega que se formava acima da sua barriga. Pelo seu rosto, passou a mesma expressão preocupada que Emília via ali sempre que ele pegava a mão dela em público, como se lhe implorasse para não retirá-la.

– Não me lembro – respondeu a moça.

Sabia muito bem qual era a palavra que o sogro estava procurando: *pícnico*. Quando a ouviu pela primeira vez, decidiu que devia ser uma palavra alemã, como o médico que a tinha inventado. Isso a fez lembrar do padre Otto, embora, nele, a compleição avantajada correspondesse a uma criatura animada e vigorosa, e não preguiçosa e de natureza fraca.

– Isso é espantoso, Emília – exclamou o Dr. Duarte. – Normalmente, a sua memória é tão boa...

– Vargas devia aceitar a derrota – disse Degas, num impulso. – Não é o que o senhor sempre diz? "Os homens honram as suas dívidas e aceitam as suas derrotas."

– Quando elas são justas – retrucou o velho. – Os homens devem aceitar as derrotas justas e combater as injustas. Gostaria que meu filho percebesse essa diferença.

– Percebo – disse Degas. – Para você, para nós, o resultado foi injusto. Mas, para o partido azul, ele é mais que justo, é correto.

– Não acredito que você tenha virado a casaca assim tão depressa... – observou o Dr. Duarte, alisando o bigode.

Degas se levantou, com a testa contraída, o que dava a impressão de que algo tinha entrado no seu olho.

– A sua ideia de lealdade é quebrar uma janela? – perguntou ele com toda a calma. – É sair gritando pelas ruas? Nada mais fácil. Pode deixar que vou até lá e faço isso.

– Você vai ficar exatamente onde está – atalhou dona Dulce, fixando os olhos cor de âmbar no marido. – Pare de provocá-lo, Duarte. Já vamos perder muita coisa agora que o seu partido não saiu vencedor. Não quero o nosso filho se metendo nessa loucura toda.

Era raro ela enfrentar o marido. Recentemente, tinha sido voto vencido ao desaprovar o novo guarda-roupa de Emília. Havia permitido a compra da máquina de costura, apesar de ficar resmungando que aquela casa não era um ateliê. Sorria com ar paciente ao ver o Dr. Duarte usando gravatas verdes e aguentou bravamente todos os discursos de Vargas transmitidos pelo rádio. Naquela noite, porém, tinha chegado ao seu limite.

O Dr. Duarte assentiu.

– Agradeça à sua mãe, Degas – disse ele. – Ela o protege. Sempre o protegeu.

O rapaz empurrou dona Dulce e saiu da sala.

Desde então, passou a falar rispidamente com a mãe. Evitava o seu olhar e a afastava quando ela tentava ajeitar o colarinho da sua camisa ou arrumar alguns fiapos do seu cabelo ralo. Estremecia sempre que o pai se referia a Vargas, mas não voltou a discutir com ele. Frequentava regularmente as aulas da faculdade. Em vez de passar as tardes fora, começou a ficar em casa, sentado no escritório. Acompanhava o pai em viagens para visitar as propriedades dos Coelhos nos arredores da cidade, pois o Dr. Duarte queria se certificar de que as construções não haviam sido depredadas pelos membros do partido azul. Degas andava ocupado demais com o pai, e não tinha tempo para ficar com os colegas de faculdade ou com Emília. Recusou-se a levá-la à loja de tecidos, por causa dos tumultos de rua entre partidários dos verdes e dos azuis. Privada do material necessário para as suas costuras e sem poder ir à casa de Lindalva, a moça não teve outro jeito senão voltar ao quintal da casa, onde fingia bordar. Disfarçadamente, o que fazia era espiar pelas portas abertas do escritório, para observar o marido e o sogro.

O Dr. Duarte ainda estava aborrecido com Degas por ele não ser um verdadeiro verde. Ficava alfinetando o filho com histórias dos patriotas de Vargas e, quando o rapaz parecia desconfortável – a boca contraída, o corpo irrequieto como se a cadeira fosse estofada com cerdas –, adotava outra tática, elogiando Degas pela sua dedicação e pelo cuidado que vinha demonstrando nos últimos tempos com relação ao patrimônio da família. Ao ouvir isso, o rapaz acabava se animando. Para Emília, ele parecia um cavalo preso, que insistia em lutar contra o cativeiro sem jamais conseguir romper as suas amarras. Resistia só para mostrar que era capaz. Quando o dono chegava com aveia e uns tapinhas tranquilizadores, o animal se mostrava satisfeito, embora relutante.

A moça tinha pena do marido, mas não merecia que ele tivesse se negado a lhe comprar material para as suas costuras. Em represália, mal falava com ele. O Dr. Duarte também estava bravo com a esposa por ser tão superprotetora. E dona Dulce estava furiosa com todos os três: com o marido, por causa da sua política vulgar; com Degas, pela sua indelicadeza; e com Emília, por presenciar os seus desapontamentos. Descarregava então a raiva nas criadas, que, por sua vez, exageravam na goma das roupas e queimavam as melhores camisas do Dr. Duarte com o ferro de passar. Só os jabutis do quintal e o corrupião não estavam criando caso com ninguém.

Com a chegada do inverno, um calor úmido se abateu sobre a cidade. Houve dois acidentes de bonde, várias brigas de facas e o maior bafafá num dos mercados locais, pois começaram a correr boatos de que os comerciantes estavam vendendo carne de burro às escondidas. Do seu quarto na casa dos Coelhos, Emília sentiu um fedor estranho, parecendo fruta podre ou carne mal salgada que acabou estragando. Em pouco tempo, a casa inteira estava tomada. A moça achou que fosse a cidade, com aquele seu cheiro de coisa velha, com a água estagnada dos seus pântanos. O moleque das compras, porém, descobriu que era um vira-lata caído perto do portão dos fundos, com o pelo cheio de feridas, os dentes arreganhados numa careta e o corpo inchado, parecendo que ia explodir.

5

No dia 22 de maio de 1930, exatamente quando o candidato do partido azul tomava posse como presidente no Rio de Janeiro, o *Graf Zeppelin* pousou no Recife. Os jornais da cidade enfurnaram a posse na página três, dando todo destaque ao dirigível alemão. Havia já várias semanas que o *Zeppelin* vinha ofuscando a política. Tinha cruzado o Atlântico para fazer o seu primeiro pouso na América do Sul e o privilégio de acolhê-lo coube não ao Rio de Janeiro, mas ao Recife. O Norte levou a melhor sobre o Sul. Depois da eleição, a prefeitura mandou construir uma torre de atracação na região pantanosa de Afogados. Batizaram o local de Campo de Jiquiá e instalaram ali um posto de abastecimento, um pavilhão para cerimônias, uma capela e uma torre de rádio. Era esperado que a chegada do *Graf Zeppelin* atraísse uma verdadeira multidão. Para cobrir as despesas com a construção do Campo, ficou decidido que os ingressos seriam pagos. O prefeito decretou feriado e até as criadas dos Coelhos tiraram folga naquela tarde, com a esperança de ir ver o dirigível.

O *Graf Zeppelin* tinha 230 metros de comprimento; Emília tinha lido suas dimensões no jornal. Podia fazer 110 quilômetros por hora e cruzaria o oceano Atlântico no tempo recorde de três dias. A imprensa o chamava de “Peixe de prata”. Para o Dr. Duarte, era uma vaca voadora. Quando Emília lhe perguntou por quê, ele suspirou e sorriu, parecendo aliviado por ver que mais alguém, além de Degas, tinha dado pela sua presença.

– Dizem que, quando os holandeses chegaram aqui – principiou ele, pousando os talheres –, queriam construir uma ponte, mas não tinham dinheiro. O conde de Nassau, o governador holandês, fez uma plataforma e disse que uma vaca ia levantar voo dali. As pessoas foram até lá em bandos e ele cobrou ingressos! Nassau era um sujeito inteligente, mas vigarista. Adoraria poder medi-lo.

Calou-se por um instante, como se estivesse imaginando a sessão de mensuração. Depois, balançou a cabeça e prosseguiu:

– É claro que não havia vaca voadora nenhuma. Simplesmente pegaram o couro de uma, rechearam-no e atiraram-no da tal plataforma. As pessoas estavam tão ocupadas olhando a vaca que nem se lembraram que tinham sido ludibriadas pelo holandês.

– Não foram ludibriadas, meu querido – atalhou dona Dulce. – Afinal, ganharam uma ponte.

– Mas lhes bateram a carteira! – exclamou o Dr. Duarte.

– Elas deram aquele dinheiro espontaneamente – prosseguiu dona Dulce, num tom conciliador. – Você não diz sempre que só quem nasce tolo é atraído por tolices?

Com um grunhido, o Dr. Duarte recomeçou a tomar o seu café da manhã. Dona Dulce chamou Emília a um canto, dizendo-lhe para não estimular os rompantes do sogro. Ele ainda estava furioso com o resultado das eleições. Ao contrário do que sua sogra tanto temia, o Dr. Duarte não perdeu quase nada de sua influência. Muitos membros das famílias tradicionais e vários líderes do partido azul lhe deviam dinheiro, o que fazia com que o tratassem bastante bem. E, apesar da distração provocada pela chegada do dirigível, o partido verde não tinha desaparecido por completo. No *Diário de Pernambuco*, saíam artigos duros sobre os efeitos da crise econômica que ainda se faziam sentir. Continuava a haver movimentação de grupos de oposição dos quais Degas, na esperança de se reconciliar com o pai, dizia fazer parte. À boca pequena, falava-se em revolta. E o Dr. Duarte seguia frequentando as reuniões no British Club, embora usasse o alfinete do partido verde escondido por baixo da lapela. Emília não sabia se ele o escondia das pessoas em geral ou de dona Dulce.

No dia da chegada do zepelim, Emília percebeu a ponta do alfinete saindo da lapela do sogro. Qualquer um que estivesse ostentando abertamente a cor verde seria impedido de participar da cerimônia, segundo declarações da prefeitura. Ninguém queria a presença de agitadores, muito menos no palanque especial, de onde os Coelhos, juntamente com o prefeito e outras famílias importantes, assistiriam à atracação do dirigível como convidados. As beiradas do tal palanque estavam todas envoltas em tecido azul e, no centro, havia várias fileiras de cadeiras brancas de madeira. Nenhum convidado se sentou. Ficando em pé, as chances de ar fresco eram maiores, se bem que, quando vinha algum vento, era mais como um bafo quente e úmido. Os lenços estavam por toda parte. Os homens enxugavam a testa e as bochechas. As mulheres se abanavam com leques de seda. No fundo do tablado, uma pequena orquestra tocava. O suor escorria pelo pescoço dos músicos, escurecendo o seu colarinho. Um garçom, envergando um paletó branco que, de tão usado, parecia até feito de gaze, entregou uma taça a Emília. Era um suco de frutas, quente e açucarado.

A moça sentia o tecido da roupa lhe colar nas costas. Era uma de suas criações: um vestido amarelo e branco, com cinto, que batia logo abaixo do joelho.

– Você está parecendo um ovo – disse-lhe a sogra pouco antes de saírem.

– Estou parecendo Coco Chanel – retrucou Emília.

O seu vestido não chegava aos pés da elegância da francesa que ela via nas revistas, mas pouco importava. Não precisava mais dar ouvidos aos palpites antiquados de dona Dulce. Agora, era membro da Auxiliadora. Ocupava um lugar na sociedade. Tinha a própria agenda. A campanha pelo voto feminino terminou com a eleição de março, mas o sonho de ter o seu ateliê persistia. Nos últimos meses, tinha ressuscitado as visitas semanais a Lindalva. Pouco a pouco, conseguiu transformar o desapontamento da amiga em determinação. Podiam perfeitamente fazer fiau para os líderes azuis e ter o seu próprio negócio, era o que lhe dizia. Não precisavam de ninguém para fazer as calças femininas virarem moda. Podiam dar instrução às costureiras e, uma vez alfabetizadas, essas moças iriam engrossar as fileiras das datilógrafas, das professoras primárias, das telefonistas. Emília tinha até falado, meio por alto, dos seus planos com o sogro. A eleição pusera por água abaixo o seu projeto de criar um Instituto de Criminologia com patrocínio governamental, e, com isso, o Dr. Duarte não precisava mais de secretária. Mesmo assim, a moça continuava indo para o escritório sempre que Degas não estava lá. Ouvia as ideias do sogro e, com toda a cautela, lhe contava as suas. Ao lhe falar do seu desejo de criar roupas para as mulheres do Recife, fez questão de usar as palavras favoritas do Dr. Duarte: modernidade, avanço, inovação. Jamais mencionou o termo *negócio*; preferiu dizer *hobby*. Ele ria quando a nora falava de vestidos, chapéus e comprimento de saias. Mas, no momento em que dona Dulce declarou que Emília não podia usar o tal vestido amarelo e branco na cerimônia da atracação do *Graf Zeppelin*, o Dr. Duarte balançou a cabeça.

– Precisamos receber a modernidade à moda moderna – disse ele, dando o assunto por encerrado e sorrindo para a moça.

A chegada do dirigível estava prevista para as quatro da tarde. Por volta das cinco, ele ainda não tinha aparecido. Abaixo do palanque, a multidão estava começando a ficar agitada. Os bondes tinham triplicado os seus horários para poder levar os espectadores até o local do evento. Funcionários da prefeitura haviam reservado uma área para a camada intermediária dos que possuíam ingressos: estudantes, jornalistas, comerciantes e famílias que não tinham sido convidadas a permanecer no palanque. Naquele ponto do terreno, pranchas de madeira cobriam o chão lamacento e foram instaladas umas passarelas bem compridas, com corrimãos, para que os espectadores de classe média percorressem o trajeto de ida e volta até o ponto dos bondes. Mais adiante, num trecho cercado e lamacento, rodeado por milhares de policiais, ficavam "as massas", como dizia dona Dulce. Todos ali falavam alto, animadíssimos, cantando e dançando apesar do calor. Emília viu duas garotinhas descalças, rindo e circulando no meio da multidão. Ambas usavam laços de fita verde no cabelo.

Ao seu lado, Degas estava ligeiramente debruçado na mureta do palanque. Logo abaixo, na área reservada à classe média, estava Felipe. O rapaz usava um terno surrado e um chapéu fedora meio amassado. A moça lembrou que, lá em Taquaritinga, achava as roupas de Felipe o suprassumo da elegância.

Quando viu Degas, o rapaz tirou o chapéu e acenou com ele, de início devagar, mas, depois, vigorosamente. Degas virou de costas e ficou fitando atentamente a orquestra que tocava. Felipe parou de acenar. Olhou diretamente para Emília, que se apressou em se virar também. Segundo lhe dissera o marido, o filho do coronel Pereira havia sido expulso da faculdade de direito da Universidade Federal por causa das suas constantes declarações de apoio ao partido verde. Desde então, os dois não estudavam mais juntos. As notas de Degas caíram.

Às seis da tarde, a orquestra parou de tocar. O prefeito começou o seu discurso. Protegendo os olhos com a mão, Emília olhou para a torre de atracação. A torre parecia uma xícara e um pires gigantescos, equilibrados no alto de um mastro vermelho e branco. O prefeito explicou que aquela torre funcionava como uma espécie de poste para amarrar cavalos, pois ali se prendia a extremidade do dirigível para estabilizá-lo. Os passageiros e a tripulação desembarcariam da cabine presa à parte inferior do veículo. Não permaneceriam no Recife por muito tempo. O *Graf Zeppelin* seria reabastecido e voaria para o Rio de Janeiro. O "capitão" Carlos Chevalier, um aristocrata, ele próprio piloto, era o convidado de honra da prefeitura. Tinha vindo do Rio exclusivamente para participar da cerimônia de aterrissagem e, assim que o dirigível estivesse reabastecido, o capitão Chevalier subiria a bordo para participar do voo.

A voz do prefeito era forte, mas não conseguia atingir a multidão, que começou a se movimentar por toda parte. No palanque, os convidados aplaudiram Chevalier educadamente. Emília ficou olhando para aquele povo todo que, protegendo os olhos com as mãos, fitava o céu, achando que o zepelim tinha chegado. Chevalier tirou o boné preto de piloto e acenou.

Era um sujeito baixinho, com olheiras acentuadas e um tufo de cabelos castanhos na cabeça. Emília achou que ele parecia um sagui. Esses micos eram muito comuns lá em Taquaritinga e, para surpresa da moça, no Recife também. Ficavam pulando pelos fios dos bondes, roubavam frutas e enchiam o ar com seus gritinhos estridentes. Como Chevalier, eram pequeninos, de olhos brilhantes, e tinham tufos de pelos na cabeça.

Ao seu lado, Degas tirou o lenço do bolso. Com umas pancadinhas, enxugou o rosto e o pescoço. Quando os aplausos cessaram e a orquestra voltou a tocar, ele enfiou o lenço no bolso e saiu. Emília ajeitou o chapéu e foi atrás do marido.

Abrindo caminho em meio aos convidados, ele chegou à frente do palanque, onde estava Chevalier. O piloto cumprimentava um grupo de mulheres. Degas se aproximou. Quando as tais senhoras se afastaram, Chevalier abriu um sorriso e estendeu a mão. A testa de Degas brilhava de suor. Sem o seu charme habitual, o rapaz balbuciou uma apresentação e, enxugando as mãos nas calças, cumprimentou o piloto. Seu marido parecia grandalhão e desajeitado comparado àquele sujeito cheio de vivacidade. Emília sentiu uma pontinha de pena dele.

O piloto sorriu e, olhando por sobre os ombros de Degas, apontou Emília com o queixo.

– Mais uma das minhas fãs – disse ele.

Degas se virou. A moça percebeu um lampejo de reconhecimento no seu rosto, logo seguido por uma expressão de aborrecimento.

– Ah, não... – murmurou ele. – É minha esposa.

O capitão Chevalier segurou a mão de Emília, fazendo-a avançar e soltando um pouco a sua luva.

– Tinham me dito que as nordestinas não eram atraentes – disse o piloto, sem tirar os olhos de Degas. – Agora vejo que isso não é verdade.

Seu sotaque carioca era pesado e exagerado. Ele pronunciava os *s* de um jeito bem estranho. Emília recolheu a mão que ele continuava segurando e ajeitou a luva.

– Tinham me dito que as pessoas do sul eram altas – disse ela. – Agora vejo que isso não é verdade.

Chevalier piscou. Degas franziu o cenho. Chegou a abrir a boca, mas, antes que pudesse dizer alguma coisa, Chevalier falou:

– Ela é rápida no gatilho. Você tem ótimo gosto.

Emília sentiu um arrepio de calor lhe percorrer a nuca. Chevalier falava como se ela fosse um acessório bem-escolhido – um relógio de bolso, uma gravata de seda, um chapéu-panamá de excelente qualidade – e nada mais. Olhou para o marido. O seu colarinho engomado estava todo caído.

– Você parece esbaforida – disse ele, dando-lhe uns tapinhas nas costas. – Procure um garçom e tome um pouco de ponche, que tal? Não quero que desmaie.

Emília assentiu. Não queria ficar ali, junto com Degas e o piloto, embora parte dela desejasse não ir embora e se meter na conversa de ambos. Mas dirigiu-se ao bar do palanque. Pediu um copo de aguardente de cana com suco de frutas. Antes, porém, que pudesse tomar o primeiro gole, uma mão a segurou pelo ombro, puxando-o para trás.

– Endireite as costas! Nada de ficar emburrada!

Era uma voz baixa e nasalada. Quando tentou esbravejar outra ordem, se desmanchou em risos. Emília se virou. Lindalva a puxou para si e lhe deu dois beijos no rosto. Sua amiga usava um chapéu de palha enorme, com a aba erguida e presa com um alfinete de pérola. A palha era branquíssima e a trama bem miúda deixava-a macia e maleável, como um beiju. Lindalva pegou o copo das mãos da amiga e tomou um gole. Contraiu os lábios.

– Essa bebida está muito forte, Sra. Coelho – disse ela.

– Odeio esse tal de zepelim – retrucou Emília, pegando o copo de volta.

– Como sabe? – indagou Lindalva, rindo. – Ainda não foi apresentada a ele...

– E nem preciso...

– Você está até parecendo a minha mãe – disse Lindalva.

A baronesa havia deixado a cidade antes da chegada do *Graf Zeppelin*, preferindo ir passar o inverno na casa de campo em Garanhuns.

– Bom, esse tal de zepelim é muito mal-educado – acrescentou Lindalva. – Está atrasado para a sua própria festa...

Emília aquiesceu e tomou um gole do seu drinque. Sentiu a garganta arder. Em meio àquela multidão, avistou Degas, que, meio encurvado para ficar mais perto de Chevalier, assentia, ouvindo atentamente o que lhe dizia o piloto. Este sorria e gesticulava, adorando aquela atenção. Degas lhe ofereceu um cigarro, que ele aceitou, aproximando-se mais um pouco para que o outro o acendesse.

Lindalva tirou o copo das mãos de Emília e tomou mais um gole da bebida.

– Esse capitão Chevalier é um grosseirão – observou ela. – Alguém devia lhe apresentar uma escova de cabelo.

Mais abaixo, no chão lamacento, a multidão começou a se manifestar, animadíssima.

– Ah! – exclamou Lindalva, pegando a mão da amiga. – Olhe lá!

A distância, via-se um brilho, como um espelho ao sol poente. Emília estreitou os olhos. A orquestra parou de tocar. Um silêncio se abateu sobre todos. Lentamente, o *Graf Zeppelin* vinha planando, dirigindo-se ao local do pouso. Era comprido, no formato de uma bala de revólver, e ia se estreitando na extremidade, terminando num rabo de peixe. Aproximava-se, flutuando calmamente, como uma nuvem prateada. De longe, parecia pequeno e leve, lembrando até os balões de são João que Luzia e ela faziam. À medida que ele foi chegando mais perto do Campo de Jiquiá, a moça percebeu que se tratava de algo maciço.

– Parece uma baleia enorme – disse uma mulher ao seu lado.

– Nada disso – retrucou um homem. – Parece um navio, navegando pelo ar.

– Viva "seu" Zé Pelim! – gritou uma voz no meio da multidão.

Foram gargalhadas por todo lado. Na tribuna, cavalheiros e damas davam risadinhas.

O sol já tinha praticamente desaparecido quando o *Graf Zeppelin* pairou, imenso, acima deles, lançando sua sombra sobre o palanque. Ouvia-se o barulho de seu motor. A gôndola branca, destinada aos passageiros, e que ficava presa na parte inferior do balão, parecia minúscula. Quando o dirigível começou a descer em direção à torre, lá de dentro foram lançadas umas cordas. Aos gritos, oficiais uniformizados puseram-se a correr pela pista, como se comandassem um animal gigantesco e desajeitado. No momento em que a nave deu uma guinada para ficar na posição certa, com a frente encostada à torre de atracação e a parte inferior rente ao chão, a multidão explodiu.

Houve gritos, assobios e, depois, o espocar dos fogos de artifício mais ao longe. Emília desviou os olhos do dirigível para fitar a multidão. Fogos e explosivos de qualquer tipo haviam sido terminantemente proibidos nas proximidades do zepelim. Em meio àquele mundo de gente ali embaixo, alguém desfraldou uma bandeira verde.

– Viva Vargas! – gritou um homem. – Vamos lutar por um Brasil novo!

No palanque, ouviram-se exclamações abafadas. Ali embaixo, no setor destinado à classe média, um grupo de estudantes começou a atirar serpentinas verdes. No meio dos espectadores, Emília avistou Felipe, que tomou impulso e lançou as tiras verdes para a multidão. O povo gritou entusiasmado. Fileiras de policiais penetraram no recinto cercado.

Ouviram-se mais alguns estampidos bem altos e, depois, gritos. Acuada ali no Campo de Jiquiá, a multidão começou a avançar. O palanque oscilou. Emília sentiu as tábuas pintadas de branco se movendo sob os seus pés, como a areia na praia de Boa Viagem.

– Venha! – disse um homem ao seu lado, dirigindo-se à esposa. – Vamos embora daqui antes que aconteça alguma desgraça.

À sua volta, surgiram sussurros apressados e, depois, empurrões. Emília procurou pelos sogros, por Degas. Não conseguiu vê-los no meio do empurra-empurra daqueles que se dirigiam para a frente do palanque, onde ficava a escada toda enfeitada de azul. Alguém derrubou o chapéu de Lindalva. Emília viu os músicos descerem a toda pela escada dos fundos, segurando os instrumentos acima da cabeça, como se estivessem andando dentro d'água. Puxou então a amiga pela mão e os seguiu.

6

A escada dos fundos ia dar no ponto dos bondes. Os veículos estavam todos enfileirados, com o letreiro indicando o itinerário normal coberto por faixas brancas nas quais se lia "Campo de Jiquiá". Gente que havia escapado do setor reservado à classe média se apinhava pelo caminho. Os motorneiros sopravam o apito de latão, ajudando as pessoas a embarcarem. Emília se sentia tonta, com a boca inteiramente seca. Segurou firme a mão de Lindalva e subiu num dos carros.

Haviam lhe dito para jamais andar de bonde. Dona Dulce a aconselhara a, em caso de emergência, se não tivesse nenhum outro recurso, pegar apenas a Cristaleira na primeira classe. Esses veículos tinham ventiladores elétricos, janelas envidraçadas e exigiam o uso de trajes adequados: luvas para as senhoras, e paletó e gravata para os cavalheiros. Sua sogra dizia que brigas eram comuns na segunda classe. E havia também uns tarados que levantavam as saias das mulheres.

Todos os bondes ali no Campo de Jiquiá eram de segunda classe, com balaustrada metálica e simples bancos de madeira. Não havia lugar para sentar. As pessoas foram se amontoando ali dentro, até que o centro do carro ficou atulhado e abafado. Lindalva agarrou o braço de Emília. Alguns homens se penduravam nos balaústres, equilibrando os pés nos estribos. Emília teve inveja deles: do lado de fora devia estar bem mais fresco do que ali dentro. O cobrador andava de um lado para outro, junto aos carros. O uniforme que ele usava, lembrando um oficial da marinha, parecia terrivelmente quente. Ele apitou, indicando que aquele bonde já estava lotado. Ninguém lhe deu ouvidos. As pessoas simplesmente passavam por ele, quase derrubando a bolsinha de couro das passagens, e embarcavam. Emília julgou ver Felipe no meio daquela aglomeração. O rapaz tinha o rosto sardento afogueado e segurava firme o chapéu para impedi-lo de cair. Mas, depois, ela o perdeu de vista.

– Ande logo! – gritou um dos músicos, dirigindo-se ao motorneiro. – Senão, vamos acabar sendo esmagados!

De um pulo, o cobrador subiu no para-choque traseiro do bonde. O motorneiro tocou a sineta e, com um solavanco, o veículo arrancou.

Os músicos estavam todos agrupados perto de Emília. Abriram o paletó e desabotoaram o colarinho. Alguns ainda estavam com a cinta azul que eram obrigados a usar para trabalhar no palanque, por ordem do prefeito. Bem ao seu lado, um menino levava na mão uma espiga de milho já meio comida. Outra criança pequena se agarrava à perna da mãe. Uma mulher olhava desconfiada o chapéu cloché de Emília. Além dessa gente colada nela, a moça só via mãos segurando as barras metálicas e manchas de suor debaixo de mangas de paletós e camisas. Adoraria tirar o chapéu, já que o seu cabelo estava molhado, mas não teria onde botá-lo. Com uma das mãos, segurava a barra de apoio e, com a outra, a bolsa. Não havia nada ali dentro, além de uns grampos, um lenço e uma nota de mil-réis que ela havia surrupiado de Degas. Não era praticamente nada, mas lhe dava alguma segurança. E torceu para que desse para pagar a passagem.

Não tinha noção do preço. Quem diria! Quando morava em Taquaritinga, sonhava em andar de bonde. Afinal, era assim que a maioria dos recifenses se locomovia. Em comparação com as mulas de dona Conceição, era um verdadeiro luxo. No teto do carro, havia uma série de anúncios pintados em cores vivas. *Tome o elixir de Nogueira! Use o sabonete Dorly! Deixe o seu cabelo brilhante com creme capilar de óleo de ovo! Fume cigarros Flores – fabricados no Recife!*

O bonde deixou a região pantanosa e foi passando diante de fileiras de casas caiadas, carpintarias, barraquinhas de sucos e lanchonetes ao ar livre. Nos morros, ficavam os mocambos: casebres e mais casebres mal-ajambrados, com teto de sapê, construídos pelos retirantes que vinham do interior. O sol já tinha se posto e o céu agora era de um cinza-escuro. Grilos cantavam. Dentro do carro, os passageiros estavam mais calmos. Suspiravam e sorriam, pensando naquela fuga atabalhoada. Sempre que alguém via chegando o lugar em que queria saltar, gritava para o motorneiro: "Aqui!" O cobrador descia e abria a bolsinha de couro para receber o preço da passagem. Lindalva passou o tempo todo de olhos fechados, segurando firme o braço da amiga. Emília não sabia até onde ia aquele bonde, nem onde ficava o seu ponto final, mas não estava com medo. Sentia-se meio atordoada. Não era assim que sempre imaginara o Recife? Aquele amontoado de gente barulhenta, a sineta dos bondes, os cheiros, todo aquele falatório? Não era aquela a cidade com que tanto sonhara?

À medida que os passageiros iam saltando, o carro ia ficando menos abarrotado. Só então Emília reparou melhor na amiga. Com um leve sorriso, Lindalva enxugava o rosto com o lenço.

– Já estamos quase chegando – disse-lhe a moça, procurando tranquilizá-la. Mas chegando aonde? Não queria voltar para a casa dos Coelhos. Não queria saltar na praça do Derby.

– Pelo amor de Deus! – gritou uma mulher lá no fundo do carro. – Comportem-se!

De repente, começou um alvoroço. Emília viu um dos músicos dar um empurrão num bêbado todo esmolambado. Ouviram-se gritos. Os dois tinham o rosto afogueado. Atracaram-se, enraivecidos. Os outros músicos incitavam o colega. O bêbado saiu rasgando a cinta azul do sujeito. O cobrador apitou. Os demais passageiros se afastaram do local da briga, criando novamente uma aglomeração em torno de Emília e tapando a sua visão.

– Minha Nossa Senhora! – exclamou uma mulher.

– Pare o bonde! – berrou um homem.

O motorneiro olhou para trás.

– Tenho de esperar até chegarmos ao próximo ponto – gritou ele. – Se parar no meio da rua, vou provocar um acidente.

Ouviu-se mais um grito. O bêbado saltou do bonde em movimento. À luz mortiça do crepúsculo, Emília viu algo reluzindo nas suas mãos.

– Viva Vargas! – berrou ele, lá da rua.

Um dos músicos também saltou, e depois outro, e mais outro. Saíram correndo atrás do bêbado, suas silhuetas virando apenas sombras à medida que o bonde ia se afastando. Os passageiros se aglomeraram nas beiradas do carro, agarrando-se às balaustradas que lhes batiam na cintura. O garoto que estava ali ao lado deixou cair a espiga de milho. Lindalva soltou uma exclamação abafada e apertou com mais força o braço de Emília.

"Ela vai me deixar com uma mancha roxa", pensou a moça.

A espiga saiu rolando para o meio do carro. O músico que havia brigado estava de joelhos. Tinha os braços cruzados na altura do estômago, como uma criança com dor de barriga. Os outros membros da orquestra que haviam ficado no bonde o fitavam, com os instrumentos pendendo das mãos inertes. Uma mancha escura se espalhava pela camisa do sujeito. Ele respirou fundo e caiu para trás. Os seus braços foram se afrouxando até se abrirem de todo. Havia um talho escuro bem na altura da sua cintura. Pelo corte, saíam as suas entranhas como uma flor que lhe tivesse brotado da barriga.

Emília ouviu o chiado do bonde nos trilhos. Com a freada, a moça sentiu que recuava. Viu a espiga de milho, agora ensanguentada, vir rolando na sua direção. A mancha escura e reluzente que se formara debaixo do músico caído ali no chão se aproximava dos seus sapatos. Lindalva desmaiou, caindo por cima da amiga e deixando-a inteiramente sem fôlego. Emília perdeu o equilíbrio, com Lindalva nos braços. Percebeu que ia cair para trás. Preparou-se para o contato com aquele chão molhado. Fechou os olhos, mas não sentiu o impacto da queda.

Quando o bonde enfim parou, voltou a abrir os olhos. Havia uma mão na sua cintura e outra nas suas costas, amparando-a. Mantendo-a de pé. Aquelas mãos pareciam fortes e, por um instante, Emília se lembrou dos heróis da sua infância, aqueles homens românticos e taciturnos saídos das páginas da *Fon Fon*. Mais que depressa, recuperou o equilíbrio e ergueu a amiga. Voltou-se então para ver quem era o seu salvador.

O que viu não foi a testa ampla e os ombros fortes dos seus heróis românticos, mas sim um rosto sardento e uns olhos castanhos bordejados por cílios desbotados. Lembrou-se de Luzia, gritando "Olhos de porco! Olhos de porco!" para provocá-lo, e recuou.

– Deixe-me ajudá-la – disse Felipe, pondo-se do outro lado de Lindalva.

O cabelo claro do rapaz estava ensopado. No tumulto do bonde superlotado, havia perdido o chapéu. Juntos, os dois conseguiram descer, carregando Lindalva. Estavam num bairro operário. De ambos os lados da rua, viam-se lojinhas caiadas, com letreiros meio desengonçados. Na esquina, havia um restaurante. Os donos e os clientes tinham vindo até a porta para ver o bonde. Emília e Felipe levaram Lindalva lá para dentro e a puseram numa cadeira.

– Vou ver se consigo arranjar vinagre – disse o rapaz.

Emília assentiu.

Na rua, os faróis do bonde se acenderam. O motorneiro gritou. Juntamente com os outros músicos, retiraram o morto do veículo. Emília teve vontade de pedir que lhe pusessem uma vela acesa nas mãos para guiar a sua alma. Teve vontade de sair correndo pelas ruelas escuras daquele bairro, deixando Felipe para trás, mas precisava pensar em Lindalva. Pegou um jornal que estava em cima da mesa e começou a abanar o rosto da amiga. Felipe voltou, trazendo a mulher do dono, que pôs uma garrafa de vinagre diante do nariz da moça. Quando ela voltou a si, tomou dois copos de água com açúcar. Tinha o rosto pálido, as mãos trêmulas.

– Você também devia tomar um pouco – disse Felipe, oferecendo a Emília outro copo.

À luz dos lampiões a gás do restaurante, as sardas dele ficavam da cor do leite condensado que vai ao fogo até se tornar caramelo. Emília perdeu o fôlego.

– Não, obrigada – respondeu, afastando o copo.

– Beba – disse ele, com delicadeza. – Pode até estar se sentindo bem, mas a cena que presenciamos... Foi chocante.

De repente, aquela gentileza a deixou furiosa.

– Sei muito bem do que preciso e do que não preciso, obrigada – retrucou ela, imitando o tom de voz indiferente que dona Dulce usava ao se dirigir às criadas.

– Queira me desculpar, Sra. Coelho – disse Felipe, pondo de lado o copo e olhando para Lindalva. A moça tinha voltado a fechar os olhos e, seguindo os conselhos da dona do restaurante, respirava fundo. – Degas desceu pela escada da frente com aquele piloto – prosseguiu o rapaz. – Eu o vi. E nos deixou a ambos à mercê dos bondes.

– Não procurei por ele – retrucou Emília. – Saí por minha conta.

Felipe pegou a água com açúcar destinada a Emília e tomou um gole. Contraiu os lábios, aqueles lábios rosados e finos, contornados por sardas aqui e ali. Desabotoou o paletó, tateou os bolsos internos e pegou um lápis e o canhoto do seu ingresso para a aterrissagem do zepelim. Os tíquetes do setor destinado à classe média foram feitos para serem guardados de recordação: impressos em papel bem resistente, traziam um desenho do dirigível e a data de 22 de maio de 1930 estampados de ambos os lados. Inclinando-se sobre uma das mesas de madeira, o rapaz escreveu alguma coisa no ingresso. Depois, dobrou-o em quatro e entregou o quadradinho a Emília.

– Pode dar isso a ele, por favor?

Emília olhou para Lindalva. Ainda de olhos fechados, a sua amiga estava tomando mais uma dose de água com açúcar que uma garçonete lhe trouxera.

– Entregue você mesmo – disse Emília. – Vocês são amigos.

– Não posso me aproximar da faculdade de direito – replicou Felipe, com os olhos pregados no bilhete dobrado e a boca rosada contorcida. – Degas anda me evitando. Dona Dulce não me deixa ir à sua casa.

Dizendo isso, inclinou-se para a frente. Emília sentiu o cheiro de suor e de cigarro que saía do seu paletó. Então, o rapaz segurou a sua mão. Com um gesto brusco, virou o seu pulso e começou a tentar abrir os seus dedos, parecendo até que os dois estavam trocando um estranho aperto de mãos. Finalmente, conseguiu fazê-la segurar o ingresso dobrado.

Emília se lembrou do professor Célio, da troca de bilhetinhos, da sua própria ansiedade esperando por uma resposta, da imensa expectativa para vê-lo todo mês. Viu a mesma ansiedade, a mesma estranha expectativa nos gestos de Felipe, e sentiu uma pontinha de solidariedade com relação àquele rapaz. Mas, tão logo a pressão dos dedos dele diminuiu, Emília retirou a mão e largou o tíquete em cima da mesa.

– Não vou fazer isso – disse.

Felipe assentiu, com um gesto rígido. Os seus olhos castanhos estavam arregalados, com as pupilas dilatadas, como se ele estivesse com febre.

– Você trabalhou na minha casa – disse ele, quase num sussurro. – E nem faz tanto tempo assim. Vivia rindo à toa. Mas a sua irmã era diferente. Ela não podia se permitir ser tola, já que tinha aquele braço aleijado. Foi uma pena o que aconteceu com ela.

Emília sentiu uma dor aguda no peito. Como se uma agulha houvesse penetrado nos seus pulmões, esvaziando-os. Soltou uma exalação profunda. Estendeu a mão para o copo de água com açúcar já pela metade e tomou tudo.

– Não precisa me lembrar que já nos conhecíamos – replicou ela, pondo o copo na mesa e pegando o tíquete dobrado. – Lá em Taquaritinga, você nunca falou comigo. Agora sabe como é sentir que as pessoas o evitam.

Olhou para a amiga. Lindalva continuava de olhos fechados, com a cabeça baixa. Enfiou o bilhete na luva, empurrando-o até ele chegar à palma da sua mão.

Lá fora, o bonde já tinha ido embora, antes que outro aparecesse e houvesse uma colisão. Lindalva tinha deixado a bolsa no veículo. Emília não tinha dinheiro para pagar uma passagem até a praça do Derby. Não podia ligar para casa, pois, naquele bairro, não havia telefones.

– Precisamos de dinheiro para a passagem – disse, então, tirando Felipe de seus pensamentos. – Degas não me dá mesada.

O rapaz aquiesceu. Assim que Lindalva se sentiu um pouco melhor, os três foram andando até a parada de bonde mais próxima, onde Felipe comprou as passagens e se despediu com um aceno discreto. As duas fizeram o trajeto até a praça do Derby em silêncio. Sempre que fechava o punho, Emília sentia as pontas do tíquete dobrado espetarem a palma da sua mão. A solidariedade que sentira antes tinha sido substituída pela raiva: de Felipe, por fazer dela uma menina de recados; do marido, por sua fuga conveniente, e de si mesma, por sua fraqueza, por sua vergonha.

Desde que começaram a surgir os artigos sobre a Costureira nos jornais, ela tinha se convencido de que só Degas seria capaz de associar as semelhanças entre a tal cangaceira e Luzia, e que não poderia provar as suas suspeitas. Convenceu-se de que Felipe – que jamais se aproximava do quarto de costura da mãe e raras vezes voltou a Taquaritinga depois que começou a faculdade – não se lembrava de Luzia. Mas ele lembrava. Quando a mencionou, Emília nem pensou em assumir a irmã ou defendê-la. O consolo e o orgulho que sentia sempre que lia um daqueles artigos foram substituídos pelo medo, pela vergonha. Lembrou-se das longas lições de dona Dulce, dos vários passeios pela praça do Derby, tudo na esperança de ser aceita. Pensou na sua condição de membro da Sociedade Auxiliadora e na possibilidade tão concreta de abrir o próprio ateliê – aquela sala impecável e cheia de janelas, com que tanto sonhara, e as fileiras de costureiras bem-alimentadas fazendo os modelos por ela criados. Todo o trabalho que tivera, todos os seus planos iriam por água abaixo se as pessoas ficassem sabendo de Luzia. Emília podia até ouvir as vozes chocadas das mulheres do Recife: que família é essa que aceita que uma moça seja levada por cangaceiros? Só pobres coitados mantinham as filhas sob cuidados tão precários; só gente sem nenhuma tradição, sem dinheiro e, o que era ainda pior, sem qualquer decência. Nenhuma mulher respeitável compraria vestidos com a parenta de um bandido. Ninguém, nem mesmo a baronesa e Lindalva, admitiria se relacionar com uma pessoa de tão baixo nível. O Dr. Duarte ia querer medi-la outra vez para estudar o seu caso, exatamente como fazia com as famílias dos presos do centro de detenção. Dona Dulce não ia tolerar sua presença na casa da família. Emília acabaria parando nas ruas.

Estremeceu e se recostou no banco de madeira. Sentiu as cabeças dos parafusos espetando as suas costas. Ao seu lado, Lindalva continuava de olhos fechados, apertando nas mãos um guardanapo do restaurante, que tinham lhe dado para fazer as vezes de lenço. A moça se perguntou se a amiga ainda estava transtornada por causa do assassinato no bonde ou se a estava ignorando. Até que ponto teria ouvido a conversa com Felipe? De que poderia desconfiar? Respirou fundo e ficou olhando as ruas do Recife. Quanto mais se aproximavam da praça do Derby, menos escura a cidade ia ficando. Os lampiões a gás formavam círculos de uma luz amarelada. Aquelas casinhas térreas tão modestas haviam desaparecido. Em seu lugar, surgiram residências maiores e mais sólidas, cercadas de grades trabalhadas. Por trás dos portões, os cães de guarda latiam. Emília sentiu os olhos arderem.

Já tinha deixado Luzia na mão uma vez, quando os cangaceiros a levaram. Na ocasião, ficou calada, não defendeu a irmã, não se ofereceu para ir em seu lugar. Agora, embora as circunstâncias fossem diferentes, sentia que fizera a mesma coisa. O tíquete dobrado estava úmido de suor dentro da sua luva. O coração lhe batia pesado no peito. Parecia grande demais, incômodo e desajeitado, como o *Graf Zeppelin*. "Preciso descobrir um jeito de fazê-lo voltar ao normal", pensou ela. "Preciso aprender a contê-lo."

Da casa da baronesa, uma criada ligou para os Coelhos. Lindalva, ainda chocada pela cena do assassinato, abraçou Emília, aos prantos.

– Só consigo pensar naquele pobre homem lá no bonde! – dizia, fungando. – Fico vendo o rosto dele o tempo todo. Depois, tudo ficou turvo. Espero não ter lhe dado muito trabalho.

Emília balançou a cabeça, sentindo-se aliviada ao ver que a amiga não lembrava de nada.

Meia hora depois, Degas chegou, ao volante do Chrysler Imperial. No trajeto até Madalena, falou do caos que se instalou no palanque e contou que o capitão Chevalier e ele tinham sido imediatamente levados até o automóvel do prefeito. Nem ocorreu a Emília perguntar pelos sogros: se tinham deixado o palanque, se tinham voltado para casa sãos e salvos. Degas dirigia depressa, como sempre. Só bem recentemente as ruas do Recife tinham sido equipadas para receber carros, e havia poucos locais onde os motoristas eram obrigados a parar. No único sinal de trânsito, na esquina da Visconde de Albuquerque com a José Osório, Emília tirou a luva e estendeu o papelzinho dobrado ao marido.

– Tome – disse ela.

– O que é isso?

– Um bilhete. De Felipe.

Degas se virou para fitá-la. O sinal, preso num poste bem na esquina, lançava um brilho vermelho no seu rosto.

– Ele estava no bonde – disse Emília, irritada porque a voz lhe saiu tremida. – Pegue.

Como Felipe havia feito, ela enfiou o bilhete na mão do marido.

– O que está escrito? – perguntou ele.

– Não sei. Não leio os bilhetes dos outros.

Degas não se moveu. Com uma das mãos, segurava o ingresso dobrado; com a outra, o volante do carro. Quando o sinal ficou verde, ele não arrancou. Pela janela, entrou um ventinho trazendo o cheiro forte e rançoso do Capibaribe, que tinham acabado de cruzar.

– Ele disse que tem tido dificuldades em entrar em contato com você, agora que foi expulso da faculdade – prosseguiu Emília.

– Foi a maior besteira que ele fez – esbravejou Degas. – Para Felipe, Vargas é mais importante que tudo o mais. É igualzinho ao meu pai – acrescentou, passando a mão pelo volante estriado. – Papai me prometeu sociedade na firma. Se eu terminar a faculdade e não cometer nenhum erro, vou entrar como sócio. Vou ter responsabilidades. Ele vai me deixar administrar as propriedades, Emília. Não posso correr o risco de perder essa chance – prosseguiu ele, jogando o tal bilhete no colo da mulher. – Tome, rasgue – disse. – Não quero saber disso.

– Felipe vai achar que eu não entreguei.

– E daí?

– Ele mencionou Taquaritinga – respondeu a moça. – Falou da minha irmã. Disse que se lembra dela.

Degas ficou olhando a rua à sua frente. Os músculos da sua mandíbula se remexeram, como se ele estivesse cerrando e descerrando os dentes. Sem virar a cabeça, estendeu a mão para o colo de Emília e, passando os dedos pela saia do vestido, pegou o bilhete de volta.

– Não conte para mamãe que você pegou o bonde – disse ele.

Depois, trocou a marcha e pisou no pedal da gasolina.

7

No mês de junho, as chuvas de inverno lavaram os cheiros rançosos da cidade. Mas também alagaram o Campo de Jiquiá. Por essa causa, a construção da linha de bonde até Madalena teve de ser interrompida. Fizeram o Capibaribe transbordar e invadir as ruas da capital, levando consigo o lixo do verão. E geraram mosquitos avantajados que se tornavam ousados e desajeitados por causa do próprio tamanho. Emília os matava com um tapa certeiro.

As chuvas obrigaram as pessoas a ficar em casa e pareceram diluir qualquer fervor político. Depois do tumulto durante a chegada do zepelim, houve algumas prisões: os instigadores foram levados para o centro de detenção e esquecidos. Até os jornais se acalmaram. Não falavam mais de revolução ou disputas políticas. Agora, preferiam escrever sobre uma reunião de produtores de açúcar, para discutir os problemas do mercado; do primeiro hidroavião que pousou no porto do Recife, pilotado pelo Sr. Chevalier; de um carregamento de laranjas que a Inglaterra recusou porque as frutas estavam com "doenças tropicais"; e da invenção do motor a álcool. Tudo isso eram assuntos distantes e desconhecidos, pensou Emília. Tudo mera distração.

Aos poucos, as tempestades foram amainando para se tornar uma garoa, como se as chuvas de antes houvessem passado por uma peneira. No dia 26 de julho, Degas chegou mais cedo da faculdade. Tinha o rosto afogueado e amassava o chapéu nas mãos. Dona Dulce mandou uma criada lhe trazer um copo de água. O Dr. Duarte saiu do escritório e veio indagar qual era a causa de tamanha comoção.

– Mataram Pessoa – disse o rapaz. – Com um tiro. Aqui mesmo, no Centro.

João Pessoa – ex-candidato a vice-presidente pela chapa de Vargas e herói do partido verde – havia sido assassinado quando comia doces na confeitaria Glória. Na emissora de rádio do governo, os repórteres alegavam que o assassino era um marido ciumento. Diziam que Pessoa andava saindo com uma cantora de cabaré e que, quando morreu, levava no bolso uma caixa da joalheria Krauze, com um presente para a namorada. Não havia fotos da tal mulher, portanto jornais e rádios ligados ao partido verde taxaram essa história de embuste. Quando o prenderam, o assassino foi identificado como um rival político de Pessoa no seu estado natal, a Paraíba. Depois disso, muita gente começou a acusar os azuis de difamação e assassinato. Para provar a inocência do seu partido, o prefeito do Recife mandou que o assassino fosse para a casa de detenção.

O cortejo fúnebre de Pessoa durou três dias. No Recife e por todo o Nordeste, viam-se cortinas pretas às janelas. Acenderam-se velas. Homens passaram a usar uma tarja preta na manga do paletó. As unidades militares puseram coroas fúnebres em seus portões, em solidariedade a Vargas, militar como eles. O proprietário da Pernambuco Tramways encomendou uniformes novos para os seus funcionários, mandando substituir os ternos azuis por verdes. Fitas da cor do partido foram amarradas aos postes das ruas e aos balaústres dos bondes. Os vira-latas enfeitados voltaram a circular pela cidade.

Nos meses subsequentes, à medida que a estação das chuvas ia cedendo lugar à da seca, os azuis do Recife prenderam dois importantes partidários de Vargas depois que descobriram um estoque de dinamite na casa desses homens, em Boa Vista. O British Club, local que o Dr. Duarte mais frequentava, foi fechado sob a acusação de atividades impatrióticas. Policiais azuis prenderam um menino de 12 anos, que vendia o *Jornal da Tarde* pelas ruas da cidade – o periódico oficial da Aliança Liberal, partido de Vargas –, alegando que as inflamadas manchetes diárias que o garoto anunciava eram uma incitação à luta armada. A guarda municipal deu batidas em pensões e lanchonetes do bairro São José, à procura de ativistas estudantis. À mesa do café, Degas lia as notícias das prisões em voz alta. Certa manhã não conseguiu terminar a lista que recitava. Ainda com o jornal nas mãos, ficou com o rosto absolutamente lívido.

– Sim? – murmurou o Dr. Duarte. – Continue.

– Sr. Felipe Pereira – balbuciou Degas. – Filho de um coronel, posto sob custódia e levado ao centro de detenção.

– É aquele amigo seu, Degas? – perguntou o Dr. Duarte, pondo o garfo no prato.

– É – respondeu Degas, embolando o jornal.

– Ele é leal ao partido – observou o velho.

Como o filho não disse nada, ele se debruçou sobre a mesa e tirou o jornal das suas mãos, revelando assim o seu rosto. O Dr. Duarte o fitou, espantado. As suas sobrancelhas brancas penderam, formando uma ruga em sua testa. Os seus olhos, porém, não acompanhavam a preocupação estampada acima deles. O que se via ali era o mesmo olhar nervoso que Emília já vira antes, no escritório, sempre que o seu sogro descrevia uma nova teoria ou um candidato potencial às suas medições.

– Talvez eu possa usar a minha influência – disse ele. – E soltá-lo.

Dona Dulce ficou mexendo o café. A colherinha raspava o fundo da xícara, fazendo um barulhinho monótono e constante. Por baixo da mesa, Emília podia sentir o sacolejar frenético da perna do marido, que roçou na sua.

– Não – respondeu Degas.

Dona Dulce parou de mexer o café. A voz de Degas pareceu ecoar na mente de Emília. Ela se lembrou da confusão do bonde, da firmeza do braço de Felipe mantendo-a de pé e da força desesperada da mão do rapaz.

– A família dele o hospedou por vários meses durante a greve da universidade – exclamou ela. – Ele foi nosso *chaperon*. É seu amigo.

Degas continuava a balançar as pernas freneticamente. Não se virou para a mulher. Manteve os olhos fixos no artigo do jornal.

– Isso foi no passado. Tomamos rumos diferentes. Ele é leal ao partido, mas fala demais. Com isso, nos põe a todos em perigo. Faz com que todos pareçamos maus.

– Nos dias de hoje, ninguém pode falar demais – observou dona Dulce, fitando a nora. – É melhor manter a boca fechada e ser considerado um tolo do que abri-la e não deixar dúvidas a esse respeito.

– Os verdes não são tolos – disse o Dr. Duarte. – Mas concordo com você, Degas. Somos todos soldados nessa batalha. Não podemos ser vítimas do nosso próprio ego. Alguns homens ficam tão envolvidos com as próprias aventuras que não conseguem pensar no bem coletivo. Os mais fortes se mostram contidos – acrescentou ele, dando uns tapinhas um tanto bruscos na mão do filho. – É bom não ter que desperdiçar minha influência.

Degas assentiu. Continuou a ler a lista das detenções com voz calma, mas, por baixo da mesa, Emília ainda sentia sua perna se mexendo.

8

Dias depois, funcionários do governo interrogaram o Dr. Duarte. A sua firma de importação e exportação foi investigada por sonegação de impostos. Os seus entrepostos e as suas propriedades arrendadas foram revistados. Apesar de tudo, o velho se manteve imperturbável. Ficava sentado no escritório, lendo as publicações de frenologia. Sorria e assobiava o hino nacional junto com o corrupião. Ouvia o rádio religiosamente. Degas estava sempre por perto. Como um daqueles enormes mosquitos desajeitados do inverno, o rapaz rondava o pai, perguntando sobre as mais recentes revistas científicas, falando das propriedades e da investigação que o governo vinha realizando, até que finalmente conseguiu tocar no assunto que mais o preocupava.

– Vai haver uma revolta? – perguntou ele.

Na noite de 3 de outubro, o rádio anunciou que Getúlio Vargas e um grupo de militares leais a ele haviam ocupado o gabinete do governador do estado do Rio Grande do Sul. No Norte, no estado vizinho da Paraíba, um grupo pró-Vargas assumiu o controle de uma base militar.

– Está começando – disse o Dr. Duarte.

Apesar das objeções de dona Dulce, ele mandou todas as criadas e o moleque para casa, no distante bairro de Mustardinha. Depois que todos se foram, passou correntes nos portões da frente e dos fundos. Pendurou então uma bandeira verde no muro de concreto da casa, pelo lado de fora. Foi pegar um velho revólver na estante e o deixou junto do rádio. Antes do amanhecer, vieram as notícias de que um grupo do *Jornal da Tarde*, do Recife, havia sido apanhado transportando armas escondidas em rolos de papel. Pouco depois, a Pernambuco Tramways fechou as portas dos seus escritórios. A capital estava sem telefone e sem energia elétrica. O rádio dos Coelhos emudeceu.

Uma hora mais tarde, dezenas de folhetos passaram voando por cima do muro da casa. A fábrica de refrigerantes Fratelli Vita imprimiu panfletos nos rótulos das suas garrafas e mandou distribuí-los pela cidade inteira. Eles convocavam todos os homens leais a Vargas. *Revolução!*, diziam os panfletos. *Vamos lutar por um Brasil novo!*

O Dr. Duarte levou um deles para dentro de casa. Passou a noite ao lado do rádio, com o terno amarrotado e a barba por fazer. Pôs o folheto e o revólver nas mãos do filho.

– Se eu tivesse trinta anos a menos, lutaria ao seu lado – disse ele, com os olhos brilhando.

Degas leu o panfleto. Agarrou firme o revólver. Diante do entusiasmo do sogro, Emília chegou a pensar que seu marido fosse sair imediatamente, usando apenas o pijama listrado. Era assim que os rapazes de Taquaritinga reagiam em caso de luta. Desde menina, vira inúmeros pais e filhos saírem de casa com tanta pressa, por causa de uma briga familiar ou de uma rixa por questões de terras, que até as alpercatas ficavam esquecidas. Tudo o que levavam eram as suas facas. Na casa dos Coelhos, porém, as coisas eram bem diferentes. O Dr. Duarte escoltou o filho até a sala de jantar, onde ficaram esperando que dona Dulce e Emília – já que estavam sem criadas – torrassem pão, fizessem beijus e cozinhassem fubá. Degas comeu bem devagar. À mesa do café, o silêncio era geral. Qualquer coisa que o rapaz desejasse – sal, geleia, manteiga – chegava às suas mãos antes mesmo que ele se movesse para pegar. Mais tarde, o Dr. Duarte subiu com o filho para ajudá-lo a se barbear. Dona Dulce foi buscar uma sacola, onde pôs uma dúzia de ovos cozidos, vários potes de beterrabas em conserva e geleia de banana, uma forma de pão, alguns lenços. Enquanto isso, mandou que Emília passasse duas calças do marido.

A moça não usava o ferro de passar desde os seus últimos dias em Taquaritinga. Agora ele parecia pesado e desajeitado em suas mãos. Caprichou nas calças, embora achasse todo esse cuidado ridículo, pois aquelas roupas iam ficar sujas e amassadas. Sabia-se lá que tipo de combates estavam sendo travados além dos muros da casa dos Coelhos... A ideia a deixou assustada. Teve pena de Degas.

Quando terminou de passar as calças, pendurou-as num cabide e foi procurar o marido. Não o encontrou no banheiro, nem no seu quarto de solteiro nem no do casal. Aquele desaparecimento a deixou frustrada. Não podia voltar para a cozinha, pois dona Dulce a criticaria, chamando-a de incompetente. Resolveu então procurar em todos os aposentos da casa.

Foi até o pátio e espiou pelas portas envidraçadas. Na sala de visitas, viu o sogro às voltas com os botões do rádio, na esperança de conseguir algum sinal de vida. As portas do escritório estavam abertas, mas, lá dentro, viu apenas o corrupião. As cortinas da sala de recepções toda espelhada estavam fechadas. Emília já estava a ponto de abrir as portas quando viu um movimento na sala de estar. Uma sombra. Aproximou-se e olhou pela vidraça. O cômodo estava exatamente como o vira no dia em que chegara à casa dos Coelhos, a não ser pela ausência do ventilador elétrico e pela presença de Degas parado a um canto, diante da maior das Nossas Senhoras de madeira. Vestia uma camisa social e as calças do pijama. Fitava a imagem, com a cabeça ligeiramente erguida, como um suplicante.

Quando Emília abriu a porta do pátio, ele logo tratou de se afastar da imagem.

– Veio me levar até a porta? – indagou Degas.

– Não – respondeu ela, erguendo as calças passadas. – Vim lhe dar isso aqui.

– Ótimo – disse ele, tirando as calças do cabide. – Estava dando uma última olhada na casa.

– Não vai ser a última – retrucou ela, sem conseguir esconder a hesitação que se notava em sua voz.

– Parte de mim espera que seja – declarou o rapaz, deixando as calças em cima de uma cadeira.

– Era isso que estava pedindo? – perguntou Emília.

– Não! – exclamou Degas. – Eu não rezo. Só estava observando a imagem.

A moça ergueu os olhos para o rosto de madeira da Virgem. Os olhos pintados da imagem pareciam úmidos e vivos.

– Mamãe não gosta dessa Nossa Senhora – disse ele. – Tem medo dela.

Emília passou os olhos pela sala e sua coleção de imagens. Havia pelo menos uma dúzia. Grandes e pequenas, de madeira e de barro, dispostas em prateleiras e em mesinhas de canto, ao lado de outros bibelôs.

– Por que então coleciona tantas? – indagou.

– Algumas foram presentes – respondeu Degas, dando de ombros. – São valiosas. Mamãe não pode sumir com elas; não seria adequado. Mas também não consegue fitá-las. É por isso que estão todas trancafiadas aqui, e não espalhadas pela casa.

– Como você sabe?

– Ela mesma me disse, uma vez. Disse que prefere a fúria de Deus à misericórdia de Nossa Senhora.

Emília assentiu. O padre Otto sempre dizia que o poder da Virgem Maria era a sua misericórdia. Que as pessoas temiam a própria caridade que pediam, pois as vinculava à benfeitora. Era verdade. No Recife, qualquer gesto de bondade acabava sendo como um dos empréstimos do Dr. Duarte: algo que nunca se poderia quitar, e que só restava aceitar como um motivo a mais de preocupação.

– Entendo perfeitamente – disse a moça.

– Entende? – perguntou Degas, fitando-a espantado.

– Você me tirou de Taquaritinga. Fez de mim uma pessoa respeitável. Todos estão sempre me lembrando como você foi bondoso comigo.

– Fiz o que tinha de fazer, Emília – retrucou ele, suspirando. – Para proteger o seu segredo. Não venha me aborrecer com isso.

– Com o quê?

– Ele está naquele centro de detenção por causa dos seus próprios atos, não pelos meus.

– Mas você o deixou ficar lá – disse ela. – Deixou que ele ficasse trancafiado ali dentro por razões suas. Não por mim.

Tentava falar com convicção, mas não sabia muito bem quais seriam os motivos de Degas. E eles a assustavam. Lembrou o que o marido lhe dissera cerca de dois anos antes, quando ainda eram recém-casados e ele trouxe à baila o nome de Luzia: "Temos o compromisso de proteger o outro dos falatórios."

Degas pôs a mão nas calças passadas, observando-as, como se tentasse avaliar o trabalho da esposa. Emília se adiantou e tirou as calças do encosto da cadeira. Ele ergueu os olhos, espantado.

– A sua mãe está esperando – disse ela. – Vista-se.

– Pensei muito sobre tudo isso – principiou ele. – Se vencermos, ele vai ser solto. Vai ser considerado um patriota. E eu também, se for combater. Todo mundo respeita os patriotas. Eles recebem diversas condecorações e honrarias. Se vencermos, papai vai ceder. Vou pedir que arranje um emprego para Felipe, em algum lugar bem bom. Diante de uma oportunidade como essa, ele vai esquecer tudo: eu, a sua irmã... As pessoas têm memória curta quando algo melhor lhes é ofertado. Você sabe disso.

– E se perderem? – perguntou Emília.

– Eles preferem um herói morto a um filho vivo – respondeu Degas, dando de ombros. – E você vai ficar viúva. É melhor do que ser esposa, não acha?

– Não fale assim – disse a moça. Sentiu as entranhas se revirarem, como se houvesse ali umas dez galinhas furiosas, bicando por todo lado. Sem pensar, apertou as calças com tanta força que elas ficaram amassadas nas suas mãos. Esticou-as então no sofá, tentando alisá-las e desfazer as marcas. – Vou ter de passá-las de novo – acrescentou. – Estraguei tudo.

– Está ótimo assim – retrucou Degas, pegando a sua mão. – De qualquer maneira, foi bobagem passá-las a ferro – prosseguiu ele, rindo. – Quando voltei para a Inglaterra, já rapaz, depois de passar nos exames finais do ginásio e convencer papai a me mandar de volta para fazer o colegial, não precisei ficar num dormitório, como no tempo do internato. Aluguei um quarto. Mas não sabia lavar, passar ou cerzir as minhas meias. O meu estado era deplorável. Na rua, as pessoas ficavam olhando para os meus ternos amarfanhados. Para as gravatas horrorosas que mamãe me mandava. Para os meus chapéus-panamá. A dona da pensão me disse que eu precisava de uns bons conselhos. "Coelho", ela disse, pois chamava todos os inquilinos pelo sobrenome, "torne-se invisível". Nesse mesmo dia, peguei o cheque da mesada que papai tinha mandado e comprei um terno de tweed, uma capa de gabardine, uma gravata listrada e um chapéu-coco. Com isso, passei a me vestir como qualquer outro homem da cidade. Podia assistir às aulas e me sentar nos pubs. Ninguém reparava em mim. Ninguém esperava nada de mim. Foi maravilhoso.

Degas fitou Emília. Tinha o rosto afogueado, os olhos vidrados.

– Não era como aqui. Aqui é impossível ter paz. Todos olham e julgam. Você sabe muito bem disso, pois foi o que lhe aconteceu. Reparam no meu jeito de pegar a xícara de café, de dirigir o carro. Era esperado de mim que eu melhorasse de vida e me casasse. É esperado de mim que eu passe a mão numa arma e vá tomar parte nessa maldita revolução.

– Foi por isso que me escolheu? – indagou Emília. – Porque achou que eu não esperaria nada de você?

– Talvez – respondeu ele. – Na verdade, não. Você esperava algo de mim, mas tudo o que queria era simples, bem-definido. Você me parecia uma pessoa muito prática. Não tinha ideias românticas na cabeça. Tudo o que desejava eu poderia lhe dar. Devia ter imaginado que as coisas iam ser diferentes.

– Diferentes como? – perguntou a moça.

– As pessoas mudam. Especialmente as mulheres. Vocês sempre querem mais do que têm.

– E você não?

– Quero. Claro que quero. Mas não sou tão bobo a ponto de ter esperanças de conseguir.

Degas se aproximou, como se fosse beijá-la no rosto. Emília sentiu o cheiro da loção pós-barba de almíscar e da fumaça dos cigarros. Quando chegou bem perto, não a beijou, mas sussurrou no seu ouvido:

– Se eu não voltar, já pedi a papai que lhe dê uma casa só para você. Um lugar bem bonito. Ele tem várias pela cidade afora. Eu lhe devo isso.

Pendurou a calça no braço e saiu da sala.

9

Depois que Degas desapareceu pelos portões dos Coelhos para ir lutar, dona Dulce começou uma procura frenética pela casa. Separou as melhores toalhas de mesa, o bule de prata, a louça de porcelana, o quadro de Frans Post, e levou tudo para as dependências dos empregados. Todos os aposentos ficaram austeramente mobiliados e às escuras.

– Se invadirem, vão tocar fogo na casa-grande, não aqui nos quartos da criadagem – disse ela, empurrando os objetos de valor para baixo das camas vazias dos empregados.

Emília viu fumaça se erguendo por sobre o muro. Ao longe, ouvia-se o espocar dos tiros, parecendo até fogos de artifício. E o corrupião cantando o hino nacional sem parar. Com a falta de luz elétrica, ela e os sogros foram cedo para a cama, embora ninguém tenha conseguido dormir. O Dr. Duarte abriu as portas da sala de visitas que davam para o pátio e ficou remexendo no rádio, tentando em vão fazê-lo funcionar. Dona Dulce varreu o quintal, para suprir a falta das criadas. Emília fechou a janela do quarto. O céu brilhava com os incêndios distantes.

A moça estava preocupada com Degas, obrigado a sair para enfrentar o fedor e a fumaça da cidade. Estava preocupada também com Lindalva e a baronesa, presas ali na praça do Derby, bem ao lado do quartel-general da polícia militar. E estava preocupada com a própria cidade. Como ficaria o Recife depois que os combates cessassem? Estaria em ruínas? Não conhecia a capital, não de verdade. Não conhecia as praias, os mercados movimentados, os prédios estreitos, de telhado pontudo, que margeavam a rua da Aurora. Só tinha passado por isso tudo de carro, indo de um lugar a outro. Conhecia apenas a casa dos Coelhos, o Clube Internacional, a loja de tecidos e a mansão da baronesa. E pronto. Agora, a revolução poria a cidade abaixo antes mesmo que ela tivesse a chance de vê-la.

À medida que a noite foi avançando, os pensamentos de Emília foram ficando mais estranhos, e os seus medos foram aumentando. E se sobrasse apenas a casa dos Coelhos? O que seria dela se ficasse aprisionada ali dentro para sempre? *A vida é tão curta!* Essa era uma das frases favoritas de Lindalva. Ela a usava como grito de guerra, como desculpa, como motivação. No entanto, durante essa primeira noite da revolução, Emília viu que a amiga estava enganada. Pensou nos minutos, nas horas, nos dias, nos anos, nas décadas que tinha pela frente. Se Degas não voltasse, ficaria viúva, mas isso não seria uma libertação. Dependeria da boa vontade dos sogros para o resto da vida. Mas se ele voltasse, a vida de ambos continuaria exatamente como antes. Emília sentiu um aperto no peito. Como poderia preencher tanto tempo assim?

Nas semanas que se seguiram à Revolução de 1930, quando a eletricidade foi restabelecida e as gráficas voltaram a funcionar, Emília se debruçava sobre os jornais tentando entender o que havia acontecido enquanto ficara enclausurada em casa. Nas primeiras horas do dia 4 de outubro, dezessete membros do partido verde - professores, comerciantes, estudantes, padeiros, garis, motorneiros - invadiram o maior depósito de munição da cidade. Não ficou claro se os soldados que ali se encontravam os tinham ajudado ou se simplesmente não os impediram de agir. Homens ligados ao partido ocuparam os prédios mais altos da cidade, de onde atiravam na polícia do partido azul. Olhando pelas janelas do segundo andar, dava para ver barricadas de sacos de areia e tropas instaladas na ponte Seis de Março, na Boa Vista e na Santa Isabel. O governador e sua equipe permaneceram no palácio, do outro lado do rio, e não queriam que os revolucionários invadissem o local. Funcionários dos telégrafos, leais a Vargas, cortaram as linhas para que o governador, do partido adversário, não pudesse se comunicar com o Sul do país. Por todo o Brasil, nas principais capitais, Vargas empreendia a sua revolução.

No fim, Degas acabou voltando. Contou a Emília e aos pais as coisas que tinha visto durante os dias de luta: casas, tanto de gente ligada aos verdes quanto aos azuis, sendo saqueadas; a redação do *Jornal do Commercio* - órgão oficial do partido azul - sendo destruída pelo fogo e as máquinas de impressão sendo atiradas pela janela. O cinema Arruda, de propriedade de partidários de Vargas, tinha sido incendiado por uma milícia azul. Carroças de entregas, revestidas de latas de goiabada, sendo usadas como tanques por membros do partido verde.

Durante os três dias e as quatro noites de combates, Emília não ficou sabendo de nada disso. Tentou ser útil na casa dos sogros. Enquanto dona Dulce varria e espanava freneticamente, procurando manter a casa "habitável", a moça tinha toda a liberdade na cozinha. Como o serviço de entrega de gelo não estava funcionando, a maior parte da comida que estava no refrigerador estragou. O leite talhou. Os queijos azedaram. As verduras murcharam. Ninguém sabia quando voltariam a entregar o gás, portanto Emília resolveu usar o fogão a lenha para preparar qualquer resto de comida que encontrasse. Abriu os potes de geleia, as conservas de beterraba e de pepino da sogra. Cozinhou o feijão e a farinha de mandioca reservados para os empregados. Graças ao poço do quintal dos fundos, a casa dos Coelhos tinha água potável. Mas não havia vento para fazer girar o cata-vento que acionava a bomba, e a moça precisou carregar baldes e mais baldes do quintal para completar o estoque de água da casa.

Por volta do dia 7 de outubro, a cidade estava cansada daqueles combates. O governador e uns poucos indivíduos leais ao partido azul fugiram do Recife de barco, prometendo voltar trazendo reforços. Nunca voltaram. A essa altura, Vargas já tinha conquistado cinco estados importantes, entre os quais o Distrito Federal. Seu adversário, o presidente recém-eleito, estava entrincheirado no Palácio do Governo, sem perspectiva de poder escapar. No Recife, forças verdes, comandadas pelo capitão Higino Ribeiro, instalaram imediatamente um governo provisório. A Pernambuco Tramways foi reaberta. A eletricidade e o rádio foram restabelecidos. Os bondes voltariam a circular assim que as ruas fossem liberadas dos escombros ali acumulados. O capitão Higino queria que reinasse a normalidade. Pediu aos patriotas que devolvessem todas as armas e proibiu a venda de bebidas alcoólicas. Os jornais noticiavam que lojas e mercados estavam funcionando normalmente. Todos encorajavam os patriotas a sair de casa e transitar pelas ruas. Levando a vida como de costume, estariam celebrando a revolução.

Quando Degas voltou com os joelhos esfolados, os dedos negros de sujeira e os olhos quase fechando de tanto cansaço, dormiu por dois dias seguidos. No terceiro dia, o Dr. Duarte o obrigou a sair da cama. Destrancou o portão da frente e lá se foram todos eles, de braços dados, com fitas verdes no paletó e na manga do vestido. Dona Dulce se vestiu de preto, como se estivesse de luto. Degas se movia com cuidado, o corpo ainda dolorido do tempo passado agachado nas trincheiras. Desceram a rua Real da Torre e atravessaram a ponte. Outras famílias circulavam pela cidade, atordoadas e cautelosas.

Os donos das farmácias varriam cacos de vidros das calçadas. Os ambulantes cantavam alegremente, vendendo dezenas de vassouras e baldes. Alguns prédios estavam cheios de furos de balas. Eram tantos e tão próximos uns dos outros que as paredes pareciam até renda. No ar, havia um cheiro de fumaça e de coisa estragada, feito cabelo chamuscado. Do outro lado da ponte, a multidão estava reunida na praça. As pessoas arrancavam ramos das árvores e acenavam com os buquês de folhas erguidos bem acima da cabeça. Pararam junto ao busto de bronze do governador fugido e o desfiguraram, cobrindo-o com um vestido e amarrando uma fita cor-de-rosa no seu cabelo de metal.

– Ao menor pretexto para a vulgaridade, lá está essa gente pelas ruas – disse dona Dulce, com desdém.

– Este aqui é o meu filho! – dizia o Dr. Duarte, todo empolgado, a quem quer que passasse ao seu lado. – Ele lutou na revolução!

As pessoas cumprimentavam Degas com apertos de mão. Alguns até o abraçavam. A princípio, o rapaz tentava se esquivar, mas em pouco tempo já tinha se acostumado àquelas atenções.

Todos os dias, os jornais divulgavam listas dos mortos. Os desconhecidos foram enterrados em vala comum, numa fazenda nos arredores da capital. Os periódicos traziam descrições desses indivíduos, na esperança de localizar as suas famílias. Havia algumas vítimas inocentes: um homem de pijama azul, uma menina com uma fita amarela amarrada no pulso, um imigrante alemão encontrado numa pensão. Emília lia com atenção essas descrições, sem saber quem ou o que estava procurando. Certamente Luzia não estaria ali, entre os mortos. Mesmo assim, a moça imaginou a irmã como a menina da fita amarela. Por que amarela? Por que no pulso e não no cabelo?

Não conseguia afastar essas perguntas da mente, até encontrar dois obituários incluídos nas últimas páginas do jornal. O coronel Clóvis Lucena e seu filho, Marcos, haviam sido mortos em sua fazenda no interior. O corpo do pai, encontrado dentro da casa, tinha um único ferimento a bala, na cabeça. A causa da morte do filho não foi determinada: só os seus ossos foram encontrados no quintal da frente. Embora a causa da morte fosse um mistério, a identidade dos assassinos era conhecida: segundo o obituário, o coronel e seu filho haviam sido as vítimas mais recentes dos cangaceiros. O Carcará e a Costureira tinham mandado um bilhete para a esposa do recém-casado Marcos Lucena, que morava no litoral, comunicando-lhe a morte do marido. Os cangaceiros voltaram ao local da emboscada para se vingar, mas também para cobrar a sua parte na fazenda e na descaroçadora de algodão. Ao que parecia, ninguém, a não ser Emília, deu atenção a esse ocorrido. As rixas mesquinhas entre coronéis e cangaceiros não interessavam aos recifenses, que estavam ocupadíssimos pranteando as várias vítimas da revolução.

A maior parte delas vinha de dentro do centro de detenção, onde grupos do partido verde haviam entrado na esperança de encontrar o assassino de João Pessoa. O prédio era pequeno demais para conter a multidão que se reuniu ali dentro e muitos prisioneiros, juntamente com alguns invasores arruaceiros, acabaram morrendo pisoteados. Na lista dos mortos identificados constava:

> O jovem Sr. Felipe Pereira, estudante de direito. Deixou o pai, o coronel Pereira, e a mãe, dona Conceição Pereira, de Taquaritinga do Norte, cidadezinha no interior do estado. O corpo foi transportado para a sua terra natal.

Degas tossiu forte quando o Dr. Duarte leu a notícia. Pediu desculpas, saiu da mesa do café e se trancou no seu quarto de solteiro, onde passou o resto do dia ouvindo os discos de inglês.

Nas semanas seguintes, Getúlio Vargas tomou o palácio presidencial. Os gaúchos que lutaram sob a sua bandeira no Sul passaram cavalgando pela principal avenida do Rio de Janeiro e amarraram os animais no obelisco que fica numa das suas extremidades. Fotos nos jornais mostravam Vargas chegando ao palácio, envergando o tradicional uniforme militar e as botas de cano alto. Estava fumando um charuto e posou para uma foto com os seus generais e os seus assessores, que se espremiam ao seu lado. Ele era o mais baixo de todo o grupo. O seu cinto estava torto, com a fivela mais para a esquerda. Sem qualquer motivo especial, Emília recortou aquela foto e a guardou junto com o retrato de sua primeira comunhão e a pilha cada vez maior de artigos sobre a Costureira.

Depois da morte de Felipe, Degas passou a dormir mais. Aparecia para almoçar e jantar de pijama, derramava o café, trancava-se no seu quarto de solteiro por horas a fio. Dona Dulce atribuía tal letargia às "barbaridades" que ele devia ter visto durante os combates. O Dr. Duarte lhe prescreveu uma dieta revigorante, com muito repolho, verduras e bebidas preparadas com pimenta-malagueta. Mas Degas mal tocava na comida.

Antes da revolução, o Dr. Duarte teria repreendido o filho por essa susceptibilidade. Dona Dulce o teria censurado pela aparência desleixada. No entanto, nem seus pais, nem as criadas ou sequer o punhado de partidários dos verdes que foram visitá-lo durante a sua convalescença comentavam o seu comportamento. Todos o fitavam com respeito e preocupação. Embora o rapaz estivesse enfim recebendo a atenção que sempre desejara, não parecia satisfeito. Afastava as mãos da mãe de sua testa. Quando o Dr. Duarte ou algum membro do partido verde o felicitava, Degas parecia tão indiferente quanto um dos jabutis do quintal.

A única vez que concordou em se vestir e sair de casa foi para comparecer ao jantar comemorativo da Vitória da Revolução, no teatro Santa Isabel. O Dr. Duarte insistiu muito para que ele fosse. Os combatentes do partido verde e aqueles que, por todo o Nordeste, apoiaram financeiramente a campanha haviam sido convidados. Aparentemente, o Dr. Duarte tinha contribuído para a causa com uma soma considerável.

O teatro Santa Isabel era um prédio maciço, pintado de rosa-claro com uma barra branca em torno das portas e das janelas arqueadas. Lá dentro, o salão era circular. As poltronas haviam sido removidas para dar lugar a várias mesas de jantar bem compridas, todas cobertas com toalhas de linho e enfeitadas com arranjos de folhagem verde. Só homens – oficiais, combatentes, doadores – puderam se sentar às mesas do centro do salão. Por toda a volta do ambiente, perto das portas onde ficavam pendurados os casacos, havia mesas para esposas e filhas. Emília se sentou junto da sogra, que passou os dedos na toalha estalando a língua bem alto. Do outro lado da sala, na extremidade oposta da mesa das mulheres, a moça avistou a baronesa com a filha. Lindalva lhe acenou, sorrindo.

Mais no alto, amontoados nos vários níveis de balcões do teatro, estavam os convidados com menos prestígio. Desses balcões, pendiam bandeirolas formando fileiras compridas e coloridas. Havia inúmeras bandeiras do estado de Pernambuco, com o arco-íris, o sol e a cruz vermelha. Havia muitas bandeiras do Brasil. E havia ainda bandeiras verdes, dezenas delas, penduradas nos balcões e sobre as portas de entrada. A maior de todas estava acima do palco, onde fora instalada a mesa para os convidados de honra. Ali, o capitão Higino Ribeiro e alguns oficiais do Sul, que tinham vindo especialmente para a ocasião, faziam brindes e puxavam o coro que entoava o hino nacional.

Emília apenas beliscou a comida. As verduras estavam murchas e amargas; o frango, borrachento. Depois de cada brinde, todos intermináveis, os homens das mesas do centro gritavam "Aqui, aqui!", batendo animadamente com o garfo nas taças de cristal. Emília avistou Chevalier, com os seus tufos de cabelo, sentado a uma dessas mesas. Degas estava a umas poucas cadeiras de distância, ao lado do Dr. Duarte. Parecia abatido e irrequieto. Tomava um copo de vinho atrás do outro.

Antes da sobremesa, o capitão Higino deveria ler uma mensagem enviada diretamente por Getúlio Vargas. No entanto, quando os pratos foram retirados, o capitão continuou a conversar com os seus vizinhos de mesa lá no palco do Santa Isabel. As mulheres permaneceram em seus lugares, ao passo que, no meio da sala, seus maridos, filhos e irmãos resolveram confraternizar, levantando-se das cadeiras para trocar apertos de mãos e tapinhas nas costas. Ignorando a insistência do pai, Degas foi direto até onde estava Chevalier. Emília ficou de pé.

– Aonde você vai? – indagou sua sogra.

Uma marca escura deixada pelo vinho lhe contornava os lábios.

– Cumprimentar Lindalva – respondeu a moça.

– Agora não, querida – retrucou dona Dulce, balançando a cabeça e sorrindo para as mulheres que estavam ao seu lado. – Sempre essa ansiedade para ser a primeira em tudo... Se os homens estão indo falar uns com os outros, ela quer ir também. – E, fitando a nora, acrescentou:

– Sente-se. A anfitriã é a esposa do capitão Higino. Temos de esperar que se levante para que possamos fazer o mesmo.

Emília olhou todas aquelas mulheres.

– Achei que você fosse reconhecê-la imediatamente – prosseguiu dona Dulce. – Com todos os jornais que lê...

– Não sei do que a senhora está falando – replicou Emília, sentando-se.

– Seu Tomás me contou que você anda comprando jornais com o dono da banca da esquina, um amigo dele. Disse que você os esconde no meio das revistas de moda.

A moça sentiu as mãos quentes. Começou a brincar com as luvas.

– Não escondo, não – retrucou ela. – Estou apenas sendo discreta, como me ensinou. A senhora me disse que uma dama não deve ser vista lendo jornais.

– Você é uma aluna inteligente – observou dona Dulce, rindo. Os seus dentinhos miúdos reluziram. Ao seu lado, as outras mulheres sorriram gentilmente. – Eu compreendo, querida – acrescentou sua sogra. – Você precisa se manter atualizada para auxiliar o Dr. Duarte. Não tenho a menor paciência para essas coisas. Fico muito feliz ao ver que você voltou a ajudá-lo com as suas ciências e coisas do gênero. Odiaria ter de contratar uma daquelas secretárias horrorosas. Principalmente quando já temos você. As mulheres que não podem ser mães precisam arranjar outra ocupação – disse ela, voltando-se para as suas vizinhas de mesa.

– E homens que não podem ser pais também – exclamou Emília.

– É – concordou dona Dulce, tomando mais um gole de vinho. – Arranjam mesmo, infelizmente. Ao contrário de vocês, moças modernas, eles não têm tantas diversões assim para se manter ocupados. Vocês têm a moda, os cortes de cabelo, os chás especiais. Emília toma um chá para a pele. Por isso tem essa pele tão clara e macia. É um dos seus remédios lá do interior, não é?

– É.

– Você devia nos dar a receita – prosseguiu ela, sorrindo. – Não seja tão avarenta com os seus segredos de beleza. Raimunda não soube me dizer. Tivemos uma conversa bem franca. Ela me disse que compra uma casca qualquer lá no mercado, mas que não é nada que conste da minha lista de compras. Disse também que você lhe dá a sua própria lista. Fico animada ao vê-la assumindo responsabilidades, Emília. Lidando com a criadagem, cuidando das compras de mercearia. Acho que deveria lhe passar a administração da casa. Seria bom ter umas férias das minhas preocupações.

Dona Dulce começou a falar cada vez mais alto. As mulheres que estavam por perto disfarçaram, fitando os próprios pratos de sobremesa.

– A senhora vai encontrar outra coisa com que se preocupar – disse Emília. – É o que sempre faz.

– Esta é a vida de uma boa esposa. Quando tiver a sua própria casa, vai entender.

– Não conto muito com isso. Degas gosta muito da casa de vocês. E não sabe viver longe do pai.

Dona Dulce passou os olhos pela mesa comprida e pegou o guardanapo que estava no seu colo.

– Vi a esposa do capitão se levantar – disse ela. – Pode me acompanhar ao toalete, Emília? Com licença.

As mulheres ao seu redor assentiram, educadamente. Quando a moça ficou de pé, sua sogra a agarrou pelo braço.

Saíram ambas do salão do teatro, dirigindo-se ao saguão. Vários garçons circulavam por ali. No alto, lâmpadas elétricas zumbiam, refletindo a sua luz na coleção de espelhos dourados espalhados pelas paredes. Distribuídos pelo chão ladrilhado, havia uns sofás circulares que mais pareciam uns grandes bolos vermelhos, recobertos de veludo capitonê enfeitado com botões. Do meio desses sofás saíam uns cilindros com o mesmo estofamento, destinados a apoiar as costas cansadas dos espectadores. Dona Dulce passou por vários deles até parar diante de um que ficava bem longe das portas do salão, mas nada perto do toalete feminino.

Soltou o braço de Emília. Atrás de sua sogra, sentado num daqueles sofás e parcialmente escondido pelo encosto cilíndrico, havia um homem. Dona Dulce não o tinha percebido. Contraiu os lábios, que tremiam. Emília se sentiu como uma criança assustada, exatamente como acontecera no seu primeiro dia na sala de estar dos Coelhos, mas não desviou os olhos. Não se deixaria acovardar.

Quando dona Dulce afinal falou, seu hálito estava amargo por causa do vinho.

– Você deve estar achando que só porque ganhou um concurso pode falar comigo nesse tom. Que pode se pavonear por aí afora com esses seus vestidos idiotas. Que pode fazer *insinuações* a respeito do meu filho. Mas não seja tão audaciosa assim. Aquelas mulheres das famílias novas que estavam ali riem de você. Pelas costas. Acham pitoresca essa sua mania de querer parecer uma dama. Acham engraçado. Eu sei. Já ouvi elas dizerem. E as criadas também me contam. Não sabe que elas ouvem as conversas das patroas? Não sabe que contam tudo o que ouvem umas para as outras? Que as histórias sobre a esposa caipira de Degas Coelho se espalham de casa em casa? Não se iluda. Deixe-me dizer as coisas de um jeito que você vai entender, já que é lá do sertão: sabe o que acontece quando uma formiga cria asas? Ela fica toda cheia de si. Sai voando por todo lado como um passarinho. Mas vai ser sempre um inseto. E você vai ser sempre uma costureira.

Emília sentiu as pernas bambas. Firmou os joelhos, tentando se manter de pé.

– Não volte mais para a minha mesa – acrescentou dona Dulce, ajeitando a saia. – Vou dizer que você não estava se sentindo bem.

Quando a sua sogra se afastou, Emília se deixou cair no sofá às suas costas. Havia um espelho na parede em frente. Era alto e largo, em nada semelhante ao pedacinho de vidro que ela guardava lá em Taquaritinga. Ali podia se ver inteira, e não aos pedaços. Não parecia diferente das outras mulheres da Sociedade Auxiliadora: era morena, mas não demais; gorducha, mas não demais; tinha o cabelo crespo, mas não encarapinhado. Todas as outras copiavam as suas roupas. Sentavam-se ao seu lado nas sessões de costura e a convidavam para um café. Mas o que faziam depois que ela ia embora? Será que escaldavam a xícara que tinha usado na água fervente? Já as vira fazerem isso com a xícara que o Sr. Sato, o joalheiro ambulante, tinha usado. Porque, embora ele fosse refinado demais para tomar café na louça da criadagem, era considerado suspeito. Não era muito asseado.

Emília enfiou o rosto nas mãos enluvadas.

Durante as aulas que lhe dera, dona Dulce sempre simplificava as coisas de propósito. Emília podia memorizar a disposição de uma mesa posta, podia aprender a andar direito, a limpar os lábios dando umas pancadinhas leves, a segurar uma xícara, a demonstrar apenas o interesse suficiente quando ouvia algo, a rir com a dose certa de alegria. Havia coisas, porém, que jamais poderia aprender: códigos tácitos, motivações inexplicadas. O caminho para a respeitabilidade não era reto como a dobra da toalha da mesa, como a sogra a levara a crer. Era sinuoso e cheio de mistérios, como os dentes metálicos dos seus fechos ecler, que se uniam de forma muito simples, mas também podiam quebrar e se soltar com a mesma facilidade.

– Ela errou quando usou aquela expressão.

A voz era gentil. Masculina. O homem estava sentado no sofá à sua frente, não mais escondido pelo encosto. Tinha o pescoço magro e encurvado, e o corpo se perdia dentro do terno excessivamente grande. A barra da calça embolava sobre as botas altas usadas no campo, embora ele não parecesse ser fazendeiro. Tinha o cabelo liso e castanho. Um pouco mais comprido do que o corte da moda para os homens do Recife e parcialmente penteado para trás, como se ele tivesse tentado assumir um ar mais formal. Não parecia mais velho que Degas, mas a sua pele clara era pontilhada de manchinhas. Ao contrário do que acontecia com as sardas de Felipe, as daquele homem não pareciam ser naturais, mas sim o resultado de muito sol. No nariz grande, repousavam óculos de aro dourado. Os seus olhos pareciam vidrados, como se ele tivesse participado de todos os brindes feitos pelos convidados e tomado a taça de vinho inteira a cada vez.

– Queira me desculpar, o que foi que disse? – indagou Emília, enxugando o rosto.

– Não precisa pedir desculpas. Eu a perdoo de muito bom grado – retrucou o sujeito, sorrindo. – A expressão que ela usou estava errada. Meu pai adorava ditados. E os colecionava, se é que se pode colecionar esse tipo de coisa. "A formiga, quando quer se perder, cria asas." Essa é a expressão correta. Já o que isso quer dizer fica por conta de quem ouve. Alguns acreditam que o significado é que até os menores seres podem se erguer acima das circunstâncias. Seguir adiante, rumo a algo diferente.

– Cavalheiros não ficam ouvindo as conversas alheias – disse Emília, cerrando bem os punhos para conter o tremor das mãos.

Queria sair dali, descobrir onde ficava o toalete feminino e se sentar lá dentro, em paz.

– Não sou um cavalheiro. Trabalho para me sustentar. Sou médico.

– Não parece – observou a moça, fitando-o novamente.

Já tinha visto vários colegas do Dr. Duarte, inclusive aquele que examinara a sua barriga por baixo dos lençóis e lhe receitara vitaminas. Todos eram homens sérios, de barba e com uma postura reservada, e levavam no bolso do paletó caixas metálicas de termômetros em vez de lenços.

– Obrigado – replicou o homem. – Na verdade, hoje em dia sou fazendeiro, lá na Bahia. Mas ninguém no Recife está interessado na minha profissão atual. Só a antiga os impressiona. Portanto, é ela que uso quando me apresento a alguém.

Emília assentiu. Mantinha os olhos fixos nas próprias luvas, na esperança de que ele a deixasse em paz.

– Lamento, mas não pude deixar de ouvir – prosseguiu ele. – Não era a minha intenção. Só queria escapar daquele salão. Estava muito barulho lá dentro. Aliás, a cidade inteira é barulhenta.

– A gente acaba se acostumando.

– Eu não. Vim de longe para essa comemoração, mas não vejo a hora de voltar para o campo.

– O campo é barulhento também. Só que não é por causa dos bondes ou das pessoas. Lá o que faz barulho são as cabras e os sapos.

– Já esteve no interior?

Emília assentiu.

– Nasci lá. Consegui escapar. Achei que tivesse ouvido essa parte...

O sujeito enrubesceu.

– Não me parece uma boa maneira de escapar – disse ele, não conseguindo conter o riso.

– Não para o senhor. Pode ir para um lado e para outro, como bem entender. Mas sem recursos e sem uma profissão, a gente fica preso. Eu tive sorte. Era costureira.

– E agora?

– Esposa. Uma esposa lamentável, segundo a minha sogra – respondeu ela, sorrindo.

O homem riu.

– Pois eu sou um pobre fazendeiro, se isso pode lhe servir de consolo.

– Pensei que todos os fazendeiros fossem contra Vargas.

– Nem todos – replicou o homem, franzindo o cenho. – Os coronéis, sim. Mas as suas preferências vão ter de mudar. Agora, precisam apoiar Vargas. E espero que ele dê cabo de todos. Ele vai transformar o interior. É exatamente o que os coronéis não querem.

– E o senhor quer? – indagou a moça.

– Quero. Claro que quero. Não há estradas. Nem escolas. A vida por lá é um horror. A senhora sabe disso melhor que eu.

– Mas o senhor disse que gostava de lá... Que trocou a vida da cidade por isso...

O sujeito ajeitou os óculos. Chegou mais para a beirada do sofá, com os joelhos quase tocando os de Emília, e baixou o tom de voz.

– O interior, o sertão, a caatinga, seja lá o nome que prefira lhe dar, me assusta. Sempre me assustou. Desde criança, lá em Salvador, ficava horrorizado com as histórias que me contavam. Horrorizado com o lugar e tudo o que se referia a ele: as cobras, os bandidos, as secas, o povo. Os habitantes das cidades viram a cabeça para o outro lado. Querem olhar o oceano, as palmeiras. Mas eu nunca quis fazer isso. A vida na cidade é muito boa, mas é fácil. Tudo já está arrumado e assentado. Na caatinga, as coisas ainda são novas. Tudo pode ser moldado. Transformado em algo diferente. Em algo melhor. Os coronéis já tiveram a sua oportunidade. Agora, chegou a vez de Vargas.

Falava com tanta convicção, com tanta esperança, que Emília ficou emocionada com a crença dele e envergonhada da sua. Tinha abandonado o lugar que ele queria transformar. E onde ele via uma terra nova, ela via uma velha, tão intratável em suas concepções quanto tia Sofia. Mesmo assim, ficou tocada simplesmente por ele querer discutir os problemas do sertão. Não os ignorava, como faziam os recifenses. Não procurava manter as suas tradições, como faziam os coronéis. Por que o interior não podia ter telégrafo, telefone, escolas e ruas como as cidades? O que havia de errado em pôr o interior no mesmo nível do litoral?

Antes que pudesse responder ao médico, ouviu-se uma salva de palmas vinda do teatro.

– Higino vai ler a mensagem de Vargas – disse ele, levantando-se do sofá. – Deveríamos ouvi-la.

Emília assentiu. Seguiu o médico até a porta do salão, mas não entrou com ele. Não queria se esconder no fundo do teatro, expulsa de sua mesa por dona Dulce. Preferiu subir a escada até o segundo andar. Ali, foi abrindo caminho por entre os espectadores da classe média – muitos dos quais olhavam fixamente para o seu vestido verde e as suas luvas de seda – e conseguiu parar junto da mureta. De cima, tinha uma visão bem nítida do capitão Higino de pé diante da mesa, segurando nas mãos um telegrama amarelo. Viu as fileiras de homens sentados diante dele, o topo daquelas cabeças com a calva e o cabelo com brilhantina. Viu as mulheres das famílias novas pelas bordas do salão, todas com a cabeça obedientemente voltada para o palco, mas com os olhos indo e vindo de ponta a ponta da própria mesa, umas examinando as outras.

A princípio, as palavras de dona Dulce tinham-na entristecido. Agora, porém, o que sentia era alívio. Era como se houvesse uma vidraça à sua frente, limpa e impecável como as janelas da casa dos Coelhos, e, ao dizer aquilo, sua sogra a tivesse embaçado. Como um inseto que voasse de encontro a uma janela e deixasse ali os seus restos, mostrando a Emília que havia uma barreira à sua frente. Em vez de se sentir desapontada, a moça se sentiu livre. Era libertador entender finalmente qual era o seu lugar. Ver que tinha permitido que os menores elogios se tornassem vitórias e os mínimos erros, derrotas. Deixando-se oscilar com tanta facilidade, acreditando que não existia qualquer barreira entre ela e as mulheres do Recife, ficaria constantemente frustrada. Estaria acuada, condenada a observá-las e a imitá-las pelo espelho, em vez de fazer com que a vissem.

No seu discurso, o capitão Higino expôs as metas de Vargas para a região. No Recife, todos os lampiões a gás seriam substituídos por lâmpadas elétricas. Funcionários da prefeitura abririam ruas levando à periferia pantanosa da capital. Os alagados seriam aterrados para a criação de "casas populares": construções de tijolos em lugar dos mocambos com teto de sapê, precariamente assentados nas encostas e nas margens dos rios. Para Vargas, era indispensável instalar ali uma nova rede de esgoto, bem como realizar campanhas de vacinação para combater o cólera, a lepra e a difteria. "O homem ideal terá uma única marca no corpo: a cicatriz da vacinação", declarou o capitão. Enfim, Higino revelou o mais ambicioso de todos os projetos: uma rodovia. A Transnordestina, que ligaria todos os estados do Nordeste e atravessaria Pernambuco. Graças a ela, o sertão passaria a ser uma região acessível. E o litoral ficaria conectado ao interior. De leste a oeste.

Ao ouvi-lo falar, Emília ficou arrepiada. Imaginou a rodovia: larga, lisa e plana, como uma fita preta. Seria uma linha direta, costurando o estado inteiro. Obrigando as pessoas a olharem para o interior, para o campo, em vez de desviar os olhos. Se houvessem construído essa estrada anos atrás, Luzia e ela poderiam ter feito escolhas diferentes. A vida de ambas não teria sido tão marcada pela falta de oportunidades. Nenhuma das duas precisaria recorrer a uma fuga tão desesperada.

– A rodovia – disse o capitão Higino, prosseguindo em sua leitura – vai ser uma força de união, uma força civilizadora.

Emília baixou os olhos em direção à multidão de homens. Em vão tentou localizar o médico-fazendeiro. Mas avistou Degas e o Dr. Duarte. Seu sogro estava de pé, aplaudindo entusiasmado a proposta da rodovia. A moça sentiu um bolo no estômago. Por baixo da empolgação, descobriu uma camada de medo, fria e pesada. Lembrou-se da Menina Sereia. Lembrou-se da cabeça de porcelana no escritório do Dr. Duarte, com o crânio todo dividido por uma série de linhas pretas que separavam a razão da paixão, o idealismo da cautela, a benevolência da coragem.

Capítulo 8

Luzia

Em plena caatinga, no interior de Pernambuco
Vale do rio São Francisco, Bahia
Janeiro-julho de 1932

1

A estrada que fazia a ligação com a caatinga não era estrada coisa nenhuma, era uma trilha para gado: um caminho de terra bem largo, usado pelos vaqueiros para transportar as reses até o Recife para o abate. O seu traçado não havia sido determinado pela distância ou pela eficácia, mas pela água. Duas vezes por ano, os vaqueiros levavam o gado sempre margeando o rio Navio, o Curupiti, o riacho do Meio, o Ipojuca, o Capibaribe e todos os regatos ou afluentes que houvesse pelo caminho. Assim, o gado não morria antes de chegar à capital, onde seria engordado em fazendas nos arredores da cidade e periodicamente enviado para os mercados de carne. No resto do ano, o gado que circulava naquela trilha era substituído por modestos viajantes: comerciantes com carroças puxadas a mulas, rapazes a caminho do litoral na esperança de arranjar trabalho e, depois da revolução, caravanas de partidários dos azuis, que fugiam das cidades grandes.

Em fins de janeiro de 1932, a trilha estava deserta. Só os cangaceiros do Carcará, agachados nas suas margens, buscavam se esconder bem ou mal por trás daquela vegetação baixa e desfolhada. Tinham se dividido em quatro grupos que se espalharam ao longo do caminho. Ao todo, eram quarenta homens. Tanta gente nova se juntara ao bando que Luzia tinha dificuldades em se lembrar dos apelidos de todos eles. No passado, Antônio não admitia gente que decidisse entrar para o cangaço por puro prazer. Queria guerreiros, não gaiatos. "Os que entram para o bando por necessidade ou por vingança", como disse a Luzia certa vez, "são homens de fibra. Os outros são simplesmente perversos". No entanto, depois de perder a maioria dos seus cangaceiros na emboscada na fazenda do coronel Clóvis, tornou-se menos rígido nos seus critérios. Queria formar um exército. Alguns dos novos membros do bando correspondiam às antigas exigências do capitão: tinham acertado suas contas com algum coronel e não poderiam viver em paz na sua terra natal. Eram rapazes que a vida havia enrijecido, fazendo-os ver que o cangaço era tudo o que lhes restava e que os cangaceiros eram a sua última chance de ter uma família. Obedientes, arcavam com o peso dos bornais e dos rifles nos ombros. Já outros vinham se juntar ao bando porque estavam fartos do trabalho duro na fazenda dos pais e se empolgavam com a perspectiva de vagar pelo Nordeste e invadir cidades. Não eram exatamente perversos, mas impressionáveis. Ciente do excessivo entusiasmo destes últimos, Antônio lhes dava uniformes e chapéus de aba em meia-lua, mas não revólveres. Primeiro a disciplina, dizia aos novos recrutas, depois armas de fogo. Promoveu Baiano, Orelhinha e Ponta Fina à condição de "subcapitães". Cada um deles ficou responsável por um grupo de novatos. E cada um deles estava escondido ao longo da trilha com os seus homens.

Luzia e Antônio se agacharam atrás de uma pedra. Sob o calor do meio-dia, não havia piados de pássaros nem zumbido de insetos. Qualquer ventinho podia ser ouvido antes mesmo de se aproximar, balançando os galhos das árvores mais distantes, sacudindo as folhas mortas, provocando um ruído seco que se espalhava pelo mato inteiro. Luzia fechou os olhos, na expectativa. A brisa representava uma trégua naquele calor, mas também levantava areia do chão. Os cangaceiros amarravam no rosto os lenços de seda que geralmente usavam no pescoço, para impedir que a poeira lhes entrasse pela boca e pelo nariz. Luzia fazia o mesmo. O seu lenço estava úmido de suor, e ficava difícil respirar. De onde estava, não dava para ver o resto do bando, mas podia ouvir o coro da sua respiração. Tentava inalar e exalar junto com eles. Foi Antônio quem lhes ensinou isso: esconder a sua presença uniformizando os sons que emitiam. Assim, a respiração em uníssono de quarenta homens parecia um bicho de grande porte, ou a respiração da própria caatinga.

Tinham ouvido falar de gente viajando pela trilha. A quantidade de caravanas bem recheadas dos membros do partido azul vinha diminuindo nos meses que se seguiram à revolução. Os cangaceiros ficaram empolgados com a perspectiva de roubar viajantes novos e inesperados.

– Desertores – disse Antônio, desconfiado.

– Talvez não – replicou Luzia.

Talvez esses retardatários fizessem parte do grupo que mais recentemente caíra em desgraça com Vargas. Os fugitivos do partido azul tinham vindo com a família a reboque. Segundo um seleiro que Orelhinha havia capturado no começo da semana, todos os novos viajantes eram homens. Quando voltava de Carpina, onde fora fazer um trabalho, o tal sujeito cruzou com um grupo de gente da cidade. Estavam viajando com cinco mulas de carga. As caravanas dos azuis eram formadas por charretes cujas rodas rangiam sob o peso dos baús de madeira repletos de toalhas e lençóis, louça, roupas e joias. Às vezes, havia até máquinas de costura. O bando de Antônio lhes barrava a passagem, exigindo alguns presentes para deixá-los seguir viagem. A maioria obedecia, sem maiores transtornos, entregando-lhes bolsas cheias de dinheiro e joias. Luzia deixava esses luxos para os homens; tudo o que queria eram os jornais. Boa parte dos fugitivos trazia pilhas de exemplares do *Diário de Pernambuco* para mostrar aos parentes e anfitriões do interior. Luzia pegava aquilo tudo e procurava notícias de Emília.

Agora, porém, não estava querendo notícias, mas sim comida. Cinco mulas de carga bem poderiam estar trazendo sacas de feijão, farinha de mandioca de qualidade e talvez até fubá. Decerto teriam também carne, pensou a moça. Seria carne-seca, é claro, mas melhor do que a que podiam conseguir ali no mato. No final da estação da seca, a carne era tão salgada, para disfarçar o gosto de estragado, que precisava ser partida em pedacinhos bem miúdos, porque era impossível de mastigar.

A lembrança dessa carne fez o seu estômago se revirar de um jeito estranho. Ia vomitar. Agachou-se ainda mais no seu esconderijo. Tirou o lenço do rosto e respirou fundo diversas vezes. Antônio se voltou para ela. Já que a poeira não o incomodava, ele não precisava cobrir a boca.

– Que foi, minha santa? – sussurrou o capitão.

Era assim que ele a chamava agora. Não de Luzia. Nem de "Costureira", como se lia nos jornais. Orelhinha tinha sido o responsável por esse apelido estúpido. Numa cidade qualquer, quiseram saber da moça. "Quem é essa aí?", perguntou alguém. E o cangaceiro, irritado, respondeu: "É a nossa costureira." O nome pegou, mas só fora do bando.

– Estou com sede – respondeu ela. – Só isso.

Antônio assentiu. Tratou logo de pegar o cantil de metal, presente de um coronel, e o estendeu a Luzia. A moça bebeu aquela água quente e lodosa. Sentiu o atrito dos grãos de areia entre os dentes. Obrigou-se a engolir, na esperança de não vomitar tudo. Havia pouco, tivera experiência semelhante. Uma semana atrás, sentira o cheiro da colônia Fleur d'Amour que os homens derramavam no cabelo sebento. O enjoo veio acompanhado de um aperto no peito e, sempre que estava trançando o cabelo, de um pinicar no couro cabeludo. Sabia que esses desconfortos eram premonitórios, como a dor que sentia no cotovelo aleijado antes de uma tempestade.

De uns tempos para cá, sempre que Antônio via uma nuvem no horizonte, perguntava-lhe se o cotovelo estava doendo. Com alguma relutância, ela respondia que não. No último mês de dezembro, nenhum dos montinhos de sal oferecidos a santa Luzia derreteu durante a noite. Alguns cangaceiros puseram a culpa no sal, dizendo que ele estava misturado com farinha. Outros acharam que a culpa era de Canjica, que não tinha feito as coisas direito. Houve quem acusasse Luzia, que não teria abençoado a sacola do sal do jeito certo, e Orelhinha declarou que eles é que não tinham dado à santa a oferenda adequada. O bando vinha arrancando poucos olhos nos anos que se seguiram à revolução de Vargas. Assaltar os assustados membros do partido azul era um trabalho mais fácil, mais limpo. A maior parte daqueles fugitivos só tinha uns papos-amarelos bem velhos, com gatilho emperrado e cano enferrujado, e isso nas ocasiões em que tinham alguma arma. E, graças à revolução, o novo presidente tinha convocado todas as tropas para o litoral, para garantir o seu poder nas capitais. Como outros políticos antes dele, Vargas acreditava que, governando essas capitais litorâneas, estaria automaticamente controlando o interior a elas vinculado. Resultado: na caatinga, não havia macacos para perseguir os cangaceiros. Nenhum coronel conseguiria reunir um exército grande o bastante para se defender do bando do Carcará. Orelhinha insistia para que Antônio tirasse partido dessa situação vantajosa. O recém-nomeado subcapitão queria invadir mais cidades, matar coronéis, se apoderar das suas casas e marcar o seu gado com o nome do Carcará. Mas Antônio não concordava com isso. Antes de queimar os seus contatos com os coronéis, queria ver o que o presidente Vargas faria com as suas tropas revolucionárias. Ele podia se revelar diferente dos governantes anteriores: depois de estabilizar a situação nas capitais, quem sabe não voltaria a atenção para o interior? Os macacos podiam voltar em quantidade maior, buscando impor à caatinga a autoridade do partido verde. Se fosse o caso, dizia Antônio, cangaceiros e coronéis iam precisar uns dos outros.

A ideia da paz com os coronéis agradava ao capitão, mas deixava Orelhinha e os novatos bem chateados. Os homens queriam animação, queriam uma chance de ostentar o poder que acabavam de conquistar como cangaceiros. Antônio não podia lhes negar isso. Permitiu então que Orelhinha e o seu grupo descontassem aquela frustração nos fugitivos do partido azul. Eles chutaram os sujeitos no estômago, bateram na batata da perna dos homens com a parte chata da peixeira. E só não fizeram coisa pior porque Antônio os impediu. Sempre que ele precisava interferir, Luzia se dava conta de que estava ficando cada vez mais difícil para ele manter o controle sobre os homens. Lembrou-se do adestrador de mulas lá de Taquaritinga, que dizia que até os animais dóceis testavam o dono, puxando as rédeas ou mordiscando-lhe a mão. E, se a gente não conseguisse dar um fim a essas pequenas rebeldias, certamente haveria maiores. A moça começou então a ficar de olho em Orelhinha, exatamente como espreitava o céu sem nuvens: observando cada movimento, por mais sutil que fosse, alerta para o que aquilo poderia significar.

Até agora, as previsões de santa Luzia vinham se mostrando acertadas. As chuvas de dezembro não vieram. Em janeiro, mês que geralmente assinala o início da estação chuvosa, o mato estava cinzento e ressecado. Os lavradores que moravam ali por perto se mostravam preocupados; sempre que iam apanhar água, viam o fundo da fonte. Nas margens da trilha, passantes construíram altares improvisados para são Pedro. Antônio mandava o bando parar diante desses altares e rezar pedindo chuva. Diariamente, observavam o céu. Invariavelmente, ele se mostrava de um azul brilhante.

Antônio gostava de dizer que eles não tinham patrão, nem coronel. Luzia discordava. Viviam sob o jugo da caatinga, e ela era um capataz temperamental. Durante os meses chuvosos, quando a chuva caía por trinta ou às vezes quarenta dias sem parar, a caatinga era bondosa. Dava-lhes milho e feijão frescos. Dava-lhes flores e mel. Os frutos da região brotavam das árvores e dos cactos, redondos e espinhosos. Nasciam bezerros e o leite das vacas ficava tão barato que os cangaceiros podiam comprar litros e mais litros. Comiam abóbora amassada com leite e faziam queijo coberto com raspas de rapadura. Mesmo com tamanha abundância, todos salgavam carne, secavam feijão e milho, sabendo que o humor do patrão ia mudar. Todo ano, nos meses secos, a caatinga se tornava avarenta e, quase sempre, chegava a ser cruel. Jogava-lhes areia nos olhos, queimava-lhes a pele com o sol, obrigava-os a sair à cata de água. Justo quando já estavam cansados de procurar, ela os presenteava com uma fonte escondida ou um riacho de águas claras. Dava-lhes cabras e tatus mansinhos, com bastante carne. Mas só o fazia se estivessem de olhos bem abertos. Como bons criados, os moradores da caatinga aprendiam a escutar o patrão, a antecipar as suas mudanças de humor, a saber que uma carreira de formigas fora do formigueiro significava chuva; que uma gameleira com folhas verdes, crescendo na fenda de um rochedo, indicava a presença de uma fonte; que grandes cupinzeiros eram sinal de seca e de sede. Se aprendessem a interpretar corretamente esse patrão cruel durante os meses de estiagem, sobreviveriam para lidar com um amo bem mais generoso assim que as chuvas chegassem.

Esse ano, porém, a caatinga não abrandou seu coração.

– Nem mesmo Getúlio Vargas pode ordenar que chova! – dizia Antônio, orgulhoso da teimosia da região; Luzia ficava chateada quando o via falar assim.

Tapou o cantil e voltou a prendê-lo na tira que ele trazia a tiracolo. Mais adiante, na trilha, uma mula zurrou. Luzia ouviu o estalar de um chicote. Antônio tirou o binóculo do estojo.

– Comida de pássaro? – sussurrou ela.

Era assim que os jornais tinham apelidado os fugitivos políticos. O Carcará já havia atacado tantas caravanas azuis que o partido verde já o chamava de aliado; Vargas não mandava um soldado sequer para proteger aquela trilha.

– Homens – respondeu ele.

Fez sinal para o Baiano, agachado do outro lado.

– Da cidade? – perguntou Luzia.

Antônio assentiu.

– Estão usando uns casacos compridos – disse ele. – E botas de couro.

– Mas não vêm com a família? Não é uma caravana?

– Sempre quis um par de botas de couro – retrucou ele, fitando-a com um sorriso.

Era difícil para o Carcará piscar o olho do lado desfigurado do rosto. Precisava fazer um esforço e, mesmo assim, a pálpebra custava a descer, quando descia. Com o passar do tempo, tinha se formado ali uma película meio turva, como se aquele olho estivesse recoberto de leite. Ele insistia em dizer que não estava perdendo a visão, mas à noite, depois das orações, ajoelhava-se junto à manta onde os dois dormiam e murmurava uma série de preces para santa Luzia. Escondia também outras mazelas. Quando estavam andando, enquanto ele observava a região ao seu redor, a moça o observava. Reparava na respiração curta, nos passos dolorosos. A perna ferida ainda o incomodava. À noite, sentia fortes dores nas cadeiras e, pela manhã, tinha dificuldade em se levantar da manta.

Antônio lhe passou o binóculo. Com ele, Luzia pôde ver o arreeiro chicotear o lombo das mulas. Eram cinco ao todo. Duas carregavam suprimentos básicos: latas de querosene, um pequeno tonel, lamparinas, corda, um grande saco de aniagem, uma manta de carne-seca. As outras três transportavam uns estranhos tubos pretos e uma máquina de metal. A tal máquina era comprida, com três pernas, e tinha a parte superior, avantajada, recoberta por um pano. A moça se lembrou da máquina fotográfica com tripé que havia sido usada, anos atrás, para tirar o seu retrato da primeira comunhão.

Dois homens, montados em cavalos magricelas, vinham acompanhando os animais de carga. Um deles era jovem e magro. Envergava um daqueles casacos usados para dirigir, que mais parecia um imenso guarda-pó. Tinha o rosto reluzente de suor. E os seus olhos estavam encobertos por uns óculos de piloto de armação de couro. O outro era um sujeito mais sensato, pensou Luzia. Menos vaidoso. Era um homem de meia-idade, corpulento, de pernas curtas e cabeça miúda, como um tatu. Trazia no colo o casaco dobrado. Estava usando um terno de algodão, todo amarelado por causa da poeira, preso por um cinto de couro bem grosso. Os óculos de piloto pendiam, pendurados no seu pescoço, e um chapéu fedora de palha protegia o seu rosto do sol.

Antônio puxou a mulher para mais perto de si.

– Minha santa – sussurrou ele –, será que você consegue fazer um furo naquele chapéu?

A pergunta era tola. Depois de três anos de prática, Luzia era capaz de meter uma bala na abertura do tamanho de uma moeda do gargalo de uma garrafa vazia de cachaça, e fazê-la explodir por dentro. Podia acertar uma lata de brilhantina a sete metros de distância. Podia estraçalhar um joelho, deixando um homem tão estropiado e imprestável quanto um cavalo ferido. Ou podia mirar com um objetivo mais definido, deixando a sua marca numa cabeça, numa garganta ou num peito.

Luzia ajeitou os óculos. Os seus cílios roçaram nas lentes arranhadas. Olhou para o chapéu de palha do viajante e mirou um pouco mais para baixo, na altura da faixa, sabendo que a sua mão subiria um pouco. Prendeu a respiração.

Como se um vento rápido o houvesse atingido, o chapéu voou da cabeça do homem corpulento. O cavalo do sujeito mais moço se assustou com o barulho do tiro, jogando o seu cavaleiro no chão. O rapaz se encolheu, para evitar as patas do animal, e acabou se atrapalhando todo com o casaco. O arreeiro deteve as mulas e começou a remexer na sacola de couro que trazia, mas nem teve tempo de pegar a arma. Antônio assobiou. Um grupo de cangaceiros cercou o arreeiro, tirando-lhe o pequeno rifle de chumbo. O Carcará saiu do seu esconderijo e mandou que o sujeito tirasse as roupas de baixo e fosse embora. O arreeiro obedeceu e saiu correndo em direção às árvores acinzentadas. As mulas começaram a zurrar.

O viajante mais jovem, ainda de óculos, conseguiu enfim se levantar. Enfiou a mão nas dobras do casaco e começou a mexer ali dentro.

– Espero que esteja procurando o lenço – disse Antônio.

Baiano se postou atrás do sujeito, pressionando as suas costas com a Winchester. O viajante ficou estático. O Carcará mandou que ele tirasse o casaco. Num dos bolsos, encontrou uma pequena pistola de cano curto. Depois de apanhá-la, assobiou para o resto do bando. Todos saíram do mato, baixando os lenços para mostrar o rosto.

A vida na caatinga deixava a pele dos homens escura e curtida. Fazia os seus dentes caírem. Ponta Fina tinha deixado crescer o bigode. Baiano raspara a cabeça. Canjica havia perdido um dedo brincando com o mosquete de caça de uma criança que estourou em sua mão. A calva de Chico Caixão tinha aumentado, mas o que lhe restava de cabelo também cresceu, dando-lhe a aparência de um frade rebelde. Uns tufos de pelos bem grossos e queimados de sol brotavam das orelhas de Orelhinha, fazendo-as parecer umas folhas de cacto bem redondas e espessas. E Inteligente ainda tinha aquele olhar infantil e o andar saltitante, mas o seu rosto estava mais enrugado e ele já não aguentava tanto peso nos ombros. Por isso, atualmente, os membros mais jovens do bando se revezavam para carregar as duas Singers portáteis que eles possuíam. Ambas tinham sido roubadas das caravanas do partido azul. Antônio mandou equipar uma delas com uma agulha de seleiro para poderem enfeitar os trajes de couro. Ponta Fina, cujas habilidades com o bordado praticamente já rivalizavam com as de Luzia, a ajudava a ensinar os novos recrutas a costurar. Ponta era agora um homem tranquilo - deixou de ser o alvo preferido das brincadeiras do bando para se transformar num dos seus fundadores –, e dava as aulas de costura de um jeito sério, profissional. No começo, alguns dos novatos não queriam saber daquilo. Semanas depois, porém, descobriram que a vida na caatinga não era tão agitada quanto imaginavam. Na época da estiagem, passavam horas e horas à sombra, toda tarde, esperando o calor baixar. Costurar era um jeito de amenizar o tédio dos homens. Não demorou muito para que os recrutas - com a garganta em fogo por causa do suco do xiquexique - viessem pedir para participar das aulas dadas por Luzia e Ponta.

Como o resto do bando, a moça também saiu do seu esconderijo. Não voltou a pendurar a parabélum no ombro. Antes que tivesse chegado junto de Antônio, o viajante mais velho apeou do cavalo. Para alguém com perninhas tão curtas, aquela era uma tarefa difícil.

– Tome – disse ele, tirando do dedo a aliança de casado e entregando-a ao Carcará.

O lado bom do rosto do cangaceiro se contraiu numa expressão intrigada.

– Por que está me dando isso? – perguntou ele.

– Pode ficar. É tudo o que tenho.

– Eu pedi, por acaso?

– Não – respondeu o homem.

– Então enfie ela de volta no dedo ou lhe dou um tiro.

Com alguma dificuldade, o sujeito obedeceu. Antônio balançou a cabeça.

– Estou decepcionado – disse ele. – Vocês são gente da cidade. Sei que não nasceram num curral de cabras. Sei que a sua mãe lhes ensinou a ter bons modos. Mas antes mesmo que eu pudesse me apresentar, você tentou pegar uma pistola.

E você! Nem chego a fazer uma ameça, e já está me dando a sua aliança. O que a sua mulher diria disso?

O viajante mais velho ficou fitando as próprias botas. O mais moço tirou os óculos, que deixaram um vinco vermelho ao redor dos seus olhos de um castanho-claro, com pálpebras caídas, como os de um teiú. Aqueles olhos lhe davam um ar preguiçoso, como se ele estivesse eternamente imperturbável.

– Minha santa! – exclamou o Carcará. – Fale você com eles, senão acabo perdendo a paciência.

Luzia veio se postar ao seu lado. Os homens da cidade ergueram a cabeça para fitá-la, de olhos arregalados. Antônio sorriu.

– É falta de educação encarar uma mulher honesta – disse ele. – Mas compreendo. Não dá para evitar. Cuidado para não dar um jeito no pescoço.

Luzia ouviu alguns dos cangaceiros rirem, às suas costas. Segurou a parabélum com mais força. No início, gostava do fascínio que Antônio demonstrava pela sua altura. Naquela época, ele sussurrava aqueles elogios só para ela. Mas, à medida que aquele seu olho foi ficando enevoado, os seus ombros, encurvados, e ele começou a puxar da perna ferida, passou a elogiá-la na frente dos outros. Quanto mais a sua aparência decaía, mais ele se preocupava com a dela. Encheu os dedos da mulher de anéis. Dava-lhe lenços de seda e lhe comprou um par de luvas de couro para proteger as suas mãos dos espinhos. Presenteou-a com um coldre de ombro e uma parabélum Lugar, pistola alemã semiautomática de oito tiros, com um gatilho macio e um coice impressionante. Encorajava-a a manter os ombros eretos, para assumir toda a sua altura, e mostrar o braço aleijado com todo orgulho, sem tentar segurá-lo junto ao peito. Com o tempo, a postura de Luzia se tornou tão segura quanto a sua pontaria, mas a moça não saberia dizer se Antônio gostava da sua aparência ou da impressão que ela causava nos outros.

– Que tipo de negócios os traz aqui? – perguntou Luzia.

– Não somos homens de negócios – respondeu o mais velho. – Somos cartógrafos.

– São o quê? – indagou Antônio.

– Fazemos mapas – disse o mais jovem, rispidamente.

– Estão indo na direção errada – observou o cangaceiro.

– Não estamos, não – retrucou o rapaz. – Estamos indo para o interior.

– Mas vão morrer de fome. Não tem chovido.

Os cartógrafos se entreolharam.

– Estou falando sério – prosseguiu ele. – Não vão chegar muito longe. Cavalos precisam de água. E de comida.

Mandou que os seus homens esvaziassem os cestos das mulas. Lápis, tinteiros, resmas de papel branco e uma bússola caíram no chão. Depois, tinha os tais tubos pretos. Os cangaceiros os apanharam com todo o cuidado, como se fossem armas. Enquanto abriam os misteriosos tubos, o sujeito corpulento ficou retorcendo as mãos. O mais jovem fechou a cara. Ali dentro não havia tesouro algum; apenas papel. Luzia estendeu os rolos no chão. Não eram jornais; eram desenhos imensos, feitos a lápis, com linhas curvas, diversas marcas, símbolos estranhos e nomes de cidades. Mapas. Acima dos desenhos, a moça leu o nome *Instituto Nacional de Estradas de Rodagem*. E, mais abaixo, uma lista de nomes de empresas: Standard Oil, Pernambuco Tramways, Great Western do Brasil.

Antônio ficou observando aqueles mapas abertos aos pés de Luzia.

– Por que querem desenhar essa trilha?

– Não é a trilha – respondeu o cartógrafo mais velho, num sussurro. – Ela só nos serve de guia.

– Para quê? – perguntou o cangaceiro, impaciente.

– Para uma estrada – respondeu Luzia, olhando para outro mapa.

Viu ali uma linha preta bem comprida que começava no litoral e serpenteava caatinga adentro. Acompanhou-a com o dedo. Parecia até um rio preto. A *Transnordestina*.

– Exatamente – disse o mais velho, e os seus lábios se contorceram num sorriso. – A senhora é esperta. Somos apenas cartógrafos. Trabalhamos para companhias particulares... e para o governo, é claro – acrescentou ele, em resposta à cara de censura do colega. – Eles estão construindo a Transnordestina. É uma estrada. O projeto é que ela saia do Recife e percorra todo o trajeto até o sertão.

Antônio riu, enxugando o olho leitoso com o lenço.

– Uma estrada? Por essas bandas? Para quê?

– Para transporte – respondeu o homem. – Para facilitar o transporte do gado e do algodão. E para permitir o acesso.

– Acesso a quê? – perguntou o cangaceiro.

– À terra – atalhou o mais moço. – O Norte não é apenas a faixa litorânea. O presidente Vargas diz que não se pode administrar um país se ele for desconhecido.

– Ele é conhecido de quem vive aqui – disse Antônio, aproximando-se do rapaz. – Não precisamos de vocês para administrar nada por essas bandas. Não precisamos da sua estrada. Vargas não deveria se meter nos nossos negócios.

Mais atrás, os cangaceiros riram. Um deles experimentou um daqueles casacos de motorista. Ponta Fina pegou os óculos do sujeito e os pôs no rosto. Baiano ficou espiando pelo telescópio dos cartógrafos. Orelhinha deu um chute no tripé, na esperança de entortá-lo e quebrá-lo. Canjica e Inteligente assaltaram os mantimentos, dividindo-os pelos bornais dos homens do bando. Antônio ficou com a bússola. Luzia se agachou. Dobrou o maior dos mapas e enfiou-o no seu bornal.

– Isso é nosso! – exclamou o rapaz. O mais velho lhe deu uma cotovelada, mas ele não se calou. – Levem o que quiserem, mas deixem o nosso trabalho!

Luzia quis mandá-lo calar a boca. Se o sujeito queria salvar os seus mapas, devia ter fingido que eles não tinham a mínima importância. Antônio avaliava as coisas não pelo valor que tinham, mas pelo afeto que a pessoa demonstrava ter por elas. Quanto mais alguém parecia apegado a algo, mais ele desejava privá-lo daquilo. O cangaceiro tirou uma lata de querosene de um dos cestos das mulas. Parou junto dos mapas e derramou neles o líquido amarelo. Os homens do bando riam. O cartógrafo mais velho levou as mãos à cabeça. Antônio riscou um fósforo e se afastou.

Os mapas queimaram depressa. Luzia sentiu o rosto pinicando por causa do calor. Tapou a boca para protegê-la da fumaça.

– Eles vão mandar outros – gritou o cartógrafo mais moço.

Estava ofegante. Os tendões do seu pescoço saltavam a cada inspiração.

– Outros o quê? – perguntou Antônio.

– Outros de nós. As obras da estrada já começaram. Já estão além de Carpina. Acha que pode impedir que continuem?

– Por que não?

– Você é uma peça de museu! – berrou o rapaz.

– Uma o quê?

O mais velho tratou de fazer o colega se calar.

– Ele é um jovem impetuoso – disse. – Não sabe o que está dizendo.

– Sei, sim – atalhou o outro. – Viva Vargas!

Orelhinha avançou alguns passos. Nas mãos, segurava a perna quebrada do tripé, pronto para acertar o cartógrafo com ela.

– Para trás! – exclamou Antônio, sem tirar os olhos do rapaz.

O lado esquerdo da sua boca se ergueu um pouco. A pele ao redor dos seus olhos se enrugou. Ele mostrou os dentes.

Quando sorria de verdade, os seus olhos também sorriam. Mas quando aparecia esse falso sorriso, o seu olhar era inexpressivo, morto, como se ele estivesse em transe. Luzia já o tinha visto lidar com outras vítimas antes. Havia as que imploravam, gaguejavam, às vezes até se borravam quando se ajoelhavam aos seus pés. Com estas, ele era rápido e eficiente, como se quisesse poupá-las de mais constrangimento. Nos seus olhos, o que a moça via era tristeza e relutância, parecendo até que ele estava cumprindo uma obrigação cujo sentido não compreendia muito bem e que não lhe agradava. Quando resolvia se mostrar clemente, olhava as vítimas nos olhos e suspirava, gesticulando e dizendo-lhes que sumissem da sua vista, como se estivesse às voltas com crianças rebeldes. Estimulava os seus homens a demonstrarem clemência, pois, com isso, provavam que podiam dominar o que quer que fosse, até mesmo os seus próprios impulsos. Mas quando aparecia esse falso sorriso, Luzia ficava amedrontada. Era como se uma janela se abrisse, revelando em parte algo inquietante e desconhecido que havia ali dentro – uma raiva que ele não conseguia dominar usando a força de vontade.

Um enjoo já familiar lhe subiu da barriga. Luzia respirou fundo e conseguiu contê-lo. Então, pôs a mão no braço de Antônio.

– Poderíamos tirar mais deles do que simplesmente as botas e os casacos – sussurrou ela. – Poderíamos pedir um resgate.

Sentiu a tensão nos ombros dele relaxar. Nos jornais que apanhou nas caravanas dos fugitivos do partido azul, leu sobre investidores estrangeiros. Olhou bem umas fotos em que Emília aparecia ao lado desses especuladores, desses diretores de companhias. Esses indivíduos certamente pagariam para ter de volta os seus cartógrafos. Talvez até pagassem para recuperar o mapa que ela havia enfiado no bornal.

Calculou o dinheiro que poderiam conseguir em troca daqueles dois. Não a ninharia que roubavam dos azuis fugidos da capital ou que extorquiam dos comerciantes. O dinheiro que traziam consigo era uma fortuna ali no meio do mato, mas nem chegava aos pés da incrível quantia necessária para comprar terras. Se pedissem um resgate pelos cartógrafos, pensou ela, talvez pudessem ter o suficiente para comprar um bom pedaço de terra perto do São Francisco. Dividiriam o terreno em partes iguais com os cangaceiros que também quisessem se assentar. Poderiam construir casas e fazer uma roça. Comprar era bem diferente de arrendar a terra de um fazendeiro ou trabalhar loucamente sob o comando de um coronel em troca de uma casa para morar. Comprar significava possuir, e possuir significava trabalhar no nosso ritmo, cuidar da nossa própria casa e vender os produtos que nós mesmos cultivamos. Estes eram luxos reservados a homens como o Dr. Eronildes, aos coronéis ou aos filhos dos coronéis. Por um instante, deixou a mão repousar na barriga.

Luzia enfiou a parabélum no coldre e endireitou os ombros. Aproximou-se dos cartógrafos. Os dois recuaram.

– Se essa estrada é tão importante assim – disse ela –, vocês dois também devem ser.

Os homens não a olhavam nos olhos. Fitavam o seu braço aleijado, as suas calças de lona. Luzia deixou que a olhassem à vontade, sabendo que eles viam o seu bornal ricamente bordado, mas não a carne dura e a farinha velha que ela levava ali dentro. Viam os dois pingentes de ouro no seu pescoço, e não os dois bebês que ela tinha perdido antes mesmo de começar a enjoar. Viam a pistola reluzente pendurada no seu ombro, mas não o entorpecimento que tomava conta do seu peito, como se o seu coração houvesse se tornado tão grosso e calejado quanto os seus pés. O que eles viam era a Costureira.

2

Seu primeiro filho tinha lhe dado desejo de comer laranja-lima. Poucas semanas depois do casamento na varanda do Dr. Eronildes, a menstruação de Luzia não veio. O cheiro fermentado da farinha de mandioca começou a lhe dar ânsias de vômito. Os seus seios ficaram doloridos, com os mamilos enrijecidos e bem redondos, parecendo caroços de pitomba. Certa noite, sonhou com laranja-lima. Chegou a sentir a casca da fruta sob as unhas. Ia botando na boca aqueles gomos macios em forma de orelha. Quando acordou, sentiu o cheiro da fruta nas mãos, no ar e na borda da caneca do café.

– Preciso de uma laranja – disse ela, dirigindo-se a Antônio. – Uma mimo-do-céu.

O cangaceiro riu. Seria mais fácil encontrar uma onça-pintada. Vendo que ela insistia, Antônio entendeu. Uma mãe precisa comer o que deseja, senão a criança que carrega na barriga morre. Todas as mulheres de Taquaritinga acreditavam nisso. Uma das vizinhas de tia Sofia quase perdeu o bebê porque o marido demorou muito a trazer o rabo de boi ensopado que ela tanto desejava. Havia até mesmo a lenda da Esposa Canibal que a tia lhes contou inúmeras vezes quando as botava para dormir, tentando assustá-las. Quando ficou grávida, ela começou, de início com um arzinho inocente, a cheirar o braço do marido, sentindo o cheiro de suor e de poeira. *Marido, eu queria dar uma mordida no seu braço.* O sujeito hesitou, meio sem saber o que fazer, mas acabou estendendo o braço para a mulher. Ela arrancou um pedaço com uma dentada. O homem gritou. Ainda insatisfeita, a Esposa Canibal disse: *Marido, eu quero lhe dar outra mordida*. Desta vez, ele se negou. Na hora do parto, viram que ela estava grávida de gêmeos, um deles vivo, o outro, morto. O final daquela história sempre fazia Luzia estremecer. Depois que tia Sofia soprava a vela, as irmãs ficavam tentando morder o braço uma da outra, até a tia ralhar com as duas. No fundo, tinham esperanças de que houvesse algo de verdade naquela história, por isso, todo sábado, na feira, Luzia e Emília ficavam olhando os braços dos vendedores para ver se encontravam alguma marca de dentadas. Mas nunca encontraram.

Nas semanas subsequentes, Antônio saiu perguntando a comerciantes, coronéis e vendedores de algodão onde poderia conseguir uma laranja-mimo. Em troca, oferecia joias, notas de mil-réis e até o seu binóculo de latão, mas ninguém tinha a fruta para lhe dar. Até que, finalmente, numa feira perto de Triunfo, achou uma. O vendedor a embrulhou cuidadosamente num jornal e a entregou ao cangaceiro. A casca estava esbranquiçada, o fruto azedo. Uma semana depois, Luzia sentiu um aperto terrível na barriga. Parecia que tinha comido toda uma penca de bananas verdes. Sentou-se e percebeu algo quente e pegajoso entre as pernas.

No chão, ao seu redor, espalhados por vários metros em todas as direções, estavam as silhuetas escuras dos cangaceiros dormindo. Ouviu os roncos de Inteligente. Brasas reluziam na fogueira. As sentinelas – Orelhinha e um rapaz magricela apelidado de Quinta-Feira, dia em que se uniu ao bando – estavam escarrapachados perto do fogo quase extinto. Quando a ouviram se sentar, os dois se viraram instintivamente para ela. Luzia fechou as pernas e desviou os olhos. Odiou Orelhinha e o garoto por aquele cuidado. De repente, todos os homens dormindo por ali a desagradavam, inclusive Antônio, que não podia ajudá-la em nada. Precisava de uma mulher. Precisava de tia Sofia para orientá-la, com aquela sua voz forte e aquele corpo sólido, estável. Lembrou várias histórias de mulheres grávidas, em Taquaritinga, que tinham sangrado antes do tempo e perdido o filho que levavam na barriga. Com todo o cuidado, se pôs de pé. A cólica amainou. Sentiu que saía mais líquido de dentro dela, molhando as suas calças. Passou a mão no bornal e se embrenhou no mato. Antônio se sentou, mas não a seguiu.

Perto do acampamento, escondida numa fenda entre duas pedras bem grandes, havia uma fonte. Luzia viu as sombras dos rochedos. Caminhou na sua direção. Era uma noite fria e escura. Lá no alto, uma lasca de lua, recurvada como uma foice. As cólicas voltaram. Luzia se agachou, apertando a barriga.

Já na fonte, despiu a calça e a calcinha com todo o cuidado. As suas coxas estavam pegajosas. Sentiu um cheiro acre, metálico. Pôs a calcinha no chão e viu que havia ali uma mancha escura. Quando tocou o local, percebeu uns grumos amorfos e escorregadios. Retirou a mão com um gesto brusco. "Não é diferente do sangue da menstruação", disse consigo mesma, mas não conseguiu se convencer. Voltou os olhos para o mato às escuras e ficou nervosa, temendo que Antônio ou algum dos homens a estivesse olhando. Enrolou a calça nos quadris nus. As outras mulheres, pensou ela, desgostosa, têm quartos com portas. Podiam trancá-las, deixando os homens de fora. Podiam descansar em camas limpas e se lavar em bacias de metal. Luzia adoraria mergulhar na fonte, mas não podia fazer isso: era um pecado contaminar água potável. Tirou um lenço do bornal e encharcou-o. A água da fonte estava fria. A moça tremia enquanto lavava as pernas.

Durante vários dias, Antônio lhe preparou chás curativos. Canjica lhe servia porções extras de feijão e farinha de mandioca. Baiano procurou animá-la com um concurso de tiro, mas Luzia recusou. Certa noite, seu marido a levou para um local mais afastado. A mão dele, segurando a sua, estava quente. O lado esquerdo de seu rosto se remexia freneticamente.

– Minha santa – disse ele. – A nossa união precisa ser abençoada. Senão, a nossa vida não vai ser.

Dias depois, quando chegaram à cidade de Venturosa, Antônio encontrou uma igreja. Era uma capelinha simples, caiada, com chão de tijolo. Os bancos eram toscos, de madeira retorcida. O cangaceiro depositou um maço de notas de mil-réis nas mãos do padre.

– Isso é para mandar fazer um confessionário de verdade – explicou ele. – Em troca de um serviço.

O velho padre, feliz com aquela doação, logo se interessou pelo assunto.

– Não preciso de um casamento – prosseguiu Antônio. – Só quero a sua bênção. E uma certidão.

O documento ficou lindo, escrito em caligrafia elaborada e ostentando seis timbres de cera. Às vezes, de noitinha, quando os homens estavam jogando dominó, o cangaceiro desenrolava a certidão e pedia que Luzia a lesse.

Antônio José Teixeira, 32 anos, católico, capitão, filho de Verdejante, Pernambuco, Brasil, casou-se oficialmente com Luzia dos Santos, 19 anos, católica, costureira, filha de Taquaritinga do Norte, Pernambuco, Brasil, neste dia sagrado de 28 de abril do Ano da Graça de Nosso Senhor Jesus Cristo, 1930.

As superstições de Antônio pareciam ter algum fundamento: depois de obter a certidão e a bênção do padre, a vida de ambos ficou bem mais fácil. Na verdade, foi Vargas, com a sua revolução, que lhes trouxe essa boa fortuna, embora o cangaceiro não admitisse isso.

Não foram só os macacos que sumiram dos seus postos na caatinga desde que Vargas assumiu o governo do Brasil. Alguns funcionários insignificantes, ligados ao partido azul, que, por algum motivo, haviam sido nomeados para o sertão – um punhado de delegados, coletores de impostos e um ou outro juiz –, renunciaram aos cargos e voltaram para o litoral, na esperança de conseguir cortejar o partido verde, ou trataram de se esconder nas suas casas de campo. Ali no mato, a lei ficou por conta dos coronéis e dos cangaceiros, o que não era nenhuma novidade para a maioria dos moradores do lugar. Para eles, a tal revolução não passou de uma briga longínqua. Todos ficaram aliviados por ela não estar acontecendo nas suas terras. E se orgulhavam por não terem de enfrentar esse tipo de confusão. No final das contas, como em todas as rixas, as mulheres eram as únicas que mostravam alguma preocupação.

– Quando tem uma fagulha perto de uma pilha de sacos de aniagem, o diabo vem soprar e o fogo se espalha – confidenciou a mulher de um lavrador, dirigindo-se a Luzia.

Os homens não acreditavam que a caatinga pudesse ser afetada por Vargas ou por quem quer que viesse a governar o Brasil. O interior sempre fora ignorado, e, desta vez, não ia ser diferente. Antônio conversou com vários arrendatários, e a maior parte deles encarava Vargas e a sua revolução como algo curioso e divertido.

– Esse tal de partido azul está num beco sem saída – diziam, rindo. – Agora, esse tal de Vargas é presidente.

Sempre se referiam a ele como "esse tal de Vargas", nunca como "o presidente", porque era um político, e, ainda por cima, do Sul, o que acentuava ainda mais a sua condição de intruso. Até o título de *presidente* era algo remoto, como uma marca chique de tônico capilar.

Em público, a maioria dos coronéis ria de Vargas. Em particular, porém, estavam formando alianças entre si e buscando o apoio e a proteção do Carcará. Até os mais cruéis, aqueles que mais odiavam os cangaceiros, de repente começaram a tentar estabelecer relações com Antônio. Na verdade, não gostavam de Vargas por causa das suas promessas de lutar pelos direitos dos trabalhadores e pelo voto secreto. Não acreditavam que o novo presidente fosse efetivamente *dar* esse tipo de coisa aos habitantes da caatinga, mas o simples fato de trazer à tona reformas como essas já tinha lhe conferido um poder considerável entre as pessoas mais simples. Os coronéis colaboravam com os governos anteriores, dando votos aos candidatos do interior em troca de autonomia. Vargas não queria saber dessas barganhas; nunca procurou nenhum coronel e todos foram contra ele nas eleições que antecederam a revolução. Agora, temiam que o apoio dado ao partido azul viesse a lhes criar problemas. Ou o presidente decidiria que o interior era de mais para ele, como tantos outros haviam feito, ou tentaria mudar as coisas. Se o presidente tomasse essa última atitude, os coronéis tinham medo que as suas terras fossem confiscadas. Estavam esperando para ver o que Vargas ia fazer. Enquanto isso, também traçavam planos, já considerando a pior das hipóteses: caso se vissem ameaçados de perder terras e títulos, iam lutar e queriam ter o Carcará e o seu pequeno exército ao seu lado. Pensando nisso, também estavam armando os seus vaqueiros, os seus peões e os seus pastores de cabras.

– Atualmente, todo matuto tem um rifle – dizia Antônio, balançando a cabeça.

Não gostava da maioria dos coronéis e raramente concordava com eles; desta vez, porém, as suas preocupações eram as mesmas. Não queria que o governo de Vargas, ou qualquer outro, assumisse o controle do interior. Não acreditava nas promessas de igualdade feitas pelo novo presidente, pois vários outros políticos haviam dito as mesmas coisas e nunca cumpriram o prometido. Ele não via Vargas como um presidente, mas como um outro tipo de coronel, interessado apenas em conseguir terras e poder.

Com tamanha facilidade para se ter uma arma e nenhum soldado à vista, a quantidade de ladrões aumentou na caatinga. Um coronel pediu ajuda a Antônio para apanhar ladrões de gado. Um produtor de algodão veio pedir a sua colaboração para resolver uma rixa com um vizinho que decidira cercar a sua propriedade. Um comerciante lhe prometeu uma porcentagem sobre os lucros em troca do direito de dizer que a sua loja era protegida pelo Carcará. Isso bastava para afastar os gatunos. Aquele bando era famoso e, como disse um negociante, a palavra do capitão era forte como ferro.

– Ferro enferruja – emendou o cangaceiro. – A minha palavra é ouro.

Depois da revolução, surgiram vários grupos de cangaceiros tentando se fazer passar pelo bando do Carcará. Raptavam filhos de coronéis e intimidavam cidades inteiras usando a fama do capitão. Havia também comerciantes desonestos que alegavam estar sob a proteção de Antônio sem que isso fosse verdade. Durante semanas a fio, o cangaceiro insistiu em ficar circulando pelo estado para localizar e punir esses mentirosos. Orelhinha era um incentivador dessas viagens. Finalmente, na cidade serrana de Garanhuns, Luzia encontrou um sujeito que tinha uma gráfica e encomendou seis caixas de cartões de visita bem grossos, trazendo a letra F impressa na parte superior. Quando iam tratar de negócios, ela entregava a comerciantes e fazendeiros os tais cartões onde escrevia uma mensagem, com a sua letra impecável, afirmando que eles estavam efetivamente sob a proteção do bando. Com o cartão do Carcará, um homem podia andar em segurança pelos trechos mais perigosos da caatinga. Para muita gente, esses cartões acabaram sendo mais valiosos que dinheiro.

Sempre que Antônio castigava os seus imitadores – mandando que se ajoelhassem à sua frente e enfiando a ponta do punhal na base do seu pescoço –, deixava um daqueles cartões junto ao corpo caído. Quando arrancava as orelhas de um ladrão ou acertava contas com estupradores – capando-os com duas facadas, exatamente como os fazendeiros fazem com os galos velhos –, também deixava um dos cartões para provar a sua presença. Luzia sabia que tais castigos não eram piores que as punições impostas pelos coronéis. Sabia que Antônio não tinha ensinado a crueldade aos seus homens, era um ensinamento da caatinga. Da vida que levavam no interior. Mal começam a falar, os meninos aprendem a esfaquear, esfolar, limpar e tirar as tripas. Aprendem também a resolver uma briga qualquer. Logo vão descobrir que, na caatinga, não se acertam contas na base do olho por olho. Essa equivalência não existe. É preciso superar, ir além. Vida por olho. Duas vidas por uma. Quatro vidas por duas. Quando entram para o cangaço, os homens já sabem disso. Tudo o que Antônio tem a fazer é ensiná-los a controlar a crueldade. A torná-la útil. Vivia repetindo que as suas vítimas haviam faltado ao respeito com alguém, desonrado uma mulher, traído, mentido, roubado ou cometido qualquer tipo de delito que merecia punição. Como os cangaceiros, Luzia tinha a mais inabalável certeza quanto à honradez do capitão. Ela era possante e atordoante, como o cheiro da caatinga durante a floração.

Antônio insistia em dizer que ele e seus homens não podiam ser contratados: simplesmente faziam serviços para amigos. Em troca, esses amigos lhes davam guarida e presentes, nunca pagamento. Não precisavam de dinheiro, pois os seus bornais já estavam cheinhos de notas de mil-réis. Em geral, esses presentes eram armas e munição. Durante a revolução, e depois dela, quando Vargas passou a reservar a maior parte da munição disponível para as suas tropas, os carregamentos para o interior ficaram bastante reduzidos. Antônio estocava então o máximo que podia.

Já Luzia estocava jornais conseguidos nos assaltos às caravanas dos azuis. Depois da revolução, o *Diário* parou de incluir a coluna social nas suas páginas. Só publicava fotos de Getúlio Vargas no palácio presidencial, no Rio de Janeiro, onde ele havia instalado o governo provisório. Mais tarde, apareciam também as fotos dos "tenentes", membros do partido verde indicados para assumir temporariamente o governo dos estados, até que a nova constituição estivesse pronta. O capitão Higino Ribeiro tornou-se o tenente de Pernambuco. Durante semanas a fio, o seu retrato saiu na primeira página do jornal.

Foi só mais tarde, depois do Carnaval de 1931, que Luzia voltou a ver fotos da irmã. O *Diário de Pernambuco* divulgava as inaugurações, os jantares oficiais e outras festividades promovidas pelo novo governo. Numa dessas fotos, Emília estava de pé em meio à multidão que cercava o Dr. Otto Niemeyer, um economista estrangeiro que Vargas havia convidado para criar um plano de desenvolvimento econômico para o Brasil. Em outra, Emília aparecia num jantar oferecido a vários sujeitos pálidos de terno – eram representantes de conglomerados estrangeiros de petróleo, companhias de eletricidade e empresas de borracha. Aqueles homens eram o futuro, segundo Vargas. Ele queria grandes projetos, que chamassem a atenção, para mostrar que o seu governo estava funcionando. A cada lançamento de pedra fundamental ou jantar comemorativo, viam-se faixas com o lema do presidente – *Urbanizar, modernizar, civilizar* – penduradas atrás dos convidados. Emília aparecia sempre no meio das pessoas que ficavam abaixo dessas faixas. O seu cabelo estava mais comprido do que Luzia se lembrava, e o seu rosto, mais magro. Num artigo, datado de maio de 1931, o repórter mencionava sua irmã. Tinha havido um Congresso Feminista no Rio de Janeiro, onde os delegados de Vargas esboçaram a nova legislação eleitoral do país. Em sua versão inicial, o documento estendia o direito de voto apenas às viúvas com propriedades e às mulheres casadas, desde que tivessem permissão do marido. "Estamos preocupadas", declarou a Sra. Degas Coelho. "Temos esperanças de que essa versão vá ser revista. O presidente Vargas prometeu e, quando um homem faz uma promessa a uma dama, deve cumpri-la."

Luzia sorriu ao ler isso. Emília continuava acreditando no poder da decência e da cortesia. Ou então fingia acreditar. Quando observava aquelas fotos, achava que o rosto de Emília não combinava com a esperança cortês que se notava nas suas palavras. A mulher das fotos raramente sorria. Tinha o queixo erguido e os lábios contraídos numa expressão que parecia de desafio.

Enquanto a Sra. Degas Coelho participava de lançamentos de pedras fundamentais e inaugurações do governo Vargas, Luzia e os cangaceiros participavam de suas próprias cerimônias de dedicação. Antônio deu dinheiro a algumas cidades para consertar um poço ou reformar a capela. Deu ferramentas novas a alguns lavradores e cortes de tecido às suas mulheres. Deu a um alfaiate já idoso um saco cheio de dinheiro para que ele e os filhos pudessem construir a própria loja.

O bando do Carcará adquiriu fama tanto pela crueldade quanto pela generosidade. Mais homens queriam fazer parte dele. Novos recrutas fitavam Antônio com respeito e medo. Luzia tinha pena deles. Logo experimentariam os efeitos do suco amargo do xiquexique. Logo veriam que o seu capitão era temperamental. Apesar do sucesso que vinham tendo desde a revolução, o cangaceiro andava acabrunhado. O seu corpo estava ficando mais fraco, o seu olho, embaçado, e as suas superstições se multiplicavam. Às sextas-feiras, dia sagrado, ele não deixava os seus homens cantarem, jogarem dominó e nem mesmo conversarem. Nesses dias, Luzia não podia tocar nele. As suas orações noturnas estavam cada vez mais longas e todos se mostravam irrequietos por ficar tanto tempo ali, ajoelhados. Um dia, Orelhinha e quatro novatos reclamaram da duração dessas rezas. Antônio determinou que o subcapitão ficasse encarregado do lixo por um mês, atribuindo-lhe a pior das tarefas: enterrar os refugos do bando sempre que levantavam acampamento. Depois disso, Antônio passou a dormir pouco. Deitado ao lado de Luzia, ficava ouvindo as sentinelas conversando baixinho. Certas noites, esperava até que todos estivessem dormindo; acordava então a mulher e, juntos, trocavam a manta de lugar para que ninguém soubesse exatamente onde os dois estavam. O medo de ser envenenado aumentou muito e ele se recusava a comer qualquer coisa que Luzia não tivesse provado antes. Se os novos recrutas questionavam uma ordem sua ou o decepcionavam, Antônio não permitia que fizessem a oração do corpo fechado para se proteger do mal. Os sujeitos sentiam-se desamparados e temerosos. Ficavam sem a aprovação ou o amor do capitão. Para ter tudo isso de volta, até Orelhinha obedecia.

Como recompensa, Antônio fazia cada homem do bando se sentir importante. Aconselhava-os e cuidava deles. Fazia longas preleções sobre a sua liberdade, a sua independência. Sentada na sua manta, no escuro, Luzia ouvia tudo impaciente. Aqueles discursos a deixavam frustrada. A vida que levavam não era marcada pela liberdade, e sim pela fuga: da sua vida anterior, de erros do passado, de inimigos, de coronéis, de macacos ou da seca. Além disso, que vantagem tinha a liberdade por si só? Que vantagem tinha aquela imensidão da caatinga que rasgava as suas roupas e lhes cortava o rosto? Que vantagem tinha ficar vagando por vagar, sem motivo, sem objetivo, sem qualquer futuro à vista?

Até o mais pobre e bagunçado dos casebres, com chão de terra e cachorros encolhidos pelos cantos, era ordenado e sólido se comparado à vida que ela levava ali no mato. Todos eles tinham um bom pilão de madeira para moer o milho e fazer fubá, e para triturar os grãos de café. Tinham ganchos pendurados acima do fogão para conservar a carne. Tinham cadeiras, berços e redes de corda de caroá, pois tudo isso eram coisas que passavam de mãe para filha. Coisas que Luzia jamais poderia carregar, vagando pela caatinga. A Costureira tinha bornais bordados, joias e uma pistola, mas não tinha uma casa para cuidar.

No começo, a inveja que sentia era discreta. Com o tempo, foi aumentando. Uma onda de amargura lhe subia pelo peito sempre que ela entrava numa casa, deixando-a de mau humor pelo resto do dia. Tinha vergonha daquele sentimento e jamais o mencionava. Simplesmente evitava casas. Para Antônio, aquela repulsa pelos espaços fechados revelava o seu amor pela vida ao ar livre, pela própria caatinga. E ele aprovava a sua atitude.

– A sua casa é melhor que a de qualquer outra mulher – dizia ele, pondo uma mecha de cabelo para trás da orelha de Luzia.

Era uma casa enorme. O que a dividia eram rios, e não paredes. Na época da estiagem, o seu teto era tão azul quanto as cerâmicas vitrificadas que se vendiam nas margens do São Francisco. Na estação das chuvas, ele se tornava cinzento, atravessado pelo brilho dos relâmpagos. A sua cozinha era bem fornida com cabras, tatus, coelhos-do-mato e rolinhas. Os seus móveis eram resistentes: as pedras menores davam ótimas cadeiras, os juazeiros perenes forneciam boa sombra e as formações rochosas que se erguiam em meio à vegetação baixa, arredondadas e maciças, como corcovas de animais adormecidos, eram armários de primeira, servindo para guardar munição e suprimentos, tanto escondidos nas suas fendas quanto enterrados na sua base.

Antônio lhe dizia essas coisas, sussurrando, quando estavam a sós. De manhãzinha, antes do nascer do sol, ele a acordava para se afastarem um pouco do acampamento. Ela o seguia na escuridão da madrugada. Esperava até ele limpar um lugar em que ambos pudessem se sentar. Era comum haver areia na sua manta, nos seus cabelos, na sua pele. E também formigas. O ar da manhã era frio. Ambos estremeciam e ficavam bem juntinhos. Não podiam falar muito alto, para que os homens não os ouvissem. Não podiam se mexer muito, nem para um lado nem para o outro, para os cactos e as urtigas não encostarem na sua pele. Às vezes, Luzia tinha medo de encontrar alguma cobra ou um caititu com seus dentes afiados. Nessas horas, se agarrava ainda mais ao marido.

A dor da primeira vez já não existia; em seu lugar, havia agora a urgência. Em geral, Antônio fazia tudo depressa, depressa demais, e logo, logo o seu corpo se aliviava, o seu olhar ficava distante. No começo, aquilo a deixou com raiva. Lá ia ele para algum outro lugar, largando-a ali, naquela manta cheia de areia. Depois, percebeu que ele estremecia. Que ele a fitava, com os olhos arregalados. "Luzia!", exclamava, com um tom de súplica na voz. E ela sentia um súbito orgulho que chegava a estonteá-la. Aquele era o homem que o povo chamava de demônio. Aquele era o Carcará, dócil nas suas mãos. Naquele momento, ela o possuía inteiramente. E, como qualquer pessoa que conseguiu subjugar algo selvagem, Luzia ficava emocionada e assustada.

Nunca admitiu o medo que sentia, mas ele estava ali, como uma fina camada de crinolina escondida sob o tecido de um paletó masculino. A crinolina era um elemento resistente, mas invisível, que servia para dar forma ao traje. Com os seus homens, Antônio era o capitão arrogante e temperamental. Quando invadiam cidades e fazendas, era o Carcará inclemente. Com ela, era Antônio, delicado, curioso, solícito. Era fácil ter afeição por um homem assim. Certas noites, porém, quando o chão debaixo da manta estava duro demais, quando estava muito frio ou quando o seu braço aleijado doía, não a deixando dormir, Luzia olhava as costas encurvadas do marido, os seus ombros calejados e o seu cabelo comprido, e se perguntava: se ele não fosse também o Carcará, será que o amaria?

O segundo filho foi diferente do primeiro. Ela não teve desejo de comer laranjas. Não se sentiu enjoada ou cansada. Era calmo: filho dos meses chuvosos, quando tudo estava florescendo. À noite, achava que podia senti-lo se mexendo na sua barriga, como uma mariposa. Eram noites frias e úmidas. Luzia se encolhia debaixo do cobertor. Cobria-se com dois gibões. Rezava para Nossa Senhora do Bom Parto. O bebê não pôde ter nenhum desejo especial porque a moça não lhe deu chance para isso. Tomava leite de cabra diariamente. Chupava blocos de rapadura. Nas cidades serranas, devorava a polpa carnuda e amarelada das jacas. Comia tudo o que encontrasse pela frente. Apesar dos seus esforços, a criança se foi. Ao primeiro sinal de cólica, pararam num sítio. A esposa de um lavrador lhe cedeu a sua cama. Pôs panos úmidos na sua testa. Lá fora, Antônio só fazia andar de um lado para outro. Quando enfim Luzia se levantou, usando as suas outras calças, ele estava à sua espera.

– Foi melhor assim – disse ele, balançando a cabeça como se quisesse espantar outras ideias. – Cangaceiros não devem mesmo ter bebês. Eles são um peso morto.

Antônio nunca lhe bateu. Nunca gritou com ela, nem apertou a sua mão com muita força ou a empurrou. A este respeito, lembrou-se Luzia com seus botões, era uma esposa de sorte. Mesmo assim, sentiu algo se enrijecer dentro do peito, como a garapa quente despejada nos moldes de madeira e deixada no frio da noite para endurecer, transformando-se em rapadura.

Depois de perder o segundo filho, ela começou a tomar chá de casca de quixabeira diariamente e, a cada mês, para não engravidar, engolia um chumbinho – daqueles que as crianças usam nas espingardas de ar comprimido para caçar rolinhas. Passou a participar das brincadeiras de tiro junto com os homens do bando. Escolheu uma arma numa pilha de papos-amarelos e de mosquetes que eles tinham roubado. Ao contrário dos cangaceiros, ela detestava os mosquetes de chumbo, com aqueles canos grossos e maciços, e as balas grandes de metal que estraçalhavam tudo. Os homens preferiam as Winchesters, mas também gostavam dos chumbos. Os tiros disparados por essas armas não eram limpos, como se diz, mas, com elas, era raro errar o alvo.

– A gente quer que a bala penetre bem fundo – disse-lhe Baiano. – Mas, se não dá para fazer isso, quanto mais grosso melhor. Com o chumbo, o ar entra e o sangue sai.

No início, Luzia nunca tinha apontado uma arma para um ser humano. Durante as competições de tiro, os alvos eram árvores, latas de brilhantina ou de querosene e garrafas vazias. Para isso, a moça preferia a precisão de uma pistola ou de um fuzil de cano longo. Imitava os métodos dos homens, rastejando de bruços e equilibrando a arma numa pedra para garantir a firmeza do tiro. Ao anoitecer, quando ficava escuro demais para bordar, Luzia ia limpar as armas junto com o resto do bando. Armas eram coisa preciosa. Antônio ficava bravo se visse uma delas suja ou enferrujada, tornada imprestável por descuido do dono.

– Vocês aparam os cascos de uma cabra! Lavam um bom cavalo! Então por que não fazem a mesma coisa com a sua arma? – era o que ele vivia dizendo.

Os homens não falavam quando se dedicavam àquele trabalho de limpeza. Só se ouviam o som dos canos sendo destravados, o tilintar dos projéteis e alguém pedindo bem baixinho que lhe passassem um pano ou uma lata de brilhantina. Usavam umas varetas envoltas em pano macio para enfiar no cano e em cada uma das câmaras do tambor. Baiano gostava de passar um pouco de brilhantina para azeitar o gatilho.

Não tardou muito para Luzia começar a ganhar todas as competições. Antônio e seus homens, inclusive Orelhinha, elogiavam a sua pontaria. Ficavam deslumbrados com os seus tiros, mas sempre cumprimentavam o cangaceiro que ficava em segundo lugar. As vitórias de Luzia não eram consideradas reais porque ela nunca tinha atirado num homem. Poucos meses depois da revolução, isso mudou. Os cangaceiros voltaram à fazenda do coronel Clóvis Lucena para se vingar. Foi ali que a moça apontou a arma para seu primeiro alvo humano. Marcos, o filho do coronel, tinha se casado, mas a sua esposa continuou morando em Salvador. A pontaria perfeita de Luzia deixou a moça viúva.

Depois que ela matou pela primeira vez, atirar ficou bem mais fácil. Quando atacavam a casa de um coronel inimigo, ou quando surpreendiam um grupo de fugitivos azuis, Luzia e os outros ases do gatilho se escondiam nos portais ou atrás de árvores. No começo, olhando por cima da mira do cano da arma, ela esperava que os seus tiros fossem fazer os homens pularem ou sacudirem braços e pernas. Mas não. Só os tiros que não eram certeiros provocavam resultados assim. Quando uma bala acertava uma articulação, um osso da bacia, ou raspava a pele dos homens, eles caíam para trás e, às vezes, estremeciam ou entravam em convulsão. Isso era perigoso. Como Baiano tanto gostava de dizer, mesmo depois de um tiro mortal, um homem pode sobreviver por dez segundos e dez segundos é tempo suficiente para ele revidar, atirando também. Portanto, para Luzia, só serviam os tiros certeiros. Aprendeu a mirar a cabeça, o pescoço, e, como os órgãos vitais ficavam mais acima do que ela imaginava, sempre visava o ponto entre as axilas, nunca mais abaixo. Passou a gostar de atingir o alvo, coisa que a deixava assustada. Tudo era muito confuso. A um só tempo, sentia-se decidida e abalada, orgulhosa e arrependida, furiosa e assustada.

Em princípios de 1932, quando o bando sequestrou os dois cartógrafos, Luzia estava grávida pela terceira vez. Dar tiros certeiros tornou-se ainda mais importante, pois, agora, precisava proteger duas vidas em vez de uma só. Diariamente, esperava pelas cólicas e o escape tão familiares, mas eles não vinham. Apesar do calor, das caminhadas intermináveis e da água que chegava a ser grossa de tão barrenta, a criança continuava ali. A sua presença fez Luzia compreender as implicações de algo que Antônio lhe dissera um dia: a vida de um cangaceiro era como um balão de são João, que nascia para ter um brilho ardente e morrer depressa. Era por isso que os homens gostavam tanto dos seus pingentes e dos seus anéis de ouro, das sacolas bordadas e dos binóculos de latão: porque, no fundo, sabiam que essas coisas sobreviveriam a todos eles. Mas aquela situação era diferente, pois o bebê era um peso vivo. E Luzia estava determinada a fazer com que o seu filho vivesse mais que ela própria.

3

Luzia gostava do cartógrafo mais velho. Ao meio-dia, quando o bando se aglomerava nas raras sombras para esperar o sol baixar, ela desdobrava o mapa que tinha surrupiado e o punha diante do homem. Com ele, aprendeu a lê-lo. Até então, só tinha visto os grandes mapas coloridos da escola do padre Otto; aquele ali era diferente. Era desenhado a tinta preta e cuidadosamente traçado, com sinais de mais e de menos para indicar a altitude do solo. A moça lhe pediu que lhe mostrasse onde ficavam Taquaritinga, Recife e o Velho Chico. Alguns cangaceiros se agruparam ao seu redor, interessados. O cartógrafo mais jovem fechava a cara para todas as perguntas que eles faziam. Antônio também assistiu àquelas aulas, mas nunca participou delas. Não gostava de mapas. Desconfiava de tudo o que precisasse ser escrito em vez de guardado na memória das pessoas.

Depois do sequestro, eles mandaram um telegrama para a redação do *Diário de Pernambuco*. Exigiram um resgate de duzentos contos pelos cartógrafos. Um conto correspondia a mil mil-réis, e Antônio insistiu para que começassem pedindo uma quantia bem elevada.

– Vai ser como barganhar na feira semanal – disse ele.

O governo Vargas tentaria regatear. Luzia torcia para que isso não acontecesse: mesmo que recebessem a quantia toda, só conseguiriam comprar um pedaço bem pequeno de terra nas margens do São Francisco. Ainda assim, pensava ela, ser dono legítimo de um terreninho era melhor que nada.

Antônio ditou o pedido de resgate para o funcionário dos telégrafos, que, trêmulo, tinha de enxugar o suor das mãos antes de escrever cada palavra na máquina. Na mensagem, Luzia e Antônio não especificavam qualquer detalhe quanto ao pagamento. Primeiro, queriam uma resposta do Instituto Nacional de Estradas de Rodagem, para saber se estavam ou não dispostos a salvar os seus cartógrafos. No telegrama, mandavam que o instituto publicasse a sua resposta no *Diário*. E, para o caso de demorarem muito a conseguir um exemplar do jornal, mandavam também que fossem enviados telegramas de resposta a todas as principais estações telegráficas do estado. Desse jeito, observou Antônio, radiante, ninguém teria condições de determinar a localização exata do bando e, o que era mais importante, o instituto seria forçado a dizer sim. Se o jornal e aqueles diversos telegramas veiculassem uma resposta negativa, todos saberiam que eles não tinham nem tentado salvar os próprios funcionários. Os cangaceiros forçariam o órgão público a pagar.

Enquanto Antônio pensava apenas na atenção que receberia pelo sequestro, Luzia refletia sobre o telegrama seguinte. Toda noite, deitada na manta cheia de areia, ficava compondo mentalmente a mensagem a ser enviada: se o instituto aceitasse as suas exigências, precisariam já ter escolhido um ponto de encontro. O governo Vargas bem poderia mandar tropas em vez de dinheiro; portanto, os cangaceiros tinham de organizar o esquema de troca com todo o cuidado. Não podiam cair numa armadilha. A moça pensou em deixar os cartógrafos num lugar e receber o dinheiro noutro, numa tentativa de desviar a atenção que estaria voltada para o resgate. Talvez pudessem usar um daqueles coiteiros leais para ir buscar o dinheiro. Sempre que expunha as suas ideias a Antônio, ele mal a ouvia. Queria conseguir jornais. Queria ver o nome de ambos na imprensa.

Com os cartógrafos a reboque, o bando deixou a trilha e foi rumando para o São Francisco, onde não faltaria água. Ninguém mencionava a palavra *seca*, parecendo até que, se a ignorassem, ela não existiria. Só os coronéis mais ricos tinham condições de levar os rebanhos para a região serrana, para localidades como Taquaritinga, Garanhuns e Triunfo, onde a água era mais abundante. Os pequenos fazendeiros eram obrigados a soltar o seu gado na caatinga, na esperança de que os animais conseguissem garantir a própria sobrevivência. No calor seco, os carrapatos proliferavam. Infestavam as orelhas das reses e recobriam os seus focinhos, formando uma pele marrom toda enrugada. Os urubus engordavam e circulavam por ali às centenas. Luzia viu imagens de santos amarradas aos telhados das casas. Ficavam deitadas de costas, com o rosto voltado para o sol. Algumas tinham vendas nos olhos. Outras tinham mãos ou pés arrancados. As pessoas lhes devolveriam os membros decepados quando chovesse. Era fevereiro, e os habitantes da região conservariam a esperança até 19 de março. O dia de são José era um marco importante: se chovesse nesse dia, ou antes, ainda daria tempo de plantar. Se não chovesse, seria o fim. Todos teriam de esgotar as suas reservas de comida, caso tivessem alguma, e esperar até o ano seguinte. Ninguém dizia isso, mas, se houvesse seca, também não choveria no outro ano. Se, no entanto, as preces pedindo chuva fossem atendidas, os moradores da caatinga desamarrariam os santos, consertariam as imagens e voltariam a cultuá-los. No teto de uma capela, Luzia viu o Menino Jesus. Tinham lhe tirado os braços e as pernas, deixando apenas uns buracos escuros no seu torso de barro.

– Não deviam fazer isso – disse a moça.

– Essa gente é ignorante – retrucou Antônio. – É só isso que eles entendem.

– As pessoas entendem ameaças – observou Luzia, balançando a cabeça. – Os santos, não.

– Mas eles foram gente um dia.

– É verdade – disse ela. – Vai ver que é por isso que não nos ouvem.

– Ouvem, sim – replicou o cangaceiro, acariciando a face da mulher com as pontas dos dedos. Mas foi um gesto rápido, para que os seus homens não o vissem. – Só não nos dão o que estamos pedindo. E têm lá os seus motivos.

Como todo o povo da região, Antônio acreditava que havia um motivo por trás da falta de chuva. Deus e os santos estariam enviando uma mensagem, um aviso. Ele estava persuadido de que a seca era um presságio, pois começou depois que Vargas subiu ao poder. A caatinga e os seus habitantes sofreriam agora durante o governo desse homem. Com isso, passou a confiar ainda menos no presidente.

A comida era escassa, mas os cangaceiros nunca passavam fome. Em geral, pescavam um surubim no São Francisco. As mãos de Luzia ficavam cheirando a peixe, e o cheiro impregnava também o seu nariz e as suas roupas. Ela detestava aquele peixe cheio de espinhas, com uma carne insossa, mas era melhor do que a farinha de mandioca azeda e a carne de sol dura e seca vendidas nas cidades. Às vezes, os homens davam a sorte de pegar teiús ou rolinhas. Estavam acostumados a andar por horas a fio tendo comido pouco, mas não era o caso dos cartógrafos. Estes ficaram com os pés machucados e sensíveis. As barbas de ambos foram crescendo sem cuidados, formando um emaranhado abaixo do queixo. Pareciam até aqueles beatos que vagavam pelo sertão, só que sem usar o punhado de rosários ou carregar as cruzes de madeira em tamanho natural.

Luzia podia controlar a própria mente com relação à seca, mas o seu corpo queria mais. A pele da sua barriga esticou e ficou difícil abotoar as calças. Os ossos da bacia pareciam azeitados e esgorregadios. Tropeçava à toa. Esbarrava nos homens durante as caminhadas. Sentia-se tão estranha e desajeitada quanto uma menina em fase de crescimento, com o corpo se transformando de um jeito que não conseguia compreender. Vivia cansada. Não era aquele cansaço familiar por ter andado muito ou por viver sob o sol quente da caatinga. Era algo mais profundo. A criança estava sugando as suas forças, alimentando-se dela. Sua barriga parecia até aquelas bicheiras em ebulição, que acabavam matando os animais de dentro para fora. Certa noite, Ponta Fina apareceu trazendo-lhe um coração de rolinha. A moça não tinha dito nada sobre o estado em que se encontrava, mas Ponta desconfiou. Conhecia a velha tradição: para saber o sexo de uma criança, a futura mãe precisa enfiar um coração de galinha num espeto e mantê-lo acima de um braseiro. Se, depois de cozido, o coração se abrir, vai ser menina. Se continuar fechado, vai ser menino. Não tinham coração de galinha por ali, mas um de pomba-rola serviria. Luzia o espetou na ponta do punhal e o pôs sobre o fogo. Ponta ficou ao seu lado. Quando a moça tirou o punhal das chamas, o coração estava escuro e bem fechado, como um punho.

Em meados de fevereiro, percorreram umas dez estações telegráficas, mas não tinha chegado nenhum telegrama do tal instituto. A poeira que levantava do chão formava nuvens alaranjadas, cobrindo as roupas dos cangaceiros, deixando as cartucheiras foscas e penetrando em sua boca. A vista de Antônio só fazia piorar. O olho do lado desfigurado do rosto estava inflamado e lacrimejante, pois ele não podia piscar para afastar a areia e a poeira. Já que a água era preciosa demais para ser desperdiçada, ele usava apenas o lenço, o que não adiantava nada: o olho foi ficando cada vez mais embaçado e sem vida, como uma bola de gude. Certas noites, o cangaceiro acordava em pânico, achando que o outro olho estivesse no mesmo estado. Rezava para santa Luzia. Finalmente, decidiu atravessar o São Francisco e ir ver o Dr. Eronildes.

Como tantos outros ali nas proximidades do rio, o médico tinha o luxo da água. Enquanto durassem os suprimentos, pescadores e arrendatários podiam ficar em casa até que voltasse a chover. Apesar dos benefícios das águas do Velho

Chico, a maioria dos fazendeiros já tinha deixado a região. A quebra da bolsa de 1929 e a crise econômica que ela acarretou haviam sido o primeiro golpe para aquela gente, e a seca só vinha debilitá-la ainda mais. Boa parte dos fazendeiros abandonou as suas terras, deixando que os coronéis da vizinhança delas se apossassem. O Dr. Eronildes não admitiria tal coisa; continuou na sua propriedade, apesar da seca.

A casa caiada estava agora de um amarelo mortiço e sujo. O sol tinha feito o portão da frente desbotar, deixando-o acinzentado, com a madeira rachada e lascada. Foi ele mesmo quem veio abrir. As dificuldades da vida na caatinga tinham imposto o seu preço ao médico. A pele do seu rosto estava coberta de sardas. A barba estava malfeita. Uma corda substituía o cinto de couro que ele usava antes. Quando cumprimentou Luzia, as suas mãos tremiam. O seu hálito cheirava a bebida.

Com toda a calma, examinou cada um dos cangaceiros. Esterilizou um pequeno par de pinças para extrair espinhos de pontos vermelhos e inflados da pele daqueles homens. Cuidou de ferimentos superficiais com umas preciosas gotinhas de água oxigenada e iodo e alertou a todos para tomar cuidado com as facas enferrujadas. Receitou, para a maioria deles, ervas medicinais para tratar da tosse ou da constipação provocada pela dieta inadequada. Com os dedos esguios, examinou os dentes e as gengivas de todos. Alguns dentes estavam moles e sangrando, e o médico mandou que os homens comessem umbu ou qualquer outro fruto da caatinga que conseguissem encontrar. Quando chegou a vez dos cartógrafos, Eronildes se calou. Limpou os pés de ambos com o restinho de água oxigenada que ainda tinha e, depois, passou uma solução diluída de fenol na pele rachada. Os dois homens fizeram caretas de dor. O médico mandou que Ponta Fina lhes enfaixasse os pés e, enquanto isso, levou Antônio e Luzia para dentro de casa. No escritório, examinou os olhos do cangaceiro.

– Com o esquerdo está tudo bem – disse ele. – O outro não tem jeito. Só dá para amenizar o incômodo.

Abriu um armário de madeira e começou a remexer no seu interior. Alguns instantes depois, voltou com um frasco de vidro que tinha tampa de borracha e um conta-gotas.

– Você vai perder a visão da vista direita – disse Eronildes. – Mas isso vai ajudar com relação à poeira. É uma solução para umedecer o olho.

Antônio observou bem o tal frasco. Sem pedir a Luzia que o experimentasse primeiro, pingou várias gotas no olho baço. Apertou bem os olhos e se sentou. Seu rosto estava molhado.

– Eu lhe sou muito grato – disse ele, dirigindo-se ao médico. – Você terá sempre a minha proteção.

Eronildes enxugou as mãos.

– Tenho uma coisa para lhe mostrar – disse, remexendo a pilha de jornais ao lado da escrivaninha. Pegou um exemplar do *Diário de Pernambuco*, datado de três semanas antes. – Isso aqui veio na remessa mais recente, a última que recebi. A essa altura, o rio está raso demais para as barcaças poderem navegar.

Na primeira página, havia um artigo sobre os cartógrafos. Luzia leu o texto em voz alta.

"Um punhado de ladrões perversos não vai negar ao povo aquilo de que ele necessita." O jornal trazia esta citação tirada de uma declaração do tenente Higino Ribeiro, novo governante do estado. O tenente garantia aos leitores que o governo mandaria mais cartógrafos para o interior. A Transnordestina seria construída. O artigo falava do serviço que aqueles homens haviam prestado ao país e referia-se a eles como indivíduos honrados e de bem.

Lá do palácio presidencial, no Rio de Janeiro, Vargas enviou uma carta afirmando que cangaceiros não passavam de empecilhos menores no caminho de um futuro maior: "Não há lugar para eles no Brasil novo!" O Dr. Duarte Coelho, recém-nomeado consultor especial do estado para assuntos criminais, também foi citado. Ele próprio financiara uma polpuda recompensa pela cabeça dos cangaceiros – 25:000$00, ou 25 contos, pelo Carcará e pela Costureira. Funcionários municipais estavam tentando definir a mente criminosa, estabelecer critérios físicos que seriam usados para examinar futuros delinquentes e determinar quais deles poderiam ser reabilitados e quais teriam de ser eliminados.

– Como se faz com os bodes aleijados – disse Luzia. – Com os bezerros que nascem cegos ou com uma só teta.

Desde o começo, esses animais já estavam condenados. O seu destino era traçado pelo seu corpo, e não pela sua alma.

– Saímos na primeira página – observou Antônio, ignorando o comentário da mulher.

– Isso não é brincadeira – replicou o Dr. Eronildes. – Esse artigo também pode significar o obituário desses cartógrafos. Ninguém vai pagar resgate por eles. Não estão dando a mínima para os dois.

– Mas vão dar – retrucou Antônio. – Vou obrigá-los a isso.

– Como?

– Vamos tirar um retrato – disse o cangaceiro, olhando para Luzia. – Todos nós. Para provar que eles estão vivos.

– Não faça isso – atalhou o médico, com voz grave. – A sua cabeça está a prêmio. A sua proteção é o anonimato. Se tirarem esse retrato, eles vão saber como é o seu rosto. Vocês nunca ficarão livres.

– Já somos livres – disse Antônio. – Mas, se permitirmos que construam essa estrada aqui, deixaremos de ser. Ela vai ser como uma cerca; Vargas vai usá-la para nos encurralar. Para nos empurrar cada vez mais para dentro da caatinga até que toda ela tenha desaparecido. E, então, ele vai nos acuar para o abate. Nós somos homens, doutor, e não gado.

Eronildes suspirou. Pegou uma garrafa de White Horse e dois copos que estavam na estante. Serviu os drinques. Quando Antônio recusou, ele tomou prontamente as duas doses.

– As coisas mudaram – disse o médico, enxugando a boca.

– É – fez Antônio, assentindo com um gesto. – Hoje em dia é mais fácil ter uísque que água.

– Não é disso que estou falando – atalhou Eronildes, com rispidez. – Ficar aqui na Bahia não vai resolver os seus problemas. Bahia, Pernambuco, Paraíba... Agora, todos os estados estão unidos sob o comando de Vargas. Nenhum deles é mais seguro que o outro. Se matar esses cartógrafos para dar uma demonstração de força, a lei terá de fazer o mesmo com você.

– Vargas nunca reclamou quando atacamos aqueles fugitivos azuis – disse Antônio. – Mas, quando atacamos esses homens, passamos a ter a cabeça a prêmio. Ah, tem uma coisa que eu queria lhe perguntar, doutor – acrescentou ele, baixando os olhos e brincando com o conta-gotas do frasquinho. – O que é uma *peça de museu*?

– Uma peça de museu? – repetiu o médico, sem entender direito. – É uma coisa velha. Inútil. Do tempo antigo.

Antônio assentiu. Apertou com mais força o frasco que tinha nas mãos. Luzia ficou com medo de que ele o quebrasse.

– Por que queria saber? – perguntou Eronildes.

Antônio o fitou. Os seus olhos ainda estavam úmidos por causa do remédio. Luzia teve vontade de estender a mão para enxugar o rosto dele, mas não ousou fazê-lo.

– Nunca criei problemas para a capital. Nunca levei os meus homens além de Limoeiro. Deixei o litoral em paz. Nunca me meti nos negócios daquela gente. Eles deviam mostrar o mesmo respeito por mim, pela minha terra.

– Isso não é uma questão de educação, Antônio – disse Eronildes, com brandura. – A caatinga não lhe pertence.

O lado bom do rosto do cangaceiro se contraiu.

– Os tempos mudam – prosseguiu o médico. – Precisamos mudar com o tempo.

– Senão viramos peças de museu?

– Isso mesmo.

Antônio pigarreou, parecendo até que ia cuspir. Mas falou:

– Você é filho da cidade, doutor. Eu, da caatinga. E sou um filho leal.

– Leal a quê? Aos velhos costumes? – indagou Eronildes, balançando a cabeça. – Você quer que o povo continue a viver sob o mesmo jugo.

– E vocês querem que eles carreguem um novo.

– A estrada não é um jugo, Antônio.

– O povo daqui vai ser contra essa construção. Todos vão ficar do meu lado. Vão me ajudar porque eu os ajudo. Eles são leais.

– Não são, não – replicou o médico. – As pessoas são volúveis. Transformam em herói o primeiro homem que encontram, até que apareça um outro melhor. Não existe lealdade por aqui, Antônio. Só necessidade. As pessoas precisam de comida. Precisam de dinheiro e de segurança. Quem der mais será considerado herói. A recompensa oferecida pela sua cabeça vai apagar qualquer lealdade.

– Então, você é um deles? – perguntou Antônio. – Um dos homens de Vargas?

Eronildes ergueu as mãos pintadas de sardas, como se quisesse mostrar que não estava armado.

– E existe outra opção? Diga lá.

Antônio aquiesceu. Enfiou o jornal debaixo do braço e saiu do escritório, sem dar pela presença de Luzia. Quando ela fez menção de ir com ele, o médico saiu de trás da escrivaninha. Pegou o cotovelo aleijado da moça, mas, constrangido, logo o soltou.

– Posso mandar vir lentes novas para os seus óculos – balbuciou ele. – Essas aí estão arranhadas.

– Estou vendo bem com elas – disse Luzia. – Obrigada.

– Você... Antônio não vai mais voltar aqui, não é mesmo? É a última vez.

Luzia assentiu. Antônio desconfiava de todos aqueles que ele chamava "homens de Vargas", mesmo que tivessem sido amigos algum dia. Eronildes retorcia as mãos.

– Estou lhe perguntando isso como médico – sussurrou ele. – E como amigo. De quantos meses você está?

Luzia ergueu os olhos, atônita.

– É o seu rosto – disse ele. – As olheiras acentuadas. E as suas calças – acrescentou, indicando a cintura da moça com um gesto de cabeça. – Você mal consegue abotoá-las.

Luzia sentiu que enrubescia. Homens – mesmo sendo médicos – não tocavam nesses assuntos com as mulheres. Só parteiras lidavam com essas questões femininas, mas ela não tinha nenhuma; não tinha ninguém a quem recorrer.

– Faz três meses que... – principiou ela, mas não conseguiu completar a frase.

– Você precisa de repouso – disse Eronildes. – Precisa se alimentar bem. Vai perder a criança se não fizer isso.

– Não esta aqui. Esta vai vingar.

– Vai deixar o bando?

Luzia balançou a cabeça, surpreendida pelo simples fato de ele aventar essa hipótese.

– Como vai criar esse filho? – perguntou ele, indignado.

Eronildes disse *esse filho*, como se o bebê não fosse dela.

– Do jeito certo.

– Onde?

Ela hesitou, e, depois, respondeu baixinho:

– Em algum lugar perto do rio. Vamos comprar um terreninho com o dinheiro do resgate.

– Você é tão teimosa quanto ele – retrucou o médico, bufando. – Essa gente não vai pagar. E, mesmo que pagasse, não adiantaria nada. A terra está morta. Nenhuma das roças de algodão floresceu, nem mesmo a minha, aqui, juntinho do rio! E, se não chover esse ano, não vai dar nem mandioca. Você vai morrer de fome.

– Para onde deveríamos ir, então? – indagou ela, sem alterar a voz. – Para uma cidade? Para a capital? Lá também eu morreria de fome. Ninguém daria trabalho a uma aleijada. Principalmente com essa barriga.

– Você poderia ficar aqui.

– Como sua criada? – perguntou ela, tossindo. E, sem lhe dar tempo de responder, acrescentou: – Antônio não deixaria.

– Se ele a amasse, deixaria, sim.

Luzia nunca tinha ouvido um homem usar o verbo *amar* em voz alta. Emília, sim, quando as duas ficavam cochichando antes de dormir. Mas os homens, principalmente os da caatinga, não falavam dessas coisas. E desviou o rosto, evitando o olhar do médico.

– Ouvi dizer que você é ótima atiradora – disse ele.

– É verdade – replicou a moça, um pouco alto demais. – Sou mesmo.

– Quem lhe ensinou?

– Antônio.

– Por quê?

– Para eu me defender – respondeu ela, confusa. Ficou um tanto envergonhada daquela habilidade e teve raiva de Eronildes por fazê-la se sentir daquele jeito. – Ele me ensinou porque isso poderia me ajudar.

– Ou ajudá-lo? – perguntou o médico. – Assim, você poderia ser bem útil, agora que a vista dele está falhando.

O coração de Luzia começou a bater acelerado. Que bobagem ele lhe dizer uma coisa dessas. Será que não tinha visto a parabélum no seu ombro? Será que não sabia do que ela era capaz? Com os dedos, roçou o coldre da arma.

– Está pretendendo atirar em mim agora? – indagou Eronildes, com um ar tristonho. – Seria mais fácil, não é? Melhor do que me ouvir. Está vendo? Quando a gente resolve as coisas pela violência uma vez, fica tentado a fazer isso sempre. Até o dia em que você, Luzia, não vai ser mais capaz de decidir se deve recorrer a ela ou não. A sua reação vai ser automática, e você não conseguirá controlá-la. Como vai criar outro ser humano se não consegue controlar nem a si mesma? O que vai ensinar a esse seu filho?

Luzia sentiu o peito apertado, a respiração ofegante.

– Você nunca precisou atirar – disse ela. – Não faz ideia do que seja isso.

– É verdade – retrucou Eronildes, com um aceno de cabeça. – Mas faço ideia do que seja a medicina. Sei o que significa estar esperando um bebê. E você sabe que não há chuva à vista. Sabe que esse seu marido vai atacar a estrada. Que ele não vai lhe dar um minuto de sossego. O país está mudando, Luzia. O sertão vai fazer parte dele, queira Antônio ou não. Se essa criança tiver sorte, vai morrer no dia mesmo em que nascer.

– É uma praga? – perguntou a moça.

– Não acredito em pragas – replicou o médico. – Se o seu filho morrer, não ponha a culpa nas pragas. Ponha a culpa em si mesma.

Luzia saiu do escritório. Percorreu a passos rápidos o corredor mal iluminado da casa de Eronildes até chegar à porta da cozinha. Já lá fora, desapareceu no mato onde os cangaceiros tinham montado o acampamento.

4

Ainda se lembrava da primeira vez que matou um homem e como aquilo a tinha transformado. Um ano e dois meses antes do sequestro dos cartógrafos, enquanto Vargas estava organizando o seu novo governo no litoral, Antônio também decidiu pôr ordem nas suas coisas – reuniu os seus novos recrutas e voltou à fazenda do coronel Clóvis. Pouca coisa mudara em São Tomé desde aquela primeira visita tão desastrosa. O coronel Clóvis ainda andava de pijama, com a peixeira enfiada na cintura. Marcos não tinha mudado nada, a não ser pela aliança de ouro enfiada no dedo gorducho. Tinha se casado, mas a esposa continuava morando em Salvador, protegida do sol e da poeira da caatinga, e também dos cangaceiros. Quando o bando de Antônio atacou o rancho, subjugando em pouco tempo os capangas do coronel, Marcos tentou fugir pelo portão dos fundos. Baiano o pegou. Já o coronel Clóvis ficou placidamente sentado na varanda.

– Sabia que você ia aparecer – disse ele, apontando para Antônio com o queixo barbado. – Mal pude esperar. Vamos lá. Façam o que vieram fazer.

Dizendo isso, se levantou e estendeu a peixeira para o cangaceiro. Este assentiu com um gesto e levou o velho para dentro da casa. Da varanda, Luzia ouviu um único tiro. Quando Antônio apareceu de volta, encarou o filho do coronel. Ele estava entre Baiano e Orelhinha, e tinha o peito da camisa tão molhado de suor que o tecido chegava a lhe grudar na pele.

– Foi tudo ideia de papai – disse Marcos, com voz rouca. – Ele tinha feito um trato com o coronel Machado, aquele cujo filho vocês quase mataram. Toda a colheita de algodão viria para nós se papai os entregasse. Eram negócios – acrescentou ele, olhando para Luzia como se procurasse alguma compreensão. Ela o encarou, com a boca contraída. O sujeito enxugou a testa com o dorso da mão. – Isso agora não tem mais nenhuma importância. Vargas assumiu o poder. As tropas foram embora. Vocês estão vivos.

– Perdi metade dos meus homens – retrucou Antônio. – Levei um tiro na perna. Sabe o que é ficar se arrastando pela caatinga com uma bala na perna?

Marcos balançou a cabeça. Ficou fitando os próprios pés.

– Naquele dia em que as tropas chegaram, você desapareceu – prosseguiu o capitão. – Vou deixar que faça isso novamente.

– Mas e o algodão? – indagou ele, com os olhos arregalados. – A safra não é lá essas coisas, mas tenho de começar a colheita...

– Agora, isso é problema meu – atalhou Antônio.

– E se eu ficar?

Na varanda, o silêncio era quase total, a não ser pela respiração tensa de Marcos: o ar lhe entrava e saía pelo nariz com um assobio.

– É melhor selar um cavalo – disse o cangaceiro. – E logo. Senão, posso mudar de ideia.

O filho do coronel assentiu. Baiano o escoltou até o estábulo. Quando Orelhinha protestou, dizendo que estavam sendo condescendentes demais, o capitão o expulsou da varanda.

– Ele vai sair a toda – sussurrou Antônio, dirigindo-se a Luzia. Estendeu a mão por baixo do braço da mulher e, com todo o cuidado, abriu o coldre que ela trazia no ombro. Pegou a parabélum e a pôs nas suas mãos. – Acerte a perna dele – disse. – Faça com que caia no chão.

Disse aquilo com voz baixa e branda. Era o mesmo tom que empregava quando queria que ela lesse a certidão de casamento dos dois ou fizesse uma compressa para o olho doente. Com isso, fazia ordens parecerem pedidos.

A moça ouviu o barulho dos cascos. A parabélum pesava na sua mão. Reviu a si mesma parada diante de um corte imenso de seda portuguesa, pouco depois do acidente com o seu braço. "Corte reto, e rápido", disse-lhe tia Sofia. "O primeiro corte é sempre o mais difícil. Depois, vai ficando mais fácil."

– Minha santa – sussurrou Antônio.

Luzia ergueu o braço bom, firmando-o com o aleijado. Marcos, grandalhão e parecendo um sapo, sacolejava na garupa do cavalo. A poeira cobriu todo o caminho que levava ao portão. Logo, logo ele estaria fora do seu alcance. A moça prendeu a respiração.

Os cangaceiros a elogiaram. Era um tiro difícil, com o alvo em movimento e toda aquela poeira... Os olhos dela eram mais aguçados do que todos supunham. Ponta Fina se ofereceu para limpar a parabélum. Orelhinha declarou que aquele tiro tinha sido uma sorte. Marcos passou o dia todo se arrastando pelo quintal da frente, esbarrando nos mourões das cercas e nos pilares da casa, tentando encontrar a porteira. Antônio tinha amarrado suas mãos às costas e vendado os seus olhos com um pedaço de lona bem grossa. Marcos passou a noite inteira gemendo e chorando. Luzia não conseguiu dormir ouvindo aquilo. No dia seguinte, o filho do coronel estava em silêncio. Antônio sacou do punhal e foi para o quintal. Vários urubus de pescoço preto tinham se agrupado na cerca e nos galhos do ipê. Luzia enfiou algodão nos ouvidos, mas continuou ouvindo o barulho das asas daqueles pássaros que um ato seu tinha trazido até ali.

Também evitou entrar na cozinha do coronel. Acima do braseiro, cuja fumaça estava sendo usada para defumar carne, Canjica tinha pendurado com todo o cuidado mais uma oferenda para santa Luzia. Eles não eram redondos, mas encalombados, como bolas de massa com vários fiapos presos às suas extremidades. Depois de alguns dias expostos à fumaça, murcharam e se enrugaram. Antônio os guardou na bolsinha de couro.

A pedido do cangaceiro, Luzia escreveu uma carta para a viúva de Marcos, em Salvador, informando que o seu marido e o pai dele, Clóvis, tinham morrido. Antônio lhe enviava os seus mais sinceros pêsames. Disseram que a moça podia ficar tranquila, pois a fazenda estaria sendo bem-cuidada. Por uma questão de justiça, ela receberia, anualmente, uma parcela dos lucros obtidos com a descaroçadora. Não era necessário mandar alguém até ali ou realizar investigações. "O interior não é lugar para uma dama", acrescentou Luzia, antes de encerrar a carta. "Se a senhora for sensata, vai se lembrar disso."

Tinha esperanças de que fossem ficar em São Tomé, onde poderiam trabalhar a terra e levar uma vida normal. Ao cabo de um mês, Antônio foi ficando irrequieto. Disse que a propriedade não lhes pertencia por direito e, para garantir a sua posse, precisaria de mais homens e mais dinheiro. Saíram então de São Tomé e voltaram para o mato. Mas Luzia não conseguiu deixar para trás a lembrança daquele quintal empoeirado, a sensação escorregadia da parabélum em sua mão, do ruído alto e surdo que Marcos fez ao cair do cavalo. Achava que tais lembranças a fariam se sentir culpada ou com remorso, mas, na verdade, estava era com raiva. Só não sabia muito bem de quê. Era como se aquela primeira morte houvesse aberto um trinco qualquer dentro dela, destrancando a porta e libertando emoções que antes estavam presas. Aquela raiva da sua infância estava de volta.

Nos meses subsequentes, quando os cangaceiros começaram a assaltar as caravanas dos adeptos do partido azul na trilha do gado, Luzia se limitava a roubar jornais dos homens. Das mulheres, pegava muito mais. Em geral, os fugitivos viajavam com esposa e filhas, que olhavam para aquela mulher com um misto de medo e repulsa. Fitavam as suas calças e o seu braço aleijado. A seus olhos, ela era a humilde Costureira. Luzia lhes arrancava os pingentes do pescoço, puxando-os até o cordão se quebrar, até as suas mãos ficarem doendo. Puxava também ao máximo o cabelo delas e ia cortando mechas aqui e ali, às vezes tão rente que chegava a arranhar o seu couro cabeludo. Agora, podia dar vazão à sua raiva, sem ser cerceada pelas regras da tia ou pela voz de Emília tentando contê-la. Agora, podia mirar e atirar. Podia ferir qualquer pessoa antes que esta a ferisse.

Depois da discussão com o Dr. Eronildes, Luzia começou a entender as consequências dessa lógica. Tinha aprendido a ser tão cruel quanto os homens. Na caatinga, só se ensina as mulheres a conviver com a crueldade, a suportá-la, às vezes a valorizá-la. Sendo mulher, podia ver o que Antônio e os outros cangaceiros não conseguiam enxergar: que a crueldade não podia ser contida. Não podia ser usada e, depois, jogada fora, como um par de alpercatas. Uma vez que se instalava, nunca mais ia embora. Ia crescendo dentro dela e dos homens, transformando-se em entorpecimento. Em indiferença. Eronildes tinha razão. Mas Luzia tinha outra coisa crescendo no seu ventre, competindo por espaço ali dentro. Aquela criança podia salvá-la. Já a tinha incitado a desejar estabilidade, a querer um pedaço de terra. Esse desejo tinha lhe dado a ideia de sequestrar os cartógrafos e exigir um resgate. Se o bebê podia fazer isso com ela, pensou Luzia, talvez também pudesse modificar Antônio, instigando-o a deixar de ser cangaceiro para se tornar pai.

5

No acampamento, perto da casa de Eronildes, Antônio mostrou o jornal aos homens do bando. O sequestro dos cartógrafos tinha saído na primeira página. O governo de Vargas estava com medo. Com tanto medo, acrescentou, que tinham resolvido oferecer um prêmio pelas suas cabeças. Como os cangaceiros não sabiam ler, acreditaram no que o capitão lhes dizia. Só Baiano sabia o alfabeto, mas não conseguiu ter o jornal nas mãos por tempo suficiente. Os homens o passavam uns aos outros, rindo, animadíssimos. Agora eram famosos, disse Antônio. E aquilo merecia uma comemoração. Acenderam então uma fogueira para assar um novilho que o médico tinha lhes dado. O bicho estava magro, com a carne dura, mas já fazia semanas que eles não comiam carne fresca. Depois de jantar, alguns dos cangaceiros começaram a dançar. Outros, liderados por Orelhinha, foram até o vilarejo mais próximo, na esperança de encontrar alguma mulher da vida. Com os que ficaram, Antônio tentou parecer animado. Cantou e participou de algumas partidas de dominó. Quando se cansou, se afastou da fogueira para se sentar ao lado de Luzia.

Tirou o chapéu. Ali debaixo, o cabelo mais perto da raiz era lustroso. Na altura das orelhas, onde já não havia mais a proteção do chapéu, os fios iam ficando mais claros e tinham outra textura, mais secos e embaraçados, até chegar às pontas cor de mel que lhe batiam nos ombros.

– Já é tarde, minha santa – disse ele. – Você precisa descansar. Vamos partir bem cedo pela manhã.

– Para onde?

– Para outra cidade. Um lugar onde exista um fotógrafo – respondeu ele, fazendo um gesto na direção dos cartógrafos, que estavam estirados no chão, debaixo de uma árvore ali perto, com os pés enfaixados.

Antônio tinha lhes dado carne; os dois tinham a pele ao redor da boca brilhando de gordura.

– Vamos mandar uma prova.

– De que eles estão vivos? – indagou Luzia.

– Do erro da capital – retrucou ele, enxugando o olho embaçado.

Seu marido tinha mania de se referir à capital como se ela fosse algo vivo. Vira e mexe dizia coisas assim: "Vamos dar uma lição à capital", ou "Isso vai chamar a atenção da capital". Antônio achava mais fácil dizer "a capital" do que mencionar o nome do tenente Higino Ribeiro ou até mesmo de Vargas. Aquilo era algo que a deixava aborrecida. De uns tempos para cá, usava essa expressão com frequência, e de forma categórica, como se estivesse falando de um homem e não de uma cidade inteira.

– O doutor perguntou pela minha saúde – disse ela, e respirou fundo.

Se o marido achasse que aquela atitude não era correta, a sua revelação poderia custar a vida de Eronildes.

– Que tipo de pergunta ele fez?

– Está preocupado comigo. Com o nosso filho – disse Luzia, tossindo.

Era a primeira vez que os dois falavam do bebê.

– E você? Está preocupada?

Luzia não conseguiu assentir. Estar preocupada seria uma traição a Antônio. Uma forma de dizer que ele não tinha condições de cuidar dela como faria um bom marido. Ela se encolheu. Inclinou-se para ele, deitando a cabeça no seu ombro. O cangaceiro não gostava desse tipo de demonstração. Lá da fogueira, os cartógrafos e os cangaceiros estavam olhando para eles. A moça enfiou o nariz no seu gibão. Aspirou o cheiro de pó, suor e Fleur d'Amour.

– Minha santa – sussurrou ele, fazendo com que ela o fitasse. Arregaçou a manga do gibão, mostrando o braço nu, mais branco que a mão, mas, ainda assim, moreno. Luzia olhou a pele macia da parte interior daquele braço e a sombra das veias saltadas à luz do fogo. Antônio sorriu. – Tome – disse ele. – É todo seu.

– Acha que vou querer essa carne dura?

– Não – respondeu ele, e o sorriso desapareceu do seu rosto. – Mas, se quisesse, poderia dar quantas mordidas desejasse – prosseguiu Antônio, mantendo o braço esticado. – Eu deixaria que me comesse vivo.

– Não gosto dessa conversa – retrucou Luzia.

Quando eram recém-casados, tinha lhe contado a lenda da Esposa Canibal. Agora, com a seca a caminho, essa história não tinha graça nenhuma.

– É o único tipo de conversa que posso ter – disse ele, em voz baixa.

Luzia fitou aquele braço. Se o levasse à boca, ele não o puxaria. Não gritaria. Simplesmente deixaria. Deixar-se-ia consumir, aos poucos, se ela estivesse precisando disso.

No dia seguinte, quando estavam se preparando para ir embora da fazenda de Eronildes, Antônio agradeceu ao médico, mas não apertou a sua mão. Com toda a calma, este recomendou que ele não esquecesse de pingar o remédio no olho. Minutos depois, enquanto os cangaceiros estavam desmontando o acampamento e verificando a bagagem, o doutor chamou Luzia à parte. Pôs um pano dobrado em suas mãos. Era um cretone azul, bem resistente.

– Se precisar fazer calças novas para acomodar a barriga... – disse ele.

Enfiou então a mão nas dobras do tecido, tirando dali um frasco de vidro marrom com rolha de cortiça. Ali dentro havia um pó.

– É cianeto – sussurrou o médico. – Por favor, só abra esse frasco se estiver decidida a usá-lo. É muito forte. É melhor que morrer de fome ou ser apanhada pelos soldados. Especialmente os soldados. Isso não é morte para uma dama – acrescentou, apertando o frasquinho nas mãos dela.

– Vou morrer quando Deus quiser – replicou Luzia.

Mesmo assim, pegou o vidrinho e o guardou no bornal. Depois, fitou o médico. Os seus olhos ficavam maiores e mais arregalados por detrás das lentes grossas. A moça se lembrou do binóculo de Antônio: quando olhava através dele, tudo parecia tangível e ao seu alcance, mesmo que não estivesse. Talvez fosse assim que Eronildes visse as coisas. Ele a tinha incitado a deixar o bando, como se isso fosse um ato qualquer. Acreditava que, abandonando Antônio, ela demonstraria amar o filho. E, se não o fizesse, provaria o contrário.

"Amem o que está à sua frente. Sem fazer distinções", dizia sempre o padre Otto. Mas era impossível *não* fazer distinções. O filho na sua barriga era um fantasma. Ainda não tinha forma; era desconhecido. Era frágil e Luzia não conseguia confiar na fragilidade. Só confiava na força. Antônio era de carne e osso. Era real; estava vivo, ali ao seu lado. Dos dois, era o mais fácil de amar naquele instante.

"As pessoas são fracas", pensou a moça. "Sempre recorremos ao que é mais fácil. Ao que é conhecido." Um dia, diria isso ao seu menino, quando ele já tivesse idade suficiente para compreender.

6

Luzia nunca gostou de retratos. Nunca gostou do jeito como as pessoas saem neles: corpo rígido, rosto paralisado, olhos escuros nas órbitas, parecendo dois buracos sem alma. As pinturas, ao menos, eram feitas por mãos humanas. E as cantigas, como aquelas que os repentistas cantavam ao som da viola, contavam histórias. As fotografias saíam de uma caixa preta, produtos de uma criação misteriosa e desprovida de deus. Não contavam histórias. Ninguém sabia o que tinha acontecido antes de a foto ser tirada ou o que viria a acontecer depois. Tudo o que se podia fazer era supor, e ela detestava suposições. Preferia a precisão. Um centímetro fazia toda a diferença entre uma calça confortável e uma que caía mal. Entre um bordado certinho e outro torto. Entre um tiro direto no coração ou no pulmão e um que atingia músculos ou ossos.

Depois de algumas semanas de caminhada pelas margens do São Francisco, encontraram uma cidade de tamanho razoável, com uma capela, um mercado movimentado e um fotógrafo. A moça estava hesitante em relação a essa ideia do retrato.

– Vão ficar sabendo a cara que você tem – disse ela. – E a minha também.

– É exatamente o que eu quero – replicou Antônio.

Os quarenta cangaceiros formaram três fileiras. Os novos recrutas puseram um joelho no chão, com as alpercatas engraxadas, a aba do chapéu cuidadosamente dobrada e virada para cima, no tradicional feitio de meia-lua. Na segunda fileira, os homens ficaram meio agachados, apoiando-se nos rifles postados ao seu lado. Os da terceira estavam de pé. Eram os veteranos do bando: Baiano, Canjica, Inteligente, Orelhinha, Fala Mansa, Meia-Lua, Caju, Sabiá e Ponta Fina. Vários anéis reluziam nos seus dedos morenos. Todos tinham os lenços de seda bem presos ao pescoço e os bornais virados de forma que os bordados de Luzia ficassem à mostra. Ostentavam as criações da moça da cabeça aos pés, especialmente Antônio. Na cinta, os punhais haviam sido enfiados num ângulo tal que os cabos apareciam por cima das cartucheiras. Diante dos cangaceiros ajoelhados, estavam os cartógrafos, sentados no chão, com as pernas cruzadas e as mãos amarradas às costas. As bandagens com que Eronildes envolvera os seus pés estavam rasgadas e manchadas.

Luzia estava de pé, no centro da terceira fileira, ao lado de Antônio. Como os homens, não sorria. Vivia mascando juá, mas, mesmo assim, os dentes estavam estragados. Depois que saíram da fazenda do médico, um dos dentes de cima tinha começado a doer. Quando passava a língua no local, sentia um gosto de podre, como leite azedo. E esse cheiro já estava afetando o seu hálito. Durante as suas viagens, haviam encontrado um vaqueiro que possuía um boticão. O homem mandou que Luzia tomasse um copo de cachaça e lhe arrancou o dente podre enquanto Antônio a segurava pelos braços. Agora, outro dente andava doendo. Por causa do bebê, a moça tinha trocado o chapéu por um frasco de melaço puro. Odiava aquela coisa tão doce, mas tomava uma colherada todos os dias. Ultimamente, voltara a ter desejo de comer terra e chegou mesmo a pôr na boca um pedaço do solo argiloso da margem do rio, mas logo o cuspiu. Era perigoso: a terra tem vermes invisíveis que poderiam se alojar na barriga e devorar a comida que devia ir para o bebê. As colheradas de melaço estavam acabando com os seus dentes, mas aliviavam os seus desejos. E, ainda por cima, davam-lhe forças para se levantar da manta pela manhã e acompanhar Antônio naquelas caminhadas.

O fotógrafo que o capitão havia contratado era um sujeito irrequieto, de olhos arregalados, parecendo até um daqueles mocós que viviam nas pedras e que os cangaceiros caçavam. Era inteiramente diferente do homem impaciente e arrogante que havia tirado o retrato de Luzia e Emília no dia da primeira comunhão. A moça se lembrava muito bem da vergonha que sentira quando ele cobriu o seu braço aleijado com um paninho rendado que trazia entre as suas coisas. No momento em que o flash espocou, tinha se mexido só para espezinhá-lo. Emília nunca a perdoou por ter estragado aquele retrato.

O fotógrafo contratado por Antônio não ousou esconder o braço dobrado. Se ela se mexesse ou piscasse, ele tiraria outra foto sem reclamar. Desta vez, Luzia não precisou usar luvas nem um vestido todo engomado. Usava um vestido de lonita que ela própria havia feito. Embora estivesse só com quatro meses de gravidez, as calças já tinham ficado apertadas demais. Quando saíram da fazenda do Dr. Eronildes, a moça pegou o tecido que o médico lhe dera e fez um vestido prático e larguinho, para esconder a barriga nos meses subsequentes. Pôs vários bolsos na parte da frente da saia, pois assim não sentiria falta das calças. Com uma fita de cetim que tinha apanhado entre os pertences de uma mulher do partido azul, fez um debrum para as costuras. Bordou bolinhas vermelhas e brancas nos punhos e formando um V no peito. Apesar do calor, também estava usando meias grossas e perneiras de couro.

À sua frente, o fotógrafo se encondeu por baixo da cortina da câmera. Com a poeira e o sol, o pano preto tinha ficado cinzento. Atrás dele, várias pessoas se amontoavam. Os moradores da cidade abanavam o rosto. Mesmo no fim da tarde, o sol ainda não tinha se abrandado. Era 19 de março, o dia de são José, e não havia sinal de chuva. Mas o dia ainda não tinha terminado. Muita gente rezava para o santo na esperança de convencê-lo a mandar água. Inúmeras beatas se ajoelharam em torno do fotógrafo de Antônio, com o intuito de dar uma olhadinha no Carcará e na Costureira sem ter de interromper as orações.

– Chove, chuva, chove, chuva, chove, chuva – cantarolavam as mulheres. – Nossa Mãe, Maria, tende piedade de nós. Dos nossos lamentos e da nossa dor. Do nosso orgulho e da nossa teimosia. Nós todos vamos morrer de sede porque somos pecadores. Mas nós vos pedimos, santa Mãe da terra e do mar, dai-nos água. Dai-nos esta graça, para que possamos vos amar ainda mais.

O sujeito ergueu a lâmpada do flash. O sol da tarde estava tão brilhante que ninguém conseguia encará-lo. Antônio não queria sair na foto de olhos estreitados. O fotógrafo os pôs então num ângulo que lhes permitia abrir os olhos. E garantiu ao cangaceiro que todos os rostos ficariam bem visíveis, pois o flash eliminaria qualquer sombra. Prometeu levar os retratos pessoalmente ao Recife assim que tivessem sido revelados. Antônio lhe deu o dinheiro da passagem de trem. Disse-lhe que poderia vender as fotos pelo preço que quisesse e ficar com o lucro, contanto que elas fossem publicadas nos jornais.

O fotógrafo começou uma contagem regressiva. Luzia alisou o vestido. Ajeitou os óculos. Ao seu lado, Antônio se remexeu. Para sair na foto, tinha calçado as botas de couro e cano alto dos geógrafos, que estavam lhe apertando os pés. Cortou as laterais, mas, mesmo assim, elas ainda estavam pequenas. Precisava então se mexer para a frente e para trás, tentando evitar que os pés ficassem dormentes. O obturador da câmera levou uns bons segundos para fazer clique. Os olhos de Luzia lacrimejavam. Podia perceber a ansiedade dos cangaceiros e a sua própria. O peito lhe ardia, como se houvesse prendido demais a respiração. De repente, ouviu-se um "pop". O flash espocou, deixando no ar um cheiro de fumaça e um silêncio solene, e, por um instante, ninguém sabia quando poderia se mexer ou se poderia fazê-lo.

O fotógrafo saiu de baixo do véu cinzento. Os cangaceiros comemoraram. Antes de debandarem, amontoaram-se ao redor de Luzia e estenderam as mãos.

– A bênção, mãe – foram dizendo eles, um por um.

– Deus o abençoe – respondia ela.

Os homens do bando pediam a bênção a Luzia sempre que ficavam vigiando uma cidade, atacavam a casa de um coronel desleal ou se separavam pelas margens da trilha de gado, à espera de viajantes. Os mais velhos seguravam os seus dedos e a chamavam de "mãe", como se ela fosse a substituta da mãe que tinham deixado para trás havia tanto tempo. Orelhinha e Meia-Lua, ainda ressabiados com a presença daquela mulher no bando, pediam-lhe a bênção meio a contragosto, só mesmo por respeito ao capitão. Os membros mais novos eram garotos imberbes e desajeitados que baixavam os olhos e diziam "A bênção, mãe", sussurrando como pretendentes inteiramente sem graça. De umas semanas para cá, os homens ficaram mais fervorosos nessa reverência. Depois que Luzia trocou o chapéu pelo melaço, Antônio lhe deu um xale de linho bem comprido que ela passou a usar para proteger a cabeça do sol. Aquele xale, aliado à barriga que crescia, afetou os cangaceiros. Eles beijavam a barra suja do linho, punham pequenas oferendas de comida aos pés da moça e discutiam para ver quem carregaria a máquina de costura. Tempos atrás, Antônio os tinha convencido de que a presença de Luzia os protegia do mal; agora, até ele estava espantado com a força daquela veneração. Mas também estava orgulhoso. Luzia gostava do respeito que os homens vinham demonstrando, mas estava cautelosa também. Lembrava-se das estátuas amarradas nos telhados das casas, todas elas mutiladas como castigo por não terem cumprido bem a sua função. A veneração era sempre sujeita a certas condições. Ela percebia que aquela reverência dos cangaceiros estava ligada à ideia de sorte; eles a adorariam enquanto continuassem a ter sorte.

Nesse meio-tempo, o fotógrafo montou um pano de fundo com uma lona desbotada. Diante dele, pôs um banquinho e duas hastes de ferro com apoio para o pescoço. As tais hastes ficavam de pé, como umas chapeleiras, só que de altura regulável e com uns semicírculos de metal presos à parte superior.

– Não quero esse troço aí – berrou Antônio. – Isso é para cadáveres.

Assustado, o fotógrafo logo tratou de desmontar aquelas geringonças. Antônio baixou os olhos para fitar os geógrafos.

– E vocês, rapazes, fiquem quietinhos. Quero que a capital veja que estão vivos e bem.

O mais velho assentiu. Tinha perdido boa parte da gordura do rosto e, com isso, a pele ficou flácida e as faces, encovadas. O mais moço continuou olhando fixamente para a frente, ignorando o capitão.

– Tire esse banquinho daí também – disse o cangaceiro.

O fotógrafo coçou a cabeça queimada de sol.

– Desculpe, capitão, mas a dona não deveria se sentar?

– Não. Ela vai ficar de pé. Não vai, minha santa?

Luzia aquiesceu com um aceno de cabeça. Bem depressa, porém, lembrou-se da vista fraca do marido e, encarando-o, disse:

– Claro que vou.

O fotógrafo levou o banquinho embora. Os cartógrafos se sentaram diante da tela estendida. Antônio se pôs de pé atrás deles e Luzia tomou seu lugar ao lado do marido. Ele virou o olho são para fitá-la. Ajeitou os óculos da mulher e, depois, passou a mão pelas suas costas e pôs a sua trança para a frente. Era uma trança grossa e pesada, cuja ponta lhe batia nos quadris. Luzia tinha descumprido a promessa feita na infância a santo Expedito; quando fez 18 anos, não cortou o cabelo para depositá-lo no altar do santo, como tia Sofia havia determinado. Com promessa ou sem promessa, Antônio não queria nem ouvir falar dessa história de sua mulher usar cabelo curto como aquelas mulheres lá da capital. Levou então a trança à boca e a beijou. Mais uma vez, o fotógrafo se curvou, escondendo-se debaixo do véu cinzento, e ergueu as lâmpadas do flash. Luzia estava com dor nas costas. Adoraria que Antônio tivesse deixado que usassem aquelas hastes de ferro para apoiar o pescoço e manter o corpo ereto.

Como se pudesse ler os seus pensamentos, ele lhe disse:

– Ajeite as costas, minha santa.

As lâmpadas do flash espocaram em fila, deixando no ar uma nuvem de fumaça. Luzia passou vários minutos vendo aqueles círculos brancos de luz. Mesmo quando fechava os olhos, eles ficavam flutuando na escuridão por trás das suas pálpebras, como se estivessem aprisionados ali dentro.

Em vez de desmontar o tripé e o pano de fundo, o fotógrafo introduziu outra placa na câmera. Às suas costas, Baiano, Fala Mansa e Ponta Fina conversaram com as mulheres que rezavam e as foram escoltando delicadamente até a capela da cidade, afastando-as do local das fotos. No céu, o sol era uma bola alaranjada, como uma gema de ovo. Os cartógrafos se remexiam, encalorados com aqueles casacos já esmolambados. Luzia ficou observando o fotógrafo recalibrar a câmera.

– O seu rosto está muito pálido – disse Antônio, segurando-a pelo cotovelo aleijado. – Não comeu?

– Não aguento mais farinha – respondeu a moça. – Toda ela está velha.

Não era o gosto amargo da mandioca que a deixava enjoada, mas aquela textura encaroçada e borrachenta. O seu estômago se revirava sempre que os homens despejavam a farinha no prato de feijão.

– Vou tentar conseguir fubá para você – retrucou o cangaceiro, puxando-a pelo braço para tirá-la do sol. – Devia comer rapadura. Para ter mais energia.

– Não desperdice comida – replicou ela. – Estou ótima. Foi só o flash. Meus olhos ficaram doendo.

– Vai valer a pena – afirmou ele. – Agora, todos vão nos ver. Vão nos mostrar à capital! Vão ver que não somos vagabundos.

– Isso mesmo – aquiesceu Luzia. – E vamos receber o resgate.

O lado bom do rosto de Antônio se retorceu. Ele enxugou o olho congestionado.

– Vá se sentar lá na capela, minha santa. Fique junto com as mulheres que estão fazendo a novena.

– Ele vai tirar mais um retrato – retrucou ela, balançando a cabeça. – Vi quando pôs outra placa na máquina.

– Não quero que fique aqui para essa foto.

– Por que não? – perguntou Luzia, subitamente com raiva.

A história do resgate não tinha sido ideia sua? Não fora ela que escrevera o telegrama?

– Não é bom para você ver sangue – respondeu Antônio.

Luzia se enrijeceu. Uma mulher grávida não devia ver mortes. Não devia atravessar água corrente. Não devia tocar nas escamas de um lagarto, nem brincar com gatos ou cachorros para que o bebê não saísse parecido com esses bichos. Não devia apoiar qualquer objeto na barriga, pois eles podiam deixar uma marca no rosto da criança. Usar uma chave pendurada no pescoço poderia fazer o bebê nascer com lábio leporino. Olhar um eclipse escureceria a pele da criança, deixando-a manchada ou preta. Luzia já tinha ouvido todos esses preceitos, mas não acreditava em nada disso.

– Que sangue? – insistiu ela.

– Desses cartógrafos – disse o cangaceiro. – Hoje é o último dia de vida deles.

Luzia sentiu no peito um aperto já familiar; era o medo que tinha sempre que atirava, medo de errar o alvo e também de não errar.

– Ainda não recebemos o resgate – observou a moça.

Antônio estalou a língua, em sinal de repreensão.

– Acha mesmo que eles vão pagar? O doutor tinha razão. A capital vai apenas substituí-los. Temos de lhes enviar uma mensagem. Caso contrário, vão achar que mandam em nós – respondeu ele, com as mãos nos ombros da mulher. – Nunca contei com esse dinheiro. Fiz isso para mostrar a Vargas que podia fazê-lo, que podíamos fazê-lo. Eles não estão querendo cabeças? Pois vão tê-las.

A moça olhou para os cartógrafos. O mais moço estava acintosamente virado para trás, tentando ouvir a conversa do casal. O mais velho enxugava a testa. Durante as aulas que lhe dera, ele sempre foi sério e delicado. Explicou o traçado da futura rodovia sem fazer com que Luzia se sentisse ignorante ou idiota. Em troca, a moça lhe contou sobre o pedido de resgate; disse-lhe para ser respeitoso e paciente, pois assim sobreviveria.

– Eles não fizeram nada de errado – observou ela. – O mais velho jamais o insultou.

– Medir a estrada me insulta.

– Por quê?

Antônio balançou a cabeça.

– Homens como Eronildes acham que podemos convidar o diabo para jantar – disse ele. – Acham que ele vai comer o que lhe servirmos e, depois, nos agradecer com toda a educação. Sei que não é assim. Primeiro, Vargas vai querer uma estrada. Depois vai querer duas, três. Em seguida, vai querer a terra que fica junto das estradas, e a terra que fica além delas. Não vou permitir que ele chegue a esse ponto. Não vou deixar o diabo passar pela minha porteira.

– Você não tem porteira nenhuma – retrucou Luzia, friamente. – Não temos nada de nosso.

Antônio fechou os olhos. A pálpebra do olho embaçado demorava um pouco mais para baixar e este a fitou com um ar acusador por alguns segundos, depois que o outro já tinha desaparecido.

– Temos o nosso nome – replicou ele. – Temos as histórias que as pessoas contam. Temos esses retratos e temos um rosto. Vamos impressionar a todos. E isso vale mais que qualquer casa ou porteira.

– Devíamos soltá-los – disse a moça.

Antônio voltou a abrir os olhos. Segurou os ombros da mulher com força e seus polegares pressionavam o espaço acima dos ossos da clavícula.

– Acha que esses cartógrafos a respeitariam se não tivesse uma arma? Se não fosse a Costureira?

Luzia balançou a cabeça. Sentia a saliva grossa na garganta.

– Minha santa – prosseguiu ele, afrouxando a pressão das mãos. – Essa vida não é como as roupas. Não podemos vesti-la hoje e tirá-la amanhã. Mesmo que tivéssemos terras, ninguém nos chamaria de fazendeiros. Continuaríamos sendo cangaceiros. Pior: cangaceiros que desertaram. Vargas continuaria querendo a nossa cabeça. Sempre haveria algum coronel louco para nos enfrentar por não poder pisar no nosso pescoço, e outro querendo se dizer nosso amigo, nos convidando para comer à sua mesa e nos odiando por estarmos ali. Não há escapatória para gente como nós.

– Não é conosco que me preocupo – disse Luzia.

– Ele vai nascer – retrucou o cangaceiro, passando a mão pela barriga da mulher. – Prometo que vai.

– E depois?

– Lembra o que o coronel Clóvis dizia sobre as cabras? Se quisesse capturar a mãe, bastava pegar o cabrito.

Luzia sentiu uma vertigem. Inclinou-se ligeiramente para a frente, fazendo pressão contra a mão do marido. Ele a ajudou a se firmar.

– As pessoas sempre tentam se aproveitar da fraqueza – prosseguiu Antônio. – Não podemos ficar com a criança. Vamos confiá-la a um amigo. Aquele padre, lá de Taquaritinga, de quem você sempre fala...

– Logo, logo vou estar bem grande – retrucou ela. – Não vou aguentar. Nem vou conseguir lutar.

– Vai, sim – disse ele, pondo a mão no seu pescoço e virando o seu rosto delicadamente, até se olharem nos olhos. – Vai conseguir. Por mim. Preciso da sua visão, minha santa. Preciso da sua pontaria.

Os dedos de Antônio acariciaram o seu pescoço. Luzia fitou o centro leitoso daquele seu olho defeituoso. Estava azulado e reluzia ao sol, como um laguinho redondo. O que será que ele conseguia enxergar? Como ficaria o mundo visto através de uma lente tão enevoada? Tudo seria cheio de sombras? Todas as formas pontiagudas pareceriam achatadas, de tal forma que ele não pudesse distinguir o que era perigoso e o que não era, de tal forma que tudo tinha se tornado um mistério e uma ameaça? Luzia se condoeu dele, embora já tivesse ouvido Antônio lançar mão desse estratagema para estimular os seus homens. Ele usava as próprias falhas para fazer os outros se sentirem indispensáveis. Inspirava lealdade revelando as suas limitações, e medo, conseguindo superá-las. Luzia ficou com ódio da própria suscetibilidade e da perspicácia do marido. Ele tinha razão: na caatinga, até os animais exploravam a fragilidade. O próprio afeto era uma fraqueza; isso era algo que Antônio também tinha lhe ensinado. Por isso, o filho de ambos estaria sempre em perigo. Seria melhor que vivesse em algum outro lugar, longe dela e da vida que havia escolhido. Era isso que a deixava ainda mais furiosa: a escolha tinha sido sua. Livrou-se da Vitrola, e, em vez de se libertar, trocou esse nome por outro. Optou por se tornar a Costureira sem compreender tudo o que teria de abandonar. Coisas a que não dava valor antes, como uma casa, uma vida pacata em família, agora estavam inteiramente fora do seu alcance.

– Eles vão construir a estrada – disse ela, desvencilhando-se da mão de Antônio em seu pescoço.

– Acha que vão me vencer? – perguntou ele, piscando os olhos.

A resposta errada ia magoá-lo. Luzia sabia disso, mas não pôde se conter.

– Acho – respondeu.

Antônio se afastou. Chamou Orelhinha para ficar ao seu lado diante da câmera. Mandou que o fotógrafo preparasse tudo e erguesse as lâmpadas do flash. Agarrou então os cartógrafos pelo colarinho e os puxou, tirando-os daquela posição com as pernas cruzadas. Obrigou-os a se ajoelhar, baixar a cabeça e rezar. Orelhinha sacou do facão. Antônio pegou emprestado o de Ponta Fina. Luzia se virou, mas não conseguiu tapar os ouvidos. As lâminas desceram com um assobio. Quando atingiram o alvo, ela ouviu uns ruídos surdos, como duas cabaças cheias de água caindo no chão. O flash espocou e soltou fumaça.

7

Diário de Pernambuco, 1º de maio de 1932

Apesar da morte de mais cartógrafos, a Transnordestina permanece viva
por Joaquim Cardoso

A situação no sertão continua grave. Três outros cartógrafos enviados pelo Instituto Nacional de Estradas de Rodagem foram mortos pelos cangaceiros comandandos pelo célebre "Carcará". Um quarto profissional, João Almeida, foi poupado e incumbido da missão de notificar os assassinatos. Abalado e exausto, o bravo Sr. Almeida chegou a um pequeno povoado e relatou a terrível história da morte de seus colegas. Capturados na trilha de gado, famosa pela falta de segurança, os cartógrafos tiveram os seus pertences roubados e foram decapitados. O Sr. Almeida teve a vida poupada para poder entregar um bilhete ao nosso estimado presidente. A audaciosa mensagem (transcrita abaixo) foi redigida num cartão de visitas timbrado.

Senhor,
É uma pena homens perderem a cabeça nos dias de hoje. Mantenha a sua no litoral. Manterei a minha na caatinga.

Com todo o respeito,
Governador Antônio Teixeira, vulgo Carcará.

Há três semanas, este jornal divulgou fotografias de Osvaldo Cunha e Henrique Andrade, os primeiros cartógrafos do governo executados pelos cangaceiros. O retrato do bando (reimpresso abaixo) mostra os ditos funcionários ainda vivos, de joelhos diante dos seus sequestradores. A outra foto – considerada imprópria pelos padrões de gosto e decência deste periódico, principalmente no que diz respeito às nossas leitoras – mostra o "Carcará" e um comparsa mestiço de pé atrás dos cartógrafos, tendo nas mãos a cabeça decepada das vítimas.

Tais fotos, embora deploráveis, ilustram o ridículo dos cangaceiros. Os bandidos andam tão grosseiramente enfeitados que parecem estar vestidos para um baile de Carnaval. O seu chefe, o tal "Carcará", tem a aparência de um simples matuto. O Dr. Duarte Coelho analisou a fisiologia facial da "Costureira", esposa do Carcará, e determinou que se trata de um "tipo criminoso nitidamente perigoso e irregenerável". O cartógrafo sobrevivente, João Almeida, disse às autoridades que, durante o seu encontro com os cangaceiros, notou que aparentemente a Costureira está grávida. A insistência da cangaceira em participar dos confrontos apesar da gravidez prova que, para esses tipos criminosos, nem mesmo a maternidade é sagrada.

O tenente Higino Ribeiro prometeu pôr fim à ilegalidade que reina na nossa zona rural. Não pode, contudo, cumprir essa promessa sem o auxílio de tropas. Em razão da recente rebelião ocorrida em São Paulo, o nosso estimado presidente Vargas está sendo forçado a manter a maior parte das tropas federais nessa metrópole tão impatriótica. A oposição que São Paulo vem fazendo à revolução está custando muito caro ao resto do Brasil. Essa rebelião é uma dramática ilustração de como grupos radicais podem causar danos à estabilidade da nossa nação. Destacados periódicos, tanto do Rio de Janeiro quanto de Minas Gerais, publicaram as fotos horripilantes do Carcará acompanhadas de artigos sarcásticos. Os sulistas podem fazer chacota dos nossos cangaceiros, mas, na verdade, o "exército de pele escura" do Carcará não é diferente do flagelo comunista do Sul ou dos paulistas que apoiam a velha república. Nenhum deles pode ser ignorado.

Apesar da falta de tropas, o tenente Higino traçou um plano para desbaratar a rede do cangaço. Esse plano visa a dois objetivos principais: em primeiro lugar, encontrar todos os "coiteiros", em geral aliados ou familiares dos bandidos, e encorajá-los a serem patriotas. Em segundo lugar, oferecer incentivos em dinheiro pela captura dos cangaceiros, vivos ou mortos. O Dr. Duarte Coelho elevou a sua recompensa já bem generosa: qualquer cidadão patriota que lhe trouxer a cabeça da Costureira, juntamente com a de seu filho, receberá 50:000$000 (cinquenta contos de réis). Uma vez que os crânios serão usados para estudos científicos, exige-se apresentação de prova da sua identidade para que a recompensa seja paga.

Os corpos dos cartógrafos brutalmente assassinados serão transportados para o Recife. Vítimas de uma violência sinistra e desnecessária, esses profissionais morreram por uma causa nobre. A Transnordestina, parte do Projeto Nacional de Estradas de Rodagem, criado para unir o país ao longo dos próximos quinze anos, será uma grande artéria ligando o Nordeste não apenas ao resto do Brasil, mas também à prosperidade. Carros de boi e tropas de mulas são arcaicos em comparação com o automóvel. O rio São Francisco é uma via pouco confiável para o escoamento dos nossos produtos agrícolas. Como podem os nossos moinhos têxteis produzir tecidos de qualidade quando o nível do rio está baixo demais para que as barcaças transportem o algodão? Como pode o Nordeste competir com os nossos vizinhos do Sul quando o nosso crescimento depende de um "Velho Chico" neurastênico?

A Transnordestina é a melhor solução para nós. Em função das condições extremamente secas do sertão e das constantes ameaças aos cartógrafos, o Instituto Nacional de Estradas de Rodagem está considerando uma solução radical para a mensuração da região: o mapeamento aéreo. O "capitão" honorário, Carlos Chevalier, ofereceu-se para pilotar o aeroplano e sobrevoar a região na companhia de um cartógrafo e um fotógrafo.

Atualmente, o instituto está fazendo propostas generosas aos proprietários das terras situadas às margens da estrada projetada. Tais proprietários estão sendo encorajados a agir como patriotas. A sua subsistência não será absolutamente afetada. Os terrenos próximos à futura rodovia valerão muito mais que qualquer plantação de algodão ou pasto para gado. Os viajantes vão precisar de restaurantes e pousadas, e as companhias de petróleo pagarão preços generosos para instalar os seus postos de abastecimento. Mas as recompensas financeiras não são os únicos incentivos. Como diz o presidente Vargas, "os patriotas não vão ajudar apenas a construir uma rodovia. Eles vão construir uma nação".

8

No Domingo de Ramos, não havia na caatinga qualquer folha verde que os moradores pudessem colher e levar até o padre. Na Sexta-Feira Santa, a Procissão do Senhor Morto foi mais solene que de costume, sem flores ou frutas para enfeitar o esquife funerário do Cristo. Por outro lado, havia muito capim seco e folhas mortas para encher os bonecos representando Judas. No Domingo de Páscoa pela manhã, de um lado a outro da caatinga adultos andavam catando gravetos para, juntamente com as crianças, malhar a figura do traidor. Nessas épocas de seca, era difícil imaginar a ressurreição, mas não o julgamento. Os habitantes da região condenavam o Velho Chico por estar ficando cada vez mais raso e transformando os seus afluentes – o Moxotó e o Mandantes – em meros regatos estreitos. Condenavam as suas colheitas perdidas. As mães se censuravam por comer as últimas lascas de carne-seca que tinham guardado para os filhos. Os vaqueiros amaldiçoavam os grossos espinhos do mandacaru, que, mesmo depois de terem sido chamuscados ao fogo, permaneciam encravados na polpa carbonizada da planta, cortando a boca dos rebanhos famintos. Amaldiçoavam também as moscas que infestavam a boca ensanguentada dos animais. E se amaldiçoavam por terem inveja dessas moscas.

Antônio sentia a mesma raiva impotente, mas não culpava a natureza pelos seus problemas. Culpava Getúlio Vargas.

– Ele vai abrir uma estrada, mas não pensa em abrir poços! – dizia o cangaceiro toda noite, quando acabava de rezar. – Manda cartógrafos, mas não comida! Gasta um bom dinheiro em estradas, mas nem um tostão em represas!

Pela primeira vez, Antônio tinha uma causa contra a qual se bater. Tinha encontrado um objetivo. Antes, a sua missão era simplesmente viver do jeito que lhe desse na telha, sem ter um coronel para lhe dar ordens. Coronéis e cangaceiros viviam em meio a uma intricada rede de favores e proteções. A estrada, porém, nada tinha de complicada. Ia cortar a caatinga numa série de pedaços disparatados, como uma jaca fatiada. Antônio não lhe devia lealdade, nem respeito. Quando Vargas declarou que tudo o que estivesse no caminho da Transnordestina teria de abrir espaço para ela, o cangaceiro decidiu que não acataria essa determinação.

A maioria dos homens do bando concordou. Antônio era o seu chefe, o seu capitão, e, se declarava que uma cobra era venenosa ou uma planta, perigosa, todos acreditavam nele. Com a ameaça da Transnordestina, as coisas não eram diferentes. Só que a estrada não era real, por enquanto. Os canteiros de obras ainda estavam muito longe, perto do litoral; portanto, não havia engenheiros, operários ou animais de tração que pudessem atacar. A ameaça da rodovia era coisa futura e os cangaceiros haviam sido condicionados a pensar apenas no presente. Uns poucos homens, especialmente Orelhinha, queriam um inimigo tangível, alguém que pudessem combater de imediato. A decapitação dos cartógrafos o tinha deixado satisfeito, mas não por muito tempo. Depois que o bando do Carcará capturou e executou seis desses profissionais, não apareceu mais nenhum na trilha de gado.

Por volta do mês de junho, as únicas pessoas que se viam por ali eram os primeiros retirantes, fugindo da seca: mulheres e crianças equilibrando na cabeça umas trouxas enormes, rumando para o litoral antes que as coisas piorassem ainda mais. Os demais os tratavam com desprezo, chamando-os de "desertores" e "traidores". Ninguém falava nesse tom com os coronéis. Os latinfundiários também estavam em estado de alerta por causa da seca iminente, e vários deles reuniram a família e deixaram a caatinga em trens de passageiros. Fugiam para suas casas de veraneio em Campina Grande, no Recife ou na capital da Paraíba, recentemente rebatizada com o nome de "João Pessoa", em homenagem ao seu herói morto, ex-companheiro de chapa de Vargas. Era fácil os coronéis desconfiarem do novo presidente, pois ele era um estranho. Mas, agora que boa parte desses indivíduos estava indo se refugiar no litoral, aumentavam as possibilidades de Vargas se encontrar com eles. Luzia andava preocupada, achando que, quanto mais tempo os coronéis ficassem longe da caatinga, mais o presidente teria chance de cortejá-los.

O Instituto Nacional de Estradas de Rodagem começou a oferecer grandes quantias em troca de propriedades localizadas no trecho por onde passaria a Transnordestina e também ao seu redor. Como acontecia com a maioria das terras da região, essas propriedades pertenciam aos coronéis. Luzia não gostava dessa ideia, pois, agora, eles lucrariam com a construção da estrada. Antônio também estava desconfiado dessa traição dos coronéis. Assim como Orelhinha.

– Devíamos ter matado esses cabras quando tivemos chance – disse ele. – E tomado as terras deles.

Antônio ficou só olhando. As sombras da fogueira escureciam o seu rosto, fazendo as rugas de preocupação ou censura – Luzia não saberia dizer o que o marido sentia – que se formavam no lado bom da testa parecerem ainda mais profundas, mais exageradas. O lado desfigurado continuava distendido. Desde que o seu olho direito ficou inteiramente enevoado, esse lado do seu rosto não parecia mais tranquilo, e sim inexpressivo, como os olhos dos surubins que os cangaceiros pescavam no rio.

– E aí? – indagou Ponta Fina entre dentes. – Se tivéssemos matado todos eles, quem nos arranjaria munição? Você?

Os subcapitães e Luzia estavam sentados a certa distância do acampamento. Falavam em voz baixa para que os outros cangaceiros não ouvissem os seus planos ou as suas discussões. Antônio permitia o debate entre os subcapitães, contanto que todos falassem de forma respeitosa uns com os outros e voltassem para o acampamento como um bloco unido. Tinha lhes dado um lenço vermelho para usar no pescoço, indicando a posição que ocupavam. Como capitão, ele próprio usava um verde. Luzia tinha apenas um lenço azul esfarrapado, como os outros homens do bando, mas, sendo a sua "mãe", tinha direito de participar daquelas reuniões. Quando ela falava, Orelhinha nunca a fitava. Sempre que ele dava uma opinião, Luzia via a pele morena e reluzente do queixo de Baiano se enrugar. Já quando este falava, com aquela voz baixa e tranquila, Orelhinha ficava batendo com o pé no chão. Ponta Fina reclamava dessa atitude. Era comum os dois cangaceiros discutirem.

– Não devíamos depender deles para ter munição – disse Orelhinha. – Tínhamos de arranjar outro jeito. Aquele doutor podia conseguir armas para nós.

– Não – atalhou Antônio.

– Podemos tacar fogo na casa deles – insistiu Orelhinha. – Para mostrar que não os queremos de volta por essas bandas. Podemos dar um castigo nos seus vaqueiros, nas suas criadas que ficaram por aqui, cuidando de tudo para eles. Isso ensinaria essa gente a ser leal a nós, e não aos coronéis.

– O povo não tem culpa de nada – disse Antônio, balançando a cabeça. – Seus patrões os deixaram, apavorados pela seca. E se a seca realmente vier, poderemos ajudá-los. Conseguir-lhes comida. Ensiná-los a procurar o que comer e beber. Todos vão ficar agradecidos. É a nós que vão dever favor, e não aos coronéis ou a Vargas. E assim conquistaremos a sua lealdade. Aliás, vamos precisar dela quando essa estrada vier.

Recentemente, Antônio tinha revelado a Luzia que estava considerando a seca uma boa oportunidade. Seria a sua chance de conquistar efetivamente a confiança de arrendatários, comerciantes, vaqueiros e pastores de cabras que lutavam para sobreviver. Decidiu que lhes daria de comer durante os meses de estiagem, na esperança de que, com isso, toda essa gente ficasse do seu lado numa luta ainda maior: a que se travaria contra a Transnordestina.

– A estrada não é real – disse Orelhinha, com impaciência. – Eles não vão construí-la. Se houver seca, ninguém vai querer perder tempo com isso.

– Vão construir, sim – retrucou Antônio, erguendo a voz. – Você acha que eles vão vir para cá quando estiver chovendo? Para construir no meio da lama? Que fazendeiro constrói uma casa na época das chuvas? Vargas quer o tempo seco, que vai facilitar as coisas para ele. E vão trazer também os macacos.

– Macacos... – repetiu Orelhinha, fazendo um aceno de cabeça na direção de Luzia. – E vamos ter condições de lutar com eles?

Ponta Fina baixou a cabeça. Baiano suspirou. Todos tinham as mesmas preocupações, as mesmas dúvidas. Até mesmo Luzia. Será que poderiam entrar em alguma luta com ela junto, ou a sua presença os faria recuar, deixando-os vulneráveis? Ela tinha visto a sua própria foto no jornal. Haviam ampliado o retrato para mostrar apenas a sua cabeça. Acima dessa fotografia modificada, estava escrita a palavra "Procurada" e o prêmio oferecido: 50:000$000. Abaixo, as palavras: "Mãe e filho".

Luzia se remexeu ali no chão onde estava sentada. O pouco que tinha comido parecia entalado em seu peito, queimando-a. O bebê fazia pressão nos seus órgãos, cutucando as suas entranhas. Já estava no sétimo mês. Por baixo do xale, a barriga estava redonda, mas não macia. Pelo contrário, era bem dura e retesada, como uma cabaça de água. Os seus tornozelos estavam inchados e sem forma, grossos como o tronco do ouricuri. Teve até que cortar as alpercatas para conseguir calçá-las. No bornal, a moça carregava uma série de apetrechos de que precisaria na hora do parto: uma agulha bem grossa; uma tesoura pequena bem polida, para tirar a ferrugem; uma mistura de pimenta-malagueta esmagada com sal, para pôr no umbigo da criança, e vários paninhos limpos. Já tinha até escolhido o nome do bebê. Tinha feito uma promessa ao santo protetor da sua infância, Expedito, o padroeiro das causas impossíveis. Quebrara a primeira promessa feita ao santo, mas não quebraria a segunda.

– A minha barriga não afeta a minha pontaria – disse Luzia. – E logo, logo já terá ido embora.

Ido embora. Parecia até que aquela barriga era um estorvo, um mal passageiro, como uma bolha ou uma picada de abelha. Para Orelhinha e alguns dos cangaceiros, era isso mesmo. Para outros, aquela barriga enorme era a prova da boa sorte, da força de Luzia. Que outra mulher aguentaria uma gravidez em meio à caatinga? Que outra mulher conseguiria sobreviver a jornadas tão longas e a um período tão seco e, apesar de tudo, manter essa aparência rechonchuda, com aquela barriga redonda e prenhe? Só a própria Virgem Maria.

– Esse menino vai ser um gigante! Benza Deus! – vivia repetindo Baiano.

E alguns homens concordavam com ele. Diariamente, Antônio dava a Luzia metade da sua cota de comida, além da que lhe cabia. Ponta Fina também dividia a sua ração com ela. Entre todos os cangaceiros, Luzia era quem sentia menos fome. Para compensar, ajudava os homens a encontrar açudes e riachos secos. Quando eles ficavam sem forças, ela revolvia a areia quente até que a água começasse a brotar. Cavava em volta do tronco dos umbuzeiros e arrancava as suas raízes tuberosas e redondas, do tamanho da cabeça de um bebê. A água que essas raízes continham era turva, resinosa e sempre quente. Esse trabalho a deixava exausta, mas ela precisava se sentir útil, para provar que não era um fardo para o bando.

Ido embora. Não podia dizer *a criança já terá nascido* porque não queria pensar no momento do nascimento. Quando rapaz, Antônio tinha feito o parto de inúmeras vacas e cabras. E Ponta Fina também. Os dois iam ajudá-la se o bebê viesse mais cedo que o previsto. No dia seguinte, o bando passaria pela casa abandonada de um coronel para pegar mantimentos e, de lá, rumaria para Taquaritinga. Em sua terra, Luzia encontraria uma parteira para fazer o parto. Depois disso, seu menino iria embora de verdade, pois ela o entregaria nas mãos do padre Otto.

Orelhinha olhou para Luzia. Tinha os lábios contraídos. Lentamente, a sua boca relaxou e se entreabriu. Ele exalou, como se tivesse percebido alguma coisa.

– Tem mais um motivo para irmos atrás das pessoas que trabalham para os coronéis – disse ele. – Devíamos assustá-las. Não dá para confiar nessa gente. Vão tentar levar a cabeça dela para ganhar a recompensa.

– Você parece até um cachorro – retrucou Ponta Fina. – Sempre farejando sangue.

Orelhinha se pôs de pé. Ponta o imitou. Antônio se meteu no meio dos dois, com os braços esticados, as mãos nos ombros de ambos.

– Não vamos assustar ninguém – disse ele, com voz grave, encarando Orelhinha. – Não vamos atrás de ninguém, a menos que venham atrás de nós antes. Poupem a sua energia. Quando a estrada chegar, vai ter um monte de macacos para enfrentarmos. Neste exato momento, temos é que conquistar a lealdade dessa gente. Temos que manter a calma.

– Não quero saber de calma – retrucou o outro, tirando a mão do capitão do seu ombro.

– O que você quer não importa – disse Antônio. – Tire isso – acrescentou, agarrando o lenço vermelho que Orelhinha estava usando.

O cangaceiro arregalou os olhos. Abriu a boca, mas não protestou. Desfez o nó do lenço e tirou o pano suado do pescoço. Antônio o pegou.

– Controle o seu gênio – disse o capitão.

Orelhinha assentiu, baixando a cabeça e estendendo as mãos, pronto para receber a sua insígnia de volta. Antônio o ignorou e entregou o lenço a Luzia.

– Tome, ponha isso, minha santa.

A moça hesitou. O pano vermelho que seu marido tinha nas mãos estava manchado com o suor de Orelhinha. Ela não podia lavá-lo, pois era impensável desperdiçar água com uma coisa tão banal. Orelhinha cerrou bem os lábios, como se tivesse medo de que as palavras pudessem escapar. Não queria que ela passasse a ser subcapitã, ocupando o lugar que era seu. Mas Luzia também não queria nada disso. Queria sossego, não responsabilidade. Em muitos sentidos, Orelhinha tinha razão: ela era um fardo; não dava para confiar nos coronéis e nos seus empregados; a estrada era uma perigosa obsessão.

– Luzia! – exclamou Antônio, agora em tom severo. – Ponha isso.

À luz mortiça da fogueira, ela viu o contorno da íris e da pupila através da película que recobria aquele olho baço. Seu marido sabia de alguma coisa que ela ignorava. Era assim que Luzia vinha se sentindo de uns meses para cá. A dificuldade que ele tinha para dormir, as suas desconfianças, as suas dores e os seus achaques, tudo isso eram coisas que Antônio procurava esconder. Havia vários sinais de que a distância entre os dois tinha aumentado. A moça acreditava que era a gravidez que o estava afastando. Agora, percebia que havia algo mais, algo que não conseguia decifrar. Dava a impressão de que Antônio vinha esperando por essa oportunidade; esperando que Orelhinha cometesse o menor deslize para que Luzia herdasse o seu lenço vermelho. Só assim ela teria um. Jamais escolheria esse papel para si mesma. Se a seca se instalasse de verdade, os cangaceiros teriam de se dividir em pequenos grupos para conseguir sobreviver. Antônio contava que os subcapitães exercessem a liderança, conhecessem a caatinga, fossem capazes de viver sem ele. Quando pôs aquele lenço vermelho em sua mão, Luzia compreendeu que seu marido esperava a mesma coisa dela.

9

No dia seguinte, o bando atacou a casa abandonada de um coronel. Era comum Antônio, Luzia e os cangaceiros pararem em fazendas de coronéis amistosos e encontrarem a casa-grande fechada. Vaqueiros, criadas e arrendatários recebiam ordem para ficar ali, protegendo a propriedade. E ficavam, por medo de perder o emprego. Essa gente não opunha qualquer resistência quando Antônio abria a casa vazia. Ali dentro, os homens procuravam comida, jornais, armas, munição, tudo o que lhes pudesse ser de alguma utilidade.

Ladeado por Ponta Fina e Baiano, Antônio conversou com o peão que tinha ficado na fazenda. Orelhinha e Luzia permaneceram por perto. O sujeito era encurvado e desdentado, mas tinha cabelo preto. Usava um daqueles chapéus de vaqueiro puxado bem para a frente, pois só assim a aba curta protegia os seus olhos. As correias de couro do chapéu pendiam soltas sob o seu rosto magro. A mulher estava ao seu lado, com um lenço desbotado na cabeça. Tinha o rosto redondo e moreno como um sapoti, e o queixo se projetava formando uma ponta logo abaixo da boca. Junto dela estava a filha do casal, uma mocinha que não devia ter mais do que 15 anos e era bem bonita. Um dos pés descalços se apoiava na outra perna, e ela se equilibrava assim, parecendo aquelas garças brancas que acompanham os rebanhos na estação chuvosa. Usava um vestido que lhe batia nas canelas, de um jacquard caro e grosso, com a estampa se formando pela própria trama do tecido que, de tão usado, já tinha ficado felpudo. Ao ver o feitio e o corte modernos do tal vestido, Luzia imaginou que ele devia pertencer à esposa ou à filha do coronel, e que a mocinha houvesse se apoderado dele na ausência da família. A menina olhou para Ponta Fina e, depois, baixou a cabeça, toda faceira.

Antônio falou com o peão de forma respeitosa e o homem permitiu que os cangaceiros acampassem nas redondezas e procurassem o que lhes interessasse dentro da casa. O capitão lhes garantiu que o seu bando não ia levar todo o estoque de comida, só alguma coisa. Enquanto os homens montavam o acampamento e saíam à cata de munição e outras provisões, Ponta Fina se ofereceu para ir procurar comida na despensa. Quando Luzia e o rapaz entraram na cozinha, a filha do peão enrubesceu e tapou a boca com a mão. Luzia tratou logo de sair dali.

A mobília estava coberta com lençóis brancos, as camas, desfeitas, e os mosquiteiros haviam sido desprendidos das vigas do teto e deixados bem dobradinhos. Tudo ali dentro tinha sido cuidadosamente preservado, o que não sugeria uma fuga às pressas. Era como se o coronel e sua família não houvessem partido para escapar da seca, mas tirado férias e pretendessem voltar. Luzia se dirigiu ao quarto do coronel, onde esperava encontrar uma manta para o bebê. Algo macio, que ela pudesse bordar nas semanas que tinha pela frente. Logo ia dar à luz. O seu filho deixaria a escuridão confortável do seu ventre e se veria exposto à luminosa imensidão do mundo. Quando isso acontecesse, queria poder envolvê-lo em alguma coisa macia.

Mas não havia nada na casa do coronel. Na cama de casal havia só o colchão. Ao seu lado, junto com diversas revistas de moda, estava uma pilha de exemplares do *Diário de Pernambuco*. Luzia espiou todos eles. Viu dezenas de fotos de Vargas, artigos sobre as reformas do partido verde e retratos de inúmeras mulheres da sociedade recifense. Já tinha quase desistido quando deu com os olhos numa notícia sobre a inauguração do Instituto de Criminologia do Recife. Perdidas no meio da seção local do periódico, havia diversas fotos, mas apenas uma atraiu a sua atenção. A legenda dizia:

> A Sra. Degas Coelho se inicia nos trabalhos científicos no novo Instituto de Criminologia do Dr. Duarte Coelho.

Emília estava segurando um pote de vidro. Dentro dele, boiando num líquido meio opaco, havia um bebê de olhos fechados. Tinha o rosto perfeitamente formado, mas o corpo era mutilado e disforme, como um santo de barro que o escultor houvesse deixado inacabado. Um grupo de homens usando ternos escuros cercava Emília, rindo. Sua irmã parecia nem dar pela presença deles. Fitava a criança no tal pote. Não estava sorrindo. O seu rosto parecia o de uma Nossa Senhora, cristalizado numa expressão de tristeza afetuosa.

O jornal caiu no chão. Luzia se apoiou na borda da cama. Aquela foto de Emília com o bebê dentro do vidro a tinha deixado transtornada; talvez fosse isso mesmo que sua irmã pretendesse. Sentia como se houvesse ali um aviso, mas não sabia ao certo se podia confiar nessa sensação. Estava ficando pior que tia Sofia, vendo presságios sombrios por toda parte.

Ouviu umas risadinhas. Esquecendo o jornal, dirigiu-se ao local de onde vinha aquele som. A cozinha estava vazia. Ponta Fina e a mocinha tinham desaparecido. A porta de venezianas da despensa estava fechada e, por trás dela, ouviam-se sussurros, ruídos e, depois, mais risos abafados. Caminhou até lá, pronta para interrompê-los; Antônio não ia gostar nada daquilo. Mas parou antes mesmo de tocar na porta. A menina parecia estar querendo. Era raro Ponta Fina acompanhar os outros cangaceiros para procurar prostitutas. O rapaz tivera tão poucos prazeres na sua vida curta, pensou Luzia. Pois que tenha esse.

Naquela noite, os cangaceiros prepararam um banquete. Baiano e Inteligente apanharam várias preás do tamanho das suas mãos. Esses bichinhos têm bastante carne, depois que se tira a sua pelagem. Na fogueira, Canjica tinha feito uma tigelinha de feijão. Ao seu lado, cuidadosamente empilhados numa pedra, viam-se barras de rapadura. Uma nuvem cinzenta de moscas esvoaçava sobre aqueles blocos de garapa. Periodicamente, Canjica agitava a mão morena de quatro dedos e afastava a nuvem de insetos. Antônio se sentou junto com o peão e sua mulher. Presenteou o casal com um maço de notas de mil-réis, em troca da comida e das provisões que estavam levando. O sujeito ficou esfregando o dinheiro nas mãos. Ia guardar aquilo, segundo disse, e, se a seca piorasse, usaria a quantia para fugir para o litoral.

Luzia se sentou mais afastada do grupo. Antônio havia tirado a capa de uma cadeira da casa do coronel e trazido o móvel para o quintal para que ela pudesse se sentar. A barriga já estava tão grande que ficava difícil ela se abaixar sem ajuda. Era bom sentar assim direito, numa cadeira e não numa manta. E tinha posto no colo o lençol amarelado que antes cobria o móvel. O tecido era grosseiro, mas daria uma linda coberta com os bordados certos. Luzia pegou agulha, linha e começou a trabalhar. Ainda não tinha acabado a primeira das flores quando ouviu passos e sussurros ao seu lado. Ergueu os olhos e viu a filha do peão, morena e bonita, e Ponta Fina. Ambos estavam parados perto dela, fitando-a. O rapaz se aproximou. A moça ficou para trás, brincando com a saia do vestido roubado.

– Mãe? – disse ele, com o chapéu nas mãos e a testa banhada em suor.

– Está doente? – perguntou Luzia.

Ponta Fina balançou a cabeça.

– O que foi então?

Ele baixou os olhos. Luzia continuou a fitá-lo. Tinha aprendido essa tática com Antônio: nunca falar demais. Assim, as pessoas acabam inevitavelmente falando e se revelando.

– Quero me casar – disse Ponta. – Como você e o capitão.

– Mas você mal a conhece – respondeu Luzia, rindo.

– Gosto dela – retrucou o rapaz.

– Traga a moça até aqui.

– Ela está com medo. Não quer vir.

– Mas tem que vir. Se quer se casar com você, não pode ficar com medo.

Ponta Fina assentiu. Voltou até onde estava a menina e tentou convencê-la. Quando ela parou diante de Luzia, manteve a cabeça baixa e fez uma reverência. Tinha as pernas cheias de cicatrizes; algumas pareciam riscos, outras, bolinhas.

– Deixe eu conversar com ela – disse Luzia, fazendo um gesto para que o rapaz se afastasse. – Qual é a sua graça? – perguntou à menina.

– Maria de Lourdes – balbuciou ela. – Mas todo mundo me chama de Neném.

– Sabe costurar?

– Sei, sim, senhora.

– E sabe cozinhar? Sabe tirar a pele de um bicho?

– Sei, sim, senhora. Não tenho medo de sangue.

– E os seus pais? – indagou Luzia, indicando o peão e a mulher com um aceno de cabeça. – Eles já sabem?

– Não, senhora. Não são meus pais. A minha mãe morreu quando eu nasci. Não sei quem é o meu pai. O coronel que mora aqui me entregou a eles, já que não têm filhos. Tudo o que faço é trabalhar.

Luzia assentiu.

– Se entrar para o bando, saiba que não tem volta – disse ela, repetindo o que Antônio lhe dissera no passado. – Não é como uma roupa que você pode botar e tirar quando lhe der vontade.

– Não pode ser pior que trabalhar para eles – sussurrou Neném. – Isso aqui é um inferno.

– O cangaço vai ser pior que o inferno – disse Luzia.

A mocinha mordeu o lábio e fez que sim com a cabeça.

– Aqui, vou acabar morrendo. Eles não vão me dar comida se tiver seca mesmo. E gosto do Ponta. Ele é bem bonito.

Luzia a fitou. Neném tinha o rosto redondo e delicado, como o de uma criança, mas as suas mãos e os seus pés eram bem calejados. Grossos. Lembrou-se da própria teimosia quando deixou Taquaritinga, temendo ficar prisioneira atrás de uma máquina de costura para o resto da vida. Agora, esse destino nem parecia tão ruim assim... Mas, se não tivesse saído de Taquaritinga, ela e a irmã talvez terminassem como aquela menina: definitivamente dependentes de um coronel.

– Vai ter de engolir um chumbinho todo mês – disse Luzia. – Não pode engravidar. É para o seu próprio bem. E também não dá para ficar fazendo tolices. A partir do momento em que estiver junto com Ponta, estará ligada a ele e só a ele. E vai ter de aprender a atirar. Está me ouvindo?

– Sim, senhora.

Luzia pretendia desencorajar a menina, assustá-la, mas ficou espantada com a determinação de Neném. Chamou então Ponta Fina de volta.

– Não é a mim que você tem que pedir isso – disse ela. – Vá conversar com o seu capitão.

Ponta assentiu. Pegou a garota pela mão e, com alguma hesitação, dirigiu-se até onde estava Antônio. Luzia adoraria ficar olhando, ver qual seria a reação do seu marido, mas deu as costas para o grupo e retomou o bordado. Tinha esperanças que ele brigasse com o rapaz, que o convencesse de que incluir uma moça como Neném no bando era uma péssima ideia. Luzia enfiou a agulha com toda a força no tecido da manta. Ela própria era mulher e não tinha lhes criado problema algum. Mas aquela menina era bonita e o bando agora era bem maior, contando inclusive com vários garotos bem jovens.

De repente, ouviu alguém às suas costas. Virou-se, achando que ia ver Ponta Fina todo desapontado, voltando para pedir consolo. Mas era Antônio. Bem devagar, como se os seus ossos estivessem doendo, ele se ajoelhou no chão ao seu lado.

– Está tentando arranjar casamento para os meus homens? – perguntou.

A sua voz parecia cansada, mas o lado esquerdo da sua boca se ergueu num sorriso discreto.

– Eu não o encorajei – respondeu ela, deixando o bordado.

Antônio assentiu.

– Mas eu devo aceitá-la – prosseguiu ele. – É a sua opinião.

– Nada disso – retrucou Luzia, já enfurecida. – Ponta disse isso?

Antônio balançou a cabeça.

– Achei que você veria as coisas pelo lado da moça.

– Só porque nós duas somos mulheres não quer dizer que eu aprove a ideia.

– Eles estão seguindo o meu exemplo. O nosso exemplo – acrescentou Antônio, passando a mão no lado desfigurado do rosto.

– E daí?

– E daí que concordei.

– Não acho uma boa ideia – disse ela.

– Eu sei – replicou Antônio.

Ele a fitou, com um sorriso estampado no lado esquerdo da boca. Luzia pôs a mão no rosto do marido. Bem devagar, ele tirou o chapéu e deitou a cabeça no colo da mulher, encostando o ouvido na sua barriga. Luzia fechou os olhos. Por um breve instante, eram como qualquer outro casal, conseguindo tempo para um momento de carinho.

Ouviram-se vozes vindas do acampamento. De repente, eram gritos. Antônio suspirou. Luzia não queria abrir os olhos, mas ele se levantou do seu colo. Seus joelhos estalaram quando ele se pôs de pé. Orelhinha vinha se aproximando, seguido por Ponta Fina, Neném, Baiano e um punhado de cangaceiros.

– Ele quer se casar – disse Orelhinha, apontando para o rapaz.

– Eu sei – retrucou Antônio, sem se lembrar de pôr o chapéu na cabeça.

O seu cabelo estava todo embaraçado e mal repartido, revelando um ponto mais claro do couro cabeludo mais para o lado da cabeça. Luzia quis esconder aquele pontinho vulnerável, quis ajeitar o cabelo dele com os dedos.

– Mas ele não pode se casar – prosseguiu Orelhinha. – A não ser que entregue as facas, que deixe o bando.

Ao seu redor, tinha se formado um grupo e uns poucos cangaceiros concordaram com um aceno de cabeça. O olho bom de Antônio se estreitou. O lado de sua boca que podia se mover ficou mais caído. Era proibido tocar nesse tipo de assunto na frente de todos; ele só permitia que os seus homens fizessem queixa uns dos outros em particular, dirigindo-se apenas a ele, para evitar brigas internas. Aproximou-se então de Orelhinha.

– Não permito deserções – disse o capitão.

– Sei disso – retrucou o outro, assentindo.

– Ao que parece, você tem sabido muitas coisas ultimamente.

Luzia se agarrou nos braços da cadeira. Afastou bem os joelhos, jogando todo o peso do corpo nas pernas. Ergueu então a bacia, conseguindo içar-se de onde estava sentada. O grupo inteiro estava olhando e ela odiou o seu corpo por obrigá-la a assumir atitudes tão indignas.

– Mulheres só causam transtornos – disse Orelhinha, balançando a cabeça e dando as costas ao capitão. – Foi o senhor mesmo quem disse que precisamos ser um exército, não uma família.

– Isso não é problema seu – replicou Antônio.

– É problema meu, sim – retrucou Orelhinha, enfiando o dedo no peito. – Faço parte desse grupo. Não podemos sair levando conosco toda rapariga que encontrarmos por aí.

Ouviram-se uns murmúrios. Alguns dos homens balançaram a cabeça. Ponta Fina deu um passo à frente, com a peixeira aguda e reluzente na mão. Baiano passou o braço pelo torso do rapaz e o puxou para contê-lo.

– Peça desculpas – disse Antônio.

Orelhinha olhou para um lado e para o outro, fitando Ponta Fina e o seu capitão.

– O quê?

– Peça desculpas. Você insultou a mulher dele. Uma mulher honesta. Aqui não tem nenhuma rapariga.

– Não peço, não.

Antônio chegou bem perto dele. Orelhinha ergueu as mãos, como se estivesse se rendendo, mas depois as levou à cinta. Como os outros homens, estava habituado a tirar os coldres e deixar pistolas e rifle na manta toda noite. Só estava com as facas. Sacou então o punhal enfiado entre o cinto e a cartucheira. Tinha o rosto desfeito e triste. Deixou cair no chão a arma de lâmina comprida e achatada.

– Estou indo embora – disse ele.

– Já lhe disse – retrucou Antônio, sem fazer menção de apanhar a faca. – Não admito deserções.

O queixo do cangaceiro tremia. Ele cerrou os lábios tentando conter o tremor. Havia um acordo tácito entre o bando e seu capitão. Todos os homens o aceitavam ao entrar para o grupo e fechar o corpo com as preces para esse fim. Com Luzia foi a mesma coisa. O amor de Antônio, a sua proteção, a sua liderança eram dados em troca de obediência, de confiança. No momento em que a confiança de um homem vacilava, aquele amor deixava de existir. Orelhinha desobedecera ao capitão e, ainda por cima, na frente de todos. Se Antônio não fincasse pé nos termos do acordo, se não punisse quem desobedecesse, perderia o respeito dos seus homens e isso seria a sua perdição.

Luzia sentiu um estremecimento na barriga. Viu movimento por baixo do tecido retesado do vestido. Depois, sentiu um golpe na parte baixa das costelas. O menino lhe deu um chute, como se estivesse lhe dizendo para fazer alguma coisa, para agir. Então, ela deu um passo à frente e pôs a mão no braço do marido.

– Deixe ele ir – disse.

– A misericórdia de uma mulher – exclamou Orelhinha, em tom debochado.

Antônio se enrijeceu e se desvencilhou da mão de Luzia.

– Não toque em mim! – exclamou ele.

Ela recuou. O capitão tinha erguido a mão, com o punho tão cerrado que os nós dos dedos chegavam a estar brancos. Luzia apoiou os braços na barriga. Não conseguia pensar com clareza; não conseguia lembrar o que pretendia dizer nem a Antônio nem a Orelhinha. Só pensava na igreja enfumaçada lá de Taquaritinga e no padre Otto, parado à sua frente, fazendo o sermão anual da Páscoa. A história não se referia à Virgem Maria, mas àquela outra Maria – a Madalena –, que tinha ficado na sepultura do Cristo bem depois que os outros discípulos desistiram e foram embora, e que tinha sido recompensada com Sua aparição. Mas, quando Maria Madalena esticou o braço para tocá-Lo, Ele recuou, dizendo: "Não me segure." Mesmo em criança, Luzia não gostava Dele por ter feito isso. Já não era mais homem; agora, era Deus, e essa deificação fez com que Ele afastasse de Si aquela que mais O amava. Luzia sempre preferiu o homem à divindade.

– De joelhos – disse Antônio.

– Sou um dos seus melhores homens – retrucou Orelhinha, balançando a cabeça.

– Sei disso – replicou o capitão. – Você desobedeceu. Agora, ajoelhe-se.

Orelhinha concordou. Tirou o chapéu e o atirou no chão, onde já estava a sua faca. Antônio foi se postar ao seu lado. O cangaceiro tinha os olhos baixos, mas não fitava o chão; na verdade, olhava para a frente do próprio gibão, para a cartucheira. "Observe sempre os olhos de um homem", pensou Luzia; isso era algo que seu marido tinha lhe ensinado. Dissera-lhe para prestar atenção ao olhar dos homens porque ele revela as suas intenções. Sempre fitamos o que vai ser o nosso próximo passo. Mulheres grávidas devem desviar os olhos de qualquer cena de violência, mas Luzia não podia fazer isso: observava Orelhinha. Assim que Antônio sacou do punhal, a mão do cangaceiro se mexeu. Era a direita, que o capitão não podia ver por causa do olho lesado. Ali, enfiada na cinta, havia outra faca, menor, de ponta bem afilada, usada para sangrar animais. Todos os cangaceiros tinham facas assim. Ninguém pensou em pedir que ele a entregasse.

A mão de Luzia procurou a parabélum que estava no coldre instalado junto à axila de seu braço aleijado. O braço bom passou por cima dos seios e da barriga crescidos. Atrapalhou-se com o fecho do coldre. No chão, à sua frente, Orelhinha recuou. Com um dos braços, fez um gesto amplo, formando um arco gracioso. Em sua mão, a lâmina da faca reluziu, refletindo a luz da fogueira. Antônio deixou cair o punhal. Finalmente, Luzia abriu o coldre e, com o braço bom, ergueu a pistola. Não conseguia mirar corretamente, pois Antônio tinha agarrado Orelhinha e os dois homens grunhiam e se amontoavam num estranho abraço. O olho bom de Antônio estava arregalado e se movia em todas as direções, à procura da faca. Parecia até uma vaca no cercado do matadouro.

Luzia conseguiu apontar para o seu alvo. Puxou o gatilho. O barulho do tiro lembrou uma garrafa sendo desarrolhada: surpreendente, pois ninguém sabia onde a bala ia penetrar. Todos ali se enregelaram. Neném gritou e todos os olhos se voltaram para ela. Por um instante, Antônio tirou os olhos da ponta da faca. Orelhinha o golpeou. Depois, a arma caiu aos seus pés.

– Merda! – exclamou Orelhinha, e a sua voz pareceu despertar todo o bando.

Baiano avançou, agarrando o companheiro pelo braço. O peito do seu gibão já estava escuro e a mancha só fazia aumentar. Luzia o tinha acertado no ombro. Ponta Fina se adiantou, com o facão nas mãos, mas a moça o deteve. Ouviram então uma tosse.

Antônio estava parado ali, imóvel, de costas para a mulher e os seus homens, com as mãos no pescoço. Luzia tocou no seu ombro e ele se voltou, ainda segurando o pescoço. Tinha o rosto de um vermelho-escuro, como se estivesse com raiva. Tossiu novamente. Jorrou sangue por entre seus dedos.

Quando ele desabou, Luzia o chamou pelo nome. A voz dela parecia vir de muito longe. A parabélum lhe caiu das mãos. Sentiu um cheiro de queimado e se deu conta de que era a carne das preás esquecidas no fogo. A barriga atrapalhava os seus movimentos. Deixou-se cair ao lado de Antônio, batendo com os joelhos no chão duro. As suas mãos pareciam se mover por conta própria, tentando freneticamente desatar o lenço molhado que ele tinha no pescoço e, depois, levando os dedos ao seu rosto. O lado desfigurado estava calmo, como sempre. O outro tinha um ar perplexo. Um som rouco e borbulhante saiu do talho dentado em sua garganta, próximo ao pomo de adão, onde a faca de Orelhinha tinha penetrado. E brotou sangue, com tanta intensidade que Luzia ficou surpreendida. Com as mãos, ela pressionou o corte. Estava tão quente! Tão quente! Como a água terrosa que brotava do leito seco dos rios quando ela cavava. Apertou então com mais força. A confusão tinha espantado as moscas que voavam ao redor dos blocos de rapadura, mas, de repente, lá estavam elas de volta. Vieram pousar no pescoço de Antônio e na poça que se formava junto ao seu corpo.

Ponta Fina se ajoelhou ao lado de Luzia. Os cangaceiros se aglomeraram à sua volta. A moça sentia os ouvidos zumbirem. Era preciso lhes dar alguma ocupação, pensou ela. Eles precisavam ter algo para fazer.

– Tragam uma rede! – gritou ela. – Uma rede limpa!

Os homens começaram a se mexer, atabalhoados, percebendo o tom urgente da voz de Luzia, acreditando que o seu capitão poderia sobreviver pelo simples fato de eles se apressarem. Vários entraram na casa vazia do coronel. A moça pôde ouvi-los revirando tudo lá dentro. Mandou Canjica e Caju correrem em busca de um curandeiro ou de uma parteira. Qualquer pessoa que tivesse noção de medicina, disse ela. Se não encontrassem ninguém, ela mesma cuidaria de Antônio. Poria a mistura de sal, cinzas e pimenta-malagueta no ferimento, para estancar o sangue. Costuraria tudo com ponto bem apertado. Depois, levariam Antônio para a fazenda de Eronildes. Era um estirão considerável, mas não tinha outro jeito. Sabia, por sua experiência em matar cabras e outros bichos da caatinga, que, no pescoço, havia uma rede vital de canais e de vasos sanguíneos. O seu marido precisava ser atendido o mais depressa possível.

A mão de Antônio se contorceu. Os dedos dele roçaram a sua perna, como numa carícia. Luzia tentou chegar mais perto, mas a barriga não deixou.

– Fique aqui – ordenou ela, sentindo as mãos escorregarem no ferimento. – Fique acordado.

Quando os homens voltaram, Luzia amarrou um pano no pescoço de Antônio. Com todo o cuidado, Baiano depositou o seu capitão na rede que eles tinham trazido e, com a ajuda de Inteligente, ergueram-no do chão. Atordoados, todos esperavam as ordens de Luzia.

– Vão lá para dentro – disse ela. – Precisamos limpar isso tudo muito bem. Não sacudam muito.

Os dois cangaceiros puseram a rede manchada e pingando no vestíbulo da casa do coronel. Havia feijões esmagados pelo assoalho, restos do assalto que o bando fizera à despensa. O sangue nas mãos de Luzia já estava secando. Ela tinha dificuldade em mexer os dedos. Quando viu que estava tremendo, cerrou bem os punhos, pois não podia deixar que os homens vissem aquilo.

Pediu ajuda a Baiano e voltou a se agachar ao lado do marido. Lembrou-se do pai, na igreja do padre Otto, embrulhado na rede funerária. Ficou com medo de abrir a que envolvia Antônio, mas os cangaceiros estavam aglomerados ao seu redor, na maior expectativa. Com um gesto rápido, afastou os panos da rede.

Os olhos dele estavam abertos. Os lábios meio tortos, separados. Ambos os lados do seu rosto estavam calmos. Luzia sentiu como se tivesse engolido um espinho de cacto que, agora, lhe cortava por dentro, da garganta ao estômago, traçando uma linha ardente.

Os homens se aproximaram ainda mais. A moça sentiu que todos a fitavam. Um pouco mais cedo, tinha tirado o xale e, sem ele, estava exposta àqueles olhares: o cabelo maltrançado, o vestido apertado demais na altura da barriga, as pernas grossas, os seios crescidos. Os cangaceiros estavam vendo tudo aquilo.

Pôs então as palmas das mãos no chão. Conseguiu se levantar um pouco até se firmar nos pés. Respirou fundo e se ergueu. Os seus joelhos estalaram com aquele esforço. Já de pé, viu Ponta Fina. Neném estava toda encolhida ao seu lado. Foram eles que provocaram essa confusão, pensou Luzia. Eles e Orelhinha. No meio daquela comoção, tinha se esquecido dele. O bando o havia deixado lá fora, ferido. Precisava puni-lo, mas só de pensar nisso ficou estonteada. Fechou os olhos, tentando se aprumar. Ia cuidar dos homens que a cercavam antes de dar um jeito em Orelhinha. Abriu os olhos e encarou Ponta Fina.

– Passe a sua lambedeira – disse ela.

Ele obedeceu, estendendo-lhe a faca mais afiada, que era usada para desossar animais. Luzia pegou a arma com o braço aleijado e a levou à nuca. Com o braço bom, agarrou a ponta da trança, presa com barbante grosso. O começo da trança, junto ao couro cabeludo, era bem espesso. Ela teve dificuldade em cortá-lo.

Quando encarou os homens, estava ereta. Conseguiu manter as mãos firmes. Fitou cada um deles bem nos olhos, cuidando para não deixar passar ninguém. Com o braço bom, ergueu bem alto a trança cortada que parecia uma cobra em sua mão.

Luzia não teve tempo de ficar com medo. Só se deu conta disso mais tarde, ao relembrar aquele momento. Podia ter chorado, se desesperado, se lamentado como faria qualquer esposa, mas os homens teriam notado a sua fraqueza e a teriam odiado por isso. Ela seria inútil para eles, deixando de ser a mãe abençoada para se tornar uma simples mulher. E, ainda por cima, grávida. Vê-la ali com o cabelo cortado, as mãos manchadas de sangue, o rosto rígido deixou a todos amedrontados. Luzia percebeu esse sentimento. Naquele instante, tinham medo dela. Acreditavam nela.

Depois de cortar a trança, a moça sentiu uma vertigem. Tinha se levantado depressa demais. A faca lambedeira lhe caiu das mãos. Apoiou-se em Baiano, que a ajudou a se ajoelhar. Os homens acharam que ela ia rezar e a imitaram, contritos. Luzia desfiou todas as orações que conhecia – uma sequência de ave-marias e de padre-nossos – até perceber que estava dizendo coisas sem sentido.

Ficou o tempo todo olhando para Antônio. Esperava que ele piscasse, se levantasse, risse da própria piada de mau gosto.

– Não vamos acender fogo algum – disse Luzia, interrompendo as rezas. – Não vamos botar nenhuma vela nas suas mãos. A alma dele vai ficar aqui. Conosco. Agora, sou a mãe e o capitão de vocês.

Os homens baixaram a cabeça.

Quando finalmente saíram da casa, Orelhinha tinha desaparecido. Baiano propôs formarem um grupo para ir atrás dele, mas Luzia não permitiu.

– Deixem que sangre – disse ela. – Não vai sobreviver por aí, no meio do mato.

Luzia bem sabia que alguns dos cangaceiros iam achar que ela estava sendo benevolente demais com Orelhinha. Outros, que era muita crueldade deixá-lo morrer assim, exposto às intempéries, em vez de dar um fim rápido à sua vida. Um capitão não precisa explicar aos seus homens as decisões que toma, portanto ela também não precisava. Nem podia. Os motivos pelos quais estava deixando Orelhinha ir embora nada tinham a ver com misericórdia ou punição, mas com os próprios cangaceiros. Se mandasse um grupo atrás dele, não poderia acompanhar os homens. Estava se sentindo estranha demais para agir furtivamente, abalada demais para liderá-los em meio à caatinga. Mas não queria admitir isso. O grupo poderia encontrar Orelhinha e ajudá-lo, ou até mesmo se juntar a ele. Os homens também estavam abalados com a morte de Antônio e, no momento, a lealdade deles era frágil. A única forma de controlá-los era não perdê-los de vista.

Luzia passou a noite em claro, à escuta de qualquer sussurro, alerta a qualquer sinal de divergência. Neném veio se postar ao seu lado. Raras vezes, a moça cabeceou de sono. Quando isso acontecia, ela se empertigava e tossia bem alto para demonstrar que estava acordada.

Rezava a tradição que eram necessários três dias de luto enquanto a alma ainda vagava junto ao corpo. E também que os parentes deviam limpar o cadáver antes que ele enrijecesse. Durante esse banho, falava-se com o morto, dizendo-lhe "Dobre o braço!" ou "Levante a perna!". Não se podia pronunciar o seu nome porque isso significava chamar de volta o seu espírito. Na casa do coronel, Luzia lavou e vestiu o marido, dirigindo-se a ele o tempo todo pelo nome. "Antônio!", dizia ela em voz alta, para que o seu espírito pudesse ouvi-la. Mandou que os homens o chamassem de "capitão" nas suas orações, como sempre faziam. Deixou todos os anéis nos seus dedos, embora não fosse permitido aos mortos levar ouro para a outra vida. Não beijaria a sola dos seus pés, porque, com isso, estaria impedindo que ele ficasse vagando. Era exatamente o que ela queria. Não tirou o pó da sola das suas alpercatas, como era costume fazer, para que a alma – atraída pela terra – sentisse falta do chão sob os seus pés e voltasse. Não fechou os seus olhos. "Feche os olhos para encarar Deus", era o que deveria dizer no momento de enterrá-lo. Em vez disso, ela exclamou: "Olhe para mim, Antônio."

Luzia estava obrigando o espírito do marido a viver ali na terra. Antônio não tinha lhe dito uma vez que todos eles estavam condenados? Que, apesar das suas rezas, ele não iria ao encontro de Deus, mas para um outro lugar, mais escuro? Ele não ia preferir ficar ali, ao seu lado?

– Se alguém perguntar, o Carcará não morreu – disse ela a todos os homens do bando antes de deixarem a fazenda.

O seu plano funcionou: os cangaceiros ficaram com medo da alma do capitão. Sempre que um galho de árvore balançava ou que soprava um vento, eles estremeciam. Até Baiano parecia amedrontado. Toda noite, quando montavam o acampamento, Luzia deixava uma refeição ligeira para o marido no meio do mato. Jogava um pouco de água no chão. Estava procurando tentá-lo. O risco era grande, pois as almas são como gente, só que piores. Podem ficar furiosas e amargas com os seus entes queridos. Podem assombrá-los para sempre. Mas Luzia queria ser assombrada. Preferia enfrentar a raiva de Antônio que a sua perda.

10

Uma boa viúva deve se vestir de preto. E pôr cortinas escuras nas janelas de casa. Passa a usar duas alianças na mão esquerda e põe sempre flores frescas diante do retrato do falecido. Algumas trancam todos os pertences do marido numa gaveta e, de vez em quando, vão pegá-los para mergulhar em recordações. Era como um outro casamento, uma união mórbida, com as reminiscências do companheiro. Para Luzia, todas essas tradições eram impossíveis. Não havia alianças, nem flores nem retratos, a não ser aqueles recortados dos jornais.

A caatinga tinha sido a casa dos dois. Cada árvore, cada morro, cada lagarto e cada pedra faziam-na lembrar de Antônio. Aquele era o mundo dele, não dela. Jamais amara aquilo tudo como ele. A caatinga lhe escapava, a assustava, a deixava com raiva. E, agora, ele a tinha abandonado ali, sozinha, com aquele exército de homens que a seguiam em meio às planícies rochosas ou subindo as colinas íngremes. Não iam para Taquaritinga. Luzia havia decidido que não queria entregar o bebê aos cuidados do padre Otto. Não queria que o seu filho fosse criado num lugar onde as pessoas poderiam identificar a sua mãe como a Vitrola. O bando tomou o rumo do São Francisco. Depois que o corpo de Antônio foi enterrado num lugar seguro, Luzia abriu o mapa do velho cartógrafo. Perguntou ao Baiano:

– Sabe como chegar à fazenda do Dr. Eronildes?

Ele fez que sim com a cabeça.

Ela envolveu a barriga com um pano para que o bebê não nascesse antes do tempo. Pegou o punhal de Antônio, o seu chapéu e o seu cristal de rocha. Ao anoitecer, segurava a pedra e puxava as orações, fechando o corpo de todos.

À noite, não conseguia dormir. Ficava ouvindo o ronco dos homens. Ficava olhando Neném, dormindo toda encolhida na manta ao seu lado. A menina teimosa cismou que não ia deixá-la sozinha, determinada a compensar a perda que ela tinha sofrido. Quando era noite de luar, Luzia ficava olhando a caatinga seca. À luz da lua, as árvores desfolhadas pareciam uma floresta branca. Aquela terra era deles, toda deles, como Antônio sempre dizia. Era terra de Deus. Imensa. Ilimitada. Ele dizia aquilo com alegria, mas, quando Luzia fitava aquele mato, não conseguia compreender a felicidade do marido. A caatinga era grande demais. Vazia demais. E a deixava assustada com toda aquela imensidão.

Em muitas noites, se lembrava do retrato de Emília tendo nas mãos aquele bebê deformado dentro do pote de vidro. Era assim mesmo que ela segurava as bonecas, com cuidado, com um jeito carinhoso. Sua irmã sempre foi boazinha com as bonecas de pano. Bem diferente de Luzia, que as estragava, cortava em pedaços, arrancava o seu recheio. Emília era delicada, mas séria. Sabia cuidar das coisas sem estragá-las. Por baixo daquele ar amoroso havia uma vontade fortíssima.

Quando dormia, Luzia sonhava com um homem que não era Antônio, mas que tinha o mesmo nariz achatado, os dentes miúdos, os lábios carnudos, os olhos tão escuros que nem dava para ver as pupilas; escuros como as sementes da maria-preta.

Acordava de manhã com a bexiga doendo. As suas costas repuxavam, como se um punhal a espetasse quando caminhava. Andava bem devagar. Os homens iam na frente, sob o seu comando. Baiano e Ponta Fina ficavam ao seu lado. Quando as colinas das margens do Velho Chico se tornaram maiores e mais claras, Luzia teve a sensação de estar sendo levada para um fim que desconhecia. Assim que chegasse lá, assim que Deus determinasse que tinha terminado, qualquer grãozinho de areia, ou a mais miúda das folhas luzidias do umbuzeiro, poderia detê-la. Antes disso, nada a deteria.

Capítulo 9

Emília

Campo de retirantes de Rio Branco
Janeiro-fevereiro de 1933

1

2 de janeiro de 1933

Sra. Degas Coelho
Rua Real da Torre, 722
Bairro Madalena, Recife, PE

Prezada Sra. Coelho,

Feliz ano-novo. A senhora não deve se lembrar do meu nome, mas espero que a nossa conversa no teatro Santa Isabel não tenha sido inteiramente esquecida. Tive o prazer de conhecê-la no saguão, durante a comemoração do partido verde. Conversamos por um breve instante, mas não dissemos como nos chamávamos. Felizmente, sou muito bom fisionomista.

Até bem recentemente, jamais havia lido a coluna social do Diário, *até que alguém me mostrou a sua fotografia. Fiquei espantado ao descobrir que aquela senhora cujo retrato estava no jornal era a mesma que eu havia conhecido no Recife. Logo me lembrei de um dito que os peões da minha fazenda vivem repetindo: é sempre bom perguntar o nome de um desconhecido, porque ele pode ser um irmão perdido. Passei a minha vida inteira no Nordeste e ainda me desconcerta saber que, apesar da vastidão dessas terras, os nossos círculos de conhecidos são pequenos e a sua trama é tão intricada quanto uma renda.*

Li a respeito do trabalho beneficente que a senhora vem realizando com os flagelados que fugiram para a capital nessa época de seca. Admiro o seu esforço. É muito mais fácil condenar os nossos vizinhos do que ajudá-los.

Como a senhora, também decidi auxiliá-los. Talvez se lembre que lhe disse que sou médico. Abri mão da administração da fazenda para supervisionar um modesto hospital no campo de retirantes de Rio Branco. Há inúmeros doentes por aqui. Muitos de meus colegas dizem que o sertanejo é uma gente forte, capaz de aguentar qualquer sofrimento. A meu ver, esta é uma crença tola. Como sabe, dona Emília, e como aprendi na minha prática médica, os sertanejos são tão mortais e imperfeitos quanto qualquer um de nós. No entanto, são mais ligados à terra, e esta os abandonou durante a seca. Agora, são como crianças órfãs.

Vim para Rio Branco tentar salvar esses órfãos da seca. Não sou religioso, mas nos últimos tempos cheguei a rezar. Pedi que uma mão bondosa e amorosa tirasse ao menos uma dessas crianças da miséria e mudasse o seu destino.

Chegamos enfim ao motivo de minha carta, dona Emília. Agradeço a sua paciência. Sou um homem de ciência, não de palavras, portanto serei absolutamente franco. Preciso da sua ajuda. Roupa, comida, água e remédios são muito bem-vindos aqui no campo de Rio Branco, mas, como talvez a senhora já saiba, essas remessas caridosas que vêm da capital acabam sendo desviadas por comerciantes corruptos ou roubadas por cangaceiros. Essas doações estariam em segurança se viessem acompanhadas por uma delegação. Esta delegação atrairia a atenção da imprensa, dando ao sofrimento desses retirantes a divulgação de que tanto precisam. Os flagelados são gente faminta e não parasitas, como alguns jornalistas resolveram chamá-los. Essa delegação não pode ser composta exclusivamente por representantes do governo ou repórteres, pois nem uns nem outros serviriam de inspiração para os retirantes que vivem aqui. A senhora, dona Emília, sempre consegue chamar a atenção de todos para as causas que abraça. A senhora e a Sociedade Auxiliadora podem trazer esperança e calor ao nosso lar tão desolado.

Estou lhe pedindo que viaje para um lugar de onde a maioria das pessoas quer fugir. Garanto-lhe que não foi nada fácil lhe fazer esse pedido. Escolhi as palavras com todo o cuidado porque não a conheço bem. No entanto, ouvi dizer que a senhora é uma mulher de bom coração e de muita determinação. Espero não estar lhe pedindo o impossível e, caso esteja, rezo para que santo Expedito intervenha para tornar o meu pedido viável.

Atenciosamente,
Dr. Eronildes Epifânio

2

As mesinhas do vagão de primeira classe estavam repletas de copos vazios que esbarravam uns nos outros, tilintando com o movimento do trem. Um garçom, com as costas do paletó escurecidas por causa do suor, tentava retirar os copos sem acordar os passageiros. Os funcionários do governo dormiam com a cabeça caída para trás e as pernas bem abertas. Todos tinham a testa reluzente de suor. Os repórteres e fotógrafos que acompanhavam a delegação haviam voltado para o vagão destinado à imprensa, e, com isso, os funcionários do governo puderam tirar o paletó e afrouxar a gravata. Uma coleção de chapéus fedora e panamá estava espalhada pelas mesinhas ou pelos assentos vagos. Degas tinha posto o seu no colo, como um bichinho de estimação muito querido. Estava acordado. E Emília também.

O termômetro do trem marcava 38 graus. As flores que tinham sido postas numa jarrinha pendurada na parede estavam caídas, com as pétalas se espalhando pelo chão. No teto, os ventiladores gemiam. As suas pás giravam, mas não conseguiam expulsar o calor. Ali dentro estava quente e abafado. Emília sentia as faces pinicando. As janelas estavam baixadas, com as cortinas bem abertas. O sol brilhava tanto que os seus olhos chegaram a doer quando ela tentou fitar o exterior. Foram necessários uns bons minutos até a sua visão se habituar àquela claridade. A paisagem era sempre a mesma. A vegetação da caatinga, cinzenta e ressecada, como se houvesse sido chamuscada num forno. Camufladas por entre as árvores, Emília viu casas de barro abandonadas, com as paredes rachadas e as portas abertas. À exceção do próprio trem e do tilintar dos copos, que mais pareciam ecos fantasmagóricos dos brindes daquela manhã, não havia ruído algum. Nem mesmo insetos zumbindo. Era de enlouquecer.

Talvez por isso os funcionários do governo preferiram dormir. Estavam animados quando o trem deixou a Estação Central do Recife. Todos brindaram. Emília e Degas ergueram as suas taças, posando ao lado do Dr. Duarte e do grupo de autoridades governamentais, para que o fotógrafo oficial da delegação batesse a sua foto. Seguiram-se então vários outros brindes em honra do presidente Vargas, do tenente Higino e do Dr. Duarte. Tão logo os copos dos cavalheiros se esvaziavam, voltavam a se encher de cachaça com suco de limão. Degas ficou parado na extremidade do grupo, curvando-se um pouco para ouvir os brindes. Então, enfiava o braço no meio do círculo para que o seu copo tocasse nos demais. Junto com as poucas mulheres da delegação, Emília se sentou na outra ponta do vagão. Não participou daquela quantidade de brindes. Tudo o que bebeu foi água.

Quando os brindes terminaram, os jornalistas lotaram o vagão para fazer entrevistas. Trabalhavam para os jornais do Recife, mas havia também alguns da Paraíba, da Bahia e de Alagoas. Todos aprovados pelo Departamento Oficial de Propaganda de Vargas. As autoridades que participavam da delegação eram representantes, no Recife, dos diversos ministérios provisórios do governo federal: Indústria, Trabalho, Educação, Transporte e Saúde. Todos aqueles funcionários estavam loucos para ter as suas palavras publicadas pela imprensa, mas tudo o que diziam sobre questões climáticas, vacinas, carteiras de trabalho e distribuição de alimentos se limitava a dados estatísticos dos manuais do departamento, que eles haviam decorado e que os jornalistas já conheciam. Só o Dr. Duarte falava espontaneamente. Acabou cercado por todos, reinando absoluto sentado ali, na banqueta estofada do trem.

– Esta delegação é, principalmente e acima de tudo, uma obra de caridade – declarou ele, quando o trem ia passando pelos canaviais. – Mas não estarei diminuindo em nada a generosidade e a boa vontade do nosso governo ao afirmar que ela é também um trabalho científico. A possibilidade de medir os sertanejos, como chamamos os habitantes da caatinga, é uma oportunidade ímpar. Precisamos avaliar as diferenças, se é que existem, entre os diversos representantes do nosso povo. Não os isolar! O movimento de brasilidade de que tanto nos orgulhamos visa justamente a unir os diversos grupos que habitam o nosso país para formar uma nação! Em todos os povos há pessoas de bem. Mas há também criminosos que precisam ser definidos, sejam eles comunistas, degenerados, ladrões ou pervertidos sexuais. Dependendo do grau de criminalidade que tais indivíduos apresentem, eles poderão ser contidos, controlados ou curados. Esta é a única forma de purificar o Brasil e sanar os seus males sociais.

Enquanto o seu pai falava, Degas foi se sentar mais afastado do grupo. Parecia não estar nem um pouco interessado naquele discurso, preferindo dedicar toda a sua atenção a desamassar o seu chapéu fedora. À medida que o sol ia ficando mais forte e o dia, mais quente, o rosto dos homens se tornava mais afogueado. Todos se abanavam com o chapéu. Os drinques tomados pela manhã, combinados com aquele calor, deixavam-nos estonteados e exaustos. Os repórteres e os fotógrafos voltaram para o vagão de imprensa. Depois que o trem passou pelos canaviais da Zona da Mata e penetrou na caatinga calcinada pela seca, os representantes do governo pegaram no sono.

Na parte feminina do vagão, havia cinco freiras do Convento de Nossa Senhora das Dores trajando uns discretíssimos costumes marrom-escuros. Uma delas, mais jovem, desfiava o rosário. Outra, mais velha, olhava às vezes para Emília e esboçava um sorriso com os lábios cerrados. Nenhuma senhora da Sociedade Auxiliadora estava participando da delegação. Lindalva e a baronesa estavam na Europa. As outras deram desculpas, quase sempre relacionadas a doenças de um filho ou do marido. Parecia até que uma epidemia de gripe havia assolado a elite recifense, deixando em paz todos os outros moradores da cidade. Só as freiras aceitaram a convocação de Emília. Estranhamente, uma senhora de uma família tradicional, os Coimbras, também se juntou ao grupo. Apareceu na casa dos Coelhos e informou à moça que estaria representando a Sociedade Princesa Isabel.

A Sra. Coimbra se sentou defronte de Emília. Era uma mulher corpulenta e de ombros largos, que, dizia-se, já estava na casa dos 60, embora o seu cabelo fosse negro como carvão. Usava um vestido azul-escuro de corte reto, sem cintura, enfeitado apenas por uma tira frouxamente amarrada na altura dos quadris. Esse tipo de modelo era bem popular quando Emília chegou à capital, quatro anos atrás, mas agora estava absolutamente fora de moda. Atualmente, a "cintura de vespa" tinha se tornado *de rigueur*, graças, em parte, às confecções de Emília e Lindalva.

Ela estava usando uma das suas criações: um vestido florido, cinturado, cujo corte se acentuava ainda mais pela gola em estilo cabeção. Por causa do calor, Emília tirou o bolero de linho, mas só depois que os repórteres e os fotógrafos deixaram o vagão. O chapéu de palha tinha a aba bem maior que a dos seus velhos cloches e estava posto meio de banda. Os grampos que o prendiam lhe puxavam o cabelo e ele a deixava com a testa suada. Tirou-o então, depositando-o na banqueta ao seu lado. Fazia calor demais para manter a elegância. A Sra. Coimbra assentiu, aprovando o bom senso de sua companheira de viagem.

Nas poucas ocasiões em que a Sra. Coimbra falou, foi educada mas enérgica, como a maioria das mulheres das famílias tradicionais costumava ser com Emília. Sempre que ela adotava aquele tom, Emília sorria e fixava os olhos no vestido horrível que ela estava usando. Sabia muito bem que tais pensamentos eram fúteis e mesquinhos. Também sabia que as mulheres do Recife, tanto das famílias novas quanto das velhas, a julgavam por traços absolutamente sem importância do seu caráter: o leve vestígio de sotaque do interior, a sua incapacidade ou a sua falta de vontade de ter filhos, o seu marido e a sua predileção que sequer podia ser mencionada. Desde aquele jantar no teatro Santa Isabel, Emília percebia que as mulheres do Recife a punham abaixo de si mesmas em todos os sentidos, a não ser em questões de moda. Esta percepção fez com que a moça ficasse mais ousada.

Passou a se vestir como bem entendesse, usando boleros, saias justas, inspiradas em Claudette Colbert, e, no verão na praia de Boa Viagem, blusas bem amplas usadas para dentro de calças compridas de xadrez. Quanto mais confiante se tornava, mais as mulheres do Recife a felicitavam. Enquanto não cometesse nenhuma infração gritante, como ter um amante, andar de bonde tarde da noite, confraternizar com criminosos ou negros, a maioria das recifenses continuaria a admirar as suas criações e a querer comprá-las.

Emília se inspirava nas revistas de moda publicadas na França, na Alemanha, na Itália e nos Estados Unidos. O Dr. Duarte a ajudava a encomendá-las e elas vinham nas mesmas remessas das publicações de frenologia de seu sogro. Alterava alguns modelos, substituindo tecidos pesados por outros mais leves, mais adequados ao clima do Recife. Depois de traçar um molde bem detalhado e encontrar o tecido ideal para aquele feitio, mostrava a criação a Lindalva. Se ambas o aprovassem, o modelo ia para a confecção.

O Dr. Duarte tinha cedido às duas uma das suas inúmeras propriedades, mas Emília insistiu em pagar aluguel. O ateliê ficava numa localização privilegiada, na rua Nova, o ponto elegante da cidade que ia dar na ponte metálica de Boa Vista. As pessoas atravessavam a ponte para ir às compras. Na rua Nova, havia várias lojas chiques: a Casa Massilon vendia uniformes escolares e artigos militares; a Primavera, de propriedade de portugueses, era uma loja de departamentos especializada em roupas de cama, mesa e banho; a farmácia Vitória vendia remédios mas também abrigava consultórios médicos no sobrado; a Parlophon vendia rádios Philco, discos Odeon, refrigeradores e outros luxos modernos. Ali, bem no meio das melhores lojas da capital, ficava o ateliê E & L Modas. Não havia nenhum letreiro na porta, já que anunciar algo publicamente indicava a necessidade de lucros, o que não era absolutamente de bom-tom. Emília e Lindalva eram mulheres respeitáveis e, para elas, a confecção era um hobby e não um negócio. Visto de fora, o ateliê parecia uma casa austera, com cortinas brancas e uma campainha de latão junto à porta da frente. Quando as clientes chegavam, uma criada vinha recebê-las e as levava para dentro. Às vezes, Emília ou Lindalva estavam presentes, às vezes, não. Quando estavam no ateliê, jamais agiam como vendedoras; pelo contrário, sentavam-se para conversar como se fossem clientes também. Ninguém lidava com dinheiro: os pagamentos eram enviados pelo correio ou feitos mais tarde. Ninguém barganhava preços, tampouco havia necessidade de cobranças, porque mulher alguma no Recife, fosse de família nova ou tradicional, queria ser taxada de unha de fome ou de ladra.

As duas amigas ofereciam um número limitado de modelos *prêt-à-porter*. Não trabalhavam com longos nem faziam trajes sob medida. Como não se tiravam moldes específicos para cada cliente, Emília havia contratado uma costureira para consertar as roupas compradas e subir a bainha, no caso de uma mulher mais baixa, ou apertar a cintura quando a cliente fosse mais magra. Só faziam cinco peças de cada modelo, o que obrigava as recifenses a comprarem imediatamente. As criações de Emília eram inevitavelmente copiadas, mas a moda mudava tão depressa que, quando uma outra costureira aprendia a fazer determinado traje, ele já estava ultrapassado e Emília e Lindalva já estavam apresentando novos modelos na loja.

Assim que abriram a confecção, contrataram sete costureiras. Nessa época, o presidente Vargas exigia o pagamento do salário mínimo, a obrigatoriedade de banheiros para os empregados e a jornada de trabalho de oito horas. Cada empregado tinha uma carteira de trabalho que o empregador devia assinar, pois esse documento admitia o indivíduo no sindicato nacional. Qualquer outra organização sindical fora desmantelada e as greves eram proibidas por lei. Vargas havia decretado que, para fazer jus aos direitos que ele lhes estava concedendo, os trabalhadores deviam ser leais ao governo provisório. Emília respeitou a legislação e foi mesmo além dela: a sala de costura tinha janelas, vários ventiladores e um rádio para as costureiras ouvirem no horário do almoço. E não reclamou quando as moças pregaram na parede uma foto oficial do presidente, com a inscrição "Pai dos pobres" impressa acima do seu rosto sorridente.

O trem da Great Western também exibia uma foto de Vargas que fitava Emília ali na frente, acima da porta do vagão. Nesse retrato, ele não era o pai sorridente, mas o presidente de rosto sério, envergando smoking e faixa presidencial. A moça esfregou os olhos que ardiam por causa da poeira que cobria as janelas com uma fina camada marrom. Os copos vazios dos homens já haviam sido retirados e o único ruído que se ouvia ali era o do próprio trem. Um garçom enfiou a cabeça pela porta e contou os passageiros; em breve, estariam servindo o almoço. Embora estivesse com fome, Emília não esperava ansiosa pela refeição. Desde que a seca piorara, sentia-se culpada sempre que comia.

Era comum o interior enfrentar períodos de seca, portanto essas notícias não saíam nos jornais da capital até que a carne começasse a rarear e a ficar mais cara. Pouco depois, os retirantes apareciam pela cidade. Vinham se arrastando pelas ruas do Recife, andando como se lhes doesse levantar os pés do chão. Tinham viajado centenas de quilômetros na esperança de conseguir água, comida e trabalho. As suas roupas eram verdadeiros trapos. Os seus corpos eram tão magros e os seus rostos tão sujos que, às vezes, era impossível distinguir um homem de uma mulher. Os bebês pendiam inertes nos braços das mães. O rosto das crianças era tão cansado e enrugado quanto o de um velho. A cabeça parecia enorme naquele corpo esquelético e todas tinham a barriga inchada como um balão de pele, cheia apenas de ar e nada mais. O sofrimento daquela gente inspirou os jornais a denominá-los "flagelados".

Sempre que ia para a confecção, Emília via esses flagelados tão desnorteados pela fome que andavam pelas ruas da cidade sem prestar a mínima atenção aos bondes ou aos automóveis. A moça olhava aquela gente, temendo reconhecer um vizinho ou um amigo lá de Taquaritinga. Certa vez, uma mulher se aproximou da janela aberta do Chrysler. Estava usando um vestido imundo e quase transparente de tão surrado. A pele do seu rosto era morena e muito retesada sobre os ossos dos maxilares, como se tivesse sido assada. A mulher segurou o braço de Emília. Tinha a mão seca e a pegada forte. Quando a moça olhou naqueles olhos, percebeu que era uma jovem, como ela própria. Mais que depressa, Degas acelerou e arrancou com o carro, ignorando o sinal vermelho. Depois que deixaram a mulher para trás, Emília escondeu o rosto nas mãos. Degas, que sempre ficava sem saber o que fazer quando alguém chorava, disse que iam voltar para ela poder lavar o braço. Emília, porém, balançou a cabeça. Água nenhuma ia apagar o aperto daquela mão; ela ainda a sentia. Se não fosse por Degas, se não fosse por aquele casamento esquisito, ela hoje seria uma mulher faminta, uma flagelada.

Na reunião seguinte da Sociedade Auxiliadora, Emília anunciou que estava lançando uma campanha de costura. Seguindo o seu exemplo, as mulheres da associação doaram tecidos, linha e horas de trabalho das suas costureiras. Depois, iam aos acampamentos montados nos arredores do Recife levando roupas, fraldas e cobertores. Para não ficar de fora, as senhoras das famílias tradicionais, membros da Sociedade Princesa Isabel, organizaram grandes festas e almoços visando levantar fundos para dar tratamento médico aos retirantes.

Quando ia distribuir alimentos e outras provisões aos flagelados, Emília não usava luvas, como as outras mulheres da Auxiliadora. Aceitava os abraços e os apertos de mão que eles lhe davam. Pegava com as mãos nuas os bebês esqueléticos, que não pesavam praticamente nada. Sentia necessidade de abraçar e beijar aquelas crianças. Buscava afeição onde quer que pudesse encontrá-la. Na casa dos Coelhos, enfiava os dedos pelas barras da gaiola do corrupião para acariciar as penas do pássaro. Diariamente, dava folhas de alface extras aos jabutis, na esperança de que lhe permitissem fazer um carinho naquela cara escamosa. No ateliê, segurava as mãos das costureiras para ensiná-las a melhorar a qualidade da costura. Dava-lhes tapinhas nas costas e as elogiava sempre que as via esticar uma fita métrica recém-comprada sobre uma régua para verificar se não havia nada errado.

– Nunca confie numa fita de um estranho – dizia Emília.

E, na hora de ir embora, quando abraçava Lindalva para se despedir, detinha-se por um bom tempo naquele contato.

Supostamente, os maridos devem satisfazer o desejo de afeição demonstrado por suas esposas, mas Degas não era um marido típico. Depois da revolução, parou com as visitas semanais ao quarto de Emília. Como aconteceu com outros combatentes, ele foi felicitado e ganhou uma medalha, mas a credibilidade que contava adquirir com isso jamais veio. O Dr. Duarte, que andava ocupadíssimo com o seu cargo de assessor do tenente, permitiu que o filho assumisse a administração das propriedades da família. Era ele quem recebia os aluguéis e resolvia problemas de manutenção, provando ser um administrador competente. Apesar de tudo, o Dr. Duarte não lhe deu autorização para comprar ou vender imóveis, nem assumir os negócios de empréstimos financeiros e de importação e exportação. Por conta própria, Degas começou a frequentar reuniões de negócios e, mais tarde, de política. Como o Dr. Duarte não podia rechaçar o filho abertamente, teve de tolerar a sua presença. Emília não saberia dizer se o marido era louco para obter a aprovação do pai, se queria simplesmente aborrecê-lo ou ambas as coisas. De todo modo, recusava-se a ser ignorado. Comprou um título de sócio do British Club. Quando o Dr. Duarte ia passear com seus parceiros comerciais na praça do Derby, ele apressava o passo para se juntar ao grupo. Nos jantares, enfiava-se nas rodinhas de homens que conversavam. Emitia opiniões, embora ninguém lhe perguntasse nada e apesar de ninguém lhe dar ouvidos.

O capitão Carlos Chevalier era o único que lhe dava atenção. Emília os via conversando amistosamente nos eventos do partido verde. O Dr. Duarte chamava o piloto de fanfarrão. A sua proposta de pilotar o avião para fazer o mapeamento da estrada visava apenas os jornais; o próprio capitão jamais entrara em contato com o tenente Higino. Outros homens do Recife também se mantinham à distância de Chevalier, o que o aproximou ainda mais de Degas.

Quando Emília era pequena, lá em Taquaritinga, dois meninos foram apanhados numa fazenda abandonada. Apanhados fazendo *o quê* ela nunca soube, embora tivesse insistido muito para a tia lhe contar a história toda. "O diabo está nos detalhes!", tia Sofia tinha exclamado. Mais tarde, um dos meninos foi morto pelo próprio pai. O outro fugiu, desaparecendo na caatinga. A capital era mais civilizada que o interior, mas, mesmo assim, a moça temia por Degas. Entendia perfeitamente o que era desejar desesperadamente ser amada e não podia condenar o marido por sentir a mesma coisa. Houve noites em que, sozinha naquela cama de casal imensa, Emília acariciou os braços, as pernas, o ventre e mais abaixo, louca por um toque amoroso, mesmo que fosse o seu próprio. Depois, ficava envergonhada e confusa. Imaginava que, de certa forma, era assim que Degas se sentia.

O que começou como um pinga-pinga acabou virando uma enxurrada. Na época do Natal de 1932, os flagelados chegavam em massa à capital, aumentando a população local em 52 por cento. Os jornais alertaram para o fato de esses retirantes estarem cerceando os projetos do tenente Higino. Ele havia criado uma Comissão de Planejamento do Recife, que enfatizava a necessidade da verticalização dos prédios, da pavimentação das ruas e da construção de parques. A comissão aprovou uma lei antimocambo, determinando que estavam proibidas as construções de casebres na cidade. Os flagelados simplesmente ignoraram tal lei. Nos arredores do Recife, às margens dos rios e nos brejos, surgiram bairros inteiros feitos de tábuas e de zinco. O tenente Higino recorreu ao presidente Vargas. No espaço de algumas semanas, 48.765 retirantes foram embarcados em navios do Lloyd rumo à Amazônia, onde trabalhariam na extração da borracha.

– Não embarquem pensando em fazer fortuna – disse Vargas. – Mas sim em servir ao seu país!

A fome tornava os homens furiosos e insubordinados. Vargas compreendeu isso. Não queria outra rebelião como a que tinha ocorrido recentemente em São Paulo, estendendo-se por dois meses e custando ao governo o envio de 70 mil soldados à província revoltosa. Para deter o fluxo de retirantes rumo às capitais, o presidente ordenou que se construíssem sete campos por todo o interior. Tais campos ficavam estrategicamente localizados nas cidades mais povoadas da caatinga, onde, em geral, havia rios e vias férreas. Do Recife, saíam vagões repletos de rolos de arame farpado, comida e medicamentos. O Departamento de Propaganda noticiava que esses locais eram paraísos de segurança onde os flagelados poderiam aguardar o fim da seca.

Emília recebeu a carta do Dr. Epifânio em fins de janeiro. Todos já estavam planejando as fantasias que usariam no Carnaval. Um grupo de maridos da Sociedade Auxiliadora estava pensando em sair de flagelados, escurecendo o rosto com graxa de sapato marrom e usando roupas esmolambadas. Suas esposas queriam imitar a Costureira. As mulheres do Recife estavam competindo entre si para ver quem faria os trajes de cangaceira com mais bordados, pedrarias e joias falsas. Emília decidiu que não iria a nenhum baile.

Tinha recortado a foto da Costureira que saiu nos jornais, logo depois que os primeiros cartógrafos foram assassinados. Luzia estava de pé, no meio de vários homens, com os ombros largos, o pescoço comprido. Ao seu lado, o Carcará parecia pequeno e encurvado. A trança grossa lhe caía pelos ombros, chegando quase à cintura. Ela tinha quebrado a promessa feita na infância a santo Expedito. O seu rosto era escuro. Usava óculos e, por trás deles, não dava para ver os seus olhos. O brilho das lentes fazia aquela mulher parecer algo sobrenatural. Era uma figura imponente, poderosa, como a rainha de alguma tribo esquecida.

Depois do enterro do sexto cartógrafo, os jornalistas começaram a especular que a Costureira, e não o Carcará, teria sido a mandante das decapitações. Ela era impiedosa, diziam os jornais. Não tinha vergonha. Emília já tinha ouvido essa expressão inúmeras vezes. Lá em Taquaritinga, quando usava sapatos de salto alto, passava ruge no rosto ou ficava andando com Degas sem qualquer acompanhante durante o breve período do seu namoro, ouvia as pessoas murmurarem: "Essa moça não tem vergonha!" A vergonha era uma qualidade admirável numa mulher. Mesmo no Recife, era importante as damas terem vergonha, embora não usassem esse termo. Diziam compostura.

A carta do médico era curiosa. Emília a leu sete vezes. O papel estava dobrado e manchado. Num trecho, a tinta estava borrada. A moça percebeu o desespero contido nas palavras que ele usou. Mas havia também ternura. Lembrava que o homem do saguão do teatro era atencioso, inteligente e estava ligeiramente embriagado. A carta vinha revelar outros aspectos da sua personalidade. Ele era uma pessoa estranha: o que um homem entendia de renda? E por que declarava *não* ser religioso, num trecho, e, mais adiante, negava tal afirmação ao encerrar a carta com um pedido a santo Expedito? Referiu-se ao seu "bom coração" e à sua "determinação". Quem teria lhe dito isso? Apesar das peculiaridades da carta, Emília acreditava no médico. Por todos aqueles anos, não tinha se esquecido de algo que ele lhe dissera no saguão do teatro: "A vida na cidade é muito boa, mas é fácil." Depois que abriu o ateliê, achou que fosse ficar satisfeita, mas não ficou. A sua vida continuava vazia, preenchida apenas por coisinhas miúdas. Ao receber a carta do médico, a moça vislumbrou uma oportunidade de torná-la maior.

Emília tinha se especializado em incutir ideias na cabeça do sogro, fazendo--o acreditar que ele mesmo as tinha pensado. Uma delegação beneficente seria uma publicidade positiva para o tenente Higino e o presidente Vargas, angariando para ambos o apoio das "massas". Aos olhos do Dr. Duarte, o campo de retirantes de Rio Branco representava uma excelente oportunidade para as suas medições cranianas. Em poucas semanas, o governo já tinha requisitado um trem da Great Western e enchido os seus vagões de carga com comida, remédios e pacotes de produtos de higiene, contendo sabonetes, pastas de dentes e pentes. Em cada um desses pacotes, havia também um retrato do presidente Vargas, o "pai dos pobres".

Antes da partida, Emília e a Sra. Coimbra posaram para fotos que seriam publicadas em jornais de todo o Nordeste e nos de lugares mais distantes, como o Rio de Janeiro e São Paulo. As duas mulheres foram chamadas de "almas admiráveis", dispostas a enfrentar o perigo em nome da caridade. Continuava havendo ataques por todo o sertão. Depois que a segunda equipe de cartógrafos foi decapitada, o Carcará desapareceu dos noticiários. Corriam boatos de que o bando teria se dispersado por causa da seca. Alguns flagelados chegaram ao Recife dizendo que o célebre cangaceiro havia sido morto a facadas por um dos seus homens. A informação virou manchete dos jornais, mas foi logo desmentida. O bando do Carcará atacou inúmeros trens que levavam suprimentos para os campos de retirantes de Vargas. Os cangaceiros saíram distribuindo a comida pelos famintos da região e, depois, os flagelados vinham dizer que o Carcará estava fazendo doações de farinha e carne. Outros diziam que não o tinham visto, que havia tantos cangaceiros que era impossível distinguir quem era quem. A maioria tinha certeza de ter visto a Costureira, aquela mulher alta, com um braço torto, atacando os trens e comandando os homens.

Na época do Natal de 1932, o tenente Higino enviou tropas recém-treinadas para proteger os campos de retirantes. Qualquer soldado que matasse um cangaceiro receberia duas divisas no uniforme. A essa altura, o Carcará tinha se multiplicado por dois. Bandos rivais se proclamavam chefiados por ele: um desses grupos tinha a Costureira; o outro, bem mais violento, tinha um homem que marcava o rosto das mulheres como castigo por elas usarem cabelo curto ou roupas indecentes. Emília viu a foto de uma das suas vítimas no jornal. A moça tinha uma cicatriz purulenta e o ferro com que havia sido marcada trazia a inicial "O". Em seu depoimento, a vítima declarou que o homem que empunhava o ferro em brasa era baixinho, com orelhas enormes. Emília tinha uma vaga lembrança do cangaceiro que havia entrado na casa de tia Sofia, mandando que as três levassem o seu material de costura para a casa do coronel. Esse sujeito não era o Carcará, pelo menos não o homem de quem ela se lembrava.

Circulavam diversas histórias sobre a Costureira. Dizia-se que ela estava grávida; muitos dos flagelados que vieram para o Recife contavam que a tinham visto com uma barriga enorme. Quando o Dr. Duarte ouviu isso, acrescentou vários contos do próprio bolso ao prêmio oferecido pela cabeça da cangaceira. Um filho de dois criminosos infames seria um espécime valioso. Se o boato se confirmasse, se a Costureira estivesse mesmo grávida, ele queria a criança, tanto quanto a mãe, viva ou morta.

A história mais escandalosa que se contava a respeito dessa mulher envolvia o seu exército de cangaceiros. Algumas pessoas diziam que ela raptava mocinhas, vítimas da seca, e as obrigava a se casar com os seus homens.

Emília pôs a bolsa no colo. Ali dentro estava o retrato da primeira comunhão. Temendo que a sua companheira de viagem pudesse pedir para vê-lo, a moça não o tirou do seu enconderijo. Limitou-se a abrir a bolsa e ficar olhando para as duas meninas na fotografia. "Não custa nada levar isso", foi o que pensou ao incluir o retrato na bagagem. Para o caso de o trem ser parado, de a delegação ser atacada. Bem no fundo, Emília sentia uma forte emoção sempre que olhava pela janela do trem e julgava ver um movimento qualquer naquela vegetação cinzenta da caatinga. Perguntava-se se os cangaceiros poderiam deter um trem em movimento, ou se esperariam até chegarem à estação de Rio Branco para agir acobertados pela noite. O trem estava repleto de suprimentos, e a viagem daquela delegação havia sido amplamente divulgada. Talvez o bando do Carcará esperasse para atacar o campo de retirantes, apesar da presença dos soldados. A possibilidade de um ataque a deixava a um só tempo assustada e empolgada. No fundo, tinha esperanças de que isso acontecesse. Embora jamais pudesse admiti-lo, para ela, o motivo principal daquela viagem não era a caridade ou a aventura, mas a possibilidade de encontrar a Costureira.

Passou os dedos pelo rosto das meninas no retrato. Acompanhou os ângulos enevoados do braço aleijado da irmã.

Às três da manhã, o trem entrou na estação de Rio Branco são e salvo. Uma bandinha militar veio saudar a delegação, executando o hino nacional. O sargento do campo de retirantes cumprimentou as autoridades do governo assim que desembarcaram. Os soldados faziam as vezes de carregadores, pondo a crescente coleção de malas em charretes puxadas por burros perigosamente magros. À luz dos lampiões a gás, Emília via os contornos das costelas dos animais se destacando sob a pele. Os fotógrafos da delegação não registraram a chegada; todos os viajantes estavam cansados, com o corpo enrijecido, os ternos amarfanhados, o rosto gorduroso. O Dr. Duarte declarou que seria melhor deixar as fotos para o dia seguinte, quando fizessem a sua entrada triunfal no acampamento. Os delegados iam dormir na casa dos últimos cidadãos decentes de Rio Branco, comerciantes e proprietários que permaneceram ali apesar da seca. As esposas desses indivíduos saudaram Emília, a Sra. Coimbra e as freiras com abraços e buquês de flores feitas de tecido, pois não havia mais flores de verdade na cidade. Ainda ao som da bandinha, as freiras se deram as mãos e rezaram para agradecer por terem chegado bem. O Dr. Duarte cumprimentou as autoridades do campo em altos brados. Degas ficou parado logo atrás do pai. Ao lado dele, Emília viu o médico.

Ele estava com o cabelo malcortado e o rosto queimado de sol. Usava óculos e tinha um nariz grande, mais parecendo um bico. Abrindo caminho em meio à multidão, o homem parou para cumprimentar cada um dos delegados que encontrou e, depois, seguiu seu caminho em direção à moça.

Quando chegou perto dela, o médico a fitou intensamente. As pessoas à sua volta os empurraram e os dois acabaram se esbarrando. O doutor enrubesceu.

– Dona Emília Coelho – disse ele, enfim, apertando a mão dela com força. – É como se já a conhecesse...

3

O sol revelou à delegação vinda do Recife o que a noite havia ocultado: uma cerca bem cerrada de arame farpado, presa a postes de 2 metros de altura, contornava todo o acampamento de Rio Branco. Além da cerca, a caatinga. A floresta cinzenta se estendia até o horizonte, interrompida apenas aqui e ali pelo marrom dos cupinzeiros e a tênue linha dos trilhos do trem. Rio Branco, com as suas construções caiadas, a estação ferroviária e as fileiras de barracas de lona do campo de retirantes, parecia um apêndice insignificante ao território da caatinga. A cidade estava estranhamente silenciosa. Não se ouviam piados de pássaros, balidos de cabras ou pregões de ambulantes. Só havia os ruídos da delegação caminhando em direção ao portão do campo. Os repórteres faziam perguntas aos brados. As autoridades do governo trocavam observações. As freiras rezavam baixinho. Por trás da cerca, os retirantes se agitavam. Vinham saindo das barracas, ofuscados pelo sol. Formavam-se longas filas de homens e mulheres diante das áreas das latrinas que lhes eram destinadas: buracos cheios de soda cáustica, situados na outra ponta do acampamento. Quando soprava algum vento, Emília sentia os olhos arderem por causa do componente químico. Pôs então um lenço diante do nariz para se proteger daquele cheiro.

Os flagelados estavam com a cabeça raspada. Alguns ainda tinham as marcas brancas de remédio contra piolhos no pescoço e nos pelinhos que já recomeçavam a nascer. As mulheres usavam lenços vermelhos para disfarçar a careca. Todos tinham na camisa uma plaquinha metálica numerada, para identificá-los.

A delegação parou debaixo de uma faixa com os dizeres: *Sejam bem-vindos! Viva Vargas! O pai dos pobres!* Emília e os outros delegados posaram para fotos enquanto os retirantes ficaram só olhando.

Durante a noite, soldados haviam descarregado o trem e armado tendas para a distribuição. A tenda onde Emília e a Sra. Coimbra fariam a entrega de roupas ficava perto da que se destinava ao atendimento médico pelo Dr. Eronildes. O Dr. Duarte também tinha uma, onde apertaria a cabeça dos flagelados com aquelas pinças e anotaria os dados obtidos. Ele convidou o médico para assistir ao processo de mensuração e monopolizou inteiramente a sua atenção. Fez questão de cumprimentar o Dr. Eronildes pelo trabalho que vinha fazendo ali, pela sua diligência, pela sua iniciativa. E cutucou Degas para que o filho concordasse. O marido de Emília se limitou a fazer um aceno de cabeça para o médico.

Em função do calor, as tendas eram abertas pelos quatro lados. Só a que servia de moradia ao Dr. Eronildes, armada bem perto da outra, onde ele atendia, ficava com as paredes de lona baixadas. Atrás dela, havia um quintal cercado de arame farpado e sombreado pelo único juazeiro que havia no recinto do acampamento. Ali dentro, uma cabra com o úbere intumescido mordiscava a casca da árvore, sob a guarda de um soldado.

Por volta das nove horas, o sol começou a castigar o campo. Mesmo sob a proteção de uma tenda, o calor estava arrasador. O suor deixava marcas debaixo dos braços do vestido elegante de Emília. Porejava na sua testa, entrando-lhe pelos olhos. A moça tirou o chapéu e amarrou um lenço na cabeça. Junto com a Sra. Coimbra, ia distribuindo as roupas enquanto as freiras anotavam o número de identificação de cada flagelado, para evitar que alguém viesse receber duas vezes. Todos ali eram desajeitados e carrancudos; ninguém dizia "por favor" ou "obrigado". A Sra. Coimbra lhe disse bem baixinho que eles eram ingratos.

– Estão famintos – emendou a moça, também sussurrando e dobrando umas calcinhas de criança. – Nesse caso, os bons modos não têm a mínima importância.

A sua companheira arregalou os olhos, como se tal ideia sequer lhe tivesse passado pela cabeça. Assentiu, então, e passou a atender outro flagelado.

Para minimizar o constrangimento daquelas pessoas por estarem recebendo caridade, Emília era eficiente e respeitosa, como se todos fossem clientes que estivessem pagando. Fazia o maior esforço para não encará-los, mas, por vezes, não conseguia se impedir de fitar a boca de um retirante, coberta de bolhas. A maioria tinha os olhos infeccionados, com as pálpebras cheias de pus. O mais difícil, porém, era ignorar as crianças desnutridas, com as pernas arqueadas e a barriga inchada. Emília lhes falava com brandura, dando-lhes bonecas. Em geral, as recém-chegadas eram as mais esqueléticas do acampamento, com olhos vidrados e apáticos. Essas crianças pegavam a boneca com alguma relutância, desinteressadas do que quer que estivesse à sua volta. Já as que tinham chegado há mais tempo estavam mais bem-alimentadas e arrancavam a boneca das mãos de Emília, apertando-a contra o peito tão magro que mais parecia o de um passarinho.

Emília passou a manhã inteira com a sensação de estar sendo observada. Quando olhava ao seu redor, nem as freiras nem a Sra. Coimbra a estavam fitando. Só quando se voltou para a tenda vizinha foi que deu com os olhos do Dr. Eronildes pregados nela. Num momento em que fez uma pausa para descansar, virou o banquinho na direção da tenda do médico e ficou observando o seu trabalho. Alguns pacientes pareciam desconfiados a princípio. Recusavam qualquer tratamento e escondiam os filhos com o próprio corpo. Com toda a calma, o Dr. Eronildes explicava o que pretendia fazer e como planejava tratá-los. Antes de encostar a mão num paciente, pedia-lhes permissão. Com gestos delicados, inclinava aquelas cabeças raspadas para trás, abria os seus olhos infeccionados e pingava ali umas gotas de remédio antes mesmo que pudessem se esquivar. Derramava colheradas de óleo de fígado de bacalhau na sua boca, explicando-lhes que aquilo ia curar a cegueira noturna causada pela fome. Havia uma enfermeira, ela própria uma flagelada, que o ajudava, assumindo aquelas tarefas nas ocasiões em que ele ia até a sua tenda particular. Emília avistou uma mulher idosa lá dentro. Tinha um cachimbo na boca e segurava algo nos braços.

Ao meio-dia, Degas veio chamá-la para almoçar. As freiras já tinham saído do acampamento, escoltadas por um soldado. Enquanto outro soldado dispersava a fila para a distribuição de roupas, Emília e a Sra. Coimbra baixaram as cortinas laterais da tenda. Degas ficou sentado, olhando para a tenda vizinha.

– Dizem que o doutor é um coiteiro – declarou ele.

– Quem disse? – indagou Emília.

– Todo mundo – respondeu Degas, dando de ombros. – Por que acha que papai foi tão efusivo com ele? Está querendo informações.

– Se ele tivesse abrigado cangaceiros, teria sido processado e condenado – retrucou a moça, em voz baixa. – Mas está aqui. É um homem de Vargas.

– É possível ser as duas coisas – observou a Sra. Coimbra. – Estive em Salvador. Ele é de uma ótima família da cidade. Pode ser que isso o tenha poupado de maiores problemas até agora. E o fato de ser médico...

– Ouvi outra coisa ainda – atalhou Degas.

A Sra. Coimbra chegou mais perto do banquinho em que ele estava sentado.

– Isso aqui é um trabalho de caridade, Degas – disse Emília. – Não uma coluna de mexericos...

– Ele tem um bebê nessa tenda – prosseguiu Degas, ignorando a esposa. – É por isso que a cabra está ali. Um dos retirantes quis roubar leite e o médico quase atirou nele.

Emília olhou para o consultório improvisado e, depois, para a tenda que ficava ao seu lado. Tinha ouvido tantas crianças chorando pela manhã... Nem imaginou que o choro pudesse vir da residência do Dr. Eronildes.

– Leite de cabra é bom. Tem muitos nutrientes – disse a Sra. Coimbra, tirando as luvas sujas e calçando outro par. – É filho dele?

– Sabe-se lá o que mais o respeitável doutor anda escondendo... – respondeu Degas, sorrindo e dando de ombros.

– Todos temos os nossos fantasmas – observou Emília, fitando o marido.

Ele se levantou.

– Vamos? – disse, estendendo o braço para a Sra. Coimbra.

Ela hesitou, mas, depois, aceitou. Degas então ofereceu o outro braço à mulher.

– Vão indo na frente – replicou Emília, ajeitando o lenço na cabeça. – Preciso dar um jeito nisso aqui.

– Está certo – disse Degas. – Deixe o cabelo solto, ou os soldados vão achar que você é uma das retirantes.

Quando os dois saíram, Emília viu um guarda perto da tenda. Ele devia escoltá-la para fora do acampamento. Mais que depressa, a moça baixou a cortina. Ali de dentro, a sombra do homem projetada contra a lona parecia grande e disforme. A tenda ficou muito abafada, mas ela não queria sair. O almoço seria um acontecimento para divulgação. Os jornalistas ficariam escrevendo nos seus blocos e os fotógrafos, tirando retratos da delegação. A mesa estaria repleta de funcionários do governo queixando-se da comida. E ao seu redor, para além da varanda, a caatinga com o seu vazio inquietante. Como Luzia podia sobreviver num lugar assim? Como qualquer pessoa podia sobreviver ali?

Apareceu uma segunda sombra projetada na lona. A cortina se abriu.

– Dona Emília? – disse o Dr. Eronildes, espiando para dentro da tenda.

A sua camisa estava amassada, o seu rosto reluzia de suor. Com um lenço, o médico enxugou a testa.

– Gostaria que eu a acompanhasse?

– Já tenho a minha escolta – respondeu ela, apontando para a sombra do soldado. – Mas prefiro a sua companhia.

Eronildes pareceu assustado. Como um pretendente nervoso, alisou a frente das calças com as mãos grandes. Emília interpretou aquela falta de jeito e o seu olhar constante como sinais de atração; o médico estava caído por ela. Sentiu um súbito orgulho da própria capacidade de desconcertar um homem. Com um gesto gracioso, pôs o chapéu e se postou ao seu lado.

Os dois atravessaram o acampamento devagar. O sol do meio-dia batia na lona das tendas, obrigando-os a estreitar os olhos. Moscas vinham lhes pousar nos braços e no pescoço.

– Estamos atrasados para os brindes – disse Emília. – Os delegados estão sempre brindando.

– Foi por isso mesmo que fiquei de longe – replicou o médico. – Estou parando de beber.

Emília assentiu. Lembrou-se do seu rosto afogueado e das suas mãos trêmulas quando conversaram no saguão do teatro Santa Isabel.

– Agora, sou responsável por algo – prosseguiu o Dr. Eronildes. – Não posso arriscar. Tenho de manter a mente clara.

O médico olhou para Emília, observando a sua reação. Nenhum homem, nem mesmo o professor Célio, a tinha olhado com tanto interesse, com tanta intensidade. A moça baixou um pouco mais o chapéu para cobrir o rosto.

– Compreendo – disse ela. – Aqui, as pessoas dependem do senhor. Essa seca é terrível.

– Tem medo de estar aqui? – perguntou ele, parando de andar.

– Não – respondeu ela. – Deveria ter?

– Eles não vão atacar – garantiu o médico, balançando a cabeça. – Não este acampamento.

– Por quê? – indagou ela, incapaz de esconder a decepção que sentia.

– Porque estou aqui – respondeu ele, sorrindo.

– Eles... – principiou ela, mas parou e baixou o tom de voz. – Os cangaceiros o respeitam?

– Eu os ajudei no passado. Isso a incomoda?

– Não – disse Emília, sentindo-se subitamente estonteada. Olhou ao seu redor; havia soldados por todo lado. Ficar ali parados chamaria a atenção. Dirigiu-se então para os portões do campo. O Dr. Eronildes se apressou em acompanhá-la. – O senhor não deveria dizer isso para ninguém. Especialmente para o meu sogro – prosseguiu a moça. – Ele avalia tipos criminosos. Vai lhe criar problemas.

– A senhora acredita nessas mensurações?

Ninguém tinha lhe feito tal pergunta antes. No Recife, havia quem chamasse o trabalho do Dr. Duarte de mania passageira. Outros diziam que se tratava de uma ciência emergente que vinha ganhando credibilidade na Alemanha, na Itália e nos Estados Unidos. Todos partiam do pressuposto que, sendo nora do Dr. Duarte, Emília acreditava no que ele fazia.

– Ele me mediu uma vez – disse ela. – Segundo os dados que obteve, sou um espécime normal. Alguém perfeitamente mediano.

– Mas não acredita nisso? – perguntou o Dr. Eronildes.

– Nenhuma mulher quer acreditar nisso – respondeu ela, sorrindo.

Olhou para o médico com um ar coquete, por baixo da aba do chapéu. Ele, porém, não retribuiu o sorriso.

– Acho que o Dr. Duarte tem razão, ao menos quanto à senhora – disse ele. – A senhora não é única.

Emília sentiu como se tivesse levado um beliscão. Levantou a aba do chapéu, pronta para insultar o médico, mas, quando o fitou, não conseguiu ficar com raiva. Ele parecia estar sofrendo. O seu queixo tremia. A moça tinha interpretado mal a sua atitude: o Dr. Eronildes não estava flertando com ela. Era outra coisa: algo que não compreendia.

– Conheço uma mulher – disse ele, com voz baixa e trêmula. – À primeira vista, ela não se parece com a senhora. Mas, quando se observa melhor, dá para ver que as duas têm os mesmos trejeitos, o mesmo andar, o mesmo nariz, o mesmo feitio de rosto. Quando olho para a senhora, acho que vocês poderiam ser irmãs.

Emília sentiu a boca seca. O seu braço pesava no de Eronildes. Limitou-se a assentir e continuaram andando. Seria estranho se ela e o médico chegassem atrasados para o almoço.

Durante a refeição, Emília não olhou para o doutor, nem lhe dirigiu a palavra. Apesar dos esforços que fazia para ignorá-lo, estava absolutamente consciente dos seus movimentos, da sua voz, do que comeu ou deixou de comer, das respostas que deu às inúmeras perguntas médicas que o Dr. Duarte lhe fez.

"Quem será esse homem?", pensava ela. Admitiu ter sido coiteiro, mas que cangaceiros teria ajudado, e por quê? Será que a outra história que Degas contara era verdade? Ele estaria abrigando uma criança na sua tenda?

Ao longo de todo o almoço, Emília não respondeu às perguntas dos jornalistas. Mal conseguia erguer a mão para espantar as moscas que tentavam pousar na sua boca ou no seu cabelo. A Sra. Coimbra a fitava. Quando lhe falava, a moça nem ouvia direito o que estava dizendo. A sua companheira de viagem teve de repetir várias vezes as perguntas que lhe fazia e acabou concluindo que Emília estava exausta por causa do calor. Comunicou isso a Degas e ao Dr. Duarte; um e outro a observaram e repararam então na sua palidez.

– Vá se consultar com o nosso médico! – exclamou o seu sogro, pondo a mão no ombro de Eronildes. – Ele vai curá-la.

4

O médico baixou três das laterais da tenda para dar alguma privacidade a Emília. Por uma questão de decência, porém, uma delas tinha de ficar aberta. Um soldado se postou desse lado, de costas para a área reservada ao exame. Tinha ordens para manter a fila de flagelados a certa distância até que a consulta estivesse terminada. A enfermeira também permaneceu dentro da tenda. Pôs um pano úmido no pescoço de Emília e lhe serviu um copo com uma água amarelada e amarga. No almoço, a moça não refutou as preocupações da Sra. Coimbra quanto à sua saúde. Disse que se sentia meio tonta e que estava com uma leve dor de cabeça, mas teve o cuidado de não exagerar nas queixas, pois, se estivesse muito doente, Degas teria de acompanhá-la até a tenda de Eronildes.

Emília se sentou num banquinho. O pano úmido no pescoço a tinha refrescado. A umidade se espalhou pelas costas do vestido, deixando o tecido colado à pele. Quando terminou de beber a água, o Dr. Eronildes pegou o copo das suas mãos.

– Permite? – perguntou ele, apontando para a testa dela.

A moça aquiesceu e ele pôs os dedos longos e frios acima das suas sobrancelhas.

– A senhora está suando, o que é bom sinal. A sua pele não está nem vermelha, nem seca.

A enfermeira lhe passou o estetoscópio.

– Por favor – disse o médico, indicando os primeiros botões do seu vestido.

Emília desabotoou dois deles. A extremidade redonda do estetoscópio estava fria ao tocar no seu peito. O Dr. Eronildes começou a auscultá-la.

– Os seus batimentos cardíacos estão acelerados – declarou ele, tirando dos ouvidos a outra ponta do aparelho. – Acho que a senhora está precisando de repouso e...

Ouviu-se um choro vindo da tenda vizinha. Um choro alto e ansioso. O médico se empertigou. A enfermeira deixou a tenda de atendimento e entrou na outra. Quando as cortinas se abriram, Emília viu uma criada velha, fumando um cachimbo, embalando um volume nos braços.

– Estou cuidando de uma criança – disse ele.

– Quanta bondade – replicou a moça. – A mãe do bebê morreu?

– Não, mas, para mim, abandonar o único filho é como morrer.

Emília começou a sentir dor de cabeça de verdade.

– Por que ela faria isso? A mãe, quero dizer.

– Porque sabia que, com ela, a criança não sobreviveria. Era perigoso demais.

– E aqui, neste acampamento, com o senhor, não é perigoso?

– Ele não vai poder ficar comigo por muito tempo – disse Eronildes. – Prometi entregá-lo à tia.

A enfermeira voltou. Com um aceno de cabeça, indicou que estava tudo bem com o bebê. Emília ficou olhando para o espaço que separava as duas tendas, para a linha desigual das cortinas de lona.

– Como vai conseguir encontrá-la? – perguntou.

Sem pedir permissão, o Dr. Eronildes pôs os dedos no seu pescoço, com toda a delicadeza, para examinar os gânglios abaixo do maxilar. Aproximou-se um pouco mais.

– Já encontrei – sussurrou ele.

A criança voltou a chorar. Emília se pôs de pé. O pano úmido escorregou do seu pescoço e caiu no chão.

– Quer conhecê-lo? – indagou ele.

– Quero.

A passos rápidos, o Dr. Eronildes se dirigiu à tenda ao lado e abriu a cortina. Emília ficou um tanto hesitante.

– Ele já tem cinco meses – disse o médico. – Eu não sabia se iria sobreviver, mas sobreviveu. É teimoso. Voluntarioso como a mãe.

Emília olhou para a enfermeira, para o soldado, para as finas paredes da tenda. Em silêncio, amaldiçoou todos eles. Havia tantas perguntas que queria fazer, mas não podia...

– O senhor a conhecia bem? – perguntou. – A mãe do menino?

Eronildes soltou a aba da tenda, com os olhos fixos nas botas de fazendeiro que usava.

– Existem pessoas que a gente nunca chega a conhecer. Não de verdade. Mas eu a admirava, e tinha pena dela.

Emília assentiu. Com um gesto rápido, abriu a tenda e entrou.

Os seus olhos levaram alguns segundos para se habituar à penumbra que reinava ali dentro. À sua frente, a poucos passos de distância, o menino se remexia nos braços da babá. Tinha o rosto vermelho e estava chorando. Emília teve a sensação de estar de volta ao trem da Great Western, avançando sem saber como nem por quê. De repente, viu-se diante da criada. O corpo inteiro do bebê parecia afogueado e a sua pele era fina como um filme. Nas suas pálpebras e por toda a barriga, Emília viu uma rede de veias, algumas vermelhas, bem fininhas, outras azuis, mais grossas. O bebê cerrou bem os punhos. Os seus lábios tremeram e, depois, se abriram para soltar um grito tão alto e estridente que ela chegou a se assustar. A criada o depositou nos seus braços. Tirou da boca o cachimbo de sabugo de milho e falou alto, para suplantar o barulho que o neném fazia.

– O nome é Expedito – disse ela. – É como a mãe dele quer.

5

A Sra. Coimbra o chamava de filho da seca. As freiras, de órfão. Os jornalistas que acompanhavam a delegação o apelidaram "o enjeitado". Os fotógrafos usaram seus últimos rolos de filme para tirar retratos de Emília, parada na plataforma da estação de Rio Branco, com o bebê nos braços. A Sra. Coimbra ficou de um lado, Degas e o Dr. Duarte do outro. Atrás deles, indócil como um cavalo prestes a deixar o estábulo, o trem da Great Western que os levaria de volta ao Recife.

A viagem foi considerada um sucesso. Dois dias no acampamento de Rio Branco deram ao Dr. Duarte centenas de medidas cranianas a serem comparadas e analisadas. Ao presidente Vargas, deram uma imagem positiva em meio aos retirantes, que penduraram fotos do "pai dos pobres" nas suas barracas. As freiras do Convento de Nossa Senhora das Dores cumpriram a sua missão de servir aos pobres e a Sra. Coimbra cumpriu o seu dever com a Sociedade Princesa Isabel. Os delegados do governo voltaram ao Recife com a ideia de retomar o projeto da rodovia, pondo os homens do campo de retirantes para trabalhar na obra. Milhares de maridos, pais e filhos robustos e aptos para o trabalho chegavam àquele local e recebiam comida e um teto de graça. A partir do momento em que tivessem se recuperado dos males da fome, por que não fazê-los trabalhar? As remessas semanais de barracas, comida e arame farpado deveriam passar a incluir também ferramentas. Já havia soldados ali, para proteger o campo. Se sertanejos nativos fossem trabalhar na estrada, era possível que os cangaceiros não atacassem: o Carcará e a Costureira não ousariam matar o seu próprio povo. Operários oriundos do campo de retirantes poderiam construir a Transnordestina de dentro para fora, começando o trabalho pelo interior e indo até o litoral. Os homens do governo estavam empolgadíssimos com a perspectiva de apresentar o seu projeto ao tenente Higino.

Todos naquela delegação sabiam que Emília havia sido a instigadora da viagem. O Dr. Duarte, as freiras, a Sra. Coimbra e as autoridades governamentais vieram lhe agradecer pelo sucesso. Por esse motivo, na última manhã que passaram em Rio Branco, quando a moça atravessou a cerca de arame farpado que limitava o campo de retirantes carregando nos braços uma daquelas crianças, ninguém ousou tentar dissuadi-la. Ela já havia conversado com o Dr. Duarte sobre o bebê. O seu sogro franziu o cenho e passou a mão pelo bigode, um hábito que tinha quando estava pensativo. O Dr. Eronildes garantiu que respondia pela saúde do menino. Enfim, o Dr. Duarte pôs a mão no ombro da nora.

– Vou deixar que fique com ele – disse o velho, como se Expedito fosse um capricho caro e nada realista, como uma estola de pele.

– Chegando ao Recife, cuidaremos da papelada para a adoção – acrescentou o Dr. Duarte. – Será um bom exemplo para outras pessoas, Emília. Todas as nações modernas, como os Estados Unidos, a Grã-Bretanha, a França, têm o espírito da caridade. "Fidelidade, Igualdade e Fraternidade", como dizem eles! "Cuide do seu irmão!" Os brasileiros deviam fazer o mesmo. Nós, os Coelhos, seremos os primeiros.

Antes de sair da tenda que servia de consultório médico, o Dr. Duarte convidou o colega a ir ao Recife. As eleições nacionais estavam chegando, iam ser em maio, declarou ele. Haveria muitos postos bem-remunerados para homens brilhantes e capazes como Eronildes. Este, porém, recusou o convite. Ficaria no campo de Rio Branco enquanto a seca persistisse. O Dr. Duarte sorriu e lhe entregou o seu cartão de visitas. Antes de se despedir, o sogro de Emília sussurrou algo ao ouvido do médico. A moça não conseguiu ouvir exatamente o que ele tinha dito, só percebeu a palavra *problemas*. O Dr. Eronildes enrubesceu e apertou a mão do Dr. Duarte. Quando se despediu de Emília, mostrou-se reservado e formal.

– A senhora mudou o destino deste menino – disse ele. – Mantenha-me a par dos seus progressos.

Emília assentiu. Queria lhe fazer muitas perguntas, queria mandar muitas mensagens para Luzia, mas não podia fazer nada disso, pois seu sogro a esperava impaciente, com a tenda já aberta.

– Fui criada por uma tia – disse ela. – Ninguém substitui a mãe. Minha tia sabia disso. E fez o melhor que pôde.

O Dr. Eronildes sorriu. Pôs aquela mão comprida na cabeça de Expedito. O bebê bocejou e se remexeu no colo de Emília.

Degas foi o único a demonstrar alguma preocupação com aquela adoção apressada. Antes de deixarem Rio Branco, fitou a criança com ar sério.

– Mamãe não vai gostar nada disso – observou.

A Sra. Coimbra, que havia assumido uma atitude protetora com relação a Emília, o fitou com ar severo.

– A sua mãe teve um filho – disse ela. – Conhece as alegrias da maternidade. A natureza negou essas alegrias à sua esposa e ela encontrou outra forma de tê-las. A sua mãe vai compreender.

A Sra. Coimbra, as freiras, o Dr. Duarte e todos os demais membros da delegação estavam convencidos de que a moça havia encontrado uma solução natural para a sua esterilidade. Emília deixou que manifestassem as crenças que sempre tiveram: que a sua obsessão pela moda, o ateliê e a luta pelo voto feminino haviam sido tentativas vãs de compensar uma necessidade maior, instintiva. Ao adotar um filho, mesmo sendo um flagelado, tal necessidade seria finalmente satisfeita.

– Ele é saudável e de pele clara – sussurrou a Sra. Coimbra antes que ambas entrassem na plataforma. – Ninguém pode censurá-la por querer ficar com ele.

Quando o trem saiu da estação de Rio Branco, Expedito começou a chorar alto, parecendo muito bravo. Debatia-se nos braços de Emília, batendo com os punhos miúdos na barriga da moça. Aos seus pés, havia um cantil de couro cheinho de leite de cabra. Emília levou-o à boca do bebê, que se acalmou e começou a mamar, olhando-a fixamente. Os seus olhos castanhos estavam molhados e brilhantes por causa das lágrimas, e tinham uma expressão tão séria que parecia até que ele a estava avaliando, perguntando-se onde estaria a sua fiel babá com o cachimbo de sabugo de milho e por que o tinham abandonado novamente. Expedito mamava com tamanha determinação que a moça chegou a temer que ele pudesse dar cabo de todo o leite antes do fim da viagem. Tentou tirar o cantil da sua boca. O menino franziu a testa e recomeçou a choramingar. Na outra ponta do vagão, as autoridades do governo fitavam a cena. Aos primeiros gritos do bebê, todos riram; agora, já pareciam irritados. Seguindo o conselho da Sra. Coimbra, Emília o levou para um vagão de segunda classe que estava vazio. Sua companheira de viagem e as freiras foram junto com eles.

Não havia ali nenhuma babá para amamentar a criança e botá-la para arrotar, nem criada que o levasse para trocá-lo quando ele sujasse as fraldas. No campo de retirantes, Expedito não usava fraldas, pois não havia como lavá-las: a água era artigo precioso demais para ser desperdiçada fervendo fraldas sujas. Portanto, a criada do cachimbo de sabugo de milho fazia o mesmo que tantas mães da caatinga: ficava o tempo todo de olho na criança, para ver se ele franzia a testa, se retesava ou se contorcia. Quando isso acontecia, ela corria para pôr Expedito num penico de barro, e fazia isso dez, quinze, às vezes vinte vezes por dia. No trem, não havia penicos. Emília tinha uma pilha de paninhos de um algodão grosseiro. No começo da viagem, as freiras e a Sra. Coimbra a ajudaram a trocar o bebê. As mulheres se espremeram no minúsculo banheiro do vagão e ensinaram a moça a limpá-lo, a dobrar uma fralda limpa e prendê-la com alfinete. Entregavam as fraldas sujas ao garçom, que, com alguma relutância, levava embora aquelas trouxinhas fedorentas. Emília supôs que ele as jogava pela janela.

Ao anoitecer, as outras mulheres voltaram para os seus lugares no vagão ocupado pela delegação. Tinham a liberdade de se afastar da criança, de dormir, de jantar tranquilamente. Emília não podia fazer nada disso. Ficou sentada ali, exausta. O seu vestido fedia a leite de cabra respingado. O seu bolero estava todo manchado das golfadas de Expedito. O seu chapéu estava amassado. Naquele vagão vazio, a moça compreendeu a solidão da maternidade.

O bebê dormia num bercinho de fibra de caroá. Emília o tirou dali e o pôs no colo. O seu rostinho revelava um sono tranquilo. Às vezes, sacudia as mãozinhas miúdas, como se afastando algum sonho. Sempre que ele se mexia, a moça ficava tensa. Tinha medo de que Expedito acordasse e chorasse, e que ela não soubesse acalmá-lo. Aquele bebê a aterrorizava. Mas, por trás desses medos, Emília sentia uma enorme afeição. E esse sentimento foi crescendo dentro dela, fazendo-a esquecer o vestido sujo, as costas doídas, a solidão. Havia uma sensação gratificante, uma espécie de libertação no ato de esquecer de si mesma para cuidar daquela criança.

Sob os lençóis do berço, havia um saquinho de lona que o Dr. Eronildes tinha lhe dado. "É para o menino", disse o médico. "A mãe queria que isso ficasse para ele." O saquinho continha um canivete em cujo cabo de madeira se via a figura de uma abelha toscamente entalhada. Um pouco antes, Emília tinha tirado o canivete do seu esconderijo e passado o dedo pela lâmina cega.

Na outra ponta, uma porta se abriu. O vento percorreu todo o vagão. A moça olhou para o bebê. Ele contraiu os lábios, formando umas ruguinhas no queixo, mas não acordou. Degas veio andando pelo corredor e se sentou ao lado da mulher.

– Nós dois somos os únicos acordados – disse ele, esfregando os olhos. – Por que será?

Emília balançou a cabeça, temendo perturbar o sono de Expedito.

– A consciência pesada nos impede de dormir. Era o que minha tia Sofia sempre dizia.

– Está culpada? Por quê? – indagou ele, virando-se para fitá-la.

Emília ficou olhando pela janela. O vidro estava sujo. Não havia lua, o que deixava tudo escuro demais para se poder ver a caatinga. Ela ficou então observando o próprio reflexo. Não tinha tomado conta da irmã caçula, não tinha protestado quando os cangaceiros a levaram. Mais tarde, não fez nada para tentar resgatá-la. E, depois, tentou esquecê-la, negar a relação que havia entre elas.

– Por fugir – disse Emília enfim. – Por esquecer.

– Isso não é motivo para culpa. Só mostra que você foi esperta – retrucou Degas. – Que nome vamos lhe dar? – perguntou, apontando para o bebê.

– Ele já tem nome.

– Mais uma vez, a minha opinião não conta para nada – disse ele, contraindo os lábios. – Já devia ter imaginado. Você e papai escolheram um nome?

– Não. Ele já tinha nome.

– E qual é?

– Expedito – sussurrou Emília.

A criança se remexeu nos seus braços.

– Se existe um nome típico de matuto, é esse aí – replicou Degas. – Deve ter sido a mãe dele que lhe deu esse nome.

– Não sei – replicou a moça, louca para o marido ir embora dali. – Pode ter sido o doutor que escolheu.

– Sujeitinho estranho, aquele doutor – disse Degas, balançando a cabeça. – Distribui bebês. Alia-se a cangaceiros. Entendo que eles queiram essa aproximação; afinal, um médico é um amigo bem útil quando se é bandido. Mas não consigo compreender por que *ele* se arriscaria com uma amizade assim. E, ainda por cima, ninguém o condena por isso. Os coiteiros andam sendo detidos a torto e a direito, mas não o Dr. Eronildes. O seu lado criminoso o torna um personagem interessante. Um trunfo. Viu que papai o elogiou? Chegou a convidá-lo para ir ao Recife...

– Psiu! – sussurrou Emília. – Você vai acordá-lo.

Degas fitou Expedito. Passou o dedo pelo pé do menino.

– Antes, você torcia o nariz quando se falava em filhos. Até a Costureira teve instinto maternal. Só você que não tinha.

– Que bobagem! – exclamou a moça, sempre aos sussurros.

– Não é, não. Ela estava grávida – prosseguiu Degas. – Foi o que disseram os jornais.

– Estava era faminta, como aqueles retirantes. Todos têm a barriga enorme. São vermes.

Degas a ignorou e continuou passando o dedo em círculos pelo pé descalço de Expedito.

– Suponho que seja difícil dar à luz na caatinga. A pessoa precisa de cuidados médicos. Um doutor...

– É por isso que não quero ter filhos – atalhou Emília, determinada a pôr um fim àquela conversa. – O parto é um horror. A Sra. Coimbra disse que eles acabaram com o corpo dela.

– O que você acha que aconteceu? – indagou Degas, sorrindo.

– Com o corpo dela? – retrucou Emília. – A cintura ficou grossa.

– Não – disse Degas. – Com a criança, com o filho dos bandidos.

– Ela o matou – respondeu a moça, fitando-o.

– Que mãe faria uma coisa dessa?

– Uma mãe desesperada.

– Vimos a prova de que isso não é verdade – replicou ele, estalando a língua. – Aquelas mulheres no acampamento estavam desesperadas. Estavam famintas, mas todas ficaram com os seus bebês esquálidos.

Degas estendeu a mão na direção do colo da mulher. Fez um carinho na cabeça de Expedito, passando os dedos em cada fio sedoso do seu cabelo.

– Acho que a Costureira deu o filho para alguém criar. Para um coiteiro, talvez. Alguém em quem confiasse de verdade – prosseguiu, pondo a mão em concha na cabeça do menino. – Papai vai querer medi-lo. Tão logo ele esteja inteiramente formado.

Emília se lembrou da Menina Sereia boiando naquele pote de vidro, aprisionada num sono perpétuo. Afastou a mão do marido.

– Deixe ele em paz – disse ela, entre dentes.

– Não posso – retrucou Degas, fitando a mulher com o rosto contraído como se estivesse sentindo alguma dor. – Agora sou pai dele, embora não tenha podido escolher, embora você não tenha consultado a mim, mas sim ao meu pai. Todos me desconsideram, até mesmo a minha própria esposa. Mas não faça esse ar condescendente, Emília. Sei bem o que é ter algo a esconder. Faço isso a cada instante.

Ela sentiu as mãos úmidas em contato com a pele de Expedito. As dobras dos seus cotovelos estavam molhadas de suor.

– Desculpe – disse ela. – Devia tê-lo consultado em primeiro lugar. Tive medo de que dissesse não.

– E se eu dissesse? – indagou ele. – Você teria ficado com a criança assim mesmo.

– Tem razão.

Degas suspirou e se recostou na banqueta do trem. Virou-se para a mulher.

– Diga a verdade – pediu ele. – O que esse menino tem de tão especial?

– Nada – respondeu Emília. – Se acredita no mesmo que o seu pai, ele não tem nada de especial. É exatamente o contrário. Foi por isso que quis ficar com ele.

Degas olhou para o teto. Com dois dedos, pressionou o osso do nariz. Quando voltou a fitar Expedito, os seus olhos estavam brilhando.

– Vou falar com mamãe quando chegarmos – disse ele, pondo-se de pé subitamente. – Vou lhe dizer que eu quis ficar com ele.

Emília o viu se esgueirar pelo corredor estreito e desaparecer no outro vagão. Depois que Degas se foi, ela aconchegou Expedito ao peito. O bebê acordou. Começou a chorar, mas a moça não tentou aquietá-lo. Colou o rosto ao dele, aspirando aqueles soluços com cheiro de leite e dando vazão aos seus próprios.

Capítulo 10

Luzia

Em plena caatinga, no interior de Pernambuco
Setembro de 1932-março de 1933

1

O bebê era obediente, mas também teimoso. Obediente porque, durante o longo trajeto até a casa do Dr. Eronildes, Luzia lhe pediu que ficasse na sua barriga e ele ficou. Esperou. Teimoso porque, mesmo depois que chegaram à fazenda e ela se instalou no quarto de hóspedes, não havia meios de ele sair. A barriga de Luzia estava tão pesada que todos os órgãos pressionavam o estômago, empurrando-o para cima, na direção do peito. As costas lhe doíam. Tinha de urinar o tempo todo e não conseguia dormir. Não se sentia confortável nem deitada, nem de pé. A velha empregada do médico tentou de tudo para fazer o bebê nascer: amarrou uma camisa suada no pescoço de Luzia, mandou que ela comesse pimenta-malagueta crua, ficou sacudindo um pano empoeirado bem diante do seu nariz para ela espirrar. Nada disso funcionou.

Assim que chegou à casa de Eronildes, Luzia pegou a mão macia do médico e a mão deformada pela artrite da velha empregada e os fez jurar sobre a Bíblia. Fez com que jurassem pela Virgem Maria, a mãe de todas as mães, que não a deixariam tocar na criança, ou sequer vê-la. Se fizesse isso, ia querer ficar com o filho e ele estaria condenado.

O médico não assistiu o parto, pois isso era trabalho para mulheres. Juntamente com os cangaceiros, teve de se manter longe daquele quarto. Ficaram todos esperando do lado de fora, nervosos como um bando de pais. Só Neném, a mulher de Ponta Fina, permaneceu lá dentro, com Luzia e a criada.

– Ele vai vir no seu tempo – disse a velha. – Quanto mais quiser que a criança saia, mais vai ter de esperar. É como ferver leite: basta lhe dar as costas que ele derrama.

A mulher estava certa. Uma tarde, o corpo de Luzia começou a se remexer sem comando ou controle. Empinava e se retesava. As suas entranhas se contraíram, como se um chicote as estivesse envolvendo por conta própria. Uma mão invisível puxava e agitava os seus quadris e, depois, os largava. Neném pôs um pano morno na cabeça de Luzia. A velha criada deixou de lado o cachimbo e abriu as coxas da moça, segurando-as com força. Abriu um dente de alho e o esfregou diante do seu nariz, repetindo a oração das parteiras.

– Que Deus nos proteja. Que Deus proteja esta casa santa! Onde Deus fez a sua morada?

– Aqui! – respondeu Luzia, segurando a barriga com ambas as mãos.

– E onde mora o cálice bento?

– Aqui!

– Onde mora a hóstia consagrada?

– Aqui! Aqui!

A criada ferveu uma infusão de pimenta e cominho, e pôs aquela mistura de cheiro forte ao lado da cama. Depois, pegou uma cebola branca, cortou-a ao meio e a esfregou nas coxas de Luzia. A moça tentou afastá-la, já enjoada com o cheiro do alho e do próprio suor. Com uma força espantosa, a velha imobilizou as suas pernas.

– Nossa Senhora do Bom Parto! – exclamou ela. – Ajude-nos!

A cada empurrão, o chicote apertava mais. Chegava a arder. Luzia ficou olhando para o teto. Sentia-se aprisionada num sonho, com o corpo tão concentrado na sua tarefa que a mente vagava, como se ela estivesse observando a si própria de longe. Naquela hora, a sua mente não tinha qualquer serventia. Quando enfim ele saiu, aquela onda enorme de desafogo deveria ter sido um alívio; Luzia, porém, sentia que, junto com o filho, ela tinha expulsado de si qualquer resto de sentimento. Toda a bondade, todo o amor que já sentira ou viria a sentir, estava agora naquele menino.

Não podia olhar para ele. O quarto estava na penumbra, com as cortinas baixadas para que o bebê não sofresse um choque e fosse ofuscado ao nascer. Mais que depressa, a velha criada cortou o cordão, laqueou-o e levou a criança embora.

Luzia se lembrou do juramento que havia obrigado a mulher e o médico a fazerem.

– Não quero que o meu filho ponha a mão no cabo de um punhal – disse ela, assim que chegou à fazenda. – Quero que se chame Expedito.

Mostrou a Eronildes a coleção de recortes de jornal com fotos de Emília. Deixou claro que o seu desejo era que o menino fosse entregue à sua irmã, no litoral, mas não queria saber como nem quando o doutor faria isso.

Tudo isso acontecera antes do parto. Antes de ela ouvir o choro do bebê. Era um choro estridente, como os gritos das maritacas que voavam pela caatinga. Agora, todos os seus votos e promessas pareciam bobos, e ela os renegou. Queria o menino. Gritou e passou os olhos pelo quarto escuro, mas mal podia se sentar. A velha voltou, de mãos abanando. Luzia tentou sair da cama. A mulher a conteve, virando-a de lado e sentando sobre os seus quadris.

– Minha santa Margarida – exclamou a criada, sacudindo-se ligeiramente sobre a outra. – Tirai essas carnes podres da barriga dela.

Luzia cuspiu. Rogou pragas. Tramou todo tipo de vingança contra aquela mulher. Onde estaria a tesoura usada para cortar o cordão? Será que conseguiria alcançá-la? Segundos mais tarde, sentiu que expelia a placenta, quente e úmida. O travesseiro sob o seu rosto estava molhado de suor. As suas pálpebras pesavam. Luzia as fechou.

Quando acordou, o quarto estava claro. As janelas, abertas. E a criada a fitava.

– O seu bebê está vivo – disse ela. – O doutor foi embora com ele ontem à noite. Agora, Deus vai protegê-lo.

Em geral, depois de um parto, a casa da mãe fica cheia de parentes que vêm ver o bebê. O pai orgulhoso serve cachaça. Os familiares enterram o cordão umbilical diante da porta da casa para que aquela criança nunca se afaste demais dali. Mas Luzia não tinha casa e, agora, nem tinha filho. Com uns poucos dias de nascido, Expedito já vagava por aquelas terras. A moça sentiu a língua seca e inchada na boca. Os seus dedos latejavam, como se estivessem com excesso de sangue. Os seus ouvidos zumbiam. Pela janela do quarto, ouviu Sabiá cantando uma das suas baladas. As palavras lhe chegavam distorcidas e indistintas, mas a voz do cangaceiro parecia um lamento. A música falava de morte. Luzia estremeceu. Todas as cantigas de Sabiá eram sobre esse tema – antigamente, Antônio e ela riam disso –, mas essa agora era diferente. A voz do cangaceiro foi ficando mais branda e se aproximando, até que virou um sussurro nos seus ouvidos. Quando Luzia abriu os olhos, não havia ninguém ali. Tentou se sentar na cama, mas não conseguiu. O seu corpo estava pesado demais para se mover. Mais tarde, ouviu Ponta Fina, Baiano e a criada conversando em voz baixa. "Febre", disseram. "Sangue."

– Sangue de quem? – perguntou Luzia. – Do meu menino?

Os três continuaram a conversar como se não a tivessem ouvido. Luzia levou a mão aos lábios: teria mesmo falado? Quando fechou os olhos, viu o filho nos braços de Emília.

A velha criada veio trocar os lençóis sujos. Atirou sementes de lavanda ao fogo para perfumar o quarto. Praticamente à força, enfiou colheradas de sopa engrossada com farinha de mandioca pela boca de Luzia. Quando a febre baixou, ela lhe preparou um chá amargo para que o seu leite secasse. Os seios da moça estavam inchados e doloridos, como bolhas prestes a estourar. Estavam recobertos de veias azuladas, com os mamilos duros e intumescidos. A mulher envolveu o seu peito com uma lona bem apertada, prendendo-a para que não escorregasse. Por baixo daquelas bandagens, Luzia sentia o leite brotar. Foi um alívio. Quando isso aconteceu, soube que o seu filho estava com fome. Em algum lugar, com o Dr. Eronildes, ele chorava, querendo mamar, e tomava leite de cabra em lugar do seu. Sabia disso porque o seu corpo lhe disse. Como se houvesse um fio invisível que os ligava um ao outro. Esse fio podia se retesar ou se afrouxar, mas nunca se desataria, nunca atingiria o fim do novelo, porque não havia fim: os dois estavam unidos para sempre.

2

As novas mães tinham de ficar de resguardo por três semanas. Não deviam tomar banho, nem sair da cama. Em criança, Luzia e Emília acompanhavam tia Sofia em visitas a essas mães. Os seus quartos eram escuros e abafados, parecendo a toca de um bicho. Punham-se tigelas com óleo de lavanda debaixo da cama, mas o perfume não disfarçava o cheiro que tomava conta do local. Elas cheiravam a leite azedo, a suor, a sangue seco. Luzia sabia que estava fedendo tanto quanto aquelas mulheres da sua infância porque Ponta Fina torcia o nariz sempre que entrava ali no quarto.

Sentava-se ao seu lado, na cama, e lhe contava tudo o que estava acontecendo lá fora. A velha criada tinha ido embora. Foi se encontrar com o doutor porque um homem não tinha condições de cuidar de um recém-nascido. Luzia não sabia onde eles estavam, nem que planos o médico tinha para entregar o bebê à sua irmã. O destino de Eronildes havia sido mantido em segredo, como combinado antes do parto, para evitar que Luzia acabasse indo atrás deles. Ela podia querer o filho de volta, mas não saberia onde procurá-lo.

– Temos pouca comida – disse Ponta, com os olhos pregados no crucifixo que ficava acima da cama. – O feijão que o doutor deixou está praticamente acabando. O Velho Chico está raso. A cinco metros da margem a água nos bate ainda nos tornozelos. Ouvimos dizer que há uns trens vindo da capital. Vargas está mandando mantimentos. Está construindo uns campos para os retirantes da seca. Alguns dos homens, como Quinta-Feira, Sabiá e Canjica, andam falando em ir embora. Querem atacar esses trens. Conseguir comida. Baiano e eu dissemos para eles esperarem.

Luzia assentiu. Já fazia quatro dias que estava na cama. Se continuasse ali por muito tempo, os cangaceiros a veriam como uma mulher comum e não como o capitão imbatível ou como a mãe forte. Como o marido, tinha feito um trato com os homens. Cortou o cabelo e se autodenominou capitão. Assustou-os fazendo com que acreditassem nela, tornando-os dependentes da sua liderança, exatamente como eram dependentes de Antônio. Com isso, prometeu abrir mão do seu bem-estar pessoal em nome do bando. Prometeu comandá-los. Eles, por sua vez, prometeram-lhe obediência.

Ponta Fina a fitava atentamente, como um fazendeiro deve fazer quando uma de suas vacas está doente: preocupado com o bem-estar do animal, porque tem um afeto genuíno por ele, mas também porque a saúde desse animal determina a sua própria sobrevivência.

– Espere lá fora – disse Luzia.

Assim que o rapaz saiu do quarto, a moça afastou os lençóis. Levantou-se da cama e, bem devagar, vestiu as suas velhas calças. Cada movimento que fazia parecia que ia rasgar o ferimento que os dias de repouso haviam sarado. Sentia as pernas bambas, a barriga frouxa, os quadris estranhamente soltos, como cordas que, de tão esticadas que foram, jamais conseguem recuperar a firmeza original. Enfaixou os seios. Abotoou o gibão e enfiou o coldre de ombro. Finalmente, pôs na cabeça o chapéu de Antônio. Aqueles poucos gestos a deixaram cansada e ela ficou tentada a voltar a se sentar na cama. Mas Ponta Fina a impediu de fazer isso, pois ficou andando de um lado para outro diante da porta do quarto.

– Ponta! – gritou Luzia.

O rapaz entrou e ficou parado ali, prestando atenção.

– Reúna os homens – disse ela. – Estamos de partida.

– Mas e o seu resguardo?

– Tive um menino, não uma vaca. Quatro dias está mais que bom.

Assim que Ponta Fina saiu da casa, Luzia foi até a cozinha, embolou o vestido de grávida e o atirou ao fogo.

Lá fora, os homens se aglomeraram na varanda de Eronildes. Segurando o cristal de Antônio, Luzia puxou a roda de orações. Enquanto fechava o corpo de todos e o seu próprio com a reza para esse fim, ficou observando os cangaceiros ajoelhados. Ninguém perguntou nada a respeito da criança. Ninguém fez perguntas sobre a sua saúde. Ela compreendeu então como Antônio devia se sentir, vivendo cercado de pessoas e, no entanto, estando absolutamente distante. Distante até mesmo dela, sua mulher, que também o via como o guia, aquele que tomava todas as decisões. Agora, ela era o capitão.

Olhou para a caatinga cinzenta. A seca fazia com que as decisões mais corriqueiras se tornassem importantes: por onde o bando andaria e até onde; a que horas deveriam acordar, a que horas parariam para dormir – se é que dormiriam, porque a noite era o período mais fresco para se caminhar pela região. Pegar o caminho errado ou fazer a escolha errada significaria desidratação e morte. As suas decisões determinariam a sobrevivência daquela gente. Ponta Fina e Baiano poderiam lhe dar conselhos, mas, por mais que os membros do bando pudessem dar sua opinião, os cangaceiros esperavam que o ônus da escolha coubesse ao seu capitão. O preço da liderança era a solidão.

Luzia desceu os degraus da varanda. Os homens a seguiram. Antes de penetrarem na caatinga, ela se virou para fitá-los.

– Não vamos morrer de fome – declarou ela, imitando a confiança de Antônio. – Se Deus quisesse nos matar, já teria feito isso há muito tempo.

3

Ao longo da velha trilha de gado, havia dezenas de covas rasas abertas para enterrar os retirantes que morriam de fome. Alguns corpos não haviam sido enterrados e, no tempo seco, não entravam em decomposição: ficavam ali às margens da trilha, de boca aberta, com a pele dura feito couro, o cabelo reluzindo. Só as partes antes macias e úmidas daqueles cadáveres, como os olhos, a língua e o estômago, tinham desaparecido, devoradas por animais desesperados.

Luzia estava com dor de cabeça. A poeira cobria o seu rosto como uma máscara marrom. A terra penetrava pelo nariz e pelas orelhas, a tal ponto que todos os sentidos pareciam entorpecidos. Quando escurecia, a vista enfraquecia e ela mal conseguia enxergar. Os outros cangaceiros também se queixavam dessa cegueira noturna. Durante algumas semanas, depois que deixaram a fazenda de Eronildes, o bando só pôde caminhar de dia.

Era a água que ativava os cheiros e os sons da caatinga. Sem ela, o lugar era silencioso. Só se ouvia o zumbido das moscas, aparentemente milhões delas, cobrindo a carcaça de bichos e de gente. Luzia ouvia o barulho desses insetos a quilômetros de distância. No começo, todos sentiam o cheiro podre e adocicado de vacas, cabras e sapos mortos. Pouco depois, até isso havia desaparecido. As coisas mortas nem tinham tempo de se decompor; logo, logo aparecia quem as comesse.

Luzia e seus homens encontravam água nas dobras das bromélias e no interior dos cactos. Arrancavam talos novos do caroá e sugavam as suas extremidades carnudas para enganar a sede. Como não tinham café, Luzia se lembrou dos ensinamentos de Antônio e saiu à cata de losna-da-serra, cujas folhas peludas equivalem a uns sete bules de café. Encontrou pés de macambira, cortou a sua folhagem comprida e espinhosa até atingir a medula da planta e a pôs no fogo para cozinhar por horas a fio. Depois de ficar secando ao sol, aquela pelota amarelada era triturada para se transformar numa farinha grosseira. O caule lenhoso da mucunã, que se enroscava nos troncos das árvores da caatinga, também era uma fonte de água secreta. Quando Luzia o cortava do jeito certo – um talho na parte de cima e outro na de baixo – brotava um suco. Ela e os cangaceiros tinham de levar à boca essas pontas cortadas o mais depressa possível, caso contrário desperdiçavam todo o líquido.

A fome amortecia a emoção. A ligação entre Luzia e o filho foi virando algo vago, foi perdendo a força. Todos ali só pensavam mesmo em comida, mas, como não tinha chovido na época do plantio, não havia colheitas que pudessem atacar, nem provisões que pudessem comprar ou roubar, e poucos eram os animais para caçar. Os pensamentos do bando voltaram-se então para os trens enviados pelo governo Vargas. Toda noite, ficavam imaginando o que haveria dentro dos vagões de carga da Great Western: sacas de feijão viravam uma feijoada completa fumegante, com linguiça e pés de porco; o fubá virava um cuscuz quentinho, regado com leite quente; lombo de boi era cortado em lasquinhas e servido com macaxeira na manteiga. Esses sonhos animavam os homens a aguentar o calor, a fome e a sede, e a seguir Luzia até a estação mais próxima.

Quanto mais se afastavam do São Francisco, maior era o número de casas abandonadas que encontravam. Às vezes, viam cidades inteiras vazias. Luzia e os cangaceiros reviravam casas e lojas à procura de comida. Certa tarde, numa casa que julgava abandonada, Luzia topou com uma mulher.

A barra do seu vestido estava em frangalhos. Os seus braços eram tão finos quanto gravetos, com os ossos dos cotovelos formando uns caroços exagerados. As suas faces eram flácidas, mas o nariz era largo e nobre. A princípio, não viu os cangaceiros parados diante da porta. Toda a sua atenção estava voltada para o chão.

– Levante-se! – gritava ela. – Levante-se, peste!

De onde estava, Luzia não conseguia ver o objeto daquela fúria, pois uma parede bloqueava a sua visão. Pensou que fosse um bicho, um cachorro talvez. A mulher respirou fundo, como se tentasse recuperar as forças. Ajoelhou-se e começou a sacudir o que quer que estivesse ali no chão, à sua frente. A poeira se ergueu.

Luzia se aproximou, espichando o pescoço. Viu um pezinho calçado de sandálias aparecendo por trás da parede. Entrou então na casa. Os homens a seguiram.

A criança – não dava para saber se era menino ou menina – usava apenas um short manchado. A cabeça era grande demais para o corpo. Tinha a boca aberta e as costelas saltadas, fazendo-a parecer um passarinho desemplumado. Os seus olhos estavam fechados, como se ela dormisse tranquilamente apesar dos gritos da mulher. Esta não se mostrou assustada nem surpreendida ao ver os cangaceiros. Simplesmente ficou olhando para os homens e balançou o corpo, como se fosse cair. Quando Luzia abriu um cantil, a expressão da mulher mudou imediatamente. Agora, o seu olhar não era mais vago, e sim alerta.

"Ela me mataria por essa água marrom", pensou Luzia, segurando firme o seu cantil.

– Chegue para lá – ordenou.

A mulher passou a língua seca pelos lábios.

– Minha filha – disse com a voz rouca. – Minha filha.

Luzia se ajoelhou. Passou o braço aleijado por baixo do pescoço da menina. A cabecinha estava frouxa e pesava muito, mas coube perfeitamente no seu cotovelo enrijecido. Parecia até que aquele braço tinha sido feito para isso, que essa era a função que ele devia desempenhar: aninhar, e não atirar ou costurar. Naquele instante, sentiu algo se revirar dentro dela; aquele fio, aquela inexplicável conexão tinha se diluído, mas não desaparecido por completo. Olhou para aquela criança inerte. Prendendo o cantil entre os joelhos, abriu bem a boca da menina com dois dedos. Os seus lábios estavam escamando, a língua, acinzentada. Luzia levou o cantil àquela boca aberta. A água ali dentro era marrom e cheia de terra. Dias antes, Ponta Fina havia encontrado um velho poço e, depois de muito cavarem, a mais de um metro do fundo arenoso começou a brotar aquele líquido viscoso.

A criança não engolia. A água enchia a boca miúda e escorria, descendo pelo pescoço e pelo peito nu. Luzia massageou a sua garganta. Ergueu a criança um pouco mais e tentou lhe dar mais água.

– Beba! – murmurou ela.

Baiano parou ao seu lado. Tirou o chapéu e pôs dois dedos escuros no pescoço da menina. Balançou a cabeça. Luzia o ignorou. Continuou dando água à criança. Baiano então pôs a mão no seu ombro. O branco dos seus olhos estava amarelado, como se a íris escura estivesse desbotando.

– Não desperdice a água, Mãe – disse ele. – A mulher está viva. É ela que precisa beber agora.

Os olhos da mulher iam desesperados do cantil à menina, como se ela só tivesse forças para alcançar um dos dois, e não soubesse qual deles escolher. A sua boca se contorceu. Baiano se postou às suas costas e segurou firme aqueles braços magros.

– Pronto, Mãe – disse ele.

Luzia se levantou. Se lhe dessem o cantil, a mulher tomaria a água toda. Era preciso fazê-la beber aos pouquinhos. A mulher tomou a água a longos goles ruidosos. Quando tentou mexer os braços para segurar o cantil, Baiano a conteve. Por baixo do pano gasto e quase transparente da sua roupa, Luzia viu seios compridos e murchos, seios de mãe, caídos de tanto amamentar filhos.

– Eu lhe dei toda a comida que tinha – disse a mulher quando terminou de beber.

Estava se dirigindo a Luzia, mas foi Baiano quem assentiu em resposta àquelas palavras, como se eles dois estivessem tendo uma conversa em particular.

– Nós, os adultos, podemos nos dizer que não estamos com fome. Ouvimos a voz lá dentro, mas não lhe damos trela – prosseguiu a mulher. – Podemos calá-la. Mas as crianças, não. Não é possível enganá-las.

Luzia assentiu. Os olhos da mulher estavam vidrados, fitando o vazio.

– Quanto mais a gente dá, mais elas querem – acrescentou ela. – Eu lhe dei a nossa última lasquinha de rapadura. Disse que ela tinha de guardar aquilo na barriga, e lembrar que estava ali, como um presente. Um presente que a mamãe tinha lhe dado. Três minutos depois, ela recomeçou a chorar, dizendo que estava com fome. Que Deus me perdoe, mas quis bater nela.

A mulher tossiu e baixou a cabeça.

– Dê alguma coisa para ela comer – ordenou Luzia.

Baiano obedeceu. Abriu o bornal e pegou uma fatia de carne-seca. A carne estava esverdeada, mas a mulher a aceitou prontamente. Ficou mastigando depressa, com os olhos fechados. De repente, Luzia teve vergonha de olhar para ela; a dor que havia no rosto daquela flagelada a deixou aliviada. Não teria de ver Expedito emagrecendo ou aguentar os seus gritos pedindo comida. O seu filho tinha escapado da seca.

– Qual é a sua graça? – perguntou ela.

– Maria – respondeu a mulher. – Maria das Dores.

A comida a tinha deixado mais desperta. Ela arregalou os olhos ao ver os cangaceiros à sua volta. Lentamente, foi se afastando de Baiano e Luzia.

– Não me marquem com ferro – disse ela, de mãos postas. – Tenham piedade.

– Marcá-la? – indagou Luzia.

A mulher assentiu.

– Sei que é isso que vocês fazem. Conheci uma garota que tinha uma marca no rosto. A pele foi queimada até o fundo. Ela disse que foi um cangaceiro que lhe fez isso, um de orelhas grandes – prosseguiu a mulher, passando os olhos por todo o bando à procura do tal homem.

– De orelhas grandes? – repetiu Luzia. – E como ele se chama?

– O Carcará. Dizem que ele tem um braço enfaixado. É um bando pequeno, que anda por aí marcando mulheres. Só mulheres. Principalmente as que usam cabelo curto. Ele as queima no rosto, na barriga ou no peito. Como se elas fossem gado.

– Você o viu? – perguntou Luzia.

A mulher balançou a cabeça.

– Só vi a tal garota, a que tinha a marca. O rosto dela estava tão inchado que nem dava para ver o olho.

– E você leu a marca?

– Eu não sei ler. Mas lembro que era assim – respondeu a mulher, ajoelhando-se e estendendo o braço para traçar no chão de terra um "O" trêmulo.

Luzia sentiu um jorro quente de bile lhe subir à garganta, queimando como o suco do xiquexique. Orelhinha estava vivo, e se fazendo passar pelo Carcará.

– Nós não marcamos ninguém – disse ela. – Esse aí é um falso cangaceiro.

– Um traidor – emendou Ponta Fina.

Ao seu lado, Neném fez que sim com a cabeça.

Os cangaceiros enterraram o corpo da menina numa cova bem funda para que os urubus não viessem atacá-lo. Ponta Fina fez uma cruz com dois pauzinhos e os amarrou com o seu lenço de subcapitão. Na estrada, já tinham passado por dezenas de túmulos iguais àquele. Em cada um deles, paravam e faziam o sinal da cruz. Luzia fazia isso por uma questão de hábito, mas também por superstição, pois não queria que os mortos ficassem bravos, mas nunca se permitiu imaginar quem estaria enterrado ali. Depois do sepultamento da menininha, foi obrigada a pensar em todos os mortos pelos quais haviam passado. Quem os teria enterrado? Como se chamavam, o que faziam? E, se a seca piorasse ainda mais, haveria túmulos como aqueles para os seus homens, para ela mesma? Eles seriam esquecidos com a mesma facilidade?

Quando saíram dali, Maria das Dores os acompanhou. Os homens começaram a chamá-la de Maria Magra e riam desse apelido, já que todos eles estavam praticamente esquálidos. Até Inteligente tinha perdido as suas proporções avantajadas.

– Fique com isso aqui – disse Luzia, estendendo o seu cantil à mulher.

– Ela pode dividir o meu – retrucou Baiano.

Naquela noite, no acampamento, Luzia fez ao cangaceiro e a Maria Magra a mesma preleção que fizera a Ponta Fina e Neném. Depois das orações, mandou que os dois casais se ajoelhassem à sua frente. Antônio tinha lhe ensinado que a cerimônia era uma coisa importante, pois fazia as coisas insubstanciais parecerem reais. Luzia tirou então o xale e envolveu com ele as mãos dos casais, unindo-as. Fez os homens e as mulheres trocarem de sapatos. Quando desfizeram a troca, ela os declarou casados. Com isso, Maria Magra se tornou a terceira mulher a ser admitida no bando. E Luzia pressentia que não seria a última.

4

Os vagões de carga da Great Western vinham trazendo pilhas de sacos de aniagem, todos com a inscrição *Estado de Pernambuco* em letras vermelhas. Quando os cangaceiros rasgaram as sacas, o que lhes escorreu pelas mãos foi apenas farinha de mandioca. Em outro carro, havia tijolos de rapadura e lascas de carne-seca, tão fininhas e duras quanto couro curtido. Vargas havia mandado comida que pudesse ser consumida de imediato, sem precisar de água ou de fogo. Luzia e o seu bando compreendiam essa lógica, mas o bom senso do presidente fez com que os seus sonhos de pratos mais elaborados ficassem parecendo uma tolice, e odiaram-no por isso. Quando Baiano e Inteligente encontraram pilhas de folhetos com o retrato de Vargas e a legenda "Pai dos pobres", todos resolveram se revezar, mijando na figura do governante.

Era difícil parar um trem, mas não impossível. O primeiro que os cangaceiros saquearam parou por conta própria, para trocar o maquinista e deixar passageiros num ponto intermediário entre Caruaru e Rio Branco. A localidade se chamava Belo Jardim e, quando o trem chegou ali, pouca gente desembarcou; a seca obrigava as pessoas a abandonarem a caatinga, não a vir procurá-la. Luzia e o seu bando estavam vigiando a estação. Só havia cinco soldados protegendo o carregamento do governo; todos, porém, bem-armados. Os homens saltaram do trem para fumar e fazer as suas necessidades. Encaminharam-se para um lado da estação, para esticar as pernas, e desabotoaram as calças. Nesse momento, Luzia assobiou. Os seus cangaceiros abriram fogo. Distraídos, os macacos foram alvos fáceis. Alguns sequer tiveram tempo de se virar e caíram de encontro à parede molhada. Enquanto Ponta Fina e Inteligente foram pegar as armas dos soldados, Luzia e os demais entraram no trem.

Não se deram o trabalho de arrombar o cofre ou roubar os passageiros, pois não dá para comer mil-réis ou beber joias de ouro. O verdadeiro tesouro era comida, por mais simples que fosse. Os cangaceiros retiraram os suprimentos do trem. A notícia do assalto se espalhou por Belo Jardim e logo uma multidão se aglomerava na estação.

Os moradores locais confirmaram que Orelhinha havia sobrevivido. Contaram a Luzia que ele estivera ali poucas semanas atrás, recrutando homens e dizendo que era o Carcará. O seu bando era muito mais brutal do que Antônio ou Luzia um dia teriam admitido. Como castigo por usarem vestidos indecentes ou cabelo curto, o cangaceiro marcava jovens com o ferro em brasa. Matava homens sem qualquer motivo. Luzia sabia que tudo isso afetaria o seu grupo: a violência gratuita tornava os cangaceiros malvistos, justo no momento em que precisavam de apoio popular. As atitudes de Orelhinha lançariam o povo nos braços de Vargas, que já vinha se autodenominando "pai dos pobres".

"Então, eu serei a mãe", pensou Luzia.

– Peguem apenas o necessário – ordenou ela, dirigindo-se a Ponta Fina, que estava descarregando o trem. – Vamos distribuir o resto.

Depois de receber a comida, os moradores de Belo Jardim beijaram as mãos dos cangaceiros. Aclamaram a Costureira. Ofereceram ao bando abrigo e proteção. Luzia ergueu as mãos para pedir silêncio.

– Lembrem-se – gritou ela – que foram o Carcará e a Costureira que fizeram isso. Sempre que nos encontrarem, estarão protegidos. O outro bando é falso. Eles saem por aí se dizendo cangaceiros, mas, na verdade, são vagabundos.

Semanas mais tarde, vieram mais trens e mais gente agradecida. Luzia e seus homens empilhavam troncos de cactos, galhos e tufos de capim na linha férrea. Quando via a fumaça escura de um trem a distância, ela ateava fogo à pilha. Os maquinistas paravam e saltavam para examinar a obstrução. Era então que os cangaceiros subiam nos vagões.

Juntamente com a comida, havia jornais. Os soldados e aqueles que trabalhavam nos campos de retirantes do governo queriam saber o que estava acontecendo no litoral. Vargas tinha aprovado a nova legislação eleitoral do país. Foram criados o voto secreto e um órgão federal denominado Justiça Eleitoral, encarregado de supervisionar as eleições. A nova lei também dava o direito de voto às mulheres alfabetizadas. Havia uns poucos editoriais e artigos a esse respeito. De um modo geral, porém, o voto feminino foi ofuscado pela seca. Apesar dos acampamentos criados por Vargas, os retirantes continuavam a afluir em massa à capital. Luzia leu artigos que pregavam a remoção maciça dos habitantes do sertão. "A terra é excessivamente pobre", declarava um desses textos, "e a vida cotidiana é demasiado precária para permitir que cidadãos brasileiros vivam em lugar semelhante".

Havia quem clamasse pela emigração dos habitantes da caatinga para o sul, para trabalhar nas fábricas de São Paulo. Vargas concordava com o fluxo de trabalhadores, mas não admitia justificativas para o abandono da caatinga. Antônio tinha razão: o presidente invadiria a região e tentaria se apossar dela.

"O Brasil", dizia Vargas, "é um grande corpo composto de várias partes. Todas são vitais. Nenhuma pode ser abandonada, nem se pode permitir que ela se torne refúgio de criminosos e anarquistas!".

Luzia tentou se concentrar nos artigos sobre a estrada de rodagem e os planos do presidente para o Brasil, mas a sua atenção era constantemente atraída para a coluna social. O *Diário* fez uma ampla cobertura da viagem de caridade ao campo de retirantes de Rio Branco, organizada pela Sra. Degas Coelho. A última foto da viagem mostrava a delegação imediatamente antes do retorno triunfal ao Recife. Todos posaram na plataforma da estação. A Sra. Degas Coelho, musa da missão de caridade, estava bem no centro do grupo, cercada por alguns homens e uma mulher mais velha. Nos braços, segurava um bebê.

"Se todos pudermos salvar uma pobre alma", escreveu o jornalista, "dando a oportunidade de educação e civilização a uma criança que, sem isso, estaria condenada à ignorância, resolveríamos os nossos problemas sociais".

Nas semanas subsequentes, a coluna social noticiava que a Sra. Degas Coelho havia lançado uma nova moda que, desta vez, nada tinha a ver com roupas. Outras mulheres ricas do Recife também queriam salvar um bebê vítima da seca. Havia histórias revoltantes sobre flageladas que recebiam dinheiro pelos filhos e outras que tinham os bebês sequestrados por criados que queriam agradar às suas patroas.

Luzia não conseguiu terminar de ler esses artigos. Lembrou daquelas mulheres ligadas ao partido azul que o bando havia assaltado anos atrás, quando Antônio ainda estava vivo. Pensou naqueles rostos estranhamente brancos, por causa do pó de arroz. Pensou nas vozes estridentes. Naquela ocasião, elas ficaram à sua mercê, na trilha de gado, e ela foi cruel com todas. Agora, o seu menino estava no meio daquelas mulheres, inteiramente à mercê delas. Mas ele tinha Emília, e Luzia se consolou pensando que a irmã, o seu sangue, não trataria Expedito como um "enjeitado", mas como filho. Mesmo essa ideia fez o seu peito doer e ela cerrou os punhos com força: queria que o seu menino fosse muito amado, mas não queria que ele amasse Emília com o mesmo ardor, do jeito que se amam as mães.

Rasgou e guardou a foto da delegação. Nas noites que se seguiam aos assaltos aos trens, depois que as suas mãos e os seus pés eram beijados por centenas de homens e mulheres famintos gratos pela sua generosidade, Luzia ficava olhando para aquele retrato. A expressão de Emília era de triunfo, chegando até a parecer vaidosa. A criança tinha o rosto coberto por uma manta, portanto só se viam as suas mãos. Luzia ficava fitando aqueles dedinhos brancos que se erguiam para Emília. Ela era a sua salvadora. E Luzia não era nada, nem mesmo uma lembrança.

5

Atacar um campo de retirantes era uma empreitada considerável: os locais eram bem-protegidos por tropas e cercados com arame farpado. No entanto, as rações do governo não iam apenas para esses acampamentos. Antes da morte da filha, Maria Magra tinha ido procurar um campo particular, mantido por uma viúva.

– A viúva Carvalho – disse a mulher, contando o episódio para Luzia e Baiano. – Ela vendeu as suas terras para a rodovia. Está se mudando para o Recife. Dizem que ainda tem água no poço. E consegue comida, pois Vargas lhe envia rações. Dizem também que a viúva vende tudo para juntar dinheiro para a viagem. Se eu tivesse chegado a tempo, poderia ter comprado alguma coisa. E a minha filha teria o que comer.

Maria Magra não sabia exatamente onde ficava esse lugar, mas Luzia e Baiano sabiam. Sendo viúva do falecido coronel Carvalho, ela tinha herdado uma fazenda que se estendia praticamente por toda a trilha de gado. Luzia, Antônio e os cangaceiros atravessaram inúmeras vezes as suas terras, mas nunca chegaram perto da casa, pois a viúva tinha péssima reputação. O marido tinha lhe deixado apenas a terra, sem nenhum dinheiro, portanto ela era obrigada a levar uma vida frugal. Tinha fama de ser uma patroa pão-dura e de maus bofes. Dizia-se que tinha dado um tiro no marido durante uma briga, mas pouca gente acreditava nessa história. Qualquer homem, especialmente um coronel, teria matado a mulher que tivesse essa atitude, e a viúva Carvalho ainda estava viva.

A casa era uma construção sólida, caiada de branco, um clarão ofuscante em meio ao cinza da caatinga. Diante da varanda, havia uma longa fila. Alguns tinham sacos de aniagem, outros, vasilhas metálicas amassadas. Os homens usavam calças amarradas com cordas, por causa dos quilos que haviam perdido. As mulheres traziam bebês no colo e levavam pela mão umas crianças esquálidas. Ali na fila, os homens mantinham os olhos baixos, como se tivessem vergonha de encarar quem estava ao seu redor. Mas esse não era o caso das mulheres, que olhavam direto para a varanda da casa onde a viúva Carvalho recebia moedas em troca de farinha de mandioca, carne-seca e feijão cozido.

Luzia sentiu um bolo no estômago. Escondidos no meio do mato, os cangaceiros se remexiam e murmuravam, impacientes. Foi o cheiro daquele feijão que os levou até a casa da viúva. Já vinham farejando a comida a quilômetros de distância, mas não conseguiam acreditar: feijão cozido! A princípio, acharam que o seu nariz estava lhes pregando uma peça, que aqueles sonhos tinham acabado por fazê-los perder o juízo. Mas não era ilusão. Ali, na varanda da viúva, junto com os sacos de farinha e carne, havia um panelão fumegante de feijão. "Quanto descaso", pensou Luzia, "gastar as últimas canecas de água do poço para cozinhar".

Lá do seu esconderijo, ficou espiando a mulher. A viúva Carvalho estava usando um vestido preto de mangas compridas, de um tecido que tinha um brilho estranho, parecendo a carapaça de um besouro. Na cintura, trazia um cinto de couro marrom com uma bolsinha. Era ali que ia botando as moedas. Depois de fazerem o pagamento, os clientes eram levados até a varanda, onde um trio de mulheres encurvadas e suarentas despejava comida nos seus pratos. Acima da varanda, via-se um cartaz enorme do presidente Getúlio Vargas em seu uniforme militar. Tinha o peito estufado e um sorriso complacente. Abaixo da foto, vinha a legenda "Pai dos pobres".

A casa não tinha a cerca de arame farpado dos campos de retirantes oficiais, mas havia soldados ali. Quatro homens armados acompanhavam a multidão, obrigando todos a respeitarem a fila. Luzia se deu conta de que os macacos não estavam no local para protegê-lo dos ataques de cangaceiros, mas para evitar tumultos entre os clientes.

– Existem duas filas – sussurrou Ponta Fina. – A dos que podem pagar e a dos que não podem.

Luzia ajeitou os óculos. Os que não entregavam dinheiro ou alguma joia não recebiam comida e eram levados para um lugar à parte. Ali, um soldado gritava com uma voz meio rouca: "Trabalhar na rodovia! Trabalhar na rodovia!", e mandava o retirante para uma mesa próxima. Atrás dela, havia dois homens de terno e usando fedoras de um branco reluzente.

– Funcionários de Vargas – sussurrou Luzia.

Ao seu lado, Baiano assentiu.

Um daqueles funcionários mandava os flagelados mergulhar os polegares em tinta e fazer pressão com eles numa folha de papel bem grande. Depois que os homens assinavam, o outro funcionário derramava remédio para piolhos na sua cabeça, entregava-lhes uma trouxa e os mandava de volta para a fila da comida, onde eram prontamente servidos. Se esses operários recém-contratados tivessem mulher e filhos, estes também recebiam uma ração de comida. As mulheres sem dinheiro, sem marido ou sem pai ficavam com fome. De [...]do em quando, a viúva Carvalho saía da varanda para falar com esse grupo d[...]peradas.

A sua cabeça, branca e vulnerável, emergia do vestido p[...] recobria o seu corpo como uma armadura. Escolhia uma garota entre e[...]lidas e a conduzia para um lugar à parte na varanda. Ali, já se aglomerav[...] outras mocinhas. Luzia não conseguia ver o seu rosto com clarez[...]ado de avaliar que idade teriam, mas um detalhe as distinguia do resto[...] os lábios pintados de vermelho. Em comparação com aquela gama[...] cinzentos que dominava a caatinga, a boca daquelas mulheres adqui[...] obsceno, como uma ferida aberta.

– Que diabo é isso? – perguntou ela.

Ponta Fina grunhiu.

Obedecendo a uma ordem de Luzia, Neném e Maria Magra tirara[...] equipamento e, de braços dados, dirigiram-se ao quintal da viúva. As duas [...]gaceiras iam se fazer passar por retirantes e entrar na fila para observar as pessoas que trabalhavam naquele arremedo de campo. Deviam verificar se não havia nenhum soldado escondido e se os funcionários da rodovia estavam armados. Nesse meio-tempo, na caatinga, Luzia atribuiu um alvo a cada um dos seus homens. Nos ataques, Antônio distribuía as tarefas, designando uma vítima para cada cangaceiro. A capitã ficou com a viúva Carvalho.

Lá no quintal, Maria Magra e Neném se persignaram. Era o sinal de que o bando poderia atacar. Luzia assobiou e Baiano foi comandando um pequeno grupo pelo portão da frente.

– Macacos imundos! – gritaram eles. – Viva o Carcará! Viva a Costureira!

Baiano disparou, acertando o cartaz de Vargas. Os macacos agiram exatamente como Luzia esperava: ao ver Baiano e seu grupo, deixaram os seus postos e se voltaram todos para o portão principal. Eram bem-treinados, mas excessivamente ansiosos. Mais que depressa, Luzia e o resto do bando cercaram o quintal, na intenção de realizar um dos velhos golpes de Antônio: a tal "retroguarda". Assim que os macacos apontaram as armas, os homens sob o comando de Luzia e Ponta Fina vieram cercá-los pelas laterais. Bastaram uns poucos tiros certeiros e os quatro já estavam fora de combate.

Os dois funcionários também tiveram a atitude que Luzia previra. Tão logo foram disparados os primeiros tiros, os sujeitos se agacharam e levaram as mãos à cabeça, amassando os chapéus fedora. No entanto, os retirantes contrariaram todas as suas expectativas. Nos ataques anteriores, homens e mulheres saíam do caminho dos cangaceiros. Escondiam-se dentro das casas ou se agachavam imóveis pelas ruas, à esper... m do confronto. Mas as pessoas no quintal não largaram seus pratos de... n fugiram. Mesmo depois que o tiroteio começou, continuaram todas... n poucos segundos, já estavam se empurrando umas às outras. De iníc... n-se lentamente, como se quisessem testar a própria força. Antes, ... os cangaceiros pudessem detê-las, avançaram para a varanda. A viú... o tentou rechaçá-las com uma colher de pau bem grande. Mas todas a... m e começaram a enfiar as latas na panela do feijão. Levavam a comida ... com as mãos, deixando o caldo marrom lhes escorrer pelo rosto. Outras ... ram as sacas, fazendo com que a farinha se espalhasse pela varanda. E as mu... res, rastejando pelo chão, enchiam as saias com aquele pó branco. As auxiliares ... a viúva, três mulheres encurvadas que estavam distribuindo a comida, não se afas... taram do caos e trataram de se apoderar dos suprimentos da dona da casa.

– Cheguei primeiro! Cheguei primeiro! – gritou um velho, se agarrando para subir à varanda.

No meio daquele tumulto, uma criança começou a chorar.

Luzia apontou a parabélum. Não podia simplesmente atirar para o ar; se a barulheira dos rifles dos cangaceiros não havia assustado aquela gente, não seria uma pistola que ia fazê-lo. Lembrou-se das aulas de tiro que teve com Antônio, ouviu a voz dele nos seus ouvidos: "Se der um tiro, tem de acertar o alvo. Cada bala é preciosa." Viu um homem forte, parado diante do panelão, enfiando o resto do feijão na boca. Mirou nele. Tentou atingi-lo no braço, mas, por causa da multidão que se aglomerava ao seu redor, acabou acertando o seu peito. O sujeito caiu para a frente. Todos à sua volta ficaram estáticos.

– Recuem – gritou Luzia, com a voz tranquila e grave, do jeito que Antônio fazia. – Calma! Vou lhes dar comida e deixar que fiquem com o seu dinheiro. E com a sua dignidade.

As pessoas a fitaram e, depois, se entreolharam. Todas tinham a cara suja de feijão e os dedos, de farinha. Luzia manteve a arma apontada. Aos poucos, a multidão foi se dispersando. Canjica e Inteligente tiraram dali o corpo do flagelado morto. Ponta Fina e Baiano amarraram os pés e as mãos dos funcionários da rodovia. Luzia mandou que os outros cangaceiros limpassem aquela bagunça e organizassem a distribuição da comida que havia sobrado. Quando a viúva Carvalho tentou entrar na casa, a cangaceira a agarrou pelo braço.

A boca grande da viúva se contraiu num muxoxo. Uns pelinhos finos sombreavam o seu lábio superior. A trança da mulher tinha se desmanchado na confusão. Com o braço livre, ela afastou o cabelo do rosto.

– Onde está o Carcará? – perguntou.

– Por quê? – retrucou Luzia, apertando o braço dela com mais força.

– Quero falar com ele.

– Está ocupado. Quem manda aqui sou eu.

– Então atire em mim – disse a outra, num tom desafiador. – Ande! Vamos lá!

Luzia balançou a cabeça. Mesmo com uma pistola apontada para o peito, aquela mulher só sabia dar ordens.

– Não sou uma das empregadas que trabalha na sua cozinha – respondeu a cangaceira. – Vou atirar quando eu quiser.

– Ótimo – replicou a viúva. – Não faço negócios com mulheres.

Luzia riu, surpreendida com a própria alegria. Estava exausta, faminta e teve medo de que, tendo começado a rir, não conseguisse mais parar. Enxugou a boca na manga do gibão, como se tivesse a esperança de limpar o riso com esse gesto.

– Nem pense em fazer qualquer negócio comigo – disse ela. E, não conseguindo resistir à tentação, acrescentou: – Não confia no seu próprio tipo?

– As mulheres são cruéis – respondeu a viúva, suspirando. – Especialmente umas com as outras. Sei disso porque sou assim. E você também sabe.

Por trás da viúva Carvalho, as meninas de boca vermelha se aglomeravam. Fitavam os cangaceiros com cautela. A mais nova, aquela que a mulher tinha escolhido pouco antes do ataque, não estava de batom. Tinha a boca seca e rachada. Duas fitas desbotadas prendiam as pontas das suas tranças, numa demonstração de que, embora o seu cabelo estivesse despenteado e empoeirado, a menina ainda se cuidava até certo ponto. Ou a mãe cuidava dela. Os seus olhos eram castanho-escuros, com uns cílios compridos. Pareciam os olhos de Emília, e Luzia bem sabia que, se as coisas houvessem acontecido de outro jeito, se ela e a irmã tivessem permanecido em Taquaritinga, podiam ter se tornado vítimas da seca. Emília poderia perfeitamente ser aquela menina de tranças que a fitava com medo e raiva, como uma criança que acabou de apanhar.

– E essas aí? – perguntou Luzia.

– Aqui perto vai haver um canteiro de obras – respondeu a viúva, dando de ombros. – É para lá que elas vão.

– Para fazer o quê?

– Trabalhar.

– Que tipo de trabalho? – insistiu Luzia.

– Cavar a estrada é que não vai ser – respondeu a mulher, estreitando os olhos.

– Qual é a sua graça? – perguntou a cangaceira, dirigindo-se à menina de tranças.

– Doralinda – murmurou ela. – Mas todos me chamam de Dadá.

– Você ainda é moça?

A garota enrubesceu. A viúva Carvalho riu.

– Ela é tão pura quanto a água que a gente bebe – disse ela. – Já não se encontra nada fresco por aqui.

Lançou os olhos aos cangaceiros no quintal e na varanda, lambeu os lábios e, aproximando-se mais de Luzia, acrescentou, num sussurro:

– Cada um dos seus homens pode passar um tempinho com elas. Não vou cobrar muito. Mas vai ter de ser do lado de fora. A minha casa não é um bordel.

Luzia soltou o braço da mulher. Arrancou a bolsinha com o dinheiro que ela trazia à cinta. Algumas moedas caíram na varanda, tilintando no chão de pedra. Quando a viúva fez menção de apanhá-las, a cangaceira agarrou o seu braço de novo.

– O meu marido não me deixou nada – exclamou ela, quase gritando. – Preciso comprar a passagem de trem para o Recife.

– Você vendeu as suas terras para a rodovia. Vargas não lhe pagou?

– Ele me deu uma nota promissória. O meu dinheiro está num banco na capital. Mas tenho que dar um jeito de chegar até lá. Ele mandou soldados e comida, mas não posso ir para a cidade a pé.

– Então você resolveu vender essas moças? – indagou Luzia, indicando o grupo de meninas com um gesto de cabeça.

– Fizemos um trato. Eu lhes dou comida e elas me dão o que os homens da rodovia lhes pagarem para ir para os acampamentos.

– Só porque você é viúva de um coronel – retrucou a cangaceira –, não significa que elas sejam sua propriedade!

– Sei disso. Essas meninas vão porque querem. Não estou apontando nenhuma arma para elas.

A viúva soltou uma risadinha. Luzia encostou a parabélum no seu pescoço, fazendo-a se encolher.

– Elas também não pertencem a você – prosseguiu a mulher, entre dentes, e dava para sentir o seu hálito quente e azedo. – Você e eu não somos diferentes. Você vai distribuir essa comida toda e vai querer algo em troca do seu belo gesto. Eu quero o dinheiro dessa gente. Você quer a sua lealdade. Qual de nós duas está cobrando mais caro?

– Não somos iguais – retrucou Luzia, chegando tão perto do rosto da viúva que parecia querer beijá-la. – Você é uma traidora, vendendo terras para a rodovia.

– Tenho todo o direito de vender! A terra é minha – replicou a mulher, balançando a cabeça. – Faço com ela o que bem entender – acrescentou, movendo o pescoço para tentar encarar a cangaceira. – Por que tem tanto ódio de Vargas?

Não foi ele que provocou a seca. Está mandando alimentos. Está fazendo muito mais do que os azuis já fizeram pela sua gente.

– Minha gente? – exclamou Luzia, apontando para as meninas de boca vermelha. – A minha gente está sendo obrigada a se vender por causa dessa estrada. E tem também aqueles homens aceitando trabalhar nas obras sem salário. Isso não é justo. Vargas vai nos escravizar a todos. Ele não está nos ajudando com comida. Está nos comprando. Quem vai ajudar o meu povo sou eu, não ele.

Os olhos da viúva brilharam.

– Está querendo ser uma heroína? – indagou ela, baixinho, como se contasse um segredo. – E Vargas está lhe passando a perna, é isso, não é?

A mulher abriu um ligeiro sorriso. Ela não estava com medo e Luzia queria que estivesse. "Medo é bom", como disse Antônio certa vez. "Significa respeito." A cangaceira sentiu uma queimação que lhe subia por dentro, e imaginou-a espessa e escura, como feijão queimado. Aquilo se agitava no seu corpo, queimando as suas lágrimas contidas e transformando-as em uma coisa diferente, em algo perigoso, porém útil.

O vestido da viúva tinha gola dupla – uma parte era alta e justa; a outra se abria em direção aos ombros, formando duas abas largas de um tecido preto bordado. Luzia soltou o seu braço e agarrou aquela gola. Virou-a e inspecionou o seu avesso. Havia ali uns pontos grosseiros em diagonal, indo de um desenho a outro; a costureira teve preguiça de cortar e emendar a linha entre eles.

– Isso aqui é costura porca – disse ela.

A expressão da mulher se modificou: o seu ar antes divertido era agora de incompreensão. Luzia soltou a gola e voltou-se para as meninas de boca vermelha. Algumas tinham tentado limpar o batom e tinham o queixo manchado. A cangaceira ergueu então os olhos e deu com o cartaz do presidente Vargas, o "pai dos pobres", pendurado ali em cima, com o rosto enorme, a fisionomia sorridente e magnânima. Tentou imaginar o que ela própria estaria parecendo, parada assim debaixo de um rosto tão grande e tão bonito. Uma aleijada faminta? Uma terrível cangaceira? Passou os olhos pela multidão que cercava a varanda. Alguns a fitavam com medo, outros, com ar de dúvida. A viúva tinha razão. Vargas não era inteiramente mau. Era isso que o tornava perigoso. Se viesse a ser o herói do povo, a Costureira e seus cangaceiros passariam a ser os vilões. E já estavam tentando fazer isso pelos jornais, chamando-os de criminosos inúteis. O Dr. Eronildes também estava certo: no coração do povo da caatinga, só havia lugar para um herói. Se Luzia pretendia sobreviver, teria de lutar por esse espaço.

– Vejam o que a estrada de Vargas vai fazer! – gritou então. – Vai transformar mulheres honestas em putas!

Alguns dos cangaceiros arregalaram os olhos, espantados com aquela linguagem grosseira. Alguns cuspiram no chão e rogaram pragas contra Vargas. Muitos dos retirantes balançaram a cabeça, indignados. Luzia apontou então para a viúva Carvalho.

– Ela está se aproveitando da nossa miséria – declarou. – E com a permissão de Vargas, que está lhe mandando mantimentos! Os seus soldados se instalaram aqui e deixam ela vender as nossas mulheres. Fazem de conta que não estão vendo nada.

Ouviram-se uns gritos, praguejando contra a viúva. Luzia pegou então a mulher e a apresentou à multidão enfurecida.

– Não somos iguais – sussurrou ela ao ouvido da velha. – Você fica com o dinheiro deles. Eu prefiro ter as suas boas graças.

Enfiou a mão na bolsinha que ela trazia presa ao cinto e encontrou uma latinha de batom. Abriu-a e meteu o dedo ali dentro. Depois, espalhou um bom bocado daquela pasta na boca fina da viúva Carvalho. Todos riram. Luzia ergueu a mão, pedindo silêncio. Quando as pessoas se calaram, seu coração começou a bater mais depressa.

Havia um mandacaru bem no meio do quintal. A planta tinha uma coroa com vários cilindros verdes, parecendo os dedos de uma mão em concha. O caule era marrom, grosso como o de uma árvore. Dele saíam espinhos do tamanho de agulhas de costura.

– Agora ela vai ver o que é ser forçada a fazer algo – prosseguiu Luzia, sempre aos brados. – Abraçar e beijar quem ela não quer!

Os cangaceiros e os retirantes gritaram, animados. Luzia sentiu uma estranha excitação: o seu rosto estava quente, como se a multidão fosse uma fogueira e ela estivesse se aquecendo ao seu calor. Arrastou então a viúva da varanda e a deixou diante do mandacaru.

– Abrace ele – disse a cangaceira.

– Não abraço – retrucou a viúva, mantendo os braços firmes ao lado do corpo.

Luzia viu a menina de tranças na varanda e se lembrou de Emília. Qual seria a reação da irmã diante dos seus atos? Pensou no seu filho: será que ele teria orgulho de uma mãe que infligia castigos tão cruéis? Sentiu o calor ir se esvaindo do seu corpo. Afrouxou a mão que segurava a viúva, mas a multidão tinha se aproximado.

– Abrace ele! – gritou uma mulher.

– Obrigue ela a lhe dar um abraço! – exclamou um menino.

Todos estavam impacientes. Luzia não podia sair dali desmoralizada. Se tinha de vencer Vargas, precisava satisfazer a noção de justiça daquela gente: um crime público exigia punição pública, como Antônio lhe ensinara. Logo depois da sua morte, tinha pedido que ele a assombrasse. Agora, voltava a chamar pelo marido. Deixou de lado a parabélum e sacou do velho punhal do Carcará que trazia preso à cinta. Apertou-o contra os ombros encurvados da viúva, que soltou um grito seco.

– Abrace bem forte – disse Luzia.

A mulher ficou olhando para o mandacaru e, bem devagar, começou a abrir os braços. Virou o rosto e avançou alguns passos. Abraçou o cacto com tanta cautela que os seus braços mal tocaram os espinhos. Luzia fez um sinal para Baiano. Pelo outro lado, o cangaceiro agarrou as mãos da viúva e as puxou com força. A mulher perdeu o fôlego e inclinou a cabeça para trás, como se tentasse evitar os avanços mais agressivos de um pretendente. Baiano a puxou mais uma vez. Os espinhos do mandacaru lhe atingiram o rosto. A viúva estremeceu. Pontinhos de sangue se formavam na sua face. Tentou erguer a cabeça para fugir aos espinhos, mas sempre que fazia algum movimento o seu peito afundava ainda mais na planta. Durante todo o tempo, não tirou os olhos de Luzia.

– Sua aleijada ignorante! – exclamou ela.

Luzia se lembrou das crianças implicantes e das mulheres fofoqueiras de Taquaritinga. Lembrou-se do apelido Vitrola. Lembrou-se dos seus outros filhos, que saíram dela aos pedaços. Lembrou-se daquele que sobreviveu, Expedito, só para ser levado embora. Lembrou-se do preço considerável que se pagava pela sua cabeça, das inúmeras sepulturas ao longo da velha trilha de gado. Lembrou-se de Vargas e da sua rodovia que retalharia a caatinga. Antônio tinha razão: o presidente faria aquela estrada apesar da seca. Transformaria os retirantes em operários e as mulheres em prostitutas. Olhou então para as meninas na varanda. Eram magras e tinham uma aparência de dar dó, mas o seu olhar revelava raiva, como o dela própria. Aquelas moças podiam aprender a lutar. Podiam aprender a atirar. Luzia as treinaria e, juntas, atacariam a rodovia e dariam uma lição em Vargas, nos coronéis e em quem quer que pudesse duvidar disso: os pobres e os humildes da terra podiam se tornar fortes.

Estendeu o braço bom e segurou a cabeça da viúva com a mão. O crânio da mulher estava quente. A cangaceira lhe deu um ligeiro empurrão. O pescoço da mulher se enrijeceu. Os espinhos do mandacaru desapareceram no seu rosto. Luzia empurrou com mais força. Um daqueles espinhos perfurou uma pálpebra cerrada. Um gemido, brando e infantil, escapou da boca da viúva. Luzia a empurrou até que ficasse quieta, sem oferecer qualquer resistência. Ao seu redor, a multidão comemorava.

Capítulo 11

Emília

Recife
Abril-novembro de 1933

1

A Sra. Haroldo Carvalho apareceu na primeira página do *Diário de Pernambuco*, do *Jornal do Recife* e até mesmo da prestigiosa *Folha de S.Paulo*. Em todas as fotos, a viúva tinha a cabeça virada de forma a exibir o tapa-olho preto que ostentava do lado esquerdo. A Costureira a havia cegado. Aquele pedaço de couro refletia a luz do flash, o que lhe dava um brilho meio estranho. Na opinião de Emília, aquele reflexo fazia com que o tampão parecesse a lente grande e escura de um inseto, abrigando não um, mas centenas de olhos.

Ouvira alguns homens – principalmente o Dr. Duarte – rirem desse incidente. A ideia de uma velha matrona obrigada a abraçar um cacto era divertida para os moradores da cidade. Embora a viúva fosse alvo de piadas, o ataque da Costureira não fazia ninguém rir. Os cangaceiros haviam executado quatro soldados e dois funcionários da rodovia. Tinham roubado os suprimentos do governo e profanado um cartaz do presidente Vargas. E, segundo a viúva Carvalho, a Costureira havia cortado a garganta de um homem e bebido o seu sangue, como uma bruxa. Em entrevista a outro jornal, a mulher dizia que a Costureira tinha matado crianças pequenas, especialmente bebês, com uma faca afiada. E o pior de tudo era que a líder dos cangaceiros havia levado várias meninas do grupo de flagelados, obrigando-as a se casar com os seus homens. Por todo o Recife, falava-se dessas novas bandidas como se fossem a prova de que o sertão era agora uma terra sem lei e depravada, um lugar onde até as mulheres se tornavam criminosas.

Os jornais brigavam por entrevistas com a viúva Carvalho. Havia dezenas de flagelados que diziam ter visto a Costureira de perto, mas eram apenas arrendatários e pés-rapados, gente tão pobre que nem tinha condições de comprar sapatos. Já a velha era proprietária de terras, o que a tornava confiável. Pouco depois do ataque à sua fazenda, foram mandados para lá, como previsto, funcionários da rodovia encarregados de reunir novos recrutas nas filas de distribuição de alimentos. Em vez da esperada mão de obra, o que encontraram foram os seus colegas e os soldados massacrados, e a viúva presa a um cacto. Trouxeram-na até o Recife para que contasse a sua história.

Funcionários do governo lhe entregaram um cheque em pagamento pelas suas terras e o presidente Vargas lhe enviou um bilhete manuscrito, louvando o seu espírito patriótico e agradecendo-lhe por ter vendido a fazenda ao Instituto Nacional de Estradas de Rodagem. Todos esses elogios foram publicados pelos jornais do Recife, fazendo com que a viúva se tornasse uma figura popular. A sua história obrigou o tenente Higino a alocar mais verbas para o recrutamento e o treinamento de soldados. Jovens flagelados que chegavam à capital em busca de comida e trabalho eram recrutados ainda nos arredores da cidade, onde lhes davam armas, uniformes e a promessa de um cheque de pagamento. Dali, eram imediatamente mandados de volta à caatinga, para servir ao Brasil e ao presidente Vargas. Depois das inúmeras entrevistas da viúva Carvalho e dos contínuos ataques por parte dos cangaceiros, as pessoas começaram a dar mais atenção às teorias do Dr. Duarte. O sogro de Emília aparecia nos jornais quase tanto quanto a própria viúva, e as suas explicações sobre a mente criminosa passaram a ser amplamente aceitas. Em função desse novo interesse despertado pela sua ciência, o Dr. Duarte trabalhava horas a fio no seu Instituto de Criminologia, medindo crânios e tentando encontrar meios de capturar os espécimes que mais cobiçava: o Carcará e a Costureira. Os pernambucanos andavam indignados com o célebre casal de bandidos do estado, mas também fascinados pelos dois. E as recifenses que, em outras circunstâncias, teriam considerado a viúva Carvalho uma companhia excessivamente vulgar de repente passaram a convidá-la para almoços e lanches, querendo ouvir a sua história em primeira mão, na esperança de que isso as aproximasse mais dos cangaceiros.

As senhoras da Sociedade Auxiliadora alugaram o famoso Restaurante Leite e organizaram um almoço para a viúva. A velha sentou-se à cabeceira de uma mesa bem comprida, arrumada no meio do salão. Estava toda de preto e, de quando em quando, levava a mão ao tampão, chamando a atenção para o olho ferido. Os garçons se demoravam junto à mesa. As anfitriãs viravam a cabeça sempre que a viúva falava, mas a sua conversa era limitada.

– Passe o sal – disse ela. E, mais tarde: – Não tem farinha?

Nenhum dos seus pedidos vinha acompanhado de "por favor" ou "obrigada", o que deixou Emília irritada. Ela estava sentada no meio da mesa, entre Lindalva e a baronesa, e mal tocou no seu prato de bacalhau ao creme. Como acontecia com todas as presentes, a sua atenção estava voltada para a convidada. Percebendo isso, a velha comia sorrindo. Tinha uma boca pequena, quase sem lábios. "Boca de gente ruim", pensou Emília, e ficou observando o jeito como a viúva cortava a carne: ela a espetava com tanta força na ponta do garfo que parecia até que a carne estava prestes a pular fora do prato. Não pôs o guardanapo no colo e agitava freneticamente os cotovelos ao levar a comida à boca. Emília se sentiu igualzinha a dona Dulce, criticando mentalmente os modos alheios, e ficou com raiva da viúva Carvalho por fazê-la se sentir assim. Ao seu redor, as senhoras da Auxiliadora adulavam a velha, incentivando-a a falar.

– Estão gastando saliva à toa – sussurrou a baronesa. – Conheço esse tipo de gente. Ela vai esperar até a hora da sobremesa para falar. Ou então vai tentar conseguir outro almoço à nossa custa.

– Se a Auxiliadora gastar mais um tostão com essa daí, deixo de ser sócia – retrucou Lindalva, balançando a cabeça.

Emília assentiu. Aquelas histórias sangrentas da viúva Carvalho tinham ocupado o espaço de notícias mais importantes na imprensa. Por volta do mês de abril, noventa mil flagelados estavam alojados em campos de retirantes espalhados por toda a região Nordeste. No Recife, a moda da adoção de bebês vítimas da seca foi deixada de lado assim que eles começaram a ganhar peso e perderam a sua trágica preciosidade. A sociedade recifense não demorou muito a esquecer os seus sonhos grandiosos quanto ao futuro dessas crianças. Os filhos da seca foram relegados às dependências de empregados, de onde viriam a ser incorporados às tarefas domésticas como moleques de recados ou criadas. Lindalva estava particularmente frustrada porque os relatos da viúva Carvalho haviam ofuscado a eleição que se aproximava, a primeira em que as mulheres teriam o direito de votar.

Depois do sucesso de sua revolução, Getúlio Vargas assumiu a presidência à força e nomeou membros do partido verde para ocuparem postos pelo país afora. Três anos mais tarde, já havia quem se referisse ao seu governo como uma ditadura. Para provar então que era um democrata e um líder justo, Vargas convocou eleições nacionais. Elas estavam marcadas para meados de maio, embora apenas quinze por cento das mulheres com direito a voto tivessem se registrado como eleitoras. Lindalva queria que os jornais divulgassem as barreiras que se interpunham a esse registro: tinham de se submeter a testes complicados para comprovar que eram alfabetizadas e enfrentar horas indo de um lado a outro para obter o seu título. As mulheres que trabalhavam fora não podiam deixar o emprego por tanto tempo assim e as donas de casa não podiam abandonar os seus filhos nem descuidar das tarefas domésticas. Lindalva e Emília tentaram fazer uma campanha para que a Sociedade Auxiliadora se interessasse mais por essas questões, mas foram voto vencido. Em vez de patrocinar a tal campanha para promover condições mais justas para o registro eleitoral das mulheres, a associação estava cortejando a viúva Carvalho.

Emília jamais poderia admitir para Lindalva que o motivo do seu interesse pelo voto feminino era bem egoísta: fazê-la parecer menos preocupada com a Costureira. Fingiu não estar minimamente interessada em se encontrar com a viúva Carvalho. Na verdade, mal conseguiu dormir na véspera do tal almoço. No restaurante, ficou irritadíssima com o silêncio da mulher. Como a baronesa, conhecia bem aquele tipo de gente. Em Taquaritinga, trabalhando na casa do coronel, vira outros coronéis e suas esposas aparecerem por lá de visita. A viúva Carvalho parecia ser o pior tipo de mulher de coronel: sempre pronta para castigar o marido e a criadagem. Unha de fome com relação a comida e a elogios. E, da boca para fora, muito religiosa, embora se mostrasse sempre disposta aos mexericos, a contar histórias que servissem aos seus propósitos, mesmo que fossem mentira.

Emília repousou os talheres. Inclinando-se para a frente, fitou a viúva.

– Qual a aparência dela? – perguntou.

– De quem? – replicou a velha, com a boca cheia de arroz.

– Da Costureira.

A mesa inteira se calou. Perto de Emília, um garçom parou de servir água. A viúva Carvalho levou outra garfada à boca.

– Uma típica bandida – respondeu ela, entre um bocado e outro de comida. – Feia como o diabo.

Ouviram-se algumas risadinhas pela mesa. Emília se empertigou.

– Ninguém fala da feiura dos homens – disse ela, com a voz ligeiramente trêmula. Lembrou-se das inúmeras lições que dona Dulce lhe dera sobre compostura e o que fazer para não perdê-la. Tomou um gole de água e sorriu. – Li as suas entrevistas nos jornais – prosseguiu ela. – A senhora fez uns relatos muito detalhados. Adoraria ter o seu senso de observação. Viu tanta coisa, apesar de estar amarrada de cara para um cacto.

Lindalva começou a rir. Na outra ponta da mesa, a mulher parou de comer. Observou Emília com o olho que ainda prestava. Esta lhe sorriu, embora suas mãos estivessem úmidas. Luzia e ela não eram tão parecidas assim, mas talvez com aquele exame mais detalhado, a viúva, como o Dr. Eronildes, pudesse reconhecer nela algum traço, alguma semelhança que a moça não conseguisse esconder. O seu coração disparou. Por que estava provocando a viúva? Por que estava correndo um risco tão grande? Depois de um instante de silêncio, a velha enfim falou.

– A jovem já viu um mandacaru?

– Já, sim, senhora.

– Então sabe como os espinhos dessa planta são compridos e pontiagudos. Pouco importa o que eu vi ou ouvi. O que importa é que sobrevivi. E um sobrevivente tem o direito de contar a história que quiser e bem entender.

– Os jornais adoram exageros – replicou Emília. – Porque assim vendem mais.

– A senhora apoia os cangaceiros? – indagou a viúva Carvalho, recostando-se na cadeira.

Emília juntou as mãos no colo para impedi-las de continuar tremendo.

– Não – respondeu ela. – Mas por que tanta preocupação com eles? Ninguém aqui pode dizer que não apoia que se mate, porque matamos na revolução, não é mesmo?

Fez-se silêncio na mesa. Algumas das senhoras presentes mantiveram os olhos fixos no próprio prato. Outras ficaram fitando Emília, com um ligeiro sorriso nos lábios, mas com raiva nos olhos, como mães educadas demais para ralhar com um filho em público, mas deixando claro que o castigo viria sem falta mais tarde. Poucas mulheres pareceram refletir. Uma destas foi a primeira a romper o silêncio.

– Os homens mataram, nós não – disse ela.

– Mas esses homens eram nossos maridos e filhos – retrucou a baronesa. – E nós os apoiamos.

Algumas mulheres enrubesceram, mas Emília não saberia dizer se estavam com medo daquela conversa ou empolgadas com ela. Na cabeceira da mesa, a viúva Carvalho pegou um lenço e se assoou, voltando a atrair para si a atenção de todas.

– A revolução era uma causa nobre – disse ela, enxugando o olho são e fitando Emília. – Os cangaceiros matam para se divertir. Esta é a diferença. O que me fizeram é imperdoável. Ela não tinha motivos e tampouco teve remorsos.

Várias senhoras ao redor da mesa assentiram. A que estava mais perto da viúva deu uns tapinhas na sua mão. Outras a elogiaram por sua valentia. Emília ficou mexendo nas luvas. Não gostava mesmo daquela mulher, exatamente como não gostava das meninas que implicavam com sua irmã, chamando-a de "aleijada" e de "Vitrola" quando as duas ainda eram pequenas. Normalmente, Luzia atacava essas meninas. Pisava nos seus pés ou lhes dava tapas na cara, e Emília só ficava parada, olhando, surpreendida e assustada com a fúria da irmã. As meninas saíam machucadas, mas mereciam isso, não é mesmo? A dor de um tapa passava. A mancha roxa deixada por um soco desaparecia com o tempo. A lógica do recreio da escola não parecia se aplicar aos atos da Costureira: o castigo infligido à viúva Carvalho lhe causara um dano permanente.

Emília já tinha visto mandacarus bem de perto; já tinha tocado naqueles espinhos pontudos. Que tipo de mulher, pensou ela, teria a ideia de aplicar um castigo como esse? Ou, pior ainda, que tipo de mulher poria tal ideia em prática? O que quer que a viúva Carvalho houvesse feito de errado não merecia a crueldade da reação da Costureira. Esta certeza a fez permanecer calada pelo resto do almoço. Obrigada a aguentar as histórias da outra, ficou bebendo copos e mais copos de água de coco para não ter de falar e ficar ainda mais constrangida. Saiu do restaurante de péssimo humor.

Quando chegou de volta à casa dos Coelhos, foi direto para o andar de cima. Tinha posto o berço de Expedito no seu quarto, ao lado da sua cama. Perto do berço ficava uma cama de armar para a ama de leite que tinha contratado. Era uma mulher corpulenta que, no seu primeiro dia de trabalho, pôs para fora o seio moreno e amamentou o bebê no saguão de entrada, diante de uma dona Dulce horrorizada. Emília riu alto. Mais tarde, para não melindrar a sensibilidade da sogra, estabeleceu um horário adequado para a criança ser amamentada e arranjou um paninho bordado para a babá cobrir o peito.

Encontrou a ama em seu quarto. Expedito sugava o seio da mulher, mas, bem devagarinho, os seus olhos foram se fechando e a cabecinha pendeu para trás. Era o fim da mamada e o menino se achava entre os seus dois maiores prazeres: mamar e dormir. Emília ficou olhando para ele. Estava feliz com a babá, mas sentia umas pontadas de inveja quando Expedito adormecia nos braços dela. Tirou as luvas e o chapéu. Estendeu os braços e a ama se levantou da cadeira para lhe entregar o bebê. Quando a mulher saiu do quarto, Emília colou o rosto àquela cabecinha. O seu crânio parecia macio e maleável, como barro parcialmente cozido. As formas roliças que ele tivera tanta dificuldade em adquirir estavam desaparecendo. Aos sete meses, o queixo e os ossos da face estavam ficando mais definidos. O pescoço estava mais longo. Aos poucos, os seus braços iam se afilando e as dobrinhas de gordura dos seus pulsos – que até pareciam cordões que alguém tivesse amarrado ali – estavam sumindo. Emília andava preocupada com as orelhas do menino, que começavam a parecer salientes. Sempre que escovava os seus cachinhos castanhos, punha as mãos em concha de ambos os lados da cabeça de Expedito, temendo que ela pudesse crescer muito, e com medo dos cálculos que o Dr. Duarte pudesse vir a fazer.

Levou-o então para o berço. Pegou a minúscula chave que trazia pendurada num cordão de ouro e abriu a caixa de joias. Perto do retrato da primeira comunhão, escondido debaixo do colar de pérolas e de um anel, estava o canivete de Luzia. Emília ficou olhando para aquele objeto. Como explicaria a Expedito o que aquilo significava?

Um dia, ele perguntaria pela mãe, a *de verdade*. Essas palavras a deixavam com raiva. Era quase uma birra, difícil de explicar, como a que sentia em criança. Luzia era a caçula e, por isso, sempre acabava comendo os corações de galinha no almoço, ou, então, sentava no colo da tia. Ganhava cavalinhos feitos de espigas de milho. E as frutas mais maduras. Na condição de irmã mais velha e ignorada, Emília não sabia o que desejava mais: a atenção dos adultos ou a da caçula. Acabava xingando a todos. Quando pensava em Expedito e nas perguntas que viria a fazer, sentia a mesma mistura amarga de ressentimento e desejo que conheceu quando era pequena.

O menino tinha aprendido a dizer "ma-ma". Acabaria querendo chamá-la de mãe, e ela teria de corrigi-lo. Para ele, seria "tia Emília". Ia ensiná-lo a calçar as meias, a escrever e a tomar óleo de fígado de bacalhau. Tia Emília faria parte do seu dia a dia, ao passo que a sua mãe, a *de verdade*, faria parte da sua imaginação, exatamente como a mãe de Emília fora para ela. Finalmente compreendeu o fardo que tia Sofia precisou carregar: ter de competir com uma mãe imaginada, sempre mais bonita, mais bondosa, mais inteligente. A fantasia era sempre melhor que a realidade. Um dia, quando ele fosse grande o bastante para guardar segredos, Emília teria de lhe contar exatamente quem era a sua mãe. Mesmo então, a realidade não sairia ganhando da fantasia. A sua mãe era valente, audaciosa e forte. Uma cangaceira! Quem era ela comparada a isso? Nunca a chamaram de valente.

Uma coisa que a preocupava era a segurança de Expedito na casa dos Coelhos. Imaginava a presença de inimigos em cada cômodo, tanto nos da frente quanto nos dos fundos. A lavadeira era leal a dona Dulce e, às vezes, não fervia as fraldas do menino, que acabava ficando com brotoejas no bumbum e nas coxas. A cozinheira, chateada por ter mais trabalho, às vezes partia cocos velhos e misturava a polpa amarga com o resto da água de coco que ele ia tomar. Quando Emília levou essas coisas ao conhecimento da sogra, dona Dulce se mostrou incrédula e chamou a atenção das criadas com alguma relutância. A moça tinha medo do que pudesse acontecer quando Expedito começasse a andar, a manchar ou quebrar coisas naquela casa arcaica. Não sabia exatamente do que a sogra seria capaz. Não raro ela falava em mandar "essa criança", como chamava Expedito, para um colégio de padres "assim que aprendesse a falar".

No dia em que ele chegou, dona Dulce logo tratou de deixar claro que não gostava do menino. "Não vou ter mais um pedinte do sertão aqui em casa!", disse ela. O Dr. Duarte foi obrigado a levar a família para o escritório e fechar as portas.

– Emília vai tomar conta dele – declarou o Dr. Duarte. – Não vai?

A moça assentiu secamente. Sua vontade era sair abrindo as portas envidraçadas e quebrando os bibelôs de porcelana da sogra, os seus cristais antigos, as suas preciosas quinquilharias. Só ficou quieta porque precisava do consentimento de dona Dulce.

– Sei que você é uma mulher caridosa, mamãe – disse Degas, tentando adulá-la. – Podemos ajudar esse menino. Vamos aparecer em todos os jornais por causa dele. Todos têm escrito artigos tão positivos sobre mim e Emília...

Dona Dulce fitou o filho com um ar desamparado. Os seus lábios finos se distenderam, num muxoxo.

– Tudo bem – retrucou ela, voltando os olhos para Emília. – Mas ele não vai ser um Coelho.

– Claro que não, Dulce! – exclamou o Dr. Duarte. – Vamos registrá-lo com outro nome.

Desde esse dia, Expedito passou a ser considerado um bichinho de estimação, uma distração temporária que jamais poderia pretender a herança dos Coelhos. Emília preferia assim. A responsabilidade pela criação do menino, por seus sucessos e seus fracassos, era só dela. Nos documentos de adoção, o seu nome constava como única guardiã. E deu a ele o seu sobrenome: dos Santos. O seu nome de solteira não tinha raízes que o distinguissem nem qualquer herança familiar. Pertencia a tantos nordestinos que seria impossível traçar as suas origens.

Mesmo assim, Emília se preocupava com a possibilidade de alguém descobrir quem era realmente Expedito. Evitava o escritório do sogro e o seu Instituto de Criminologia. À medida que o menino ia crescendo, ela passou a temer o olhar avaliador do Dr. Duarte. No marido, pressentia perigos ainda maiores. Ele gostava de ver Expedito engatinhar pelo chão do quarto da mulher. Às vezes, estendia a mão para o menino e ficava encantado com a força que ele tinha. Nesses momentos, havia ternura na voz de Degas e o seu rosto se abrandava, assumindo uma expressão maravilhada de afeto. Então, como se não quisesse gostar tanto assim da criança, afastava-a e saía do quarto.

Ele percebia que Emília amava o menino e tirava proveito disso. Nos primeiros meses que Expedito passou no Recife, Degas fez a mulher acompanhá-lo aos almoços do British Club e ficar ao seu lado nos eventos organizados pelo governo. Emília não se recusava a fazê-lo. Mas também tomava cuidado para não lhe obedecer com excessiva presteza, o que seria uma demonstração de medo e confirmaria as suas suspeitas a respeito da criança. A qualquer momento, ele poderia dizer aos pais que o bebê que Emília salvara da seca era na verdade o seu sobrinho, e que a sua irmã era uma mulher alta, com um braço aleijado, muito parecida com a Costureira.

Era comum que Degas a usasse como álibi em suas atividades semanais. Muitas vezes, Emília levava Expedito e a babá para o ateliê. Continuava organizando grandes remessas de doação de roupas para os flagelados. Nos dias em que estava trabalhando, Degas aparecia no horário do almoço. Mandava que a mulher ficasse na confecção e não fosse almoçar em casa. Depois, saía porta afora. Na hora do jantar, ele a fazia dizer aos seus pais que os dois tinham almoçado juntos.

Certa vez, Emília o seguiu assim que ele saiu pela porta da loja. Degas puxou o chapéu fedora, protegendo o rosto. Passou pelas vielas que ficam nos fundos da rua Nova, atravessou a ponte Maurício de Nassau e entrou no infame Bairro Recife, onde ela não podia segui-lo. Só homens e mulheres "da vida" moravam nas pousadas e casas de jogos daquela zona da cidade. Quaisquer que fossem as suas intenções do outro lado da ponte, Degas estava sendo esperto ao ir para aquele bairro. Se algum mexeriqueiro o visse ali, não poderia admitir isso por medo de se incriminar também.

Nas suas velhas *Fon Fons*, Emília tinha lido histórias sobre esposas ciumentas que resolviam se vingar, mas sabia que, quase sempre, o ciúme era o avesso do amor. Degas e ela nunca tinham se amado; o que os unia eram os segredos. Emília acreditava que os dois não deviam usar esses segredos como moeda de troca. Mais que qualquer outra pessoa, sabia o que significava amar alguém que não se deveria amar e acabar se envergonhando disso. Se Degas simplesmente lhe pedisse ajuda, ela o ajudaria. Mas ele nunca pediu; na verdade, ameaçava. Sabia quem era a sua irmã e o que significava revelar isso. Antes, só ameaçava Emília e a moça sentia pena dele, pois sabia que aquelas manipulações eram nascidas do desespero. Agora, porém, Degas estava ameaçando Expedito e isso ela não podia suportar. Sempre que o via à mesa do café da manhã, tinha vontade de lhe chutar as canelas. Queria arranhar os seus preciosos discos de inglês com as agulhas de costura, cuspir na latinha de brilhantinha que ele deixava no banheiro.

Compreendeu que, se continuasse a viver com Degas, acabaria consumida pela raiva e se tornaria uma pessoa amarga e de língua ferina como sua sogra. Para escapar a esse destino, passou a imaginar um futuro longe da casa dos Coelhos. Nunca fora muito gastadora. A costura, com suas medidas e elaboração de moldes, criara nela o hábito de fazer contas de cabeça bem depressa. A sua habilidade com a matemática se refletia na contabilidade; era ela que cuidava dos livros do ateliê. Os lucros vinham aumentando. No início, Lindalva e ela ganhavam apenas o suficiente para pagar o aluguel e o salário das costureiras. Por volta de abril de 1933, os conjuntos elegantes e os vestidos florais da sua confecção andavam tendo grande procura. A tinta que Emília usava na escrituração mudou do vermelho para o verde. As duas amigas dividiam os lucros meio a meio, mas, por ser casada, Emília não podia abrir uma conta bancária sem a permissão do marido.

Conseguiu então contornar esse empecilho depositando os seus lucros através de Lindalva, que abriu uma conta em separado para isso. "A poupança da fuga", como dizia a filha da baronesa. Emília jamais a emendou. E, quando a amiga insistiu em ensiná-la a dirigir, ela não fez qualquer objeção.

Como os Coelhos, a baronesa possuía um Chrysler Imperial, com uns faróis enormes que mais pareciam olhos de coruja e para-lamas abaulados. Uma vez por semana, Emília deixava Expedito na varanda com a baronesa e entrava no automóvel. Punha o pé no estribo e sentava-se no banco do motorista. A própria Lindalva era novata ao volante, mas ia lhe dando as instruções do banco do carona, mandando que ela pisasse na embreagem e no freio antes de pôr a chave na ignição. Limitavam-se a dar a volta no jardim; mesmo assim, Emília suava nas mãos. O volante chegava a ficar escorregadio. Quando o motor grunhia, o carro dava um solavanco. Emília se atrapalhava toda com a alavanca do câmbio, tentando engatar a primeira. Soltava o freio. Os seus pés mal tocavam nos pedais: tinha de esticar bem os dedos para apertar a embreagem. Pisava no acelerador. O carro rosnava. Assustada, a moça tirava o pé da embreagem. O Chrysler arrancava com um tranco. O motor engasgava e, depois, parava. Isso aconteceu umas seis vezes, até que ela aprendeu a usar o pé esquerdo e o direito de forma equilibrada, soltando um dos pedais bem lentamente, enquanto apertava o outro. Quando conseguiu, o carro saiu andando.

– Eba! – exclamou Lindalva, animadíssima.

Emília riu. Virou o volante para contornar um canteiro, mas deixou o pé no acelerador e o carro seguiu em frente. O seu coração disparou. Estava indo depressa demais. Na curva seguinte, quase atropelou um dos pés de jasmim cuidadosamente podados do jardim da baronesa, mas conseguiu pisar no freio. O carro cantou pneu. Lindalva escorregou para a frente, tendo de se agarrar ao painel. O Chrysler deu um solavanco e parou. Lindalva caiu na risada.

– Belo trabalho, Sra. Coelho – disse ela, ajeitando-se no banco e fitando a amiga. – Vai ao ateliê amanhã?

– Vou – respondeu Emília, enxugando as mãos no vestido. – Temos outra remessa de caridade para despachar.

– Vai com Degas? – perguntou Lindalva.

– Vou – disse a outra. – Por quê?

– Ouvi umas histórias – prosseguiu a filha da baronesa, remexendo-se no banco do carro.

– Que tipo de história?

– Ora, Emília! Mais que ninguém, você deveria saber do que as pessoas falam nesta cidade. Nunca é coisa boa.

– Sobre Degas? – indagou a moça.

– Não – respondeu Lindalva. – Sobre você.

– Sobre mim?

– Que você o está protegendo. Encorajando-o – prosseguiu a outra, franzindo as grossas sobrancelhas. – Sabe aonde ele vai toda tarde?

Emília assentiu.

– Ao Bairro Recife. Eu o segui uma vez, mas só até a ponte.

Lindalva suspirou. Começou a dizer algo, mas parou e segurou a mão da amiga.

– Quando nos conhecemos, prometi que lhe falaria francamente.

– Pois fale – disse Emília.

– Ele vai se encontrar com aquele piloto, o Chevalier. Não está fazendo a mínima questão de ser discreto. Pelo menos é o que andam dizendo. As pessoas têm língua de cobra, Emília. Falam de Degas, mas é você que todos condenam, por não o impedir. Isso não é justo.

Emília assentiu. Lindalva a abraçou e saiu do carro. Mais tarde, quando estava indo para casa, na primeira classe do bonde, com Expedito no colo, as palavras da amiga não lhe saíam da cabeça. Degas corria sérios riscos com aquelas saídas diárias, mas era ela quem tinha de aguentar a carga dos mexericos. Sentiu um estremecimento de raiva. Estava habituada a ser objeto de falatórios – tanto em Taquaritinga quanto no Recife, as pessoas faziam fofocas a seu respeito. De um modo geral, porém, era por causa dos seus próprios atos, não dos de outra pessoa. Agora parecia que Degas e a Costureira podiam fazer o que bem entendessem, ao passo que a ela só restava se preocupar com as consequências.

No dia seguinte, quando o marido lhe disse para ficar no ateliê na hora do almoço, Emília se recusou. Degas não discutiu. Voltaram ambos para a casa dos Coelhos, onde almoçaram junto com dona Dulce e o Dr. Duarte. Durante a refeição, ele mencionou a Costureira. Quando dona Dulce o repreendeu, mudou de assunto e passou a falar de Expedito.

– Esse menino está crescendo tão depressa... – disse ele, com os olhos pregados na mulher. – Logo, logo papai vai poder medi-lo.

Emília deixou cair o garfo, que bateu no prato com força. O ruído a fez se lembrar das molas das ratoeiras de tia Sofia e da rapidez com que elas caíam assim que o contrapeso era retirado. A tia se recusava a usar veneno, temendo que pudesse contaminar a comida; usava então aquelas ratoeiras metálicas e as deixava na água para que os ratos morressem afogados ali dentro.

– Não fique tão ansioso para que isso aconteça – disse Emília enfim, fitando o próprio prato. – Acho que vai descobrir que ele é um garoto comum.

– Concordo – retrucou dona Dulce. – Comum é o termo exato.

Emília não contestou a sogra. No dia seguinte, permitiu que Degas a acompanhasse ao ateliê e não fez qualquer objeção quando ele saiu, deixando-a sozinha para almoçar no escritório. Ali, ficou olhando os seus livros contábeis e os números que só faziam crescer na sua conta bancária. Antes que o seu sogro pudesse fazer qualquer medição, ela e Expedito iriam embora. Trocariam aquela vida por outra diferente. Iriam para o Sul ou até para mais longe. Qualquer lugar onde não houvesse nem Coelhos, nem cangaceiros.

2

Em fins de abril, a Costureira atacou dois canteiros de obras da Transnordestina. Segundo os jornais, os cangaceiros mataram engenheiros e queimaram equipamentos e ferramentas. Disseram ainda que os operários, todos recrutados em campos de retirantes, ou voltaram para as suas famílias ou se juntaram ao bando. Alguns homens foram embora com os cangaceiros; a maioria, porém, voltou a pé para o campo mais próximo. Estes contaram várias histórias sobre a Costureira: ela era uma excelente atiradora e usava cabelo curto, como um homem. De longe, não dava para distingui-la dos outros membros do bando. Só quando começava a dar os gritos de comando era que a sua voz a denunciava. O seu tamanho e o braço aleijado faziam com que se destacasse das outras mulheres do bando do Carcará. Os tais operários confirmaram que havia várias cangaceiras de cabelos compridos, lutando lado a lado com os homens. Segundo esses fugitivos, as mulheres armadas eram as mais violentas do grupo.

Depois do ataque, o presidente Vargas incorporou o Serviço Nacional de Correios e a Repartição Geral dos Telégrafos a um dos departamentos do governo. Determinou que o estado de Pernambuco ampliasse as suas linhas telegráficas. Os artigos do *Diário de Pernambuco* anunciaram que os novos postos dos telégrafos facilitariam a comunicação entre os diversos pontos da rodovia. Seria possível mandar mensagens ao Recife em poucos minutos. As tropas poderiam ser enviadas para os lugares certos em vez de ficarem à mercê de meras informações verbais. Esses novos postos seriam conectados a centros de comunicação maiores e já existentes, como os de Caruaru, Rio Branco e Garanhuns. Quando as novas linhas fossem instaladas, o governo Vargas enviaria agentes recém-treinados; depois da crise, havia vários jovens precisando de trabalho. Em princípios de maio, pilhas de postes de madeira, rolos de fios e caixas de conectores telegráficos de porcelana e vidro saíram do Recife rumo ao interior. Esses equipamentos foram transportados por trem e, depois, transferidos para carros de boi até chegarem a cidades estratégicas espalhadas pelo sertão.

A Costureira interceptou vários desses carregamentos. Estações ferroviárias foram queimadas. Tropas federais foram atacadas. O Carcará mandou mais um bilhete para a capital:

O sertão precisa de açudes e de poços. Não de máquinas. Se eu vir mais um desses telégrafos, vou fazer um dos seus macacos engoli-lo inteirinho.

Emília não concordava com a luta dos cangaceiros contra Vargas e a rodovia, mas acreditava compreender as suas razões. Lembrava bem o dia em que o seu antigo patrão, o coronel Pereira, levou o carro novo a Taquaritinga. Algumas pessoas, como ela própria, ficaram entusiasmadas com o automóvel. A maioria, porém, como tia Sofia e Luzia, ficou olhando desconfiada para aquela novidade. Mais tarde, a sua tia declarou que o diabo vivia debaixo do capô do carro. As novidades eram perigosas. A mudança era assustadora e os habitantes da caatinga não gostavam de se assustar. Em vez de admitir o medo, ficavam com raiva. Era decerto isso que estava acontecendo com a Costureira.

Vários coiteiros estavam sendo detidos e interrogados. Durante a seca, a maioria dos coronéis e fazendeiros havia fugido para cidades como Campina Grande, Recife e Salvador. Todos os proprietários rurais estavam sendo incentivados a demonstrar sua lealdade a Vargas e ao governo provisório. Para evitar o espetáculo da detenção, muitos coiteiros apareciam na casa dos Coelhos para conversar com o Dr. Duarte. Quase todos esses homens usavam botas de cano alto e ternos simples, feitos de linho grosseiro. O sogro de Emília os recebia um a um no escritório.

Ela própria não podia entrar ali durante essas conversas. Tampouco podia ficar escutando do pátio porque o Dr. Duarte fechava escrupulosamente todas as portas do aposento. O interrogatório de certos coiteiros era divulgado, mas as declarações dos que vinham à casa dos Coelhos eram rigorosamente mantidas ao largo da imprensa; todos sabiam que o Carcará e a Costureira liam o *Diário*. Quando a seca terminasse, os coronéis e fazendeiros que tinham se encontrado com o Dr. Duarte voltariam para o interior. Emília sabia que, na sua condição de coiteiros, procurariam enganar os cangaceiros para manter a sua amizade. E, então, tentariam armar-lhes uma cilada.

Desde que adotara Expedito, Emília o levava a todos os acontecimentos sociais possíveis. Usava sempre as roupas mais ousadas: paletós justos; um vestido com um decote insinuante; calças compridas. Queria que a sua foto saísse na coluna social. Sempre aparecia segurando o menino pela mão ou com ele no colo. Nunca posava para os fotógrafos sem ele. Algumas semanas antes de as suas remessas beneficentes serem expedidas, fazia questão de mencioná-las para os jornalistas. Tratava de garantir que a imprensa divulgasse o nome do trem e o seu destino nas notinhas que publicavam a esse respeito. Quando tais notícias saíam na coluna social, os trens não eram atacados. Emília tinha a sensação de que a Costureira lhe dava ouvidos.

Depois que os coiteiros começaram a vir procurar o Dr. Duarte, Emília apareceu em diversos acontecimentos sociais. Ali, encontrava repórteres e se postava sempre ao lado deles. Mantinha-se calada quando se tratava de assuntos nacionais, mas dava opinião sobre os internacionais, tais como o boicote ao comércio judeu na Alemanha.

– Odiaria morar lá! – disse ela, ciente de que, falando em alto e bom som, e usando termos ousados, os jornalistas publicariam o que dizia. – Imaginem um lugar onde não se pode distinguir os amigos dos inimigos! Onde aqueles que antigamente nos apoiavam já não podem mais fazê-lo.

Tinha esperanças de que a Costureira desse atenção aos seus avisos. Emília tinha se tornado uma mulher da cidade, mas ainda guardava aquele orgulho teimoso da caatinga, o que a fazia detestar qualquer traição. Usar os coiteiros para capturar os cangaceiros era um jeito desonesto de lutar. À noite, na cama, não conseguia dormir, imaginando se os seus avisos não poderiam criar problemas em vez de ajudar. Será que aqueles coiteiros vira-casacas não estavam salvando vidas inocentes? Afinal, a Costureira andava matando engenheiros e operários. Mas ela também lhes dava o direito de escolha: abandonar aquele trabalho ou lutar. Se optassem por lutar, a loucura era sua, e não da Costureira. Emília tratava de esquecer todas essas dúvidas e continuava aparecendo nos jornais.

As suas frases eram citadas regularmente, pois a opinião das mulheres em termos de política tinha se tornado assunto atraente. Toda manhã, o Dr. Duarte ria ao ler a coluna "O que se passa na cabeça de uma eleitora" publicada pelo *Diário*. Emília detestava as histórias que faziam circular. "Dá para imaginar mulheres debatendo para escolher um candidato?", escreveu um jornalista. "*Qual deles é mais bonito? Quem tem o bigode mais elegante?* Na hora da eleição, eu preferiria mil vezes estar trancafiado no Hospital da Tamarineira, para doentes mentais, que numa cabine eleitoral!"

Emília estava empolgada com a ideia de votar até ler a lista dos candidatos: todos eram do partido verde. As eleições estavam marcadas para o dia 15 de maio e, embora o presidente Vargas houvesse prometido convocar uma eleição presidencial, os brasileiros só poderiam escolher os seus representantes na Assembleia Nacional Constituinte. Esses representantes eleitos é que escolheriam o próximo presidente: para esse cargo não haveria voto direto. Já que o partido verde dominava as cédulas, os parlamentares certamente designariam o próprio Vargas. Não havia nenhum outro candidato.

Antes da eleição, houve desfiles e comícios dos verdes. Filas de estudantes uniformizadas, com laços de fita verdes nas tranças bem presas, caminhavam em formação organizada, carregando faixas com os dizeres: "Eleitoras de amanhã!" As lojas de departamentos da cidade anunciavam promoções para as eleitoras inscritas. A Justiça Eleitoral assumiu prédios abandonados e os transformou em zonas de votação, munidas de áreas cercadas por cortinas para que os eleitores preenchessem a cédula secretamente.

No dia 15, Emília vestiu uma saia justa e uma blusa impecavelmente passada. Na cabeça, levava o fez que Lindalva tinha trazido da Europa. Dona Dulce balançou a cabeça ao ver aquele chapeuzinho marrom, em casa de abelha. O Dr. Duarte havia recomendado que a família toda estivesse elegantíssima naquele dia, pois haveria fotógrafos na principal zona eleitoral, perto do teatro Santa Isabel. Apesar de a legislação exigir que os eleitores fossem alfabetizados, o presidente Vargas insistia na ideia de uma votação popular; portanto, os Coelhos não usaram o Chrysler Imperial para ir votar. Como todas as outras famílias ligadas ao partido, foram incentivados a ir até lá a pé. O Dr. Duarte mandou que Degas estacionasse o carro na porta do ateliê de Emília. Dali, os quatro iriam de braços dados até a zona eleitoral.

Quando desceram do automóvel, Degas e o Dr. Duarte se detiveram por um momento perto da confecção. Dona Dulce cruzou os braços e ficou batendo o pé no chão. Emília também estava louca para votar logo e ir para casa; não gostava de deixar Expedito e a ama de leite sozinhos com as criadas dos Coelhos.

O ateliê estava fechado, pois elas haviam dado folga às costureiras. O Dr. Duarte ficou andando diante do prédio. Degas o seguia de perto, apontando para a loja e falando baixinho. Emília não conseguia ouvir o que o marido dizia. Afastou-se do carro para tentar ouvi-lo melhor. Antes que tivesse conseguido avançar um metro, a sua sogra a segurou pelo braço.

– Deixe os dois – disse ela. – Você já ocupa demais a atenção do pai dele.

Enquanto Degas falava, o Dr. Duarte se voltou para ele. Arregalou os olhos, como se o filho o estivesse surpreendendo. Depois, lhe deu uns tapinhas nas costas.

– Brilhante! – declarou.

Degas enrubesceu. O Dr. Duarte o segurou pelos ombros.

– Está vendo? – disse o pai, em tom alto e empolgado. – Você andou exercitando a disciplina nos últimos anos, Degas, e veja só o resultado: isso fortaleceu a sua mente!

Aproximou-se então da mulher e da nora.

– Vamos! – exclamou ele, acenando para o filho. – Depois discutimos os detalhes. Não podemos nos atrasar para a eleição.

O Dr. Duarte pegou a mão da mulher. Degas deu o braço a Emília.

– O que aconteceu? – perguntou ela.

Degas não a encarou. Saiu andando depressa, tentando chegar mais perto dos pais. A rua estava movimentada. Ambulantes solícitos dirigiam-se à multidão bem-vestida para vender abanos e bandeirolas verdes. Barraquinhas vendiam caldo de cana para dar aos eleitores "energia na hora de votar!". A distância, tambores soavam furiosamente, seguidos pelos trompetes em seu ritmo acelerado, tocando o hino nacional.

– Eu lhe dei uma ideia – disse Degas afinal.

Emília tropeçou numa pedra do calçamento. Um dos seus sapatos – de salto alto e deixando os dedos ligeiramente à mostra, coisa que dona Dulce declarou ser anti-higiênica – lhe escapou do pé. Ela torceu o tornozelo e sentiu uma dor aguda. Cambaleou, mas Degas a segurou. Passou o braço pela sua cintura e Emília se apoiou nele, bem colada ao seu peito. Um passante assobiou, como se acabasse de ver um abraço ilícito. Mais que depressa, Degas afrouxou o braço, fazendo com que a moça tivesse de pisar firme com o pé machucado. Ela se encolheu. Mais adiante, o Dr. Duarte e dona Dulce desapareceram na multidão.

– Papai vai enfaixá-lo – disse Degas, olhando para o tornozelo da mulher. – Depois que tivermos votado.

– Vá você – replicou Emília. – O meu voto não conta mesmo. É puro exibicionismo.

– Agora não quer votar! – exclamou ele, rindo. – Essa criança fez de você uma mulher diferente.

– Não tem nada a ver com ele.

– As suas prioridades mudaram – prosseguiu Degas, ainda com o braço na sua cintura. – Eu entendo.

Emília o fitou. Ele tinha o rosto afogueado.

– Que ideia você teve lá perto do ateliê? – perguntou ela.

– Preferi falar primeiro com papai – respondeu ele, suspirando. – Sabia que você compreenderia.

A moça respirou fundo. O seu tornozelo estava latejando.

– Estão procurando um jeito de fazer remessas para o interior – prosseguiu ele –, sem que os comboios sejam atacados e assaltados.

– Remessas de quê? – indagou ela.

– De armas. De munição. Coisas que não poderiam cair nas mãos dos cangaceiros.

– E daí?

– A Costureira não ataca as suas remessas de caridade – respondeu Degas. – Você aparece nos jornais, anuncia o destino do carregamento e essas coisas sempre chegam em segurança.

– São trens que levam doações para os retirantes – disse Emília. – Os cangaceiros sabem disso. E respeitam a caridade.

– Exatamente. Foi o que eu disse a papai.

– Por quê?

– Porque podemos tirar partido disso – respondeu ele. – Vamos esconder munição no meio das suas doações de roupas. Ela chegará aos acampamentos e será distribuída aos soldados. Se eles tiverem armas novas, os cangaceiros não vão sobreviver.

Emília soltou a mão que segurava o braço do marido. Conseguiu ficar de pé sozinha, mas sentiu uma dor fortíssima lhe subir pela perna. O tornozelo estava inchado, sobrando pela lateral do sapato.

– Não vamos mais mandar nada – retrucou ela. – Lindalva e eu decidimos que já mandamos o suficiente.

– Se essa ideia der certo, Emília, o mérito será todo meu, entende? As pessoas vão acreditar que sou um homem capaz. Vão esquecer... todo o resto.

– Você está querendo me usar. Como sempre.

– Não. Estou querendo a sua ajuda.

– E se eu não ajudar?

A multidão de eleitores os empurrava, impaciente por eles estarem ali parados. Degas passou o braço pela cintura da mulher, puxando-a bruscamente. Mancando, ela saiu da frente daquela gente toda.

– Com você, nada é fácil – disse ele, entre dentes, soltando-a. Fechou os olhos e apertou o rosto com as mãos. – Você... todo mundo... faz de mim alguém que não quero ser. Gosto daquele menino. Sofreria muito se tivesse que dizer a papai quem ele é. Não quero fazer isso.

– Pois então não faça – retrucou a moça.

– Não sou eu o vilão, Emília – disse Degas. – Ela é que é. É uma criminosa. Já matou muita gente. Não se esqueça disso.

– Nunca esqueço – replicou Emília. – Mas Expedito não deve pagar por isso.

– Vai ser melhor para ele quando ela for apanhada – prosseguiu Degas. – Quando esse menino crescer, quem vai protegê-lo se o seu crânio for malformado? Quanto mais papai me respeitar, mais chances Expedito terá. Acha que os meus pais vão querer mandar um bebê flagelado para uma escola decente? Você sabe muito bem que não. Sabe que contam que o menino venha a ser jardineiro ou faça qualquer outro tipo de trabalho lá em casa. Se esse plano der certo, papai vai me dar sociedade nos negócios. Poderemos comprar a nossa própria casa. Vou poder ter privacidade. E você vai poder lhe dar tudo o que for necessário. Podemos até lhe deixar uma herança.

Ao longe, a banda parou de tocar. Emília ouviu gritos; estava aberta a votação. E ela sentia exatamente a mesma coisa que experimentou anos antes, tantos carnavais atrás, quando Degas pôs o lenço encharcado de éter no seu rosto: estava estonteada, confusa, sem saber ao certo se tinha ouvido aquelas palavras. Só sabia que tinha de escolher: condenar a irmã ou condenar Expedito.

– O crânio dele é normal – disse ela. – Você não pode provar nada.

– Eu, não – retrucou Degas. – Mas o Dr. Eronildes pode. Ele não foi detido porque está prestando serviços naquele campo. Assim que a seca terminar, papai vai pressioná-lo, obrigando-o a falar. Sabe como meu pai pode ser persuasivo. Se o Dr. Eronildes for frágil, vai sucumbir e teremos de defender o menino e a nós mesmos. Quanto mais perseguirmos a Costureira agora, menos problemas teremos mais tarde.

Degas voltou os olhos para a rua.

– Nada disso estaria acontecendo se você tivesse deixado o menino por lá. Não tinha qualquer obrigação com ele. Com essa atitude, só está atraindo problemas.

– E você? O que está atraindo? – perguntou Emília. – Sei por que atravessa a ponte diariamente.

Degas a fitou, de olhos arregalados. Deixou-se cair de encontro à vitrine da loja.

– Lamento, Emília, mas agora não tem mais escolha. Papai ficou empolgado. Você vai enviar outra remessa, querendo ou não. Somos todos forçados a fazer coisas de que não gostamos.

Saíram andando bem devagar em direção à seção eleitoral. O tornozelo de Emília latejava, o sangue pulsando por baixo da pele. Sempre que ela cambaleava, Degas tentava ampará-la, mas a moça recusava a sua ajuda, empurrando as mãos do marido. O local estava repleto de autoridades do governo, jornalistas e a grande maioria das eleitoras do Recife.

– Primeiro as damas! – declarou o tenente Higino.

Os presentes riram e gritaram, animados. Mancando, Emília se dirigiu à cabine. No centro da sala ficava a urna de aço onde eram depositadas as cédulas já preenchidas. Nas cabines, havia uma pilha de cédulas e um potinho com lápis. Com o dedo, a moça escolheu um que estivesse com a ponta perfeita. Quando desenhava os moldes, gostava que os lápis estivessem sempre assim, pois conseguia linhas bonitas e regulares. Se errasse, poderia apagar. Mas as cédulas não deveriam ser preenchidas a lápis, pensou ela; o governo deveria ter providenciado selos ou canetas-tinteiro. Só que numa eleição como aquela, sem disputa efetiva, não haveria nada que valesse a pena apagar nas cédulas. Emília fechou as cortinas da cabine. Não seguiu o exemplo de Lindalva: registrou-se para votar, apesar dos candidatos tão limitados. Agora, estava arrependida. Adoraria ter ficado na casa da baronesa em sinal de protesto. Ficou olhando para a cédula com os candidatos, todos homens de Vargas. Assinalou alguns nomes aleatoriamente, sabendo que, naquela situação, a escolha não tinha a menor importância.

3

Em julho de 1933, a recém-eleita Assembleia Nacional Constituinte nomeou Getúlio Vargas para cumprir mais um mandato como presidente da República. Quatro semanas mais tarde, as tropas do Nordeste começaram a reclamar da seca interminável e da perseguição ao Carcará e à Costureira.

"Os cangaceiros têm comida e mulheres", disse um soldado ao repórter do *Diário*. "Essas moças, as cangaceiras, são tão jovens! Parecem até umas ovelhinhas! Quando encontramos um acampamento abandonado, juro que chego a sentir o cheiro delas por lá. Nós, soldados, só temos estômagos vazios, roupas rasgadas e salários atrasados. Somos como animais abandonados à própria sorte."

Em resposta aos relatos sobre o predomínio dos cangaceiros, o Dr. Duarte insistiu em afirmar que o governo não podia abandonar o sertão; isso só serviria para ajudar esses bandidos a conquistar o coração do povo da região. As obras da rodovia, os postos de telégrafo, novas escolas e as iniciativas de caridade por parte dos cidadãos – como as remessas de roupa de Emília – mostravam aos sertanejos que a capital não os tinha esquecido durante a seca.

Emília e as costureiras do ateliê continuavam a fazer roupas para as vítimas da seca. Uma vez por mês, a equipe de uma firma de mudanças transportava os fardos para um entreposto do governo. Emília insistiu em acompanhar Degas e o Dr. Duarte até esse local secreto. Ali, viu trabalhadores refazerem os pacotes.

Revólveres e munição eram enfiados no meio de túnicas, calças, saias e macacõezinhos de bebê. Havia Winchesters novas, todo um carregamento de pistolas Mauser alemãs e várias Brownings, tudo isso visando a substituir os velhos rifles de cano longo que os soldados possuíam.

Por ostentar o nome de Emília, a carga despachada não era alvo de ataques. Uma semana antes da partida da primeira remessa, num trem da Great Western, Emília saiu na coluna social anunciando o fato. A moça parou de procurar os repórteres nos eventos sociais, mas Degas os trazia até ela. Com a mais desanimada das vozes, Emília falava do seu trabalho beneficente. Não sorria nas fotos e deixou de levar Expedito nessas ocasiões, na esperança de que a ausência do menino fizesse a Costureira desconfiar de algo.

Expedito aprendeu a andar com passos firmes, batendo com os pezinhos no chão. Tentava pegar os jabutis, agarrando as bordas do casco e segurando os animais nos braços. Gostava de entrar furtivamente na cozinha e se esconder na despensa. No início, as criadas gritavam assustadas ao vê-lo ali dentro, no escuro, com os olhos arregalados e brilhando. Aos poucos, porém, acostumaram-se à sua presença. E começaram a gostar disso. Quando dona Dulce não estava olhando, elas lhe davam pedaços de bolo ou colheradas de geleia. "O menino da Sra. Emília." Era assim que as criadas o chamavam no começo. Mas, pouco depois, o Dr. Duarte lhe deu um apelido que pegou.

– De onde ele tirou esse jeito tão sério? – indagou o sogro de Emília, rindo. – Parece até um coronel. Logo, logo vamos vê-lo botando um cachimbo na boca e criticando o governo.

Depois disso, todos passaram a chamá-lo de Coronel. Todos, exceto dona Dulce, que tinha lá os seus nomes para o garoto. Ela o chamava "pequeno bárbaro" ou "terror". O menino deixava a marca dos dedos nas mesas envernizadas e no vidro das cristaleiras. Às escondidas, arrancava o estofamento das almofadas e escondia tudo no quintal.

Era uma criança calada, mas não tímida. Quando alguma visita falava com ele ou apertava as suas bochechas, Expedito ficava olhando muito sério e ia para junto de Emília. "Que gracinha", diziam quase sempre as visitas, meio sem jeito, "ele é encabulado". Mas não era timidez. Ele nunca se escondeu atrás de Emília. Nunca procurou proteção nas suas saias. Ficava ao seu lado, apertando bem os seus dedos com a mãozinha miúda.

O Dr. Duarte admirava a coragem daquela criança, o seu jeitão calado, mas decidido. Toda semana, levava Coronel para a Feira de Pássaros de Madalena e ria quando ele enfiava o dedo nas gaiolas ou dava pedacinhos de banana no bico de um papagaio. Emília ficava sempre preocupada. Tinha medo de que os pássaros da feira pudessem bicar a mão do menino, ou que os jabutis machucassem os seus dedos.

Os seus olhos eram castanho-escuros com uns veios verdes; a mandíbula, quadrada e firme. Era raro vê-lo sorrir. Mesmo quando o Dr. Duarte lhe dava um bicho de pelúcia ou um aviãozinho de brinquedo, Expedito ficava sério. Era só quando Emília gritava ao encostar a mão nos jabutis que ele jogava no seu colo ou quando ela lhe fazia cócegas antes de botá-lo para dormir que ele sorria. Esses sorrisos, doces e raros, eram verdadeiros presentes. Como segredos que os dois partilhassem.

O primeiro carregamento de armas não surtiu efeito. Depois do segundo, porém, os Coelhos receberam um telefonema tarde da noite. Emília ouviu a campainha ao longe, mas só acordou quando seu sogro começou a bater à porta do quarto de Degas.

– Acorde! – disse ele.

Expedito se remexeu no berço. Emília logo se levantou e abriu a porta do quarto. O velho estava andando de um lado para o outro no corredor, com o cabelo despenteado, a camisa para fora das calças. Quando Degas finalmente apareceu, o Dr. Duarte se precipitou na sua direção.

– Vista-se – exclamou ele, ofegante. – Leve-me ao Instituto de Criminologia.

– Por quê? – indagou Degas.

O Dr. Duarte sacudiu os braços.

– Não confio na minha vista à noite e estou ansioso demais para dar atenção à sinalização.

– Mas por que toda essa urgência? – insistiu Degas.

– Um espécime, ora! – respondeu seu pai. – Houve um confronto, um ataque às obras da rodovia. As tropas levaram a melhor e trouxeram uma delas para mim.

– Uma o quê?

– Uma cangaceira! – gritou o Dr. Duarte.

Emília se segurou na maçaneta. Os seus joelhos bambearam e ela se sentiu como as marionetes de Expedito, aqueles bonecos cujas pernas se dobravam com o apertar de um botão. Às suas costas, ouviu o menino se revirando no berço. Do corredor, ouviu o chiar distante de uma chaleira.

– A sua mãe está fazendo café – disse o Dr. Duarte. – Vamos! Depressa!

Degas passou os olhos pelo corredor mergulhado na penumbra. Avistou Emília.

– Um espécime vivo? – perguntou ele, dirigindo-se ao pai.

O Dr. Duarte balançou a cabeça.

– Implorei aos capitães dessas tropas que me conseguissem um vivo, mas é inútil. Acha que deram atenção aos meus telegramas? Estão todos meio enlouquecidos de fome e desejo. Mandaram um crânio. Pelo menos tiveram o bom senso de preservá-lo numa lata de querosene, caso contrário ele ficaria irreconhecível.

– E quem é? – perguntou Degas, olhando mais uma vez para Emília.

– Não sei! – exclamou o Dr. Duarte. – É por isso que estou com tanta pressa.

Acompanhou o olhar do filho e, virando-se, deu com Emília. Sorriu ao vê-la.

– Desculpe por tê-la acordado – disse. – São assuntos de negócios.

A moça estava apertando a maçaneta com tanta força que a sua mão chegou a ficar dormente. Sabia que devia retribuir o sorriso do sogro, aceitar as suas desculpas e dizer que ele não a tinha acordado, mas o seu rosto estava rígido, a boca não conseguia se abrir. Só as suas mãos pareciam funcionar. Foram elas que bateram a porta do quarto.

Ouviu o rangido do portão e o barulho do motor do Chrysler. Sentia um bolo lhe apertando o estômago. Queria um copo de água ou um chá de camomila, mas não tinha condições de enfrentar dona Dulce na cozinha. Ficou no quarto, olhando para Expedito ali no berço. Por uns instantes, o menino também a fitou, mas logo voltou a dormir.

Horas depois, ouviu o carro voltar. Saiu do quarto e ficou esperando no corredor escuro. Degas subiu a escada pé ante pé. Quando viu Emília de camisola branca, deu um pulo.

– Ai! – exclamou ele. – Que susto!

A moça sentia a boca seca. Se falasse, só teria uma pergunta a fazer, e estava com medo da resposta do marido. Mas também estava com medo da reação que as suas mãos poderiam ter. Degas balançou a cabeça.

– Não era ela – disse ele.

Emília fechou os olhos.

– Como sabe?

– Os soldados mandaram um bilhete. E a cabeça era pequena demais. Nenhum dos traços correspondia à imagem daquela foto.

– Então, quem era?

– Não sei. Uma garota. Uma das mulheres dos cangaceiros.

Emília escondeu o rosto com as mãos. Sentia-se aliviada, mas também estava transtornada. Ficou pensando na Menina Sereia, eternamente confinada àquele pote de vidro. As armas que haviam matado a jovem cangaceira eram as mesmas que ela tinha deixado que mandassem junto com as suas doações de roupas. Com alguma hesitação, Degas lhe deu uns tapinhas no braço.

– Eles mesmos é que criaram essa situação, Emília. A culpa não é minha. Nem sua.

A moça voltou para o quarto. Tirou Expedito do berço e o levou para a sua cama. Examinou os seus punhos miúdos e cerrados, as suas pestanas compridas, os seus pezinhos macios.

Haveria novos carregamentos de armas escondidos no meio das suas doações, e, depois, mais espécimes chegariam ao litoral. Ela teria de ficar ali várias outras vezes, naquele corredor escuro, esperando que Degas viesse lhe dizer se o Dr. Duarte tinha conseguido o exemplar que tanto desejava. Sentiu uma pontada entre os olhos. E um nó na garganta. Odiava a Costureira! Por que aquela mulher não dava atenção aos seus avisos, desistia de tudo e desaparecia na caatinga? Mas, não, pelo contrário: continuava lutando, sendo objeto de mais manchetes e tornando o segredo da irmã cada vez mais perigoso. Se não tomasse cuidado, ou se Degas decidisse abrir a boca, o próprio Expedito se tornaria um espécime. Mas, se a Costureira fosse capturada, então a obra da estrada seria concluída, as histórias começariam a rarear e os cangaceiros acabariam esquecidos. Seria melhor para todos que a Costureira morresse.

Emília tapou os olhos. Tentou respirar pela boca, abafar os ruídos do nariz entupido. Por mais que tivesse se esforçado para não fazer barulho, Expedito acordou. Ficou olhando para ela com aquela expressão que as crianças fazem quando veem um adulto chorar – um misto de confusão, preocupação e censura. Naquele momento, Emília viu Luzia fitando-a lá da sua máquina de costura, repreendendo-a por ficar passando bilhetinhos para o professor Célio. Pôs a mão no rosto do menino.

A Costureira era uma criminosa, mas, em algum lugar lá dentro daquela mulher, estava Luzia. E Luzia lhe tinha mandado aquele menino, o maior presente que já recebera na vida. A sua irmã havia lhe confiado não apenas a vida do filho, mas também as suas recordações. Era ela que daria forma à ideia que ele teria da mãe de verdade. E a Luzia de que Emília se lembrava não era uma cangaceira, mas uma moça alta, de cabelo comprido e orgulhosa. Que dançava sozinha no quarto, toda desajeitada. Que dava de comer às galinhas-d'angola no quintal da casa de tia Sofia. Que rezava no quartinho dos santos.

Não tinha como impedir outras daquelas remessas contendo armas, mas podia continuar mandando os seus avisos sutis. Quem sabe até enviar mensagens mais claras, quando houvesse uma oportunidade? Se não tentasse alertar a irmã, estaria ajudando o Dr. Duarte a obter o seu espécime. E, quando chegasse a hora de contar a Expedito como a sua mãe tinha morrido, como poderia olhá-lo nos olhos? Como poderia lhe explicar que havia ajudado a condenar Luzia?

Capítulo 12

Luzia

Em plena caatinga, Pernambuco
Novembro de 1933-agosto de 1934

1

Um pescoço é como os galhos das árvores da caatinga: fino, mas rijo. Há ali tendões, músculos, vértebras e outras estruturas fibrosas que dificultam o corte. De pessoa para pessoa também há diferenças. Alguns pescoços são mais grossos que outros. Luzia percebeu que andava avaliando os homens por aquela parte do corpo: qual seria mais difícil de cortar, qual seria mais fácil. Essas ideias surgiram com tanta naturalidade que, a princípio, a assustaram, e ela precisou se concentrar no fato de que, se os soldados de Vargas a capturassem, cortariam a sua cabeça. Na verdade, fariam coisa pior: primeiro, a desgraçariam. E seriam recompensados pelos seus esforços; Vargas oferecia uma quantia considerável pelo crânio da Costureira. O tenente Higino também procurava incentivar os seus homens: quem capturasse um cangaceiro podia se apossar do que quer que encontrasse com o cadáver. Luzia viu uma carta de agradecimento publicada no *Diário*. Era de um soldado que matara um dos seus homens recentemente.

"Ganhei vários cordões e anéis de ouro para minha esposa e minhas filhas", escreveu o soldado. "Graças a Deus e a Vargas! No bornal daquele ladrão, consegui dinheiro suficiente para fazer uns consertos na casa da minha mãe!"

Pensando nisso, Luzia adotou uma nova lei no seu bando: qualquer soldado que fosse capturado, mesmo morto, teria a cabeça cortada e os seus pertences saqueados.

– Vargas não pode ficar ditando as regras – dizia ela aos seus homens depois de cada ataque. – Somos nosso próprio patrão.

À noite, quando não conseguia dormir, se lembrava das bolandeiras de algodão. Antes da seca, esses moinhos funcionavam a um ritmo vertiginoso, operados por duas mulas bem fortes. Os animais ficavam presos à roda do moinho e iam andando em círculos amplos, fazendo a roda girar e girar. No fim do dia, as mulas não conseguiam parar de andar em círculos. Ficavam atordoadas com o giro da roda, com o movimento circular do moinho, e davam coices quando os homens tentavam tirá-las dali. Tornavam-se, assim, o seu próprio patrão. Enredadas na própria necessidade de seguir andando, trabalhavam até caírem mortas.

Luzia compreendia esses animais. Os ataques às obras da rodovia geravam artigos de jornal, que aumentavam o prêmio pela cabeça dos cangaceiros, o que fazia com que mais macacos fossem enviados à caatinga, o que deixava os cangaceiros indignados e levava a mais ataques... A Costureira e seu bando estavam enredados num grande círculo que eles mesmos haviam criado, e seguiriam em frente até a morte.

Sempre que um soldado de Vargas cortava a cabeça de um cangaceiro, todos supunham se tratar do Carcará ou da Costureira. Até que os crânios chegavam ao Recife, mergulhados em latões de querosene, e os cientistas declaravam que os espécimes pertenciam a outros cangaceiros desconhecidos. Ou até Luzia mandar um telegrama para a capital, depois de um ataque frustrado a um canteiro de obras ou a um campo de retirantes, provando que estavam vivos. Os telegramas eram assinados "Capitão Antônio Teixeira e Esposa". Quando as autoridades tentavam confirmar quem havia enviado tais mensagens, não conseguiam nada. O posto telegráfico tinha sido queimado, com os telegrafistas dentro.

Nesses postos, bem como nos canteiros de obras e nos trens que o bando saqueava, Luzia sempre encontrava jornais. A manchete mais recente do *Diário* afirmava:

Capturado!
O Carcará foi enfim capturado!

Na segunda página, havia uma foto com um aviso, recomendando que as senhoras evitassem olhá-la. Via-se ali um caixote de munição e, ao seu redor, uma pilha de chapéus com a aba em meia-lua e de bornais bordados. Em cima do caixote, cuidadosamente enfileiradas, havia cabeças. Todas elas com o cabelo desalinhado e comprido. Os rostos pareciam mais gordos, com a mandíbula flácida e desabada sem o pescoço para sustentá-la. As bocas estavam abertas e os olhos, fechados, como se dormissem profundamente. Só os olhos de Orelhinha estavam entreabertos, como se tivesse piscado na hora em que bateram a foto. Segundo o jornal, os crânios haviam sido levados para o Instituto de Criminologia do Recife, onde seriam medidos e estudados. Orelhinha tinha andado fingindo ser o Carcará e acabara pagando caro por essa farsa. Luzia recortou o tal retrato e o guardou no bornal para usá-lo mais tarde. Teria de provar aos tais cientistas de Vargas que estavam errados: o Carcará não tinha morrido, nem a Costureira.

No canteiro de obras próximo a Rio Branco, os operários eram divididos por equipes: uma delas encarregada de arrancar árvores e cactos; outra, de retirar os troncos; e uma terceira, de aplainar a terra. Os bois puxavam as carroças por esse chão aplainado, esmagando as pedras com os cascos e deixando o solo ainda mais plano. Sempre que via a terra assim nua, Luzia sentia um aperto no estômago. Era como se aquelas árvores derrubadas, aquelas pedras, aqueles agaves arrancados tivessem se instalado dentro dela, curvando-a com o peso da sua morte. Compreendia o amor de Antônio pela caatinga: os pássaros, a areia, as pedras, os cactos e as fontes secretas não procuravam a Costureira para lhe pedir conselhos ou comando. A caatinga não lhe pedia nada. E, com a sua rodovia, Vargas queria lhe tirar isso, o seu único consolo.

Ali perto, havia várias barracas para os operários. Parecia até a disposição dos campos de retirantes, só que sem as mulheres e as crianças. Protegendo o local, viam-se inúmeros cães lustrosos amarrados às árvores, farejando tudo ao seu redor. Luzia e seu bando se agacharam contra o vento, para que os animais não pudessem sentir o seu cheiro. Ela vigiava o canteiro de obras com o velho binóculo de Antônio. Ao seu lado, Ponta Fina espiava com a luneta alemã que pegara de um engenheiro meses antes. Às suas costas, os outros cangaceiros esperavam.

Do local das obras, erguiam-se nuvens de poeira. Os operários estavam cobertos daquela terra que deixava a sua pele cinzenta e fosca, parecendo pedra. Ao entardecer, um capataz apitou encerrando os trabalhos. Os bois foram libertados dos arreios e beberam água em tigelas rasas. Os homens foram voltando bem devagar para as suas barracas. Em vez de usar pás ou enxadas, todos tinham armas. Os novos macacos de Vargas não eram rapazes da cidade inteiramente desorientados e nada familiarizados com o calor e a vegetação da caatinga. Os soldados de agora eram ex-moradores da região, que sabiam lutar e se esconder ali. Em vez dos uniformes verdes, tão visíveis naquele mato ressecado, os ex-flagelados se vestiam como operários.

Luzia e os seus cangaceiros também usavam uniformes humildes, mas não por opção. Nessa época de seca, acabaram trocando a máquina de costura por comida. Não tinham energia para carregar coisas tão pesadas, nem tempo para ficar bordando. As suas roupas estavam manchadas e esfarrapadas. As aplicações e os belos pontos tinham desbotado. As suas joias estavam amassadas e sem brilho. As medalhas de ouro dos santos eram sagradas e, portanto, não podiam ser trocadas ou vendidas. Os anéis, relógios e outras joias que haviam roubado ao longo dos anos eram considerados inúteis em tempos de seca – os habitantes da região só queriam coisas úteis, como facas, chapéus, sapatos e máquinas de costura. Só os soldados de Vargas cobiçavam as joias dos cangaceiros.

A moça dizia ao seu grupo que aquela aparência deplorável não tinha a menor importância. Não eram as roupas elegantes e as sandálias engraxadas que faziam o cangaço. Muitas vezes, ouvia a voz de Antônio, aquela voz branda e confiante, soando nos seus ouvidos, e repetia tudo o que ele lhe dizia. O cangaço era uma questão de liberdade. De dignidade. A estrada era como uma cerca, como um curral gigantesco que a cidade e Vargas usariam para aprisioná-los. Eles eram cangaceiros, não gado.

Era esse tipo de coisa que dizia ao bando antes de um ataque, embora soubesse que tais discursos não eram necessários; aqueles homens e mulheres atacariam sem maiores incentivos ou motivação. Queriam briga, e ela também.

Olhando aqueles operários e soldados mal disfarçados, Luzia sentia os dedos comicharem. Os seus ouvidos zumbiam. O seu pulso disparara.

Antes dos primeiros ataques de que participou, procurava excitar o próprio ânimo pensando na morte de Antônio e na ausência do filho. Pensava em Vargas. Pensava naquela gente da cidade, que se dizia civilizada e correta e, mesmo assim, ficava esperando ansiosa as matérias sangrentas do *Diário*. Cangaceiros que cortavam a cabeça de soldados eram chamados de monstros, mas soldados que decepavam a cabeça de cangaceiros eram chamados de patriotas e cientistas. Agora, antes de um ataque, Luzia não precisava estimular a própria raiva. Ela já existia. Não gostava de Vargas, da rodovia, dos soldados, da cidade, da seca, de nada que não fosse os seus cangaceiros e aquela região; e esse sentimento tinha crescido tão depressa e tão sorrateiramente quanto o cajueiro da caatinga. A copa e o tronco dessa árvore eram pequenos, o que enganava a todos, pois as suas raízes eram grossas e profundas, desenvolvendo-se mais no subsolo que na superfície. Antes que pudesse controlá-la, a sua raiva tinha se arraigado tão profundamente quanto essas raízes. Tinha virado ódio. Dava para sentir o seu gosto na boca, como o sal, a tal ponto que a sua língua chegava a comichar. Luzia deixou de lado o binóculo.

– Está na hora – sussurrou, dirigindo-se a Neném e a Maria Magra.

Aquelas eram as suas melhores cangaceiras. Tinham posto uns vestidinhos simples e tirado os coldres. Escondida por baixo da roupa, levavam a peixeira com a lâmina bem protegida debaixo do braço. As duas se ajoelharam para receber a bênção de Luzia. Com os dedos, a capitã fez o sinal da cruz na testa de ambas.

– Eu fecho o meu corpo – disse ela.

Depois disso, as mulheres se levantaram e entraram no mato. Foram andando a favor do vento, em direção ao canteiro de obras. Os cães de guarda começaram a latir. Enquanto o cheiro das duas distraía os cachorros, o bando foi cercando o local.

Com a chegada das duas mulheres, os guardas gritaram. Neném e Maria Magra levantaram as mãos.

– Estamos querendo trabalho! – disse Neném, também aos gritos.

Dois soldados vieram se aproximando, andando com cuidado, como se tivessem os pés queimados. Era por isso que Luzia sempre atacava ao anoitecer: operários e soldados estavam cansados depois de um dia de trabalho sob o sol da caatinga. O cansaço deixa os reflexos dos homens mais lerdos, embota os seus sentidos. Luzia, Ponta Fina, Baiano e o restante dos cangaceiros, trinta ao todo, foram se dirigindo para lá ainda agachados. Luzia podia sentir o cheiro de bosta de boi fresca. Podia ouvir as perguntas que os soldados faziam às cangaceiras.

– Que tipo de trabalho procuram?

– Qualquer um que sirva para uma mulher – respondeu Neném, sorrindo e mostrando os dentes miúdos e escuros.

Das barracas, os operários espiavam a cena. As poucas mulheres que já trabalhavam ali vieram chegando mais perto para avaliar as concorrentes. O soldado ia responder, mas se deteve. Olhou para o mato.

– De onde vocês vêm? – indagou ele, erguendo o rifle. – Não estão trazendo água, nem comida.

Maria Magra desabotoou o primeiro botão do vestido. Antes que o soldado pudesse apontar a arma, ela meteu a mão por dentro da gola e deu um passo à frente. Neném a seguiu. Os soldados não tiveram tempo de gritar ou correr. Na verdade, parecia que as forasteiras estavam abraçando aqueles homens. Ficaram ambos parados ali, imóveis e apanhados de surpresa, até que um deles levou as mãos à barriga. Neném recuou. Na altura do umbigo do sujeito, via-se o cabo de uma faca. Ela tinha feito exatamente como Luzia e Baiano haviam ensinado, abrindo a barriga com um talho em forma de *Z* para que a morte fosse certa. As duas mulheres se apoderaram das armas dos soldados. Perto delas, um operário gritou e mais soldados vieram se aproximando. Luzia fez pontaria e atirou.

Durante os ataques, algumas mulheres se mantinham à parte, escondendo-se como mariposas da caatinga, junto às árvores. Outras aprenderam a atirar e a usar a faca. Lutavam ao lado de Luzia e de seus maridos. Atacavam sem floreios ou ostentação. Miravam a cabeça. Mordiam a mão dos soldados, obrigando-os a largar a pistola. Agiam com rapidez e eficiência, com a mesma frieza que demonstravam, na vida que levavam antes, ao torcer o pescoço de uma galinha ou decepar a cabeça de uma cabra, sabendo, desde sempre, que essas tarefas não eram nada agradáveis, mas eram necessárias à sua sobrevivência.

Luzia compreendia essa brutalidade. Ela própria a sentia. Os homens podiam se vangloriar ou fazer piada durante os ataques porque enfrentavam apenas a morte – os soldados queriam a sua cabeça e nada mais. Com as cangaceiras era diferente. Se fossem capturadas, teriam de enfrentar a desgraça, o estupro e só então, se tivessem sorte, viria a morte. Era nisso que pensavam quando combatiam.

Os operários saíram correndo para todo lado. Assustados com o barulho do tiroteio, os bois começaram a empinar, a recuar, e acabaram se soltando das amarras. Como não são animais acostumados a correr, ficaram meio atarantados. Alguns caíam e, incapazes de reerguer o corpo maciço, esmagavam barracas e os homens que se escondiam ali dentro. Preocupada com os seus próprios homens, Luzia mirou a cabeça dos animais. Quando atirou, pensou em voltar a comer carne, um rabo de boi ou um lombo grelhado. O seu estômago roncou.

– Bruxa! Cobra! – bradou uma voz às suas costas.

Luzia se virou. Em meio às grandes nuvens de poeira e de fumaça, viu um homem, armado com uma enxada, pronto para atacá-la. Em vez disso, porém, ele ficou fitando a cangaceira.

Antônio havia lhe ensinado que a reputação de um homem era a sua maior arma. Um belo revólver ou o mais afiado dos punhais eram inúteis nas mãos de alguém sem qualquer reputação. O que podia salvar uma pessoa era o medo, o respeito do adversário. Esses sentimentos faziam tremer as suas mãos, acabando com a sua pontaria. Faziam essas mãos suarem, destruindo a firmeza com que seguravam a faca. Despertavam a curiosidade, fazendo com que o sujeito quisesse ver como era a Costureira antes de atacá-la. Foi isso que permitiu que Luzia atirasse primeiro.

2

Quando uma dessas investidas fracassava e os cangaceiros caíam numa emboscada ou eram expulsos do local pelos macacos, todos ficavam envergonhados e furiosos. Luzia não precisava motivá-los para atacar outro canteiro de obras da estrada de rodagem ou posto telegráfico. Instintivamente, o bando queria se vingar. Depois de um ataque bem-sucedido, porém, quando a excitação da luta já tinha amainado, os corpos dos cangaceiros começavam a lhes dizer que estavam exaustos, famintos, feridos.

Apesar do cansaço, tinham de vasculhar todo o local, pegando armas e munição dos cadáveres, revirando sacolas e tonéis em busca de comida. Ninguém se animava com essa atividade. Ninguém se orgulhava dela. Os cangaceiros eram como urubus: dependiam da morte para sobreviver.

Luzia percorreu o acampamento, saltando sobre corpos e tendas derrubadas. Tinha os olhos lacrimejando por causa da fumaça. Piscou e ajeitou os óculos. Havia pequenas fogueiras espalhadas aqui e ali; logo o sangue atrairia moscas, urubus, todo tipo de pragas e predadores da caatinga. Aquelas fogueiras os deteriam até os cangaceiros terminarem o trabalho que tinham a fazer. Todos circulavam apressados, tirando roupas e chapéus dos mortos. Inteligente ficou experimentando as alpercatas dos soldados, tentando calçá-las naqueles pés enormes. Perto dele, Canjica cortava os bois mortos. A carne reluzia à luz do fogo. Debaixo dos animais, formava-se uma poça escura. Canjica suava ao executar aquela tarefa, retirando nacos de gordura e passando-os a Sabiá, que os distribuía entre os cangaceiros feridos. Os homens usariam aquela gordura para extrair alguma bala que houvesse ficado alojada sob a pele. Ponta Fina já tinha reabastecido sua sacola de medicamentos com os estoques de iodo e mercuriocromo, gaze e agulhas encontrados no acampamento. Não houve nenhuma baixa no bando, apenas uns poucos feridos, mas estes apresentavam furos de bala consideráveis. Uma cangaceira havia perdido dois dedos. Os feridos teriam de descansar depois que saíssem dali. Luzia e Ponta Fina costurariam os ferimentos e usariam os velhos remédios de Antônio para evitar infecções. Sairiam à cata de cascas de árvore para fazer cataplasmas. Se as feridas não sarassem, precisariam recorrer ao Dr. Eronildes.

Luzia prendeu o pé em alguma coisa. Olhou para baixo e viu um braço dobrado num ângulo muito estranho, com o punho cerrado. Havia um corpo junto dele. Ela se agachou. Metade do rosto estava coberta de areia que brilhava à luz da fogueira. A outra metade estava limpa. Tinha os olhos arregalados como se, mesmo morto, temesse a Costureira. E a boca aberta. Não havia sinal de pelos no queixo ou nas faces; ele devia ter no máximo uns 12 ou 13 anos. A cangaceira levou a mão àquele queixo, empurrando-o para fechar a boca do morto. Pensou em Expedito.

Bem no fundo do bornal, levava sempre um envelope. Ali dentro, uma coleção de fotos rasgadas das páginas do *Diário*: Emília com uma trouxinha nos braços; Emília tendo, no colo, um bebê gorducho de olhos escuros; e, mais tarde, de pé, ao lado de um menino vestindo uns ternos miúdos, parecendo até um homenzinho. Ele segurava firme a mão de Emília e franzia as sobrancelhas diante da câmera. Luzia só se permitia olhar para essas fotos uma vez, no momento em que as encontrava, e nunca mais. Tirava aqueles retratos da cabeça. Às vezes, porém, quando enfiava a mão no bornal para pegar um pouco de comida ou o velho binóculo de Antônio, os seus dedos roçavam o envelope e ela sentia um aperto no estômago, como se uma mão fria lhe comprimisse as entranhas.

Ultimamente, não vinham aparecendo fotos dele na coluna social. Emília estava sempre sozinha e fitava a câmera com certa pose. Anunciava o embarque das suas remessas de caridade para o interior. Luzia entendeu a mensagem da irmã: tinha lhe feito um grande favor e, em troca, queria proteção. A cangaceira respeitava os favores – a sua sobrevivência dependia deles –, e obedeceu aos desejos de Emília. Não tocava naquelas remessas na esperança de que a irmã, por gratidão, voltasse a exibir Expedito nas fotos. Não esperava um comportamento tão mercenário por parte de Emília e ficou furiosa com a Sra. Degas Coelho por agir assim. Mas também ficou agradecida. Talvez, pensou ela, fosse melhor não saber que cara tinha o seu filho agora.

Também não queria saber do menino morto à sua frente. Parou de ficar tentando imaginar qual seria o nome dele, que idade teria, do que gostaria ou não, e por que motivo teria vindo trabalhar na rodovia. Não tivera uma vida antes daquela que havia escolhido: a de ser soldado. E essa escolha o tinha condenado. Luzia pegou as suas armas.

Eram duas: uma pistola Browning preta, com uma coronha grande, e uma Winchester, comprida e reluzente, com um tipo de bala que ela jamais vira antes. Tinham umas pontas finíssimas e agudas, ao passo que a outra extremidade era grossa e achatada.

– Essas aí estouram no corpo de um homem. Rasgam tudo lá por dentro – disse Baiano.

O cangaceiro estava parado ali, ao seu lado, com uma expressão de dor no rosto e o braço numa tipoia. Ponta Fina estava junto dele.

– Armas novas – disse Luzia. – Todas essas armas são novas. E as balas também.

– Onde é que estão conseguindo isso? – indagou Ponta Fina. – Precisamos descobrir.

– Elas vêm lá do Recife – respondeu Baiano. – Talvez recebam tudo isso quando são admitidos como recrutas. E já saem da cidade com elas.

– Não é o que aparece nos jornais – retrucou Luzia, balançando a cabeça. – Nas fotos, os recrutas saem de mãos abanando. Tudo o que têm é um uniforme e comida. Vargas não lhes daria armas assim, de cara, para eles não ficarem tentados a fugir e se juntar a nós. É só aqui que recebem as armas, quando já estão trancafiados nesses acampamentos.

– Mas elas não vêm nos trens que trazem equipamentos – observou Ponta Fina, suspirando. – Isso nós sabemos.

Luzia assentiu. Já haviam atacado inúmeros desses trens e nunca encontraram armas em nenhum deles.

– Poderia ser um coronel – disse Baiano.

– Como? – exclamou Ponta. – Teríamos visto isso acontecer. Ou alguém teria vindo nos contar. Essas armas estão vindo do litoral. Afinal, elas não dão em árvores...

– Se derem, vou querer essas sementes... – disse Luzia, sorrindo.

– Fico cismado com esses carregamentos de caridade – prosseguiu Ponta Fina, balançando a cabeça.

– É mesmo? – indagou Luzia. – Por quê? Anda querendo roupas novas?

– Mãe – retrucou Ponta, com voz aflita –, roubamos de tudo: equipamentos telegráficos, trens de transporte de mantimentos, coronéis. Por que não essas remessas de caridade? Uma só, para a gente ver o que encontra ali?

– Não vamos encontrar nada.

– Tem certeza?

– Está duvidando de mim?

Ponta Fina e Baiano ficaram olhando para ela. Durante o período de seca, eram obrigados a deixar a barba crescer por causa da falta de água. No começo, os homens coçavam o rosto e o pescoço, pois os pelos que iam nascendo pinicavam. Em pouco tempo, tinham o rosto escondido atrás de uma barba grande e emaranhada, suja de poeira. Pareciam selvagens e relaxados. Antônio não teria aprovado isso, mas Luzia gostava deles assim; tinham um ar mais assustador.

– É que essa ideia não me agrada nada – respondeu Ponta Fina, apontando para as armas novas. – Desculpe, Mãe, mas fico cismado com isso. Tem alguma coisa estranha com os trens de caridade.

– Esses carregamentos são para pessoas que queremos ter ao nosso lado. É a nossa gente – disse Luzia. – Se nós os atacarmos, vamos parecer *criminosos*. É exatamente o que Vargas quer.

– Mas atacamos trens que levavam comida – retrucou Ponta, balançando a cabeça. – Ninguém reclamou, pois todos viram que distribuímos a comida que havia a bordo. Podemos fazer a mesma coisa com as roupas. Não vamos atacar o trem para roubar. Só para ver o que tem ali.

– Não – insistiu Luzia, e o peso que sentia no estômago só fez aumentar. – Tenho meus motivos.

– E são bons? – perguntou Ponta.

– Nem sempre compreendemos o que Deus faz, ou os santos, mas confiamos neles – respondeu Luzia, fechando os olhos.

– Não somos Deus, Mãe – replicou Ponta, num sussurro. – Não podemos ver as coisas como Ele vê.

O rapaz era delicado demais para desafiá-la diretamente; preferiu transformar a sua loucura em algo coletivo. Aquele "nós" significava, na verdade, "você". *Você não é Deus. Você não pode ver as coisas como Ele vê.* Mas as palavras de Ponta Fina a deixaram brava. Havia uma razão estratégica para ignorar aquelas remessas de caridade, mas os motivos de Luzia eram também egoístas. Será que Ponta desconfiava disso? Será que achava que ela os estava pondo em perigo para respeitar um acordo pessoal, garantindo a segurança do próprio filho ao deixar Emília em paz? Teve vergonha quando pensou nisso.

– Se não gosta das minhas decisões, pode ir embora – disse ela. – Não preciso de você.

O rapaz a fitou, assustado. Esfregou os olhos injetados.

– Vou aonde você for – disse ele.

Luzia sentia o peito arder. Era a mesma agitação incontrolável que experimentava antes de um ataque; só que o ataque já tinha terminado. Os inimigos estavam mortos. Não havia mais ninguém com quem lutar.

Pegou então o cristal de rocha debaixo do gibão. A pedra estava envolta num papel: era uma oração que ela havia encontrado no bornal de Antônio. Gostava daquela oração e sempre a usava depois de um ataque bem-sucedido, antes que o grupo se dispersasse. Chamou todos os cangaceiros, que se ajoelharam ao seu redor. As moças a observavam atentamente. Ouviam o que Luzia lhes dizia, obedeciam-lhe e se ajoelhavam à sua frente, mas, ao contrário dos homens, ficavam olhando para ela. Percebiam cada tremor das suas mãos, cada hesitação, cada passo mais inseguro. Ao vê-las, Luzia se lembrava dos seus primeiros tempos no bando, quando ficava espreitando os cangaceiros, em busca do menor sinal de fraqueza. Podia comandar aqueles homens despertando o seu respeito. Os cangaceiros ficavam intimidados com a sua altura, o seu cabelo curto e a ameaça do fantasma de Antônio. Com as mulheres era diferente; às vezes, chegava a lamentar ter permitido que se juntassem ao grupo. A impressão que a sua aparência pudesse lhes causar se dissipava ao cabo de uns poucos dias de convivência. Durante esse período crucial, Luzia precisava se tornar outra coisa. Não podia ser vista simplesmente como mais uma mulher. Se não era capaz de surpreender as moças do bando, precisava assustá-las. Aos poucos, foi se tornando a Costureira: nem mulher, nem homem, mas algo diferente. Uma espécie de predador da caatinga: impiedoso e indecifrável.

Depois de rezar, os cangaceiros se levantaram e se espalharam pelo canteiro de obras destruído. Cada um deles foi procurar um dos mortos. Sacaram dos facões e Luzia fez o mesmo. Ficou olhando para o menino morto ali no chão à sua frente. Ele não tinha passado, nem futuro. Tinha sido dispensado da vida ao passo que ela própria precisava continuar enfrentando a sua. Era o seu dever para com os cangaceiros e Antônio, embora se sentisse uma velha aos 24 anos. As juntas lhe doíam. A vista andava embaçada. O cabelo havia rareado. Hoje, era tão acabada e cínica quanto aquelas velhas fofoqueiras de Taquaritinga que a tinham apelidado de Vitrola. Foi a vontade de se livrar daquele apelido, da condição de aleijada inútil que os outros lhe atribuíam, que a levou a se transformar na Costureira. Em certo momento, porém, muito tempo atrás, antes do tombo daquela mangueira, fora simplesmente Luzia. Quem era aquela menina? O que teria sido da sua vida se as pessoas não a houvessem aprisionado no invólucro de Vitrola? Se ela própria não tivesse se aprisionado dentro da Costureira?

As únicas recompensas da chefe dos cangaceiros eram a vingança e o esquecimento. O facão desceu, cortando o ar. O ruído da lâmina parecia um longo suspiro de satisfação. Quando atingia o seu alvo, o impacto não era bonito, nem limpo. Mas, sempre que o seu facão cortava algo, era como se Luzia estivesse eliminando aquele fio invisível que a unia a Expedito, o menino que era a sua única fraqueza e a sua última ligação com uma vida normal.

3

Mas o tal fio era resistente. Não dava para cortá-lo tão facilmente assim. Sempre que Luzia pegava um jornal, na esperança de ver uma foto do filho, sentia que ele a puxava. Na coluna social, só via retratos da Sra. Degas Coelho, enquanto as demais seções vinham repletas de artigos sobre Getúlio Vargas e o seu novo governo. Em fins de novembro de 1933, a recém-eleita Assembleia Constituinte traçou o esboço de uma constituição. Os debates foram intensos. Os estados mais ao sul – como São Paulo, que abrigava vastos cafezais e a sede da Cervejaria Antárctica, que, sozinha, era responsável por uma arrecadação de impostos maior que todo o Nordeste junto – lutavam por mais autonomia para os estados. Por não gostarem do predomínio do Sul, o Norte e o Nordeste eram a favor de um maior fortalecimento do poder centralizado nas mãos de Vargas. Grupos que o presidente havia cortejado durante a revolução também queriam dar os seus palpites: trabalhadores queriam direitos trabalhistas; a Igreja Católica batalhava por uma legislação de cunho moral; os militares, por poder.

O líder pernambucano, tenente Higino Ribeiro, ganhou um novo título. Os "tenentes" eram ligados ao governo provisório, ao passo que os "governadores" faziam parte da República Velha. Os governantes dos estados estavam precisando de uma nova designação e, em dezembro, por decisão da Assembleia Nacional, Higino foi nomeado "interventor" do estado de Pernambuco. O título da Costureira também mudou; o *Diário* divulgou que um jornal norte-americano ouvira falar dos constantes ataques dos cangaceiros às obras da rodovia. Toda a imprensa nordestina traduziu a manchete estrangeira:

Bandida é o terror do Brasil!

Luzia sentiu uma onda de orgulho ao saber que gente de outro continente andava falando da Costureira e que a sua condição havia mudado: não era mais apenas o terror da caatinga, mas de toda a nação. Esse orgulho, porém, durou pouco, pois ela bem sabia que o verdadeiro terror era a seca.

Ela e seu bando estavam enfraquecidos, com as gengivas sangrando. O cabelo perdera a pigmentação, assumindo um tom alaranjado doentio, e caía aos chumaços. Todos começaram a parecer animais assustados. Um muco claro lhes escorria do nariz, as faces eram agora encovadas e os seus olhos esbugalhados, com a parte branca ficando amarelada. Em pouco tempo, não teriam mais condições de lutar. Os soldados e os operários da rodovia também sofriam com os efeitos da seca, e os jornais só se referiam à caatinga como uma terra absolutamente devastada. Alguns editoriais diziam que as obras deviam ser suspensas, que se tratava de uma empreitada dispendiosa e inútil.

Bem lá no fundo, Luzia ficou agradecida pela seca; era melhor morrer de inanição que pelas armas dos soldados de Vargas. Antes, porém, de morrerem, ela teria de dispersar o bando. Se a seca continuasse e as obras da rodovia fossem interrompidas, diria aos cangaceiros que seria melhor se separarem, formando duplas que poderiam tentar a sorte no Sul do país ou no litoral. Antônio nunca faria isso, mas aquela ideia foi um consolo para ela. O Dr. Eronildes tinha lhe dito que poderia consertar aquele braço torto. Que poderia quebrá-lo novamente. Na época, Luzia não acreditou nele. Mas a seca lhe permitia ter esperanças. Talvez, como uma planta, aquele osso reposto no lugar pudesse aprender a crescer de um jeito diferente. Talvez ela pudesse se livrar das roupas de cangaceira, lavar o rosto e o cabelo e pôr um vestido de mulher. Emília era boa nessas transformações e poderia ensiná-la a fazer isso. As duas poderiam ir juntas para o Sul. Ela teria condições de ensinar a Expedito todas as mezinhas de Antônio. E também como se esfola uma cabra, como se enfia a faca no pescoço do animal sem medo. Ia lhe mostrar como se enfia a linha na agulha, como se corta um molde. Com ela, o menino aprenderia a hora de tirar medidas, a de cortar e a de emendar. E ela própria poderia aceitar o fato de as suas mãos calejadas e o seu abraço forte demais o assustarem; de ele preferir a tia linda à mãe desajeitada.

Sempre que os cangaceiros rezavam, pedindo chuva, Luzia participava das orações. Em segredo, porém, nas rezas que fazia sozinha, à noite, o que pedia era um sinal. Se a seca prosseguisse até fevereiro do ano seguinte, abandonaria a Costureira definitivamente. Se chovesse, significaria que o seu destino era continuar sendo cangaceira e que a luta contra a estrada de rodagem ainda não tinha terminado.

Fitava a caatinga em busca de uma resposta. Quando se juntou ao bando de Antônio, só via monotonia naquela vastidão cinzenta. Mas estava enganada: a caatinga estava sempre mudando. A luz, o vento, a posição das nuvens se deslocavam constantemente. Era como se o lugar lhe falasse, e Luzia prestava atenção àquela fala. Durante a seca, ele lhe disse onde escondia água e comida. Quando chegaram mais tropas, Luzia lhe perguntou que estradas eram seguras e onde haveria emboscadas. A caatinga lhe respondia com uma súbita rajada de vento ou com um ninho de marimbondos bloqueando certo caminho, alertando-a para tomar cuidado. Em janeiro, o ar mudou. Não era mais aquele ar seco e ríspido, que parecia rachar com o calor. Agora, ele estava pesado. Nuvens tapavam o sol, mas isso não chegava a ser novidade. No período da seca, havia tantas nuvens pairando ali em cima que Luzia e os cangaceiros deixaram de vê-las como sinal de chuva.

Naquela noite, quando já tinham montado o acampamento, uma das garotas veio puxá-la pelo braço aleijado. Chamava-se Fátima e os seus olhos chispavam, agitados.

– Mãe – exclamou ela. – Olhe só!

Com um dedo, apontava para um mandacaru. Na parte mais alta da planta, havia uma flor de pétalas bem grossas.

– Pode ser sinal de orvalho – disse Luzia. – Uma noite fria que se segue a um dia quente.

Depois disso, a cangaceira não conseguiu dormir. Ficou deitada na manta, à espreita, tentando ouvir o ruído dos sapos saindo dos seus esconderijos. Tudo o que ouviu, porém, foram respirações ofegantes e gemidos baixinhos: vários casais haviam se afastado do acampamento para estar a sós.

Cada homem estava casado com a mulher que tinha escolhido. Luzia havia alertado a todos, dizendo-lhes que aquilo não era brincadeira. Estavam assumindo uma união sagrada que seria abençoada por um padre assim que conseguissem encontrar um. Toda sexta, o dia sagrado, os casais dormiam separados, e também antes de qualquer ataque à rodovia, para que um não sugasse a força do outro. Ninguém poderia trocar de marido ou de mulher. E não haveria bebês. Toda criança que nascesse por ali seria entregue a um padre ou a uma família que estivesse indo embora da caatinga. Se as moças desobedecessem, não haveria avisos nem perdão. Só existia uma consequência para quem a desafiasse. Isso era algo que Luzia deixava bem claro.

– Vocês têm de escolher – disse ela, dirigindo-se a cada uma das moças – entre ser cangaceira e ser mulher. Não dá para ser as duas coisas. E, feita a escolha, não dá para voltar atrás.

Se a garota não estremecia ao ouvir isso, Luzia a admitia no bando.

A maioria delas era vítima da seca. Tinham perdido a família ou sido vendidas para casas de má fama em troca de comida. Algumas imploravam para fazer parte do bando. Outras eram convencidas a isso por um dos cangaceiros. Não tardou muito e cada um dos homens tinha uma companheira.

Luzia sabia que a presença das moças podia acarretar a dissolução do grupo. Sabia que as mulheres traziam consigo a rebelião e o desastre potenciais, mas permitia que elas se integrassem ao bando. E o seu motivo era bem egoísta: elas fariam com que os homens continuassem valentes. Fariam com que eles quisessem lutar, para provar a sua força apesar da fome e das dúvidas. Aquelas moças não tinham se encantado por um bando de rapazes maltrapilhos e de olhos injetados, mas sim por cangaceiros empunhando rifles de cano longo, envergando o chapéu com aba em meia-lua e usando anéis de ouro nos dedos empoeirados. Elas se casaram com bandidos, não com homens comuns, e, diariamente, tratariam de impedir que esse detalhe caísse no esquecimento. Era com isso que Luzia contava.

As moças a chamavam de "Mãe", nunca de "senhora". O único nome que a deixava furiosa era Vitrola, e, atualmente, ninguém mais a chamava assim. Luzia pensava nele sempre que queria estimular a própria raiva antes de um daqueles ataques às obras da estrada. Como Vitrola, todos a viam como uma aleijada e, portanto, imprestável. Ser taxada de inofensiva era o pior dos insultos, pois significava que a pessoa podia ser facilmente descartada. Podia ser enxotada como uma mosca. As moças do bando compreendiam esse sentimento. Antes da seca, na vida que levavam como esposas, filhas e irmãs, eram criaturas submissas, acatando estoicamente os castigos da vida e do marido, do pai ou do irmão. Milhares de vezes, ouviram alguém lhes dizendo: "Aguenta, menina!" Eram obrigadas a baixar a cabeça e responder "Sim, senhor" a cada homem da face da Terra. Por isso, quando trocaram o lenço pelo chapéu de aba de meia-lua e pelos trajes de lona, carregavam consigo uma amargura que homem algum era capaz de entender. Mas Luzia entendia, e estabelecia as regras do grupo. Ninguém batia em ninguém. Qualquer divergência entre casais era resolvida com palavras, e, se não fosse possível, ela intervinha, determinando quem tinha ou não tinha razão. As mulheres chamavam os seus companheiros pelo apelido, e nunca de "senhor". Esse tratamento era reservado para Deus.

– Obrigada, Senhor!

Luzia ouviu o grito de uma das moças assim que caiu a primeira gota.

Já era tarde, mas a maioria dos cangaceiros ainda estava acordada, compartilhando a ansiedade de Luzia. O vento tinha ficado mais forte. O ar estava fresco. A primeira gota pareceu até mentira. Luzia olhou para cima, achando que poderia ser um bicho qualquer fazendo xixi ali na árvore. Depois, veio outra gota, e mais outra. Deu para sentir o cheiro de terra molhada.

Baiano começou a chorar. Ponta Fina, Neném, Inteligente e Maria Magra se puseram a dançar, abraçando-se e gritando. Os cangaceiros largaram as armas e saíram rolando pela lama como crianças. Todos tinham o rosto molhado, de chuva ou de lágrimas, pouco importava qual dos dois. Luzia teve vontade de chorar, mas não conseguiu. Era como se a terra e a areia da seca tivessem se instalado dentro dela, deixando-a pesada, entorpecida. Deus respondeu. A caatinga ia crescer e florescer. As pessoas tirariam do telhado os santos desbotados e mutilados, e voltariam a adorá-los. E Luzia continuaria onde estava; continuaria sendo a Costureira.

4

Mesmo depois de algumas semanas de chuva, ainda faltava comida; plantas e animais demoravam a crescer e se reproduzir. Mas a caatinga logo ficou verde e florida. As cidadezinhas da região seguiram o seu exemplo e floresceram. Havia gente circulando pelas estradas. Gente consertando casas. Alguns cavavam a terra para plantar milho e melão. Os lugarejos, antes abandonados, agora formigavam em plena atividade e Luzia se perguntava onde todos teriam se escondido. As pessoas surgiam do nada, como cigarras saindo dos seus cantinhos secretos e se espalhando por todo lado.

À frente do seu bando, a capitã seguiu pelas margens do São Francisco, rumo à cidade ribeirinha onde, anos atrás, Antônio e ela haviam tirado a primeira foto juntos. A igrejinha tinha recebido uma nova demão de cal e brilhava ao sol da tarde. Ali perto, um homem tinha aberto um cinema. O local era um velho depósito de algodão de teto bem alto com vigas de madeira. Desse teto, saíam fios elétricos que iam dar num poste próximo, depois em outro e mais outro.

Luzia tinha esperanças de que algum dos comerciantes da cidade tivesse munição. Os seus maços de notas de mil-réis estavam minguando, exatamente como os velhos estoques de munição de Antônio, enterrados em vários pontos da caatinga. Nos ataques às obras da rodovia, os cangaceiros se apoderavam das armas dos soldados, mas não era nada fácil encontrar balas para essas novas armas. "Uma arma sem balas é como uma mulher sem marido – inútil", como dissera Antônio uma vez, bem antes de a estrada cortar a caatinga e aqueles soldados aparecerem por lá com armas modernas. Decididamente, os macacos de Vargas andavam muito mais bem-armados. Era por isso que investir contra canteiros de obras e trens de carga estava ficando difícil. Nessas ocasiões, era mais comum Luzia e seus homens baterem em retirada que atacar.

Depois da seca, cada fazenda parecia uma armadilha. Luzia andava mais cautelosa que nunca: jamais entravam numa casa, fosse ela de um coronel ou de um simples vaqueiro. Passavam o dia inteiro observando uma cidade antes de se aventurar por ela. Tinham desenvolvido todo um sistema para se comunicar com os seus coiteiros, pedindo comida e munição por meio de vários bilhetes que ficavam escondidos em colmeias ou debaixo de pilhas de esterco seco. Luzia nomeou alguns subcapitães e, quando ficava perigoso viajar em bando, eles se dividiam em pequenos grupos de dez, dificultando o trabalho dos soldados que tentavam apanhá-los.

Qualquer coronel ou fazendeiro que houvesse passado uma temporada no litoral era um traidor em potencial. Depois das chuvas, a maioria voltou para a caatinga, mas não veio pedir proteção. Luzia deduziu que aqueles sujeitos confiavam mais em Vargas que no Carcará. Até pequenos sitiantes que, no passado, haviam sido seus coiteiros mais leais agora punham fotos de Vargas nos altares dos seus santos. O Dr. Eronildes tinha razão: é por medo, e não por amor, que as pessoas escolhem os seus heróis.

Luzia tinha esperanças de que, com as chuvas, Emília parasse com aquelas remessas de caridade, mas a Sra. Degas Coelho negou essa possibilidade. Em entrevista concedida ao *Diário*, deixou bem claro que as chuvas recentes não eliminavam as necessidades daquela gente.

"Vamos continuar com as nossas remessas", declarou ela. "A necessidade ainda é muito grande. E o perigo também."

Ponta Fina não voltou a propor que atacassem aqueles trens, mas, sempre que o bando era forçado a bater em retirada durante uma investida contra a rodovia, ele fitava Luzia com um olhar acusador. Ela havia instruído os cangaceiros a considerar qualquer pessoa como um possível inimigo, à exceção da mulher que estava por trás daquelas remessas de caridade. Como comandante, não precisava dar explicações, apenas ordens. Mesmo que quisesse explicar as suas razões, não poderia fazê-lo. Não queria pensar no conteúdo daqueles trens nem de onde vinham as armas modernas dos soldados. Podia pôr em dúvida a lealdade de um vaqueiro e até mesmo a de um coronel, mas não a da irmã.

Foi até aquela cidade ribeirinha na esperança de poder começar a usar as armas roubadas; talvez alguns macacos houvessem trocado revólveres e munição para quitar dívidas de jogo, o que não seria de espantar.

Os comerciantes locais examinaram os novos fuzis Browning e Winchester. Assobiaram e giraram os tambores. Tentaram experimentar outros tipos de balas ali dentro, mas nenhuma delas serviu. Aborrecida, Luzia pediu o *Diário de Pernambuco*. O vendedor balançou a cabeça, dizendo que a última remessa não tinha chegado.

– Se quiser saber o que anda acontecendo, vá ver o tal noticiário – disse ele, agitado. – Lá no cinema. É melhor que o jornal. O filme é velho, tem pelo menos uns dez anos. Chama-se *A filha do advogado*. Mas os noticiários são recentes. Chegam de Salvador a cada três meses.

Na fachada do velho entreposto de algodão havia um cartaz desbotado. *A filha do advogado*, era o que se lia ali. O filme era de 1926, mas no sertão era considerado novo. Colada à base do cartaz, havia uma faixa verde com os dizeres: "Este filme foi trazido até você pelo DPDC, o Departamento de Propaganda e Difusão Cultural, e pelo presidente Getúlio Vargas."

Luzia comprou trinta ingressos.

A sala estava escura. Havia uns lampiões pendurados nas paredes. A fumaça do querosene a fez se lembrar da cozinha do Dr. Eronildes, anos atrás. Luzia respirou fundo. Numa mesinha alta, numa das extremidades da sala, estava um imenso projetor. As bobinas metálicas e as lentes saltadas lhe davam um ar de uma estranha arma. Diante de um pano branco bem grande preso à parede do galpão estavam dispostas várias fileiras de bancos de madeira. Luzia e os seus cangaceiros lotaram a sala, juntamente com outros espectadores que cochichavam e olhavam para trás com ar cauteloso. Luzia foi se sentar bem no fundo, de costas para a parede. Não queria ser surpreendida ali no escuro. Ponta Fina e Neném sentaram-se no banco à sua frente. Baiano e Maria Magra ficaram ao seu lado. Ouviu alguns espectadores sussurrarem:

– Aquele ali é o Carcará?

– Ele é mulato?

Antes que aquela gente pudesse olhar direito para os cangaceiros, surgiu um menino e foi apagando os lampiões um a um. A escuridão foi um alívio, pois, com ela, Luzia pôde desaparecer. Agora, era apenas mais um espectador no cinema, e não a Costureira. Nunca tinha visto um filme na vida e estava estranhamente nervosa. O escuro da sala, os sussurros do público, os sons de beijos roubados poderiam tê-la distraído das suas preocupações, mas elas persistiram. As dúvidas de Ponta Fina quanto àquelas remessas de caridade haviam exposto as suas próprias e tais desconfianças a atormentavam, fazendo-a se remexer no banco. A última foto de Emília no jornal estava amarrotada no bolso do seu gibão. Luzia a apertou ali dentro.

Junto do projetor, um homem ligou uns botões e verificou as bobinas. Quando a máquina começou a funcionar, parecia até a velha Singer. Emitiu um jato de luz e apareceram umas palavras no pano branco: "Departamento de Propaganda e Difusão Cultural do Brasil", e, mais abaixo, a bandeira nacional. Era um noticiário do governo e Luzia não sabia de quando ele datava.

Não havia som, só o barulhinho brando do projetor. A tela ondulava com sombras e luz. Surgiu uma cena: o mar cinzento, prédios quadrados e as formas arredondadas do Pão de Açúcar. Na parte de baixo, apareceram umas letras irregulares:

Rio de Janeiro – Depois da revisão constitucional, autoridades, convidados e seus familiares juntam-se ao presidente Vargas em visita à recém-inaugurada estátua do Cristo Redentor.

A tomada da câmera mostrava um grupo de homens e mulheres, todos eles parecendo minúsculos diante da gigantesca estátua de pedra do Cristo com os braços abertos e a cabeça ligeiramente inclinada. Depois, o foco se concentrou em Getúlio Vargas, que sorria. Estava com o uniforme militar e as botas de cano alto. Os seus movimentos eram rápidos e entrecortados. Circulava em meio à multidão, trocando apertos de mãos com os presentes. Entre tantos rostos estranhos, Luzia reconheceu um. Emília usava um vestido muito bem-cortado; tinha o cabelo preso num coque e seus lábios pintados de escuro se abriram num sorriso. No colo, segurava um menino usando um bonezinho de marinheiro e, quando as pessoas se aglomeraram em torno do presidente, o tal boné caiu no chão. O garotinho abriu a boca num grito silencioso. Os seus olhos – os olhos de Antônio – fitaram a câmera com ar acusador. À sua frente, Getúlio Vargas riu. Deu uns tapinhas na cabeça do menino e seguiu adiante. A câmera o acompanhou. Emília e a criança desapareceram.

Luzia se levantou.

Vargas apareceu de novo na tela, em tamanho natural, sorridente. Era feito de luz e sombra, como um fantasma. Luzia se dirigiu para o corredor central. A sua sombra tapou a projeção e o fantasma desapareceu. Às suas costas, um homem vaiou.

– Sente aí! – sussurrou alguém.

Ela se virou. A luz do projetor a ofuscou. Protegeu os olhos com o braço bom. Na sala escura, o aparelho iluminava apenas a cangaceira, revelando os dentes que lhe faltavam, o braço aleijado, o rosto crestado pelo sol.

– Desligue isso! – bradou ela.

O operador assentiu, mas o aparelho continuou funcionando, lançando aquelas imagens que dançavam no corpo de Luzia. O rapazinho acendeu um lampião. Ouviram-se mais sussurros e vaias. Os seus olhos ardiam por causa daquela luz. Ela os fechou e viu o sorriso respeitoso de Emília. Viu a mão de Vargas se estendendo para tocar o seu filho.

– Desligue isso! – gritou ela, e a sua voz saiu esganiçada por causa da raiva.

No fundo da sala, Baiano ficou de pé. Tinha o rosto escuro e severo.

– Faça o que ela mandou – exclamou ele.

O operador voltou a assentir, puxando umas manivelas com movimentos frenéticos.

– Se não estão gostando, vão embora! – gritou uma voz vinda da parte mais escura da sala.

– Cangaceiros sujos! – disse alguém.

Protegidos pela escuridão e pela presença persistente da imagem de Vargas, os espectadores se sentiam mais corajosos. Luzia ficou transtornada com aquela raiva.

– Comunistas! – disse uma mulher.

– Porcos ingratos! – gritou Ponta Fina, pondo-se de pé também.

Em poucos instantes, o resto do bando já tinha se levantado.

– Amantes dos macacos! – esbravejou Canjica.

– Viva Getúlio! – gritou uma voz bem jovem.

Luzia sentiu o estômago ardendo, como se tivesse engolido cinza quente. Olhou para as sombras dos espectadores no cinema. Tinha salvado gente como eles durante a seca. Tinha livrado as suas filhas da prostituição nos acampamentos. Tinha evitado que a rodovia cortasse as suas terras. Era assim que lhe agradeciam? Como Emília, aquelas pessoas escolheram Vargas em vez dela. Os espectadores a insultavam, sabendo que teria de reagir. Abriu então o coldre e pegou a parabélum.

O projetor continuava funcionando. Luzia fez pontaria. Viu o olho da lente, redondo e insensível, como o de um peixe morto. Atirou. No escuro, uma mulher gritou. Depois foi o ruído de pés se movendo, de bancos sendo arrastados no chão de tijolos. As pessoas se amontoaram nas laterais e no corredor central. Na tela, já não havia imagens, apenas um raio de luz enviesado que saía do projetor e a sombra alta de Luzia. Ela mirou então o único lampião aceso. Ele caiu. A querosene em chamas foi se espalhando pelo chão e começou a lamber os pés de um dos bancos. A fumaça encheu a sala e ouviram-se mais tiros. Luzia mandou que o seu bando saísse dali.

Na confusão, perdeu o seu chapéu. Os seus óculos metálicos, de lentes arranhadas e aro torto, caíram do seu rosto. Luzia foi empurrando e abrindo caminho com o braço aleijado. Sentia a pele quente, mas não sabia se era por causa do fogo ou da raiva. Lembrou-se do que o Dr. Eronildes lhe dissera acerca do seu gênio: "Um dia você não vai conseguir controlá-lo."

Quando todo o bando já estava do lado de fora, Luzia trancou as portas do depósito. Lá de dentro vinham batidas e gritos. Ponta Fina e Canjica roubaram latas de querosene e derramaram o líquido em toda a volta do prédio.

O cinema queimou como uma imensa fogueira. As chamas se erguiam a uns 15 metros de altura. Com o calor, Luzia sentiu o rosto afogueado. Seus olhos lacrimejavam. A temperatura ali dentro era suficiente para destruir aquele projetor horrível, para acabar com aquele pano branco onde vira o fantasma de Vargas. Uma fuligem grossa caía sobre os cangaceiros. As cinzas alaranjadas que saíam do galpão flutuavam pelo ar e iam cair sobre casas próximas, incendiando os telhados de sapê. Caíam também nas roupas dos cangaceiros, obrigando-os a se estapearem. Uma brasa atingiu a mão de Luzia – a mão do braço bom – e a queimou, como se uma bala tivesse lhe perfurado a pele.

O bando correu para o mato, tentando escapar da cidade em chamas. Luzia sentia o calor do incêndio às suas costas. Sem os óculos, os objetos mais distantes ficavam embaçados, mas ela ainda podia ver a luz do fogo. Aquela luz que sumia e voltava, como uma recordação.

Capítulo 13

Emília

Recife, Pernambuco
Novembro-dezembro de 1934

1

A morte tem um cheiro peculiar. Emília sentia o estômago se revirar. Não culpava os mortos por isso: não era o cheiro natural da decomposição que a enojava. O que a deixava aborrecida eram os odores produzidos pelos vivos para conseguir lidar com a morte. Queimavam-se grossos bastões de incenso em homenagem aos mortos e, ao mesmo tempo, derramavam-se quantidades enormes de creolina, água sanitária e álcool pelo chão e pelos móveis para afugentar qualquer vestígio de apodrecimento do corpo. Sangue, urina, vômito, cuspe eram eliminados e os seus cheiros superados pelos odores ativos e medicinais que os vivos preferiam.

No Dia de Finados, no mais prestigioso cemitério do Recife, Emília punha um lenço diante do nariz para tentar evitar aquele cheiro. Túmulos de mármore e de granito reluziam sob a água e as bolhas de sabão. Mulheres das famílias novas e das tradicionais brandiam esponjas com todo o cuidado e esfregavam as plaquinhas com os nomes dos seus antepassados. Algumas limpavam as estátuas das sepulturas, lavando delicadamente o rosto e as asas de um anjo. Um grupo de mocinhas bem-vestidas fofocava enquanto acendia bastões de incenso e arrumava grandes buquês de flores. Criadas com lenços amarrados à cabeça e um ar de concentração esfregavam os túmulos com escovas. Os seus mortos estavam bem longe dali, enterrados em covas anônimas ao longo da trilha de gado ou nos cemitérios dos arredores da cidade. Prestariam sua homenagem a esses falecidos mais tarde, depois que as patroas as deixassem ir embora para casa. Até então, as criadas tinham de passar o feriado homenageando estranhos, exatamente como ela estava fazendo.

Uma grade de ferro fundido, recentemente pintada de preto, demarcava a sepultura da família Coelho. Na construção de pedra havia uns quadrados vazios, o espaço reservado para o Dr. Duarte, dona Dulce, Degas e sua esposa. Emília estremeceu só de pensar em passar a eternidade ao lado daquela gente. Com um paninho úmido, limpou as placas com os nomes dos mortos. Ao seu lado, dona Dulce esfregou e esfregou até o sobrenome da família ficar brilhando. Raimunda varreu o local. No chão, ao lado de Emília, Expedito estava entusiasmado, arrancando uns matos que haviam crescido ao redor do túmulo. Dona Dulce o olhava de cara feia. As crianças pequenas ficavam perto das mães, mas os meninos mais crescidos se juntavam aos homens à sombra da maior árvore do cemitério. O Dr. Duarte e Degas estavam lá, conversando com outros maridos e filhos, esperando que a faxina terminasse para irem, então, render a sua homenagem aos mortos.

Emília enxugou a testa. Decididamente, o Dia de Finados era o feriado de que menos gostava. Lembrou que lá em Taquaritinga Luzia e ela caiavam as sepulturas dos pais. Atualmente elas deviam estar cinzentas de tanta sujeira. E a de tia Sofia também. Todos os mortos de Emília tinham ficado para trás, mas não estavam esquecidos; mais tarde, acenderia velas para eles na casa dos Coelhos. Gostaria de voltar a Taquaritinga. Não para se exibir, como sonhava fazer antigamente, mas para cuidar daqueles túmulos que havia abandonado. Assim, poderia mostrar a Expedito a sua verdadeira família. Infelizmente, ainda ia demorar muito para que pudesse levá-lo até lá: o interior andava perigoso demais.

Apesar das remessas disfarçadas de armas idealizadas por Degas, o Carcará e a Costureira continuavam a atacar com sucesso os canteiros de obras da Transnordestina. Os cangaceiros começaram a roubar as armas dos soldados, o que provava que os seus estoques de munição estavam quase esgotados. Mesmo assim, os bandidos conseguiam um sortimento considerável de revólveres e balas. O Dr. Duarte desconfiava que alguns coronéis e fazendeiros, que haviam voltado para o sertão com o fim da seca, também haviam retomado o seu papel de coiteiros. A maioria dos coronéis era contrária a Vargas por ele ter desmantelado as suas articulações políticas no interior, privando-os do seu poder. Tampouco eram favoráveis à ideia de a Transnordestina atravessar as suas terras. Embora tivessem se declarado partidários do governo enquanto estavam no Recife, era bem possível que apoiassem secretamente o Carcará e a Costureira, visando sabotar o presidente. Vira e mexe, Emília se lembrava do Dr. Eronildes; o campo de retirantes de Rio Branco tinha sido fechado depois das chuvas e ela nunca mais ouvira falar dele. Deduziu que o médico teria voltado para a sua fazenda, mas não sabia se continuaria ajudando a Costureira.

No começo do ano, a chuva finalmente chegou ao sertão. Notícias vindas por telégrafo diziam que, assim que começou a chover, os flagelados abrigados nos acampamentos se puseram a chorar e gritar, rezando para agradecer a são Pedro. Choveu tão forte e o chão estava tão ressecado que se formaram grandes córregos lamacentos que arrancaram árvores e derrubaram casas abandonadas. A lama se tornou um problema e os tais campos tiveram de ser fechados imediatamente. As pessoas que queriam voltar para a lavoura receberam um pacote de sementes e foram mandadas embora. Quem desejasse deixar o Nordeste tinha transporte gratuito para o Sul, para trabalhar em fábricas ou em casas de família como empregados domésticos. Os homens que quisessem trabalhar para o presidente Vargas, como soldados ou operários da rodovia, formavam um grupo à parte que recebia comida e uniformes.

O presidente mandou um telegrama do Rio, instando o interventor Higino a solucionar o problema dos cangaceiros. Este, por sua vez, pressionou o Dr. Duarte. O governo tinha investido grandes somas em dinheiro e recursos para construir o Instituto de Criminologia, baseando-se na afirmação do Dr. Duarte de que a sua ciência seria capaz de encontrar soluções práticas para o crime. Ele havia prometido compreender melhor a mente criminosa e, com isso, descobrir meios de predizer o seu comportamento e capturar bandidos antes que mais crimes pudessem ser cometidos. Agora, o interventor o pressionava a cumprir a promessa feita. O sogro de Emília tornou-se misterioso. Mantinha o escritório trancado. Em vez de pegar um táxi, pedia a Degas que o levasse de carro a todos os seus compromissos. Pela manhã, os dois iam para o porto e voltavam para a casa dos Coelhos cheirando a sal e trazendo pacotes de peixe fresco para o almoço. No Dia de Finados, ele se afastou furtivamente do grupo que conversava à sombra da árvore e rumou sabe-se lá para onde. Dona Dulce balançou a cabeça.

– Ele não respeita os mortos – disse ela, esfregando as plaquinhas com mais força ainda.

Quando seu sogro voltou, passou pela sombra da árvore e veio direto à sepultura da família. Ali, deu um presente a Expedito. Era um medalhão que tinha a forma de dois *Z* sobrepostos. Aos olhos de Emília, parecia mais um inseto esmigalhado.

– É alemão – disse o Dr. Duarte, agachando-se para fitar o menino. – É um símbolo do novo *Führer* daquele país. Veio lá do outro lado do oceano – acrescentou, desta vez olhando para a nora. – Como a nossa solução.

– Que solução? – perguntou ela.

– Degas já foi buscar o carro – respondeu ele, sorrindo. – Não podemos nos atrasar para o almoço.

Ao lado de Emília, dona Dulce assentiu com um gesto. Teriam de voltar para casa e trocar de roupa. Não podiam comparecer ao almoço organizado pelo interventor Higino cheirando a água sanitária e a suor.

O almoço de finados era em homenagem aos soldados e operários da rodovia mortos e às vítimas da Costureira no célebre incêndio no cinema. Meses atrás, os jornais divulgaram amplamente a catástrofe na casa de espetáculos, onde uma cidade inteira morreu queimada e centenas de pessoas ficaram desfiguradas por causa do gênio terrível da cangaceira. O tal incêndio fez com que a opinião pública se voltasse contra a Costureira e o Carcará: não se viam mais anúncios usando a imagem dos cangaceiros. Uma propaganda de vitaminas declarava: "O Carcará corre dia e noite. Ele toma as Pílulas de Vida do Dr. Ross para ter vigor e resistência!" Outra, de uma loja de tecidos, mostrava a única fotografia da Costureira – aquela tirada junto com a primeira dupla de cartógrafos sequestrada – e dizia: "A Costureira duvida que vá ser presa, mas jamais duvida que a Casa de Fazendas Bonita é a mais barateira!" Depois da tragédia, tais anúncios foram tirados de circulação. Os recifenses não viam humor algum nos cangaceiros. Eles tinham perdido o apoio até dos habitantes do sertão, que antes os respeitavam. O incêndio no cinema matara vários parentes dessa gente e formaram-se grupos de justiceiros para ir atrás do bando do Carcará, querendo vingança. O presidente Vargas e o interventor Higino exploraram esse clamor público, chamando o incêndio de "mutilação de inocentes" e dedicando um pequeno memorial às vítimas nas margens do Capibaribe.

Emília passou vários meses se sentindo culpada por causa das armas escondidas nas suas remessas de caridade. Depois do incêndio no cinema, começou a se perguntar se aquele sentimento de culpa não estaria deslocado. Talvez Degas tivesse razão: a Costureira era uma assassina e os assassinos têm de ser presos. Antes, os seus alvos eram ligados ao governo Vargas: soldados, operários da rodovia, cartógrafos. Aqueles que morreram no cinema eram cidadãos comuns. Emília se sentiu profundamente decepcionada, mas não entendia por quê. Sentir-se decepcionada significava que ela tinha esperanças com relação à Costureira; que, de algum modo, acreditava que a luta dos cangaceiros era justa e as suas atitudes, honradas. Rebelião era coisa bem diferente da criminalidade comum – esta era a distinção que ela havia formulado mentalmente. Mas o tal incêndio mudou tudo. De repente, Getúlio Vargas passou a ser visto como aquele que livraria o interior da violência. Quando Emília pensou no breve encontro que tivera com ele no Rio, a sua decepção logo se transformou em medo. Pouco importava que as suas intenções fossem boas ou más; a Costureira estava engajada numa guerra que jamais poderia vencer.

Emília tinha ido ao Rio de Janeiro em julho, depois da promulgação da nova constituição. A recém-eleita Assembleia Nacional Constituinte havia proclamado Getúlio Vargas presidente do Brasil por um período de quatro anos. Pela constituição, todas as minas e todos os principais cursos de água tornaram-se propriedade federal, bem como os bancos e as companhias de seguros. Vargas já tinha um controle substancial e, mesmo assim, queria mais. Os parlamentares aprovaram os novos direitos dos trabalhadores que o presidente tanto desejava: jornada de trabalho de oito horas, férias remuneradas e salário mínimo. No entanto, a nova constituição preservou o federalismo. Frustrado, Vargas convidou membros destacados do partido verde para uma reunião no Rio. O evento foi anunciado como "Encontro da União" e, portanto, o Dr. Duarte e outros convidados levaram a família inteira consigo. A viagem foi curta. Emília não pôde ver muita coisa da capital – a visão mais ampla que teve foi lá do alto, da estátua do Cristo Redentor. Foi nessa ocasião que esteve frente a frente com o presidente. Ele era baixinho, mas, à sua volta, o ar parecia estalar de tanta energia. Quando Vargas a fitou, a moça percebeu em seus olhos tanto magnetismo quanto perigo. Sentiu uma vontade inexplicável de agradar àquele homem. Mais tarde, ficou chateada com isso. Só tinha se sentido assim uma vez antes, quando esteve na presença do Carcará.

No final da viagem, quando soube que Vargas havia levado todos os seus convidados do partido verde para a Assembleia Constituinte a fim de protestar contra a nova constituição, ficou espantada. O presidente declarou que o documento era simplesmente uma diretriz, não um mandato, e que ele ia ignorá-lo ou modificá-lo. Ninguém contrariava os seus desejos.

O tal almoço em homenagem aos mortos foi uma reunião menor e mais íntima que a comemoração da revolução pelo partido verde. As paredes do Clube Internacional estavam revestidas de crepe preto e as mesas, decoradas com flores brancas. Alguns dos cavalheiros presentes usavam fumo em memória dos entes queridos que haviam perdido durante aquele ano. As mulheres usavam vestidos da moda, porém de cores discretas. Emília passou os olhos pela sala e viu vários dos seus modelos: saias justas cinzentas, paletós com ombreiras, lenços amarrados ao pescoço. Tivera uma avalanche de pedidos para o feriado de finados e se inspirou nas atrizes que via nos filmes do cinema Royal: Jean Harlow, Claudette Colbert, Joan Crawford. Elas eram temperamentais, elegantes e fortes. As suas sobrancelhas depiladas eram arqueadas, dando-lhes um ar de surpresa constante ou, talvez, de ceticismo. Emília copiava os seus trajes justos, os seus penteados com ondas bem desenhadas. Outras mulheres do Recife seguiam o seu exemplo.

Ao contrário da comemoração revolucionária, nessa ocasião homens e mulheres não ficaram separados. Famílias e amigos se sentaram todos juntos. O Dr. Duarte tinha a sua própria mesa e a distribuição dos lugares foi a mesma das refeições feitas na casa dos Coelhos: dona Dulce à direita do marido, Degas ao lado da mãe e Emília ao lado do marido. Os convidados estavam dispostos por ordem de importância, o ponto máximo sendo a proximidade ao Dr. Duarte. Aqueles que eram considerados mais importantes sentaram-se à sua esquerda. Os outros iam ficando mais longe. O sogro de Emília pôs a mão no assento da cadeira ao seu lado.

– Estou reservando este lugar para um convidado especial – disse ele.

– Não sou especial, Duarte? – indagou a baronesa, pondo a mão deformada pela artrite no ombro dele.

O Dr. Duarte enrubesceu. Dona Dulce se ajeitou na cadeira.

– É brincadeira – disse Lindalva, rindo. – Vamos nos sentar ao lado de Emília.

– Claro – falou o Dr. Duarte, agora sorrindo. – É melhor mesmo ter uma mesa bem cheia.

Para tristeza de dona Dulce, a baronesa e a filha ocuparam as cadeiras mais próximas de sua nora, praticamente completando a mesa, pois sobraram apenas três lugares. Um deles pertencia a Degas, que tinha saído furtivamente para ir ao salão dos fumantes. Quando voltou, vinha acompanhado de Carlos Chevalier. O cabelo do piloto estava despenteado e arrepiado por causa da umidade. Na mão direita, ele segurava uma bengala de castão de prata. O Dr. Duarte ergueu as sobrancelhas.

– O que houve com a sua perna? – indagou ele, apontando para a bengala.

– Nada – respondeu Chevalier, dando de ombros. – É moda.

O Dr. Duarte resmungou alguma coisa. Degas deu a volta na mesa, levando Chevalier para o lugar privilegiado à esquerda de seu pai.

– Não. Sente-se ali do outro lado – disse o velho, indicando a cadeira vazia perto de Lindalva.

Degas contraiu os lábios. Chevalier sorriu e se dirigiu para lá. Quando passou perto de Emília, a moça sentiu cheiro de cigarro e de uma colônia forte. Perguntou-se se o seu sogro teria ouvido os mesmos boatos que Lindalva ou se simplesmente não gostava do piloto.

– O senhor é capitão do Exército, Sr. Chevalier? – perguntou a baronesa, com um brilho malicioso nos olhos.

– Não – respondeu ele. – É mais um título honorífico. Como o seu.

– O meu foi conquistado, meu rapaz – retrucou a velha. – O barão era uma boa alma, mas não foi um marido fácil.

– Neste caso, conquistei o meu também – retrucou Chevalier. – Piloto o meu próprio avião.

– Que hobby interessante – observou dona Dulce.

A sua voz tinha o mesmo tom cauteloso que ela usava quando avisava ao marido que havia um vendedor ou um vagabundo no portão da frente. Trocou um sorriso com a baronesa. Emília ficou espantada ao ver aquelas duas mulheres subitamente unidas.

Chevalier esboçou um sorriso. Foi mais uma careta, como se estivesse imitando os homens dos anúncios de pasta de dentes.

– Voar é mais que um hobby – disse ele. – É a minha paixão.

Degas se atrapalhou todo com o guardanapo. Lindalva se inclinou para a frente.

– O senhor é um dos Chevaliers da imprensa, aqueles que são donos de jornais lá no Sul?

– Sou.

– Como a sua família está enfrentando as novas restrições? Estão aceitando a censura do Departamento de Propaganda e Difusão Cultural?

– Não participo dos negócios da família – respondeu Chevalier com um riso nervoso.

– Eu não chamaria isso de censura, querida – atalhou o Dr. Duarte. – Diria, antes, monitoramento responsável. A revolução ainda não está garantida. Precisamos manter uma certa ordem. Há os comunistas do Sul, liderados por Prestes. Há aqueles rebeldes de São Paulo, financiados pela velha guarda. Não podemos deixar elementos como estes corromperem o povo. Mais tarde, poderemos relaxar a pressão, mas, por enquanto, temos de manter as rédeas curtas.

– O meu pai era criador de cavalos – disse a baronesa, passando manteiga num pedaço de pão. – Belos animais. Inteligentes. A primeira coisa que papai me ensinou quando aprendi a montar foi que as rédeas são uma ilusão. Servem mais para o nosso conforto que para o deles. A gente controla um cavalo com as pernas, e com branda autoridade. É uma relação entre iguais. Ou deveria ser.

Mas o Dr. Duarte não estava ouvindo o que ela dizia. Tinha os olhos fixos do outro lado da sala, como que fascinado.

– O meu convidado chegou! – exclamou ele.

Emília acompanhou o seu olhar. O Dr. Eronildes Epifânio estava entrando no recinto. Continuava a usar o cabelo mais comprido que o dos homens da cidade, batendo na altura das orelhas, e penteado para trás de forma um tanto desleixada. Mas tinha emagrecido. O seu terno havia sido malpassado: o paletó exibia umas dobras irregulares e os vincos da calça estavam tortos. Na manga direita, via-se uma tarja preta. Quando ele se aproximou da mesa, Emília viu círculos escuros, quase roxos, debaixo dos seus olhos. Uns vasinhos rompidos, parecendo fiapos de linha vermelha enfiados por baixo da pele, espalhavam-se pelo seu nariz e pelas suas faces.

– Desculpe – disse o médico, fitando Emília. Mais que depressa, voltou os olhos para o Dr. Duarte. – Eu me atrasei.

Depois de trocar um aperto de mão com o Dr. Duarte, Eronildes deu a volta para cumprimentar dona Dulce. Emília viu a sogra franzir o nariz quando ele chegou mais perto e achou que fosse por puro esnobismo. Logo, porém, percebeu que estava enganada: o médico se aproximou para apertar a sua mão e, por baixo do cheiro da loção de barbear, a moça sentiu um odor forte e adocicado. Era como se as suas entranhas estivessem fermentando sob a pele. Aquele cheiro a fez se lembrar das ruas do Recife na manhã depois do Carnaval, quando as sarjetas transbordavam com cachaça derramada, frutas passadas, vômito e outras coisas desagradáveis expelidas pelos foliões. Emília ficou atordoada com a presença de Eronildes e enojada com o seu cheiro. Mas evocou as lições de dona Dulce: o segredo da etiqueta é, acima de tudo, a delicadeza. Uma dama jamais demonstra desagrado. Apertou então a mão do médico com firmeza e lhe sorriu.

No cardápio, tinha peixe grelhado e sururu. O leite de coco borbulhava, espumando, em sopeiras de prata maciça. Nesse caldo, fervilhavam os moluscos. Os garçons trouxeram travessas de porcelana com arroz, farinha de mandioca torrada, de um marrom dourado, e puseram uns pratinhos com fatias de limão perto de cada convidado. O Dr. Duarte despejou uns bons punhados de pimenta-malagueta no seu prato.

– O senhor gosta de pimenta, Sr. Chevalier? – perguntou ele.

– Tenho o estômago sensível – respondeu o piloto.

– Bobagem! – retrucou o Dr. Duarte, estendendo a mão na direção do capitão, que, obediente, lhe passou o seu prato.

O velho pôs ali uma pilha de pimentas miúdas e vermelhas.

– O senhor precisa aprender a criar resistência! – prosseguiu o velho. – O corpo é controlado pela mente. Não é mesmo, Degas?

– É, sim – balbuciou este, lançando um olhar a Chevalier, que levou uma garfada à boca e logo pegou o copo de água.

Tomou vários goles e, depois, enxugou os olhos com o guardanapo. Lindalva começou a rir. Do outro lado da mesa, o Dr. Eronildes sorriu. Degas enrubesceu.

– O que o traz ao Recife, doutor? – perguntou ele bem alto. – Negócios?

– Não exatamente – respondeu Eronildes, apontando para o fumo que trazia no braço. – Minha mãe faleceu em Salvador há algumas semanas. Fui até lá para o enterro. Agora, tenho umas questões a resolver aqui, relativas ao inventário.

– Lamentamos muito a sua perda – disse Emília.

O médico agradeceu com um aceno de cabeça.

– Amanhã, depois do almoço, vamos dar uma olhada em algumas propriedades – disse o Dr. Duarte. – Para o consultório de Eronildes.

Um grumo seco de farinha de mandioca agarrou na garganta de Emília. Ela tossiu.

– Vai vir morar aqui? – perguntou, com voz rouca.

– É uma possibilidade – respondeu ele. – Em Salvador, existem tantas lembranças...

– E a sua fazenda?

– Não se recuperou da seca – disse ele, fitando-a com os olhos injetados. – Plantei tudo de novo; foi um investimento pesado. Mas o algodão não está produzindo como antigamente. O meu gado é jovem. Os animais estão magros demais para serem vendidos. O desejo de minha mãe, ou melhor, a sua exigência, pois deixou escrito no testamento, era que eu voltasse para o litoral. Andava preocupada comigo. Queria que eu me instalasse, abrisse uma clínica, me casasse.

– Ela era sensata – atalhou dona Dulce.

O Dr. Duarte assentiu.

– Fazendeiros perdem dinheiro. Médicos ganham.

– Depende do fazendeiro – retrucou a baronesa.

– Então, agora o senhor tem de fazer sua opção – disse Degas. – Não pode mais continuar sendo dois homens.

Eronildes enfrentou o olhar de Degas.

– Não vou me desfazer da fazenda – disse o médico, afinal. – Não vai ser mais uma propriedade produtiva, mas posso ir lá de vez em quando. E tampouco preciso me mudar imediatamente. Os advogados vão levar alguns meses para dar andamento às questões do testamento de minha mãe.

– Então vai voltar para a fazenda? – indagou o Dr. Duarte. – Pretende ficar muito tempo por lá?

– Estou indo embora hoje à noite.

– Mas não pode viajar sem ver Expedito – replicou o velho. – Ele já está um rapazinho: gorducho, saudável, cheio de vida! – prosseguiu ele, pondo uma pimenta entre os dedos e acenando com ela para Chevalier. – Com menos de três anos, o menino é capaz de comer uma malagueta sem pestanejar.

O capitão se remexeu na cadeira.

– Deduzo que o senhor não tenha notícias dos pais da criança – disse Degas.

– Eu sou a mãe dele agora – retrucou Emília.

– Vamos até lá em casa depois do almoço! – exclamou o Dr. Duarte, ignorando o filho e a nora. – Assim, Eronildes pode ver o menino.

– Papai, o Sr. Chevalier e eu gostaríamos de lhe falar depois do almoço, no seu escritório – disse Degas.

– Podemos conversar aqui mesmo – replicou o Dr. Duarte.

– São negócios – disse Chevalier, baixando o tom de voz. – Negócios do governo.

– Então, o senhor deveria ir ao gabinete do interventor – atalhou o Dr. Duarte. – Não trabalho para o governo. Sou apenas um cientista.

Chevalier olhou para Degas.

– Papai – disse este, com um riso forçado. – Não seja modesto. Todos sabemos que o senhor é muito mais importante do que demonstra.

– A modéstia é uma grande virtude – retrucou o velho. – Quase tão grande quanto o decoro.

– Tem a ver com os cangaceiros – insistiu o piloto. – O senhor leu o último número do *Diário de Pernambuco*?

– Claro que li – respondeu o Dr. Duarte, empertigando-se.

Emília ficou observando Eronildes do outro lado da mesa. O médico fitava o capitão com um ar cauteloso.

– Então leu a proposta que fiz, nas páginas dos editoriais?

– Aquela história de sobrevoar a caatinga com um avião? – indagou Lindalva.

– Exatamente! – respondeu Chevalier, sorrindo.

– A ideia conta com apoio popular – disse Degas. – Ouvi gente falando a respeito. Seria igualzinho aos filmes de guerra!

– Que horror, esses filmes! – atalhou a baronesa.

– Será muito mais fácil exterminar os cangaceiros pelo ar – prosseguiu Chevalier. – Quando eu tiver terminado, a polícia pode ir procurar os corpos e trazê-los para os seus estudos em laboratório.

– E como é que o senhor vai exterminá-los? – perguntou o Dr. Duarte.

Emília se atrapalhou toda com o copo de água, que esbarrou no seu prato e respingou, molhando a toalha da mesa.

– Duarte! – exclamou dona Dulce. – Não deveríamos falar desses assuntos no Dia de Finados. Respeitem os mortos.

– Os mortos não estão nos ouvindo – retrucou a baronesa, fazendo um gesto com a mão artrítica. – Eles têm mais com que se preocupar.

– O senhor já sobrevoou o sertão? – perguntou o Dr. Duarte.

– Não – respondeu Chevalier. – Mas já sobrevoei o oceano e em meio à neblina. Sei voar, senhor.

– Não estou preocupado com o seu voo – disse o Dr. Duarte –, mas sim com a sua aterrissagem.

– Ah, também sei aterrissar – replicou o piloto, sorrindo.

– Onde? – prosseguiu o velho, com as faces afogueadas. – Se não me engano, quando voou até aqui, vindo do Rio de Janeiro, precisou fazer várias paradas para reabastecer. Talvez não saiba, mas o nosso estado de Pernambuco tem mais de 800 quilômetros de extensão. Se for de avião para o sertão, em algum ponto terá de aterrissar. Não existem pistas. Portanto, onde pretende fazer isso? – perguntou ele, tamborilando na mesa.

– O governo pode construir pistas com facilidade – disse Chevalier. – Vocês não estão fazendo uma rodovia?

– Tentando... Essa construção já se revelou bem mais difícil do que supúnhamos.

– No Rio seria um trabalho bem simples.

– Mas não estamos no Rio – replicou o Dr. Duarte. – Se estiver com saudades, talvez seja melhor voltar para lá.

De repente, ouviu-se uma salva de palmas vinda da frente do salão. O interventor Higino se levantou. Fez um breve discurso sobre os sacrifícios dos soldados e dos operários mortos, incitando todos os brasileiros a homenagear os seus espíritos corajosos. Quando enalteceu as vítimas do incêndio no cinema, Emília olhou para o Dr. Eronildes. O médico tinha os olhos fixos à frente, sem dar por ela. No fim do discurso, houve outra salva de palmas. O interventor Higino ergueu as mãos, pedindo silêncio.

– Gostaria de voltar a atenção de todos para o criminologista mais respeitado da nossa cidade, o Dr. Duarte Coelho.

O sogro de Emília tirou uma pilha de cartõezinhos do bolso. Levantou-se sorrindo e fitou os tais cartões.

– O criminoso – disse ele, numa voz profunda e teatral –, segundo o Dr. Cesar Lombroso, é um ser atávico: uma relíquia de uma raça em extinção. Uma raça que mata e corrompe os nossos concidadãos, os nossos entes queridos. Por esta razão, devemos fazer tudo o que estiver ao nosso alcance para exterminá-la. O interventor Higino me pediu que usasse esse feriado sagrado para anunciar um plano que, é o que esperamos, vai permitir que os nossos soldados, os nossos operários e os cidadãos inocentes continuem vivos para que, no próximo Dia de Finados, tenhamos menos pessoas a prantear.

Ouviram-se alguns aplausos.

– Estamos trabalhando com a Alemanha – prosseguiu o Dr. Duarte. – Isso não foi noticiado pelos jornais porque sabemos que o Carcará os lê. O DPDC fez os editores prometerem que não divulgariam nada a este respeito. Mas suponho que, agora, não há mal algum em compartilhar esse segredo com os presentes. Afinal, ninguém aqui é boquirroto, espero eu.

Os convidados riram.

– Compramos várias Bergmanns. São as chamadas "metralhadoras". Elas disparam quinhentos tiros por minuto. Com uma dessas, dez homens viram dez mil. Os cangaceiros não terão tempo de pensar, ou de atirar. Estarão mortos antes mesmo de terem levado a mão ao coldre – acrescentou ele, piscando para Emília. – As Bergmanns vão ser embarcadas secretamente. Não deixaremos que os cangaceiros se apossem de uma arma como essa. Vamos atraí-los até um determinado ponto e, depois, surpreendê-los com os nossos novos armamentos. Senhoras e senhores, não tenho dúvidas de que conseguiremos sanar essa praga de criminalidade que assola o interior do nosso estado. Afinal, não é a metralhadora Bergmann que vai realizar esse feito, mas a nossa determinação. Como disse o grande escritor Euclides da Cunha: "A raça forte não destrói a fraca pelas armas, esmaga-a pela civilização."

A sala veio abaixo em aplausos. Emília sentiu uma onda ácida de leite de coco com moluscos lhe voltar pela garganta, deixando-a em brasas. Levou o guardanapo à boca.

Depois que o Dr. Duarte se sentou, os garçons tiraram os pratos e serviram a sobremesa.

– Quando é que elas chegam? – indagou Emília. – Essas tais Bergmanns?

Depois de alguma hesitação, o Dr. Duarte sussurrou para os seus companheiros de mesa:

– A essa altura, já foram embarcadas num navio.

– Daqui a uns três meses – acrescentou Degas, pondo a mão no braço da mulher.

Sem saber se aquele gesto visava consolá-la ou se era um alerta, ela o rechaçou. Estava sentindo uma pressão na cabeça e atrás dos olhos, como se o seu cérebro tivesse inchado.

– Confio na discrição de todos a este respeito – disse o Dr. Duarte, dirigindo-se aos outros convivas.

– Claro – respondeu o Dr. Eronildes, olhando para Emília. – Quando me formei em medicina, fiz um juramento. Tudo o que vejo ou ouço durante uma consulta e mesmo fora dela, se pertence à vida dos homens, guardo para mim.

– E quanto às mulheres? – perguntou Emília. – E quanto às vidas delas?

– Isso mesmo – interveio Lindalva. – O nosso sexo não vai ficar de fora...

– Fiz o mesmo juramento – observou o Dr. Duarte, fitando Eronildes. A sua voz tremeu. – Os médicos são leais, especialmente entre si. Isso também faz parte do juramento, se bem me lembro: "estimar, tanto quanto a meus pais, aquele que me ensinou esta arte; fazer vida comum e, se necessário for, com ele partilhar meus bens; ter seus filhos por meus próprios irmãos" – prosseguiu ele, enxugando os olhos com o guardanapo. E, olhando para Degas, acrescentou: – É bom fazer parte de um grupo como esse. O valor de um homem está nas companhias que tem.

– Concordo – disse Degas, batendo freneticamente com o pé no chão por baixo da mesa. – E tenho certeza de que o Dr. Eronildes também concorda.

Os ocupantes da mesa comiam a sobremesa em silêncio. Emília engoliu o pedaço de bolo, mal sentindo o gosto. Queria que tudo aquilo terminasse logo, mas, ao mesmo tempo, tinha medo de deixar aquela sala. Assim que o almoço acabasse, voltariam para a casa dos Coelhos e ela teria de apresentar Expedito ao Dr. Eronildes. Aquela súbita aparição do médico no Recife, seus problemas financeiros, a afinidade que o seu sogro demonstrava com relação a ele, tudo isso a deixava preocupada. O mais inquietante, porém, eram as Bergmanns. As palavras do Dr. Duarte estavam o tempo todo se infiltrando nos seus pensamentos, de uma forma absolutamente irritante, como moscas que houvessem ficado aprisionadas em sua cabeça. "Com uma dessas, dez homens viram dez mil... Estarão mortos antes mesmo de terem levado a mão ao coldre."

Depois da sobremesa, Chevalier se desculpou e deixou a sala. Degas também se levantou, declarando que levaria o piloto até o seu hotel. O Dr. Duarte ergueu a mão, mandando o filho esperar.

– Ele já é crescido, Degas. Tenho certeza que saberá chegar lá sem a sua ajuda. Você vai nos levar de volta para casa. E Eronildes vai conosco – disse ele, sorrindo para o seu convidado.

Quando Degas tentou protestar, o bom humor de seu pai desapareceu.

– Degas – disse ele, em voz baixa e severa. – Você pode ter tempo para aguentar playboys e tubarões da imprensa, mas eu não. Não quero esse sujeito novamente em minha companhia.

Dizendo isso, levantou-se e tratou de acompanhar Eronildes em direção à saída. Degas ficou olhando a cadeira vazia e, depois, se apressou em segui-los.

2

Já na casa dos Coelhos, Emília acordou Expedito, que estava dormindo depois do almoço, e o levou, com cara de sono, até o quintal. O chafariz gorgolejava, cuspindo água. Os jabutis tinham se aglomerado no único lugar em que havia sombra. Expedito pegou umas folhas de alface meio murchas que estavam espalhadas pelo chão de lajotas e foi dar de comer aos animais. Emília se ajoelhou ao seu lado. Logo as portas do escritório se abriram e, lá de dentro, o corrupião começou a cantar um tanto sobressaltado. O Dr. Duarte e seu convidado se aproximaram.

– Ah! – exclamou o velho, estendendo as mãos gorduchas. – Aí está o Coronel! É assim que nós o chamamos por aqui.

Deu uns tapinhas na cabeça do menino, que parou de dar comida aos jabutis e voltou os olhos escuros para o desconhecido. O Dr. Eronildes tinha as mãos trêmulas. Segurou uma com a outra.

– São jabutis? – perguntou.

Expedito fez que sim com a cabeça.

– Eles vivem tanto quanto nós, sabiam? – disse o médico. – Às vezes até mais. Provavelmente vão sobreviver a todos nós.

Expedito estava olhando fixamente para os bichos, como se refletisse sobre as palavras do estranho.

– Menos a Expedito – disse Emília. – Ele vai viver para ver outra geração de jabutis. Se Deus quiser.

– Claro que vai – concordou Eronildes. – Graças à senhora.

– E ao senhor – replicou a moça. – Somos ambos responsáveis pela vida dele.

O Dr. Eronildes aquiesceu. O seu rosto estava pálido e lustroso, como uma rodela de inhame fervida. Ele ficou brincando com o paletó e mexendo a perna. O Dr. Duarte pôs a mão nas suas costas, como se quisesse apoiá-lo.

– O partido verde é antiquado; não serve bebidas nos eventos que organiza – disse ele. – Mas eu gosto de uma caninha de vez em quando, para matar os parasitas. Tenho uma cachaça ótima lá no escritório, ou um White Horse, se preferir.

– Um White Horse – disse Eronildes, lambendo os lábios. – Com gelo.

O Dr. Duarte assentiu.

– Vou mandar a criada picar um pouco de gelo. Não deve demorar muito. Emília e o Coronel ficam lhe fazendo companhia.

A moça viu o sogro se afastar. Jamais o vira andar tão lépido e demonstrar tanta deferência com uma visita. Era raro vê-lo dividir com alguém o seu pequeno estoque de uísque importado. Ao seu lado, Eronildes farejava o ar. Emília também sentiu um cheiro de queimado, como arroz esquecido no fogão.

– É costume fazerem fogueiras no Dia de Finados? – perguntou o médico.

– Não – respondeu ela.

Lá de dentro, ouviram os gritos do Dr. Duarte, pedindo gelo. Eronildes se aproximou um pouco mais.

– Deveríamos avisá-la – disse ele.

O cheiro de queimado estava agora mais forte e Emília achou que era a isso que Eronildes estava se referindo.

– Dona Dulce não está fazendo nada na cozinha – replicou ela.

– Não – disse o médico, entre dentes. – Sobre as Bergmanns.

Emília sentiu a boca seca; a sua língua parecia uma lixa.

– Claro que sim – conseguiu enfim dizer. – O senhor está voltando para a fazenda. Faça isso.

– Ela não acreditaria em mim.

– Por que não?

– Porque desconfia de quem quer que venha ao Recife, e com razão. Preciso do seu apoio.

– O senhor o tem. Diga-lhe que também ouvi a história das Bergmanns.

– Por que não lhe diz isso a senhora mesma?

– Não posso falar sobre armas nas colunas sociais! – exclamou a moça, irritada com a ignorância do médico.

Ele balançou a cabeça.

– Não. Diga-lhe pessoalmente.

O cheiro de queimado estava mais forte, e já não parecia ser de comida, mas sim de algo químico. Junto aos pés de Emília, Expedito olhava atentamente para os dois, como se estivesse entendendo o que conversavam.

– Como? – indagou Emília.

Eronildes se aproximou ainda mais. Tinha o hálito quente e azedo, com cheiro de bebida velha.

– Posso organizar uma reunião na fazenda. O seu marido disse que as Bergmanns vão levar uns três meses para chegar. Talvez até mais se tiverem de enfrentar tempestades no mar. E, ao chegar, o navio pode ficar preso no porto até passar pela inspeção.

Emília balançou a cabeça.

– O Dr. Duarte consegue liberar tudo bem depressa. Ele é dono de uma firma de exportação. Conhece todos os agentes da alfândega.

– Está certo – prosseguiu o médico. – Então, temos noventa dias, na melhor das hipóteses. Se a senhora pegar o trem para o sul, até Maceió, levará um dia inteiro de viagem. Depois, terá de ir até Propriá, perto do São Francisco, o que vai demorar pelo menos dois dias, já que não existem trens entre essas duas cidades. Não sei exatamente quanto tempo levaria a viagem de barco; depende do nível da água. Mas, mesmo que demore duas semanas, se partir o mais rápido possível, conseguirá chegar à minha fazenda antes que as Bergmanns aportem no Recife.

– O senhor já planejou tudo.

– É verdade. Durante o almoço – disse Eronildes, lambendo os lábios.

Emília ficou envergonhada, pensando nas ideias apavoradas e ilógicas que lhe ocorreram durante o almoço. Como gostaria de ter aquela sensatez de Eronildes... Mas, mesmo ali, na segurança relativa do quintal, sentia-se atordoada e desencorajada.

– Não sei – disse ela. – Os Coelhos não vão me deixar viajar sozinha.

– Arranje uma desculpa.

– Como é que ela vai saber que estou indo para lá? – perguntou Emília, com medo de dizer o nome da irmã em voz alta.

– Eu me encarrego disso.

– Mas não disse que ela não acreditaria no senhor?

Eronildes enrubesceu.

– Ela lê os jornais. A senhora pode dizer algo sobre essa viagem, como uma prova de que é verdade. E deveria levar o menino.

Emília fitou as portas que davam para o pátio, louca para que o sogro voltasse, pondo fim àquela conversa. Luzia ia querer Expedito de volta. Que mãe não quereria?

– Não – disse ela. – É perigoso demais.

Umas gotinhas de suor bordejavam o lábio superior de Eronildes e o seu peito se estufou, como se ele estivesse respirando fundo, mas, em vez de expirar, o que fez foi levar a mão pálida à boca.

– Está se sentindo bem? – perguntou Emília, temendo que o médico fosse vomitar.

Eronildes assentiu.

– É lamentável – disse ele. – A senhora tem razão. Somos humanos. Temos de aceitar a morte como o nosso destino. Alguns são tolos o bastante para acreditar que podem escapar a isso levando uma vida tranquila. Outros são tolos o bastante para desafiar a morte; acham que ela não vai atingi-los, por mais que tomem atitudes perigosas. Na verdade, ninguém está a salvo. Ninguém pode escapar. Perdoe-me por lhe pedir isso.

Havia um tom de decepção na voz do médico, como se estivesse falando com uma criança egoísta. Emília quis sair dali, deixá-lo cozinhando naquele pátio quentíssimo, mas, se fosse embora assim de repente, estaria agindo como uma mulher infantil e assustada, exatamente do jeito que ele a fazia se sentir.

– Eu disse que era perigoso demais para Expedito, não para mim – replicou ela.

– Não, não – atalhou o médico, balançando a mão. – Um encontro desses seria arriscado demais para todos nós. É melhor ficar fora disso. Às vezes, queremos ser corretos, mas, no fundo, a nossa natureza é mais fraca do que gostaríamos. Adoraria que esse não fosse o caso.

– Pare com isso! – exclamou Emília, irritada com a súbita hesitação de Eronildes. – Vou fazer o que sugeriu. E o senhor também. Não temos outra escolha...

A sua voz falhou. Ela não conseguiu terminar a frase. As ideias lhe vinham rapidamente, e desarticuladas, fazendo-a sentir-se sem equilíbrio. Estendeu a mão para o lado, procurando a borda ladrilhada do chafariz, e se sentou. A água respingava no seu pescoço e nas suas costas. O cheiro de queimado estava ficando cada vez mais forte, lembrando até os dias que se seguiram à revolução. O Dr. Eronildes ficou torcendo as mãos e olhando para ela.

– Farei o que a senhora decidir – disse ele. – Lamento tê-la deixado aborrecida.

Emília não respondeu. Não estava aborrecida; estava exaltada. Não tinha sido forte o bastante para salvar a irmã caçula quando os cangaceiros a levaram embora. Não tinha sido forte o bastante para resistir quando Degas insistiu em usar as suas remessas de roupas como disfarce para o transporte de armas. Agora, podia ser forte. Agora, tinha a oportunidade de salvar Luzia.

– Marque o encontro e estarei lá – sussurrou ela. – Vou avisá-la.

Antes que Eronildes pudesse dizer o que quer que fosse, o Dr. Duarte apareceu no quintal de mãos abanando. Degas estava junto com ele.

– Acabei de receber um telefonema – disse o velho, ofegante. – Os comunistas, essas facções anti-vargas, estão incendiando o porto. Temos de adiar o nosso compromisso.

– Claro – disse Eronildes, e seguiu o pai e o filho, que entraram na casa.

Emília continuou sentada. Arrancou uma samambaia de uma fenda nos ladrilhos do chafariz. Ao seu lado, Expedito dava uns tapinhas nos cascos dos jabutis. Falava baixinho com os bichos, aproximando bem o rosto da cabeça deles, como se estivesse lhes contando sobre o incêndio do porto. Talvez houvesse outra revolução, pensou a moça. Talvez o porto fosse destruído e as Bergmanns nunca chegassem. Nesse caso, os cangaceiros não estariam ameaçados, mas, então, ela não teria a chance de salvar a irmã. Qual das duas coisas desejava mais?

Ficou olhando para o lugar onde o Dr. Eronildes estava parado minutos antes. Achou que a sua presença no almoço de finados tinha sido uma desculpa para vê-la e combinar o tal encontro com Luzia, mas ele saiu do pátio tão subitamente, atrás do Dr. Duarte... Nem se despediu. Emília percebeu um sentimento de vergonha naquela saída. A questão da bebida havia piorado; qualquer homem ficaria envergonhado por causa da dependência ao álcool, pensou ela. Mas havia também um desespero na sua voz, no jeito ansioso como lhe sussurrou todas aquelas coisas. O médico tinha dito que o testamento da mãe não se resolveria tão cedo e que a fazenda não estava dando lucro. O terno que usava estava bem surrado e as botas mal-engraxadas, com o couro rachado junto às costuras. Problemas financeiros deixavam qualquer homem desesperado, mas Eronildes tinha uma profissão. Era médico e podia voltar a clinicar em caso de necessidade. Emília fechou os olhos. A medicina era a única relação entre Eronildes e o seu sogro, Fora isso, os dois nada tinham em comum. O doutor tinha agido de forma digna no passado, disse a moça com seus botões. Continuaria a agir assim.

Expedito gritou. Emília abriu os olhos. Um dos jabutis o tinha mordido. O menino segurava uma das mãos com a outra. Tinha o rosto vermelho, os olhos marejados. Olhou para Emília de cara feia, como se aquilo fosse culpa dela, como se fosse algo que ela pudesse ter evitado.

3

O ataque ao porto foi logo controlado. Não passou de um pequeno incidente, em comparação com a rebelião de 1932 em São Paulo. Mas aconteceu no Recife e, segundo constava, o Nordeste em peso apoiava Vargas. O presidente enviou tropas para o local. Em duas semanas, o governo já havia esboçado a Lei de Segurança Nacional. Essa lei fechou diversas instituições e, mais tarde, criou o Tribunal de Segurança Nacional, encarregado de julgar os casos contra pessoas suspeitas de ameaçar a integridade da nação. Suspenderam-se os habeas corpus. Quem quer que contestasse Vargas ou perturbasse a ordem nacional – desde intelectuais a ladrões – era preso. As prisões ficaram tão superlotadas que navios da Marinha foram convertidos em penitenciárias flutuantes no porto do Rio de Janeiro. No Recife, a polícia militar circulava pelos bairros, concentrando-se no Centro e no Bairro Recife, onde havia liberais e estudantes.

Um antropólogo local, amigo de Lindalva, publicou um livro que o *Diário de Pernambuco* condenou como sendo "pernicioso, destrutivo, anarquista e comunista". O tal livro dizia que os brasileiros não eram apenas um produto dos portugueses, mas também dos africanos e das influências nativas. Não se tratava de uma cultura monolítica, afirmava o antropólogo, mas de uma trindade. O Dr. Duarte taxou o livro de pornográfico. O governo Vargas proibiu a sua comercialização e fechou todos os centros culturais e entidades religiosas de origem africana. O autor se exilou na Europa.

O presidente conseguiu consolidar a sua Lei de Segurança Nacional tão rapidamente que o povo sequer teve tempo de reagir ou protestar. Como tantos outros, o Dr. Duarte acreditava que o comunismo era uma ameaça maior que a nova legislação de Vargas. Na sala de visitas, Emília se sentava entre o marido e o sogro para ouvir os noticiários noturnos pelo rádio. Um líder italiano, apelidado *Il Duce*, estava se preparando para invadir a Etiópia. Na Espanha, falava-se em guerra civil. No porto de São Paulo, desembarcaram duzentos judeus alemães, fugindo do novo Führer. O mundo inteiro estava em polvorosa e, no Brasil, a situação não era diferente. Muitos brasileiros acreditavam que Vargas era como um pai severo, tentando protegê-los contra a instabilidade reinante. Outros decidiram deixar o país antes que as coisas piorassem. Vários cientistas, escritores e professores do Recife começaram, discretamente, a aceitar trabalho no exterior. Lindalva e a baronesa fecharam a casa da praça do Derby e já se preparavam para uma longa viagem em visita a uma prima que morava em Nova York. Encheram vários baús com roupas e livros. Lindalva encerrou a sua conta bancária e, durante o último almoço com Emília na varanda da casa, entregou-lhe um grande envelope, contendo espessos maços de dinheiro.

– É a sua poupança da fuga – disse a moça. – Está na hora de usá-la. Venha conosco.

A baronesa aquiesceu.

– Não acho que uma mulher casada deva fugir às suas responsabilidades – disse ela. – Mas, quando o marido não se preocupa com o bem-estar do casal, a esposa deve pensar no seu próprio. Foi o barão quem me ensinou isso. A situação aqui vai de mal a pior. Vargas tem olho grande. Está sempre querendo mais. E, depois, não vai saber o que fazer com tudo o que conseguir.

– Diga aos Coelhos que seremos suas acompanhantes – acrescentou Lindalva, sorrindo. – Vamos zelar pela sua honestidade.

– Não posso ir – replicou Emília.

– Podemos fechar a loja – insistiu a moça. – As costureiras arranjam outros empregos.

– Não é por causa da loja – disse Emília, incapaz de encarar a amiga.

Estava com um nó na garganta.

Lindalva e a baronesa juraram que voltariam para o Brasil, mas Emília sabia que estava perdendo as suas únicas aliadas. Queria ir com elas. Queria começar uma vida nova numa cidade estrangeira, mas não podia. Tinha prometido fazer outra viagem. Em vez de deixar o país, tinha se comprometido a se embrenhar ainda mais nele. Em razão da Lei de Segurança Nacional, qualquer ameaça contra o Estado – mesmo que vinda de bandidos do interior – era considerada. O Dr. Duarte e o interventor Higino esperavam ansiosos a chegada das Bergmanns. Mandaram mais tropas para o sertão. Emília se entristecia sempre que lia os jornais e ficava se perguntando que cangaceiros teriam sido capturados e decapitados. Era uma tensão insuportável. O seu único consolo era a proposta do Dr. Eronildes: viajar para o interior e avisar a irmã. Só então poderia se sentir livre.

Depois da visita à casa dos Coelhos, o médico mandou cartões de agradecimento para cada membro da família, expressando a sua gratidão por ter a sua companhia no Dia de Finados.

Sra. Emília,

Foi um prazer revê-la e ao menino. Fico feliz por saber que ambos gozam de boa saúde. A senhora disse que gostaria de conversar com um de meus colegas sobre as possibilidades educacionais de Expedito. Ainda gostaria desse encontro? Estarei no Recife daqui a duas semanas. Peço-lhe que me dê a sua resposta nessa ocasião para que eu possa tomar as providências necessárias. O meu colega não é uma pessoa muito disponível, portanto o tempo é um elemento fundamental.

Nesse ínterim, rezei para santa Luzia, como a senhora recomendou. Espero que ela atenda às nossas orações. Como todos os demais santos, ela precisa de provas das nossas boas intenções.

Atenciosamente,
Dr. Eronildes Epifânio

A apenas dois meses da chegada das Bergmanns, Emília tinha de pôr o plano em prática. Saberia a data exata do encontro quando o Dr. Eronildes viesse ao Recife. Ela abriria então o seu porta-joias e entregaria ao médico o velho canivete da irmã – com a abelha entalhada no cabo –, para que ele o desse à Costureira. Isso provaria que o encontro aconteceria efetivamente, que Emília estaria presente.

Disse aos Coelhos que precisava de novos tecidos para dar conta das encomendas para os bailes de ano-novo e de Carnaval, que já vinham se aproximando. Disse ainda que queria usar uns materiais diferentes e que uma loja de Maceió oferecia uma grande variedade de artigos. Como as tais remessas de caridade havia transformado o Dr. Duarte em fã do hobby da nora, ele não fez qualquer objeção à viagem. Já a sua sogra sempre gostava da perspectiva de vê-la fora de casa, mas não gostava da ideia de uma jovem senhora viajando sozinha.

– Não vou estar sozinha – retrucou Emília. – Expedito vai comigo. E Raimunda, é claro, para olhar o menino enquanto faço as minhas compras.

Nessas condições, dona Dulce não viu maiores problemas. Na verdade, ficou feliz da vida com a ideia de passar alguns dias sem Expedito e com a perspectiva de extrair alguns mexericos de Raimunda quando a criada voltasse. Só Degas resistia à viagem: na ausência da mulher, não teria ninguém para acobertar as suas saídas na hora do almoço e não poderia ir ao Bairro Recife para se encontrar com Chevalier. Só por isso, crivou Emília de perguntas: onde era a tal loja? Como ficara sabendo da sua existência? Como era possível eles terem produtos melhores que os do Recife? Emília tinha todas as respostas prontas, mas nenhuma o satisfazia. Finalmente, descobriu a frase que poderia funcionar.

– Quando eu voltar – disse ela –, a quantidade de tecido vai ser tamanha que terei de ir ao ateliê sete dias por semana. Pode aparecer por lá quando quiser. Vou precisar de você para me levar o café, o almoço e o jantar.

O Dr. Duarte lhe deu um cheque para pagar a passagem de trem de ida e volta, mas a moça decidiu que não compraria a passagem de volta. A viagem de barco até a fazenda de Eronildes duraria muito mais que o tempo combinado para as suas compras. Costurou então a sua poupança da fuga no forro de três boleros. Quando chegasse a Maceió, mandaria um bilhete por Raimunda, dizendo que estava abandonando Degas. Seria um escândalo. Nunca mais poderia voltar ao Recife. Talvez o seu marido ficasse furioso e resolvesse contar a verdade sobre Luzia e Expedito. Não, ela não se arriscaria a voltar.

Não tinha pena de ir embora do Recife. Ela e Degas não tinham um futuro juntos e não gostava do jeito como os Coelhos falavam dos projetos para Expedito. Planejavam destiná-lo a atividades como a carpintaria ou a serralheria. Se continuasse a morar no Recife, Expedito passaria a vida toda consertando coisas nos imóveis que a família alugava ou carregando caixas nos seus entrepostos. Um "filho da seca" não podia entrar para a universidade. Emília já tinha mudado de vida uma vez; poderia perfeitamente fazer isso de novo. Agora, porém, não tinha esperança em termos de romance, riqueza ou qualquer outra daquelas expectativas infantis que nutria no passado. A sua única esperança era encontrar algum consolo. Tinha dinheiro suficiente para viajar para o sul ao deixar a fazenda do Dr. Eronildes. Se Degas revelasse o seu segredo, Emília e Expedito poderiam cruzar a fronteira com a Argentina. Ou ela poderia comprar duas passagens de segunda classe num vapor e embarcar para Nova York, onde Lindalva e a baronesa haviam se instalado. Mesmo num país estrangeiro, uma boa costureira sempre pode encontrar trabalho.

Emília começou a fazer as malas semanas antes da data marcada. Escolheu o guarda-roupa com todo o cuidado: se levasse muitos trajes, os Coelhos ficariam desconfiados. Tinha de pôr na mala roupas e chapéus da moda, mas nada podia ser elegante demais ou ficaria estranhíssima na viagem de barco. Depois que deixasse Maceió, não haveria carregadores ou camareiros para ajudá-la, portanto a mala não podia pesar muito, ou não conseguiria carregá-la. E precisava ainda pensar nas roupas de Expedito. Passou várias tardes no quarto, dobrando e desdobrando diversas peças.

Um dia, pouco antes da data em que o Dr. Eronildes deveria chegar ao Recife, Emília ouviu a porta da frente bater com toda a força. Lá embaixo, o Dr. Duarte gritou com uma das empregadas, mas não dava para distinguir o que ele dizia. Uma criada subiu correndo a escada e veio bater à porta do seu quarto.

– O Dr. Duarte quer ver a senhora – disse a moça e, baixando a voz, acrescentou: – Ele está aborrecido com alguma coisa. Parece até que andou mastigando couro...

– Onde está Expedito? – perguntou Emília, segurando-a pelo braço.

Assustada, a moça recuou. Disse que o menino estava no quintal, brincando com Raimunda. Emília a soltou. A criada desceu as escadas a passos largos, esfregando o braço. Emília se encostou no umbral da porta. Se o Dr. Duarte tivesse descoberto o motivo daquela viagem, ela estava perdida. Fitou a pilha de roupas sobre a cama. Expedito estava no quintal. Se fosse preciso, poderia pegá-lo correndo e dar o fora daquela casa antes que conseguissem detê-la. Respirou fundo e desceu.

O seu sogro tinha o rosto afogueado e os lábios contraídos. Com um gesto brusco, mandou que Emília entrasse no escritório e fechou a porta. Degas estava esperando lá dentro, sentado diante da escrivaninha do pai, com o chapéu nas mãos e os olhos indo do pai à mulher. Parecia tão confuso quanto Emília, tentando também imaginar o que teria provocado a raiva do Dr. Duarte e como escapar dela. No canto, havia um ventilador giratório com um bloco de gelo meio derretido em cima da grade. A moça sentiu uma rajada de ar frio.

– Sente-se – exclamou o Dr. Duarte.

Emília obedeceu. O ventilador girava. De repente, o aposento ficou quente e abafado.

– Bom... – disse o Dr. Duarte – Vamos direto ao assunto. Degas tem o costume de ir vê-la na hora do almoço, Emília. No seu ateliê.

A voz do seu sogro não tinha vestígio daquela zombaria brincalhona que ele assumia geralmente ao falar com ela. Era um tom severo. O coração da moça começou a bater mais depressa. Degas a fitou.

– É – disse ela.

– E o que vocês comem? Brisa? – prosseguiu o velho. – Ninguém os vê em restaurantes.

– Pedimos comida – atalhou Degas.

– Onde estão os recibos? – perguntou o Dr. Duarte. – Ande lá, mostre.

– Não tenho nenhum recibo – replicou Degas, sem erguer os olhos.

– Pois bem! – gritou o Dr. Duarte, dando um tapa na mesa e assustando Emília. – Vocês comem comida imaginária que garçons imaginários de restaurantes imaginários levam até o ateliê!

Tinha os olhos pregados no filho. O ar entrava e saía de suas narinas sibilando.

– Atualmente, há centenas de policiais militares patrulhando as ruas – prosseguiu ele. – Acha que ninguém o vê? Acha que essa cidade é cega?

O Dr. Duarte parou de falar. Tinha uns acúmulos de cuspe nos cantos da boca. Enxugou os lábios com o dorso da mão e olhou para a nora.

– Tenho certeza que você estava apenas sendo leal ao seu marido. Tenho certeza que você não participou voluntariamente dessas saidinhas. Algumas notícias lamentáveis me chegaram aos ouvidos, Degas. Parece que o seu amigo Chevalier foi apanhado... – O velho hesitou, retorcendo os dedos grossos. – Existem coisas que não posso mencionar diante de uma dama. Tudo o que posso dizer é que há um menino de rua envolvido nessa história. Um pervertido. E o Sr. Chevalier não se fez de rogado: logo citou o seu nome, como sendo um amigo querido.

– Eu? – exclamou Degas, enrubescendo. – Então sou culpado por associação!

– Não deveria haver qualquer associação entre você e gente dessa laia! – esbravejou o Dr. Duarte, fechando os olhos e respirando fundo. – Paguei aos policiais – acrescentou ele. – O tal rapazinho não vai sair da delegacia. Graças à Lei de Segurança Nacional, ele vai passar o resto da vida limpando as latrinas por lá. Também paguei a fiança do Sr. Chevalier. Ele está voltando para o Rio amanhã. De navio.

Deixou-se cair ruidosamente na cadeira, como se os seus joelhos houvessem falhado.

– Filho – disse ele, baixinho –, não há nada que disciplina e força de vontade não curem. Isso não é irreversível. É uma fraqueza mental. Vamos livrá-lo dela. Há uma clínica, nos arredores de São Paulo: o Sanatório Pinel. Eles são especializados nesse tipo de coisa. O filho dos Fonseca esteve lá não faz muito tempo. Voltou curado.

Degas estava pálido. Emília se lembrou de Rubem Fonseca, um rapaz baixo e forte, que havia sido campeão de futebol pelo time da faculdade de engenharia. Quando voltou de um período de internação, Fonseca tinha perdido inteiramente o interesse pelo esporte. Nos bailes do Clube Internacional, ficava sentado a uma mesa do fundo da sala, fumando um cigarro atrás do outro, cumprimentando as pessoas com um olhar mortiço e um aperto de mão frouxo.

– Já falei com o diretor – prosseguiu o Dr. Duarte. – Tem uma vaga lá para você, Degas. Vou acompanhá-lo. Embarcamos esta semana mesmo, dizendo que se trata de uma viagem de negócios. Você vai ficar na clínica o tempo que for necessário. O Dr. Loureiro disse que, na maioria dos casos, o tratamento dura uns dois meses. Vou contar para sua mãe que você vai viajar. E você, Emília, não desmarque a sua ida a Maceió. As coisas devem continuar do jeito mais normal possível. Dona Dulce não pode desconfiar de nada. Isso deixaria a sua mãe desnorteada, Degas. Não vá lhe pedir ajuda, entendeu bem?

Degas assentiu. O chapéu nas suas mãos estava todo amassado.

– Emília – disse-lhe o seu sogro –, sei que isso não é nada agradável, mas preciso lhe dar certas instruções. Vão lhe fazer perguntas e as suas respostas terão de ser plausíveis. Você é o guia moral do seu marido. Quando ele voltar, leve-o a jantares, teatro, cinema. Você não deve sair do seu lado. Assim, não haverá chances para recaídas.

A moça aquiesceu. O Dr. Duarte os dispensou, alegando que precisava comprar as passagens de navio e avisar a data de sua chegada ao Sanatório Pinel. Emília e Degas saíram do escritório e subiram a escada juntos, como se a sua penitência já tivesse começado.

A meio caminho, Degas tropeçou. Emília o segurou pelo braço, temendo que o marido fosse desmaiar e pudesse cair pela balaustrada. Ele fechou os olhos. Bem devagar, ela o fez se sentar. Sentiu o frio dos ladrilhos na parte posterior das pernas. Degas apoiou a testa no corrimão, embaçando o metal.

Emília sentia um misto de emoções confusas. Estava aliviada por não ser o objeto da raiva do sogro. Ele nem desconfiava de que a sua viagem era uma farsa. Também se sentia vingada, pois tinha razão quanto a Chevalier – ele era um desavergonhado –, e Degas havia sido finalmente repreendido por suas mentiras.

Quando se lembrava, porém, do olhar mortiço do jovem Fonseca e via Degas ali, à sua frente, com o rosto inteiramente sem cor e as mãos trêmulas, não desejava que ele fosse punido.

– Sinto muito – disse ela.

Degas esboçou um sorriso meio torto.

– Acha que vou ficar curado? – perguntou.

– Não sei.

– Mas espera que sim – retrucou ele, ríspido. – Todo mundo quer que eu me torne um homem diferente.

– Eu não o conheço, Degas – disse Emília, balançando a cabeça. – Como posso querer que você seja diferente se mal consigo compreendê-lo?

Degas escondeu o rosto nas mãos.

– Eu não gostava de verdade de Chevalier – disse ele. – Simplesmente era conveniente. Nunca me senti indigno. Nunca precisei me esconder pelos cantos, como um paspalho, à espera de um desses rapazes de rua. Mas não gostava de Chevalier para valer. Com Felipe era diferente... – A voz lhe faltou. Ele mordeu os lábios, como se estivesse tentando engolir de volta as palavras que haviam saído. – Não quero me curar! – exclamou, por entre os dentes cerrados. – Não quero morrer para esses sentimentos. Tive momentos de genuíno prazer, Emília. Você compreende?

Degas segurou as mãos da mulher entre as suas, numa atitude de súplica. Emília ficou olhando lá para baixo, para as sombras do outro lado do corrimão em curva, perguntando-se se alguém estaria ouvindo aquela conversa. Nunca tinha experimentado o amor físico desse jeito. O que sentira, anos atrás, pelo professor Célio era uma quedinha de menina, nada mais. As únicas conexões físicas que havia sentido foram com Luzia e com Expedito, e ambas eram um outro tipo de amor. Tirou as mãos que o marido segurava.

– Não – disse ele, baixinho. – Você não poderia entender. Eu lhe roubei essa chance. Como gostaria de ir embora daqui... Como gostaria de estar enterrado junto com Felipe...

– Não diga isso – replicou Emília.

– Sabe o que fazem nesses sanatórios? Usam eletricidade. Injetam hormônios. Vão me matar de uma forma diferente. Vou voltar, mas estarei morto.

– Não vá – disse a moça, pegando a sua mão. – Você não precisa ir.

– E fazer o quê? Fugir? – perguntou ele, fitando-a nos olhos. – Fugir não é tão fácil quanto imagina, Emília.

– Eu sei – retrucou ela, sentindo-se de súbito irritada com aquele tom brando da voz do marido.

– Sabe? – indagou ele. – Então, prometa que vai voltar para cá depois da viagem a Maceió.

– Por quê?

– Prometa.

– Não.

Degas se remexeu. Os seus joelhos esbarraram nos dela.

– Essa história de loja de tecidos é mentira, não é?

Emília se segurou firme na borda da escada. Tentou se levantar, mas o marido passou o braço diante das suas pernas.

– Pare com isso! – exclamou ela. – Deixe de ser egoísta! Se eu quisesse ir embora, teria ido para Nova York com Lindalva. Essa história não tem nada a ver com você, Degas. É mais importante.

– Importante como? – perguntou ele, largando o peso do braço no seu colo.

– Imagine que você pudesse ter evitado esse problema – sussurrou Emília. – Imagine que alguém o tivesse avisado com antecedência. Se você já soubesse, a sua reação teria sido diferente.

– Talvez – replicou Degas. – Mas talvez eu quisesse ser apanhado. Talvez eu quisesse que tudo isso terminasse – acrescentou ele, aproximando-se mais da mulher. – As Bergmanns estão chegando – murmurou. – Você não pode detê-las. Ela também não.

– Mas posso avisá-la. Pelo menos, ela não vai estar agindo às cegas.

Degas assentiu.

– E como vai encontrá-la? – perguntou.

– Isso não é problema seu – respondeu Emília, desconfiada. – É ela que vai vir ao meu encontro.

– Isso é coisa daquele médico – disse Degas. – Ele a convenceu a ir até lá.

– Ninguém precisa me convencer.

– Cancele essa viagem, Emília. Avise pelo jornal. Assim, ele não pode contestar.

– Não! – exclamou ela, afastando-se do marido. – Por quê?

– Ele a está usando – insistiu Degas, passando a mão com força no cabelo, como se pretendesse tirar uma lembrança da cabeça. – Lembra que, lá na sua terra, Felipe botava gaiolas na varanda? Uma vez, ele me contou como se fazia para pegar aqueles pássaros. Antes, punha comida nas gaiolas, para enganá-los, mas os bichos descobriram o truque. Então, ele passou a botar um passarinho ali dentro. E amarrava as patas dele no poleiro. Um outro pássaro que visse o seu irmão na gaiola deduzia que o lugar era seguro e entrava. Não era a comida que os enganava, Emília. Eram eles mesmos.

A moça se afastou do marido o máximo que pôde. Ficou com as costas bem coladas à parede e quase bateu com a cabeça no corrimão. Degas falou de pássaros e gaiolas porque achava que ela era simplória demais, tola demais para merecer uma explicação de verdade. Achava que era fácil enganá-la.

– O Dr. Eronildes é um homem bom – disse ela. – Não deixaria que Expedito e eu corrêssemos perigo. Eu é que preciso da ajuda dele, não o contrário. Eu é que o estou usando.

– Sorte a dele, então – retrucou Degas. – Tem razão, ele não exporia você e o menino; não são vocês que ele quer. É ela. Ele vai marcar uma data falsa e, depois, mandar um telegrama no último minuto, dando alguma desculpa para cancelar o encontro. Mas só com você. Ela vai chegar lá achando que está indo se encontrar com você e vai deparar com as tropas.

– O que está dizendo? – perguntou Emília. – O que foi que você ouviu?

– Nada... – balbuciou Degas. – Ele é um bêbado, Emília, e está desesperado. Foi por isso que, de repente, resolveu ficar amigo de papai.

– Ele veio aqui para ver a mim e a Expedito. Usou o Dr. Duarte como pretexto. E herdou muito dinheiro. Não tem motivo algum para estar desesperado.

Degas balançou a cabeça.

– O governo é dono de todos os bancos, Emília. Como acha que ele vai pôr as mãos na tal herança a não ser cooperando, dando alguma coisa em troca? Todo mundo sabe que ele é um coiteiro! Exatamente como todo mundo conhece a minha... situação... e finge que não sabe de nada só por causa de papai. Mas esperam poder tirar proveito disso um dia. É a mesma coisa, Emília. Se Eronildes se mudar para o litoral, vai precisar de amigos. Já não tem mais família. O nome dele não significa nada por aqui. Se não cooperar, esse nome vai para a lama. Não se pode viver aqui sem um bom nome. Você sabe disso tão bem quanto eu.

Emília se levantou. As suas pernas estavam pesadas e entorpecidas. Agarrou-se ao corrimão para se firmar.

– Por que está me dizendo isso? – perguntou. – Por que resolveu querer me ajudar assim de repente?

– Já não estou preocupado com o trabalho de papai – respondeu ele, dando de ombros. – Na verdade, tomara que nunca consiga as suas preciosas cabeças. Espero que fracasse.

Emília segurou o corrimão com mais força ainda. Chutou a coxa do marido com a ponta do sapato, fazendo-o erguer os olhos para ela.

– Você espera que *eu* fracasse – disse. – Quer que eu fique aqui e me sinta culpada, porque, assim, vou sofrer como você. Não salvou Felipe, nem tentou avisá-lo. E a culpa foi sua. Mas eu vou salvar...

A sua voz falhou. Emília olhou para baixo. Sempre havia criadas bisbilhotando pelos corredores da casa e ouvindo atrás das portas.

– Você nunca gostou do doutor porque todos gostam dele – prosseguiu ela. – As pessoas fazem vista grossa para o vício dele, mas não para o seu. É por isso que você quer denegri-lo. O Dr. Eronildes sempre foi correto comigo, Degas. Já você, não.

– Então não acredita em mim? – perguntou ele.

– Não.

Com alguma dificuldade, Degas se levantou do degrau onde estava sentado.

– Tem razão – disse ele. – Ele conquistou a sua confiança. Eu, não. Por que daria ouvidos a mim? Seja como for, são apenas suposições.

Inclinou-se, um tanto hesitante, como se pretendesse lhe dar um beijo no rosto. Emília se afastou.

– Sinto muito – disse ele, e subiu a escada.

4

Choveu naquela noite. A casa dos Coelhos foi invadida por enxames de mosquitos graúdos. Dona Dulce os enfrentava acendendo velas de capim-limão que deixavam os cômodos e os corredores enevoados de tanta fumaça. Quando Emília se deitou, os lençóis estavam úmidos e frios. Era um tempo bem estranho para princípios de dezembro. Pendurou então uma rede no quarto e se deitou ali, embalando-se suavemente. Ficou olhando para Expedito. O menino tinha se livrado dos lençóis da sua caminha e dormia, descoberto, sob o cortinado. Emília estava inquieta, com a cabeça repleta de dúvidas. Será que Degas tinha razão a respeito de Eronildes? Ela seria a isca usada para capturar a Costureira? Decidiu conversar novamente com o marido, pela manhã, com mais calma.

Acordou com o som do motor do Chrysler e o ruído do portão da frente. Sentou-se. O dia ainda não havia clareado e a casa dos Coelhos estava inteiramente quieta. As criadas nem tinham começado a fazer as suas tarefas. Lá fora, continuava chovendo. Apesar da tempestade, uns poucos pássaros anunciavam o amanhecer.

Degas não apareceu para o café. Deixou um bilhete, dizendo que tinha ido apanhar umas coisas em seu escritório do Centro, para preparar a viagem que se aproximava. O Dr. Duarte tinha os olhos vermelhos e pareceu mal-humorado ao ler o tal bilhete. A chuva distraiu dona Dulce – ela caía forte, molhando a casa e obrigando as empregadas a fecharem todas as portas que davam para o quintal. Os aposentos ficaram abafados e úmidos.

Na hora do almoço, Degas ainda não tinha chegado. O Dr. Duarte ligou para o escritório. Um dos funcionários disse que o seu filho não tinha estado lá.

– Que falta de responsabilidade! – exclamou o velho, sentando-se para almoçar.

Passou a mão na campainha da mulher e mandou que as criadas servissem a refeição.

– Aconteceu alguma coisa – disse dona Dulce, balançando a cabeça. – Ele nunca deixa de me avisar quando não vem almoçar.

– Já liguei para a polícia – resmungou o marido. – Vão ficar de olho no nosso carro. Eu lhes disse para atravessarem a ponte para o Bairro Recife. É bem provável que ele esteja lá.

Dona Dulce enrubesceu. Almoçaram em silêncio.

De tarde, quando Expedito começou a ficar irrequieto, Emília o levou para o quintal dos fundos. Enfiaram-se na parte coberta, onde a roupa estava pendurada para secar. Havia várias cordas estendidas no teto, todas elas quase cedendo sob o peso dos lençóis encharcados, das camisas sociais de Degas, das roupas de baixo amareladas de dona Dulce, das calcinhas bordadas de Emília.

Expedito se escondeu. Emília contou até dez. Depois, começou a passar diante daquela parede de lençóis, afastando-os para procurá-lo. Com a umidade e a chuva, nada havia secado. Uma fronha fria lhe bateu no ombro. Emília se assustou. Depois, veio o barulho de um carro na entrada da casa e o som de uma buzina. "É Degas", pensou ela. Expedito deu uma risadinha. Afastando um dos lençóis, ela encontrou o seu esconderijo. O menino gritou. Ao pegá-lo nos braços, sentiu o seu calor e o cheirinho de talco. E o abraçou bem apertado.

Lá fora, ouviram-se passos rápidos.

– Sra. Emília! – gritou Raimunda, com uma voz tensa. A criada veio passando por entre as roupas e os lençóis. – Sra. Emília! – repetiu ela.

Expedito tapou a boca de Emília com a mão. Ela sorriu e ficou quieta, mas Raimunda não tardou a achá-los. Parecia consternada e confusa.

– É melhor a senhora ir até a sala de visitas agora mesmo – disse Raimunda. Encontraram o Sr. Degas.

Dentro da casa, Emília e os sogros viram um capitão da polícia, envergando o seu uniforme verde. O sujeito falava por frases compactas.

Tinham encontrado Degas e o carro dos Coelhos. Testemunhas disseram que o Chrysler Imperial estava correndo demais. Chovia muito. Foi pouco depois do café da manhã. Parecia que o carro ia se espremer entre um bonde e um vendedor de vassouras, mas desviou pouco antes da ponte Capunga. Caiu no Capibaribe. A correnteza estava forte. De início, o veículo ficou boiando. Degas não saiu. Alguns disseram que ele bateu com a cabeça e estava de olhos fechados. Outros disseram que os seus olhos estavam abertos. Um motorneiro de bonde atirou uma corda, mas não conseguiu alcançar o carro. O Chrysler deu uma guinada e, depois, afundou. Ninguém se jogou na água para salvá-lo. O rio estava muito violento.

Dona Dulce desabou nos braços do marido. Ele a segurou, ficando até trêmulo com o esforço que teve de fazer. O policial continuou parado ali na sala, constrangido, esperando que alguém o dispensasse. Voltou-se para Emília com um olhar de súplica, mas ela não conseguiu falar.

No velório, o caixão estava fechado e coberto de flores. Tantas flores! Emília chegou a ficar estonteada com aquele cheiro. O Dr. Duarte encomendou um retrato a óleo do filho, para pôr em cima do caixão. No quadro, ele aparecia mais magro, com o maxilar mais definido, os olhos vivos e confiantes. Emília ficou olhando para aquele estranho. A polícia declarou que a morte de Degas havia sido um acidente, mas os boatos persistiram. Alguns diziam que a guinada que o carro deu foi abrupta demais para ser acidental, mesmo para um motorista imprudente como ele. Não lhe permitiram ver o corpo do marido. O seu sogro, porém, disse que ele estava inchado e irreconhecível. Tiveram de manter o caixão fechado para o velório e para o enterro, mais tarde, no mausoléu da família.

Emília passou a ser a viúva Coelho. Era assim que os jornais a chamavam e era também assim que todos os que compareceram ao velório se dirigiam a ela quando vinham beijar a sua mão, entrando, a passos cautelosos, no salão de baile espelhado onde, anos atrás, ela havia aprendido a andar, a falar e a se comportar em público nas aulas que dona Dulce lhe dava. Sem Degas, o seu lugar ali na casa dos Coelhos era precário. Passaria o resto da vida como a viúva Coelho, dependendo da generosidade do Dr. Duarte e sujeita ao olhar vigilante da sogra.

Para a ocasião, os espelhos da sala tinham sido cobertos com um pano preto, bem como qualquer outro espelho da casa. Depois da visita oficial da polícia, dona Dulce prendeu o cabelo num coque bem apertado. Pôs tanta goma nos vestidos de luto que Emília podia ouvir o barulho das suas saias pela casa afora. Viu também um círculo vermelho, no ponto em que a gola dura havia deixado uma marca em seu pescoço. Dona Dulce parou de examinar cada cômodo da casa à cata de poeira ou de mofo. Parou de pedir às criadas que trabalhassem sempre mais. Nos dias que se seguiram à morte do filho, tinha os olhos vidrados, sem fitar nada em particular, como se estivesse recorrendo às escondidas ao armário das bebidas. Emília lembrou que o pai, lá em Taquaritinga, depois da morte de sua mãe, tinha esse mesmo olhar, causado não pela bebida, mas pela dor irremediável.

Durante o velório, Expedito ficou sentado ao seu lado e, de vez em quando, espiava por baixo da sua mantilha. Emília não o impedia de fazer isso. Queria que o menino a visse, queria que soubesse que ela ainda estava ali, por baixo da renda negra. Mas os gestos dele deixavam o seu rosto à mostra e ela ouviu dona Dulce sussurrar para uma das presentes:

– Está vendo só? Parece uma pedra. Não derramou uma lágrima!

Emília não conseguia chorar. Sempre que pensava em Degas, via-o tranquilo, no banco da frente do Chrysler, com aquela água barrenta entrando pelas janelas. Ele tinha enfim escapado da casa dos Coelhos e de todas as obrigações que lhe impunham. Tinha voltado para Felipe. Antes de ir embora, porém, tinha plantado a semente da dúvida na cabeça da mulher e, no dia seguinte à sua morte, aquela semente se abriu e criou raízes. Emília ficou se lembrando da última conversa que tiveram, sentados na escada. Não sabia se o alerta de Degas havia sido uma tentativa de se redimir ou mais uma das suas mentiras em proveito próprio.

A fila dos que vieram cumprimentá-los ia avançando lentamente.

– Meus sentimentos – diziam os homens.

Algumas mulheres sussurravam em seu ouvido:

– Pena que não haja filhos para dar continuidade ao nome da família. As crianças são um grande consolo.

Outras diziam:

– É uma bênção que vocês não tenham tido filhos, pois, agora, eles estariam passando por isso.

Emília assentia serenamente a cada comentário, sem demonstrar qualquer emoção. Como o caixão estava fechado, não havia um corpo que eles pudessem cercar e observar; ficavam então inspecionando a viúva e os Coelhos. Também aproveitavam a oportunidade para examinar aquela casa tão raramente visitada. As pessoas se aglomeravam na sala de visitas, na sala de estar, no salão de baile e na sala de jantar, onde a mesa estava posta, com biscoitos e grandes bules de prata com café. Era a única bebida que se servia, numa tentativa de manter os presentes acordados a noite toda.

O café deixava Emília nervosa. Ela tinha tomado várias xícaras e, agora, quando o céu escureceu e as luzes do salão se acenderam, não conseguia ficar ali quieta. Remexia-se na cadeira, ajeitava o vestido preto, arrumava a mantilha. A fumaça do incenso parecia envolver a sua língua e a sua garganta. A sala dava a impressão de ser pequena demais. Expedito já estava lá em cima, na cama, e Raimunda tomava conta dele. As crianças não precisavam passar a noite em claro, mas as esposas, sim. Emília suspirou.

– Queiram me desculpar – disse ela, dirigindo-se aos sogros e às pessoas que se aglomeravam ao redor dos dois.

Levantou-se e saiu da sala rapidamente. Precisava de ar.

O quintal estava cheio de visitas, todas de preto, fumando, conversando, admirando o chafariz e brincando com os jabutis. Emília atravessou o pátio e foi andando para o portão da frente. Tirou a mantilha, embolando-a na mão. Queria sair dali, subir e descer a rua Real da Torre até que o efeito do café desaparecesse por completo. "Uma dama não deve andar por aí a esmo." Podia ouvir a regra de dona Dulce ressoando em sua mente. "Uma dama sempre tem um destino, uma agenda."

"Eu tenho", pensou Emília.

As suas malas já estavam prontas, apesar de o Dr. Duarte ter cancelado o cheque para as passagens de trem até Maceió. Durante um ano inteiro, depois da morte do marido, a viúva devia ficar em casa, de luto. Em nome do bom-tom, Emília não deveria sair de casa, aparecer nos jornais, trabalhar no ateliê e, certamente, viajar. No entanto, ela já não se preocupava mais com o bom-tom. Assim que as visitas fossem embora, assim que dona Dulce voltasse para a cozinha e parasse de ficar o tempo todo à espreita, procurando expressões de dor no rosto da nora, Emília fugiria da casa dos Coelhos e iria para o interior. Não precisava do dinheiro do sogro: tinha a sua poupança para a fuga. Mesmo que tivesse que dar uma gorjeta ao jardineiro e ao vigia do portão, mesmo que precisasse sair escondida no meio da noite, iria embora. Não deixaria de comparecer àquele encontro na fazenda do Dr. Eronildes.

Como se o destino estivesse confirmando as suas intenções, Emília viu o próprio médico no saguão de entrada da casa, curvado sobre o livro de presenças. Eronildes assinava o seu nome lentamente. Quando chegou à coluna "condolências", refletiu por um instante e, depois, escreveu a sua mensagem. Tinha o rosto tão oleoso que o nariz e a testa reluziam à luz da lâmpada. Sorriu para a criada que o tinha recebido, mas, quando viu Emília, o seu sorriso desapareceu.

– Obrigada por ter vindo – disse ela, dispensando a empregada com um gesto.

– Eu já estava no Recife – replicou ele. – Disse-lhe, naquele bilhete, que pretendia vir. Não esperava encontrá-la aqui.

– E onde mais eu poderia estar? – indagou a moça.

– Não, eu quis dizer aqui no corredor.

– Estava precisando de um pouco de ar.

Eronildes assentiu.

– Meus sentimentos. Foi um acidente terrível – disse ele. – Agora a senhora está de luto fechado. Não pode sair de casa por um ano.

– Eu sei – retrucou a moça. Olhou ao seu redor e, baixando a voz, acrescentou: – Mas não pretendo respeitá-lo.

– Não? – disse o médico, parecendo mais aliviado que surpreso.

– As Bergmanns estão a caminho – sussurrou Emília. – Quando vai ser o encontro?

– Não sei.

– Por quê? – perguntou ela, apertando ainda mais a mantilha na mão.

– Ela quer provas. Vim até aqui para consegui-las. E para apresentar os meus pêsames, é claro.

– Provas?

– Não marcará a data sem ter uma prova. Algo que lhe pertença.

Emília aquiesceu.

– Quanto mais pessoal, melhor... – acrescentou Eronildes.

– Com licença – atalhou ela.

Deixando o saguão, subiu a escada da frente de dois em dois degraus. No seu quarto, Raimunda cochilava ao lado da cama de Expedito. O menino estava com o rosto enfiado no travesseiro. Emília entrou pé ante pé. Uma tábua do assoalho rangeu. A criada se aprumou na cadeira.

– Um velório não é o melhor momento para andar devagarinho – disse ela, entre dentes. – A senhora ainda vai matar alguém de susto. – Depois, lembrando-se dos seus deveres, ajeitou o avental e começou a se levantar. – Está precisando de alguma coisa? – perguntou.

– Pode ficar sentada – sussurrou Emília. – Só estou querendo o terço, nada mais.

Raimunda voltou a se sentar e ficou olhando. No escuro, a moça não conseguia ver a expressão do seu rosto. Ajoelhou-se junto à cama e deu as costas à criada, na esperança de esconder o que estava fazendo. Puxou o porta-joias do seu esconderijo debaixo da cama, tirou o cordão que trazia ao pescoço e usou a chave de latão para abri-lo. Mais que depressa, meteu a mão ali dentro e pegou o canivete. Sentiu o frio da lâmina, o cabo de madeira com a abelha entalhada. Raimunda se remexeu na cadeira. Emília fechou o canivete, trancou novamente o porta-joias e saiu do quarto.

Eronildes não estava no saguão de entrada. A moça o procurou em meio aos fumantes, mas não o encontrou. Era provável que uma das empregadas houvesse levado o médico até o salão de baile com as cortinas pretas. Emília repôs a mantilha, agora toda amassada por ter ficado embolada em sua mão, e embrulhou o canivete num lenço. Daria um jeito de entregá-lo a Eronildes, ou de enfiá-lo num dos bolsos do seu casaco.

No salão, o ar estava carregado da fumaça das velas. As pessoas tossiam. Emília ficou atrás de todos, encolhida de encontro à parede. Antes que pudesse pedir desculpas e voltar à cadeira que agora estava vazia, perto do retrato de Degas, avistou o Dr. Eronildes. Ele não a viu. Chegara a sua vez, na fila dos cumprimentos, e o médico se inclinou diante de dona Dulce, que lhe respondeu com um aceno de cabeça. Ao seu lado, o Dr. Duarte se levantou. Em vez de cumprimentar Eronildes com um aperto de mão, deu-lhe um abraço apertado. O doutor não se enrijeceu ao receber aquele abraço. Tampouco deu tapinhas formais nas costas do Dr. Duarte, tratando de se desvencilhar. Parecia diminuto entre aqueles braços grossos, mas não dava a impressão de estar constrangido. Sem conseguir, ou sem querer sair daquela situação, Eronildes largou o corpo como que resignado.

No canto onde estava, Emília estremeceu. Parecia que as suas entranhas haviam congelado e se condensado. Como se, dentro dela, algo tivesse se encaixado tão perfeitamente quanto a lingueta de um trinco entrando na fenda correspondente. Já tinha sentido isso antes em duas ocasiões: durante o seu primeiro baile de Carnaval, no Clube Internacional, e, mais tarde, na primeira vez em que pegara Expedito no colo. Apertou o canivete na mão. Saiu do salão e subiu correndo as escadas.

Raimunda estava acordada, como se esperasse pela sua volta.

– Resolvi que não quero isso – sussurrou Emília. – O terço, quero dizer...

A criada não respondeu. A moça abriu o porta-joias e guardou o canivete ali dentro, ainda embrulhado no lenço. Trancou a caixa e a empurrou para baixo da cama com a ponta do pé. Os seus sapatos eram pretos, como todo o seu traje. O couro envernizado fazia os seus pés brilharem. Vestia-se na moda até quando estava de luto, pensou ela com amargura. As suas mãos tremiam. Sentiu uma vontade louca de tirar aqueles sapatos e jogá-los pela janela. Mas não fez nada disso. Ficou olhando para Expedito, que dormia, e para Raimunda sentada ao seu lado.

– Aquele médico está aí – disse ela, num sussurro. – Eronildes.

– O que bebe – retrucou Raimunda, assentindo.

– O que acha dele?

Raimunda estalou a língua.

– Não sou paga para achar o que quer que seja a respeito de alguém.

– Mas e se fosse?

– Não sou. E nunca serei. A minha função aqui não é dar opinião. E a sua não é querer saber o que eu penso.

Emília suspirou. Sentou-se na cama e escondeu o rosto entre as mãos.

– Posso lhe dizer o que sei sobre a opinião dos outros – disse Raimunda, com uma voz estranhamente branda. – Sei que o Sr. Degas, que Deus o tenha em bom lugar, não gostava desse doutor. Dona Dulce sempre disse que o Sr. Degas se enganava a respeito de certas coisas, mas que era ótimo para julgar o caráter das pessoas. Ora, a senhora foi uma das pessoas que ele avaliou, pois a escolheu para ser sua esposa. Então, concorda com dona Dulce ou não?

Emília passou os olhos pelo quarto. A sua velha bolsa de costura estava ali, num canto, ainda contendo agulhas, linhas, ideias para moldes e a fita métrica. Tinha trazido aquela fita lá de Taquaritinga: uma tira de pano feita à mão, com cada metro e cada centímetro cuidadosamente assinalados.

Levantou-se então da cama, remexeu nos apetrechos de costura e encontrou a tal fita. Saiu do quarto sem dizer uma palavra. Precisava de uma caneta e sabia onde encontrá-la. Ninguém havia mexido no quarto de Degas desde a sua morte. A cama ainda estava desfeita, os livros espalhados pelo chão, os discos de inglês formando uma pilha precária perto da vitrola. Emília encontrou uma caneta na escrivaninha. Desenrolou a fita métrica em cima do móvel. Traçou centímetros extras entre os que já estavam marcados ali. Rabiscou alguns números, transformando o 6 num 8 e o 11 num 17.

"Trate de medir certo!" A voz de tia Sofia ecoava em sua mente. "Não confie numa fita estranha. Confie nos seus próprios olhos."

Emília fez com a fita um rolinho bem apertado e o escondeu nas mãos. Lá embaixo, assim que se sentou em seu lugar ao lado dos Coelhos, o Dr. Eronildes se aproximou para cumprimentá-la.

– Meus sentimentos – disse ele.

– Obrigada – respondeu a moça.

As mãos dele estavam suadas e Emília torceu para que a tinta já tivesse secado, caso contrário ia escorrer por entre os seus dedos. Eronildes pegou a sua mão e se inclinou para beijá-la. A moça depositou ali a fita métrica.

– Prova – sussurrou ela.

Eronildes se enrijeceu. Tinha os lábios bem próximos à sua mão.

– Vou marcar a data – respondeu ele, também sussurrando, e, então, encostou a boca na mão que ela lhe estendia.

Uma semana depois, Emília recebeu um envelope de tarja preta, endereçado à Sra. Degas Coelho. Não havia endereço do remetente e o cartão que estava ali dentro tampouco era de condolências; trazia apenas uma data: *19 de janeiro.*

Seria depois do Natal e do ano-novo, feriados que passariam em branco na casa dos Coelhos.

Ele vai marcar uma data falsa, era o que Degas tinha dito. *Depois vai cancelar o encontro. Mas só com você.*

Agora, nada disso tinha a menor importância. Só lhe restava esperar que a fita métrica dissesse tudo o que ela não podia dizer. Se Luzia prestasse atenção, poderia reparar nos números errados e se lembrar do velho alerta de tia Sofia. Poderia entender o que Emília estava querendo lhe dizer: o tal encontro era uma farsa, uma armadilha, exatamente como Degas havia previsto.

Depois do velório, Emília pensou muito no marido. Como ele devia ter ficado atemorizado, sem uma vela para iluminar o caminho da sua alma. Mas a estrada para o paraíso não era decerto tão lamacenta e escura quanto as águas do Capibaribe. Degas ia encontrar o caminho. Essa ideia – de que até Degas poderia deixar para trás os aspectos mais sombrios da sua personalidade para ir ao encontro do bem – a fez acreditar que ela também poderia. Assim que tivesse condições de segurança, fugiria. Avisaria a irmã sem a ajuda de Eronildes. Iria encontrá-la e lhe contar sobre as Bergmanns. Até lá, torcia para que a fita transmitisse o seu recado.

À noite, em sonhos, voltava a ser criança. Luzia e ela subiam na velha mangueira. A árvore era muito alta, tão alta quanto a torre de atracação do *Graf Zeppelin*, e as frutas eram amarelas e pesadas, em forma de lágrimas. Luzia sentou num galho abaixo dela. Inclinou-se para trás. Perdeu o equilíbrio. Emília estendeu a mão para segurá-la. Tateou o ar, à procura da mão da irmã, mas não podia salvá-la, não sem despencar também.

CAPÍTULO 14

Luzia

Em plena caatinga, Pernambuco-Vale do São Francisco, Bahia
Dezembro de 1934-janeiro de 1935

1

O corpo do soldado parecia até um ponto de cruz: pernas e braços estendidos, com as mãos e os pés firmemente amarrados a troncos de árvore. Inteligente pôs as enormes mãos morenas de ambos os lados da cabeça do rapaz, para mantê-la erguida. O sujeito se contorceu e se debateu por um bom tempo, tentando se soltar. Luzia ficou só olhando. Não tardou muito, ele estava exausto e calmo, dócil como um novilho nos segundos que antecedem a sua marcação com o ferro em brasa, aceitando o seu destino. Baiano enfiou algodão nas narinas do soldado, para obrigá-lo a manter a boca aberta. Ponta fina montou em cima dele. Na mão direita, segurava um alicate de ponta afilada que havia roubado da sacola de um vaqueiro. Era uma ferramenta muito útil, servindo para extrair balas, espinhos e dentes.

Luzia se agachou ao lado do soldado. Ele a seguiu com os olhos. Tinha as mãos vermelhas e inchadas por causa das cordas. A moça passou o dedo pelos dedos dele, depois, bem devagar, pela palma da mão, tocando as linhas profundas ali traçadas.

– Fale – disse ela.

– Já disse que não sei de nada – respondeu o rapaz, com voz rouca. – Abandonei o meu regimento. Juro.

– Não gosto de juramentos – retrucou Luzia.

Ali perto, Neném e Maria Magra começaram a rir.

– Dou minha palavra! – exclamou o soldado.

Luzia assentiu. O dono de um bar, amigo do bando, tinha lhe mandado uma mensagem dizendo que um macaco havia desertado. Passara no seu estabelecimento para trocar sua arma por bebida. Quando os cangaceiros chegaram para interrogá-lo, descobriram que ele também havia se livrado do paletó e das botas. O sujeito estava mal-ajambrado e não dizia coisa com coisa. Até Luzia o arrastar para o meio do mato, a sua intenção era beber até cair morto. Os cangaceiros lhe deram apenas água, farinha e carne, na esperança de clarear as suas ideias e soltar a sua língua. Depois do incêndio do cinema, a caatinga havia sido invadida por uma avalanche de tropas. Soldados e moradores se aliaram para tentar apanhar os cangaceiros. Por todo lado, as pessoas condenavam o Carcará e a Costureira. Até que, de repente, as tropas se retiraram. Abandonaram os postos de guarda recém-construídos e pararam de tentar localizar o bando da Costureira. Luzia percebeu que havia algo estranho nessa história.

O desertor não lhe revelou nada importante: apenas que Vargas tinha convocado o regimento de volta ao litoral. A moça, porém, sentia que havia mais coisas na história que ele contou. O macaco falava sem encará-la. Estava nervoso, suspirava e até chorou. Os cangaceiros o chutaram. Ponta Fina encostou o punhal na sua garganta, mas nem assim ele falou. Quando lhe deram de comer, ele tirou grandes nacos da carne-seca a dentadas. Tinha todos os dentes, uns dentes brancos e sólidos. Ao contrário da maior parte dos cangaceiros do bando, que tinham de morder a comida com todo o cuidado ou ficar mastigando a carne-seca com as gengivas até ela ficar macia o bastante para ser engolida, o soldado comia depressa e com voracidade. Um dia, implorou por uma lasca de casca de juá para esfregar os dentes. Foi assim que Luzia descobriu o seu ponto fraco. Como Antônio, ela sempre tratava de descobrir aquilo que as pessoas mais prezavam. Havia mandado que o pendurassem.

– Você é um desertor – disse ela, acariciando-lhe os dedos. – A sua palavra não vale lá grande coisa. Você abandonou o exército. Por que guardar os segredos deles agora? Conte-me o que sabe e eu o deixo ir. Levo-o de volta àquele bar. Compro uma garrafa de branquinha para você.

O soldado lambeu os lábios.

– Eu não era capitão – disse ele. – Não conheço nenhum plano.

– Por que mandar as tropas fazerem toda essa viagem até aqui e, depois, chamá-las de volta?

– Não sei.

Debaixo da sua mão, o dedo do soldado se contraiu. Luzia ficou de pé e fez um aceno de cabeça para Ponta Fina.

– Segure firme! – exclamou o cangaceiro.

Inteligente apertou o rosto do rapaz com mais força. Ponta enfiou uma tira de couro na sua boca, puxando-a bastante para que os maxilares ficassem bem separados. Baiano se ajoelhou ao seu lado e segurou a tira com ambas as mãos, como se fossem rédeas.

– Comece pelos de trás – disse Luzia.

O rapaz assentiu e se inclinou para a frente. As pontas metálicas do alicate tilintaram ao se chocar com os molares do sujeito. A fita ficou escura de saliva.

– Se você se mexer, o dente vai quebrar e vai doer ainda mais – disse Ponta.

Debaixo dele, o soldado se enrijeceu. Com um grunhido, Ponta Fina deu um puxão. Ouviu-se um barulho que mais parecia de sucção. O rapaz gritou.

Foi um grito de terror e de raiva, e Luzia teve vontade de mandá-lo calar ou de tapar os próprios ouvidos com as mãos. Ouvia gritos como aquele toda noite, dormindo. Desde o incêndio do cinema, ela vinha sonhando com aquela sala escura. Nos seus sonhos, o projetor estava ligado, mas não lançava luz alguma na tela branca. Na verdade, a máquina fazia uns estalinhos. O lugar foi ficando quente; não era um calor abafado, mas escaldante, como ao meio-dia em época de seca. Luzia sentia a pele arder. Umas figuras de sombras bloqueavam a sua saída. Ouvia a tramela sendo passada na porta da frente, trancando-a pelo lado de fora. Nos seus sonhos, ela ainda estava lá dentro e, à sua volta, os seus cangaceiros, com o chapéu meio de banda, os olhos arregalados de espanto. "Mãe!", gritavam eles. "Mãe!" E naquelas vozes havia tanto tristeza quanto acusação, como se ela os tivesse traído. Sempre que sonhava com o incêndio no cinema, ficava com o estômago embrulhado. Não era como os enjoos que sentia durante a gravidez. Era algo que lhe deixava na boca um gosto seco, metálico, lembrando aqueles dias de desespero em que, como um bicho, comera terra para se alimentar.

O *Diário* taxou aquele episódio de crime contra inocentes. Entrevistaram sobreviventes. Todos a chamaram de desalmada. Na verdade, tinha sido exatamente o contrário: Luzia experimentou sentimentos de mais naquela sala. Sob a luz do projetor, ficou envergonhada e confusa. Aquilo a deixou com raiva. Quando ouviu os insultos dos espectadores, sentiu-se como a Esposa Canibal, uma mulher incapaz de controlar os seus desejos horripilantes. Aquela gente era inocente, mas apoiava Vargas, o que os tornava culpados. Perguntava-se, porém, o que significaria o fato de ela poder redefinir inocência e culpa com tanta facilidade. Se a culpa fosse flexível, se viesse e fosse embora quando ela bem entendesse, então a Costureira era tão caprichosa quanto um coronel. Ora, os espectadores do cinema haviam insultado a Costureira e seu bando, e isso exigia um castigo. Se não tivesse reagido, se tivesse saído da sala de cabeça baixa, a cidade inteira ia acreditar que a Costureira era fraca e que o Carcará, que todos julgavam vivo, não tinha vindo em sua defesa.

Assim que passou a grossa tramela de ferro na porta do cinema, trancando-a, soube que a sua vingança tinha sido excessivamente brutal, mas não podia voltar atrás; iam achá-la indecisa. Aprendera com Antônio que a indecisão leva sempre a um mau resultado. O que ele não tinha lhe ensinado, porém, foi que decisões erradas quase sempre deixam remorsos e remorsos não têm cura. Antônio tinha lhe mostrado como usar a casca do jenipapo para aliviar dores musculares. Tinha lhe mostrado como ferver a casca do jacurutu para curar úlceras e a esmagar as flores amarelas do marmeleiro para fazer um poderoso expectorante. A cura para o nervosismo era comer a polpa do maracujá, com semente e tudo. Apesar de todos esses remédios, não havia planta ou animal que aliviasse o remorso. Não havia chá que eliminasse a culpa.

Ponta Fina caiu para trás, em cima das pernas do soldado. Deixou de lado o alicate e exibiu um molar ensanguentado na palma da mão. Baiano e Inteligente baixaram a cabeça para olhar a coroa amarelada do dente e a sua raiz bifurcada. Debaixo de Ponta, o rapaz se contorcia e corcoveava. O sangue lhe escorria por um dos cantos da boca, manchando a tira de couro. Ele engasgou, quase sufocando.

– Levantem a cabeça dele – ordenou Luzia. – Deixem que cuspa.

Inteligente obedeceu. Baiano retirou a tira de couro. O soldado tossiu e um líquido rosado e viscoso lhe escorreu pelo queixo.

– Agora me conte – disse Luzia –, para onde foi o seu regimento?

– Para perto do São Francisco – respondeu ele, com a voz fanhosa e abafada.

O algodão enfiado no seu nariz estava úmido e sujo de sangue.

– Por quê?

– Não sei.

Luzia fechou os olhos.

– Arranque outro – disse. – Da frente.

Ponta assentiu. Baiano se aproximou para repor a tira de couro em seu lugar.

O rapaz tossiu de novo, como se fosse vomitar. Mas o que se ouviu foi um som esganiçado.

– O quê? – indagou Luzia.

– Uma arma – gritou o soldado. – Ouvi o meu capitão falando a esse respeito. Estávamos indo para uma fazenda perto do Velho Chico e alguns de nós estavam nervosos. Aí, ele nos disse que não precisávamos nos preocupar porque havia uma arma. Ela faria todo o trabalho por nós.

Luzia se ajoelhou para ouvir melhor.

– Que tipo de arma?

– Uma arma rápida. Foi tudo o que o capitão disse. Ele a chamou "uma Costureira melhor".

– Por quê? – indagou Luzia.

– Porque vai atirar melhor que você. Foi isso que ele disse. Só alguns de nós vão poder usá-la. Existem poucas dessas armas. Não precisamos de muitas. Ela faz quinhentos disparos sem precisar recarregar.

– Isso é mentira – atalhou Baiano.

O soldado balançou a cabeça, embora Inteligente ainda a estivesse apertando.

– Juro... Palavra! Foi isso que o capitão nos disse.

– Quinhentos tiros... – sussurrou Ponta.

Luzia apalpou o bolso da calça. A fita métrica estava ali, embolada de qualquer jeito. Desde que aquela fita lhe chegara às mãos, já a tinha desenrolado tantas vezes que nem cuidava mais de enrolá-la direito. Passou o dedo pela extremidade meio esfarrapada.

– Quando é que ela chega por aqui? – perguntou. – Essa tal Costureira melhor?

– Ela... já chegou – respondeu o soldado. – Quero dizer... já está lá, perto do Velho Chico. O meu capitão disse que as armas vão estar à nossa disposição quando chegarmos às margens do rio.

Luzia assentiu.

– E agora, Mãe? – indagou Ponta.

A cangaceira fitou o soldado amarrado. Se o deixasse ir, como recompensa por sua honestidade, ele poderia acabar virando um bêbado inútil, que ficaria se vangloriando do seu encontro com os cangaceiros. Ou até se sentir culpado por ter traído o seu regimento. Poderia tentar encontrar os seus companheiros e lhes dizer que tinha contado tudo à Costureira. Nesse caso, a culpa seria toda sua. As pessoas iam dizer que ela tinha sido boazinha demais e posto o seu bando em perigo. Diriam que essa compaixão inútil era coisa bem típica das mulheres.

– Faça tudo bem depressa – disse, então, olhando para o soldado.

Ponta Fina assentiu.

Luzia se afastou do grupo, embrenhando-se no mato, sempre esfregando a fita métrica entre os dedos. O Dr. Eronildes não desfez o rolo. Tinha certeza disso porque a fita estava bem apertada e foi tia Sofia quem ensinou a enrolá-la desse jeito. E também ensinou as sobrinhas a não confiar nas fitas dos outros. As pessoas eram descuidadas e faziam as marcações de qualquer maneira, escrevendo até os números errados. Algumas costureiras faziam isso de propósito, para garantir uma clientela: vendiam fitas malfeitas e, assim, quem as comprasse cortaria errado, desperdiçaria tecido e acabaria chamando a tal costureira para consertar todas essas bobagens. Foi a própria tia Sofia que lhes ensinou essa lição: quando as meninas estavam aprendendo a costurar, deu às duas uma fita com defeito. Luzia e Emília confiaram na tia e, sem verificar as marcações, cortaram o pano. As roupas ficaram tortas e horríveis. "Confiem nos seus próprios olhos!", exclamou Sofia, ralhando com ambas. "Não confie na fita de um estranho, e não confie em quem a possui."

2

Antes de Luzia capturar aquele soldado, o Dr. Eronildes tinha lhe dado a fita métrica de Emília como prova do encontro que as duas teriam dentro em breve. Isso aconteceu fora da fazenda; depois do incêndio do cinema, ela não entrava em casa alguma, nem mesmo na do médico. Eronildes chegou sozinho, a pé, pois teve medo de que os espinhos da caatinga pudessem cegar o seu único cavalo. Estava pálido, com o cabelo encharcado de suor. A biqueira das suas velhas botas estava respingada com uma substância amarelada e viscosa.

– Você vomitou? – indagou Luzia ao vê-lo.

Ela também estava sozinha, pois tinha mandado o bando esperar alguns metros atrás.

Eronildes limpou a boca.

– Não estou habituado a tanto esforço. Não nesse calor.

A moça lhe ofereceu água. O médico recusou.

– Aqui está a sua prova – disse ele, entregando-lhe a fita.

Luzia tinha as palmas das mãos suadas. Desenrolou um pedacinho da fita. Era uma velha tira de pano resistente, igualzinha à que tia Sofia havia lhes dado para fazerem as suas fitas métricas. Os primeiros números obedeciam a um espaçamento regular e estavam traçados com nitidez. Era a letra de Emília. Antes que Luzia pudesse abri-la por inteiro, Eronildes falou.

– Tenho de mandar uma carta expressa para o Recife, confirmando a data do encontro. Ela insiste que seja no dia 12 de janeiro.

– Tão cedo? – indagou Luzia.

– Quanto mais cedo, melhor.

– O marido dela acabou de falecer – insistiu a moça. – Ela está de luto fechado.

Eronildes ergueu as sobrancelhas e arregalou os olhos.

– Li o obituário – disse Luzia. – Consegui um exemplar recente do *Diário*.

– Ela vai ignorar o luto – afirmou o médico.

– Como? Não vão deixá-la viajar.

– Vocês duas são igualmente criativas – atalhou Eronildes. – Pelo que ouvi dizer, todos sabem que dona Emília não tinha muito em comum com o marido ou a família dele. Ela sofre naquela casa. Está feliz por sair de lá.

– Sofre? – perguntou Luzia, olhando a fita que tinha na mão. Lembrou-se de todos os recortes de jornal que havia guardado: Emília usando roupas lindas, administrando o próprio negócio e convivendo com a alta sociedade do Recife. Tudo o que sabia sobre a vida da irmã vinha dessas fotografias e sempre supôs que ela fosse feliz. Mais que a maioria das pessoas, porém, Luzia tinha consciência de que as imagens podem mentir, que elas capturam apenas um instante e nunca revelam toda a verdade. Sentiu uma onda de compaixão pela irmã: o que teria acontecido com Emília lá na capital? Sentiu também uma necessidade de dar um desconto nesse sofrimento. A sua irmã tinha Expedito, um negócio e um lar; o que sabia realmente sobre sofrimento? Como se tivesse esperanças de encontrar uma resposta para essa pergunta, a moça deu as costas a Eronildes e desenrolou a fita inteira.

– Então, marcamos para o dia 12 de janeiro? – indagou ele. – Tenho que voltar. Para mim, é um estirão.

As medidas estavam erradas. Emília tinha escrito por cima das marcações originais, cuidadosamente desenhadas. Trocara os números, tornando-os incorretos de propósito. E foram acréscimos feitos às pressas – a tinta estava borrada, as linhas, trêmulas –, como se ela estivesse com medo ou tivesse pouco tempo para alterar aquelas marcações. Luzia se sentiu estonteada. “Confie nos seus próprios olhos! Não confie na fita nem em quem lhe dá essa fita.”

– Como vai ele? – perguntou.

– Quem?

– O meu menino.

– Ótimo. É bem saudável.

– Está a salvo?

– Claro.

Eronildes se moveu. Luzia reparou no fumo que ele trazia na manga do paletó.

– Quem morreu?

– A minha mãe.

– Sinto muito. A morte é sempre difícil.

– É? – indagou o médico, com um tom meio cético.

– É. Até mesmo para mim.

– Não é fácil acreditar em você, Luzia.

– Aquilo lá no cinema foi um erro.

Eronildes balançou a cabeça.

– As pessoas pagaram caro pelo seu erro – disse ele.

– E eu também – replicou a moça. – Perdi muitos amigos por causa disso.

Eronildes levou a mão à barriga. Virou a cabeça e cuspiu.

– Está enjoado de novo? – perguntou ela.

– Não.

Luzia ficou olhando para as marcas irregulares da fita métrica, para aqueles números errados.

– Um tempo atrás, você falou em quebrar de novo o meu braço. E me curar. Ainda faria isso?

– Por quê?

– Faria?

– Não adiantaria nada. Mesmo assim, você seria reconhecida.

– Antigamente, você me incentivava a largar essa vida.

– Isso foi há muito tempo. Agora, é tarde demais.

– Já que vivo das armas, vou morrer pelas armas, não é? – perguntou ela, apertando a fita na mão.

– A decisão foi sua, Luzia – disse o médico, enxugando a testa. – Você deve viver a vida que escolheu. Todos devemos.

A moça assentiu.

– Então, dia 12 de janeiro? – indagou ela.

Eronildes pareceu aliviado.

– É.

– Não vou entrar na sua fazenda.

– Não vai ser preciso – retrucou ele, e se pôs a caminho de casa bem devagar.

Nos dias que se seguiram a esse encontro, Luzia observou detidamente a fita métrica. Lembrou-se de Antônio, enfiando a colher de prata em qualquer prato de comida suspeito para ver se ela saía manchada e escurecida. Não podiam confiar na comida, nem na pessoa que a servia. A fita de Emília, como a colher de Antônio, revelava um traidor.

À noite, enquanto os outros cangaceiros dormiam, o coração de Luzia batia acelerado. Os seus dedos estavam frios. Quantos outros coiteiros estariam dispostos a entregá-la, a enganá-la? Sentiu-se como se estivesse de volta ao pátio da escola do padre Otto, cercada de crianças que antes eram amigas mas que, de repente, começaram a cutucar o seu braço aleijado e a chamá-la de Vitrola. O padre testemunhara tudo isso. E, vendo-o se aproximar dos alunos, a menina acreditou que ele era o único que poderia salvá-la. "Crianças!", gritou o padre Otto, "deixem Vitrola em paz!". Quando pensava no Dr. Eronildes, sentiu o mesmo desapontamento e a mesma raiva que experimentou com relação ao padre. E, agora, naquele acampamento da caatinga, exatamente como no pátio da escola, só confiava em Emília.

Ficou brincando com a fita entre os dedos. A sua irmã tivera o cuidado de avisá-la.

3

Enterraram o soldado inteiro. Luzia deixou a cabeça no lugar em respeito à sua honestidade, mas também porque não queria que aquela morte fosse atribuída ao seu bando. Não queria que ninguém desconfiasse que a Costureira havia capturado um macaco que pudesse ter lhe passado alguma informação. Queimou as calças verdes, o chapéu de couro e o bornal de lona do rapaz. Esperou até tudo se desintegrar completamente para que fazendeiros ou vaqueiros curiosos, ao remexer as cinzas, não pudessem encontrar vestígios daqueles objetos. A pilha estava ardente. Luzia se agachou junto dela. Abriu o bornal e tirou as fotos recortadas de jornais que guardava ali dentro. Sentiu uma pontada no peito, perto do coração, como se alguma coisa houvesse penetrado naquele ponto, como um anzol na linha de pescar. Era doloroso resistir àquela pressão. Mais que depressa, antes mesmo de poder olhar para elas, atirou todas as fotos no fogo. As imagens de Emília e de Expedito escureceram e se enroscaram. Se os soldados a matassem, pegariam as suas sacolas. Não podia deixar que encontrassem aqueles recortes e associassem a Costureira à viúva Coelho.

Só guardou a fita métrica, prova da lealdade da irmã. Pensou no aviso que ela lhe mandara. Lembrou-se das botas do Dr. Eronildes, cobertas de vômito e de areia. E se lembrou de fragmentos da confissão do soldado morto: *quinhentos disparos, a "Costureira melhor", uma fazenda perto do Velho Chico*. Assim, em separado, essas lembranças pareciam aleatórias e disparatadas, mas, como os pedaços de papel de um molde de roupa, quando reunidas, formavam uma entidade perfeitamente identificável.

– O encontro é uma armadilha – disse ela. – Eronildes marcou comigo no momento exato em que os macacos estão esperando perto do Velho Chico. Quem acha que estão esperando?

Ponta Fina e Baiano vieram se juntar a ela, ao lado da fogueira. Ambos a fitaram.

– As novas armas estão com ele – disse Luzia. – É Eronildes que tem as costureiras melhores.

Baiano balançou a cabeça. Ponta Fina cuspiu no chão.

– Maldito! – exclamou Ponta. – Ele é pior que os outros.

– Doze de janeiro – prosseguiu a cangaceira. – Se nos apressarmos, vamos conseguir.

– Mãe? – disse Baiano.

Luzia lembrou-se das primeiras aulas de tiro que teve com Antônio, lá no rancho do coronel Clóvis: como o revólver era pesado, e como segurá-lo deixara o seu punho dolorido. Lembrou-se das discussões que teve com Antônio depois disso.

– Vamos supreendê-los – disse ela. – Quero que vejam que estou sabendo de tudo. Que sempre soube.

– Se não aparecermos, eles vão perceber – retrucou Ponta Fina. – O doutor vai fazer papel de idiota.

– Não vou fugir – replicou Luzia, balançando a cabeça.

– Isso não é fugir – argumentou Ponta. – Podemos aparecer lá mais tarde, quando o doutor não estiver esperando por nós. Por que ir ao encontro de uma armadilha?

Luzia ficou olhando para o fogo. As fotografias tinham desaparecido, transformadas numa pilha escura por baixo das chamas.

– Quero essa arma – disse ela.

Os homens ficaram calados. Baiano juntou as mãos, como se estivesse rezando.

– Quinhentos disparos – disse ele. – Se não for mentira daquele soldado, isso é melhor que todas as nossas Winchesters juntas. Mas ir até lá é um risco...

– Se não formos, o risco será ainda maior – retrucou Luzia. – Eles vão usar essa arma contra nós na primeira oportunidade, e não vamos ficar sabendo onde, nem quando. Agora, sabemos. Agora estamos em vantagem.

– Então vamos aparecer por lá mais cedo?

– Vamos aparecer na data marcada – respondeu ela, balançando a cabeça. – Divididos em dois grupos. Um vai dar a volta por trás dos macacos. O outro vai direto para o local do encontro. Eu vou com esse grupo. É a mim que Vargas quer. Se eu estiver lá, vão achar que não sabemos de nada. Eu vou ser a isca.

Baiano e Ponta Fina ficaram olhando para as chamas. Luzia observou o rosto dos dois. Viu ali tanto preocupação quanto empolgação e se perguntou se o seu próprio rosto revelava as mesmas emoções. Enfiou a fita métrica no bolso da calça; não ia se esquivar a essa briga. A gravidez não a tinha enfraquecido. A seca não a tinha matado. As inúmeras brigadas de Vargas não a tinham capturado. A cabeça da Costureira continuava firme ali, presa no seu pescoço. Ela não podia deixar que essa nova arma, essa "Costureira melhor", modificasse isso.

4

No dia 12 de janeiro, o bando de Luzia chegou à fazenda de Eronildes. A cangaceira levava consigo quinze homens e mulheres, entre os quais Ponta Fina, Neném, Inteligente, Sabiá e Canjica. O restante, os melhores atiradores e os mais ágeis nos ataques, seguiram Baiano para as colinas que cercavam o vale. Iam ao encontro das tropas de Vargas para surpreendê-las quando Luzia desse o sinal: um assobio agudo, semelhante ao grito do falcão.

Acamparam num açude seco, não longe da casa do médico. Aos poucos, o sol foi se pondo por detrás de um morro, enchendo o mato de sombras. Luzia fitava as colinas. Ali, havia soldados escondidos, observando o seu bando. Por seu turno, Baiano estava de olho nas tropas. Não atacariam até as primeiras luzes do dia, Luzia tinha certeza disso. Os macacos não correriam o risco de deixar os cangaceiros escaparem protegidos pela escuridão. E, acima de tudo, todos iam querer ver claramente os efeitos da nova arma. Aqueles soldados iam querer testemunhar a morte da Costureira. Assim que o sol nascesse, poderiam ver com nitidez. Até lá, Luzia ia tratar da sua encenação.

Três peões da fazenda vieram trazer cestos repletos de farinha de mandioca, feijão, abóbora, uma peça inteira de carne e várias garrafas de vinho. Num desses cestos, havia um bilhete de Eronildes:

O encontro será de manhã. Vou levá-los até você.

Luzia enfiou o bilhete no bolso, ao lado da fita métrica. Ficou olhando na direção da casa do médico. Ele estava subestimando os instintos de uma mãe: o seu filho não estava naquela casa. Nem Emília. Se os dois estivessem ali, Luzia teria sentido a sua presença exatamente como sentia a proximidade do São Francisco, a umas centenas de metros em direção ao sul. Sentia o cheiro do rio e ouvia o barulhinho das suas águas. A fazenda estava mais perto do que o Velho Chico e, mesmo assim, não dava para sentir o cheiro de fumaça vindo do fogão, nem ouvir o tilintar das panelas na cozinha. Estava vazia.

Ponta Fina fez questão de testar a comida que Eronildes tinha mandado. Cheirou a carne e a abóbora. Enfiou a colher de prata de Antônio na farinha e no feijão, e também no vinho. Quando se verificou que estava tudo certo, o bando olhou na direção das colinas e comemorou. Luzia mandou que arranjassem um espeto e acendessem uma fogueira bem grande ali debaixo. A gordura da carne caía nas chamas, fazendo-as assobiar e estalar.

– Entornem o vinho! – gritou ela. E, depois, num sussurro, acrescentou: – Não bebam. Precisamos estar bem alertas.

Os cangaceiros obedeceram. Levavam às garrafas à boca mas cerravam bem os lábios antes que o vinho pudesse entrar. Era noite de lua nova. Quando as últimas brasas se apagaram, o local ficou imediatamente escuro, como se houvesse sido coberto por uma mortalha. Todos fingiram dormir. Os casais cochichavam, nervosos. Uns poucos homens solitários se remexiam deitados nas suas mantas. Luzia ficou de pé. Ao longe, nos morros além do açude, viu círculos de uma luz alaranjada que brilhavam e se agitavam, parecendo insetos.

Lembrou-se do incêndio no cinema: junto com as cinzas escuras produzidas pelas chamas, havia faíscas. Os pontinhos de luz subiam depressa, escapando ao calor opressivo do incêndio, como almas que deixassem os limites dos seus corpos terrenos. Lembrou-se do peso enorme da tramela daquela porta e de como os seus braços tremiam quando ela a ergueu para botá-la no lugar. Depois, as dobradiças rangeram e gemeram, mas não cederam. O fogo lá dentro foi ficando mais intenso; os gritos, mais altos. Agora, ali no escuro, Luzia acreditou que as fagulhas do incêndio do cinema jamais tinham se apagado. Elas a perseguiam pela caatinga, prontas para consumi-la.

Sentiu um calafrio no pescoço, como se uma mão gelada a estivesse segurando. Recuou. A areia se moveu sob os seus pés. A terra era tão sensível que reagia ao menor movimento que ela fizesse. Esses deslocamentos eram pequenos, mas importantes, como rever o alvo antes de fazer pontaria. Como pegar a tesoura diante de um tecido caro e decidir cortar por fora das linhas do molde. O instinto dizia à areia em que sentido ela devia se mover, exatamente como dizia ao atirador onde mirar e à costureira onde cortar. O instinto dizia a Luzia para que lado um homem ia se mexer antes que ela o acertasse com um tiro. Dizia-lhe como perceber as mudanças no ar antes de uma chuva forte. Dizia-lhe como farejar a presença da água no meio da caatinga. Agora, ele lhe disse o que esperar daquelas colinas escuras. Disse-lhe para correr.

Luzia se virou. Formas escuras se espalhavam pelo chão. Alguns cangaceiros ainda fingiam dormir, mas a maioria estava alerta. Os seus olhos brilhavam. Aqueles olhos estavam fixos nela, como acontecia com os seus santos lá no quartinho da sua infância, à espera de uma prece ou de um sacrifício. Ponta Fina e Neném estavam juntos, enroscados na manta, voltados para ela. Luzia chegou a pensar em se ajoelhar perto do rapaz e falar com ele bem baixinho, mas o que lhe diria? Não saberia explicar direito aquele frio repentino na barriga, ou por que as suas mãos haviam começado a tremer. Ambas as coisas soariam como sintomas de medo ou de arrependimento, sentimentos que Luzia jamais admitiria experimentar.

– Filhos da puta – sussurrou um dos homens do bando. – Depois que a gente matar essas filhos da puta, vou roubar os cigarros deles.

Ouviram-se risos abafados.

Cigarros? Luzia olhou mais uma vez para as colinas. Os círculos de luz alaranjada eram minúsculos. Alguns desapareciam, ao passo que outros continuavam lá, reluzindo em meio à vegetação escura da caatinga. Não aumentavam nem incendiavam as árvores ao seu redor, como fariam as faíscas. Luzia se sentiu a um só tempo furiosa e aliviada: que imbecis, esses macacos, fumando assim! Confiavam tanto no seu esconderijo que achavam que os cangaceiros não notariam nada... O seu peito ardia. Queria dar um susto naqueles soldados, provar a eles que estavam enganados. Levando a mão ao coldre, dirigiu-se para a borda do açude.

Lá da colina, veio uma série de disparos bem altos. Parecia calculado e irritante, como o barulho de um relógio enlouquecido. Ouviram-se tiros a distância e os pontinhos de luz alaranjada desapareceram. Luzia sentiu uma força invisível puxá-la para trás. Sentia uma dor aguda no braço bom, como se ele estivesse pegando fogo por dentro.

– Mãe! – gritou Ponta Fina.

O barulho irritante ficou ainda mais alto. Ele a puxou para o chão.

A manga do seu gibão estava úmida e pesada. Quando tentou mover o braço bom, sentiu um repuxar atroz. Dando um jeito com o braço aleijado, enfiou os dedos na boca e assobiou bem alto. Se o grupo do Baiano não pudesse ouvir o seu sinal, certamente ouviria o tiroteio e atacaria. Ao seu lado, Ponta Fina apontou o rifle e atirou na direção das colinas escuras. Com o braço travado, Luzia tratou de pegar a parabélum. O tal barulho continuava. No meio das árvores, a pólvora produzia uma luminosidade fraca. A moça saiu atirando aleatoriamente contra esses pontos de luz. Dava para perceber que os macacos sabiam muito bem onde eles estavam pela altura dos tiros: as balas vinham baixas, passando tão perto que ela sentia o seu calor nas costas. Adoraria poder se enterrar no chão.

À sua volta, os cangaceiros praguejavam e gritavam. Alguns rastejavam procurando um lugar mais abrigado. Outros se levantaram para atirar na direção dos morros. Luzia ouvia o baque dos seus corpos caindo no chão. Virou-se, procurando um jeito de bater em retirada, mas o açude seco onde haviam acampado tinha as bordas altas e os cercava por todo lado, como um túmulo. As balas batiam nas panelas e vasilhas metálicas de Canjica. Galhos de árvore se partiam e tinham os seus ramos arrancados. A areia voava, se espalhando e deixando os olhos de Luzia ardendo. Ela piscou para tirar aquela terra e viu Inteligente estatelado no chão, com aquele corpo enorme embolado na manta em que ele fingia estar dormindo. Sabiá estava caído junto a uma árvore, ainda com a pistola na mão. Outros corpos, já mortos, estremeciam ao serem atingidos pelas intermináveis ondas de balas. Neném, a mulher de Ponta Fina, tentava avançar bem devagar, rastejando, para se aproximar dele. O barulho ficou maior ainda. Neném rolou pela terra, como se tivesse sido atingida por uma rajada de vento.

Vendo isso, Ponta Fina se pôs de pé. Luzia tentou puxá-lo de volta ao chão, mas o seu braço bom pendia frouxo e inútil ao lado do corpo. O rapaz fez pontaria e atirou, mas, depois, parou. Por um instante, o seu rosto bochechudo e infantil pareceu fascinado pelos tiros ao longe. Então, o seu corpo corcoveou e oscilou, como se dançasse uma dança assustadora.

Luzia mirou as colinas e apertou o gatilho. A parabélum produziu um estalinho seco. Estava sem balas e ela não podia recarregá-la só com o braço aleijado. Ouviu uns gritos lá nos morros e, depois, passos descendo em direção ao local onde estavam. Ela se colou à terra. Aqueles soldados iam desgraçá-la. Iam medi-la. O seu braço latejava. O seu coração batia tão depressa quanto o infindável matraquear daquela arma. Num ritmo rápido, rápido demais. Ela ficou tonta. Se não respirasse naquele instante, o medo se transformaria em pânico.

Meteu a mão no bolso, à cata da fita métrica. Ela estava embolada e suja, mas os números não tinham se apagado. Luzia fechou os olhos. Tempos atrás, Emília tinha lhe dado outro aviso: que não subisse naquela velha mangueira, que não se inclinasse muito para trás nos seus galhos. Todos achavam que o tombo havia sido um acidente, que Luzia tinha tomado um susto com a chegada do vizinho furioso. Ela jamais negou essa versão. Mas sabia, sempre soube, que tinha feito uma escolha. Tinha soltado o galho acima de sua cabeça não por medo, mas por curiosidade. Queria saber se conseguiria se equilibrar, se conseguiria ficar ali. Quis se pôr à prova. Ficar na beiradinha foi assustador, mas, a partir do momento em que perdeu o equilíbrio, não havia mais escolhas a fazer, não havia mais galhos em que se agarrar. Era só a queda.

Luzia se levantou. A fita métrica caiu de sua mão. Sacou do punhal de Antônio que trazia enfiado na cinta. A faca estava pesada, o cabo, frio. Saiu andando, escalando as bordas do açude, erguendo as pernas bem alto para os pés não afundarem na areia. Sentiu uma rajada de ar quente passar bem perto da sua orelha. E foi um som brando, mas agudo, que parecia um sussurro. Ficou atenta, esforçando-se para ouvi-lo. Um golpe forte lhe atingiu o ombro; outro, a sua coxa. Ouviu outro sussurro, e mais outro. Cada bala era uma voz. Tia Sofia corrigindo o seu trabalho de costura; a encanadeira envolvendo o seu braço e lhe dizendo que ele ia ficar bom; Emília lhe contando algum segredo na cama; o murmúrio da água cobrindo a sua cabeça quando ela tentou fugir dos cangaceiros; a voz de Antônio durante as primeiras lições de tiro que lhe deu, o hálito quente em seus ouvidos. Ouviu a velha criada de Eronildes lhe dizendo para fazer força. Ouviu os primeiros soluços meio engasgados do seu menino. Ouviu os coronéis e os seus acordos sussurrados. Ouviu soldados, informantes e mulheres do partido azul. Ouviu vozes que não identificou, vozes que jamais conheceria. Vozes que havia calado.

O seu braço torto fez um gesto brusco para trás. Com cada sussurro, vinha um golpe, como um batimento extra do coração, e, depois, uma dor aguda. O seu corpo inteiro parecia estar queimando lá dentro. Tentou seguir adiante, mas aqueles sussurros a puxavam para trás, para trás e para trás, até que ela teve a sensação de estar caindo de uma altura enorme.

Lembrou-se da sensação de sua infância. Em criança, caiu em cheio, com o corpo a arrastando para o chão ao pé da mangueira. Agora, a queda foi leve. O braço aleijado pareceu livre. Tudo o que levava consigo – pistola, cartucheira, facas, cordões de ouro, binóculo, balas – desapareceu. Lá no alto, o céu era uma imensidão escura. Luzia se sentiu pequena diante dele, e teve medo. Mas se lembrou daqueles passarinhos que libertava, tanto tempo atrás. Lembrou que, depois que ela abria a portinhola, eles sempre ficavam parados, hesitando, na beirada da gaiola. E, então, saíam voando.

Epílogo

Emília

Navio Siqueira Campos, *do Lloyd*
Oceano Atlântico
23 de junho de 1935

Numa de suas várias cartas, Lindalva lhe dissera que o inglês era uma língua que não tinha masculino ou feminino. Os objetos também eram neutros. "É isso que é bonito no inglês", escreveu à amiga, "a igualdade". Depois de ler essa carta, Emília começou a prestar atenção nesses detalhes da sua própria língua. Portas, camas, cozinhas e casas eram todas palavras femininas. Carros, telefones, jornais e navios eram masculinos. O mar também era masculino, mas, quanto mais ela o observava do convés do navio, mais certeza tinha de que aquele rótulo estava errado. Depois de duas semanas a bordo do *Siqueira Campos*, Emília via a rapidez com que o mar se modificava: certos dias, estava de um azul profundo e tão calmo que parecia que o casco do navio deslizava através de um vidro; outros dias, porém, mostrava-se cinzento e bravio, com ondas se chocando de encontro ao navio e atirando-o de um lado a outro. Quando isso acontecia, Emília e Expedito não saíam da minúscula cabine com móveis pregados no chão e vomitavam nos tais "baldes para enjoo".

– Mãe – sussurrava o menino, com o corpinho quente e pesado nos braços de Emília –, o mar está malvado hoje!

A moça assentia, enxugando-lhe a testa. Os baldes eram recolhidos por jovens animados, que os atiravam no mar. "Comida para os peixes!", gritava um passageiro sempre que via essa cena. Alguns dos viajantes nem tinham tempo de chegar à cabine, e vomitavam pela amurada, à vista de todos. Muitos destes, com o rosto pálido e os ternos ou vestidos respingados com o próprio vômito, maldiziam o oceano. Emília não. Quando se debruçava naquela amurada e fitava as águas, ficava a um só tempo assustada e deslumbrada. Um dos passageiros disse que a lua controla as marés; que era ela a responsável pelo vaivém das ondas. Emília achou melhor não acreditar nisso. Preferia pensar que o humor inconstante do oceano era provocado por algum sofrimento secreto que as águas guardavam bem lá no fundo; por uma perda que as pessoas jamais compreenderiam.

Ao longo dos últimos cinco meses, antes de deixar o Recife, houve vezes em que desejou que todos ao seu redor sofressem; que se sentissem tão mal quanto ela estava se sentindo. Gritava e quebrava o que estivesse ao seu alcance, deixando Expedito assustado. As criadas praguejavam. Dona Dulce a chamava de intolerável. O médico dos Coelhos disse que era o sistema nervoso, a dor tardia pela perda de Degas. Receitou uns remédios para dormir. Depois que o Dr. Duarte recebeu o espécime criminoso que tanto desejava, a moça passou semanas trancada no quarto, incapaz de se levantar da cama. O sono se tornou o seu único consolo. Quando pensava nesses meses – que não pareciam ser meses, mas um dia opressivo e interminável passado no seu quarto, com as cortinas fechadas, para não saber se era dia ou noite –, lembrava-se do esforço que fazia para ouvir as conversas dos médicos, sussurradas diante da sua porta. Lembrava-se de Expedito se esgueirando para vir se deitar ao seu lado na cama, encostando o corpo quentinho no dela. Lembrava-se dos próprios olhos, transformados numa nesga de tão inchados, com os cílios remelentos e pegajosos. Parou de enxugar as lágrimas com o lenço, exatamente como parou de pentear o cabelo e usar camisolas limpas. Gostava do cheiro que tinha – um cheiro de guardado, de suor, ligeiramente fermentado –, e não queria se livrar dele. Bem no fundo, tinha esperanças de que a pele suja fosse se enrijecer e acabar rachando como barro seco. Que, juntamente com os seus ossos, ela fosse se quebrar, virando uma poeira fina que sairia voando do quarto, soprada pelo vento dos ventiladores elétricos do seu sogro.

Mas Emília não se quebrou em pedacinhos. Na verdade, levantou da cama, se vestiu e comprou duas passagens para o *Siqueira Campos*. Dias depois, Expedito e ela estavam a caminho de Nova York.

O navio estava bem cheio. Emília e Expedito estavam viajando de segunda classe e ficavam confinados a um convés. A cabine não era tão ruim quanto as de terceira classe, que ficavam mais no fundo da embarcação, nem tão luxuosa quanto as dos passageiros de primeira, que tinham direito a usar todo o convés superior. A moça não queria gastar dinheiro à toa com passagens de primeira classe; precisava guardar intactas as suas economias. Não pretendia confiar inteiramente em Lindalva e na baronesa.

Nas suas cartas, a amiga lhe disse que Nova York era uma ilha. Que ali havia mais automóveis que nas ruas de qualquer cidade do Brasil. Que os edifícios eram tão altos que faziam São Paulo parecer uma cidadezinha do interior. Emília ficou imaginando a cidade, mas sabia que ela não teria nada a ver com as imagens que criava na própria cabeça. Já tinha aprendido a não ter expectativas muito precisas quanto a lugares ou pessoas – ambos acabavam sendo sempre diferentes do que a gente imaginava. Aprendeu também algumas frases em inglês, graças às cartas de Lindalva e aos discos de Degas. Era uma língua entrecortada e soava séria. Toda vez que tentava falar, precisava obrigar a sua língua a se mover em diversas direções, e, mesmo assim, havia certos sons que não conseguia reproduzir: os *ch*, os *th* e os *r* eram particularmente difíceis. Apesar de tudo, porém, Emília estava agradecida àquele idioma estranho. Ele a tinha salvado, ou melhor, os discos de Degas tinham feito isso.

Poucas semanas antes, achava que nunca mais sairia da cama. Os ventiladores elétricos, instalados nos quatro cantos do quarto para arejar um pouco o ambiente, faziam tanto barulho que abafavam os sons da casa e da cidade. Tudo lhe chegava aos ouvidos de forma incoerente e amortecida. Uma noite, porém, ouviu claramente uma voz dizendo: "Uma boa costureira tem de ser corajosa."

Era a regra de tia Sofia, mas a voz feminina não era a dela. Era uma voz jovem, alta e forte. Emília se ergueu da cama. Apesar de ainda ser noite fechada, saiu à procura daquela voz, olhando dentro do armário, debaixo da cama e de um lado a outro do corredor escuro. Enfim, entrou no velho quarto de Degas. Tudo ali estava intocado. A vitrola continuava no canto, com o seu braço torto levantado. Emília se encaminhou para aquela caixa de madeira. Bateu nela com força. Socou-a exatamente onde havia a palavra "Victrola" em letras douradas. As lágrimas lhe turvavam a visão. Como podia chorar por uma pessoa que não conseguia compreender, alguém que tinha feito coisas terríveis? Os nós dos seus dedos ficaram doídos. Por trás de todos aqueles rótulos estranhos – Vitrola, a Costureira, a criminosa, o espécime – sempre haveria um nome bem familiar: Luzia. Emília bateu novamente na caixa de madeira, desta vez com mais força ainda. A agulha caiu. O aparelho começou a tocar o disco na base giratória.

"*How are you?*", disse uma voz feminina. Emília tomou um susto.

"*I am fine*", respondeu outra mulher, e, então, veio o comando em português: "*Repita!*"

Diante do silêncio, a voz insistiu: "*Repita!*"

– *I am fine* – disse Emília.

"*Repita!*"

– *I am fine* – obedeceu ela. – *I am fine.*

Emília passou a noite inteira ouvindo aquele disco, botando-o para repetir indefinidamente. Antes do amanhecer, foi até o banheiro cor-de-rosa dos Coelhos e tomou um banho. Penteou o cabelo e pôs um vestido. Por cima, vestiu um bolero que pesava por causa do dinheiro costurado no seu forro. Abriu a mala que tinha arrumado meses antes, para a viagem ao interior, uma viagem que tinha esperado demais para fazer. Por causa da sua hesitação, aquilo tudo acabou se tornando desnecessário e o aviso que pretendia dar, sobre as Bergmanns, perdeu sua razão de ser. Rearrumou as roupas na mala e também pôs ali dentro a caixa de joias e o retrato da primeira comunhão. Sem fazer barulho algum, Expedito e ela deixaram a casa dos Coelhos, pelo portão da frente, e rumaram para a cidade.

No porto, a moça comprou duas passagens para um navio com destino a Nova York. Para não perder a coragem, escolheu o primeiro navio que partia naquela manhã. Do posto telegráfico próximo à área de embarque, mandou dizer a Lindalva o nome da embarcação e a data de chegada. Quando estavam deixando o porto, Emília segurou firme a mão de Expedito, com medo de que pudesse escorregar e cair pela amurada. No cais, pessoas acenavam com lenços, despedindo-se dos seus entes queridos. Os passageiros respondiam a esses acenos. Expedito a fitou com um olhar de súplica. A moça assentiu. O menino sorriu e começou a mexer o braço para um lado e para outro, dando adeus àqueles desconhecidos. Emília ficou com os braços imóveis. Estava feliz por ir embora; feliz por levar Expedito para um lugar onde ninguém o chamaria de "filho da seca" ou até de coisa pior. Em Nova York, os dois não teriam passado, nem parentes ou qualquer ligação com o interior. Ninguém falaria da Costureira e dos seus cangaceiros, ou das dimensões e da circunferência da sua cabeça.

Mesmo que tivesse viajado para o interior logo depois do enterro de Degas, teria chegado tarde demais. Tanto o Dr. Duarte quanto o Dr. Eronildes haviam mentido – as Bergmanns desembarcaram mais cedo que o anunciado. Exatamente como Degas a tinha alertado, o médico cancelou o combinado com Emília, alegando que aquele encontro seria perigoso demais. Na época, ela não ficou preocupada. Já havia mandado a fita métrica e tinha certeza de que Luzia compreenderia a sua mensagem. Confiou que a Costureira não ia comparecer a nenhum encontro que Eronildes marcasse.

Depois da emboscada, alguns soldados deram entrevistas ao *Diário*. Segundo disseram, o Dr. Eronildes Epifânio mandara um telegrama para a capital, informando o governo sobre o encontro marcado com a cangaceira. Em segredo, o regimento se instalou nas terras do médico. As Bergmanns estavam lá, à sua espera, pois haviam sido transportadas de balsa pelo Velho Chico. As tropas não tinham muito tempo para praticar com as novas armas, mas isso era o de menos; a própria arma garantiria o sucesso da empreitada. Ela tinha sido apelidada de "Costureira melhor" porque, quando usada, não fazia estampidos altos. Na verdade, o que havia era uma vibração contínua, como a de uma máquina de costura Singer, e as balas faziam dezenas de furos perfeitos em tudo – paredes, árvores, homens –, como se aquelas coisas estivessem sendo perfuradas repetidas vezes por uma agulha.

Os soldados se esconderam nas colinas, num ponto mais alto que o acampamento dos cangaceiros, e planejaram atacar ao nascer do sol, quando haveria luz suficiente para se ver tudo com clareza. Até então, só fizeram observar o bando, que comeu, cantou e foi dormir. Eram apenas quinze homens e mulheres, o que deixou as tropas bastante desapontadas. Felizmente, a Costureira estava entre eles. Todos os soldados enviados pelo governo, alguns de apenas 14 anos, a viram. Nos artigos do *Diário*, eles descreveram a cangaceira infame como sendo alta, com um braço torto, cabelos desgrenhados e costas encurvadas. Alguns riam, dizendo que ela era magra como um burro faminto. Outros disseram que tinha olhos verdes e ameaçadores como os das onças da caatinga. As tropas tinham ordens de ficar acordadas. Não podiam falar nem se mexer. Quando o capitão não estava vendo, vários soldados acenderam cigarros e fumaram enquanto vigiavam os cangaceiros. À luz mortiça das brasas da fogueira, eles a viram. A Costureira ficou de pé na orla do acampamento, fitando os morros. Antes que tivessem tempo de apagar os cigarros, ela já vinha caminhando em sua direção.

"Foi a coisa mais estranha do mundo", declarou um dos soldados. "Era como se ela soubesse."

Quando a Costureira deu mais um passo à frente, um dos soldados mais jovens apertou acidentalmente o gatilho da sua nova Bergmann. "Não imaginei que a arma dispararia com tanta facilidade", disse o rapaz na entrevista. "Mas foi uma bênção eu ter feito o que fiz."

Uma "bênção", um "golpe de sorte", um "sinal de que Vargas vai triunfar", era assim que os soldados e as autoridades do governo se referiam ao ataque que acabou acontecendo mais cedo que o previsto. Se as tropas tivessem esperado, poderiam ter sido vencidas por um outro grupo de cangaceiros que também estava escondido nas colinas. A Costureira ficara sabendo da emboscada e tentara apanhar os soldados de surpresa, antes que pudessem fazer o que quer que fosse. Houve inúmeras especulações sobre como ela poderia ter descoberto tudo. Muitos culpavam o Dr. Eronildes, dizendo que ele sempre estivera do lado da cangaceira. No entanto, ninguém jamais saberia o que efetivamente aconteceu. Depois que exterminaram os dois grupos, as tropas foram até a fazenda e encontraram o médico em seu escritório. Ele tinha as costas arqueadas, os olhos bem abertos e estava estirado no chão. Na escrivaninha, havia um frasco vazio de estricnina.

À noite, na cabine do *Siqueira Campos*, Emília abriu a caixa de joias. Expedito ficou só olhando. Ela lhe mostrou o canivete e, depois, o retrato da primeira comunhão.

– Está vendo essa garota aqui? – disse a moça, apontando para a imagem desfocada de Luzia. – É a sua mãe.

O menino pôs o dedo no vidro, deixando uma marca gordurosa sobre a silhueta infantil de Emília.

– E essa aqui, quem é? – perguntou ele.

– É a sua outra mãe – respondeu ela. – Você é um menino de sorte: tem duas mães.

– Onde é que ela está? – indagou Expedito, agora apontando para Luzia.

O navio balançou sob os seus pés. Emília sentiu um bolo no estômago e a saliva quente na boca. Estendeu a mão para pegar o balde. O menino lhe deu uns tapinhas nas costas, imitando o que ela própria fazia quando ele vomitava. Emília limpou a boca. O cheiro que saía do balde a deixou ainda mais enjoada.

– Fique aí na cama – disse ela, dirigindo-se ao menino. – Seja bonzinho.

Pegou então o balde e abriu a porta da cabine. Lá fora ventava bastante. Emília ficou até arrepiada. Pendurou o balde junto da porta para que os empregados o levassem. Respirou fundo. Não se importava de enjoar; considerava aquilo até um alívio. Era como se estivesse livrando o corpo da culpa que carregava como uma doença, invisível para qualquer outra pessoa, exceto para ela própria. Olhou pela escotilha da cabine e viu Expedito sentado obedientemente na cama, com os olhos fixos na porta. Passaria a noite inteira assim, se preciso fosse, esperando por ela.

Depois da emboscada com as Bergmanns, as cabeças dos cangaceiros foram guardadas em latões de querosene e levadas ao Recife. Durante o trajeto, os soldados pararam para comemorar com habitantes locais, tirando as cabeças do querosene e depositando-as em degraus de igrejas para serem fotografadas. Botavam umas pedras sob os queixos para mantê-las firmes no lugar. Essas fotos acabaram sendo importantes, quando as tropas chegaram à capital. Com todo esse movimento de tirar as cabeças dos latões e botá-las de novo ali dentro, elas foram expostas ao ar e começaram a inchar e a ficar deformadas. Os soldados não haviam tido o cuidado de pôr etiquetas e não sabiam dizer quem era quem, nem distinguir os homens das mulheres. No momento da chegada, faltavam algumas cabeças, especialmente a do Carcará. O Dr. Duarte ficou furioso. Uma equipe foi enviada sob a chuva que inundava o interior e voltou ao local da emboscada para recolher os corpos. As chuvas tinham enchido o açude onde os cangaceiros estavam escondidos. Os ossos foram arrastados para o São Francisco e desapareceram.

Circulavam boatos de que o Carcará ainda estava vivo. Dizia-se que ele tinha escapado à emboscada e saído do Nordeste. Alguns contavam que o cangaceiro havia comprado uma fazenda em Minas. Outros diziam que ele tinha mudado de aparência e se tornado capitão do Exército, ator ou até um simples pai de família. O sumiço era mais interessante que a morte. Apesar da negligência dos soldados, os crânios não se estragaram com o ar ou com o tempo. Os ossos mantêm o seu formato. As tão aguardadas mensurações do Dr. Duarte saíram na primeira página do *Diário de Pernambuco*, e foi então que começaram a surgir dúvidas sérias quanto à sua ciência. Para identificar a Costureira, o Dr. Duarte procurou um espécime de cabelo curto e olhos verdes. Ao encontrar um que correspondia a esses critérios, ele o rotulou e mediu. O crânio da Costureira revelou que ela era braquicéfala. Uma mulher comum, como Emília. Como qualquer outra mulher.

Emília se aproximou da amurada. Era noite de lua e o mar brilhava, ondulando, como a pele de uma cobra. Respirou fundo mais uma vez. Quando expirou, escapou-lhe um soluço e ela tapou a boca com a mão. Outros passageiros que estavam no convés viraram-se para olhar. Emília se debruçou ligeiramente na amurada, como se fosse vomitar. Talvez fosse; era difícil distinguir entre tristeza e enjoo. Às vezes, ficava simplesmente com raiva. Luzia sabia que o tal encontro era uma armadilha e, mesmo assim, foi até lá. O que a teria levado até aquele açude, coragem ou orgulho? Lembrou-se da última conversa que teve com Degas. "Talvez eu quisesse ser apanhado", dissera ele. "Talvez eu quisesse que tudo isso terminasse." Foi coragem ou orgulho que levou Degas a se atirar no Capibaribe? Talvez nem uma coisa nem outra, pensou Emília enquanto o navio oscilava sob seus pés. Talvez tivesse sido uma fuga, para escapar à armadilha em que ele próprio e todos à sua volta o tinham confinado. Emília também estava fugindo de uma armadilha que ela mesma tinha criado. Ia morar numa ilha. Ia passar por outra transformação. Ali, por cima da amurada, ficou olhando as ondas negras que subiam e desciam, e encontrou algum conforto naquele ritmo regular.

Em poucas semanas, Lindalva estaria esperando por ela num cais de Nova York. A sua amiga se mostrou entusiasmada e cheia de vida como sempre, mas percebeu que Emília tinha mudado. Havia nela, agora, uma seriedade que mãe e filha atribuíram à morte de Degas e à sua subsequente fuga do Brasil. Emília e Lindalva abriram outra loja juntas. O novo ateliê ficava entre uma delicatéssen e um sapateiro, portanto, pela manhã, ao acordar, Emília sentia cheiro de couro misturado ao odor forte e penetrante de queijo e carne. Expedito e ela moravam em cima do ateliê, num quartinho com uma pia manchada de ferrugem e um vaso sanitário num canto. Sempre que ia ao apartamento de Lindalva e da baronesa, encontrava exemplares de jornais brasileiros que sua amiga lia em voz alta. Vargas andava flertando com a Alemanha, mas nunca se tornou seu efetivo aliado. Depois, submarinos alemães torpedearam e afundaram navios de passageiros próximo aos portos do Recife e de Salvador. De repente, surgiram notícias da presença de americanos louros e arruaceiros construindo uma base naval em Natal e de membros da Quarta Frota dos Estados Unidos lotando bares e praias do Recife. O Brasil estava em guerra. Como ninguém tinha tempo ou energia para lembrar da morte dos cangaceiros, eles acabaram caindo no esquecimento. "Os políticos mudam, como a moda", vivia dizendo a baronesa até a sua morte, depois da guerra. E tinha razão: até Vargas mudou o seu estilo.

Em 1954, quando Expedito acabara de entrar para a faculdade de medicina da Universidade de Columbia, o velho Getúlio foi pressionado a renunciar. De forma espetacular, porém, ele se matou com um tiro, na sua escrivaninha do Palácio do Governo. "Saio da vida para entrar na história", escrevera no bloco que estava à sua frente. Depois da queda de Vargas, Lindalva voltou para o Brasil. Nas suas cartas, dizia que as estações de rádio tocavam música de forró falando do Carcará e da Costureira. Estatuetas de barro representando o casal, com seus chapéus de aba em forma de meia-lua e seus uniformes rebordados, começaram a aparecer nos mercados para turistas. Eruditos agora escreviam artigos sobre a Costureira e o fenômeno dos cangaceiros. A essa altura, Emília tinha voltado a se casar. Chico Martins havia emigrado de Minas Gerais e foi à sua loja encomendar um presente para a namorada que deixara na terra natal. Tinha cabelo curto, penteado para trás, deixando à mostra uma testa ampla. Os olhos eram castanhos e brilhantes, como duas pedras em poças claras. "Olhos de gente boa", pensou Emília da primeira vez que os fitou. Era um homem honesto e tímido, que nada tinha a ver com os heróis das suas velhas *Fon Fons*. Isso foi uma coisa que a agradou. Quando ele voltou à loja pela segunda vez, disse que já não queria mais o vestido; queria convidá-la para jantar. Emília aceitou. As filhas do casal eram duas meninas doces e delicadas. Já moças, Sofia e Francisca conservavam a alegria franca e ingênua da infância. Ao que parecia, nada seria capaz de abalar o seu humor. Emília e Expedito eram sérios, chatos. Era com Chico que as meninas preferiam falar dos seus sonhos e das suas paixões. Emília tinha ciúme, mas compreendia. Não podia negar que o seu amor por Expedito era mais intenso e sombrio, como a primeira dália que florescia no pé.

Não podia ver todos esses acontecimentos ali do convés do *Siqueira Campos*, mas, debruçada na amurada do navio, ela os sentia. Por baixo da superfície escura e reluzente da água havia profundezas insondáveis e, exatamente como percebia a existência desse espaço incomensurável, percebia a amplitude da sua nova vida. Afastou-se rapidamente daquela amurada.

A cabine minúscula era confortável e quente. Expedito se escondeu debaixo das cobertas e Emília fingiu procurá-lo. Quando ele riu, ela afastou o cobertor e o pôs no colo. Ficaram sentados assim por um bom tempo, ouvindo o vento soprar lá fora.

– Eu tive uma irmã com um braço torto – sussurrou ela, sem saber se Expedito estava dormindo ou acordado. – Todo mundo a chamava de Vitrola.

Fechou os olhos e se lembrou da pergunta que ele havia feito um pouco mais cedo, sobre a menina desfocada na foto. *Onde é que ela está?* Um dia, Emília teria de lhe dar uma resposta. As ondas batiam na lateral do navio. Imaginou o açude seco se enchendo com a chuva e levando os ossos para o São Francisco. No rio, eles se chocariam com as pedras, bateriam no casco dos barcos e se quebrariam todos. Quando atingissem o litoral, já teriam se desintegrado, virando caquinhos brancos. Crianças brincando na praia de Boa Viagem pegariam essas partículas para fazer os seus castelos de areia. Outras seriam espalhadas pelo vento. Algumas grudariam no corpo dos banhistas. Outras ainda ficariam presas nas solas dos sapatos e seriam levadas para automóveis e para as casas mais elegantes do Recife. Haveria também partículas que flutuariam pelo ar e entrariam no bico dos passarinhos. E algumas delas seriam tragadas pelo mar e mantidas nas suas profundezas azuis por centenas de anos, até irem dar numa outra praia.

Agradecimentos

Gostaria de agradecer às seguintes pessoas, organizações e localidades:

Nos Estados Unidos:

Ao programa Fulbright, à Michener-Copernicus Society of America, à Fundação Sacatar e ao Programa Jentel Artist Residency por seu apoio generoso. A Claire Wachtel e Dorian Karchmar, por sua paciência e sua orientação. A Mika e Deanna, por lerem inúmeras versões deste livro e me darem sábios conselhos. Ao James, por me ouvir sempre. A Danny, Melanie e Maria Eliza, por seu estímulo. Aos meus professores em Iowa, especialmente Elizabeth McCracken e Sam Chang. Às costureiras da Dame Couture, em Chicago, Illinois, por responderem às minhas perguntas sobre o tema. A Andréa Câmara, por ser o meu segundo par de olhos. A Tatiana, por ser minha irmã. A Dedé, por me encorajar a mergulhar nesse tema, e a mamãe, por me ensinar a enxugá-lo.

No Brasil:

A Moisés e Mônica Andrade, dona Ester, Múcio Souto e família, Jeanine, Jaqueline, Marcelo, Lucila, tia Taciana, Rolim e Ivanilda, a todos os que foram minhas famílias adotivas no Recife. À Fundação Joaquim Nabuco, especialmente a Rosí, do arquivo fotográfico, que me ajudou na pesquisa. A Rosa e Alan, meus guias no parque da serra da Capivara, no Piauí. A Jairo, um ótimo historiador que me ajudou durante a viagem que fiz ao Sergipe e a Alagoas. À comunidade de Itaparica, na Bahia. À cidade de Taquaritinga do Norte e, dentro dela, à minha querida Várzea da Onça, que inspiraram, ambas, grandes trechos deste livro. À Dra. Rosa Lapenda, que tratou da minha perna. A todos aqueles que entrevistei durante a fase de pesquisa para o romance, com destaque especial para o Dr. Gilberto, que me deu o meu primeiro livro sobre cangaceiros; a Bezerra, motorista de táxi e contador de histórias; a dona Teresa, que respondeu às minhas intermináveis perguntas e me ensinou a plantar; a Maria, que preparava as minhas comidas favoritas e cuidava de me manter saudável; a Américo, que me levou em meu trajeto pela caatinga; a Fernando Boiadeiro, verdadeiro cabra-macho, e a sua mulher, Tuta; a dona Aura, parteira; ao casal Manuel Barboza Camêlo. Obrigada também ao meu avô, Edgar de Pontes, um cavalheiro que correu o risco de parar o carro junto de uma laranjeira para conversar com a menina bonita que estava sentada ao pé da árvore, episódio que propiciou diversas histórias, inclusive a minha. À minha avó Emília e às suas irmãs, minhas tias-avós Luzia e Maria Augusta, cujas perseverança e imaginação são uma inspiração para mim. Aos cangaceiros que viveram e morreram do único jeito que conheciam, e às vítimas que tiveram o infortúnio de cruzar o seu caminho. A todos os meus antepassados, conhecidos e desconhecidos. E a todos os santos que velaram por mim durante as minhas viagens e me fizeram companhia nas horas de solidão.